06/2500

Über 40 Jahre
Heyne Science Fiction
& Fantasy
2500 Bände
Das Gesamt-Programm

SCIENCE FICTION

Herausgegeben
von Wolfgang Jeschke

Von **Patrick Tilley** erschien in der Reihe
HEYNE SCIENCE FICTION & FANTASY:

DIE AMTRAK-KRIEGE:

Wolkenkrieger · 06/4730; auch 06/7006
Erste Familie · 06/4731; auch 06/7007
Eisenmeister · 06/4732; auch 06/7008
Blutiger Fluß · 06/4885; auch 06/7009
Todbringer · 06/4886; auch 06/7010
Erdendonner · 06/4887; auch 06/7011

SCIENCE FICTION WARP 7 zum Kennenlernen

herausgegeben von
WOLFGANG JESCHKE

PATRICK TILLEY

TODBRINGER

DIE AMTRAK-KRIEGE

FÜNFTER ROMAN

WILHELM HEYNE VERLAG
MÜNCHEN

HEYNE SCIENCE FICTION & FANTASY
Band 06/7010

Titel der amerikanischen Originalausgabe
THE AMTRAK-WARS – BOOK 5:
DEATH-BRINGER

Aus dem Englischen von RONALD M. HAHN
Das Cover ist von ARNDT DRECHSLER
Die Karten zeichnete CHRISTINE GÖBEL

Dieser Roman erschien
erstmals als Heyne Taschenbuch
unter demselben Titel
mit der Nummer 06/4886

Umwelthinweis:
Dieses Buch wurde auf chlor- und
säurefreiem Papier gedruckt

Redaktion: Wolfgang Jeschke

http://www.heyne.de
Printed in Germany April 1999
Umschlaggestaltung: Nele Schütz Design, München
Technische Betreuung: M. Spinola
Satz: Schaber Satz- und Datentechnik, Wels
Druck und Bindung: Elsnerdruck, Berlin

ISBN 3-453-15645-5

DIE AMTRAK-FÖDERATION UND IHRE FEINDE · 2990 n. Chr.

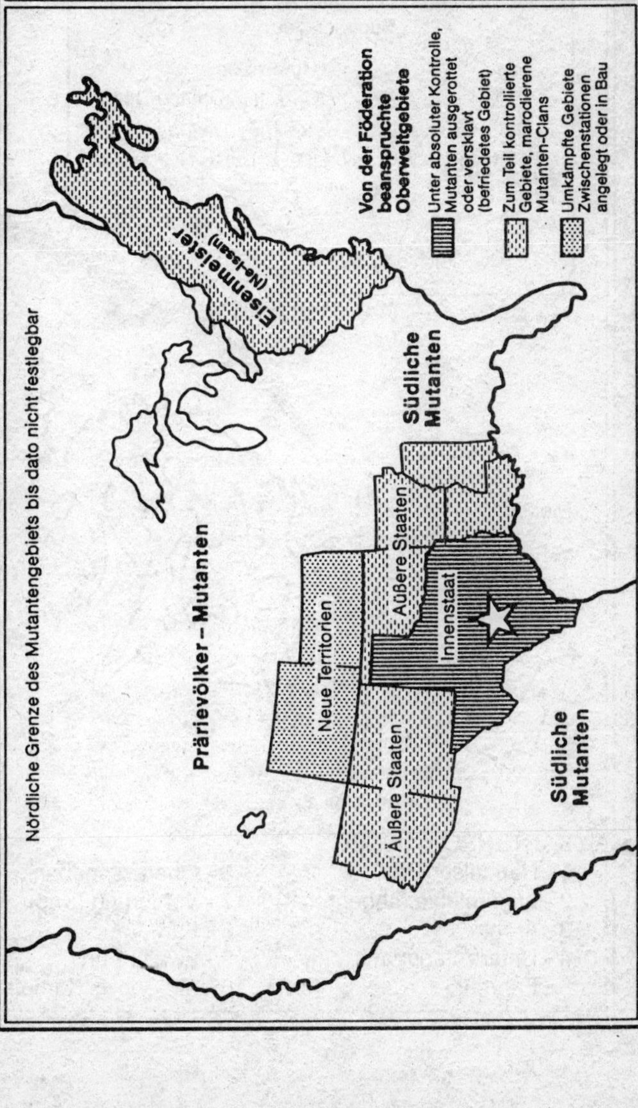

DER HANDELSPOSTEN / DU-ARUTA

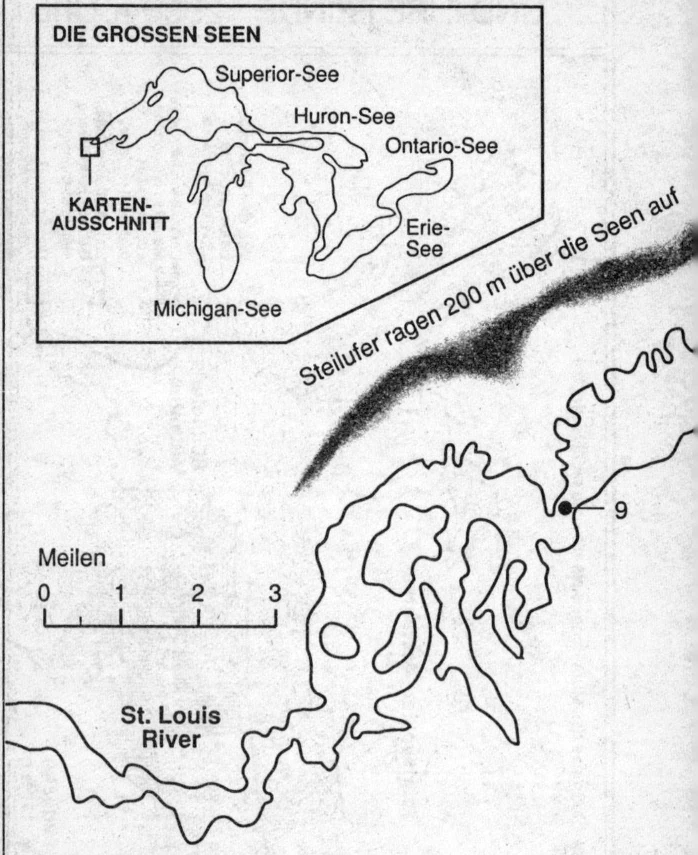

KARTENSCHLÜSSEL

1 - Handelsposten
2 - Lagerplätze (abgegrenzt)
3 - Arena
4 - Untere Sandbank
5 - Fahrrinne
6 - Obere Sandbank
7 - Vorsprung (Kap)
8 - Furt
9 - Zweite Furt
10 - Mr. Snows Kampfstellung

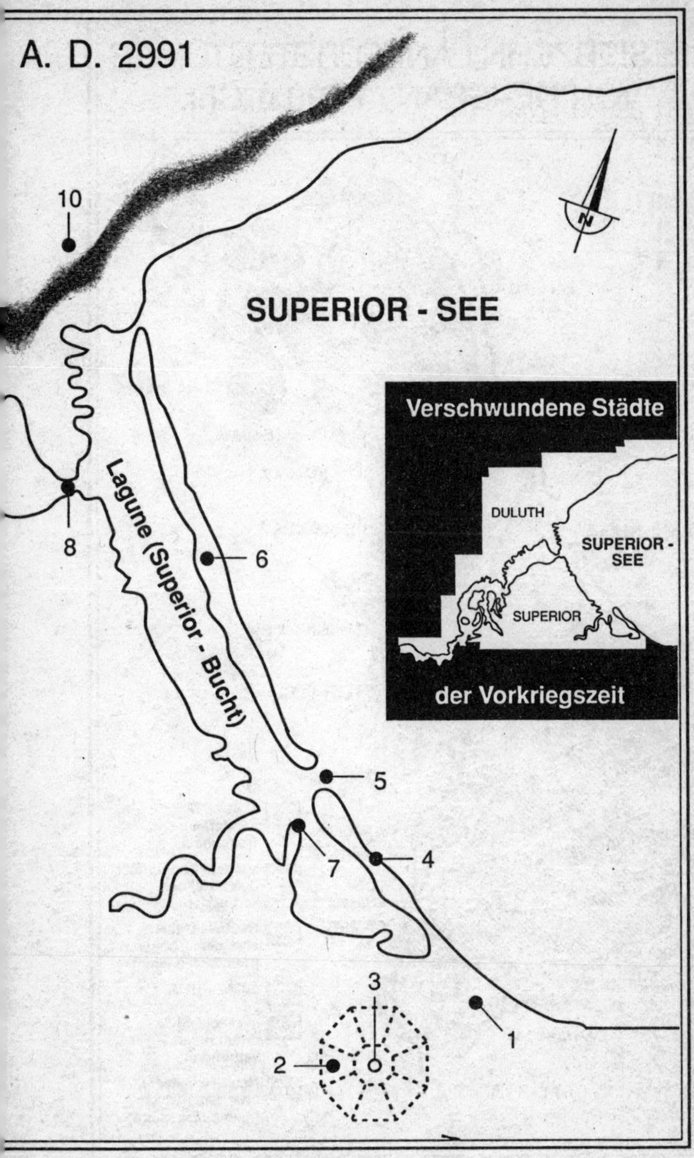
A. D. 2991
10
SUPERIOR - SEE
Verschwundene Städte
DULUTH
SUPERIOR - SEE
SUPERIOR
der Vorkriegszeit
Lagune (Superior - Bucht)
8
6
5
4
7
3
2
1

DIE SIEBZEHN LANDFÜRSTENTÜMER VON NE-ISSAN · 2990 n. Chr.

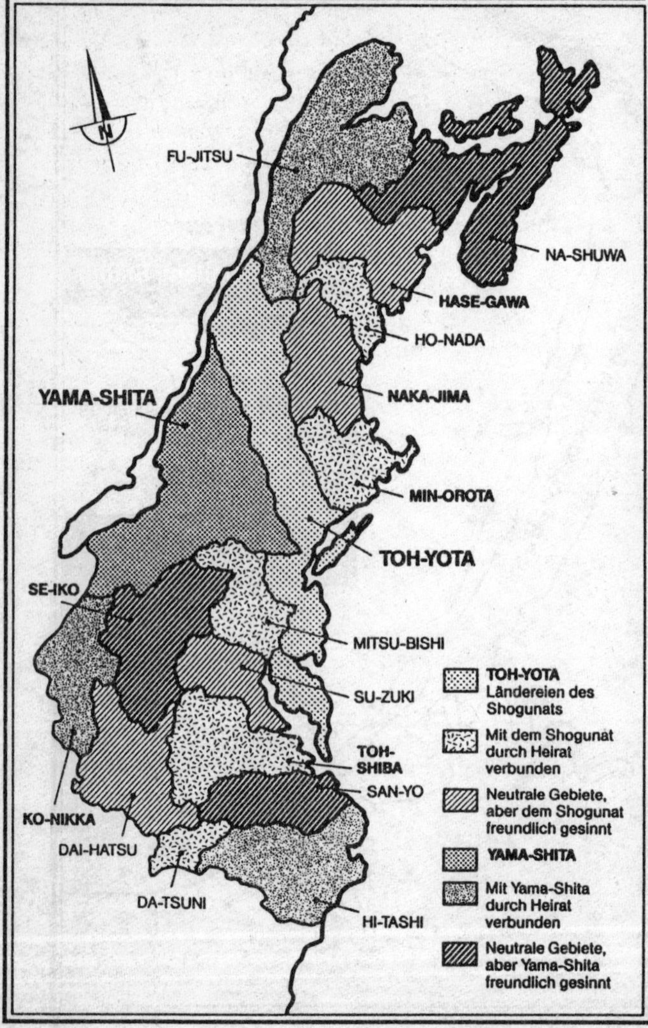

Für
Patrick, Freddie und Sean,
— die nächste Generation —
die sich schon mit Computern auskannten,
ehe sie aus den Windeln waren
und sich jetzt auch noch mit Karate beschäftigen.
So, wie die Dinge liegen,
sieht es nach einem guten Karriereschritt
für jeden aus, der eine Fahrkarte ins
21. Jahrhundert hat.
Viel Glück, Jungs. Tragt die Fackel.
Und haltet sie hoch.
Opa

1. Kapitel

Im Frühjahr 2991 sah sich Mr. Snow, der Wortschmied des M'Call-Clans, vor eine schwierige Entscheidung gestellt. Sollte er die Clan-Abordnung zum Handelsposten am Ufer des Großen Flusses begleiten, oder für den Fall, daß der Wolkenkrieger mit Cadillac und Clearwater zurückkehrte, in den Bergen von Wyoming bleiben?

Zwei Winter waren vergangen, seit seine Schützlinge in die Ostländer geflogen waren, und es war fast ein Jahr her, seit der Wolkenkrieger aufgebrochen war, um sie zu suchen. Brickman hatte zwar versprochen, ihnen bei der Flucht vor den Eisenmeistern behilflich zu sein, aber das war leichter gesagt als getan. Die Totgesichter waren ein furchteinflößendes Volk und lebten hinter geschlossenen Grenzen. Kein Präriemutant, den sie auf ihren Raddampfern mitgenommen hatten, hatte je die Freiheit zurückerlangt. Doch Cadillac und Clearwater waren keine gewöhnlichen Mutanten. Sie waren in Talismans Schatten geboren. Brickman, der Wolkenkrieger, war ebenfalls talentiert, und zudem so erfinderisch und listig wie ein Cojote. Auch wenn er das Warum noch nicht verstand: Er war ebenfalls von Talisman berührt worden.

Wenn es überhaupt eine Fluchtchance gab, würden die drei sie ergreifen, denn zusammen verfügten sie über die Macht, Nationen zu stürzen. Es war seit dem Tag ihrer Geburt ihre Bestimmung. Aber wo steckten sie? Mr. Snow hatte tagein und tagaus Wächter aufgestellt, damit rund um die Siedlung eine spezielle Beobachtung der östlichen Gegend gewährleistet war, aber bis heute waren die sehnlichst erwarteten Reisenden noch nicht aufgetaucht.

Tot waren sie nicht. Trotz der ungewissen Welt war

dies das einzige, was Mr. Snow genau wußte. Cadillac und Clearwater waren Talismans Schwert und Schild, und Talisman war der Erlöser des Prärievolkes, der sich — so lautete die Prophezeiung — irgendwann in menschlicher Gestalt zeigen würde. Dann mußte Cadillac seine großartigen Fähigkeiten einsetzen, um ihm den Weg zu bereiten. Clearwater würde dann die gewaltigen Kräfte aktivieren, über die sie gebot, um den Dreifachbegabten so lange zu schützen, bis seine eigene Kraft voll ausgebildet war. Beispielsweise dann, wenn er als Neugeborenes in die Welt trat. Doch falls er in einem schon lebenden Menschen gegenwärtig war und seine Macht über Himmel und Erde bis zum auserwählten Moment schlief, war es die ihr zugeteilte Aufgabe, dieses Individuum zu schützen, bis Talisman beschloß, sich zu erkennen zu geben. Sie würde ihn rein instinktiv schützen, ohne den Grund unbedingt zu verstehen, denn Talisman würde sie an sich ziehen.

Mr. Snow hatte sich oft gefragt, ob Steve Brickman Talisman in sich trug. Die Himmelsstimmen hatten den Abstieg des Wolkenkriegers aus der Luft zu den M'Calls vorausgesagt. Es war Brickman und Clearwater zwar bestimmt gewesen, einander zu treffen, doch indem sie ihm ihren Körper und ihre Seele geschenkt hatte, hatte sie auch den feierlichen Eid gebrochen, der sie an Cadillac band — und dies hatte den Stolz ihres ehemaligen Geliebten natürlich schlimm verletzt.

Doch Cadillac war bald darüber hinweggekommen. Er hatte ihre Trennung in einem Sehstein gesehen. Es war Clearwaters Bestimmung, in die finstere Welt der Sandgräber zu reisen, die unter den Wüsten des Südens lag: in die Heimat der Eisenschlangen, die durchs Land krochen und eine Spur der Verwüstung hinter sich herzogen; in die Heimat der Donnerkeile, die die Wolkenkrieger durch die Lüfte trugen. Sie waren mit langem, spitzem Eisen bewaffnet und besaßen Feuersamen, der wie der Erdendonner Rauch und Feuer verbreitete.

Doch der Feuersamen war nicht wie die reine Flamme, die die Baumgeister in den Himmel aufsteigen ließen, sondern ihr bösartiger Vetter, und die Sandgräber konnten ihn beschwören. Der Feuersamen war eine Flamme, deren Durst kein Wasser löschen konnte; sie klebte am Körper der Menschen und verbrannte ihr Fleisch bis auf die Knochen.

Ja, man lebte in finsteren Zeiten. Die Ära, die man als Zeit des Großen Sterbens kannte, war angebrochen. Es war eine Zeit, die den Mut des Prärievolkes schlimm prüfen würde. Mo-Town, die Große Himmelsmutter, hatte sich in den Schwarzen Turm von Tamla zurückgezogen, um ihr Volk zu beweinen. Zwar mußten viele ihr Leben lassen, doch das Prärievolk als solches würde überleben und unter Talismans Banner zu einer großen Nation werden. Als Mutant, verehrter Weiser und wandelndes Geschichtsbuch des M'Call-Clans, wußte Mr. Snow, daß man die Reise durch das Tal des Todes mit soviel Anstand wie möglich hinter sich bringen mußte. Das Rad drehte sich, der Weg war vorgezeichnet. Menschliche Lebewesen konnten ihrer Bestimmung nicht entgehen. Nur die Hybris der Unerleuchteten nährte die grausame Illusion, dies sei möglich.

Doch im Moment vermißte man drei der Hauptakteure. Wo, in Talismans Namen, steckten sie? In ein paar Tagen war die Handelsabordnung des Clans fertig, um zur jährlichen Versammlung am Ufer des Großen Flusses aufzubrechen. Mr. Snow hatte zwei Möglichkeiten: Er konnte mitgehen oder zurückbleiben. Und der Wolkenkrieger hatte zwei Möglichkeiten, mit Cadillac und Clearwater zurückzukehren: Er konnte sich an Bord eines riesigen Raddampfers schmuggeln, der über den Großen Fluß zum Handelsposten fuhr, oder eine Route übers Land einschlagen — durch das Territorium, das einst den Io-Wa und Ne-Braska gehört hatte.

Brickman hatte sich vor einem Jahr am Handelsposten auf einen Raddampfer geschlichen und sich zu den Feuergruben Beth-Lems bringen lassen. Wenn es ihm gelungen war, das Ziel zu erreichen, ohne entdeckt zu werden, kam ihm vielleicht auch die Idee, daß dies der beste Weg für eine Rückkehr war. Im Wirrwarr der Handelsaktivitäten — wenn die Mutanten halfen, die Raddampfer zu be- und entladen — gab es ausgezeichnete Möglichkeiten, sich an Land zu schleichen. Wenn sie erst einmal an Land waren, konnten sie sich unter die Angehörigen ihres Clans mischen, zu einem Teil der Abordnung werden und später durch die Prärie nach Hause gehen.

Dann herrschte nämlich die Periode des Waffenstillstands, die man auch den ›Gang über das Wasser‹ nannte.

Dies war zwar ein vernünftiger Weg, doch die Reise von Ne-Issan bis dorthin dauerte viele Tage, vielleicht sogar Wochen. Es war gewiß nicht leicht, Platz für drei Personen auf einem Raddampfer zu finden und tagelang unentdeckt zu bleiben. Einst hatte man Mr. Snow zu einer kurzen Audienz bei Fürst Yama-Shita an Bord geholt. Die Schiffe waren zwar riesig, aber sie verfügten auch über eine große Besatzung, die pausenlos, wie Ameisen in einem Ameisenhaufen, hin- und herschwärmte. Zudem kamen die Raddampfer nur einmal jährlich zum Handelsposten. Wenn man über diese Route zurückkehren wollte, mußte man im richtigen Moment das richtige Schiff besteigen. Der Wolkenkrieger war zwar erfinderisch genug, um die dazu nötigen Informationen zu beschaffen, doch was war, wenn er und die anderen das Schiff verpaßten? Oder wenn sie schon längst entkommen waren, doch es gelang ihnen nicht, den zwar längeren, doch sichereren Heimweg hinter sich zu bringen?

Mr. Snows Dilemma erwuchs aus dem Verlangen, am verabredeten Treffpunkt zu sein, falls man seine Kräfte benötigte, um etwaige Verfolger abzuwehren. Denn verfolgen würde man sie. Das war gewiß. In den Jahren des

Handels hatte er den Charakter der Eisenmeister allmählich verstanden — vor allem ihre Besessenheit an dem, was sie ›Gesicht‹ nannten. Bei den Mutanten hieß es ›Ansehen‹. Da beide Völker Kriegervölker waren, dachten sie zwar ähnlich, doch keinesfalls in gleichen Graden. Zwar pflegten die Mutanten im allgemeinen ihren gebrochenen Stolz, doch dann machten sie einen neuen Versuch. Für die Eisenmeister war der Verlust des Gesichts ein unerträglicher Zustand und führte, wenn das Opfer sein Ehrgefühl nicht zurückgewann, oft zum Selbstmord. Die ständige Sorge um Ehre, untadeliges Verhalten und fehlerloses Funktionieren im Bereich der Pflichten betraf jedoch nur die reinblütige Herrscherkaste. Die niedrigeren Kasten — minderwertige Völker — fochten solche Dinge nicht an. Was laut Mr. Snows Informanten auch erklärte, warum die Götter sie zu einem Leben in Knechtschaft verdammt hatten.

Ja ... Die Natur von Cadillacs Mission brachte es mit sich, daß die Flucht der drei einen schlimmen Gesichtsverlust hervorrufen mußte. Die betroffenen Autoritäten würden keine Anstrengung scheuen, um sie wieder einzufangen. Gelang es ihnen nicht, rollten Köpfe. Mr. Snow, der nichts von dem Chaos wußte, das das Trio am Reiherteich hervorgerufen hatte, hatte auch keine Ahnung, daß in den blutigen Nachwehen längst viele Köpfe gerollt waren. Er wußte nur, daß die Eisenmeister zähe Gegner waren und keine Niederlage eingestanden. Deswegen mußte er an Ort und Stelle sein, wenn sie seine jungen Schützlinge bis ins Kernland des Prärievolkes jagten.

Doch er konnte nicht zu gleicher Zeit an zwei Orten sein. Und durfte auch nicht länger zaudern. Nun blieb ihm kaum noch eine Woche, um die Entscheidung zu treffen. Vielleicht erklärten sich die Himmelsstimmen bereit, ihn zu leiten. Zwar hatte Mr. Snow sie im vergangenen Jahr sehr oft konsultiert, doch sie hatten seine Fragen über Clearwater, Cadillac und den Wolkenkrieger mit verblüffendem Schweigen hingenommen. Er stieg zu seinem Lieblingsfelsen hinauf, nahm mit gekreuzten Beinen Platz und holte, während er den Ausblick genoß, mehrmals tief Luft. Dann richtete er die geschlossenen Augen himmelwärts und öffnete seinen Geist.

Lange Zeit schien es, als befände sich der Stab seines spirituellen Beraterbüros in der Mittagspause, doch schließlich tauchte vor seinem inneren Auge eine Reihe von Bildern auf. Es waren seelenversengende Bilder von Tod und Vernichtung — auf einer Skala, die ihresgleichen suchte; ein gräßliches Drama, in dem man ihm die Rolle eines Hauptdarstellers zuwies. Mr. Snow war zwar für seinen Mut und seine Entschlußkraft bekannt, doch selbst sein nicht unterzukriegendes Herz verzagte angesichts der neuen Bürde, die ihm das Schicksal auferlegte. Was die Sache noch schlimmer machte, war das Wissen, daß die flüchtigen Bilder nur ein Vorgeschmack dessen waren, was vor ihnen lag. Aber nun gab es kein Zurück mehr. Die Himmelsstimmen hatten gesprochen — und sie ließen keinen Zweifel mehr an dem, was er tun mußte.

Mehrere tausend Kilometer östlich der M'Call-Siedlung war Ieyasu, Hofkämmerer des Inneren Hofes, Großonkel und Erster Ratgeber des Shogun Yoritomo Toh-Yota, des absoluten Herrschers von Ne-Issan, ebenso von Problemen bedrängt, die einen Beschluß erforderten.

Wenn Mr. Snow alt war, war Ieyasu uralt, doch hatten sie viele Eigenschaften gemeinsam, und dies schloß scharfe Augen und Feuer im Bauch ein. Beide waren scharfsinnig, hochintelligent und unendlich weise. Sie kannten die Methoden der Welt, auch wenn die Gesellschaften, denen sie angehörten, sich nicht im geringsten glichen — es sei denn, in ihrem Respekt vor körperlichem Mut und dem Ehrencodex, der die Grundlage des Kriegerethos bildete.

Mr. Snow konnte zwar weder lesen noch schreiben, aber er hatte die Fähigkeit der Erinnerung und der Magie. Ieyasu war gebildet und sehr gut erzogen, doch obwohl er die Kräfte der Erde und des Himmels nicht zu Hilfe rufen konnte, waren seine Talente — das Geschick und die List, mit der er alle ausgetrickst hatte, die ihn von der Macht hatten entfernen wollen — nur wenig vom Übernatürlichen entfernt.

Vor Yoritomos Thronbesteigung im Alter von dreiundzwanzig Jahren hatte Ieyasu im Namen des zügellosen Shogun-Vaters absolute Macht ausgeübt. Der nun neunundzwanzigjährige Yoritomo war aus anderem Holz geschnitzt. Sexuellem Appetit gegenüber zurückhaltend, Essen und Trinken gegenüber in seinem Verhalten eine Art Asket, besessen von einer lästigen Sittlichkeit und traditionellen Werten, hatte er sich als besonders schwierig zu beeinflussen erwiesen. Die Hauptquelle der Schwierigkeiten war seine Entschlossenheit, die gesamte Verantwortung über die Geschäfte der Nation an sich zu reißen und die Stimme der Erfahrung zu ignorieren. Diese Stimme war natürlich die seines Großonkels.

Auch ohne einen nach Heiligkeit strebenden Menschen, der keinen Versuch ausließ, ihn aus seiner Position zu verdrängen, auf den rechten Weg zu bringen, war es schwierig genug, die Regierung flottzukriegen und die Verschwörer in Schach zu halten. Doch Yoritomo würde es noch lernen. Er würde es allerdings viel schneller lernen und das Leben jedes einzelnen erleichtern, wenn er die destillierte Weisheit seines Großonkels aufgesaugt hätte. Dies hatte er nur mit äußerster Zurückhaltung getan.

Es war teilweise eine natürliche Reaktion auf die moralische Laxheit, die den Inneren Hof während der Herrschaft seines Vaters durchdrungen hatte. Als neuer Besen wollte Yoritomo auch ordentlich fegen. Ein völlig lobenswertes Ziel. Der Hof bedurfte dringend eines gründlichen Frühjahrshausputzes. Doch in der Politik durfte man nie etwas im Übermaß tun. Yoritomo verstand nicht, daß es wichtig war, etwas Schmutz in den Ecken liegen zu lassen. Sein puritanisches Rasen — lobenswert bei einem Mönch, doch äußerst niederschmetternd bei einem energischen, intelligenten jungen Mann, der die höchste Position im ganzen Land innehatte — blendete ihn für die Realitäten der Macht.

Der junge Shogun hatte eine grundlegende Wahrheit noch nicht erkannt: Die Ausbeutung der Schwächen mächtiger Männer — besonders die mächtiger Gegenspieler — war ein wichtiges Element in der Kunst der Staatsführung. Ebenso stimmte es natürlich auch, daß eine Nation ehrliche Männer mit edlen Prinzipien und bescheidenem Ehrgeiz brauchte. Man konnte ausgezeichnete Beamte aus ihnen machen. Das staatliche Finanzamt, der Zoll und die Post schrien ständig nach Verstärkung. Sünder hingegen gaben bessere Tischgenossen ab. Und mit ihnen konnte man viel leichter Geschäfte machen.

Im Gegensatz zu denen, die fortschrittliche Ideale pflegten — die Gruppe von der Familie Yama-Sita angeführter Landesfürsten —, war Ieyasu auch Traditionalist. Doch der Fortschritt, den dieser Unternehmerklüngel befürwortete, beschränkte sich auf die Einführung neuer industrieller Verfahren und Herstellungstechniken. Niemand, so radikal seine diesbezüglichen Ideen auch waren, befürwortete die Modernisierung des Feudalsystems, auf dem Ne-Issan basierte.

Zumindest in Ieyasus Augen bestand das Problem darin, daß man nicht das eine haben kann, ohne das andere zu untergraben. Keine der siebzehn herrschenden Samuraifamilien war bereit, auch nur eine Unze ihrer Macht oder ihrer Vorrechte an die niedrigeren Kasten abzugeben. Kaufleute bestritten die Sache einer expandierenden Wirtschaft und den aus ihr resultierenden Nutzen, Macht über die Massen zu erringen, indem sie

— unvorstellbar! — den Händlern und Dienern höhere Löhne zahlten! Manche hatten sogar vorgeschlagen, Handelsbeziehungen zu den Langhunden aufzunehmen, die hinter den Westbergen in den begrabenen Städten lebten! Aber was konnte man auch anderes von Chinesen erwarten, die an der Stelle, wo ihr Gehirn hätte sein sollen, einen Abakus hatten?

Das größte Fortschrittshindernis war das unveränderliche Edikt, das unter Androhung der Todesstrafe die Wiedereinführung des Dunklen Lichts verbat. Ebenso war es eine verräterische Straftat für niedere Sterbliche, nur seinen Namen oder das Grauen auszusprechen, das es hervorrief. Selbst jene auf dem Gipfel der Macht taten es nur mit größter Vorsicht. Laut der die ferne Vergangenheit aufzeichnenden Schriftrollen hatte die Erschaffung des Dunklen Lichts — des elektrischen Stroms — die Menschheit verdorben und die Götter dazu gebracht, *Die Welt Davor* mit einer Flutwelle aus Feuer zu vernichten. Die Welle, die das uralte Heimatland der Eisenmeister verschlungen hatte, war so hoch gewesen, daß sie den Gipfel des Berges Fuji bedeckt hatte, des heiligen Berges, der die Seele Nippons enthielt. Und nun glaubte man mit heißer Inbrunst, der Versuch der Neuerweckung des Dunklen Lichts müsse ein Akt unglaublicher Torheit sein, der die Welt erneut in eine tödliche Gefahr stürzte.

Doch wie Ieyasu wußte, war die Welt Ne-Issan von den Appalachen und dem Ostmeer umgeben. Es gab noch eine größere Welt hinter den Westbergen, in der die Grasaffen und Langhunde wohnten: das Prärievolk und die Wagner — die Soldaten-Bürger der Amtrak-Föderation. Die Mutanten waren behaarte Wilde, halbnomadische Jäger, die außer dem Talent, ihr einfaches Leben zu erhalten, kein weiteres besaßen. All ihre Hieb- und Stichwaffen, Armbrüste und Werkzeuge wurden von den Eisenmeistern geliefert. Die Wagner waren hingegen Krieger, die sich nicht vor dem Dunklen Licht fürchteten. Das Dunkle Licht war im Gegenteil die Lebenskraft ihrer Untergrund-Gesellschaft. Es befähigte sie, Bilder und Stimmen durch die Luft zu schicken, es versorgte ihre Waffen mit Energie und trieb ihre riesigen, raupenähnlichen Landkreuzer und Himmelswagen an — Kriegsmaschinen, die ungestraft in das Wolkenreich der *Kami* vordrangen, ohne *zurückgestoßen* zu werden.

Ihre Anwesenheit war eine Bedrohung für die Welt Ne-Issans, und doch stand Amaterasu-Omikami beiseite und tat nichts. Ihre Untergrund-Tätigkeiten wurden ebenso wenig zerschmettert, wie die Welt hinter den Appalachen nicht von himmlischem Feuer verwüstet wurde — eine theologische Streitfrage, die die führenden Weisen der Shinto-Priesterschaft peinlicherweise ignorierten.

Ieyasu kannte die Antwort. Das Dunkle Licht war weder gut noch schlecht. Strom war eine Kraft, die im Herzen der natürlichen Welt vorkam. Man konnte sie mit speziellen, schlau fabrizierten Maschinen einfangen und durch spezielle Leitungen von einem Ort zum anderen schicken — oder sie durch die Luft schießen, wie einen unsichtbaren Pfeil, der über eine Ebene flog, über Berge und Meere hinweg, in der Zeit eines einzigen Herzschlags.

Wie jede Kraft konnte man sie gebrauchen und mißbrauchen. Sie konnte einen auf die gleiche Weise verderben, wie Sake das Hirn des Trunkenboldes verwirrte und Opium den Willen des Süchtigen vernichtete. Doch im reinen Zustand war sie im Grund nicht böse. Man hatte den elektrischen Strom erschaffen, damit er der Sklave des Menschen war. Nur wenn der Mensch schwach war, konnte der Sklave sein Herr werden. Obwohl Ieyasu gewisse kleine Schwächen hatte, war er kein schwacher Mensch. Er genoß zwar den Luxus, der zu seiner privilegierten Geburt gehörte und den sein hoher Rang ihm bot, aber er wurde nur von dem Verlangen verzehrt, die Zügel der Macht zum höchstmöglichen Nutzen der Familie Toh-Yota und des Shogun zu manipulieren. Das war alles. Ieyasu aß gut, trank weise und hielt seinen ausgemergelten, alternden Körper bei Kräften, indem er sich im Fechten übte. Er genoß die Gesellschaft von Männern *und* Frauen und brachte auch noch immer eine stattliche Erektion zustande, die ein ausgewählter Kreis von Hofdamen — die stets darauf bedacht waren, ihre oder die Karriere des Gatten voranzutreiben — für sich auszunutzen wußten, indem sie ihn mit einer Vielzahl pubertierender Nymphen versorgten.

Auch wenn das Dunkle Licht ihn töten konnte — es konnte ihn niemals versklaven. Ieyasu wußte es, weil es ihm seit vielen Jahren treu diente. Mitglieder in Schlüsselpositionen seines privaten Spionagedienstes hatten in den vergangenen zehn Jahren leistungsstarke Funkgeräte und andere elektronische Gerätschaften eingesetzt. Die gleiche Ausrüstung verwendeten die Geheimagenten der Föderation. Man hatte sie Ieyasus Organisation nach einer Reihe heimlicher Begegnungen unter den Bedingungen eines Geheimvertrags zur Verfügung gestellt, den er und General-Commander Karlstrom, der Kopf der AMEXICO, unterzeichnet hatten.

In den Paragraphen dieses Vertrages stand, daß jeder *Mexikaner,* den die Prärievolk-Mutanten fingen und an die Eisenmeister verkauften, zurückzugeben war. Weitere Klauseln umrissen beiderseitig nützliche Abkommen über das Sammeln spezieller Informationen — beispielsweise über die Art der Waffen, die die Eisenmeister bei den Mutanten eintauschen wollten —, und im Gegenzug alle Informationsschnipsel, die Ieyasu halfen, jeden Versuch zu ersticken, das Toh-Yota-Shogunat zu kippen.

Eine der letzten Klauseln beschrieb das Arrangement für gemeinsame Unternehmungen der beiden Spionagedienste. Und dabei hatte sich die Hilfe der AMEXICO als unbezahlbar erwiesen. Es gab bestimmte Standorte, die Ieyasus Agenten aus verschiedenen Gründen nicht infiltrieren oder in denen sie nicht wirkungsvoll operieren konnten. Die von der Familie Yama-Shita betriebenen Raddampfer waren ein Beispiel. Die Sicherheitsüberprüfungen waren so gründlich, daß es unmöglich war, Außenseiter in die Mannschaft einzuschleusen. Die einzige Alternative war, die Untertanentreue eines Menschen zu kaufen, der der Familie diente, doch Erfahrungen hatten gezeigt, daß dies ein kostenträchtiges und höchst unzuverlässiges Verfahren war.

Karlstrom hatte die Antwort geliefert: Den Einsatz von *Mexikanern,* die als Mutanten-Sklaven getarnt waren und genug über die japanische und andere asiatische Sprachen wußten, um in empfindliche Bereiche vordringen zu können. Ieyasu hatte das Angebot nach einigen anfänglichen Befürchtungen angenommen. Doch es hatte funktioniert. Da Sklaven Unpersonen waren, hielt man sie für einen Bestandteil des Mauerwerks, und da es Außenländlern nicht gestattet war, ein Wort der heiligen Eisenmeistersprache auszusprechen, unterhielten sich die Menschen in ihrer Gegenwart, ohne auch nur den Verdacht zu hegen, man könne sie verstehen. Getarnte Sklaven konnten natürlich nicht in die geheimen Beratungskammern hochrangiger Verschwörer vordringen, aber sie waren eine Quelle überraschender Rohinformationsmengen. Und viele Beratungskammern waren dank der elektronischen Wanzen, die Ieyasu dankenswerterweise von der AMEXICO erhalten hatte, nicht mehr geheim.

Bislang hatte es sich zwar ausgezahlt, aber es blieb ein gefährliches Spiel: ein Balanceakt, der Ieyasu auf ein Hochseil über einen Teich voller hungriger Haie getragen hatte. Denn er hatte nicht nur den Einsatz der mit Dunklem Licht gefüllten Geräte gutgeheißen, er hatte auch einige seiner vertrauenswürdigsten Männer fortgeschickt, um Karlstroms Agenten seine Sprache zu lehren!

Sein Kollege, der ebenfalls fließend Japanisch sprechende Führer der AMEXICO, hatte nie versucht, einen Vorteil über ihn zu erringen. Zwar hatte das Gewicht stets auf beiderseitiger Kooperation gelegen, doch Ieyasu wußte, wenn eins der beiden Exemplare des Geheimprotokolls, das seinen Namen und sein Siegel trug, in die Hände des Shoguns geriet, würde man ihn schlagartig von den Zügeln der Macht abschneiden. Und seinen Kopf ebenso. Zwar kümmerte ihn sein Kopf nicht, solange die Ereignisse richtig verliefen, aber eine beschleunigte Entfernung aus seinem Amt, der die Ausschaltung seiner engsten Berater folgte, mußte ein gefährliches Vakuum in den höchsten Ratsversammlungen des Landes hinterlassen. Ein Vakuum, das eine Menge unerwünschter Personen zu füllen sich beeilen würde.

In den wenigen Jahren, die ihm noch blieben, mußte er den größtmöglichen Nutzen aus dem einzigartigen Vertrag mit dem potentiell gegnerischen Staat ziehen, ohne die langfristigen Interessen Ne-Issans zu kompromittieren oder seinen höchsten Glauben zu verraten. Ein kleines Verbrechen für eine gute Sache.

Als Pragmatiker hatte Ieyasu keine Probleme damit. Wie alle aristokratischen Eisenmeister lag ihm das Intrigantentum im Blut. Die Geschichte Ne-Issans war ein Katalog mörderischer Fehden und ein Wirrwarr an Verrat. Dennoch hatte es Zeiten gegeben, in denen es ihm schwergefallen war, seine Doppelrolle als Meisterspion und Hofkämmerer des Toh-Yota-Shogunats mit den Blutsbanden in Einklang zu bringen, die ihn mit der gesamten japanischen Herrscherklasse verwandt machte. Dies war eine Ur-Ergebenheit, die über puren Verrat hinausging, und als solche konnte man sie doch nicht ignorieren! Bis jetzt war er fähig gewesen, sich über den inneren Konflikt hinwegzusetzen, doch im Frühjahr 2991 hatte er von einem Ereignis erfahren, das ihn in ein beträchtliches Dilemma stürzte.

Im Herbst des vergangenen Jahres hatten als Sklavenarbeiter verkleidete *Mexikaner* mit seinem stillschweigenden Einverständnis den Versuch sabotiert, Flugpferde zu bauen. Das Projekt hatten sich die Familien Yama-Shita und Min-Orota ausgedacht und geleitet, die zudem den Plan gehabt hatten, das Toh-Yota-Shogunat zu stürzen. Das Sabotageunternehmen war eine bemerkenswert blutige Angelegenheit gewesen — wie übrigens auch die Nachwirkungen. Hunderte waren gestorben: Infanteristen, Kavalleristen, Samurai, Edle aus beiden Familien, und der Landesfürst Hirohito Yama-Shita, der, nach allem, was man hörte, auf besonders grauenhafte Weise ums Leben gekommen war.

Ieyasus Agenten waren dabei behilflich gewesen, die fünf Saboteure außer Landes zu bringen, doch ihre Abreise war noch nicht das Ende der Geschichte. Da man sie für schuldig befunden hatte, den Versuch unternommen zu haben, das Dunkle Licht wiederzuerwecken, hatte man mehreren führenden Angehörigen der Familie Yama-Shita die Gelegenheit eingeräumt, sich selbst das Leben zu nehmen. Andere, von geringerem Rang, hatte man enthauptet. Zudem hatte man Geldbußen und wirtschaftliche Sanktionen verhängt.

Ein bewaffneter Widerstand gegen die Regierung stand nicht zur Debatte. Das Urteil gegen die Familie hatte ihresgleichen ausgesprochen: ein Komitee mächtiger Landesfürsten einschließlich mehrerer enger Ex-Verbündeter, deren Neutralität man sich gesichert hatte, indem man ihnen wertvolle Teile des Yama-Shita-Handelsimperiums überließ.

Zwar war all dies nun vorbei, doch man hatte die Yama-Shitas nicht in die Knie gezwungen. Sie wollten sich rächen, aber nicht an der Familie Toh-Yota. Ohne ihre beiden Hauptverbündeten — die Ko-Nikkas und Se-Ikos, den Nutznießern der *largesse* des Shoguns — lag das Gleichgewicht der Macht nun in den Händen des Shogunats und der Traditionalisten. Es würde Jahre dauern, bis man die alten Unterstützer zurückgewann, und noch länger, bis sie bereit waren, den Spielstand auszugleichen. Nein ... der Rachedurst der Familie richtete sich gegen die fünf Meuchler — die Außenländler, die ihren Landesfürsten getötet und das Haus Yama-Shita in die Knie gezwungen hatten. Sie hätten ihre blutige Arbeit in Ne-Issan nicht ohne in hohen Positionen sitzende Freunde ausführen können. Wenn man diese mörderische Bande lebend fing, würde sie die Identität ihrer Hintermänner schon enthüllen ...

Ieyasu hatte nicht einmal die im Ratszimmer von Yama-Shitas Palast versteckte Wanze gebraucht, um zu erfahren, wie die Diskussion verlaufen war. Er hatte sich nur in ihre Lage zu versetzen brauchen. Die in letzter Minute gefallene Entscheidung des Shogun, die Flugschau am Reiherteich nicht zu besuchen, zeigte seine Mitschuld an dem mörderischen Attentat der fremden Meuchler. Den Anschlag, so sah es die Familie Toh-Yota, hatte Ieyasu inszeniert.

Es stimmte zwar nicht, kam der Wahrheit aber recht nahe. Ieyasu hatte die Absichten der Saboteure nämlich nicht in allen Einzelheiten gekannt. Er hatte nur zugelassen, daß das Unternehmen seinen Weg nahm. Hätte er mehr gewußt, hätte er vielleicht anders gehandelt. Der Einsatz von Verständigungsgeräten und ›Leihagenten‹ war *eine* Sache, doch es den gleichen Agenten und Mutantenhexen zu erlauben, ungestraft hochwohlgeborene japanische Bürger zu ermorden, war etwas völlig anderes.

Die Ereignisse, die zu dem willkürlichen Töten geführt hatten, waren — das konnte man anführen — ein Beispiel für das heikle politische Problem, das man hätte nicht besser lösen können, als durch ein so brutales Tempo. Doch es gab Grenzen, über die hinauszugehen Ieyasu in seinem Sehnen, das Shogunat zu beschützen, zögerte. Der Reiherteich-Zwischenfall markierte die Spitze eines schlüpfrigen Abhangs, den er nicht hinabsteigen wollte. Und jetzt, im Frühjahr 2991, hatten die Langhunde schon wieder angegriffen! Nur hatten sie diesmal erst zugeschlagen und ihn *nachher* informiert. Ein Yama-Shita-Raddampfer, der eine große Anzahl berittene Samurai und Infanteristen befördert hatte, war auf dem Weg ans Westufer des Mi-shiga-Sees versenkt worden. Ohne Überlebende.

Karlstrom hatte ihm sein Beileid bekundet und erklärt, man hätte keine Zeit gehabt, um seine Zustimmung nachzusuchen. Die AMEXICO hatte in allerletzter Minute die Nachricht erhalten, die Yama-Shitas hätten die Absicht, eine militärische Operation gegen einen Mutantenclan zu inszenieren, bei dem die Agenten lebten, die den Reiherteich sabotiert hatten. Zwar könne niemand das Verlangen der Familie Yama-Shita nach Rache verdammen, hatte Karlstrom gesagt, aber laut den Gesetzen Ne-Issans sei dies eine ungesetzliche kriegerische Handlung.

Richtig. Trotzdem, ungeachtet der Umstände, war der Verlust von zweihundertfünfzig Samurai, dreihundert Rotgestreiften und einer hundertfünfzigköpfigen Schiffsbesatzung ein nur schwer zu vergebender Gewaltakt! Es war eine Beleidigung des Stolzes sämtlicher Nationen. Hätte der geplante Angriff stattgefunden, wäre er ein verbrecherischer Akt gewesen, und man hätte die Yama-Shitas gebührend bestraft. Doch es war gleichermaßen tadelnswert, daß die Langhunde das Gesetz in die eigene Hand genommen hatten. Der Tod von über siebenhundert Soldaten Ne-Issans war eine völlig überzogene Reaktion, um fünf Agenten und einen Grasaffen-Clan zu retten. Geheimagenten waren zwar geschätzte Aktivposten, aber zu ihrer Pflicht gehörte auch die Bereitschaft zum Sterben. Die AMEXICO-Aktion gegen den Raddampfer hatte die bestehende Beziehung ernstlich geschädigt, und zwar bis an einen Punkt, an dem Ieyasu ernsthafte Zweifel über die Zukunft heimsuchten.

Außerdem gab es noch ein Problem. Sollte er dem Shogun von der illegal in Bewegung gesetzten Expedition der Yama-Shitas Bericht erstatten? Sollte er lieber über die ganze Affäre schweigen und die Bekanntmachung aus dem Palast in Sara-kusa akzeptieren, ein Raddampfer, der die neuen Außenstationen am Mi-shiga-See hatte bevorraten sollen, sei bei einem heftigen Sturm mit Mann und Maus untergegangen? Wenn er die Wahrheit — oder einen Teil der Wahrheit — enthüllte, mußte sie Yoritomo verpflichten, noch mehr Sanktionen einzuleiten.

Ieyasu zögerte, den Druck auf die Familie zu erhöhen. Der Tod des Landesfürsten Yama-Shita und die Aufdekkung der Verschwörung zur Wiedererweckung des Dunklen Lichts hatte die Position der Toh-Yotas gestärkt. Zwar hatte man den mächtigsten Rivalen der Familie gedemütigt, aber er genoß noch immer eine große Menge an heimlicher Unterstützung. Man würde das Verhängen weiterer Sanktionen als einen Versuch werten, die Familie völlig zu vernichten. Und ein solcher Schritt mußte unter den anderen Landesfürsten Argwohn und Groll hervorrufen.

In ihren Augen mußten der Tod der bekannten Verschwörer und ihrer engsten Verwandten sowie die schroff verhängten Bußgelder die Schuld der Familie tilgen. Jeden weiteren Versuch, die Yama-Shitas zu zerschmettern, würde man als Bedrohung all jener auffassen, die ihre fortschrittlichen Ideale unterstützt hatten. Niemand wollte Bedingungen schaffen, die zu einem neuen Bürgerkrieg führten. Als Erste unter Gleichen mußten die Toh-Yotas zwar stark sein, aber so stark nun auch wieder nicht. Und da das Shogunat nicht ganz allein jegliche Opposition hinwegfegen konnte, mußte sie das Gleichgewicht der Macht mit einer Mischung aus geschicktem Regieren und Gaunereien aufrechterhalten — in diesen beiden Gebieten war Ieyasu ein anerkannter Meister.

Nach ausgiebigem Nachdenken beschloß er, weder etwas zu sagen noch etwas zu tun. Er wollte das Dilemma, das seine Beziehung zu Karlstrom darstellte, jedenfalls im Moment ungelöst lassen. Er hatte nicht jedes Ehrgefühl verloren. Es war einfach nur so, daß seine Selbstachtung von geringerer Wichtigkeit war, wenn man sie mit dem Erhalt des Toh-Yota-Shogunats verglich. So lange Ieyasu lebte, konnte Yoritomo an seinem edlen, moralischen Plätzchen an der Spitze bleiben. Es war seine Aufgabe, die Erbfolge zu sichern, indem er dafür sorgte, daß die Opposition gespalten blieb. Ieyasus Vermächtnis mußte es sein, Yorimito mit der Entschlossenheit zu versehen, die Yama-Shitas schrittweise arm zu machen, ihre Ländereien umzuverteilen und sie — wie die einstmals großen Da-Tsuni — in die politische Bedeutungslosigkeit zu treiben.

Um Yoritomo bei dieser Aufgabe zu helfen, benötigte Ieyasus Nachfolger Zugang zu den gleichen fremdartigen Gerätschaften, die das gegenwärtige Spionagenetz befähigten, wirkungsvoll tätig zu werden. Man durfte die Verbindung zur AMEXICO zwar nicht kappen, aber ebenso wenig durfte man sie ausbauen. Die existierenden Absprachen mußten genauer überwacht werden. Karlstrom mußte einfach einsehen, daß der willkürliche Mord an hochrangigen Eisenmeistern durch Außenländler, egal unter welchen Umständen, nicht mehr hingenommen werden konnte.

Die Anwesenheit einer Mutantenhexe im Team der Reiherteich-Saboteure und die letzte Aktion gegen den Raddampfer — um einen Clan von Fischermutanten zu verteidigen — waren Mißtöne in einer bislang harmonischen Beziehung. Sie ähnelten in vielerlei Hinsicht den Handelsbeziehungen, die Eisenmeister und Mutanten im Verlauf mehrerer Jahrzehnte aufgebaut hatten. Beziehungen, die später auch den Segen der AMEXICO erhalten hatten.

Nachdem die Eisenmeister viel Zeit, Geld und Mühen

investiert hatten, waren die Präriemutanten nun ihre private Milchkuh. Zwar konnten diese ungebildeten Tiere niemals ihre Verbündeten sein, aber man hatte ihnen den Status von Helfern verliehen. Deswegen wurden sie, in der Hoffnung, sie könnten den nördlichen Vorstoß der Föderation verlangsamen, bewaffnet statt versklavt. Aber hatten sich die Grundregeln geändert? Waren die beiden beunruhigenden Zwischenfälle etwa das Ergebnis einer anderen ›Abmachung‹? Eines weiteren Geheimprotokolls, das eines oder mehrere konkurrierende Mutantenvölker und der glattzüngige Führer der AMEXICO unterzeichnet hatten?

Nur die Zeit würde es an den Tag bringen.

In der Palastfestung von Sara-kusa, die auf dem Boden der ehemaligen Stadt Syracuse bei New York stand, hatte sich Aishi Sakimoto, der amtierende Regent der Familie Yama-Shita, mehr oder weniger die gleichen Fragen gestellt und glaubte nun, die Antwort zu kennen.

Bei einem normalen Verlauf der Ereignisse hätte der älteste Sohn des Landesfürsten den Titel seines Vaters übernehmen müssen, doch laut Befehl des Shoguns waren alle Kinder Hirohitos durch die eigene Hand umgekommen oder von ihrer Mutter getötet worden, ehe sie das Messer gegen sich selbst gerichtet hatte.

In manchen Familien brachen Blutfehden aus, wenn konkurrierende Zweige sich über die Erbfolge uneinig waren, doch Landesfürst Hirohito hatte gnadenlos alle potentiellen Rivalen eliminiert. Zwar hatte er mit eiserner Hand geherrscht, doch unter seiner Führung war die ehedem schon wohlhabende Familie noch reicher geworden. Erst jetzt, als die meisten seiner nächsten Verwandten nicht mehr lebten, mußte man ernüchtert erkennen, daß seine mörderische Herrschaft die Beseitigung der meisten Kandidaten besorgt hatte, die über die notwendige Stärke, die Fähigkeiten und den Antrieb verfügten, seine Stelle einzunehmen.

Die Art der nun von Aishi Sakimoto zur Schau gestellten Führung war der Beachtung seines verstorbenen Neffen zwar nicht entgangen, aber er hatte trotzdem überlebt — teilweise deswegen, weil er Hirohitos Lieblingsonkel und von fast ebenso gnadenlosem Charakter war. Doch in Wirklichkeit hatte ihn die Tatsache vor der Ermordung gerettet, daß er alt und ohne Nachkommen war. Aus diesem Grund hatte man ihn nicht für eine Bedrohung der Familie des Fürsten gehalten.

Aus dem gleichen Grund hatten ihn die erschütterten Überlebenden berufen, den Ratsvorsitz zu übernehmen und die Geschäfte der Familie zu leiten, bis jemand aus ihren Reihen den Titel offiziell übernahm. Im gegenwärtigen Klima brauchte Hirohitos erwählter Nachfolger nicht unbedingt der beste Mann für diese Aufgabe zu sein: Ieyasu, der Hofkämmerer, hatte mitgeteilt, jeder, der zur Wahl stünde, könne nur mit dem Segen des Shogun zum Landesfürsten gemacht werden. Und alle wußten, daß Yoritomo es keinem starken Kandidaten gestatten würde, das Steuer zu übernehmen.

Es war eine bittere Pille. Noch nie zuvor war die Familie gezwungen gewesen, eine solche Einmischung in ihre Angelegenheiten zu erdulden. Die gemeinsamen Vorfahren der Yama-Shitas, Yama-Has und Matsu-Shitas hatten den Toh-Yotas einst geholfen, die Da-Tsuni zu schlagen. Sie waren Verbündete gewesen. Als Teil der historischen Siebenten Welle hatte sich ihr Blut am Ufer des Ostmeers vermischt. Doch mit der Verschmelzung beider Familien zur Gründung eines der größten Ne-Issan-Reiche waren sie zu Rivalen geworden. Und ihre Andersartigkeit hatte sich durch Hirohitos Eintreten für fortschrittliche Ideale verschlimmert.

Ihr durch Verschmelzung gebildetes Reich war nicht bedeutend größer als das Territorium, das die Toh-Yotas beherrschten. Die Quelle des Unbehagens lag in der einmaligen geographischen Lage, die ihnen Zugang zu den Großen Seen und zum Ostmeer gab; Grenzen, die man leicht verteidigen konnte, und die darüber hinaus einen beneidenswerten Handelsvorteil boten. Doch obwohl die Toh-Yotas durch die Besteuerung der Familieneinnahmen auch die eigenen Schatullen gefüllt hatten, empfand man den ständig zunehmenden Reichtum und Einfluß der Yama-Shitas nun als Bedrohung für das Shogunat.

Zu große Zuversicht hatte Fürst Hirohito dazu verleitet, zu früh zu handeln. Er hatte sich nicht in Yoritomo geirrt. Für sich allein stellte der junge Shogun kein Problem dar. Er war sich selbst der größte Feind. Doch Hirohito hatte Ieyasus bleibende Macht ernsthaft unterschätzt. Yoritomos Thronbesteigung und sein Aufräumversuch hatten Ieyasus Macht über den Inneren Hof ernstlich geschwächt. Viele seiner alten Freunde waren ihrer Ämter enthoben worden, und man hatte seine Platzhalter in der *Bakufu* degradiert oder in den Ruhestand versetzt. Alle hatten zuversichtlich damit gerechnet, daß Ieyasu ihnen durch die Tür folgen würde, um seine letzten Jahre beim Töpfern im Garten oder in der Bibliothek seines großen Landsitzes zu verbringen.

Doch der alte Fuchs hatte nicht losgelassen, und sechs Jahre später war aus dem gewonnenen Halt ein echtes Halseisen geworden. Es hieß, der Shogun leihe ihm nicht nur sein Ohr, sondern er sei ihm völlig ergeben. Und den Beweis konnte jedermann sehen! Yoritomos flinke Manöver nach dem Reiherteich-Massaker zeigten alle Anzeichen des großen Verschwörers.

Ja. Schon am Anfang hätte man bestimmter handeln sollen. Ein offenkundiger Mordversuch stand zwar außer Frage, doch Ieyasus Vorliebe für Halbwüchsige war innerhalb der höfischen Kreise kein Geheimnis. Statt sich aufgrund seiner galoppierenden Senilität hämisch an den Berichten über seine bevorstehende Entfernung aus dem Amt zu freuen, hätte Hirohito ein paar gut ausgebildete ›Frühlingsblüten‹ ins Bett des alten Lustmolchs schicken sollen — mit dem Befehl, bei ihm zu bleiben, bis er sich den letzten Rest seines Hirns weggefickt hätte.

Nun, jetzt war es zu spät. Hirohito hatte für seinen Irrtum teuer bezahlt, und die Familie ebenfalls. Doch man wollte das Konto wieder ausgleichen, und zwar mit Zinsen. Auch wenn es keine leichte Aufgabe war. Ieyasu lebte zwar nicht ewig, aber es stand fest, daß man den jungen Shogun nicht mehr außer acht lassen konnte. Er hatte eine Menge gelernt. Die Yama-Shitas würden wieder aufsteigen, auch wenn es noch Jahre dauerte, bis sie stark genug waren, um die Toh-Yotas zu vertreiben. Er, Aishi Sakimoto, wollte seine Rolle gern spielen, auch wenn er den süßen Augenblick des Sieges nicht mehr erlebte. Im Augenblick mußten sie sich damit begnügen, den M'Call-Clan und die sonstigen She-Kargo-Abkömmlinge zu bestrafen.

Dank einer Botschaft, die man kurz vor der Entlarvung der beiden Kojak-›Führer‹ vom Raddampfer abgeschickt hatte, wußte Sakimoto nun, daß einer der beiden der Wolkenkrieger gewesen war, den die M'Calls in Begleitung einer Mutantin nach Ne-Issan geschickt hatten. Es war zwar nicht klar, ob die Frau — man hatte sie zuletzt bei den Min-Orotas gesehen — mit der unauffälligen weißen Hexe identisch war, die Fürst Hirohito mit einem abscheulichen Zauber ermordet hatte, doch es bestand die Möglichkeit, daß es sich um ein- und dieselbe handelte.

Als man den Wolkenkrieger an Bord des Raddampfers demaskiert hatte, war er als Mutant getarnt gewesen. Seinen Gefährten, dessen Haut auf ähnliche Weise ausgeprägt war, hatte man als den Grasaffen identifiziert, der als sein Leibdiener fungiert und den ersten raketenbetriebenen Prototypen geflogen hatte. Angesichts des Fachwissens, mit dem er die Maschine gesteuert hatte, war auch er möglicherweise ein geschickt getarnter Langhund. Doch was die weiße Hexe anbetraf, so blieb ihre Identität ein Problem. Sakimoto hatte zwar gerüchteweise von der Mutantenmagie gehört, aber er hatte sie, ebenso wie Fürst Hirohito, mit Vorsicht aufgenommen. Jetzt war er sich nicht mehr so sicher. Wenn die Hexe *keine* Langhündin war, bedeutete dies, daß es hellhäutige, geradknochige Mutanten gab, die wenigstens äußerlich wie Wagner aussahen!

Es war alles sehr verwirrend.

Die Angelegenheit hatte allerdings noch einen nicht von Zweifeln belasteten Aspekt: Man hatte eindeutig eine funktionierende Beziehung zwischen den Langhunden und den Grasaffen eingerichtet. Als Sakimoto die Informationen zusammenfügte, die er durch die nun am Ostufer stationierten Agenten über die Fischer am Mishiga-See gesammelt hatte, wußte er, daß der Raddampfer in Brand gesteckt und mit Hilfe von Flugpferden, die nur aus der Föderation stammen konnten, versenkt worden war. Die beiden ersten Meuchelmörder waren als Emissäre der M'Calls nach Ne-Issan gekommen. Bei einem Geschäft, das Fürst Hirohito und ein Wortschmied namens Mr. Snow eingefädelt hatten, hatte ihr Clan sich bereit erklärt, im Tausch gegen hundert Gewehre einen Wolkenkrieger und ein Flugpferd zu liefern!

Wer hätte vermuten können, daß dieser stumpfäugige, närrische Abschaum zu einer solchen Doppelzüngigkeit fähig war? Na schön. Die Sache würde ebenso wenig ungerächt bleiben wie die Verbrechen des Kojak-Clans, der nach dem Untergang des Raddampfers alle ans Ufer gelangten Männer massakriert hatte. Doch der erste Schritt mußte auf die M'Calls abzielen — auf das Bindeglied zwischen dem Prärievolk und der Föderation. Und diesmal mußte das Unternehmen so aufgezogen werden, daß keine Möglichkeit eines Fehlschlags bestand.

Die Familie konnte in einem kriegerischen Akt, der nicht die Billigung der Regierung genoß, von ihren wenigen verbliebenen Freunden keinen Beistand erwarten.

Und im gegenwärtigen Klima konnte man ihn auch nicht erringen, ohne gezwungen zu werden, ein großes Stück des Kuchens abzugeben. Die einzige Möglichkeit, das Problem zu umgehen, bestand darin, den Angriff zu tarnen, indem man die Clans der D'Troit-Abkömmlinge einsetzte, die wildesten Rivalen der She-Kargo.

Sakimoto war sich der Tatsache bewußt, daß das Niedermetzeln der She-Kargo-Handelsabordnung nicht viele echte Missetäter erwischen würde. Der Masse des Clans befand sich in Sicherheit und außer Reichweite. Doch der Überfall sollte nur der erste Schritt in einem Plan sein, den die Familie schon seit geraumer Zeit ausbrütete. Die strengen Konsequenzen, die Fürst Hirohitos Mißgeschick gefolgt waren, hatten die Machtbasis der Familie geschwächt; man konnte sie nur wieder aufbauen, indem man den Plan ausführte, die gegenwärtigen Grenzen zu erweitern.

Die Rekrutierung der D'Troit, die die Drecksarbeit tun sollten, war ein Bestandteil dieses Plans. Die gegenwärtige Zersplitterung des Prärievolkes, in der Clans gleicher Abstammung einander bekämpften, war ziellos und unproduktiv. Und das Handelsabkommen, laut dem die Clans jährlich verschieden große Gruppen ›freiwilliger‹ Sklavenarbeiter beschafften, war eine untaugliche Methode, dem ständigen Arbeitskräftebedarf zu entsprechen.

Auf eine ebenso willkürliche Weise brachten sie einander um. Ohne Sinn und Verstand. Die Krieger, die in bewaffneten Auseinandersetzungen obsiegten, machten nicht weiter, indem sie die Siedlung der Verlierer plünderten. Siegreiche Clans besetzten weder das Land ihrer Rivalen, noch schlachteten sie die Überlebenden ab. Sie machten nicht mal einen Versuch, sie zu versklaven. Die Sieger gingen einfach nach Hause und dichteten Lieder, die am Lagerfeuer ihre Tapferkeit rühmten!

Ein Teil des Problems war die Riesenhaftigkeit des ihnen zur Verfügung stehenden Landes. Es gab zuviel

Land für zu wenige Völker. Und da die Bewohner Wilde waren und ein einfaches Leben führten, brauchten sie die Schätze des Landes auch nicht auszubeuten. Es gab genug Platz für alle, dazu eine Fülle von Wild und mehr Rohstoffe, als man überhaupt brauchte. Es war nicht notwendig, einander zu besiegen. Die Mutanten bekämpften sich, weil sie mit dem Kriegerethos verehelicht waren. Der Kampf war eine Mutprobe, Teil eines natürlichen Ausleseverfahrens. Das war zwar sehr lobenswert, doch man konnte doch nicht all ihrer grausamen Energie gestatten, verschwendet zu werden! Man mußte die Energie auf erhabenere Ziele richten, statt sie in folgenlosen Scharmützeln zu vergeuden!

Die Yama-Shitas hatten vor, ein solches Gefühl zu erzeugen und zu dirigieren, indem sie die grundverschiedenen Clans der D'Troit und C'Natti-Abkömmlinge einte und zwei Vasallenstaaten hervorbrachten. Wenn die Yama-Shitas sie bewaffneten und berieten, würden sie ihre verhaßten Rivalen — die She-Kargo und sonstigen kleineren Völker — unterwerfen. War dies geschehen, konnte man den jährlichen Tribut in Form von Rohstoffen und körperlich gesunden Männern und Frauen von ihnen erheben. Bußtribute, die dieses wilde Volk dazu zwang, sich von morgens bis abends abzuplacken, statt den Tag mit raucherfüllten Träumen zu vertrödeln. Arbeit würde ihre Rettung sein, nicht ein unsichtbares Wesen namens Talisman.

Als Gönner und Beschützer der D'Troit und C'Natti würde die Familie Yama-Shita der Monopoltransporteur des neuen Material- und Arbeitskräftestroms sein. Es würde unvorstellbaren Reichtum erzeugen — doch nur dann, wenn alle Schritte wohl überlegt waren. Die verräterischen Taten Fürst Hirohitos hatten die Familie ihres exklusiven Rechts beraubt, mit den Grasaffen zu handeln. Zwar hatte man ihren südlichen Nachbarn, den Ko-Nikkas und Se-Ikos, Lizenzen erteilt, aber die Yama-Shitas bewachten weiterhin die Zugänge zu den

Großen Seen, und es waren *ihre* Navigatoren, die den Kurs kannten, der durch die Tiefen und Untiefen führte. Sie hatten das Wissen und die Kontakte, und neben ihrer riesigen Raddampferflotte wirkten die Schiffe der Ko-Nikka wie Zwerge. Die Se-Iko, deren Reich landgebunden war, besaßen nur Flußboote. Für ihre erste Fahrt waren sie genötigt gewesen, zwei Schiffe und die dazugehörigen Mannschaften zu exorbitanten Preisen von den Yama-Shitas zu leihen. Zwar hatten beide Familien Bestellungen für größere Schiffe abgegeben, doch die Schiffsbauer der Ko-Nikkas, denen die Erfahrung fehlte, Schiffe dieser Größe zu bauen, rangen noch immer mit dem Problem der Kielraumkonstruktion.

Es reichte Sakimoto, sie im eigenen Saft schmoren zu lassen. Als Gegenleistung für den Handelsanteil an den Großen Seen waren ihre ehemaligen Verbündeten aus dem Glied getreten; nun erfuhren sie, daß es mit einem hübschen Schriftstück und dem Siegel des Shogun auch nicht getan war. Die Yama-Shitas hatten ihre neuen Partner noch immer in der Hand, und sie wußten beide, daß sie ohne die Unterstützung ihrer persönlichen Mannschaften wahrscheinlich mit leeren Händen zurückkamen.

Laut der Sara-kusa erreichenden Botschaften schien es, als ob ein paar klügere Köpfe in beiden Reichen den voreiligen Sprung an die Rockschöße des Shogun schon bedauerten. Falls ihre heimlichen Begegnungen Schuldgefühle erweckten, wollte Aishi Sakimoto die Sentimentalität der anderen Seite ausbeuten, um jeden möglichen Nutzen aus ihnen zu ziehen. Angesichts des jüngsten Umschwenkens konnte er die anderen zwar noch nicht ins Vertrauen ziehen, doch das war auch unnötig. Sie konnten seinen Zielen besser dienen, wenn sie unabhängige Zeugen blieben. So konnten sie aussagen, am Handelsposten seien Kämpfe zwischen rivalisierenden Mutanten-Abkömmlingen ausgebrochen — und daß die Familie Yama-Shita sich erst dann, als der

Konflikt außer Kontrolle zu geraten drohte, verpflichtet gefühlt hatte, die streitenden Fraktionen zu trennen, um die an Land befindlichen Eisenmeister zu schützen. Wenn bei dem Bemühen, einen Waffenstillstand zu erzwingen, die eine Fraktion höhere Verluste erlitten hatte als die andere, war es zwar bedauerlich, aber nicht zu vermeiden gewesen.

Dergestalt hatte Fürst Hirohitos Plan ausgesehen, und er war nicht schlecht. Als er entstanden war, hatte er nicht auf einer speziellen Animosität gegen die She-Kargo basiert. Ganz im Gegenteil: Der ehemalige Ruhm der She-Kargo war bewundernswert. Hirohito hatte beschlossen, die D'Troit und C'Natti nur deswegen zu unterstützen, weil ihr brennendes Verlangen, oberste Ursippe des Prärievolkes zu werden, sie zu einer Allianz mit den Yama-Shitas verleiten mußte.

Doch nachdem er aus den Händen der weißen Hexe den Tod empfangen hatte, war die Unterwerfung der She-Kargo nicht mehr nur die Anfangsphase der wirtschaftlichen Entwicklung der Westprärie. Sie wurde nun zu einem Akt der Rache.

Der erste Tribut, den die neuen Vasallenstaaten ihren Herrn bringen würden, waren die Köpfe der Angehörigen des M'Call-Clans.

Ebenso standen die M'Calls ganz oben auf der Schwarzen Liste, die die Führer der Amtrak-Föderation erstellt hatten. Das knappe Entrinnen des als *Louisiana Lady* bekannten Wagenzugs im Juni 2989 während der Schlacht am Dann-und-Wann-Fluß und der danach erfolgte katastrophale Angriff, der im Novemberschnee 2990 ein Drittel seiner Waggons und Mannschaftsangehörigen vernichtet hatte, hatte das Unbesiegbarkeitsimage der Föderation schwer geschädigt.

Es war eine Herausforderung, die man nicht ignorieren konnte. Derart energischer Widerstand durch untermenschliche Wilde durfte nicht straflos hingenommen werden. Der M'Call-Clan, die für diese Gewalttat verantwortliche Gruppierung, mußte vernichtet werden. Man mußte sie ausrotten, als Exempel für alle, die sich der Macht der Föderation widersetzten.

Der Beschluß, den Clan zu vernichten, war der leichte Teil. Das Problem war die Ausführung. Die M'Calls wurden von einem Individuum namens Mr. Snow angeführt — von dem es hieß, er sei einer der stärksten Rufer, die das Prärievolk je hervorgebracht hatte.

Die Fähigkeit, die der Erde und dem Himmel innewohnenden unsichtbaren Kräfte zu beschwören — dynamische Energien, die sie körperlich durchströmten und von ihrem Geist geformt und dirigiert wurden —, war eins von drei Talenten, über die sogenannte begabte Mutanten verfügten. Man mußte dankbar dafür sein, daß sie so selten waren: die Gabe, Wirbelstürme, ›Himmelsfeuer‹ und ›Erdendonner‹ zu erzeugen und bis zu zehn Zentner schwere Felsen fliegen zu lassen war die sensationellste und gefährlichste Form dessen, was man als ›Mutantenmagie‹ kennengelernt hatte.

Rufer, Seher — Letztere konnten mit Hilfe von Sehsteinen die Vergangenheit und Zukunft erkennen — und Wortschmiede, die mit einem erstaunlichen Erinnerungsvermögen gesegnet waren, konnten geistige Fähigkeiten entfalten, die ihr primitives Erscheinungsbild und ihre Lebensweise Lügen straften. Sie waren hochintelligent, und die Kräfte, die sie beherrschten oder herbeirufen konnten, trotzten jeder vernünftigen Erklärung.

Zwar würde man in angemessener Zeit durch peinlich genaue Anwendung anerkannter physikalischer Gesetze auf eine Antwort stoßen, doch bis dahin hatte die Erste Familie, sich einer Sache gegenübersehend, die sie weder erlernen konnte noch verstand, offiziell entschieden, daß es keine Mutantenmagie gab. Jede öffentliche Erwähnung, die diesem Edikt widersprach, war ein Code-Eins-Vergehen und zog die Todesstrafe nach sich. Oberwelt-Einheiten, die dieser Form der Magie ausgesetzt waren, durften sie nicht als Entschuldigung ihres Versagens bei der Ausführung operativer Ziele erwähnen.

Das waren drakonische Maßnahmen, und man setzte sie gnadenlos durch. Und dies aus gutem Grund, denn das Aufrechterhalten eines hohen Motivationsgrades der Einheiten, die in fernen Arbeitslagern und Zwischenstationen monatelang einer lebensfeindlichen Umwelt ausgesetzt waren, war keine leichte Aufgabe. Dies schloß auch die Elitetruppen mit ein, die sogenannten Bahnbrecher, die in den Wagenzügen fuhren. Die hundertprozentig linientreue und hochdisziplinierte Bahnbrecher-Division war in etwa eine Mischung aus den kampferprobten US-Marines des Zweiten Weltkriegs und der Waffen-SS aus der gleichen Zeit. Doch selbst von ihnen war bekannt, daß sie angesichts dieser Ehrfurcht einflößenden Kräfte außer Fassung geraten waren, als ein Rufer die Sieben Kreise der Macht heraufbeschworen hatte.

Der auch als Sturmbringer bekannte Mr. Snow war ein solches Individuum — vielleicht sogar der einzige seiner Art in den Reihen des Prärievolkes. Dank der Bemühungen Steve und Roz Brickmans befand sich Mr. Snows Schützling Clearwater nun in den Händen der Föderation. Das heißt, fast. Um genauer zu sein, sie befand sich in der Intensivstation eines mobilen Feldlazaretts, das zum Wagenzug *Red River* gehörte, der nun nach Süden fuhr und Nebraska verließ.

Man hatte Clearwater zuvor als potentiell größere Gefahr als Mr. Snow eingestuft, doch nach einer schweren Verwundung und der nachfolgenden komplizierten Operation stand sie nun unter dem fortwährenden Einfluß von Beruhigungsmitteln. Deswegen hielt man sie auf der Rückfahrt weder für eine Bedrohung des *Red River*, noch für eine der Föderation. Der Forschungsstab des Lebensinstituts erwartete begierig ihre Ankunft.

So waren nur noch Mr. Snow, der Rufer und Wortschmied des M'Call-Clans, und sein zweiter junger Schüler zurückgeblieben: Cadillac Deville, der Wortschmied- und Seherlehrling. Ihre Festnahme (man hatte sie im Planungsstadium als ›Entfernung aus der Gleichung‹ bezeichnet) sollte die letzte Phase der von General-Commander Ben Karlstrom geleiteten OPERATION SQUARE-DANCE sein.

Karlstrom, ein enger Verwandter des General-Präsidenten, war der leitende Direktor der AMEXICO, einer verdeckt arbeitenden Organisation, die man gebildet hatte, um Aufträge auszuführen, die direkt aus dem Oval Office kamen — in dem gegenwärtig George Washington Jefferson der 31. saß.

In Begriffen des späten 20. Jahrhunderts ausgedrückt betrieb die AMEXICO die Aufgaben der amerikanischen CIA, der Gestapo des Dritten Reiches und des britischen SAS: das Sammeln von Nachrichten, die Sicherung des Staates, räuberische militärische Überfälle und ›gerechtfertigte Ausschaltungen‹. All dies tat sie parallel zu, doch ohne Wissen der staatlichen Militärpolizei und der militärischen Spionageeinheiten. AMEXICO-Agenten — man bezeichnete sie als *Mexikaner* — operierten im Innern des von der Ersten Familie beherrschten unterirdischen Nationalstaates und in der darüber liegenden ›Blauhimmelwelt‹. Ihre Existenz war das am besten gehütete Geheimnis der Föderation.

Die neun Angehörigen des Obersten Rates hatten zwar offiziell Kenntnis von der allgemeinen Natur der Organisation, wußten aber nicht, über welches Menschenpotential sie verfügte, welche Mittel ihr zur Verfügung standen und wie groß das Feld ihrer Aktivitäten war. Nur Jefferson der 31. und Karlstrom war das gesamte Ausmaß bekannt. Andere konnten lediglich spekulieren. Die AMEXICO war die Privatarmee des General-Präsidenten, und der sie umgebende undurchdringliche Mantel des Geheimnisses war eine wesentliche

Grundlage, da man sich der Organisation hin und wieder bedienen mußte, um potentiell lästige Angehörige der Ersten Familie auszuschalten.

Manchem kommt es vielleicht seltsam vor, daß in einem isolierten totalitären Staat, der alle Ansichten seiner Soldaten-Bürger mit militärischer Präzision und computerisierter Effizienz vom Tag seiner Geburt an kontrolliert, überhaupt Mißvergnügen aufkommen kann. Doch dies kam durchaus vor. Wer persönliche Erfahrungen bei den Streitkräften oder in der Elektronikindustrie gesammelt hat, weiß, daß ›militärische Präzision‹ und ›computerisierte Effizienz‹ mythische Zustände sind, die wenig Bezug zu dem haben, was das eine oder andere System bieten kann.

Alle mit Menschen besetzten monolitischen Machtstrukturen sind weniger als perfekt, besonders solche, die auf hochsensible Technik vertrauen. Und in dieser Hinsicht bildete die Föderation keine Ausnahme. Neunhundert Jahre unbarmherziger Reglementierung hatten es nicht geschafft, die Erste-Familien-Version des ›Sowjetmenschen‹ hervorzubringen. Auf sämtlichen Ebenen der Kommandostruktur wurde noch immer gepfuscht, und die Systeme stürzten mit sicherer Regelmäßigkeit ab. Wie man auch zu dem stehen mochte, was die Erste Familie zu erringen hoffte, alles war entweder eine Sache ernster Bekümmertheit oder ein Grund zum Feiern. Ein Beweis der Unzerstörbarkeit des menschlichen Geistes; ein Hoffnungsstrahl für die Zukunft der Menschheit.

Der Gründervater, George Washington Jefferson der Erste, hatte diese Binsenweisheit schon gekannt, als er den Grundstein legte, auf dem er seine Zukunftsvision erbauen sollte. »Nur Menschen versagen – nicht das System«, war eine seiner orakelhaften Weisheiten, die auf jeder freien Mauer in der Föderation zu lesen waren und von den neun TV-Sendern der Föderation täglich abgesondert wurden. Ein Satz von listiger Einfachheit, der geholfen hatte, den Status quo zu bewahren, indem man alle Systemunzulänglichkeiten dem einzelnen in die Schuhe schob, wenn er seine Stimme protestierend gegen Maßnahmen erhob, die man in seinem Namen traf.

Um diese einzelnen Spinner daran zu hindern, ihr Mißvergnügen wie ein Virus in den Körperschaften zu verbreiten, denen sie vorsaßen, hatte die Erste Familie eine Reihe narrensicherer Systeme installiert. Im Frühjahr 2991 schlossen sie auch ein akustisches Lauschsystem mit dem Codenamen Hydra ein, denn das gesamte Untergrundreich war tonverkabelt.

Jeder Ort, egal auf welcher Ebene, konnte überwacht werden, indem man seine Koordinaten in eine Steuerkonsole eingab. Zwar war es den menschlichen Operateuren möglich, sich in Unterhaltungen einzuschalten, doch machte die bloße Logistik es unpraktisch. Den Hauptteil des Lauschens steuerte COLUMBUS, der über eine Liste aller Verdächtigen verfügte und stündlich willkürlich Stichproben vornahm, die man als Lauschangriffe bezeichnete. Normale Gespräche wurden zwar abgehört, aber nicht aufgezeichnet: Erst wenn ein Sprecher ein Wort oder eine Wendung verwendete, die in der Liste des ›subversiven Vokabulars‹ stand, drehten sich die Bänder. Die Gesprächsaufzeichnungen wurden einer Computeranalyse unterzogen, anhand des Gesprächstyps in verschiedene Kategorien eingeteilt und auf ›Strafbarkeit‹ hin überpüft. Erst nach Abschluß dieses Verschiebungsprozesses führte man den täglich anfallenden Ernstfallrest unter dem Titel Aktionsliste auf den Bildschirmen der Operateure im Hydra-Zentrum auf.

Doch das System und seine Lenker hatten den schlimmsten Fall verpaßt.

Trotz Hydra und des landesweiten Geheimdienstnetzes wurde die Erste Familie völlig unvorbereitet von einem Proteststreik getroffen, den die Mannschaften der

Föderationswagenzüge durchführten. Der von den befehlshabenden Offizieren organisierte Streik wies zwar nicht den Charakter eines von Dissidenten angeführten Volksaufstandes auf, aber er war dennoch eine Revolte, und seit über sechshundert Jahren die erste ernsthafte Herausforderung an die Erste Familie.

Der auf Bahnbrecher im aktiven Zugdienst begrenzte Protest war diszipliniert und machte keine Schlagzeilen. Die sogenannten Forderungen der Division wurden CINC-TRAIN in einer codierten Botschaft übermittelt, die von zwanzig der einundzwanzig Wagenmeister der Föderationsflotte und den befehlshabenden Offizieren unterzeichnet war. Nur der Name des *Red River*-Wagenzugs, des Flaggschiffes der Amtrak, fehlte auf der Liste.

Die Aufrührer stellten zwei Forderungen: Erstens sollte die Existenz der Mutantenmagie offiziell anerkannt werden. Falls dies aus Gründen der Staatsräson nicht öffentlich bekanntgegeben werden konnte, sollte es ein Vertreter der Ersten Familie wenigstens auf einer Geheimsitzung der Wagenzug-Bruderschaft tun. Zweitens sollte das gegen Commander Bill Hartmann und die Offiziere der *Louisiana Lady* anberaumte Disziplinarverfahren, das ihnen Unfähigkeit im Umgang mit einem Prärievolk-Rufer vorwarf, niedergeschlagen werden. Alle Besatzungsmitglieder sollten rehabilitiert werden und ohne Verlust von Dienstgrad und Privilegien wieder auf ihre alten Posten und in den aktiven Dienst zurückkehren.

Zwar drohte man nicht, im Fall der Nichterfüllung werde etwas geschehen, doch da 95 Prozent der Wagenzug-Streitkräfte hinter dem Protest standen, beschloß das Weiße Haus, mit den Wölfen zu heulen. In einer eilig anberaumten, exklusiv in die Wagenzüge ausgestrahlten TV-Sendung, erklärte sich Jefferson der 31. dazu bereit, die Forderungen der Rebellen innerhalb von achtundvierzig Stunden nach Erhalt zu erfüllen.

Es war ein noch nie dagewesenes Entgegenkommen.

Zum ersten Mal hatte man einen organisierten Protest nicht brutal niedergeschlagen. Doch es war auch ein Sieg für beide Seiten, denn die Erste Familie rang schon seit den letzten zweihundertfünfzig Jahren mit dem Problem der Mutantenmagie.

Den Beschluß, ihre Existenz zu leugnen, hatte ein längst toter und begrabener Oberster Rat gefaßt. Seinerzeit war es kein Problem gewesen, denn damals waren die Südmutanten der Feind gewesen. Zwar hatte die Außenaufklärung die gerüchteweise Existenz von Rufern gemeldet, doch bei den wenigen Gelegenheiten, in denen man ihre Existenz angenommen hatte, war es ihren Eingriffen nicht gelungen, das Vorankommen der Föderation aufzuhalten.

Aus diesem Grund hatte die Familie den Schluß gezogen, die angebliche Macht dieser Individuen sei keine ernsthafte Bedrohung für zukünftige Unternehmungen. Gefahr bestand nur für die eigenen Reihen — in unkontrollierten Gerüchten und wilden Spekulationen über die Mutantenmagie. Doch statt alle schlecht informierten Diskussionen zu diesem Thema zu beenden, hatte das Erzwingen von Sanktionen sie nur in den Untergrund verlagert.

Mit dem Vorstoß in die nördlichen Zonen des Prärievolk-Territoriums hatte sich die Natur des Konflikts verändert. Die Zeiten der leichten Siege waren vorbei, und das ehemals glatte Leugnen der Mutantenmagie hatte die gegenwärtigen Führer der Ersten Familie in eine Klemme gebracht. Dies war die Chance, aus ihr herauszukommen und im Zuge des Verfahrens ein paar Punkte wettzumachen.

Angesichts der neuesten Lageberichte aus Wyoming und Nebraska hätte der Ruf nach dem Wiedereinsatz Commander Hartmanns und seiner Mannschaft in keinem passenderen Moment kommen können. Das Eingehen auf die Forderungen der Rebellen räumte der Ersten Familie die Gelegenheit ein, ihre geheime OPERA-

TION SQUARE-DANCE zu einem erfolgreichen Abschluß zu bringen.

Zwar würde dies nur im Nachhinein sichtbar werden, aber es bedeutete nicht, daß man damit alles vergab und vergaß. Hartmann und sein Stab waren der Auslöser gewesen; sie hatten eine schwelende Unzufriedenheit zu einer offenen Revolte gemacht. Auch wenn der Protest nur begrenzt, kurzlebig und völlig gerechtfertigt war — er war ein direkter Angriff auf das unveräußerliche Recht der Ersten Familie, von Oben nach Unten zu herrschen.

Noch schlimmer war die Wohlorganisiertheit der Revolte und daß niemand sie *vorhergesehen* hatte. Eine so erschreckende Laschheit von seiten der Sicherheitsdienste durfte nicht ungestraft hingenommen werden. Früher oder später würde die Erste Familie jeden zur Rechenschaft ziehen, der mit dem Fall zu tun gehabt hatte. Niemand legte sie ungestraft herein. Und unter den ersten, die dies am eigenen Leib erfuhren, würde die Besatzung der *Louisiana Lady* sein.

2. Kapitel

Commander James Fargo, der Wagenmeister des *Red River*, hatte in seinen an der Oberwelt verbrachten Jahren zwar schon viele Mutanten aus nächster Nähe gesehen — aber entweder waren sie tot gewesen, hatten im Sterben gelegen oder sich im Zielfernrohr seiner Schußwaffe bewegt. Man hatte ihn zum Töten von Mutanten ausgebildet. Er hatte sich nie vorgestellt, irgendwann könne man von ihm verlangen, Gastgeber für zwei lebendige Beulenköpfe zu spielen. Doch nun waren sie an Bord und wurden in seinem Wagenzug verhätschelt.

Es war ein eigenartiges Gefühl. Soweit er wußte, war es das erste Mal, daß Mutanten das Innere eines Wagenzugs mit ihrer verseuchten Existenz beschmutzten. Eine zweifelhafte Ehre; er hatte sich nicht um sie gerissen. Aber Befehl war Befehl. Trotzdem wurde er das Gefühl nicht los, daß seine restlichen Gäste — eine sieben Mann starke Sondereinheit des Weißen Hauses, die über ein vollständiges privates Kommunikationssystem verfügte — ihn ins Vertrauen hätten ziehen sollen. Spätestens in dem Moment, als die beiden Mutanten an Bord gekommen waren, hatte er kapiert, daß sie keine echten Beulenköpfe waren, sondern etwas völlig anderes. Auch die zahlreichen zwischen der Sondereinheit und dem Hauptzentrum hin- und herfliegenden Codefunksprüche ließen darauf schließen.

Als höchsteingestufter Föderations-Wagenzug befaßte sich der *Red River* seit vielen Jahren mit dem Transport und Einsammeln zahlreicher Einzelpersonen. Aus welchem Grund sie sich an der Oberwelt aufhielten, war zwar nie ganz erklärt worden, aber sie gingen eindeutig irgendwelchen verdeckten Aktivitäten nach. Da die Soldaten-Bürger der Föderation einer gewaltigen

Armee angehörten, deren Befehlskette bis ins Weiße Haus zurückführte, mußten diese Leute für die Erste Familie arbeiten. Aber bis heute hatte niemand den Namen oder die präzise Funktion der Einheit herausgefunden, der sie angehörten.

Fargo wußte, daß es unklug war, Fragen zu stellen, die über sein Wissen hinausgingen. Niemand gelangte an die Spitze des besten Wagenzugs der Föderation, ohne dies schon in sehr frühen Jahren gelernt zu haben. Als beispielhaftes Produkt des Systems glaubte er daran, daß Menschen, die nicht an geheimem Wissen beteiligt werden, auch keinen Grund haben, die Nase in Dinge zu stecken, die sie nichts angingen. Die Erste Familie sagte einem alles, was man wissen mußte — wenn es an der Zeit war, daß man es wissen *mußte.*

Fargos bedingungslose Einstellung bedeutete jedoch nicht, daß er als Kommandant des *Red River* ein farb- und geistloser Automat war. Initiative und Intelligenz gehörten zu seinem Berufsbild. Fargos unbeirrbare Untertanentreue zur Föderation war mit dem völligen Aufgehen Reinhard Heydrichs in die Völkermordpolitik des Hitler-Reiches vergleichbar. Wie Heydrich war er eine echte Persönlichkeit mit eigenem Verstand. Doch alle Vorbehalte (es waren auch nur sehr wenige) hinsichtlich der Methoden, mit der die Erste Familie die Dinge lenkte, behielt er streng für sich.

Die ersten Besucher waren an Bord gekommen, nachdem eine Sondereinheit des Weißen Hauses sie in der Nacht irgendwo aufgelesen hatte — mit Himmelsfalken, die zum *Red River* gehörten. Zu dem Team gehörte eine siebzehn Jahre alte Junior-Ärztin, die ihr Marschbefehl als Roz Brickman auswies. Da sie nur wenig Erfahrung mit Kampfverletzungen hatte, waren drei Angehörige des Red River-Chirurgenteams mit ihr zusammen geflogen — in einer fünf Maschinen umfassenden Formation und in an Flugzeugrümpfen befestigten Kumpelschleppern.

Man hatte die schwerverletzte Mutantin im Ersatzliegeplatz festgebunden, zurückgeflogen und sofort operiert. Mit der einzigen Nachricht, die Fargo direkt von CINC-TRAIN erhalten hatte, war er instruiert worden, der Sondereinheit die Mannschaft und die Dienste des *Red River* zur Verfügung zu stellen. Und das hatte er getan. Die Mutantin, an Bord führte man sie als Alpha-Bravo, lag nun in der Intensivstation, und die junge Brickman kümmerte sich um sie. Mitch — Michelle French, die äußerst fähige Chefärztin des *Red River* —, die den größten Teil der Operationen durchgeführt hatte, stufte ihre Überlebenschancen auf 50:50 ein.

Etwa sechsunddreißig Stunden nach dem Flug des ersten unwillkommenen Gastes zum *Red River* war der zweite angekommen. Aus eigener Kraft — oder, um genauer zu sein, auf dem Rücken eines Vierbeiners, dessen Rasse Fargo, so wie der Rest der Mannschaft, bisher für ausgestorben gehalten hatte.

Von der geheimnistuerischen Sondereinheit mit den Decknamen Yankee-Zulu versehen, war der hochgewachsene, blonde Mutant am hellichten Tag auf einem Pferd auf sie zugeritten. Zwei gleichartige Lebewesen hatte er im Schlepptau gehabt. Fargo hatte die TV-Bilder im ganzen Wagenzug verbreitet, damit die Mannschaft die Erfahrung teilen konnte, lebende Relikte eines längst vergangenen Zeitalters zu sehen. Da es unerläßlich gewesen war, die Pferde an Bord zu nehmen, hatte es keinen Sinn, ihre Existenz zu verheimlichen. Doch als er zugesehen hatte, wie sie zum Zug geführt wurden, *mußte* Fargo sich die unausweichliche Frage stellen: Wenn COLUMBUS falsche Daten über Pferde verbreitete, welche Fehler machte er dann sonst noch?

Er hatte die Frage und dazugehörigen Ungewißheiten aus seinem Geist verdrängt. COLUMBUS machte keine Fehler. Die Erste Familie hatte ihn in ihrer Weisheit instruiert, die Information für sich zu behalten. Und dafür mußte sie einen guten Grund haben.

Obwohl Yankee-Zulu unverletzt war, hielt er sich nun im sogenannten Blutwaggon auf — dem voll ausgerüsteten Feldlazarett, einem Bestandteil jedes Wagenzugs. Der medizinische Stab, die Lagerräume und Kleinlabors waren im Unterdeck untergebracht. Das Mitteldeck enthielt einen Operationssaal, Räumlichkeiten zur Vor- und Nachbehandlung, eine Intensivstation, Röntgen- und Sonographie-Einrichtungen und eine Praxis zur Pflege kleinerer Wunden und Leiden. Im Oberdeck gab es drei Krankenstationen, die sich, falls erforderlich, selbst versorgen konnten. Die von einem gewissen WALLIS, DONALD E. angeführte Sondereinheit hatte den Heckabschnitt übernommen und schottete sich hinter schalldichten Scheidewänden mit einer speziellen Funkausrüstung ab. Alpha-Bravo war nach der Quälerei auf dem Operationstisch noch ohne Bewußtsein und schlief in einer Kabine der tieferliegenden Intensivstation.

Fargo hätte liebend gern gewußt, was man hinter den verschlossenen Türen diskutierte. Er war zwar zu diszipliniert, um der Mannschaft seine Gefühle zu zeigen, aber der Gedanke, daß man ihm nach achtzehn Außendienstjahren noch immer bestimmtes Wissen über Geheimoperationen verwehrte, an dem der *Red River* nicht unmaßgeblich beteiligt war, brachte ihn auf die Palme. Und als wolle man ihn nicht nur verletzen, sondern auch noch beleidigen, pißten die drei an Bord genommenen Pferde wie aus Eimern und setzten dicke, dampfende Scheißhaufen auf seine polierten Frachtraumböden ab.

Steve warf einen Blick auf die schlafende Gestalt im Innern des sterilen Kunststoffzeltes. Man hatte einen bis an den Kehlkopf reichenden Atemschlauch zwischen Clearwaters Lippen geschoben. Über Mund und Nase lag eine transparente Sauerstoffmaske. In ihren Armen steckten Nährschläuche, aus den inneren Organen kamen Abflußschläuche, und Kabel verbanden sie mit elektronischen Beobachtungsgeräten. Clearwater war noch weit von Mr. Snows Heilkräutern entfernt. In einer anderen Welt ...

Ihre olivfarbene Haut wies eine tödlich fahle Färbung auf. Obwohl sie nicht am Kopf verletzt war, hatte ihr jemand das lange, dunkle Haar abgeschnitten — auf dilettantische Weise, denn nun wirkte sie wie ein in eine Kettensäge geratenes Stachelschwein. Aber sie sah noch immer wunderschön aus. Ihr Kopf und ihr Hals ruhten auf einem einzelnen Kissen, beides war wunderbarerweise von den Geschossen verschont geblieben.

Steve, der über ihrem zerbrochenen und blutbefleckten Körper Nachtwache gehalten hatte, bemühte sich, nicht an die unter der Decke befindlichen gesplitterten Knochen und das zerrissene Fleisch zu denken. Clearwaters Körper war so empfindlich, daß man ein gebogenes Gestell über sie hatte legen müssen, um das Gewicht der Bettdecke abzustützen.

Er drehte sich zu Roz um. Als sie einander aufmunternd zunickten, berührten sich seitlich ihre Leiber. »Kommt sie durch, Schwesterchen?«

Roz verzog das Gesicht. »Im Augenblick stehen ihre Chancen gar nicht so schlecht. Als die Chirurgen sahen, in welchem Zustand sie sich befand, konnten sie kaum fassen, daß sie es überlebt hat. Sie war, offen gesagt, mehrmals drauf und dran, auf dem Operationstisch zu sterben.«

»Und all das wegen eines beschissenen, dämlichen Streits, den *ich* vom Zaun gebrochen habe.« Steve wandte sich ab und warf verzweifelt die Arme in die Luft. »Warum? Oh, Roz! Wenn sie fürs Leben verkrüppelt bleibt, werde ich mir nie verzeihen!«

Roz warf ihm einen warnenden Blick zu und faßte sich ans Ohr, um ihn daran zu erinnern, daß möglicherweise jemand ihr Gespräch mithörte. »Ein schlechtes Gewissen ist ein aktenkundiges Schocksymptom«, sagte sie und nahm ihre beste Krankenzimmerpose ein. »Schließlich wärst auch du fast ums Leben gekommen. Ein Pilot des *Red River* hat euch niedergeschossen. Du und ich — wir haben nur getan, was wir tun mußten.«

»Yeah, du hast recht«, sagte Steve freundlich. Er schaute auf Clearwater hinab, dann betrachtete er den ihren schwachen Herzschlag überwachenden Bildschirm. »Hast du etwas dagegen, wenn ich ihre Hand etwas halte?«

»Nein, aber sei sehr vorsichtig, ja?« Roz trat an die Seite des sterilen Zeltes und hob das Laken an. Clearwaters rechte Hand lag außerhalb des Metallgestells.

Steve kniete sich hin und nahm ihre Finger zwischen seine Hände. Ihr Fleisch war feucht, ihre Finger schlaff. Er drückte seine Handflächen gegen die ihre und wollte in ihren Geist greifen. Er bemühte sich, seine Lebenskraft in ihren Körper zu lenken. Das gleiche hatte er in einem verzweifelten Versuch, sie mit Lebenswillen zu erfüllen, im verlassenen Lager der Abtrünnigen getan, als er darauf gewartet hatte, bis Roz und die Ärzte kamen.

»Wir müssen sie retten, Roz.«

»Wir tun es. Keine Sorge. Wir tun alles, was wir können.« Dann, damit die versteckten Mikrofone auch etwas bekamen, fügte sie hinzu: »Wir sind nicht die einzigen, die ein begründetes Interesse daran haben, daß sie am Leben bleibt.«

»Nein ...«

Roz lächelte. »Und falls du glaubst, es wäre nur passiert, weil du dich mit Cadillac gestritten hast, dann trifft ein Teil der Schuld auch mich. Schließlich habt ihr euch *meinetwegen* gestritten.«

»Das stimmt.« Steve lachte, zum ersten Mal, seit sie wieder beisammen waren. »Seit dem Tag meiner Geburt hast du mir nur Ärger gemacht!« Er parierte ihren spielerischen Hieb und warf einen Blick auf Clearwaters Hand. Ihre Fingerspitzen zuckten, dann berührten sie vorsichtig seine Hand. »Roz! Siehst du das?«

»Ja. Schau mal auf den Bildschirm.«

Der schwache, grüne Strich, der Clearwaters Herzschlag anzeigte, hatte sich verändert. Zwar nicht dramatisch, aber jeder vierte Schlag ging etwas tiefer und war ein wenig stärker als die anderen.

Steves Lebensgeister bekamen Auftrieb. »Glaubst du, sie weiß, daß ich hier bin?!«

Roz kraulte seinen Nacken. »Ja, ganz bestimmt.« *Aber nicht, weil du ihre Hand hältst. Sie weiß es, weil ich ebenso in ihr bin wie in dir...*

In der abgeriegelten Zone über der Intensivstation winkte Don Wallis Steve und Roz zu den sich gegenüberliegenden Sitzplätzen in der Tischmitte, wo sie sich zwischen das Sechs-Mann-Team der AMEXICO quetschten. Wallis, der Gruppenleiter, saß am Kopf des Tisches, rechts von Steve. Jake Nevill, sein Vertreter, saß am anderen Ende.

Nevill hatte Roz im Kumpelschlepper seines Himmelsfalken zu Clearwater geflogen. Während sie und die *Red River*-Mediziner sich um sie gekümmert, hatten er und Steve sich einander zu erkennen gegeben. Erfreut, an den richtigen Mann geraten zu sein, hatte Nevill Steve informiert, man habe ihm, solange er sich im Wagenzug aufhielt, den vorläufigen Codenamen Yankee-Zulu gegeben. Sein AMEXICO-Tarnname durfte niemandem außerhalb der Organisation enthüllt werden. Die Mexikaner-Sondereinheit war als Team des Weißen Hauses getarnt. Sie war mit gefälschten ID-Karten, Namensschildern und sie unterscheidenden blauweißen Abzeichen an den Schultern der Kampfanzüge ausgestattet.

Dies sei, hatte Nevill erklärt, ein Standardverfahren, wenn man neben regulären Armee-Einheiten operierte.

Als JuMed trug Roz weiße Krankenhauskleidung, ein Namensschild und miniaturisierte, über der rechten Brusttasche befestigte Leutnantsstreifen.

Man hatte Steve nach einer langen, heißen Dusche und einer medizinischen Untersuchung, die sicherstellen sollte, daß er sich nicht irgendeine schreckliche Oberweltkrankheit eingefangen hatte, eine Bahnbrecher-Uniform ohne Namensschild und Rangabzeichen gegeben. Da sein langes, zottiges Haar mit Rattenschwanzzöpfen versehen war und seine Haut scheckige Markierungen zeigte, bot er einen bizarren Anblick. Die verwirrte Reaktion der Sondereinheit beim ersten Treffen in Uniform erinnerte Steve an die peinliche Begegnung mit Lieutenant Harmer in der Pueblo-Zwischenstation. Doch diesmal hatte niemand versucht, seine Leber mit einem Gewehrkolben zu Brei zu schlagen.

Wieviel weiß Roz von der ganzen Sache? fragte er sich. In den wenigen Augenblicken, die sie zusammen verbracht hatten, seit er an Bord war, hatte ihn die Besorgnis um Clearwater sie nicht mal fragen lassen, wie sie auf den Wagenzug gekommen war. Er empfand nur Dankbarkeit darüber, daß sie in der Stunde der Not in der Nähe gewesen war. Vielleicht war es klüger, in diesem Stadium noch nichts zu sagen. Ihre stumme Mahnung, Clearwaters Kabine könne verwanzt sein, hatte ihn wieder in die Föderationswirklichkeit zurückgebracht. Er mußte befürchten, daß man alles, was er sagte, aufzeichnete und gegen ihn verwendete.

Vielleicht meldete sie sich, wenn die Zeit reif war, über ihre Privatleitung bei ihm. Sie war schließlich die Expertin. Steve, der seine telepathischen Fähigkeiten absichtlich vernachlässigt hatte, war noch immer auf den Kanal begrenzt, auf dem sich nur Mayday-Meldungen absenden ließen.

Wallis richtete seinen elektronischen Memo-Block zum Tischrand hin aus, räusperte sich und ergriff das Wort. »Steve, äh ... Unsere erste Sitzung ist im Grunde eine Einsatzbesprechung. Jake kennen Sie ja schon. Ich glaube, wir können uns formelle Vorstellungen ersparen. Unsere Namen stehen auf den Schildchen.«

Steve begrüßte George Hannah und Cal Parsons, die rechts und links von Roz auf der anderen Seite des Tisches saßen. Daryl Coates und Tom Watkins saßen rechts und links von ihm.

»Wir sind alle Mitarbeiter der Organisation — und für den Fall, daß Sie sich leicht zungenlahm fühlen sollten: Roz ist zum Ehrenmitglied ernannt worden.«

Steve warf Roz einen Blick zu, dann sah er Wallis wieder an.

»Mithin hat sie keinen Codenamen und kein Rufzeichen«, sagte Wallis. Er faßte in einer scheinbar geistesabwesenden Geste an sein linkes Ohrläppchen.

»Kapiert ...« Steve lächelte Roz an. »Ich hatte keine Ahnung.«

»Tja, du weißt doch, wie ich bin ... Ich bin stets *versessen* darauf, zu erfahren, was du vorhast.« Roz' Gesicht zeigte zwar nur den schwächsten Anflug eines Lächelns, aber Steve wußte, daß sie die feine Ironie der Situation innerlich genoß.

»He, ihr beiden — hört auf damit!« rief Nevill.

Steve ignorierte ihn und wandte sich Wallis zu. »Was haben Sie gesagt?«

»Man hat mir aufgetragen, euch beiden zu gratulieren«, sagte Wallis. »Die Botschaft kommt zu gleichen Teilen von der Unternehmensleitung und aus dem Weißen Haus. Anfangs hat man sich zwar etliche Sorgen gemacht, die Ware könnte beim Transport beschädigt werden, aber Alpha-Bravos Kampfunfähigkeit macht die Aufgabe, sie ins HZ zu bringen, wahrscheinlich viel leichter. Wie Roz Ihnen möglicherweise schon erzählt hat, ist es zwar noch zu früh, etwas zu sagen, aber man hat mir angesichts des Niveaus der hier vorhandenen medizinischen Hilfe versichert, daß sie alle Chancen hat, voll zu genesen — wenn sie die nächsten beiden Wochen übersteht.«

»Freut mich zu hören, daß meine Bemühungen nicht ganz umsonst waren«, sagte Steve.

»Falls sie sonst irgendwelche Spezialisten braucht, kann man sie ausfliegen und während des Rückflugs behandeln.«

Steves und Roz' Blicke trafen sich kurz. Da sie von sechs Mann beobachtet wurden, mußten sie vorsichtig sein. »Rückflug ...?«

»Ja«, sagte Wallis. »Wir hatten vor, sie per Flugzeug in die Föderation zu bringen, aber die *Red River*-Chefärztin ist dagegen. Und ich stimme ihr zu. Wir haben euch nachts abgeholt, weil wir in einer Lage waren, in der es um Leben und Tod ging, aber es wäre verrückt, das Risiko einzugehen, einen so wertvollen Aktivposten auf dem Weg ins Hauptzentrum zu verlieren. Die momentane Reisemethode ist für sie die sicherste. Sobald wir Ihre Pläne kennen, machen wir uns auf den Heimweg.«

Steve musterte die restlichen Angehörigen der Sondereinheit, dann wandte er sich wieder Wallis zu und schüttelte den Kopf.

»Nein. Tut mir leid. Sie müssen Mutter anrufen und sagen, daß es so nicht geht.«

»Ach. — Und warum nicht?«

»Weil der *Red River* hierbleiben muß — und zwar mit Clearwater an Bord. Sie ist der Köder, der die beiden anderen ins Netz lockt.«

Wallis spitzte die Lippen. »Meinen Sie Cadillac und Mr. Snow?«

»Ja.« Steve sah Roz an. Aber sie hörte, wie die anderen, nur interessiert zu und zeigte keine Reaktion.

»Sie haben Cadillac bewußtlos geschlagen und ziehen lassen«, meldete sich nun Nevill.

»Ich habe ihn ziehen lassen, weil er der einzige ist, der Mr. Snow zu uns bringen kann«, sagte Steve geduldig. »Ich brauche einen Monat, um die Sache zu organisieren. Und sechs Wochen im Freien.«

»Sechs Wochen?!« schrie Nevill.

»Es ist gar nicht sehr lange, wenn man bedenkt,

daß ich ein Jahr gebraucht habe, um *das hier* hinzukriegen.«

»Christoph! Ein Jahr, um drei Beulenköpfe zu schnappen? Wenn man mir den Auftrag gegeben hätte, hätte ich sie innerhalb von achtundvierzig Stunden eingesackt!«

»Mit einer fliegenden Greiferbrigade?«

»Yeah. Ich hätte sie zum Hauptzentrum gebracht, bevor sie nur gewußt hätten, was mit ihnen passiert.«

Steve schaute beeindruckt drein. »Es wäre in der Tat ein bemerkenswertes Kunststück in Sachen Logistik gewesen. — Einer aus dem Trio war in Wyoming, und die beiden anderen an verschiedenen Orten in Ne-Issan — in der Gewalt von Leuten, die unseren Freunden, die dort den örtlichen Dienst betreiben, keineswegs wohlgesonnen waren.«

»Ganz recht«, sagte Wallis eilig. Er war der einzige am Tisch, der wußte, wovon Steve redete, und er wollte das Thema schnell abschließen. In dem Versuch, diplomatisch zu sein, fügte er hinzu: »Ich glaube nicht, daß du genau verstanden hast, mit wem wir es zu tun haben, Jake.«

»Genau«, sagte Steve. Er bemühte sich um eine Frontalkollision statt um eine Versöhnung. »Haben Sie schon mal vor einem Rufer gestanden? Haben Sie schon mal *gesehen,* wie er die Erdmagie durch seinen Körper leitet?«

»Nein, aber ...«

Steve wischte Nevills Erwiderung beiseite und wandte sich an die restlichen Mexikaner. »Irgendeiner von Ihnen?«

Sie schüttelten alle den Kopf.

»Aber ich! Ich habe es am eigenen Leib gespürt, als ich 2998 an Bord der *Louisiana Lady* war ...«

»Ich glaube, wir haben den betreffenden Bericht alle gelesen«, sagte Wallis und bemühte sich, das Ziel seines Teams nicht aus den Augen zu verlieren.

»Aber ich habe auch *gesehen*, wie es geht. Ich habe *gesehen*, wie ein Rufer Felsen fliegen läßt, einen halben Berg in die Luft jagt und die Kontrolle über den Geist eines Menschen übernimmt.«

Steve beschrieb den Tod des Fürsten Yama-Shita. Wie Clearwater ihn dazu gebracht hatte, sich das Schwert mehrmals in den Leib zu bohren. Jedesmal war es bis zum blutgetränkten Heft in ihm versunken. Acht tödliche Stiche; einer für jeden Mutanten, den er an der riesigen eisenbeschlagenen Schaufel seines Raddampfers zum Tode verurteilt hatte.

Steve wandte sich an Nevill. »Mr. Snows zweiter Name ist Sturmbringer. Es ist nicht nur ein hübscher Titel. Er bedeutet genau das, was er besagt. Er hätte Ihr Greiferkommando einfach vom Himmel blasen können.«

»Aber *Sie* wissen natürlich genau, wie man mit ihm umgehen muß«, sagte Nevill.

Sarkastischer Schweinehund... Steve begegnete Menschen wie Nevill nicht zum erstenmal. Es gab Leute, die ihn auf den ersten Blick gefressen hatten, und so sehr er sich auch bemühte, man konnte es ihnen nie recht machen. Sie reagierten auf keine Behandlung. Das Wichtigste war jetzt, nicht wütend zu werden. »Ja«, erwiderte er, »mit Roz' Hilfe kann ich es wahrscheinlich schaffen.«

Wallis unternahm einen weiteren Versuch, die Temperatur zu senken. »Roz — in welcher Form wird Alpha-Bravo in sechs Wochen sein?«

»Clearwater? Immer noch bettlägerig. Bisher haben wir ihren Zustand nur stabilisiert. Sie braucht noch einige Operationen und wenigstens vier Monate Ruhe, bevor sie wieder auf den Beinen ist. Vorausgesetzt, es treten keine weiteren Komplikationen auf.«

»Okay«, sagte Wallis. »Machen wir also weiter. — Steve, fangen Sie doch damit an, indem Sie uns erzählen, was passiert ist, seit Sie von Long Point weg sind.«

Steve schreckte zurück. »Herrjeh! Etwa *alles?*«

»Ja.«
»Wieviel Zeit haben wir?«
»So lange, wie Sie brauchen.«
»Okay ... äh ... bevor ich anfange ... Wissen Sie zufällig, ob Kelso und Jodi gesund nach Hause gekommen sind?«
»Jodi schon«, sagte Wallis. »Jemand hat die Sprengladung gefunden, die an ihren Leib gebunden war, und es ist ihm gelungen, den Detonator zu ziehen — kurz bevor er zündete. Die andere Ladung hat den Schaden angerichtet.«
Steve nickte ernüchtert. »Der Umwandler war zusammen mit dem Sprengstoff unter Kelso versteckt.«
»Woher wissen Sie das?« fragte Nevill. »Haben Sie es etwa dort hingelegt?«
»Nein. Es dauerte ein paar Tage, bis ich entdeckte, daß der Sprengstoff nicht mehr da war. Dann hat Cadillac mir erzählt, was sie angerichtet hatten. Später haben wir dann gehört, ein Wagenzug sei in die Luft geflogen.«
»Yeah«, sagte Nevill. »Die *Louisiana Lady*. Ihre ehemaligen Kameraden. Eine nette Geste, Brickman.«
Von seinen Anspielungen aufgebracht, platzte Steve der Kragen. »Wissen Sie was? Ihre schlauen Bemerkungen und Scheiß-Andeutungen hängen mir allmählich zum Hals raus! Wenn Sie unbedingt was auf die Schnauze haben wollen, dann raus damit!«
Nevills Kinnlade sank herab.
»He, hört auf damit!« sagte Wallis. »Ich glaube, jetzt schießen wir ein bißchen übers Ziel hinaus. Ich bin sicher, daß Jake nicht vorgehabt hat, Ihnen Vorwürfe ...«
»Ach ja? Von mir aus kann er sich seine Vorwürfe unter die Vorhaut klemmen! *Ich* war draußen und habe meinen Hals für die Föderation riskiert. Was, zum Henker, weiß *der* denn schon? Dämlicher Bürokratenarsch!«
Nevill zuckte zurück, seine Augen flammten. »Ersparen Sie uns die Nummer des kaputten Kriegshelden. An

diesem Tisch sitzt keiner, der nicht wenigstens fünf Oberwelt-Aufträge hinter sich hat. Deswegen sind wir auch hier. Und was die Dinge anbetrifft, Brickman, von denen ich keine Ahnung habe, will ich Ihnen etwas sagen: Ich bin *Major*, und Sie sind ein lumpiger Agent, der sich seinen Leutnantsstern erst noch verdienen muß.« Der Mexikaner schlug sich auf die Brust. »Ich habe mir meine Beförderungen im *Feld* verdient, nicht durch das Füllen von Suppenterrinen in einem Scheiß-Kasino. Deswegen sage ich auch, was mir paßt, sobald mir danach ist. Und wenn Sie mich noch mal ansprechen, *Lieutenant*, tun Sie es mit dem Respekt, den man Sie gelehrt hat, einem Stabsoffizier entgegenzubringen!«

»Jawoll, Herr *Major!*«

»Und ohne blöde Unverschämtheiten! Ich habe Ihren Blick schon verstanden!«

Wallis machte eine beschwichtigende Geste. »Okay, das reicht. Wenn wir schon den Dienstgrad ausspielen — *hier* bin ich der befehlshabende Offizier! Und ich möchte alle daran erinnern, daß die Organisation im Gegensatz zu anderen Heeresteilen großen Wert auf Intelligenz und geistige Beweglichkeit legt: auf die Bereitschaft, Mutmaßungen anzuzweifeln, statt sie, wie in unteren Rängen üblich, mit Bücklingen zu begrüßen. Wir sind auf mentale Disziplin aus, nicht auf eine solche, die man auf dem Exerzierplatz lernt, und unsere Leitung hat den freien und offenen Austausch von Meinungen traditionell immer ermutigt ...«

»Ich scheiße auf die Tradition!« Nevill deutete mit dem Finger auf Steve. »Auch wenn er vielleicht ein As-Etikett trägt — er ist noch immer ein blutiger Anfänger! Und ich lasse mir von Anfängern keinen Dreck auftischen!«

Wallis hüstelte. »Okay, Jake, wir haben es zur Kenntnis genommen.« Er sah Steve in die Augen. »Wollen Sie bitte fortfahren?«

Steve erzählte ihnen die komplette Geschichte. Da die

Männer Fragen hatten, die er beantworten mußte, brauchte er über vier Stunden, die er in zwei nur von der Mittagspause unterbrochenen Sitzungen hinter sich brachte. Steve ließ das Essen aus und zog es statt dessen vor, die ihm zur Verfügung stehende Zeit bei Clearwater in der Intensivstation zu verbringen. Er verpaßte ohnehin nicht viel. Auf den Tabletts, die man aus dem Kasino im Nachbarwaggon hochschickte, befand sich das föderationsübliche Essen: geschmacklos zubereitete, vitaminreiche Pampe. Nach der Nahrung in Ne-Issan und den würzigen Fisch- und Fleischmahlzeiten des Prärievolkes kam es ihm fast ungenießbar vor.

Als Steve seinen Bericht später abschloß, sagte Wallis: »Okay, Cadillac ist also auf dem Heimweg. Angenommen, Sie wären noch an dem Fall dran ... Wie sähe Ihr nächster Schritt aus?«

»Ich muß ihn einholen. Ihm sagen, was passiert ist.«

Nevill mischte sich erneut ein. »Wird er nicht etwas traurig sein, wenn er hört, daß Sie seine Lieblingsmöse auf einen Wagenzug gebracht haben?«

Steve schluckte seine Wut hinunter. »Traurig? Er wird an die Decke gehen. Aber das ist sein Problem. Er wird froh sein, daß sie noch lebt. Keine Sorge. Ich werde ihn schon einseifen.«

»Und wie wollen Sie das machen?« fragte Wallis. »Wenn Clearwater auf dem *Red River* ist, dann doch deswegen, weil Sie dafür zuständig waren. Wie wollen Sie Cadillac dazu kriegen, daß er Ihnen vertraut, wo Sie doch offensichtlich für uns arbeiten?«

»Ganz einfach«, sagte Steve. »Ich erzähle ihm die Wahrheit. Ich habe nicht mit dem Wagenzug Kontakt aufgenommen, sondern mit Roz.«

Wallis deutete mit dem Finger auf Steve und seine Blutsschwester. »Wissen die M'Calls von der Verbindung zwischen Ihnen?«

»Nein. Nur Cadillac und Clearwater. Clearwater hat vom Ufer aus gesehen, wie die Flugzeuge den Raddampfer bombardiert haben. Cadillac war mit mir unter Deck, deswegen hat er nichts gesehen. Als wir an die Oberfläche kamen, waren die Maschinen zwar schon weg, aber ich mußte mit einer Erklärung rausrücken. Die einzige Möglichkeit, jeden Argwohn zu zerstreuen, daß ich für die Föderation arbeite, bestand darin, ihnen von der Verbindung zwischen Roz und mir zu erzählen.

Daß die Föderation Flugzeuge geschickt hatte, um das Schiff zu bombardieren, konnte nur bedeuten, daß die Erste Familie glaubt, ich arbeite noch immer für sie. Was Cadillac natürlich veranlaßte, Roz' Motive zu bezweifeln. Um ihm den Eindruck zu vermitteln, daß wir beide vertrauenswürdig sind, habe ich ihm erzählt, ich hätte die mir hundertprozentig vertrauende Roz davon überzeugt, daß ich absolut loyal bin. Und sie hätte die Flugzeuge geschickt, um uns rauszuhauen.«

»Hat er es Ihnen abgenommen?« fragte Wallis.

»Ja, auf seine übliche närrische Weise. Wir sind den Japsen zwar entkommen, und ich habe ihm das Leben gerettet, aber ... Sie wissen ja, wie es ist ...« Steve warf Nevill einen Seitenblick zu. »Er gehört halt zu den Typen, die nie hundertprozentig zufrieden sind. Er ist zwar mutig, hochintelligent und verfügt über die erstaunlichsten geistigen Fähigkeiten, aber er ist einfach noch nicht reif genug.«

»Welche Geschichte wollen Sie ihm also erzählen?«

»Er weiß schon, daß Roz sich gemeldet hat, um mir zu sagen, daß sie auf dem *Red River* ist. Ich erzähle ihm, der Schock, die beiden zusammengeschossen zu sehen, hätte einen neuen Kontakt zwischen uns ausgelöst. Daß Roz sofort wußte, was passiert war und wo wir waren; daß ich gewartet habe, bis sie bestätigte, daß Hilfe unterwegs sei. Und dann, als die erste Maschine ein paar Leuchtbomben abgeworfen hatte, bin ich ohnmächtig geworden.

Zudem werde ich sagen, Roz hätte mir bei einer späteren Begegnung erzählt, Clearwater sei außer Gefahr.

Cadillac wird zwar mißtrauisch sein, aber was kann er machen? Er muß sich damit abfinden, weil Roz und ich für ihn die einzige Möglichkeit sind, über Clearwater auf dem laufenden zu bleiben. Ich werde weiter behaupten, nichts über offizielle Kanäle arrangiert zu haben und nie hier gewesen zu sein. — Wie klingt das?«

Die sechs Mitglieder der Sondereinheit tauschten nachdenkliche Blicke. Steve erschien das Schweigen der mittleren vier Männer ein wenig nervend. Burschen, die zuhörten, ohne etwas zu sagen, waren meist die, vor denen man sich in acht nehmen mußte. Meist waren sie auch diejenigen, die die Richtung bestimmten.

Nevill schüttelte abweisend den Kopf. »Die Hälfte davon ist schon zu kompliziert.«

»Jake, bitte, entspann dich. Gib dem Jungen eine Chance.« Wallis wandte sich wieder an Steve. »Es klingt gut, aber es könnte sein, daß Sie sich selbst überlisten. Roz hätte Clearwater nicht allein an Bord des *Red River* bringen können. Es hätte nur mit unserem vollen Wissen und unserer Mitarbeit geschehen können. Und der Grund, weswegen Clearwater noch lebt, ist der, daß ein Team von Chirurgen fast zwölf Stunden damit zugebracht hat, sie wieder zusammenzuflicken.«

»Das bestreite ich nicht.«

Wallis warf die Arme in die Luft. »Also sind wir wieder am Anfang. Wenn Roz für uns arbeitet und *Sie* mit Roz zusammenarbeiten — warum sollten die Mutanten Ihnen trauen?«

»Ganz einfach«, sagte Steve.

»Sie wiederholen sich«, fauchte Nevill. »Sie wechseln die Seiten so schnell, daß ich schon gar nicht mehr weiß, wer hier verarscht wird!«

Steve schaute seine Blutsschwester an, dann sagte er: »Roz *tut nur so,* als würde sie für Sie arbeiten.« Erneut trafen sich ihre Blicke. Die Botschaft, die sie in seinen Geist abstrahlte, war so erstaunlich, daß keiner der anderen darauf kommen würde, sie spreche die Wahrheit.

Er warf einen Blick über den Tisch und bemühte sich, nicht über seine Dreistigkeit zu lächeln.

»Denn genau das habe ich Cadillac erzählt, als er mich über ihre Rolle beim Angriff auf den Raddampfer befragt hat. Und als ich erfuhr, daß sie auf dem *Red River* ist, wurde ich in meiner Behauptung, sie sei eine geheime Verbündete, bestärkt: Sie hat Mutters Vertrauen errungen und ihn überredet, sie auf diesen Wagenzug zu versetzen — weil sie sich bei der erstbesten Gelegenheit absetzen und zu uns durchschlagen will.«

Steves Blick kehrte wieder zu seiner Blutsschwester zurück. »Eine Behauptung, die Clearwater bestätigt hat, da Roz schon einmal in ihrem Kopf war und ihr etwas vorgespielt hat.«

Wallis kniff die Augen zusammen. Als Karlstrom ihn über die Lage informiert hatte, hatte sich eine so bizarre Möglichkeit nicht einmal angedeutet. Durch sein nachdrückliches Betonen der Notwendigkeit, Roz zu bewachen und ständig im Auge zu behalten, hatte er ihn ermahnt, mit allem Unerwarteten zu rechnen. Deswegen hing die Sondereinheit auch wie eine Klette an ihr.

»Reden Sie weiter!«

»Der nächste Schritt besteht darin, Cadillac und Mr. Snow zu überzeugen, daß wir Roz *und* Clearwater nur retten können, wenn wir — eventuell mit Hilfe von Malones Abtrünnigen — einen Weg finden, in den *Red River* reinzukommen. Um den Zug vielleicht sogar zu übernehmen.«

Tom Watkins, der Mex an Steves rechter Seite, brach in der nachfolgenden Stille in ein trockenes Lachen aus. »Glauben Sie wirklich, die kaufen Ihnen das ab?«

»Wenn der Plan, den Malone ausgeheckt hat, gut genug ist, dann ja.«

Wallis wirkte verstört. »Aber in dem Zeitraum, über den Sie reden, wird Alpha-Bravo nach Roz' Aussage noch zu krank sein, um sie von Bord bringen zu können.«

»Das wissen *wir*«, sagte Steve. »Aber die anderen doch nicht. Und ich werde es ihnen nicht sagen.«

»Sprechen wir es noch mal durch.« Wallis legte wie ein Betender die Hände vor seinem Mund aneinander und konzentrierte sich. »Sie schlagen vor, daß wir den beiden restlichen Zielpersonen und einer Mutantengruppe Zugang zum Wagenzug gewähren und dann irgendeine Falle zuschnappen lassen.«

»Richtig ...«

»Wenn Cadillac und Mr. Snow erst einmal festsitzen und die anderen Beulenköpfe ausgeschaltet sind, erwekken wir den Eindruck, der Angriff sei erfolgreich gewesen. Ist bisher alles richtig?«

»Ausgezeichnet«, sagte Steve.

»Dann wird der Rest des Clans den Wagenzug stürmen, um sich seinen Anteil an der Beute zu sichern, und ...«

»... kriegt eins auf die Schnauze«, sagte Nevill.

Wallis beherrschte sich trotz der Unterbrechung. »Sowas erfordert eine peinlich genaue Planung. Wir wollen die Beulenköpfe zwar in den Zug locken, aber nicht, daß sie hier Schaden anrichten ...«

»Deswegen brauchen wir Zeit«, sagte Steve, »um den Plan (a) auszuarbeiten, und (b), damit Malone Cadillac die Idee verkaufen kann.«

»Warum können Sie das nicht tun?« fragte Nevill.

»Wegen seiner bereits erwähnten Minderwertigkeitskomplexe. Cadillac vertraut mir einfach nicht hundertprozentig. Aber das gilt ja auch für Sie, Major.«

Seine Frechheit brachte ein Lächeln auf Nevills Gesicht. »So schlimm ist es nun auch wieder nicht. Ich habe gelesen, was Sie am Reiherteich gemacht haben, und dazu kann ich Ihnen nur gratulieren. Es war ein erstklassiges Unternehmen. Und glauben Sie nicht, daß mich Ihre Hautbemalung abstößt. Ich bin selbst mehr als einmal so rumgelaufen. Aber ich bin immer etwas wachsam bei Mexikanern, die zu tief in ihre Tarnung eintauchen und am Ende gar noch Mutantenweiber ficken.«

Steve beherrschte seinen Zorn. »Gehen Sie mal runter, werfen Sie mal einen Blick auf sie, Major. Werfen Sie einen konzentrierten Blick auf sie, und dann kommen Sie wieder rauf und sagen mir — falls Sie es nicht schon längst wissen — mit der Hand auf dem Herzen, ob Sie in ihr eine Mutantin erkennen.«

Nevill lachte. »Die Hautfarbe sagt doch wohl alles.«

Steve schob den linken Ärmel halb bis zum Ellbogen hoch und zeigte seine Hand und seinen Arm. »Es ist *Farbe,* Major. So wie die hier. Darunter sieht Clearwaters Haut aus wie Ihre oder meine. Sie braucht nur ein paar Hände voll rosafarbener Blätter. Sie werden zerrieben und in Wasser gekocht. Stellen Sie sie mit jemandem wie Roz unter die Dusche, und Sie könnten die eine nicht mehr von der anderen unterscheiden.«

»Es spielt keine Rolle, wie sie äußerlich aussieht. Innerlich bleibt sie ein Mutant.«

Steve gab nicht auf. »Aber kommt es Ihnen nicht eigenartig vor, daß ein Volk, das offiziell als untermenschlich gilt, Geschöpfe hervorbringt, die wie echte Menschen gehen, reden, denken und aussehen?«

Wallis schaute besorgt drein. »Steve ... Ich glaube nicht, daß dies relevant ist ...«

»Mit allem Respekt, Sir, ich halte es für äußerst relevant. Major Nevill hat meine Zuverlässigkeit in Frage gestellt und ein gerüttelt Maß an unverhüllten Vorwürfen und schlechtem Benehmen an den Tag gelegt. Meine Verteidigung hängt vom Status der Mutanten und ihrem Platz im Plan der Dinge ab. Sie sind der Feind. Sie widersetzen sich allem, was die Föderation will. Darüber gibt es keinen Kontroverse ...«

»Freut mich, das zu hören«, murmelte Wallis.

»Aber die Existenz von Mutanten wie Cadillac und Clearwater — die alles andere als Untermenschen, sondern eher Übermenschen sind — wirft die Frage auf, ob alles stimmt, was die Erste Familie uns über die Mutanten gelehrt hat. Das Präriervolk hat eine Antwort auf diese Frage. Es behauptet, Mutanten und Wagner waren vor dem Holocaust Angehörige der gleichen Gesellschaft. Der gleichen Rasse. — Der Menschheit.«

Wallis schritt ein, seine Stimme zeigte deutliche Verärgerung. »Das reicht, Steve! Sie begeben sich in gefährliche Gewässer!«

»Kapiert ihr jetzt, was mir an diesem Burschen nicht paßt?« sagte Nevill. »Den gleichen Scheiß wollte er auch schon den Sachverständigen verkaufen.« Er musterte Steve mit einem triumphierenden Seitenblick. »Was hat Sie mit Ihnen angestellt, Lieutenant? Hat Sie Ihnen durch den Schwanz das Hirn ausgesaugt?«

Steve verspürte das plötzliche Verlangen, sich über den Tisch auf Nevill zu stürzen und ihm die Zähne in den Rachen zu schlagen, doch Roz drang in seinen Kopf ein und brachte ihn dazu, gelassen zu bleiben. »Sie haben recht, Major«, sagte er liebenswürdig. »Ich nehme an, ich habe es nicht anders verdient. Wenn man so lange im Freien ist wie ich und auf beiden Seiten des Spielfeldes spielen muß, fällt es einem manchmal schwer, sich daran zu erinnern, wo das Aus ist.«

»Wir sind uns des Problems bewußt«, sagte Wallis. »Deswegen wird Ihr zeitweiliger Beurteilungsfehler auch nicht ins Protokoll aufgenommen. Und was dich angeht, Jake, so könnten wir die Sache vielleicht schneller abwickeln, wenn du etwas konstruktiver wärst und dich weniger aggressiv verhieltest. Wir sind *kein* Sachverständigenausschuß, und Steve steht nicht vor Gericht. Wir acht gehören alle zum gleichen Team.«

Nevill nahm es zwar mit einem Nicken hin, aber er sah nicht glücklich dabei aus.

»Okay, kommen wir also wieder zum Thema. Steve, Sie haben gesagt, daß Cadillac Ihnen nicht hundertprozentig vertraut ...«

»Bezeichnen wir es als schleichenden Argwohn. Seine Gefühle sind durcheinander, weil ich ihm mehrmals aus fiesen Klemmen herausgeholfen habe. Aber wie Sie schon sagten — er ist kein Idiot. Ohne Hilfe von außen hätten wir nicht aus Ne-Issan entkommen können, und irgendwann hatten wir einen Punkt erreicht, an dem ich es nicht mehr verheimlichen konnte. Ich kam nur mit heiler Haut davon, weil ich zugab, Geheimagent zu sein und den Auftrag habe, ihn und die beiden anderen zu schnappen. Aber ich habe gesagt, man hätte mich gezwungen, den Auftrag anzunehmen. Die Föderation hätte gedroht, Roz zu töten, falls ich mich weigere.«

»Und das hat er Ihnen geglaubt?« fragte Wallis.

Steve zuckte die Achseln. »Er hat mir nicht widersprochen. Es war seine einzige Chance, aus Ne-Issan rauszukommen. Ich glaube, er hat die Geschichte endlich gefressen, als wir Side-Winder und die Mex-Piloten bei Long Point umgehauen und die Flugzeuge geklaut haben. Dann wurde die Lage besser, bis ...«

»Bis er und die Mutantenschlampe da unten vier unserer Maschinen vom Himmel geblasen und Kelso und Kazan mit Bomben gespickt haben!« Nevills Blick machte deutlich, was er von Steves Beitrag zu den Kriegsanstrengungen hielt.

Bevor Steve antwortete, holte er tief Luft. »Das hatten wir doch schon. Ich *wußte* nicht, daß Cadillac und Jodi in die Luft fliegen sollten. Sie haben es selbst nicht mal gewußt! Die *Lady* hat dem M'Call-Clan ziemlich übel mitgespielt. Cadillac und Clearwater haben einfach die Gelegenheit genutzt, um sich an ihr zu rächen. Aber dahinter steckte mehr. Sie haben mich geprüft. Sie wollten sehen, ob ich hochgehe, wenn sie anfangen, mein Volk umzubringen.

Ich habe mich zwar heftig dagegen gewehrt, aber nur aus dem Grund, weil der Schlag gegen die *Lady* sinnlos war. Jede stärkere Reaktion meinerseits hätte meine Tarnung auffliegen lassen. Selbst wenn ich es gewollt hätte

— ich hätte Clearwater nicht davon abhalten können, ihre Magie gegen die Himmelsfalken zu richten.« Er wandte sich an Nevill. »Wenn man mit eigenen Augen gesehen hat, wie Rufer arbeiten, versteht man auch, warum. Während der Schlacht am Reiherteich kam es zu einer Situation, in der sich fünfzig bis sechzig Samurai abrackerten, um sie niederzumachen. Die Burschen kamen mit ihren Schwertern nicht mal in ihre Nähe, und die Pfeile prallten von der Lichtmauer ab, die sie um sich errichtet hatte.«

Nevills Mund verzog sich zu einem spöttischen Grinsen. »Und doch konnte irgendein Bursche in einem Himmelsfalken auf dem Heimweg sein Magazin auf eine Ausbrecherbande leeren — und jetzt ist sie hier an Bord. Es hat nur einiger gut gezielter Patronen bedurft.«

»Reiner Dusel. Eine Chance, die eine Million zu eins stand, weil sie geistig anderweitig beschäftigt war«, sagte Steve. »Aber keine Sorge, ich weiß schon, was Sie damit meinen.« Seine Stimme verhärtete sich. »Sie gehen noch immer davon aus, man hätte die drei ohne das ganze Hin und Her schnappen können. Stimmt's nicht, Major?«

Nevill fing Wallis' warnenden Blick auf und hob die Hände. »Ich übe nur mein traditionelles Recht aus, mich an einem offenen und freien Gedankenaustausch zu beteiligen ...«

»Jake mag keine empfindlichen Menschen«, erklärte Wallis.

Steve lächelte. »Ich bin auch nicht sehr glücklich darüber, einer zu sein.«

»Ich habe stets die Meinung vertreten, daß es auf der Welt nichts gibt, was eine Kugel nicht heilen kann.«

Aus Wallis' Bemerkung wurde klar, daß es um einen alten Zankapfel ging. »Ja, nun, das sagst du immer, Jake, aber wir wissen beide, daß das Komitee, das momentan den taktischen Einsatz der Psionik studiert, die Sache völlig anders sieht.«

»Warum auch nicht, was?« Nevill sah, daß Wallis' Gesicht sich verfinsterte. Er sah Steve an. »Dann sagen Sie uns mal ... Nach dem Treffer mit dem Wagenzug ... haben sich da die Beziehungen zwischen Cadillac und Ihnen verbessert?«

»Ja. Als wir die Flucht nach Westen in Angriff nahmen, mußte er über andere Dinge nachdenken. Da war er schon fest davon überzeugt, Führer der ›Auserwählten‹ zu sein. Ich habe mitgespielt. Es lief alles wie am Schnürchen, bis wir auf Malone stießen und Cadillac keinen Sake mehr hatte. Und kurz darauf meldete sich dann Roz bei mir.

Mutter hatte sie auf den *Red River* versetzt und nach Norden geschickt, um mitzuhelfen, Clearwater auszuschalten. Indem Mutter den Zug nach Nebraska schickte und parallel zu uns fahren ließ, hoffte sie, Roz könne mir helfen, einen klaren Kopf zu bewahren. Um Clearwater daran zu hindern, das mit mir zu tun, was sie mit Kelso und Jodi getan hat.«

Nevill lachte trocken. »Deswegen hat man Sie auch gefilzt, bevor Sie die Rampe hinauf durften.«

»Ein kluges Vorgehen. Nun, vielleicht war es ein böser Fehler, aber ich habe Cadillac erzählt, daß Roz sich gemeldet hat und auf dem *Red River* ist. Und da ich ihm eingeredet hatte, man hätte mich mit der Drohung, ihr etwas anzutun, in den Job gepreßt, *mußte* ich mit der Idee rausrücken, den Versuch zu machen, sie zu befreien. Es hätte doch komisch ausgesehen, wenn ich eine Gelegenheit ausgelassen hätte, die sich nur einmal im Leben bietet, ohne eine diesbezügliche Bemerkung zu machen. Ich hatte aber keine klare Vorstellung, wie man es bewerkstelligen könnte ... Es ging mir nur so im Kopf herum. Aber ich habe angedeutet, daß wir eventuell in der Lage wären, das Unternehmen durchzuziehen, wenn sich die M'Calls mit Malones Abtrünnigen zusammentäten — vielleicht in irgendeiner Verkleidung.«

»Und wie hat Cadillac reagiert?«

»Er sagte, ein Angriff auf den Wagenzug sei genau das, was die Föderation von uns erwartet. Daß man Roz deswegen an Bord gebracht hätte. Falls ich wirklich auf seiten der Mutanten stünde, sei sie der Köder, der mich anlocken soll. Im gleichen Atemzug hat er mir vorgeworfen, ich hätte nichts anderes vor, als sein Volk zu verraten, um Roz' Haut zu retten.

Wie gesagt, die M'Calls haben bei ihrem Angriff auf die *Lady* schwere Verluste erlitten. Cadillac will den Fehler nicht wiederholen, indem er sie in eine Falle führt. Außerdem ist er, selbst wenn ich wirklich ein treuer und loyaler Freund des Prärievolkes bin, nicht bereit, sein Volk umbringen zu lassen, um meine Blutsschwester zu retten. Er sagte, man könne dieses Spiel nicht gewinnen.« Steve zuckte die Achseln. »Von da an ging es bergab, und als er mir ein Messer zwischen die Rippen schieben wollte, wurden wir von dem Himmelsfalken beschossen.«

»Und warum, zum Teufel, reden wir jetzt darüber, eine Scheinübernahme des *Red River* zu inszenieren?« wollte Nevill wissen. Sein Blick wanderte forschend über die anderen Mitglieder der Sondereinheit und blieb schließlich auf Steve haften. »Wenn dieser Beulenscheißhaufen seinen Clan schon damals nicht gegen einen Wagenzug führen wollte, warum, im Namen der Familie, sollte er es jetzt tun?!«

»Das kriege ich schon hin ...«

»Was wollen Sie ihm denn sagen?« fragte Wallis.

»Daß er recht hat. Daß meine Idee, Roz aus dem Wagenzug zu holen, völlig verrückt war. Daß das gleiche auch für Clearwater gilt. Daß keine Möglichkeit besteht, in den Wagenzug reinzukommen, um sie zu retten. Daß er dankbar sein kann, daß sie überhaupt noch lebt, und es hinnehmen muß, daß sie jetzt eine Gefangene der Föderation ist.«

»Und wie wird seine Reaktion darauf ausfallen?« fragte Wallis.

Steve lächelte. »Ich kenne den Burschen durch und durch. Wenn ich sage, daß man sie nicht retten kann, will er beweisen, daß ich im Unrecht bin. Dann frißt er die Idee, den Zug anzugreifen, weil sie nicht von mir kommt, sondern von *Malone*. Er ist der Typ, der sie ihm verkauft. Aber er muß geschickt vorgehen, damit Cadillac glaubt, er wäre von selbst darauf gekommen.«

Wallis dachte über die Idee nach. »Klingt so, als könnte es klappen. Seht ihr irgendwelche Schwachstellen?«

»Yeah«, sagte Hannah, der Mex, zwischen Roz und Nevill auf der anderen Tischseite. »Ich glaube zwar, daß unser Freund sich bei den Beulenköpfen auskennt, aber wir können keinen Angriff auf den *Red River* inszenieren, ohne die Billigung des Mannes an der Spitze. — Okay, mal angenommen, die kriegen wir ...«

Nevill unterbrach erneut. »Ich kann mir nicht vorstellen, daß CINC-TRAIN bereit ist, den *Red River* für sowas herzugeben. Und Fargo wird auch nicht allzu glücklich darüber sein.«

»Falls Mutter und der G-P uns Grünes Licht geben, haben Fargo und CINC-TRAIN in der Angelegenheit nichts mehr zu melden«, sagte Wallis mit einem plötzlich eisernen Anflug in der Stimme. »Rede weiter, Ray. — Angenommen, wir kriegen Grünes Licht ...«

Hannah nahm den Faden wieder auf. »Okay. Angenommen, wir basteln einen funktionierenden Plan zusammen. Einen Plan, der aus der Sicht der Mutanten vernünftige Erfolgschancen hat, den wir aber gegebenenfalls umdrehen können, um die Falle zuschnappen zu lassen. Fragen: Wie können wir sichergehen, daß die Beulen ihn (a) fressen und (b) befolgen?«

»An dieser Stelle trete ich in Aktion«, sagte Steve. »Sobald ich weiß, daß Cadillac ernsthaft darüber nachdenkt, Clearwater zu befreien, werde ich mich der ganzen Idee widersetzen. Das überzeugt ihn nur noch mehr davon, daß sie richtig ist. Aber wenn ich meine Rolle korrekt spielen will, muß ich genau wissen, wie der Plan aussieht.«

»Kapiert«, sagte Wallis. »Falls wir es schaffen, die Sache zum Laufen zu kriegen, wird Malone sich bei Ihnen melden.«

Steve schüttelte den Kopf. »Zu riskant. Wir dürfen uns nicht zu eng auf die Pelle rücken. Malone muß sein Stichwort von Cadillac kriegen und so tun, als mißtraue er mir. Das heißt aber nicht, daß er mir feindlich entgegentreten soll — sonst würden sich seine Jungs fragen, warum er mich nicht absticht. Er muß aber zögern, mich in den Plan einzuweihen. Das unterstützt Cadillac und Mr. Snow bei der Vorstellung, daß er hundertprozentig echt ist.«

»Und wie sollen wir Sie dann erreichen?« fragte Wallis.

»Durch Roz.«

Schwachkopf Nevill warf sich in die Bresche. »Was haben Sie gegen die üblichen Kommunikationsverfahren?«

»Meinen Sie ein Funkmesser?« fragte Steve. »Zu riskant. Man hat mich schon mal dabei erwischt. Wenn wir die Bande zur Sau machen wollen, muß ich ihr absolutes Vertrauen gewinnen. Und ich bin bereit, alles dafür zu tun. Cadillac ist ein separates Problem. Es ist eine persönliche Sache. Wir sind Rivalen. Alles was ich kann, möchte er besser können. Mit Mr. Snow habe ich das Problem nicht. Er ist zwar hochintelligent und scharfsinnig, aber es ist mir gelungen, etwas in Gang zu bringen, das man als ›Kollegialität‹ bezeichnen könnte. Er kann mich gut leiden — und das ist auch ein Grund, weshalb Cadillac sauer auf mich ist. Er ist eifersüchtig.«

»Wie wird Mr. Snow auf die Nachricht reagieren, daß Sie Clearwater verloren haben?« fragte Parsons. Er war der Mex, der zwischen Roz und Wallis saß.

»Tja, er wird's zwar als Rückschlag einstufen, aber nicht als Großkatastrophe. Dank Roz bin ich wenigstens in der Lage, ihm zu sagen, daß sie lebt und in guten Händen ist.«

»Aber wird er Cadillacs Plan, den *Red River* anzugreifen, auch unterstützen?«

»Er muß es. Der Clan greift keinen Wagenzug an, wenn er nicht mitkommt, um ihn anzuführen.«

Parsons ließ nicht locker. »Ja, aber woher wollen Sie wissen, daß er es *wirklich* tut?«

»Weil er alt ist. Er hat nicht mehr lange zu leben und kann möglicherweise nur noch wenige Schläge verteilen. Rufer sterben schrittweise — immer dann, wenn sie die Kraft herbeirufen. Diesen Burschen wird wirklich nichts geschenkt. Jedesmal, wenn sie einen üblen Scheiß inszenieren, steht ihr Leben auf dem Spiel. Es ist kein Witz. Ich habe es gesehen. Dann sind seine Augen tot und sein Körper eine leere Hülle. Es braucht Zeit, um die Batterien wieder aufzuladen.

Die M'Calls werden alles auf eine Karte setzen, um Clearwater zu retten, da sie Mr. Snows Nachfolgerin ist. Ohne Rufer können sie ihre Stellung als oberster She-Kargo-Clan nicht behalten. Dann wäre es aus mit ihnen. Deswegen wird er sie gegen den *Red River* führen.« Steve lächelte. »Als Ehrenbürger des Prärievolkes werde ich stets an seiner Seite sein.«

»Haben Sie nicht irgend etwas übersehen?« sagte Nevill, den Steves Zuversicht deutlich unbeeindruckt ließ. »Etwas, das Sie uns vor kurzem erzählt haben? Über Ihren Freund Mr. Snow — den Sturmbringer? Ist das nicht der Name, den die Mutanten jemandem geben, der über die sogenannten Sieben Kreise der Macht gebietet?«

»Ja ...«

»Phantastisch! Er ist der Bursche, der mich laut Ihrer Aussage vom Himmel hätte blasen können. Und sie schlagen vor, ihn im Innern des *Red River* loszulassen? Sie haben wohl den Verstand verloren!«

»Der *Red River* gerät nicht in Gefahr.« Der Mund seiner Blutsschwester blieb zwar geschlossen, aber Steve konnte ihre telepathische Stimme leise flüstern hören. »Roz ist nicht nur Telepathin. Sie kann Mr. Snows Verstand völlig desorientieren — ihn in einen neutralen Gang verlegen, wenn Sie so wollen —, damit er ihn nicht einsetzen kann, um die Kräfte, die er der Erde und dem Himmel entzieht, zu kanalisieren.«

»Ach, ja?« höhnte Nevill. »Seit wann denn?«

»Fragen Sie sie doch«, sagte Steve.

Wallis, bestrebt der Situation die Schärfe zu nehmen, bemühte sich um einen vermittelnden Tonfall. »Wenn es wahr ist, könnte es eine sehr interessante Entwicklung geben. Besteht irgendeine ... äh ... irgendeine Möglichkeit, mit der Sie diese Behauptung Ihres Blutsbruders beweisen können?«

Roz schaute leicht nervös drein. »Sie meinen ... jetzt?«

»Ja, jetzt. Mir ist zwar klar, daß wir nicht von einem Rufer bedroht werden, aber wenn Sie uns irgendeine greifbare Demonstration der ... äh ... Geisteskräfte geben könnten, die Sie in einem solchen Fall anwenden würden, dann ...«

»... wäre es sehr hilfreich«, sagte Steve.

Nevill lachte. »Verflucht noch mal, Dan! Du glaubst doch diesen Scheißdreck nicht, oder?«

»Jake — würdest du bitte die Klappe halten?« Wallis nickte Roz zu. »Könnten Sie es uns zeigen? Jetzt, wo wir hier am Tisch sitzen?«

»Ja, das geht in Ordnung.« Roz legte die Hände auf den Tisch, schloß die Augen und holte tief Luft. »Rükken Sie so nahe wie möglich mit den Stühlen heran.«

»Müssen wir auch die Augen zumachen?« fragte Wallis.

»Nein«, sagte Roz. »Genießen Sie bloß die Aussicht.«

Mit diesen Worten löste sich der sie umgebende Raum auf. Steve spürte eine steife Brise auf seinem Gesicht. Als er aufsah, erblickte er über sich einen klaren, blauen Himmel, der sich, von Wolken betupft, über einen unglaublich weiten Horizont erstreckte. Sie saßen rund um den Tisch an der freien Luft! Es war natürlich eine Halluzination. Aber eine, die jeder wahrnahm. Die Einzelheiten waren absolut verblüffend. Es war so real! Es war phantastisch!

Roz schaute unglaublich gelassen drein — in deutlichem Gegensatz zu den Männern der Sondereinheit, die in purem Entsetzen und wie gelähmt dasaßen. Als Steve nach unten schaute, erkannte er den Grund dafür. Die Halluzination war nicht nur phantastisch, sondern auch grauenhaft. Er und die anderen am Tisch sitzenden Männer befanden sich auf einem Berggipfel. Der Berg bestand aus verwittertem Gestein und ragte wenigstens dreihundert Meter steil über der Prärie auf. Der Gipfel war gerade groß genug, um den Tisch und den aus Rohren bestehenden Metallstühlen Platz zu bieten. Bei der geringsten Rückwärtsbewegung mußte jeder von ihnen über den Rand stürzen!

Oh, Scheiße ... Steve warf einen verstohlenen Blick in den entsetzlichen Abgrund und kam zu dem Schluß, daß er auch ohne diese Demonstration hätte weiterleben können. Er hatte zwar als Flieger keine Angst vor großen Höhen, doch bei der Vorstellung, am Rand eines Abgrunds zu sitzen, wurde ihm übel. Es ist alles gar nicht wahr, redete er sich ein. Ich sitze im Lazarett auf dem Oberdeck eines Wagenzugs. Doch seine Wahrnehmung behauptete etwas anderes. Der Himmel, der Wind, der rote Felsgipfel — alles war *echt*. Das galt auch für das Schwindelgefühl, das ihn wie ein Magnet in den Abgrund zog!

Steve beherrschte den Impuls, sich in die Leere zu stürzen, und schob vorsichtig die Hände über den Tisch. Zuerst kam ihm die Idee, sich abzusichern, indem er Roz' Handgelenke umfaßte, doch als seine Rechte ihre Linke streifte, fing er sich einen starken elektrischen Schlag ein, der seine Arme in die Luft warf. Zum Glück warf ihn der Ruck zur Seite statt nach hinten. Es gelang ihm, mit der linken Hand die gegenüberliegende Tischkante zu ergreifen. Es war nicht mehr viel Platz, da alle Anwesenden auf die gleiche Idee gekommen waren.

Nur keine Panik, Brickman. Dir passiert schon nichts. Dein Schwesterlein zeigt diesen Arschlöchern nur, was es alles kann ...

Steve vernahm einen erstickten Schrei aus Nevills Richtung. Als er zwischen den Köpfen und ausgestreckten Armen seiner Gefährten hindurchschaute, sah er den Grund von Nevills Qualen. Der Felsgipfel wies zwei Spitzen auf. Nevills Stuhl stand auf der kleineren zweiten und war etwa zwei Meter vom Tisch entfernt. Die Grundfläche war gerade groß genug, um dem Sockel seines Stuhls Platz zu bieten. Nevill saß starr vor Grauen da und klammerte sich an den Sitz; seine Füße baumelten in der Luft. Steve brauchte ihn nur anzusehen, und ihm wurde noch übler zumute.

Er schloß die Augen und unternahm einen Versuch, mit seiner Blutsschwester Kontakt aufzunehmen.

Okay, Roz, du hast es ihnen verdeutlicht. Und jetzt laß uns wieder aus diesem Alptraum raus ...

»He, Jungs! Bitte! Helft mir!« Nevills schroffe Machotour war zu einem erstickten Blöken geworden.

Soll das ein Witz sein? Eine falsche Bewegung, und wir fliegen alle in den verfluchten Abgrund!

Nevills Stimme wurde zu einem schrillen Kreischen. »Ahhh! Uhhh! AHHH!«

Steve zwang sich, zu ihm hinzuschauen. Die Oberfläche der zweiten Bergspitze bröckelte langsam ab. Nevills Stuhl kippte nach hinten. Der Mex wagte nicht, sich vorzubeugen, aus Angst, er könne das Gleichgewicht verlieren. Er saß starr auf seinem Stuhl; seine Augen quollen hervor, sein offener Mund zuckte grotesk und in entsetzter Erwartung ...

Steve erhaschte einen Blick auf Nevills Gummisohlen, denn nun hoben sich seine Stiefel in die Luft. Er schloß die Augen, als der Stuhl nach vorn fiel und der Mex in die Leere stürzte. Der Klang seines Kreischens ließ sein Blut gefrieren …

Ein dumpfes Klatschen und das Krachen von Metall erklangen. Die über Steves Gesicht hinwegfegende Brise hörte schlagartig auf zu existieren. Als er die Augen öffnete, sah er, daß Roz ihn anblickte. Der Tisch stand zwar wieder im Lazarett, doch die ihn umgebenden Männer konnten es noch nicht glauben. Sie schauten sich sprachlos und wie gelähmt an, dann wandten sich alle Blicke Nevills Tischende zu. Sein Stuhl lag auf dem Boden; Nevill selbst lag ausgebreitet daneben auf dem Boden. Ray Hannah und Daryl Coates, der Mex an links von Steve, hoben seinen Stuhl auf und halfen ihm auf die Beine.

Nevill zitterte unbeherrscht. In seinem Schritt zeigte sich ein dunkler, größer werdender Fleck, der deutlich machte, daß er sich naß gemacht hatte. Als Hannah und Coates ihn wieder in den Stuhl schoben, hielt er sich am Tisch fest, um das Gleichgewicht wiederzufinden. »Christoph! Das war das abscheulichste …« Als er die verkrampften Gesichter der anderen sah, hielt er inne. »W-was ist passiert?«

»Eine gute Frage …« Wallis' völlig farblosem Gesicht nach zu urteilen hatte er einen ebenso schlechten Trip hinter sich wie die anderen. Er schaute Roz nervös an, und als er das Wort ergriff, schwankte seine Stimme. »Danke. Ja … Es war … äh … äußerst lehrreich. Ich hatte keine … äh …« Er räusperte sich und zwang seine Stimme, eine halbe Oktave tiefer. »Warum schauen Sie und Steve nicht mal nach, wie es Ihrer Patientin geht, während wir … äh …«

»Natürlich«, sagte Roz.

Als Steve hinter ihr hinausging, schaute die Sondereinheit ihnen in absolutem Schweigen zu. Hannah schloß die Tür hinter ihnen.

Als sie die Treppe hinuntergingen, summten eine

Million Fragen durch Steves Kopf. Es war ein schreckliches Erlebnis gewesen. Obwohl seine Beine wie Gelee waren, bemühte er sich, beiläufig zu klingen. »Das war schon ein Ding, was du da gemacht hast. Ich bin beeindruckt.«

Roz, zwei Stufen unter ihm, schaute lächelnd zurück. »Das ist erst ein Anfang.«

Zwar war ihr Lächeln das gleiche wie immer, doch ihr Blick gehörte einer Fremden. Und da war noch etwas: Steve hatte zwar pausenlos geredet, während sie nur zugehört hatte, doch die meiste Zeit war er nur ein Sprachrohr gewesen. Roz hatte die Wörter in seinen Geist gepflanzt.

Hier sind Kräfte am Werk, die ich nicht verstehe, dachte Steve. Und zum ersten Mal im Leben hatte er Angst vor seiner Blutsschwester...

3. Kapitel

Als die Wirkung der Schlaftabletten nachließ, rührte Cadillac sich allmählich. Der Ausbrecher Griff, der den undeformierten Mutanten bewacht hatte, stand auf, als Malone neben ihn trat. »In fünf bis zehn Minuten müßte er wieder auf den Beinen sein.«

»Gut. Sattle dein Pferd. Ich möchte den Mondschein so weit wie möglich nutzen.«

»Wenn du nichts dagegen hast, gehe ich zu Fuß und nehme das Pferd lieber zum Schleppen meiner Klamotten.«

»Es ist mir scheißegal, was du lieber tust«, fauchte Malone. »Du setzt dich auf den verdammten Gaul und lernst reiten, wie wir anderen auch!«

»Zu Befehl!« Griff zog sich aus der Reichweite der Fäuste Malones zurück und ging zu der Reihe der angebundenen Pferde, die sie unterwegs von dem seltsamen Mutantentrio geerbt hatten. Die drei waren aus Osten gekommen und hatten sich nicht wie die üblichen Beulenköpfe verhalten. Beurteilte man sie anhand der vielen Zeit, die Malone mit ihnen verbracht hatte, mußten sie wirklich etwas ganz Besonderes sein.

Damit endete Griffs Neugier an der Sache. Malone war ein zäher Brocken, und wenn er aus irgendeinem Grund beschloß, sich mit einer Bande von Mutanten anzufreunden, war es allein seine Sache. Der Bursche wußte, was er tat, und wenn es ihm nicht gefiel, wenn einer Nase popelte, erhielt eine Lektion, die er so schnell nicht wieder vergaß. Jeder Ausbrecher, der so dumm war, die erste Lektion zu vergessen, überlebte die zweite nicht.

Zwar konnte Griff, wie die meisten Ausbrecher, Mutanten nicht leiden, doch er hatte gelernt, mit ihnen zu koexistieren. Solange man sie nicht umbrachte, ließen sie einen auch in Ruhe. Die Clans sahen es zwar am liebsten, wenn man ihre Jagdgründe mied, aber wenn man ihre Grenzpfähle übersah und von einer Kriegerpatrouille hochgenommen wurde, konnte man sie in der Regel zufriedenstellen, indem man ihnen ein bißchen Tand schenkte. Und wenn es gefundene Armbrustbolzen waren — denn auch sie schossen auf der Jagd schon mal daneben —, tat man ihnen sogar einen Gefallen.

Die Bolzen waren, ebenso wie die Armbrüste, mit denen man sie abschoß, kostbare Gegenstände, und wurden von irgendwelchen Ginks im Osten hergestellt. Die Mutanten verkauften sogar ihre eigenen Leute, um sie zu kriegen, deswegen stimmte eine Handvoll Bolzen sie immer günstig. Wenn man ihnen Bolzen schenkte, fingen sie an zu lachen, und dann sprangen, schrien und krähten sie. Doch neben ihrem Kauderwelsch verwendeten sie auch *richtige* Wörter, die zusammengesetzt einen *Sinn* ergaben.

Das war die größte Überraschung für Griff gewesen, als er ihnen auf seiner ersten Fahrt als Service-Mechaniker zu einem Arbeitslager in Kansas begegnet war. Und seit er zu den Gesetzlosen gehörte — er zählte seit dem Moment zu ihnen, in dem er genötigt gewesen war, die Mutanten als Gleiche zu sehen statt als mürrische Sklaven —, verblüffte es ihn immer wieder, wie *normal* sie waren. Okay, sie hatten verbeulte Köpfe und eine schekkige Hautfarbe, aber sie waren den Wagnern auf mehr als eine Weise ähnlich. Griff hatte nie verstanden, warum sie sich so und so verhielten und dennoch keine echten Menschen waren. Es war ihm wirklich ein Rätsel.

Das an der Spitze einer ganzen Pferdeherde aus dem Osten angerittene Trio war ein gutes Beispiel. Die drei beherrschten die normale Grundsprache, und ihr Geist war so scharf wie eine Klinge. Wenn man sie geistig der Flecken auf ihrer Haut entkleidete und sie neben drei echte Menschen stellte, fiel es einem schwer, sie voneinander zu unterscheiden. Und wenn Griff an die Zeit dachte, die er damit zugebracht hatte, sich Bildungsfilme über potthäßliche Mutanten anzuschauen — verseuchte, barbarische, bösartige Tiere, die es gnadenlos auszurotten galt —, mußte er sich einfach fragen, warum die Erste Familie den Wagnern nicht die ganze Wahrheit sagte: Wieso konnte eine Ausbrecherbande neben den Mutanten existieren, ohne daß sie ihre Schädel auf Pfähle spießte ...

Yeah ... Es war ihm wirklich ein Rätsel. Wie die Vorstellung, wieso es jemandem Spaß machen sollte, mit gespreizten Beinen auf den vierbeinigen Viechern zu sitzen, die nun bei ihnen waren. Und besonders dann, wenn die Zähne dieser Viecher einem glatt die Hand durchbeißen konnten. Ihre Hinterläufe konnten austreten wie Schmiedehämmer. Okay, die Viecher waren zwar mit Sitzen und Lederriemen ausgestattet, so daß man sie um die Ecke lenken konnte, aber sie blieben eine verdammt eigenartige Methode der Fortbewegung.

Griff wußte zwar, daß Pferde zum Tragen von Klamotten nützlich sein konnten, aber auch das hatte seine Nachteile. Führte man eine Gruppe von Packpferden an, gab man ein besseres Ziel ab, und zudem bestand noch immer das Risiko, daß die Viecher beschlossen, mit den kostbaren Besitztümern abzuhauen. Es war besser, man reiste mit leichtem Gepäck, statt sich auf ein Transportsystem zu verlassen, das ein vorbeifliegender Himmelsfalke in Nullkommanichts wegpusten konnte.

Doch wenn Griff seine privaten Gefühle beiseite ließ, kapierte auch er, auf was Malone und seine neuen Mutantenfreunde aus waren. Wenn man es schaffte, im Sattel zu bleiben, und rauskriegte, wie man das Ding zum Laufen bekam, konnte man ziemlich schnell eine ordentliche Strecke hinter sich bringen. So schnell, daß man den Mutanten entkommen konnte. Einige der Jungs hatten das Problem schon gelöst. Wenn man zusah, wie sie vor den anderen damit angaben, erkannte man, daß es die Reiter echt begeisterte.

Man kam wohl um die Sache nicht herum. Aber auch wenn sie beeindruckend war — *natürlich* war sie nicht! Sie war nicht mal praktisch. Man brauchte nur das Problem der Wartung zu nehmen: Pferde waren anders als Fahrzeuge. Ging ein Wagen kaputt, ließ man das integrierte Diagnoseprogramm laufen und bestellte das nötige Ersatzteil. Bei Pferden saß man absolut in der Scheiße. Zum Beispiel wußte niemand, was in ihnen ablief. Man konnte sie auch nicht, wie einen Elektrokarren, mit neuen Beinen versehen. Brach ein Pferd sich ein Bein, war der Ofen aus. Man konnte es nicht mal ausschlachten, um ein Ersatzteillager anzulegen. Dann mußte man das ganze Ding wegschmeißen.

Griff hob den aus Holz und Leder gefertigten Sattel hoch, bewunderte noch einmal die Arbeit des unbekannten Handwerkers, und legte ihn auf den Pferderükken. »Ruhig, Freundchen«, murmelte er. »Ich weiß zwar, daß es dir ebenso wenig gefällt wie mir, aber der Chef will, daß wir uns fertig machen ...«

Er zog den Sattelgurt eng um den Pferdebauch und verhakte die Schnalle. Griff war schon mal langsam unter dem heiseren Gejohle seiner Kumpane von seinem Reittier gerutscht und hatte nicht vor, diesen Fehler noch einmal zu begehen.

Als Malone auf Cadillac hinabschaute, hatte er durchaus ähnliche Befürchtungen: Der Mutant war ein Problem für ihn, auf das er nicht scharf gewesen war. Obwohl er mit den Mutanten redete und die Grundregeln der friedlichen Koexistenz einhielt, teilte er nicht Griffs eingeschränkte Geduld. Malone konnte die Mutanten nicht ausstehen, Feierabend. Aber er war auch kein Abtrünniger und kein aus der Föderation entflohener Ausbrecher. Einige der von ihm angeführten Männer waren echte Deserteure. Sie waren zwar mutig genug, um an der Oberwelt eine unabhängige Existenz zu suchen, doch andererseits waren auch sie ein verräterischer Haufen Unrat. Malone hatte nichts dagegen. Er war an die Oberwelt geschickt worden, um diesen Unrat zu beseitigen. Malone und der Kern seiner Bande waren *Mexikaner* — Agenten der von General-Commander Karlstrom geleiteten Geheimorganisation.

Die zwischen den Welten der Wagner und Mutanten gefangenen Abtrünnigen waren im Grunde Lumpensammler: Wanderer, die ohne festes Ziel durch die Oberwelt streiften und kein Heim hatten, zu dem sie zurückkehren konnten. Der Tod war der einzige Willkommensgruß, den sie von der Föderation erwarten konnten. Zum Glück gab es an der Oberwelt große Gebiete, die noch nicht die Beachtung der Bahnbrecher gefunden hatten. Dort waren Mutanten nur dünn gesät. Zum Beispiel in den Rocky Mountains. Es gab auch einen guten Grund, weswegen die Beulenköpfe nichts dagegen hatten, daß sie in den Rockies herumstreiften: Sechs Monate im Jahr war es dort saukalt, und dann lag der Schnee dort so hoch, daß niemand überleben konnte. Es sei denn, natürlich, man war bestens ausgerüstet und gut organisiert. Karlstrom hatte zwar dafür gesorgt, daß seine Gruppen über den nötigen Sachverstand und die nötige Ausrüstung verfügten, doch jeder einzelne Gegenstand mußte, um kein Mißtrauen zu erregen, sorgfältig ausgesucht und in einen abgenutzten, verwitterten Zustand gebracht werden.

Wie jede ums Überleben kämpfende Spezies waren die Abtrünnigen dem Prozeß der natürlichen Auslese unterworfen: die Starken gediehen, die Schwachen kamen um. Große Gruppen boten Sicherheit, Kontinuität und Zusammenhalt. Malones Organisation sorgte zudem für ein anderes lebenswichtiges Element: einen starken Führer. Monate nach ihrer Formation war seine Bande zu einem Magneten geworden, der kleinere Gruppierungen und Einzelpersonen anzog, die bis dahin eine einsiedlerähnliche Existenz bevorzugt hatten.

Im Innern der Föderation hatte man Malones Namen flink in das von bekannten subversiven Elementen betriebene Informationsnetz eingespeist.

Für viele Bewohner dieser Zwielichtwelt hatte Malone längst den Status eines Volkshelden. Es hatte nicht lange gedauert, bis sein Name und sein ungefährer Aufenthaltsort in den Zwischenstationen und Arbeitslagern bekannt geworden waren. Sein Name war jedoch nicht der einzige, den man in leisen Gesprächen weitergab. Die AMEXICO hatte großzügig noch einige andere zum Nutzen der potentiellen Abtrünnigen verbreitet, die die Vorstellung einer wachsenden Rebellenbewegung und einer relativ sicheren Zuflucht pflegten.

Nur wenigen, die es geschafft hatten, sich zu Malone durchzuschlagen, war je der Gedanke gekommen, daß sie sich erneut in den Händen der Föderation befanden. Ihrer hatte man sich flink wieder entledigt. Es war ein wunderbares Unternehmen, und eine von mehreren ähnlichen Oberwelt-Fallen, die die Erste Familie in die Lage versetzte, die Protestbewegung zu kontrollieren. Zudem sorgte es für einen ständigen Kandidatenvorrat für die im Fernsehen übertragenen Schauprozesse. Falls es den Wagenzügen nicht gelang, eine ausreichende Ausbrechermenge zu produzieren, glichen Malone und seine Kollegen die Sache aus, indem sie ahnungslose Kandidaten in einen ausgetüftelten Hinterhalt schickten.

Hätte Malone das Sagen gehabt, wäre der vor ihm liegende Mutant längst auf dem Weg in die Föderation gewesen. Cadillac Deville stand auf der Suchliste. Nun saß er fest. Man hätte ihn sofort verschicken sollen. Feierabend. Es wäre eine Kleinigkeit gewesen. Aber ›Blindgänger‹ wollte die Sache so nicht durchziehen. Blindgänger war der dienstliche Codename Steve Brickmans, eines Anfängers, der im letzten Jahr in Rio Lobo die Prüfung abgelegt hatte. Er war zuvor kurz Flieger auf der *Louisiana Lady* gewesen.

Malone kannte die Einzelheiten aus Brickmans Vergangenheit, da man ihn dazu ausersehen hatte, ihm die Abschlußprüfung abzunehmen. Die potentiell tödliche und schwere Prüfung war ganz darauf abgestimmt gewesen, den Mut und die Ausdauer des Kandidaten zu testen. Man hatte Brickman ›gepfählt‹ — ihn in kniender Stellung zusammen mit der Leiche eines Wagners an einen Pfosten gebunden, den er zuvor auftragsgemäß hatte töten müssen. Brickman hatte die Prüfung bestanden und sich so die nötigen Sporen verdient, daran bestand kein Zweifel. Brickman hatte das Zeug zu einem echten Agenten. Sein letzter Streich hatte darin bestanden, nach Ne-Issan zu gehen, von dort zurückzukehren und im Zuge des Unternehmens zwei wichtige Zielpersonen mitzubringen: die Mutantin Clearwater und den zu seinen Füßen liegenden Beulenkopf Cadillac, der gerade im Begriff war, die Wirkung der doppelten Wolke Neun-Dosis abzuschütteln.

Clearwater war bei einem Überraschungsangriff durch einen streunenden Himmelsfalken schwer verwundet worden. Auf Brickmans Bitte hin hatten Malone und seine Leute ihr Lager abgebrochen und waren ohne die beiden fortgeritten. Wenn Clearwater nicht in seinen Armen gestorben war, befand sie sich nun an Bord des *Red River.* Der leicht verletzte Cadillac war von der gleichen Feuersalve bewußtlos geschlagen worden.

Es war Malone wie die ideale Gelegenheit erschienen, die beiden zusammen fortzuschicken. Zwei von drei Gefangenen war kein schlechtes Ergebnis, aber Brickman hatte eben ein Full House haben wollen. Wenn er Cadillac freiließ, hoffte er, konnte er die dritte Zielperson schnappen — Mr. Snow, die Macht hinter dem M'Call-Clan. Deswegen hatte man Malone mit der Aufgabe betraut, den Beulenkopf zum Bezugspunkt Cheyenne in Wyoming zu begleiten. Auf eine Reise, die seine Abtrünnigenbande in allerlei Gefahren brachte.

Es war nicht die richtige Jahreszeit zum Herumstromern. Im April jagten die Mutanten nämlich ›Rothäute‹ — Ausbrecher. Dann kam es zum jährlichen Zusammentreiben der Stromer. Die Mutanten lieferten sie im Tausch gegen Waren und Waffen an die Eisenmeister, die sie dann nach Osten verschifften. Malone hatte das Lager, in dem Brickman und seine Freunde aufgetaucht waren, erst Mitte Mai abbrechen wollen. Es hatte sich in einer optimalen Lage befunden, mit guten Deckungsmöglichkeiten und fließendem Wasser; ideal für einen langen Verbleib. Man hatte den Platz ausgewählt, weil die AMEXICO wußte, welchen Weg Brickman einschlug. Man war davon ausgegangen, daß er an ihnen vorbeikam. Dann sollte Malone — rein zufällig — auftauchen und ihre Bekanntschaft erneuern. Anfangs war alles nach Plan verlaufen, aber dann ... Irgendein Arschloch in einem Himmelsfalken und zwei Arschlöcher, die ihn nicht hatten kommen sehen, hatten die Sache verpatzt. Was ihn gezwungen hatte, nach Westen zu ziehen, während alle vernünftigen Ausbrecher sich bedeckt hielten.

Die einzige Lösung bestand darin, nachts zu reisen. Die Mutanten waren aus irgendeinem Grund, den man in ihrer gemeinsamen Vergangenheit suchen mußte, nur zwischen Sonnenaufgang und Sonnenuntergang aktiv. Danach gingen die Jäger und Patrouillen heim und legten sich schlafen. Es war zwar keine ideale Zeit, um das Land zu durchqueren, aber nach ungezählten Jahren im Außendienst war Malone Meister im Spurenlesen und konnte seine Leute auch unter widrigsten Umständen führen.

Trotzdem war er ernsthaft verlockt, eine Ballonsonde zu rufen, damit man ihm Cadillac abnahm. Aber es war nicht sein Unternehmen. Mutters Befehle waren deutlich und unmißverständlich. Er hatte den Auftrag erhalten, Brickman an einem bestimmten Punkt seiner Reise abzufangen, sich seiner Verläßlichkeit zu versichern und ihm, wenn nötig, mit Mutters Einwilligung Unterstützung zu gewähren. Brickman hatte zwar alles richtig gemacht und das Richtige gesagt, aber er hatte Malones innere Alarmanlage dennoch klingeln lassen. Irgend etwas war mit ihm los. Vielleicht lag es nur an Malones instinktiver Antipathie gegen Burschen mit sauberem Haarschnitt und blauen Augen, aber Brickman war einfach zu gerissen — und zu gut, um ehrlich zu sein.

Im vergangenen Jahr hatte er sechs seiner Leute, eine ehemalige Klassenkameradin Brickmans inklusive, nach Norden geschickt, damit er die Verstärkung bekam, die er zur Entführung der drei Mutanten angefordert hatte. Beim letzten Funkkontakt mit der Mexikanerin Donna Lundkwist war herausgekommen, daß eine M'Call-Patrouille die Einheit gesichtet hatte — man hatte sie an der Farbe ihres Federschmucks erkannt. Die Mutanten hatten zum Zeichen, daß sie verhandeln wollten, einen Rauchpfeil in die Luft geschossen. Ende der Nachricht. Niemand hatte je wieder von den sechs Mexikanern gehört. Und Brickman hatte sich bei eben diesem Clan aufgehalten. Der Grad seiner Beteiligung am Verschwinden des Einsatzkommandos war eine Frage, die Malone seither nicht mehr losließ.

Er schaute zum klaren, mondbeschienenen Himmel hinauf und sah eine dunkle, sich am nördlichen Horizont aufbauende Wolkenbank. Malone war zwar scharfsinnig und einfallsreich, doch Geduld gehörte nicht zu seinen Tugenden — besonders dann nicht, wenn es unwillkommene Gäste betraf; und noch weniger, wenn der Gast ein Mutant war. Nach der Feuersalve auf Clearwater hatte Cadillac das Bewußtsein noch nicht zurückerlangt. Um Streitereien zu vermeiden, hatte man ihn in den letzten beiden Tagen in einem durch Drogen erzeugten Tiefschlaf gehalten. Dank des klaren Nachthimmels hatte man etwa hundertzehn Kilometer hinter sich gebracht. Doch so oder so — Clearwater war nun unerreichbar. Es wurde höchste Zeit, daß der Beulenkopf wieder auf eigenen Beinen stand; Malone hatte es satt, ihn ständig mitzuschleppen. Als Mutter ihn gebeten hatte, Brickman zu helfen, hatte er sich nicht vorgestellt, daß er einem hochnäsigen Mutanten um den Bart gehen mußte. Das war es, was ihn stinksauer machte — nicht das Herumziehen.

Malones Stiefelspitze trat in Cadillacs Seite. »Na los! Wach schon auf, du Hundesohn! Wir haben nicht die ganze Nacht Zeit!«

Cadillac rührte sich schläfrig. »Mmmm ... Yeah ... Klar ...« Seine Augen flatterten auf; sein Mund öffnete sich zu einem gewaltigen Gähnen.

Malone schraubte seine Feldflasche auf und entleerte sie über Cadillacs Gesicht. Ein Teil der Flüssigkeit lief in seine Kehle und ließ ihn würgen. Cadillac rollte keuchend und hustend am Boden umher. Schließlich richtete er sich und griff sich an den Kopf.

»Steh auf! Beeilung! Wir ziehen weiter!« Malone schob eine Hand unter Cadillacs linke Achselhöhle und hievte ihn hoch.

Cadillac blieb stehen und rieb sich das Gesicht. Sein Körper war von einer seltsamen Lethargie ergriffen. »Mo-Town! Ich fühle mich ...« Seine Augen weiteten sich, als er sich auf Malone konzentrierte, dann musterte er schnell die fremde Umgebung. »Wo ist Clearwater? Und Brickman?« Er spürte die schmerzhaften Stiche seiner verschiedenen Fleischwunden und runzelte die Stirn. Er sah an der linken Seite seines Körpers nach unten und erblickte auf dem Oberschenkelbeinkleid zwei blutfleckige Risse. Auch auf seinem Bauch war eine deutliche Schramme. Ein alarmierter Ausdruck legte sich auf sein Gesicht. »Wer hat auf mich geschossen?!«

»Erinnerst du dich nicht? Es muß passiert sein, als du am Boden lagst.« Malone berichtete von dem urplötzlich aufgetauchten Himmelsfalken, der den Lagerplatz beschossen hatte und dann sofort wieder verschwunden war.

Irgendeine dunkle Vorahnung dessen, was er als

nächstes sagen wollte, ließ Cadillac vor Gram aufheulen. Er warf die Arme um seine Schultern und wankte von einer Seite zur anderen. »O gütige Himmelsmutter! Clearwater! Ist sie tot?«

»Als wir abgehauen sind, war sie es noch nicht. Aber sie war ziemlich schwer verwundet.«

»Ohhh-jehhh! Es ist alles meine Schuld! Was ist mit Brickman?«

»Dem geht's gut. Er hat nicht mal 'ne Schramme abgekriegt.«

Die Nachricht ließ Cadillac mit den Zähnen knirschen. »Natürlich! Typisch! Und was habt ihr dann getan?«

Malone tat sein Bestes, um seine Irritation zu verbergen, denn er war nicht daran gewöhnt, auf diese herrische Weise verhört zu werden. *Für wen, zum Henker, hält der Typ sich eigentlich?* »Was wir getan haben? Das Beste, was wir tun konnten. Sie war in ihrem Zustand nicht transportfähig. Also haben wir ihre Wunden so gut wie möglich verbunden und uns auf die Socken gemacht. Es hat keinen Zweck, an einem Ort zu bleiben, den man gefunden hat. Wir haben in den letzten Tagen ständig Falken über uns gesehen.«

Cadillacs zunehmende Verärgerung kochte über. »Soll das heißen, es ist alles schon *Tage* her?!«

Malone prüfte seine Armbanduhr. »Es ist genau vierundfünfzig Stunden und zwölf Minuten her.«

»Warum hat mir das niemand gesagt?!«

Malone widerstand dem Impuls, ihm eins auf die Schnauze zu hauen. »Weil du ohnehin nichts dagegen hättest tun können, mein Freund.«

»Hah!« Cadillac schmeckte einen metallischen Nachgeschmack auf seiner Zunge. »War es Brickmans Idee, mich unter Drogen zu setzen?«

»Yeah. Er hat gesagt, du wirst hysterisch, und er hat recht gehabt. – Reiß dich endlich zusammen, verdammt noch mal!«

»Ich *reiße* mich zusammen! Er hatte kein Recht, die Sache so in die eigene Hand zu nehmen! Wir müssen zu ihr zurück!«

»Bist du irre? Nur ein medizinisches Expertenteam kann sie noch retten. Und Medizin, die es nur in der Föderation gibt. Nicht die Zaubersprüche von irgendwelchen Affen. Inzwischen ist sie längst tot und begraben ...«

»Nein! Sag das nicht!«

Malone überhörte die Unterbrechung. »Ich habe den Auftrag, dir zu helfen, zu deinem Volk zurückzukehren. Hat Brickman es dir nicht versprochen?«

»Ja, aber ...«

»Es gibt kein ›Aber‹. Genau das werden wir tun, mein Freund. Es waren nämlich zwei meiner Leute, die die Maschine übersehen haben. Also mach dir keine Vorwürfe über das Geschehene. Ich verstehe zwar, daß Brickman sauer ist, weil er ihr hübsches Ärschlein verliert, aber warum, zum Henker, heulst du so herum?«

Cadillac wischte sich mit zitternden Händen, die sich zudem danach sehnten, Malone an die Gurgel zu fahren, die Zornestränen aus den Augen. »Sie hat ihm nicht *gehört!*«

»Hab ich aber angenommen. Habt ihr euch deswegen geprügelt?«

»Nein. Wir haben uns gestritten, weil Brickman ein verräterischer und verlogener Hund ist!«

»Das kommt mir etwas undankbar vor. Hat er dir und Clearwater nicht geholfen, aus Ne-Issan rauszukommen?«

»Er hat es nicht getan, um uns zu helfen! Er hat uns rausgeholt, um uns seinen Herren in der Föderation auszuliefern! Er ist gar kein Abtrünniger! Er arbeitet seit über einem Jahr für ein geheimes Agentennetz!«

»Ach so ...« Malone grübelte kurz darüber nach. »Hat er dir etwas über das Agentennetz erzählt? Zum Beispiel, wie es heißt? Oder wer es leitet?«

Cadillac erkannte, daß er zuviel gesagt hatte. Schon bedauerte er den zeitweisen Verlust seiner Selbstbeherrschung. Seine Feindschaft zu Steve hatte zwar nicht abgenommen, aber Malone war eigentlich ein Fremder für ihn. Ein unbeschriebenes Blatt, dessen Absichten ihm, wenigstens im Augenblick, unzugänglich waren. »Nein. Aber ohne Hilfe von außen hätten wir nicht entkommen können — und die hat er organisiert. Wenn er wieder auftauchen sollte, frag ihn danach. Ich kann nur sagen, niemand ist sicher, solange er in der Gegend ist.«

»Ich werde daran denken«, sagte Malone. »Bis dahin vergessen wir, daß wir dieses Gespräch geführt haben. Falls Brickman noch mal zu uns stößt, entscheide ich mich vielleicht, die Dinge eine Weile so weiterlaufen zu lassen. Wenn du recht hast und er ein Geheimagent ist, könnte es vielleicht unser Vorteil sein, wenn er glaubt, daß wir ihm völlig vertrauen. Verstehst du, was ich meine?«

»Ich glaube schon ...«

»Gut. Dann ziehen wir jetzt weiter.« Malone klopfte Cadillac freundschaftlich auf den Rücken und führte ihn zu den wartenden Pferden. Es wäre ihm zwar lieber gewesen, dem plärrenden Stück Beulenscheiße die Gräten zu brechen, aber er mußte — ebenso wie Brickman — eine Aufgabe erfüllen und seine Rolle spielen. Die Rolle des weichherzigen Matt Malone, des Freundes und Beschützers der armen Mutanten.

965 Kilometer südlich von Malones momentaner Stellung in der Nähe des Platte River in Nebraska hatte die *Louisiana Lady* inzwischen die Reparaturwerkstatt verlassen und war wieder ›auf Achse‹. Man hatte sie im weitverzweigten Untergrund-Depot von Nixon/Fort Worth auf den Einsatz vorbereitet.

Im Juni 2989 war die *Lady* haarscharf einer großen Katastrophe entgangen: Sie war einem von einem Rufer geführten Prärievolk-Clan begegnet. Von einer Flutwelle festgehalten, war es der *Lady* zwar gelungen, sich fast unbeschadet zu befreien, doch dann hatte sie neun der zehn an Bord diensttuenden Flieger und die dazugehörigen Maschinen verloren. Und dazu über achtzig Stürmer. Etwa doppelt so viele waren verwundet worden.

Im November 2990, als man die *Lady* auf eine Sondermission in den Schnee hinausgeschickt hatte, war es noch schlimmer gewesen. Von Cadillac und Clearwater an Bord geschmuggelte Sprengladungen hatten das rollende Feldlazarett und den Flugwagen vernichtet. Die brennende Flutwelle, die sich aus dem Napalmlager und den Flüssiggastanks unter dem Hangardeck ergossen hatte, war durch drei Wagen gelaufen, und deren Besatzung war in den Flammen umgekommen.

Die *Lady* hatte die fünf ausgeweideten Wagen abgekoppelt, sich neu formiert und einen befohlenen Kurs nach Monroe/Wichita eingeschlagen — zu der noch im Bau befindlichen Divisionsbasis in Kansas. An der dortigen Grenzebene angekommen, hatte man die Verwundeten abgeladen und schnellstens ins Lazarett gebracht. Man hatte Commander Hartmann und seinen Stab sowie Spieß McDonnell unter Arrest gestellt und mit dem Zug ins Hauptzentrum gebracht, wo ihnen der Prozeß gemacht werden sollte. Die restlichen Angehörigen der Besatzung, die einer Anklage wegen Pflichtverletzung entgangen waren, hatte man zeitweilig dem Kommando eines Stabsoffiziersteams im Ausbildungsstab von Fort Worth unterstellt. Sie hatten die geschlagene und geschändete *Lady* über Oklahoma nach Süden wieder ins Depot und in die relative Sicherheit des Heimatstaates gebracht.

Die Wintermonate, deren Höhepunkt das Neujahrsfest war, verbrachte man traditionell im Urlaub und mit Überholungsarbeiten. In diesem Zeitraum genossen die Bahnbrechermannschaften nach acht bis neun Oberwelt-Monaten einen willkommenen Kurzurlaub, und die Depotmechaniker nahmen die Aufgabe in Angriff, die Züge zu überholen und für den nächsten Einsatz in der Blauhimmelwelt vorzubereiten.

Die *Lady* hatte jedoch mehr als nur Überholung benötigt. Die verlorenen Wagen mußten ersetzt, die Brandschäden in einigen anderen beseitigt, die Mannschaft auf Sollstärke gebracht und ihre angegriffene Kampfmoral aufgefrischt werden. Es war zwar eine Riesenaufgabe, die *Lady* wieder in einen funktionstüchtigen Zustand zu versetzen, aber dies erwies sich als leichter als die Hebung der Mannschaftsmoral. Trotz der Schäden und Verluste, die die *Lady* erlitten hatte, erfreuten sich Hartmann und sein Stab — vielleicht von einer Ausnahme abgesehen — bei den unter ihnen dienenden Bahnbrechern großer Wertschätzung. Der einzige Offizier, der der Besatzung kaum Respekt eingeflößt hatte, war Captain Baxter, der Flugeinsatzleiter. Er war bei der Explosion umgekommen, die das ganze Hangardeck aufgerissen und Gus White, die übrigen Flieger, die Mechaniker, die Decksmannschaft und fast zwei Dutzend Bahnbrecher getötet hatte.

Buck McDonnell, der Spieß der *Lady*, dessen Wachsamkeit und schnelle Reaktion den vorderen Kommandowagen und seine Besatzung gerettet hatten, wurde nach zwei Monaten Haft entlassen. Bei seinem Kurzauftritt vor dem Sachverständigenausschuß hatte man ihn informiert, daß alle Anklagen gegen ihn fallengelassen seien. Man hatte ihm befohlen, sich zum aktiven Dienst in Nixon/Fort Worth zu melden. Als er den Gerichtssaal verlassen hatte, war ein Stabs-Commander von CINCTRAIN auf ihn zugekommen, um ihn in den Reihen der Bahnbrecher-Division willkommen zu heißen. McDonnells erste Aufgabe bestand nun darin, die neue Mannschaft der *Lady* in Form zu bringen. Er sollte sofort anfangen. Aufgrund betriebswirtschaftlicher Erfordernisse, hatte der Commander erklärt, könne er den ihm zustehenden vierwöchigen Urlaub nicht antreten.

Der Spieß hatte ihm auf seine typisch rauhe, doch respektvolle Weise mitgeteilt, es mache ihm nichts aus. Nach acht Wochen im Knast freute er sich, wieder den Soldaten zu spielen.

Der Beschluß, McDonnell freizulassen, hatte sich ausgezahlt. Vom ersten Tag an konnte man bei der alten Besatzung, den neu Hinzugekommenen und den Anfängern — uneingeweihten Ersatzleuten — einen merklichen Anstieg der Moral registrieren. Schon bald erfuhren die Neuen, daß Big Ds Feuerfresser-Ruf keineswegs übertrieben war. Ein zweites Ersatzteam aus Stabsoffizieren des Depot-Stammpersonals half der Besatzung, die Bordausbildung hinter sich zu bringen. Aber im Verlauf der Wochen machte sich auch McDonnell allmählich Sorgen über die betäubende Stille, die die Ernennung des neuen Wagenmeisters umgab.

Schließlich, an einem Tag im frühen April, als die Besatzung sich zum üblichen Morgenappell vor dem Wagenzug versammelte, schritt er mit einem weithin sichtbaren Leuchten in den Augen hinter dem OvD an den Männern vorbei. Als der OvD die offizielle Inspektion des Bataillons beendete und McDonnell die Leitung übergab, kapierten auch die alten Hasen wie ›Hiob‹ Logan, daß irgend etwas im Busch war.

Wurde aber auch Zeit. Der alte Big D kann's kaum noch für sich behalten ...

McDonnell versteifte sich. »Wa-gen-zug ... RÜHRT EUCH!«

Das Bataillon stand mit donnerndem Stiefelgestampfe bequem und legte die Hände an die Hosennaht.

»Okay, alles herhören!« sagte McDonnell mit seiner Nebelhornstimme. »Man hat mich verläßlich darüber informiert, daß die *Lady* einen neuen Commander hat. Er wird dann in Kürze mit seinem Stab hier eintreffen!«

Die Bekanntmachung erzeugte ein unterdrücktes Murmeln.

»Sobald das neue Team sich eingewöhnt hat und wir ihm gezeigt haben, was 'ne Harke ist …«

Ein Welle von Gelächter.

»… bringt es die *Lady* zu einer Versorgungstestfahrt nach Abilene, San Angelo und Brady!«

Diese Nachricht erzeugte ein hörbares Ächzen. Abilene, San Angelo und Brady waren Zwischenstationen im Südwesten von Fort Worth — im Heimatstaat Texas. Ein Territorium, das unter völliger Kontrolle der Föderation stand, und in dem es keine Gelegenheit zur Mutantenjagd gab.

»Und dann fahren wir nach Norden — um Mutanten zu jagen!«

Das Bataillon reagierte mit einem frohlockenden Aufschrei, und die Besatzung riß die Arme in die Luft. »HO!«

McDonnell erblickte ein sich näherndes Wägelchen. Es war ein geschlossenes Modell mit vier Anhängern, ein Typ, den hohe Tiere verwendeten. Er rief die Mannschaft der *Lady* zur Ordnung. »Wa-gen-zug … STILLGESTANDEN!«

Etwa tausend Stiefelpaare knallten in synchronem Krachen aneinander. Der Spieß wandte sich zackig um, klemmte seinen mit einem Kupferknauf versehenen Paradestab fest unter den linken Arm und richtete ihn parallel zum Boden aus.

Das Wägelchen hielt winselnd vor ihm an. Die Türen an beiden Seiten öffneten sich und spuckten das Team der Stabsoffiziere aus, das die *Louisiana Lady* übernehmen sollte. Die Veteranen keuchten hörbar auf, als sie den buschigen weißen Schnauzbart des Offiziers mit den gelben Kommandantenstreifen an den Ärmeln erblickten.

Es war Hartmann, ihr alter Commander. Buffalo Bill — wieder in Uniform und im aktiven Dienst. Acht der zwölf ihn lächelnd umgebenden Gesichter gehörten den Offizieren, die bis zu dem Tag mit ihm zusammengearbeitet hatten, als die MP an Bord gekommen war, um sie zu verhaften.

Buck McDonnells Rechte fuhr schmissig an den Rand seines Stetsons. Seine Finger und sein Daumen waren zu einem perfekten Salut ausgerichtet. »Achtes Bataillon der Bahnbrecher-Division, gemustert für die *Louisiana Lady* — bereit zur Inspektion, Sir!«

»Danke, Mr. McDonnell.« Hartmann erwiderte den Gruß ebenso wie die zwölf Offiziere, die in zwei verblüfften Reihen Aufstellung hinter ihm bezogen. Nach dem Ende der offiziellen Begrüßung tauschte Hartmann mit dem Spieß einen innigen Händedruck aus.

»Willkommen daheim, Sir.«

»Es ist ein gutes Gefühl, Buck. Wann haben Sie erfahren, daß wir unterwegs sind?«

»Gestern abend, Sir. Hat mir ziemliche Mühe bereitet, es vor den Leuten geheimzuhalten.«

»Tja, sie sehen recht glücklich aus«, bemerkte Hartmann. »Ich dachte, man wäre vielleicht nicht gerade wild darauf, unter einem zweimaligen Verlierer zu fahren.«

»Sir! Sie scherzen wohl!« McDonnell wandte sich an die Männer, die in Dreierreihen vor der *Lady* standen. »Okay, ihr verpennte, däumchendrehende Bande schlapparschiger Säcke! — Zeigt es ihm!«

Die sechshundert Veteranen des Kerns der Besatzung ließen den alten Gesang erschallen: »He, Buffalo Bill, sag nur ein Wort, dann gehen wir mit dir an Bord. Und sollte es zur Hölle gehn, wir werden dir zur Seite stehn. Wir jagen das Mutantenpack, und kneifen dem Teufel in den Sack.«

»Sind wir bereit und zu allem fähig? Sind wir fit für die Show?« fragte McD.

Alle, die hinter Hartmann stehenden Offiziere eingeschlossen, brüllten die traditionelle Antwort: »Darauf kannste deinen Arsch verwetten! Auf geht's! Auf geht's! Auf geht's!«

Hartmann, von der Wärme des Empfangs sichtlich gerührt, gab McDonnell das Zeichen, die Besatzung bequem stehen zu lassen.

»Wa-gen-zug ... RÜHRT EUCH!«

Die neunhundert Männer und Frauen der Mannschaft traten in Gruppen vor den Wagen an, denen sie zugeteilt waren: die Mediziner vor dem Lazarettwagen, dem ›Blutwaggon‹, die ›Feuerwehrleute‹ vor den Antriebswagen, und so weiter. Als Hartmann den Stab an ihnen vorbeiführte, ließen die Gruppenleiter ihre Leute strammstehen. Wenn der Wagenmeister auf ein vertrautes Gesicht stieß, blieb er stehen, um ein paar Worte zu wechseln, und die alten Offiziere taten es ihm gleich. Die zur *Lady* eingezogenen Ersatzleute würden, sobald sie an Bord waren, von Hartmann und ihrem leitenden Abteilungsoffizier zu einem traditionellen Gespräch unter sechs Augen gebeten werden.

Als Inspektion und Begrüßungen beendet waren, hielt Hartmann nach seinem Stellvertreter, Lieutenant-Commander Jim Cooper, Ausschau. »Sitzen Sie schon mal auf, Coop? Ich muß noch eine Freundin anrufen ...«

Die ersten beiden Videofonkabinen zeigten diagonal über die Bildschirme laufende Plasfilmbänder mit dem Aufdruck LEITUNG DEFEKT — REPARATURABT. BENACHRICHTIGT. Also war ein Mechaniker unterwegs und würde irgendwann zwischen heute und der Jahrtausendwende eintreffen ...

Die dritte Kabine, auf die Hartmann stieß, funktionierte. Er schob die zurückerhaltene ID-Karte in den Schlitz und bahnte sich eine Gasse durch die dienstbereiten Menüs. Er gab die Vorwahl für Colorado (09) ein, dann den dreistelligen Code der Pueblo-Zwischenstation (012), und schließlich die auswendig gelernte Geheimnummer.

Das Amtrak-Zeichen auf dem Bildschirm wurde durch den Kopf und die Schultern von Major Jerri Hiller ersetzt, einer der Junior-Bataillonskommandeure Mary-

Anns. Hartmann registrierte, daß ihr Haar seit ihrer letzten Begegnung merklich länger geworden war. Er wußte nicht genau, ob sie überrascht oder verärgert war, ihn zu sehen — oder beides.

»Ist Colonel Anderssen zu sprechen?«

»Einen Moment, Commander …« Hiller verschwand außer Sicht der direkt über dem Bildschirm montierten TV-Kamera.

Gedämpfte Stimmen wurden laut, dann setzte sich Colonel Marie Anderssen schnell auf dem leeren Platz. »Bill!« Auch sie war überrascht, doch die Freude über seinen Anruf zeigte sich an dem breiten Lächeln, das durch den Äther auf ihn zustrahlte. »Christoph! Du trägst wieder Grünzeug?«

»Yeah. Man hat mich gestern morgen aus der Haft entlassen. Auch Coop und die anderen Jungs. Alle Anklagen wurden fallengelassen. Wir sind wieder im Dienst — und morgen früh um sieben lassen wir die *Lady* wieder die Rampe hinaufrollen.«

Mary-Ann faltete die Hände und drückte sie zusammen. »O Bill, wie schön! Das ist die beste Nachricht, die ich in diesem Jahr bekommen habe!«

»Für mich auch.«

»Ich habe versucht, eine Erlaubnis zu kriegen, dich zu besuchen …«

»Yeah, ich weiß. Ich habe deine Nachricht erhalten. Danke. Hat mir sehr geholfen.«

»Besteht eine Möglichkeit, daß du mal in meine Gegend kommst?«

»Kann ich nicht sagen. Wir wärmen uns erst mal bei einer Versorgungsfahrt im Heimatstaat auf. Ich weiß noch nicht, was man danach mit uns vorhat. Der Bonze von CINC-TRAIN, der die Rückkehr-Party geleitet hat, hat durchblicken lassen, daß wir noch einen Spezialauftrag kriegen.«

Mary-Ann schaute bekümmert drein. »Herrjeh, hoffentlich ist es kein …«

Hartmann unterbrach sie. »Schatz — man muß es so nehmen, wie es kommt.« Er lächelte. »Du siehst großartig aus. Die Bildqualität ist sehr gut.«

»Sie ist gerade erst richtig eingestellt worden. Die VidComm-Leute hatten zahllose Probleme, bis die Verbindung mit Santa Fé stand.«

»Wie lange steht die Leitung schon?«

»Noch nicht lange.« Mary-Ann erwiderte sein Lächeln. »Du bist mein erster privater Anrufer. Bis jetzt hatten wir nur VidComm-Testsendungen oder Anrufe aus dem HQ-P-DIV. Woher hast du meine Nummer?«

»Von einem Freund. So erstaunlich es vielleicht klingt, aber ein paar habe ich noch.«

»Ich gehöre dazu.«

»Ach, du bist mehr als das. Du bist etwas Besonderes. Hoffen wir, daß keine Glasscheibe und kein Meer aus rotem Gras mehr zwischen uns ist, wenn wir uns wiedersehen.«

Mary-Ann lächelte sehnsüchtig, als sie an die behagliche Vertrautheit ihrer letzten Begegnungen dachte. »Amen.« Dann fügte sie in einem fröhlicheren Tonfall hinzu: »Ich freue mich so für dich, Bill. Ich habe jeden Abend gebetet, daß jemand, der was zu sagen hat, darauf kommt, daß du unschuldig bist.«

»Nun, wie du siehst, sind deine Gebete erhört worden ...«

»Und nicht nur das! Du bist auch wieder Chef der *Lady*. Wie fühlst du dich?«

»Wie von den Toten auferstanden«, erwiderte Hartmann.

Als General-Commander Karlstrom das holzgetäfelte Büro betrat, erhoben sich Wallis und Malone von ihren Stühlen. Als sich die Eisentür des Privataufzugs hinter ihm schloß, sank von oben eine zur Umgebung passende Holzsektion herab und verschloß sie vor allen Blikken. Karlstrom umrundete seinen Schreibtisch und kam dann mit der ausgestreckten Rechten auf die beiden zu.

Als Stabsoffiziere im militärischen Commander-Rang hatten Wallis und Malone das Recht, dem Direktor die Hand zu schütteln und ihre richtigen Namen zu verwenden. Die entspannte Atmosphäre, derer sich jeder erfreute, der in mehr als vier Dienstjahren erfolgreich gewesen war, erlaubte ihnen zwar nicht, Karlstrom ›Ben‹ zu nennen, aber es war auch nicht erforderlich, daß sie jeden geäußerten Satz mit einem ›Sir‹ beendeten. Zudem brauchten sie nicht aufzuspringen und strammzustehen, wie die frisch aus Rio Lobo gekommenen Anfänger.

»Don …«

»Morgen, Sir …«

Karlstrom wandte sich Malone zu und begrüßte ihn. »Matt! Freut mich, daß Sie es einrichten konnten. Es war hoffentlich kein Problem, Sie in der knappen Zeit herzubringen.«

»Nein, Sir. Ich konnte es tarnen. Bin mit vier Jungs losgezogen, um die Südflanke zu überprüfen.« Malone lächelte. »Ich dachte, bei soviel Aktivität in unserem Abschnitt ist uns vielleicht ein Wagenzug auf den Fersen. Wenn ich morgen bei Sonnenuntergang zurück bin, dürfte es kein Problem geben.«

»Probleme haben wir ohnehin genug«, sagte Karlstrom. »Das momentane Unternehmen ist so vielschichtig geworden, daß ich das Gefühl habe, wir sollten es mal persönlich bereden.« Er winkte sie zu ihren Sitzen und nahm in dem hochlehnigen Stuhl hinter dem Schreibtisch Platz. »Don … äh … Bevor sie uns einen LagBer geben, wo hält sich Mr. Brickman in diesem Moment auf?«

»Noch immer im Wagenzug. Er wartet das Resultat dieses Treffens ab. Falls er für die nächste Projektphase Grünes Licht bekommt, will er mit den drei Pferden nach Westen ziehen — zur Gabelung des North und

South Platte River. Er geht davon aus, daß er Cadillac dort einholen kann, und ... äh ...?« Wallis warf Malone einen fragenden Blick zu.

»Keine Sorge, ich werde da sein, wenn er kommt. Ich weiß zwar nicht, wie gut er im Spurenlesen ist, aber ich schätze, er braucht wenigstens vier Tage.«

Karlstrom nickte und wandte sich wieder Wallis zu. »Informieren Sie uns über das, was im Zug passiert ist.«

»Von da an, als Brickman sich gemeldet hat?«

»Ja. Ich möchte, daß Matt voll im Bild ist, damit er genau weiß, was uns erwartet.«

Malone schaute verwirrt drein. »Bin ich auf einer falschen Spur, Sir? Ich hatte den Eindruck, daß Brickman und seine Blutsschwester für uns arbeiten.«

»Ganz so einfach ist es nicht, Matt. Theoretisch ja; sie arbeiten für uns. Doch in der Praxis ist es leider so, daß wir einige Zweifel haben, wer hier wen manipuliert. Lassen Sie Don sein Sprüchlein aufsagen, dann verstehen Sie, was ich meine.«

Wallis lieferte einen klaren, zusammenhängenden Bericht über das Rettungsunternehmen ab, das der telepathische Kontakt zwischen Brickman und Roz ausgelöst hatte. Karlstrom hatte das Unternehmen über die direkte Funkverbindung mit der Sondereinheit gutgeheißen. Dann zog Wallis ein kurzes Resumé von Clearwaters chirurgischer Behandlung. Er sprach über ihren momentanen Gesundheitszustand, beschrieb Steves Ankunft an Bord, spielte die Aufzeichnungen der Gespräche mit ihm ab und schloß mit einer Beschreibung der Angst und Schrecken einjagenden Demonstration der Bewußtseinskontrolle.

»Fragen Sie mich nicht, wie sie es macht. Ich kann Ihnen nur sagen, daß es funktioniert. Und es geht los, sobald sie mit den Fingern schnippt.« Er schnippte mit den Fingern. »Wenn man sich vorstellt, *was* sie sich hätte ausdenken können, könnte man zwar annehmen, daß es gar nicht so schlimm ist, auf einer Bergspitze zu sitzen, aber ...«

Malone hob beide Hände. »Ich habe nichts gesagt, Don.«

»Nein, aber ich seh's dir am Gesicht an. Ich sage dir, es war absolut grauenhaft. Und als Jake von dem Scheißding runterfiel ...« Er bemühte sich, die Erinnerung zu verdrängen. »Ich hoffe und bete, daß ich sowas nie wieder mitmachen muß.«

»Wie geht's ihm jetzt?« fragte Karlstrom.

»Jake? Schläft schlecht.«

Malone grunzte. »Er kommt schon darüber hinweg. Hört sich so an, als hätte ihm endlich mal jemand 'n Denkzettel verpaßt.«

»Er hat schon immer zu 'ner großen Klappe geneigt«, stimmte Wallis ihm zu. »Ich glaube nicht, daß er sie noch mal aufreißt, wenn Roz in der Nähe ist.« Er sah Karlstrom an. »Die Frage ist: Wenn sie unseren Verstand beherrschen konnte — beherrscht sie ihn auch jetzt?«

Malone lachte. »Wie, zum Henker, soll sie das machen? Du bist doch nicht im Wagenzug.«

»Was sollte das für einen Unterschied machen? Die telepathische Verbindung zwischen Roz und ihrem Blutsbruder funktioniert doch auch, wenn sie tausend Kilometer voneinander getrennt sind.« Er schaute Karlstrom hilfesuchend an. »Stimmt's, Sir?«

»Ja, man könnte es so sehen. Aber bei allem Respekt, Don, ich glaube, Sie reagieren zu empfindlich. Es war zwar allem Anschein nach ein schlimmes Erlebnis, aber Sie haben um eine Demonstration gebeten und eine erhalten. Technisch hat sie vielleicht Kontrolle über Ihren Geist ausgeübt, aber sie hat niemanden dazu gebracht, etwas Unbesonnenes oder Närrisches zu *tun*. Wenn ich es richtig verstehe, hat sich keiner von Ihnen — Nevill ausgenommen — vom Tisch fortbewegt.«

»Das stimmt, aber ...«

»Sie hat etwas hervorgerufen, das die Psychologie

positive Halluzination nennt. *Alle* haben sie erlebt. Das ist das Interessante daran. Massenhypnose ist nichts Unbekanntes. Es sieht so aus, als hätten Sie eine hochkomplizierte ›Fertig‹-Fassung erlebt — und zwar eine sehr wirkungsvolle. Wenn Roz die menschliche Wahrnehmung zu einem solchen Grad und in diesem Tempo verzerren kann, *könnte* ich mir vorstellen, daß sie Mr. Snow wirklich ausschalten kann.

Aber im Grunde geht es hier nicht um Geisteskontrolle — es ist jedenfalls keine von der Art, die mich beunruhigt. Roz hat keinen Grund, sich gegen die Föderation zu stellen. Ihre Rivalin, der Steves Zuneigung gilt, ist an ein lebenserhaltendes System angeschlossen und ihrer Gnade ausgeliefert.

Brickman ist zwar möglicherweise noch immer wegen der beiden durcheinander, aber er geht nicht von Bord, wenn wir Clearwater und Roz ins Hauptzentrum bringen. Es wäre völlig sinnlos. Er ist der geborene Geheimagent. Er ist zwar fast unmöglich zu deuten, aber eins weiß ich *doch* über ihn: Er ist machthungrig. Und die Macht ist hier, bei uns. Nein ...« Karlstrom legte sinnierend eine Pause ein. »Er und Roz werden sich für uns auszahlen. Dessen bin ich mir sicher.«

»Dann brauchen wir uns also ihretwegen keine Sorgen zu machen, hm?«

Karlstrom lächelte. Er war offenbar mit seinem Gedankengang zufrieden. »Don — wenn sie uns betrügen wollte, hätte sie uns dann gezeigt, wozu sie fähig ist?«

Wallis gab zögernd nach. »Nein, ich glaube nicht.«

Malone fing Karlstroms Blick auf. »Entschuldigen Sie die Frage, aber dieser Brickman ... Ist er ganz richtig im Kopf? Ich meine ... Weiß er überhaupt noch, wo die Grenzen sind? Es ist doch kein Geheimnis, daß er die Mutantenmöse gevögelt hat. Und Sie haben gerade angedeutet, daß er es auch mit seiner Blutsschwester treibt.«

»Die beiden sind nicht verwandt, Matt. Aber das ist vertraulich, okay?«

»Ich verstehe, Sir.«

»Okay, jetzt zu den anstehenden Dingen: die Inszenierung des Überfalls der M'Call-Mutanten auf den *Red River.* Das Oval Office hat die Idee gutgeheißen. Es könnte eine gute Möglichkeit werden, die M'Calls auszuradieren, aber wir müssen unbedingt austüfteln, wie wir die beiden Hauptzielpersonen in den Wagenzug reinkriegen und isolieren können, ohne den kürzeren zu ziehen.«

»Sir, ich will zwar nicht sagen, daß es unmöglich ist, aber *müssen* wir die beiden überhaupt reinlassen?« fragte Malone. »Clearwater haben wir doch schon. Warum schließen wir die Akte nicht einfach, indem wir den anderen einen Kopfschuß verpassen?«

Wallis nickte zustimmend.

Karlstrom antwortete mit einem dünnen Lächeln. »Dies würde uns zwar eventuell Cadillac vom Hals schaffen, aber nach allem, was ich über Mr. Snow weiß, kann er jede auf ihn abgefeuerte Kugel leicht zurückschicken.«

»Mit allem Respekt, Sir — aber *so* kugelfest ist niemand.«

»Seien Sie nicht zu sicher. Ich weiß zwar, daß es verlockend ist, Matt, aber es gibt noch andere Faktoren, die wir in Betracht ziehen müssen. Hochwichtige strategische Ziele, die ich in diesem Moment zu enthüllen noch nicht befugt bin, die ich Ihnen aber mitteile, sobald ich die Erlaubnis habe. Brickmans Idee *erscheint* zwar unnötig verwickelt, könnte uns den sorgfältig geplanten militärischen Vorteil geben, den wir haben wollen.«

»Ahhh ... Das wußte ich nicht.«

»Und noch etwas«, fuhr Karlstrom fort. »Ich bin nicht bereit, die Beziehung, die Sie mit den Mutanten Ihres Abschnitts aufgebaut haben, zu gefährden. Wir wissen aus Erfahrung, daß manche Mutanten sich über weite

Strecken verständigen können. Als Wortschmiede könnten Mr. Snow und Cadillac diese Fähigkeit haben.«

»Yeah. Ich weiß zwar nicht, wie es geht, aber sie können es.«

»Eben. Vielleicht organisieren die M'Calls, während wir uns hier unterhalten, schon eine Willkommensparty. Es könnte sehr unangenehm werden, die beiden zu verlieren. Und wenn Sie dann noch mit der Beseitigung ihres Wortschmiedes nachziehen — verflucht! Dann steht uns das Wasser hier!« Er fuhr sich mit der Handkante übers Kinn.

Malone verzog reumütig das Gesicht. »Sie haben recht, Sir. So habe ich es noch nicht gesehen. Ich nehme an, ich wollte wohl den bequemeren Weg gehen.«

»Daran ist nichts falsch. Damit Sie im Bilde sind: Ich habe Brickman ursprünglich eine Tot-oder-lebendig-Option für die beiden gegeben. Aber inzwischen liegt der Fall anders. Glauben Sie mir. Wenn wir Cadillac und Mr. Snow beim momentanen Spielstand kaltmachen, ruft dies mehr Probleme hervor als es löst. Besonders für Sie.«

Als Wallis und Malone zum Flughafen unterwegs waren, blieb Karlstrom in dem Büro zurück, das er für Begegnungen mit seinem Stab verwendete. Er ließ sich in den Polsterdrehstuhl plumpsen, legte den linken Ellbogen auf die weiche Lehne und strich sich langsam mit Daumen und Zeigefinger über Nase, Lippen und Kinn.

Zwar hatte er bei der Konferenz gute Laune verbreitet, aber sie war nicht echt gewesen. Don Wallis' Bericht über Roz Brickmans halluzinatorische Kräfte erfüllte ihn mit Angst. Trotz der beruhigenden Versicherungen, die er Wallis gegenüber gemacht hatte, ging es hier *sehr wohl* um Geisteskontrolle — und zwar um eine ziemlich sensationelle Art. Sie war von genau der Art, die sie alle metertief in die Scheiße stürzen lassen konnte.

Es war Karlstrom Wurscht, ob Roz Wallis und sein

Team zeitweilig unter Kontrolle gehabt hatte; der einzige Verstand, um den er sich sorgte, war sein eigener. Konnte sie nur die Realität verdrehen und somit völlige Desorientierung hervorrufen, oder war sie auch zu schlimmeren Dingen fähig? Und überhaupt, wie definierte man eigentlich Realität? Ob sie ihn manipuliert hatte, damit er sie auf den Wagenzug versetzte? Sie hatte den Vorschlag gemacht ... Aber hatte sie ihn auch *gezwungen,* die Idee gut zu finden?

Nein — es war unmöglich. Der General-Präsident hatte das letzte Wort gesprochen. In allen Steve und Roz Brickman betreffenden Dingen hielt Karlstrom sich sorgfältig den Rücken frei. Leider war das nicht genug, um ihn aus der Schußlinie zu bringen. Wenn die Operation Square-Dance den Bach hinunterging, richtete man die Flak auf *ihn,* nicht auf G.W.J den 31. So war es nun mal ...

Hatte sie wirklich vor, die Seite zu wechseln, oder hatte Brickman es nur aus der Luft gegriffen, um die Beulenköpfe zu narren? Es mußte ein Bluff sein. Was, zum Henker, sollte sie dort draußen tun? Nein. Jetzt, da Clearwater aus dem Weg war, hatte Roz, was sie wollte: Steve Brickman. Karlstrom war überzeugt, daß Steve wieder nach Vorschrift arbeitete. Die Psychologen, die jene Menschen überwachten, die auf der Sonderbehandlungsliste standen, wußten, was den jungen Mann antrieb. Er wollte Macht, er wollte sich rächen. Deswegen hatte man die Noten seines Abschlußexamens in der Flugakademie manipuliert und ihn statt auf den ersten auf den vierten Platz gesetzt. Man hatte ihm die Ehren verwehrt, die ihm zustanden. Ja ... *das* hatte wirklich Feuer unter seinem Arsch gemacht. Zudem war die Föderation der einzige Ort, der seine Bedürfnisse befriedigen konnte.

Doch all diese Gedanken brachten Karlstrom nur geringen Trost. Roz und Brickman waren Telepathen; Feinfühlige ganz besonderer Art. Hatte auch Brickman die latente Kraft, die Wirklichkeit zu verdrehen? Gleich zu Anfang hatte Karlstrom gezögert, sich in die Grauzone dessen einzumischen, was das Lebensinstitut ›Psionik‹ nannte. Doch angesichts der Bedrohung durch Personen wie Mr. Snow konnte die Föderation es sich nicht leisten, das kleine, im eigenen Garten gezogene Talent zu ignorieren, über das sie verfügte. Karlstrom kannte nur Steve und Roz, doch nur der G-P und COLUMBUS wußten auch, wer die anderen waren. Vorausgesetzt es gab überhaupt *andere.* Karlstrom hoffte, daß es nicht so war. Der G-P hatte Steve und Roz mit einem Waffensystem verglichen. Doch welchen Nutzen hatte ein Waffensystem, dessen Funktionsweise niemand genau verstand und dessen destruktives Potential unberechenbar war?

Niemand, der seine fünf Sinne beisammen hatte, würde ein solches Waffensystem einsetzen. Doch man hatte Steve und Roz Brickman die genauen Zieldaten eingegeben und auf den Knopf gedrückt. Man hatte sie in die feindlichen Linien geschossen. Konnte man sie, wie Karlstrom sich manchmal frühmorgens fragte, auch wieder zurückrufen? War die Waffe, die sie abgefeuert hatten, im Begriff, vom Kurs abzuweichen — und wandte sie sich gegen ihre Produzenten? Dies fürchtete er am meisten. Er fragte sich auch, ob die paar Scharlatane, die sich als einzige Experten der sogenannten Psionik-Wissenschaft in eine unangreifbare Stellung expediert hatten, so voraussehend gewesen waren, die Ladung mit einem Selbstvernichtungsmechanismus auszustatten.

Wahrscheinlich nicht. Wie konnten sie auch? Diese Leute konnten doch nicht mal in Worten mit weniger als drei Silben (denn nur die verstand ein normaler Mensch) erklären, wieso Roz Brickman aufgrund eines von einer Phantomarmbrust abgefeuerten Bolzens mit einem Loch im Arm zu Boden gestürzt war! Ein *echtes* Loch, mit *echtem* Blut, und es war innerhalb von acht

Stunden geheilt, ohne die geringste Narbe zu hinterlassen!

Sie hatten keine Antwort, weil sie keine wußten. Ihr Getue war keine *Wissenschaft*, sondern nur Jargon. Psychogequatsche. Die Psionik-Abteilung im Lebensinstitut war eine bloße Hülle, die nur für ein paar schnelle Beförderungen und leicht errungenes Prestige sorgte. Schwindel. Karlstrom hatte nie etwas damit zu tun haben wollen. Man hatte ihn gezwungen, Steve und Roz zu benutzen, und nun sah es so aus, als sei er mitten in einem beschissenen Minenfeld gestrandet. Und der General-Präsident stand hinter den Warnschildern und schaute ihm zu.

Angesichts der Möglichkeit, daß der Beschluß, Roz in die Nähe ihres Blutsbruders zu bringen, sich als Ofenschuß erwies und er dann aus dem Amt flog, nahm Karlstrom sich vor, einige Sicherungen einzubauen. Er wollte zwar Steves Bitte zustimmen, den *Red River* in Nebraska zu verlassen, doch Clearwater durfte auf keinen Fall verlegt werden. Eine Gefahr, sie zu verlieren, bestand nicht; jeder Befreiungsversuch mit Waffengewalt mußte tödlich für sie enden. Und trotz des Risikos, daß Roz überlief, wollte er auch sie dort belassen.

Es wäre ein Fall von verbrecherischer Dummheit gewesen, sie nach der Demonstration ihrer neuen, unbekannten Kraft in die Föderation zurückzuholen. Falls jemand zur Schnecke gemacht wurde, dann Wallis und seine Sondereinheit. Karlstrom war sich zwar bewußt, daß sein Beschluß die gesamte Mannschaft des *Red River* in Gefahr brachte, aber im Moment gab es keine annehmbare Alternative. Er hatte kein Verlangen danach, sich auf dem Gipfel eines schwindelerregend hohen Berges oder in einem sonstigen Grauen wiederzufinden, das Roz eventuell aus den Tiefen ihres Geistes hervorholte. Bis man eine Methode gefunden hatte, mit dem Problem fertig zu werden, wollte er sich ihr nicht auf hundert Kilometer nähern.

Wenn sie die treue Soldatin und Bürgerin war, für die er sie hielt, war sie kein Problem. Doch bis sie es über jeden noch bestehenden Zweifel hinaus bewies, war es klüger, keinerlei Risiko einzugehen. Solange sie in Nebraska herumkutschierte, konnte sie seine persönlichen geistigen Prozesse weder irgendwie verdrehen, noch seine Überlegungen beeinflussen. Zudem würde er jeden Verrat überlisten, indem er Wallis aus dem heute begonnenen Planungsprozeß nahm. Wallis sollte zwar weiterhin Aufzeichnungen erhalten, aber sie durften nichts enthüllen.

Nur Malone und die anderen Einheiten sollten den Endplan kennen. Roz und Steve mußten im dunkeln tappen. Wenn sie ihre Rolle spielten, war alles schön und gut; wenn nicht, nun ja ... Die Amtrak konnte den Verlust eines Wagenzugs überleben. Feinfühlige wie Roz und Steve waren wie schleichender Krebs — eine Bedrohung des Systems. Ihre Ausschaltung — entweder durch Tod oder eine ständige Versetzung an die Oberwelt — war die einzige Möglichkeit, die Zukunft der Föderation zu sichern. Die Psionik-Abteilung konnte in Mißkredit gebracht und aufgelöst werden, dann waren seine Zweifel bestätigt. Dann konnte sich die AMEXICO wieder den bewährten und geprüften Methoden der geheimen Kriegsführung zuwenden, und ihr Direktor würde gesünder in seinem Bett schlafen.

Es war ein recht zufriedenstellendes Szenarium, doch Karlstrom wußte aus Erfahrung, daß die Dinge nie ganz nach Plan verliefen. Irgendwo auf dem Dienstweg gab es immer jemanden, der etwas vermasselte. Er hatte seinen Job aus dem Grund so lange, weil er auch ein Meister des Inschachhaltens war — der Kunst der Schadensbegrenzung.

Verschwiegenheit war ein zentraler Bestandteil dieser Kunst. Man erzählte niemandem etwas, was er nicht zu wissen brauchte. Man gab nie schlechte Nachrichten weiter, wenn die guten schon an der nächsten Ecke auf einen warteten. Deswegen hatte Karlstrom auch beschlossen, dem General-Präsidenten nichts von Roz Brickmans alarmierender neuer Fähigkeit zu erzählen. Sollte man es ihm zum Vorwurf machen, konnte er sich, wie alle gerissenen Verwaltungsbeamten, mit der Behauptung verteidigen, er hätte einen präziseren Bericht abgewartet.

4. Kapitel

Nach dem gewalttätigen Ereignis, das Clearwaters Verwundung vorausgegangen war, hatte Steve sich keine Gedanken darüber gemacht, wie er Cadillac beibringen sollte, daß sie sich nun an Bord des *Red River* aufhielt, doch als er ihn und Malones Bande endlich einholte, fiel es ihm leichter als erwartet. Cadillac, der aufgrund seiner Rolle in der Affäre noch immer ein schlechtes Gewissen hatte, war so erleichtert, als er erfuhr, daß Clearwater noch lebte, daß er die unangenehme Tatsache, daß sie sich in den Händen der Föderation befand, einfach verdrängte.

Steve, der damit gerechnet hatte, sich auf eine bittere Auseinandersetzung einstellen zu müssen, geriet aufgrund Cadillacs fatalistischer Reaktion leicht aus der Fassung.

Malone spielte sich natürlich noch immer als strammer Anführer der Abtrünnigen auf. Cadillac, der nicht gerade vor Freude überschäumte, sich in ihrer Gesellschaft aufhalten zu müssen, zeigte nicht, daß er von der Agententätigkeit Malones und seiner Unterführer oder davon wußte, daß er während seiner kurzen Abwesenheit von einem Himmelsreiter der Air-Mexico abgeholt und zu einem Gespräch mit Karlstrom und Wallis geflogen war.

Steve, eins der Hauptthemen der Tagesordnung, wußte auch nichts von Malones Besuch im Hauptzentrum. Wallis hatte ihm nur erzählt, Karlstrom habe seinen Plan gutgeheißen. Er sollte von der Annahme ausgehen, der Angriff auf den *Red River* fände statt; man wollte ihm den fertigen Plan übermitteln, wenn alles geklärt war.

Cadillac wußte schon, daß Roz und Steve sich telepathisch verständigen konnten. Nun war Steve gezwungen, die Geschichte für Malone zu wiederholen, ohne zu wissen, daß Karlstrom ihn bereits davon in Kenntnis gesetzt hatte. Malone, durch Cadillacs unbedachte Äußerung, Steve sei ein Agent, vorsichtig geworden, mußte so tun, als sei er mit Steves Geschichte einverstanden, während er Cadillac gegenüber so tun mußte, als traue er ihm nicht.

Alles war so, wie es Jake Nevill im Wagenzug ausgedrückt hatte: die Täuschung war so vielschichtig, daß es niemandem leichtfiel, seine Rolle im Drehbuch zu verstehen. Die wirbelnde Gegenströmung des Lügengewebes drohte sich zu einem Strudel auszuwachsen, der das ganze Unternehmen torpedieren konnte, sobald jemand schlampte.

Da die Charakterrolle, die Malone in seiner Tarnung als Abtrünniger angenommen hatte, es verlangte, daß er sich als Typ gab, der keinen Spaß verstand, fiel es dem Agenten mit dem Decknamen High-Sierra ziemlich schwer, ruhig zu bleiben, als er von der telepathischen Verbindung zwischen Steve und Roz erfuhr. Als ›Malone‹ konnte er diese Nachricht nicht einfach kommentarlos hinnehmen, doch als Steves heimlicher Verbündeter wollte er auch keine Staatsaffäre daraus machen. Nach dem Gespräch mit Karlstrom hatte er jedoch damit gerechnet, daß das Thema zur Sprache käme. Seit er für den Rückflug in den Himmelsreiter gestiegen war, hatte er nach einer Möglichkeit gesucht, damit fertig zu werden. Malone beschloß, eine gesunde, an Ablehnung grenzende Skepsis zu zeigen, und erlaubte sich eine ungläubig klingende Nachfrage.

»Soll das heißen, ihr könnt ohne Funkgerät miteinander reden?«

»Nun, reden eigentlich nicht, aber wir können uns über bestimmte Dinge verständigen. Es ist zwar so, als würde man im Kopf eine Stimme hören — aber sie ist nicht *echt*. Der Klang reist nicht körperlich durch die Luft. Es ist zwar das gleiche Prinzip wie bei einem

Funkempfänger, aber es geht um *Gedanken*wellen. Man *hört* die Stimme, die ich meine, eigentlich nicht, man bildet sich nur ein, sie zu hören. Es ist, als würde dir jemand im Traum etwas erzählen. Man sieht, daß sich die Lippen des anderen bewegen, und die Worte ergeben auch einen Sinn. Man ist sich der Stimme zwar bewußt, aber sie *ist völlig lautlos.* Ein Gehirn kann eben kein Geräusch erzeugen. Es braucht die Zungen, die Lungen und den Kehlkopf, um zu sagen, was es denkt, aber ohne das Ohr kann es keine von außen kommenden Geräusche entschlüsseln.«

»Ich glaube, ich verstehe«, sagte Malone.

»Wenn man aber Gefühle wie Freude, Schmerz und Entsetzen oder das Bild eines bestimmten Ortes sendet«, fuhr Steve fort, »sind Worte unnötig. Dann *erlebt* man es mit. Die Bilder, die der Verstand des anderen aufnimmt, werden gleichzeitig in deinen eigenen übertragen. Dann sieht man im gleichen Augenblick das, was auch der andere sieht. So wie man sich alle möglichen Dinge vorstellen kann, während man jemanden reden hört, wie du es gerade tust.«

»Genau das kapiere ich nicht«, sagte Malone. »Woher weißt du denn, daß es die Gedanken eines *anderen* sind — und nicht deine eigenen?«

Steve zuckte die Achseln. »Man spürt es einfach. Man spürt so etwas wie ein kühles Kitzeln. Ich kann es nicht erklären, aber wenn man es erlebt, merkt man es einfach.«

»Könnte ich es auch spüren? Könnte deine Blutsschwester den ganzen Plunder in jeden reinstrahlen, dem sie was mitteilen will?«

»Nein. Es wäre dasselbe, als wollte COLUMBUS jemandem Daten übermitteln, der an einer Arbeitsstation ohne Bildschirm sitzt. Das Hirn muß die richtigen Verbindungen herstellen können. Frag mich bloß nicht, wie sie aussehen. Wir haben diese Fähigkeiten an uns entdeckt, als wir zusammen aufwuchsen. Ich schätze, ich war etwa fünf oder sechs Jahre alt, als es losging. Für uns war es damals nur ein Spiel. Es gibt vielleicht noch weitere, die sowas können, aber keiner hat sich bei uns gemeldet. Roz ist die einzige, die ich erreichen kann, und umgekehrt.«

»Und was macht sie jetzt gerade?«

»Weiß ich nicht. Ehrlich gesagt, als ich älter wurde, habe ich immer mehr Angst vor dem gekriegt, was wir taten. Es zahlt sich in der Föderation nicht aus, wenn man sich zu sehr von den anderen unterscheidet. Besonders in dieser Hinsicht. Die Sache ist der Mutantenmagie zu ähnlich. Außerdem ... Wem hätten wir davon erzählen können, ohne Schwierigkeiten zu kriegen? Deswegen habe ich meine Seite zugemacht. Ich habe keine Antwort mehr gegeben und mein Bestes getan, damit Roz nicht zu mir durchkommt. Irgendwann hat es geklappt. Wenn nicht, hat sie es aufgegeben.«

»Und wieso habt ihr jetzt wieder Kontakt?«

Steve erkannte, daß Malone das Gespräch nicht nur für sich und Cadillac in die Länge zog. Er horchte ihn ebenso in Karlstroms Auftrag aus.

»Es ist bei meinem ersten Alleinflug an der Oberwelt passiert, als ich zum ersten Mal an die Blauhimmelwelt kam. Der Schock hat die Kanäle zwischen uns wieder geöffnet. Aber an dem Tag sind mir auch eine Menge eigenartige Dinge passiert.«

»Ich weiß, was du meinst. Es kann ein ziemlich verwirrender Moment sein.« Auch Malone hatte diesen Moment trotz seiner Treue zur Föderation noch nicht ganz überwunden. »Aber Roz läßt dich noch immer nicht in Ruhe?« fragte er.

»Nein. Wenn sie mich erreichen will, erreicht sie mich auch.«

Malone lachte, als sei die Sache für ihn erledigt. »Ich glaube es erst, wenn ich es sehe! Du hast zwar was auf dem Kasten, Brickman, aber wie viele helle Jungs, redest du auch viel Scheiße zusammen!«

»Yeah, ich weiß, daß es so klingt. Falls wir mal genug Zeit haben, kann ich dich hoffentlich davon überzeugen, daß du falsch liegst.«

Malone deutete mit dem Daumen auf Cadillac. »Den Burschen da mußt du bearbeiten. Weißt du, wofür dich dein sogenannter Freund hält? Für einen Geheimagenten!«

Steve reagierte auf die Nachricht mit einem trockenen Lachen. »Wirklich ...?«

Der auf die peinliche Enthüllung völlig unvorbereitete Cadillac stammelte: »Nun ... äh ... Mo-moment mal! So habe ich es nicht gemeint ...«

»Schon gut«, sagte Steve liebenswürdig. »Ich hätte damit rechnen sollen, daß du versuchst, mir eins auszuwischen.« Er drehte sich zu Malone um. »Wir haben ein paar persönliche Probleme miteinander, die unbedingt ausgebügelt werden müssen.«

»Yeah, das schätze ich auch.« Malone lachte leise. »Du hast aber auch was angestellt, als du seine Lieblingsmöse gevögelt hast ...«

Zwar ärgerte Steve seine Wortwahl, aber er konnte nur wenig dagegen tun. Malone war zu groß und zu bösartig, und Steve war auf seine hundertprozentige Mitarbeit angewiesen. »Das ist eine lange Geschichte ...«

»Erspar sie mir«, sagte Malone. Als er sich auf dem Absatz umdrehte, griff Steve sich mit der Hand an die Stirn. »Moment! Roz meldet sich gerade!«

Der Abtrünnige hielt deutlich irritiert inne. Cadillac erhob sich von dem Stein, auf dem er gesessen hatte.

»Es ist eine Botschaft an dich. Von Clearwater.« Er runzelte die Stirn, als er die nächsten Sätze formulierte und für Cadillac wiederholte. »Sie möchte, daß du sie aus dem Wagenzug holst ...«

»Aus dem *Red River?* Mehr nicht?« spottete Malone.

»... und Roz ebenfalls. Sie will zu uns.« Steve legte eine bedeutungsschwangere Pause ein, dann sagte er:

»Der Wagenzug hat Befehl, in Nebraska zu bleiben … Er soll nach Westen fahren … Am Platte River entlang …«

»Weißt du genau, daß sie Clearwater bei sich behalten wollen?«

»Ja.« Steve konzentrierte sich erneut. »Es ist zu riskant, sie von Bord zu bringen … Man kann sie nicht verlegen, weil … weil alle anderen Wagenzüge anderswo im Einsatz sind.«

Malone beschloß, eine unangenehme Frage zu stellen. Er mußte auf Steves Geschichte herumhacken, um seine eigene Glaubwürdigkeit zu erhöhen und damit die Steves mehr Gewicht bekam. »An der Sache stimmt doch etwas nicht. Ich weiß zwar, daß deine Blutsschwester für beide Seiten arbeitet, aber warum sollte der *Red River* seine Zeit mit einer verwundeten Mutantin vergeuden? Ein Mutant mehr oder weniger, was kümmert das denn die? Hast du mir irgendwas verschwiegen?«

Steve warf Cadillac einen hilfesuchenden Blick zu und erhielt von ihm Redeerlaubnis. »Man hält sie deswegen am Leben, weil man weiß, daß sie wichtig für den M'Call-Clan ist. Clearwater ist eine Ruferin, und zwar eine sehr starke. Das ist kein leeres Gewäsch. Sie ist *Dynamit.*«

»Woher wissen die anderen davon? Hast du's ihnen erzählt?«

»Nein. Aber ich habe es Roz erzählt, als wir uns im letzten Frühjahr im Hauptzentrum trafen. Ich habe erst später erfahren, daß unser Gespräch abgehört wurde.«

»Und …?«

Steve schloß erneut die Augen und fuhr sich mit den Fingern über die Stirn. »Roz sagt, der Beschluß wurde im Hauptzentrum gefällt. Man nimmt an, daß der M'Call-Clan einen Versuch macht, Clearwater zu befreien, wenn sie auf dem *Red River* bleibt.«

»Nee!« sagte Malone. »Da können sie lange warten.«

»Auf den ersten Blick hast du vielleicht recht. Aber

der Clan wird von einem anderen Rufer angeführt, der Mr. Snow heißt. Er ist zwar alt, aber nicht schwach. Ich war 2989 auf der *Louisiana Lady,* als er sie beinahe abgewrackt hat.«

Malone schaute wirklich beeindruckt drein. »Meinst du etwa den Kampf am Dann-und-Wann-Fluß? Davon hab sogar ich gehört. Mann! Das war er?«

»Ja, das war er!« rief Cadillac. »Und ich war dabei!«

Malone musterte den Mutanten mit neuem Respekt. »Wirklich? Tja, dann muß ich dir was sagen: Es ist zwar kein Geheimnis, daß ich nie übermäßig vernarrt in euch war, aber *darauf* könnt ihr stolz sein: Es kommt nicht oft vor, daß die Föderation den Arsch vollkriegt. — Verflucht, ich wäre auch gern dabei gewesen!«

Cadillac reckte sich. »Das Prärievolk schlägt seine eigenen Schlachten!«

»Klar. Aber das ist doch kein Grund, warum wir unseren Grips nicht zusammentun könnten. Ich weiß, wie die gottverdammten Dinger funktionieren. Tatsache ist, daß 'ne ganze Reihe meiner Jungs auf Zügen Dienst getan hat. Wer weiß? Vielleicht haben sie sogar 'n paar Ideen ...«

Cadillac reagierte nicht.

Malone schaute Steve an. »Mal angenommen, man könnte einen Zug kapern. Einen mehr oder weniger intakten. Was würdet ihr mit ihm anfangen, nachdem ihr Roz und Clearwater rausgeholt habt?«

»Das kann nur Cadillac beantworten. Aber wenn du mich fragst: Sie werden gar nicht mit ihm anfangen. Wenn sie mit dem Zug fertig sind, ist nichts mehr von ihm übrig.«

Seine Antwort provozierte einen schmerzlichen Seufzer. »Das wäre doch 'ne Schande bei so 'nem erstklassigen Kampffahrzeug! Schade, daß du dir keine Möglichkeit vorstellen kannst, deine Freundinnen aus dem Zug rauszuholen und ihn einigermaßen intakt zu lassen. Wenn die M'Calls den *Red River* kapern und meinen

Jungs erlauben, ihn zum Laufen zu bringen ... Teufel ...« — Malone grinste. —, »dann hätte die Föderation *wirklich* Grund, den Schwanz einzuziehen ...«

»Ja, den hätte sie«, stimmte Steve ihm zu. »Und wenn uns dann noch ein paar Himmelsfalken in die Hände fallen ... Cadillac kann nämlich fliegen.«

»Wirklich?«

»Ja. Er ist 'n echtes As.«

Ohne zu ahnen, daß Steve ihn eingehend betrachtete, richtete Cadillac sich auf, und sein Brustkorb schwoll wie der eines geilen Hähnchens an. »Nicht nur das! Ich habe auch für die Eisenmeister in Ne-Issan raketenbetriebene Flugzeuge konstruiert!«

»Hast du das gewußt?« Malone wandte sich zu Steve um. »Wieso hast du mir damals im Lager nichts davon erzählt?«

»Ich habe doch gesagt, daß er etwas Besonderes ist.«

»Yeah, aber ich habe nicht geahnt, daß er etwas *so* Besonderes ist.«

Steve zuckte die Achseln. »Es ist, wie gesagt, eine lange Geschichte.«

»Yeah. Nun, ich glaube, wir haben hier 'ne gute Sache laufen.« Malone legte eine väterliche Hand auf Cadillacs Schulter. »Wie findest du das, Kumpel? Wenn du uns 'n Stück vom Kuchen abgibst und es uns gelingt, den Wagenzug zu schnappen, kannst du Chef der Luftwaffe werden!«

Steve lachte höhnisch. »Also, wirklich, Jungs! Jetzt hört mit dem Gewichse auf! Ihr spinnt doch! Es besteht nicht die geringste Möglichkeit, daß die M'Calls einen Wagenzug kapern. Was *nicht* heißt, daß Mr. Snow ihn nicht kaputtmachen könnte. Das hat er am Dann-und-Wann-Fluß wohl hinlänglich bewiesen. Aber einen Zug kapern, der auch noch funktioniert ... Teufel!« Er lachte erneut. »Kannst du dir einen Wagenmeister vorstellen, der die Rampen runterläßt, um eine kreischende Mutantenhorde an Bord zu lassen?«

Malone runzelte die Stirn. »Nein ...«

»Eben! Es ist absolute Zeitverschwendung, darüber nachzudenken. Cadillac und ich haben es längst durchdacht. Das war doch die Ursache für den Streit, in dem wir zu den Messern griffen. Ich wollte versuchen, Roz zu befreien. Er hat gesagt, es ist nicht möglich. Und er hat recht.«

»Daß es nicht möglich ist, habe ich nicht gesagt«, sagte Cadillac. »Ich habe gesagt, ich bin nicht bereit, das Leben meiner Clanbrüder für die Befreiung deiner Blutsschwester zu opfern.«

»Was du auch sagst, Caddy, ich will nicht mehr mit dir streiten. Ich habe meinen Bluteid einmal gebrochen, und du weißt, wozu es geführt hat. Ich habe Clearwater verloren.«

»Wir beide haben Clearwater verloren. Aber sie ist nicht für immer verloren. Weil du da warst, lebt sie noch — und sie hat uns gebeten, sie zu befreien!«

»Vergißt du etwa die Prophezeiung? Ist es nicht ihre Bestimmung, in die Föderation zu gehen? Sie hat Mr. Snow gefragt, ob sie in der Finsternis der Sandgräberwelt stirbt, und er hat gesagt ›Nein, du wirst leben‹.«

»Ich bin nicht nur Wortschmied, sondern auch Seher«, rief Cadillac laut. »Ich vergesse nichts. Und nur Seher nehmen die Bilder in den Steinen wahr. Als ich von dir gesprochen habe, habe ich gesagt: *Er wird in der Maske eines Freundes kommen, mit dem heimlichen Tod in seinem Schatten, und er wird dich auf einem blutigen Fluß davontragen.* Ich habe nichts davon gesagt, daß sie in die Föderation geht. Clearwater hat es nur angenommen. Als Antwort auf ihre Frage *Werde ich in der Finsternis ihrer Welt sterben, oder werde ich die Sonne noch einmal sehen?* hat der Meister nur gesagt, sie würde leben. Er hat die finsteren Städte nicht erwähnt.«

»Also ist sie *nicht* dazu bestimmt, in die Föderation zu gehen ...«

»So, wie ich es sehe, nicht. Für mich gehören diese

Bilder zu unserer Zeit in Ne-Issan. Du bist in der Maske eines Freundes gekommen und hast dich angeboten, mir zu helfen, aber in Wahrheit wolltest du meine Arbeit zunichte machen.« Er hob eine Hand. »Nein! Unterbrich mich nicht! Der Tod, der sich in deinem Schatten verbarg, war deine geheime Verbindung zur Föderation. Sie hat die Instrumente geliefert, die du verwendet hast, um den Reiherteich zu vernichten. Das Gemetzel bei unserer Flucht war der blutige Fluß, auf dem du Clearwater fortgetragen hast.« Cadillac lächelte geringschätzig. »Siehst du, daß alles zusammenpaßt?«

»Yeah, geschickt. Okay, ich habe dich also arbeitslos gemacht. Und ja, ich habe der Föderation eingeredet, daß ich für sie arbeite. Es war die einzige Möglichkeit, euch dort rauszuholen. Ich hatte Mr. Snow versprochen, alles zu tun, um euch zu befreien — und das habe ich getan. Dein Platz ist beim M'Call-Clan. Und wenn du noch immer gereizt bist, weil ich dich gezwungen habe, der Wirklichkeit ins Gesicht zu sehen, dann leck mich!«

»Die Wahrheit, Brickman, ist die, daß Clearwater jetzt eine Gefangene der Föderation ist und auf dem *Red River* festgehalten wird. Und ehe sie nicht gerettet ist, hast du nur die *Hälfte* deines Versprechens an den Meister erfüllt.«

»Gütige Himmelsmutter! Caddy, verflixt, denk mal praktisch! Okay, Clearwater liegt zwar nicht im Sterben, aber sie braucht medizinische Behandlung! Schon deswegen ist das Gerede über einen Sturm auf den Zug blanker Wahnsinn! Sie ist zwar transportfähig, aber ich kann sie mir nicht über die Schulter werfen und mit ihr ins Freie hinausspazieren!

Sie muß auf die richtige Weise evakuiert werden — also möglichst nicht mitten in einem Feuergefecht! Und ein Arzt muß sich eine Weile um sie kümmern. Der einzige Mensch, auf den wir uns in dieser Hinsicht verlassen können, ist Roz. Und das bedeutet, daß wir auch sie unbeschadet aus dem Zug holen müssen — dazu einen Teil der Medizin, des Verbandmaterials und der Lazarettausrüstung.«

»Wir brauchen diese Dinge nicht. Der Meister kann sie heilen.«

»Der Meister konnte auch nach der Schlacht mit dem Wagenzug nicht alle heilen. Er kann zwar einfache Brüche richten und Kräutersubstanzen einsetzen, um verschiedene Wunden vor einer Infektion zu bewahren, aber er kann keine Wunder wirken. Du könntest dir seine Heilkräuter ebensogut in den Arsch schieben — es würde Clearwater auch nicht retten. Du hattest recht: Ich war auf dem falschen Dampfer — aber es ist mir wenigstens gelungen, ihr Leben zu retten.«

»Und dafür bin ich dankbar ...«

»Gut. Jetzt brauchst du dich nur noch an den Gedanken zu gewöhnen, daß wir sie nicht aus dem Wagenzug holen können. *Ich* bin nämlich der einzige, der sie retten kann.«

»Ach, ja? — Und wie?«

»Indem ich die Seite wechsle und meinen Vorgesetzten einrede, daß ich noch immer der Lump bin, für den sie mich immer gehalten haben. Ich kehre zusammen mit Clearwater in die Föderation zurück, und wenn es ihr wieder besser geht, mache ich einen Versuch, sie und Roz in die Blauhimmelwelt zu entführen.«

Cadillac schaute bestürzt drein. »Aber das könnte Monate dauern, wenn nicht Jahre!«

»Das ist richtig«, gab Steve zu. »Aber hast du eine bessere Idee?«

»Ich weiß nicht. Es muß doch irgendeine Möglichkeit geben, wie wir ...«

»Caddy! Zum letzten Mal! Vergiß den Scheiß-Zug! Was willst du machen? In seiner Nähe bleiben und hoffen, daß jemand vergißt, die Tür zu schließen? Es gibt absolut keine Möglichkeit für deine Leute, an Bord zu kommen! Ich habe auf einem dieser Dinger gearbeitet!

Die Vorstellung, eine Mutantenhorde könnte in einem Wagenzug herumtoben, ist der Alptraum aller Bahnbrecher! Aber sie schlafen deshalb nachts so gut, weil sie wissen, daß es nicht dazu kommen *kann*. Weil die Züge so konstruiert sind. Selbst wenn man an den Geschützen und Dampfdüsen vorbeikäme ... Es gibt keine Möglichkeit, in einen reinzukommen. Wenn die Rampen oben sind, sind die Wagen dichter verschlossen als das Arschloch einer Stechmücke!«

Malone ließ seine Tagträume fahren. »Der Wagenmeister ...«

Steve hatte fast vergessen, daß er noch da war. »Was?«

»Der Wagenmeister. Er würde die Rampe zwar nicht für einen Mutantentrupp runterlassen, aber vielleicht für Bahnbrecher, die reinwollen — besonders dann, wenn eine Meute von Beulenköpfen ihnen auf den Fersen ist ...«

Steve bemerkte, daß Cadillacs Interesse zunahm. »Und was willst du damit sagen?«

»Nun, es ist nur so 'ne Idee, aber ... Wenn wir irgendwie an genug Helme, Uniformen und Gewehre rankommen könnten ...«

»Um uns als Bahnbrecher zu verkleiden?« fragte Cadillac.

»Es müssen so viele sein, daß wir eine Rampe erobern und so lange halten können, bis mehr von deinen Leuten an Bord gekommen sind.«

»Du bist ja irre«, sagte Steve. »Glaubst du, die Typen auf dem Red River setzen sich einfach hin und lassen euch machen? Die brauchen eure Pfoten nur am oberen Rampenrand zu sehen, dann machen sie an beiden Enden die Feuertüren zu und koppeln den Wagen ab. Dann ziehen sie sich zurück, formieren sich neu und lassen euch sitzen. Und dann kommt ihr nicht mehr weg.«

»Das könnten sie tun«, gab Malone zu. »Aber ich nehme an, daß dieser Mr. Snow sie eventuell daran hindern kann. Aber wenn du meinst, er kriegt's nicht hin, dann vergessen wir's. Um so eine Sache durchzuziehen, braucht's Grips, Muskeln *und* Magie.« Er grinste verlegen. »Hätte nie gedacht, mich mal solche Sachen sagen zu hören.«

»Der Meister *hat* die Kraft«, sagte Cadillac. »Wenn die Zeit reif ist, wird er schon wissen, was wir tun müssen.«

»Soll das heißen, wir sind im Geschäft?« fragte Malone.

»Nein. Es heißt, daß ich darüber nachdenke.«

Cadillac hatte sich zwar bemüht, unverbindlich zu klingen, doch Steve wußte genau, was in seinem Kopf vor sich ging.

Und das gleiche galt für Malone. *Der Beulenkopf hat den Köder geschluckt. Er hat angebissen …*

Später, als die Abenddämmerung hereinbrach, fand Steve Malone allein an einem kleinen Lagerfeuer. Er hockte sich neben den vor sich hinbrütenden Abtrünnigen und streckte die Hände über den Flammen aus.

»Na, wie war ich?« fragte Malone.

»Bei Cadillac?« Steve lächelte. »Großartig. Mach ihn nur weiter heiß. Dann frißt er dir bald aus der Hand.«

»Arschkriecherei ist eigentlich nicht mein Stil«, sagte Malone. »Aber wenn's Ergebnisse bringt …«

»Es ist mal was Neues, mit jemandem von deiner Erfahrung zusammenzuarbeiten.«

»Nicht frech werden, Brickman.«

»Ich werd mich hüten. Als ich das letztemal ausfallend war, hast du mir ein paar Zähne gelockert und mir fast den Kiefer gebrochen.« Er warf einen Blick über seine Schulter. »Ich gehe lieber. Man sollte uns nicht zu oft dabei sehen, daß wir die Köpfe zusammenstecken.«

»Du hast recht. Hör mal … Diese Sehsteine … Gibt es die wirklich? Kann der Beulenkopf wirklich die Zukunft vorhersagen?«

»Worauf du dich verlassen kannst«, sagte Steve. »Er

hat uns beide unter Wasser gesehen, und ungefähr 'ne Woche später steckten wir in 'nem sinkenden Schiff fest und wären beinahe ersoffen! — Unheimlich, was?«

»Yeah.« Malone rutschte unbehaglich hin und her. »Ich kann diese Magiescheiße nicht haben.«

»Da bist du nicht der einzige«, erwiderte Steve. Er dachte dabei nicht nur an Nevill. Auch ihm waren Situationen am liebsten, in denen man alle Züge berechnen und mehrere Schritte vorausplanen konnte. Das Ärgerliche an der Magie war ihre verdammte Unvorhersehbarkeit. Bei den Menschen war es schon schlimm genug, aber die Magie war nicht an die Ursache und Wirkung beherrschenden Gesetze der Logik und Naturwissenschaften gebunden. »Aber wir wollen sie nicht schlechtmachen«, sagte er. »Sie hat meinen Hals mehr als einmal gerettet.«

»Das macht mich ja so besorgt«, grollte Malone. »Auch wenn die Vögelei mit den Mutantenfotzen dein Gehirn vielleicht 'n bißchen matschig gemacht hat ... Aber du bist doch kein Pimmelhirn ...«

»Danke ...«

»Wenn ein Typ wie du die Sache ernstnimmt, können wir in große Schwierigkeiten kommen ...«

»Mit Mr. Snow, meinst du?«

»Yeah. Es sieht zwar so aus, als könnte unser Freund ihn zu der Sache überreden ... Aber wie, verflucht, bremsen wir einen Burschen wie ihn, bevor er uns allen einen Blitz in den Arsch fahren läßt?«

»Darum kümmert Roz sich schon.«

Malone nahm seine Worte mit einem Nicken hin. »Mutter hat etwas von einer Demonstration erwähnt. Ist sie auch Ruferin?«

Steve lachte über die Vorstellung. »Natürlich nicht. Sie ist so normal wie du und ich. Aber als Telepathin hat ihr Gehirn — meins übrigens auch — offenbar mehr Fähigkeiten. Oder sie setzt all die Windungen ein, die jeder hat, in die man sich aber bloß nie einschaltet. Jetzt hat sich schlagartig ein weiterer Teil ihres Hirns aktiviert und verleiht ihr die Fähigkeit, zeitweilig die Kontrolle über den Geist anderer auszuüben, indem sie ihre Realitätswahrnehmung verändert.«

»Was es auch ist«, grunzte Malone. »Wie will sie Mr. Snow damit ausschalten?«

»Mann, was für 'ne Frage! Die neue Fähigkeit hat sie doch ebenso überrascht wie alle anderen.«

»Hör zu, Brickman! Wenn ich meinen Hals schon riskiere, um den Großen Magier zu übertölpeln, dann will ich auch wissen, was sie zu unseren Gunsten auf der Pfanne hat. Du warst doch *dabei,* als sie Wallis und die anderen zum Schlottern gebracht hat. Willst du mir etwa weismachen, ihr hättet euch nicht darüber unterhalten?«

»Nein. Ich habe auch nur eine Reihe von Empfindungen mitbekommen. Es gibt kein Handbuch zu diesem Thema.« Steve zögerte. »Man kann es am besten erklären, indem man sich Mr. Snow als Funksender und Roz als riesigen Ansturm von Störgeräuschen vorstellt. Wenn sie sich einschaltet, überschwemmt sie die Funkwellen und blockiert alle ein- und ausgehenden Signale. Wenn sie sein Hirn davon abhalten kann, zusammenhängend zu arbeiten, muß er theoretisch unfähig sein, seine Talente auszuüben und zu einem bestimmten äußeren Ziel zu leiten.«

»Klingt glaubhaft. Die Frage ist: Haut die Sache auch hin, wenn wir sie brauchen?«

»Das müssen wir eben riskieren.«

»Toll. Es stärkt meine Zuversicht ungemein. Noch etwas: Die Sache mit Roz und Clearwaters Nachricht. War sie echt? Hat sie sich wirklich gemeldet, oder hast du deinen gefiederten Freund nur eingeseift?«

Steve lächelte hintergründig. Er wärmte sich zum letzten Mal die Hände und stand auf. »Hat doch keinen Sinn, die Frage zu beantworten, oder? Du glaubst doch sowieso nicht an den ganzen Magiescheiß.«

Malones Augen verengten sich zwar, aber sein verbeultes Gesicht sah nicht feindselig aus. »Schieb ab!«

Seit Steve, Cadillac und Clearwater vom Ufer des Mishiga-Sees zurückgekommen waren, hatten sie jede Möglichkeit genutzt, dem Verlauf der uralten Straße zu folgen, die auf den Landkarten der Föderation Interstate 80 hieß. In der Zeit vor dem Holocaust war die Interstate 80 Bestandteil eines ununterbrochenen, von Osten nach Westen führenden Betonstreifens gewesen, der im Big Apple begann und in Denver, Colorado, endete. Sie war zudem durch Ohio, Indiana, Illinois, Iowa und Nebraska verlaufen.

Seither waren sie zwar längst über den linken Rand der Karte hinaus, die Steve in dem bei Long Point gestohlenen Flugzeug gefunden hatte, doch die Clans, denen sie auf dem Marsch begegnet waren, hatten sämtlich übereingestimmt, daß sie dem Band eines breiten, endlosen Flusses begegnen mußten, wenn sie der untergehenden Sonne weiterhin folgten. Da sie den Mississippi schon überquert hatten, wußte Steve aus den während seiner Ausbildung in Rio Lobo gesehenen Karten, daß sie damit den Miz-Hurry meinten — so nannten die Mutanten den Missouri.

Die bröckelnden, unkrautübersäten Fragmente der Interstate 80 hatten schließlich ein paar Kilometer vor dem Fluß geendet. Irgendwann hatten sie sich vor dem dreißig Meter hohen, das Ostufer überragenden Steilhang wiedergefunden. Auf der anderen Seite lagen die begrabenen Überreste Omahas. Das südlich vor der Stadt bei Offutt gelegene Hauptquartier des Strategic Air Command (SAC) hatte Omaha zu einem Hauptziel des globalen Atomkriegs gemacht, der die Zivilisation des 20. Jahrhunderts abrupt hatte enden lassen.

Das öffentliche Archiv, zu dem man über COLUMBUS Zugang bekam, wies die Schuld an der weltweiten Katastrophe den Mutanten zu. Der fatale Weltkonflikt wurde verschwiegen. Die Existenz von Nationalstaaten jenseits der US-Grenzen waren aus den Unterlagen und Erinnerungen der Soldaten-Bürger der Föderation getilgt worden.

Laut COLUMBUS gab es nur einen Kontinent: Amerika. Und nur ein Volk — das der Wagner, das dazu geboren war, die Blauhimmelwelt zu erben. Doch zuerst mußte sie von den Untermenschen gereinigt werden, die das Holocaust-Höllenfeuer hervorgebracht hatten. Die Untermenschen waren, wie jedermann wußte, Nachfahren entarteter und von Drogen enthemmter Horden. Sie waren für die gewaltige Flutwelle aus Mord und rücksichtsloser Zerstörung verantwortlich gewesen, die alle Ansiedlungen der Oberfläche in Flammen hatte aufgehen lassen.

Es war eine Fiktion, auf die man sich leicht einigen konnte, doch soweit es Omaha betraf, sahen die historischen Tatsachen so aus, daß ein Vielfachschlag mit Luft- und Bodenexplosionen die Luftwaffenbasis, die Stadt und Council Bluffs, den in Iowa liegenden Nachbarort auf der anderen Seite des Flusses, ausradiert hatte.

Eine einzelne Wasserstoffbombe hätte zwar genügt, doch trotz aller endlosen Versuche, die Atomwaffenlager zu reduzieren, waren die Politiker und Generäle, die das Schicksal des Planeten in den Händen hielten, stets der Idee vom Overkill verhaftet geblieben. Die erste Rakete hatte ihr Ziel ausradiert, die restlichen hatten die glühende Asche nur noch verteilt und dafür gesorgt, daß das Schlüsselpersonal seinen bombensicheren SAC-Bunker unter Offutt nicht mehr verließ — und zwar für immer.

Der erste Feuerblitz, der in den Anfangsmillisekunden seines weißglühenden Lebens heißer gewesen war als die Sonne, hatte die Spantenholzgebäude restlos verdampft und ihre aus Ziegelsteinen bestehenden Nachbarn in Schlacke verwandelt. Die vier Brücken, die die beiden Städte miteinander verbanden, waren zwar nach der ersten Druckwelle vernarbt und zerrissen, aber sie existierten noch. In der zweiten waren sie zerfallen; ihr Eisen war zusammen mit Gestein und Beton zu riesigen, rotglühenden Klumpen vulkanischer Lava verschmolzen, die in den Fluß hinuntergeströmt waren.

In flüssiger Form halb im seichten, breiten Gewässer versunken, hatten sie sich abgekühlt und unregelmäßig geformte Haufen gebildet, die wie riesige Sprungbretter aussahen. Der sich langsam bewegende Strom des Flusses hatte ihre schartigen Ecken glattgeschliffen. Im Lauf der Jahrhunderte hatten sich Asche und Dreck auf der bloßliegenden Oberfläche abgelagert und ein fruchtbares Bett erzeugt, auf dem sich ein neuer Pflanzenwuchs angesiedelt hatte. Flußabwärts treibende Trümmer waren am Felsgestein hängengeblieben und bildeten nun ein schartiges, lückenhaftes Wehr, auf dem wilde Gräser und viele Bäume und Büsche wuchsen. Ihre herabhängenden Wurzeln waren mit Wasserpflanzen verschlungen.

Das Trio hatte die Herde der restlichen Beutepferde in das ruhige Wasser oberhalb des höchsten Wehrs getrieben und war nach Nebraska übergewechselt. In seiner frühen, sorgengeplagten Geschichte hatte sich das Territorium für die Siedler als dermaßen reizlos erwiesen, daß man es bald nur noch ›Durchgangsstaat‹ nannte. Tausende von Pionierfamilien waren auf dem Oregon- und dem Mormonen-Trail, die bei Fort Kearney zusammen- und später am Platte River entlang nach Westen liefen, durch das Land gezogen. Die Mormonen waren auf der Nordseite geblieben. Ihnen waren später die Pony Expreß-Reiter gefolgt. Wer nach Oregon gehen wollte, war auf der Südseite geblieben, bis sich der Fluß, nach etwa zwei Wegdritteln durch Nebraska, in den Nord- und Süd-Hauptnebenfluß spaltete.

Von dort aus verlief der Weg nach Nordwesten. Alle Planwagentrecks waren auf ihrer gewählten Seite geblieben, die man nun, auf dem langen Transportweg zu den Hochebenen Wyomings, North Platte nannte. Erst wenn man durch Caspar gekommen war und sich vom Fluß abwandte, trafen die parallelen Strecken schließlich wieder am Südpaß durch die Rockies zusammen. Bei Fort Bridger in der Südwestecke des Staates gingen sie erneut getrennte Wege.

Wer nach Oregon wollte, hatte hier gerade erst die Hälfte seiner Reise hinter sich gebracht, doch die Mormonen, deren aufgestaute Inbrunst ihre orthodoxeren Nachbarn zur Gewalt reizte, waren dem Ende der ihren sehr nahe gewesen: Sie wollten zum großen Salzsee, um in seinem fruchtbaren Tal eine Stadt zu bauen, ein Monument ihres unerschütterlichen Glaubens an Gott, der nicht nur an den Seen Galiläas, sondern auch durch die nordamerikanischen Prärien gewandert war.

Ihr Glaube hatte sie nicht gerettet. Die Stadt war nun ein Monument; der Holocaust hatte einen Grabstein aus ihr gemacht.

Etwa fünfundsechzig Kilometer östlich von Kearney, im Norden des Flusses und in der Nähe des Bezugspunktes Grand Island, hatte Malone Steve, Clearwater und Cadillac abgefangen. An dem fatalen Nachmittag, an dem der Himmelsfalke zu seinem Bombenflug gestartet war, hatte sich der *Red River* 40 Kilometer südlich vom Lager der Abtrünnigen aufgehalten. Aufgrund von Befehlen handelnd, die ihm Wallis, der Chef der AMEXICO-Sondereinheit, übermittelte, hatte Commander James Fargo seine Luftwaffe aufsteigen lassen, um Clearwater an Bord zu holen. Der Zug war nach Norden gefahren, um die Lücke zwischen sich und dem zweiten Gast — Steve — zu schließen.

Nachdem er den Zug wieder verlassen und zum Nordufer des seichten Flusses übergewechselt war, hatte Steve die gleiche Route eingeschlagen wie der Mormonenführer Brigham Young und seine Eiferer. Als er Malone eingeholt hatte, waren die Abtrünnigen über 160 Kilometer westlich von Unglücksort gewesen und hatten die Flußgabelung am Bezugspunkt North längst hinter sich gelassen. Die untergegangene Stadt Platte, deren Name sich von ihrer Lage ableitete, hatte einst auf dem schmalen Landstrich zwischen den beiden zusammenströmenden Flüssen gelegen.

Cadillac kannte den Ort gut, denn er war in sein Gedächtnis eingebrannt. Hier war er mit Mr. Snow und einem Kommando von M'Call-Bären unter Motor-Heads Leitung unterwegs gewesen. Hier hatte er auf Bitten des Meisters einen Sehstein gesucht und gefunden: Einen Stein voller furchteinflößender Bilder. Er war schwer gewesen von Blut, Tod, Schmerz und übelster Ödnis.

An diesem Ort würde der Meister sterben. Die Erinnerung an die Enthüllung ließ Cadillac erneut das niederdrückende Gewicht des schlechten Gewissens und des Kummers spüren, das die Voraussage ihm auferlegt hatte. Er drängte sein Pferd zum Galopp und ritt den Gefährten voraus, um die bitteren Tränen zu verbergen, die ihm über die Wangen liefen. Er wollte fort von diesem schrecklichen Ort, der, wie er wußte, seine Seele mit Beschlag belegt hatte. Er würde geduldig auf seine Rückkehr warten.

Das mittlere, westliche Drittel Nebraskas war eine ungeheure baumlose Prärie voller wogendem, dünnem Büffelgras. Im Hochland wuchs Salbei. Zahllose Flüsse und Bäche mündeten dort in den Platte oder den Missouri. Die Täler waren die einzige Zuflucht vor den heulenden Schneestürmen gewesen, die die ersten Farmer der Alten Zeit von ihren Höfen vertrieben hatten. Die Blizzards hatten das Getreide flachgelegt, mit dem sie durch den langen Winter zu kommen gehofft hatten. In diesen Tälern gediehen versteckt Bäume. Pappeln, Weiden und Ulmen kuschelten sich außerhalb der Reichweite des schneidenden Windes aneinander.

Bei Scotts Bluff kam Cadillac an den nächsten Orientierungspunkt, einen hohen, ockergelben, unfruchtbaren Felskegel, der 220 Meter über die umliegende Landschaft ragte. Er war der einzige übriggebliebene Wegweiser, der einem Reisenden noch sagen konnte, daß er im Begriff war, Nebraska zu verlassen und Wyoming zu betreten. Sonst gab es keinen Beweis mehr dafür, daß die beiden Staaten einst als gesetzgebende und wirtschaftliche Körperschaften existiert hatten. Die Verkehrszeichen und Gebäude am Wegesrand waren nicht mehr, die aufgegebenen und ausgeschlachteten Hülsen der letzten Fahrzeuge der Highway-Patrol waren längst zu Rost und Staub zerbröselt. Die widerstandsfähigeren Teile der Motoren und Fahrgestelle waren unter dem Vegetationsteppich verschwunden. Tag auf Tag, Jahr auf Jahr, Jahrhundert auf Jahrhundert hatte der Planet langsam das Ziel in Angriff genommen, sich zu heilen. Und nun, gegen Ende des 3. Jahrtausends, war, abgesehen von verblassenden Autobahnspuren und den verwitterten Ruinen eingestürzter Betonbrücken nicht mehr viel von dem übrig, was einst gewesen war. Das Amerika des 20. Jahrhunderts war mit der gleichen unbarmherzigen Leistungsfähigkeit begraben worden wie die uralten Städte der Sumerer.

Jetzt, 1300 Meter über dem Meeresspiegel und weiter ansteigend, führte der Weg Cadillac am Fluß vorbei. Malone konsultierte heimlich die versteckte, auf ein Stück Seide gedruckte Mini-Landkarte, deren Rohstoff aus Ieyasus Bestand stammte, sowie ein winziges, von Navigationsfunkfeuern Orientierungshilfen erhaltendes und in Koordinaten umsetzendes Elektronikinstrument. Er erfuhr, daß der nächste Bezugspunkt eine am alten US-Highway 26 liegende Ortschaft namens Torrington war.

Für Cadillac kam die visuelle Bestätigung, daß sie wieder in seinem Heimatland waren, in Gestalt der Laramie Mountains, deren dicht bewaldete Hänge von zahllosen Koniferen und riesigen Ponderosakiefern bewachsen waren. Die Laramie Mountains ragten wie schräge Wälle eines überwucherten Forts bis in die Höhe von 3000 Metern auf. Sie zwangen den Fluß, ihre Nordflanke wie einen Burggraben zu umgehen und durch den Bezugspunkt Caspar zu strömen.

In der Prärie hinter der Westflanke der Laramie Mountains hatten die M'Calls den ersten verhängnisvollen Angriff auf die *Lady* gemacht, und als Cadillac den geschrumpften See erreichte, wo der Fluß gestaut war, um die Glendo-Talsperre zu füllen, wandte er sich nach links einem Weg entgegen, der sich über die kiefernbedeckten Hänge nach oben wand.

Auf halbem Weg zwischen dem Fluß und den Bergen stießen sie auf einen M'Call-Grenzpfosten — einen hohen, mit geschnitzten Holzplatten, Knochen und Adlerfedern verzierten Pfahl. Einen Kilometer weiter hielt Cadillac die Kolonne an, denn nun tauchte unter den Bäumen eine große Gruppe von Mutantenkriegern mit goldenen Federn am Lederhelm auf. Etwa zweihundert Meter von den Leitpferden entfernt verstellten sie ihnen den Weg. Einige hatten die Gewehre mit den Drehmagazinen bei sich, die der Clan nach dem Geschäft zwischen Mr. Snow und Fürst Yama-Shita von den Eisenmeistern bekommen hatte. Der Rest war mit Armbrüsten bewaffnet.

Malone nahm das Gewehr von der Schulter, legte es über seinen Schoß und legte den Finger an den Abzug. »Freunde von dir?«

»Ja.« Cadillac hatte sich schon auf die Begegnung vorbereitet. Er zog den elegant gebogenen Eisenmeister-Bogen aus dem an der linken Sattelseite befestigten Köcher, legte einen Pfeil an die Zugleine und richtete die lanzenförmige Eisenspitze auf Malone. Ein Bündelchen trockener roter Blätter war unmittelbar hinter der Spitze an den Schaft gebunden.

Malone hielt ein batteriebetriebenes Feuerzeug an die Blätterspitzen. Sie fingen an zu glimmen und gaben dichten, weißen Rauch ab. Cadillac drückte sie zusammen und pustete, bis das ganze Bündel brannte, dann zielte er mit dem linken Arm zum Himmel und ließ den Pfeil hochsteigen.

Die schlanke Rauchfahne, die sich formte, als der Pfeil hinter der Kriegerreihe zu Boden sank, war das traditionelle Zeichen, daß man mit einer anderen Gruppe verhandeln wollte. Die Krieger reagierten, indem sie die geballten Fäuste in die Luft streckten und sie öffneten, um ihre Handflächen zu zeigen. Man hatte die Einladung angenommen.

Cadillac saß ab, pflanzte die grüne Flagge in den Boden und ging voran, während eine Mutantengruppe aus dem Mittelpunkt der Reihe ihm entgegenlief. Der Anführer war Purple-Rain, ein Bär, der Clearwater und Cadillac nach einem Duell mit dem schrecklichen Shakatak D'Vine zu Hilfe gekommen war. Cadillac umarmte ihn innig und nahm die ausgestreckten Hände seiner aufgeregten Gefährten. Nachdem man die ersten Grußworte ausgetauscht hatte, lud Cadillac Steve und Malone ein, sich zu ihnen zu gesellen.

Er stellte sie vor und sagte: »Den Wolkenkrieger kennt ihr schon. Er hat mich aus den Händen der Eisenmeister befreit. Der hier ist Malone — der Häuptling der Rothäute, die uns geholfen haben. Sie sind mit uns durch die große Prärie gezogen. Sie sehen zwar wie Sandgräber aus, aber ihre Herzen sind beim Präerievolk, und sie haben nur einen Wunsch: Seite an Seite mit uns gegen die Eisenschlangen zu kämpfen!«

»Hejj-jahh!« riefen die Krieger und schwangen Gewehre und Armbrüste. Als sich auch der Rest der Patrouille zu ihnen gesellte, begegnete Steve einigen bekannten Gesichtern. Die meisten gehörten jenen Kriegern, die an seinen Schlagstock-Kursen teilgenommen oder zu der Abordnung gehört hatten, die zum Handelsposten gereist war. Sie begrüßten ihn mit gleicher Herzlichkeit.

Die Hemmungslosigkeit, mit der Steve auf die herzlichen Umarmungen und rituellen Handschläge reagierte, stülpte Malone den Magen um. Doch obwohl er den körperlichen Kontakt mit Mutanten nicht ausstehen konnte, durfte er es sich nicht leisten, sonderbar zu wirken. Er zwang sich ein Lächeln ab, schüttelte den Mitgliedern der Patrouille die Hand und verbarg sein Verlangen, jeden einzelnen der Kerle über den Haufen zu schießen.

Purple-Rain ließ den Blick über die versammelte Gruppe schweifen. Er hatte zwar noch nie Pferde gesehen, aber in seinem Geist rührte sich etwas viel Wichtigeres. »Wo ist Clearwater?« fragte er.

Cadillacs Lächeln verblaßte. »Die Sandgräber haben sie niedergeschossen.« Seine Worte riefen ein schmerzliches Stöhnen hervor. »Aber sie ist nicht tot!« rief er. »Sie ist nicht weit von hier — im Bauch einer Eisenschlange, und dort müssen wir sie herausholen!«

Purple-Rain zuckte bei der Vorstellung, einen Wagenzug zu überfallen, zusammen. »Kann sie nicht die Gabe der Erdmagie einsetzen, um sich selbst zu befreien?«

»Nein. Sie ist zu schwach. Die Kraft kehrt erst zurück, wenn ihre Wunden geheilt sind. Der Überfall auf eine Eisenschlange ist zwar keine ermutigende Aufgabe, aber ...« — Cadillac deutete mit einer umfassenden Geste auf Malone und die Abtrünnigen. — »wir sind nicht allein. Unsere Freunde kennen die Geheimnisse der Eisenschlange und sind bereit, an unserer Seite zu kämpfen. Die M'Calls haben ihre Tapferkeit zwar in der Schlacht am Dann-und-Wann-Fluß bewiesen, doch roher Mut ist nicht genug! Diesmal setzen wir List und Verstohlenheit ein. Die Kraft des Meisters und das geheime Wissen der Rothäute werden Clearwater befreien und die Sandgräber in die Knie zwingen!«

»Aber der Meister ist nicht hier«, erwiderte Purple-Rain.

Cadillac erbleichte. »Nicht hier?!«

»Nein. Er ist zum Handelsposten gegangen.«

Steve war von der Neuigkeit nicht weniger erschreckt, und er sah, daß auch Malone nicht allzu glücklich war.

»Wann ist er gegangen?«

»Vor drei Tagen.«

Scheiße! Das war ein schlimmer Rückschlag. Mr. Snows Mitarbeit war absolut lebenswichtig. Roz' neu enthüllte Kräfte waren zwar fürchterlich, aber praktisch unerprobt. Sie waren eine unbekannte Größe. Niemand konnte Mr. Snows Kräfte als Rufer bezweifeln. Er war der große Gleichmacher, die Speerspitze ihres Angriffs und die erste Verteidigungslinie. Er war ihr einziges Mittel, um Malone und die ihretwegen im Red River auf der Lauer liegenden Kräfte zu narren. Und sie hatten ihn um drei Tage verpaßt!

Die Handelsabordnung kehrte frühestens in fünf Wochen zurück. Steve hatte, um den Überfall auf den *Red River* zu inszenieren, um sechs Wochen Zeit gebeten, die er auch erhalten hatte. Acht Tage hatten sie schon für die Reise nach Wyoming verbraucht. Wenn die Abordnung nicht aufzuhalten war, kam Mr. Snow erst zurück, wenn der letzte Termin ablief — und dann hatte er keine Zeit mehr, um mit einem Spielplan aufzuwarten, in dem Magie seine Trumpfkarte war!

Sie brauchten Aufschub. Er mußte Malone bitten, mehr Zeit für sie herauszuschinden. Aber das war schwieriger, als es sich anhörte. Es gereichte der Föderation zum Vorteil, Druck auf die M'Calls auszuüben. Man wollte sie zwingen, den Zug an einem bestimmten Tag und an einem festgelegten Ort zu überfallen, den sie sich nicht aussuchen konnten — und ohne angemessene Vorbereitung. Aber wie konnte er die unausweichliche Konfrontation aufschieben, ohne Mutter mißtrauisch zu machen ...?

Cadillac wandte sich zu Steve und Malone um; seine frisch gewonnene Zuversicht war sichtlich geschwunden.

»Was sollen wir tun?«

Gute Frage!

»Ich sag dir, was wir *nicht* tun«, sagte Malone grollend. »Wir greifen den gottverdammten Wagenzug nicht an, ohne daß ein Rufer vor uns herrennt. Ich hab nur wegen diesem Magiemist zugesagt! Aber wenn der alte Knabe nicht auftaucht, machen wir nicht mit!«

»Aber er ist doch in fünf Wochen wieder hier!« sagte Cadillac bittend. »Viereinhalb!«

»Gut. Dann besuch uns mal. Dann denken wir noch mal darüber nach. — Adios, Amigo!«

Als der Abtrünnige sich seinem Pferd zuwandte, erwischte Cadillac seinen Ärmel. »Warte ...«

Malone blieb stehen und wischte Cadillacs Hand mit einer festen Bewegung von seinem Arm. »Faß mich nicht noch mal an, Kumpel. Beim nächstenmal brech ich dir den Arm.« Er stieß die Drohung mit einem Lächeln aus, damit die zuschauenden Krieger nicht böse reagierten.

Steve mischte sich ein. »He! Hört auf, Jungs! Beruhigt euch. Ich weiß, wie wir aus der Klemme rauskommen. Ich reite hinter ihm her und bringe ihn zurück!«

»Es ist zu spät!« sagte Cadillac. »Hast du nicht gehört, was er gesagt hat? Die Abordnung ist vor drei Tagen aufgebrochen! Bis du sie eingeholt hast, ist sie schon am Handelsposten!«

»Ich kann's doch versuchen, oder nicht? Es kostet doch nichts!«

»Verstehst du denn nicht? Sie werden doch nicht einfach alles hinwerfen und kehrtmachen, nachdem sie den langen Weg hinter sich gebracht haben. Sie werden dableiben und handeln. Und es hat auch keinen Sinn, sich einzubilden, du könntest den Meister überreden, sich auf ein Pferd zu setzen, denn das schaffst du nicht!«

»Und was willst du damit sagen?«

»Daß es keinen Zweck hat, hinter ihm herzureiten, weil du ihn ohnehin nicht früher zurückbringst.«

»Du unterschätzt mich, Caddy. Besonders meine

Überredungskunst. Wir müssen es versuchen. Siehst du es nicht ein? Okay, vielleicht gelingt es mir nicht, ihn pünktlich herzubringen, aber es muß sowieso jemand gehen — um sie zu warnen.«

»Wovor?«

»Vor den Yama-Shitas! Hast du vergessen, was mit dem Raddampfer passiert ist? Die Japse wissen doch, daß du und ich in der Gruppe waren, die den Reiherteich vernichtet hat. Und sie wissen auch, daß wir mit denen unter einer Decke stecken, die die Schiffsladung Samurai aus dem Wasser gepustet haben!«

Cadillac zögerte. Er war nicht willens, zur unausweichlichen Schlußfolgerung zu kommen. »Die Führer des Schiffes haben es gewußt, aber ...«

»Angenommen, Sie haben mit einer Brieftaube eine Nachricht nach Sara-kusa geschickt?«

»Du meinst, bevor das Schiff unterging ...?«

»Sie hatten Zeit genug. Wir waren mehrere Stunden eingesperrt.«

»Wenn sie es getan haben ...«

»... hat die Familie dich und Clearwater mit den M'Calls in Verbindung gebracht. Und Mr. Snow, der Mann, der das Geschäft mit Fürst Yama-Shita eingefädelt hat, einen Wolkenkrieger nach Ne-Issan zu bringen, ist mit fünfhundert M'Calls zum Handelsposten unterwegs. Wenn ich zur Familie Yama-Shita gehören würde, wäre es für mich eine wunderbare Möglichkeit, mich zu rächen. Für dich etwa nicht?«

Cadillac erbleichte noch mehr. »Gütige Himmelsmutter. Mir ist nie die Idee gekommen ...«

»Nur deswegen, weil du über wichtigere Dinge nachdenken mußtest«, sagte Steve diplomatisch. »In Wahrheit haben wir beide falsch gelegen. Ich habe angenommen, wir wären rechtzeitig hier.« Er zuckte die Achseln. »Macht nichts. Eine Chance haben wir noch immer.« Er schaute Malone an. »Ich mache mich lieber auf den Weg ...«

»Du gehst jetzt?!« schrie Cadillac.

Steve stieg auf sein Pferd. »Hat doch keinen Sinn, noch mehr Zeit zu vergeuden.«

»Und was ist mit Proviant?«

»Caddy! Ich habe nicht vor, mit *ganz* leeren Händen zu gehen. Kannst du etwas Flachbrot und einen Sack Wurst ranschaffen?«

»Ich kann noch mehr! Ich komme mit!«

»Kommt gar nicht in Frage. Du und Malone müßt euch um ein paar dringende Probleme kümmern. Und wenn ich dir eine Weile aus den Augen bin, kannst du die Dinge klarer sehen.«

»In Ordnung. Aber du brauchst eine Eskorte. Wenigstens eine Handvoll Krieger.«

»Caddy! Ich *reite!* Sie können doch niemals mit mir Schritt halten!«

Cadillacs Zuversicht machte einen Satz. »Du bist ihnen vielleicht in den ersten zwei, drei Stunden überlegen, aber wenn es dunkel wird, läuft ein Krieger noch immer, während dein Pferd auf den Knien liegt!«

Steve kapitulierte. »Okay. Zieh mit Purple-Rain ab und organisiere die Sache. Ich warte hier bei Malone.«

»Du kommst nicht mit in die Siedlung?«

»Damit sie mich zu einer Feier schleppen? Da brauche ich eine Woche, um wieder rauszukommen!«

Eine Stunde später kehrte Cadillac mit sechs M'Call-Bären zurück. Ein Krieger namens Cat-Ballou und die stets hoffnungsvolle Wölfin Night-Fever führten sie an. Sie hatten sich zwar freiwillig gemeldet, weil ihnen die Wichtigkeit der Mission bewußt war, aber von Night-Fever abgesehen, die insgeheim eindeutig auf Intimeres hoffte, erkannte Steve, daß sie leicht frustriert waren, denn nun verpaßten sie die Feier, die offenbar schon im Gange war.

Nachdem er Cadillacs Abwesenheit genutzt hatte, um ein paar Dinge mit Malone zu regeln, nahm er den

Mutanten zu einem letzten Wort beiseite. Die Eskorte lud den Proviant auf, den sie auf den beiden Packpferden mitgebracht hatte.

»Sei vorsichtig — und nimm dich vor diesen Lumpen in acht, hm?«

»Mach ich ...«

»Und tue nichts Unbesonnenes, solange ich weg bin.«

»Habe ich nicht vor. Aber laß uns eins klarstellen, Brickman: Es ist mein Clan. Es ist mein Land. Der Überfall auf den Wagenzug ist *meine* Idee, und von jetzt an führe *ich* das Kommando.«

Steve nahm die Zügel seines Pferdes und stieg in den Sattel. »Caddy, anders möchte ich es auch gar nicht haben ...«

5. Kapitel

Du-aruta, wie die Eisenmeister den Handelsposten nannten, leitete sich von Duluth, Minnesota ab, einem Prä-Holocaust-Hafen am westlichen Ende des Superior-Sees. Aber er war eigentlich falsch benannt. Duluth war an der Nordseite des Sees entstanden, während der Handelsposten am gegenüberliegenden Ufer lag — in der Nähe der längst nicht mehr existierenden Hafenstadt Superior in Wisconsin.

Früher, als die beiden Städte als Umschlagplätze für den blühenden Warenverkehr auf den Großen Seen gewesen waren, hatte der St. Louis River Duluth und Superior voneinander getrennt. Er schlängelte sich aus Nord-Minnesota herab und wandte sich dann nach Osten einer den Gezeiten ausgesetzten breiten Flußmündung zu, deren Südufer von Zuflüssen und Buchten zerbröselt wurde. Das dreieckige Landstück, auf dem die Stadt Superior lag, verschob die Flußmündung nach Nordosten. Dort, wo sie den Ort umrundete, machte sie einen scharfen Rechtsknick in eine lange und schmale Lagune hinein, die die Staatsgrenze zerschnitt.

Die Lagune wurde vom Superior-See durch zwei lange, sandige, verkieste Landzungen geteilt, die zum gegenüberliegenden Ufer reichten und eine fast unversehrte von Nordwesten nach Südosten verlaufende Linie bildete.

In der Zeit vor dem Holocaust wurden die obere und untere Sandbank von einer hundert Meter breiten Fahrrinne geteilt, die Flußbagger freihielten. Im Lauf der Zeit war die Fahrrinne versandet, hatte sich auf die Hälfte ihrer ursprünglichen Breite verengt und war nur noch einen Meter tief. Das Gelände im Süden und Westen des Handelspostens war eine vom See aus sanft ansteigende, wogenden Prärie, aber auf der Duluth-Seite wurden die Flußmündung, die Sandbank und der dahinter liegende See von zweihundert Meter hohen Felsen beherrscht, die vor dem schmalen Ufer steil in die Höhe ragten.

Das erste, was Mr. Snow auffiel, als er an den Handelsposten kam, war die Größe der D'Troit- und C'Natti-Lager. Die Abordnungen der sechs Ursippen lagerten traditionsgemäß rund um ein großes, mit einer Reihe von Steinen markiertes Achteck. Die She-Kargo und D'Troit, denen je zwei Abschnitte zugeteilt waren, lagerten einander gegenüber. Zwischen ihnen breitete sich der mittlere Freiraum aus, und an allen Seiten wurden sie von angeblich neutralen und weniger wichtigen Ursippen flankiert: den M'Waukee, C'Natti, San'Paul und San'Louis. Man hatte die Anordnung so konstruiert, um gewalttätige Konfrontationen auf ein Mindestmaß zu verringern. Denn trotz des allgemeinen Waffenstillstands und der zügelnden Anwesenheit von Ordnern flammten immer wieder Schlägereien auf, wenn Gruppen junger Krieger beider Seiten streitsüchtig am Außenrand der riesigen Feldlagers umherstrolchten.

Zwar war die Anordnung der verschiedenen Gruppen in diesem Jahr wie immer, doch die einzelnen D'Troit- und C'Natti-Abordnungen waren nicht nur viel größer als sonst, man erblickte auch eine große Zahl der Grenzpfosten von Clans, die sich noch nie hier hatten blicken lassen.

Vorsichtige Erkundigungen durch Vermittler brachten den Grund ans Licht: Die Eisenmeister hatten aufgrund irgendeiner internen Umwälzung die Schiffe zurückgezogen, die normalerweise zum zweiten Handelsposten nach Bei-sita kamen und jene Clans bedienten, die in der Prärie am Rand der Ostländer lebten: den ehemaligen Staaten Ohio und Indiana und auf der breiten Halbinsel, die vom Eriesee, Huronsee und Michigansee begrenzt wurde — der ursprünglichen Heimat der D'Troit.

Als Folge dieser zeitweiligen Stillegung waren die Abordnungen nach Du-aruta gekommen. Niemand wollte die einmal im Jahr stattfindende Gelegenheit verpassen, Leder, Pelze, Traumkappe und Regenbogengras gegen neue Messer, Armbrüste, Werkzeuge, gewebte Kleider und sonstige Dinge einzutauschen. Und natürlich pflegte man die Hoffnung, daß auch andere Clans die Gelegenheit erhielten, Probeexemplare jener Gewehre zu erwerben, die die M'Calls im Jahr zuvor bekommen hatten.

Um zu verstehen, was Mr. Snow durch den Kopf ging, muß unbedingt erklärt werden, daß Mathematik ein Fach war, mit dem das Prärievolk wenig anfangen konnte — besonders in dem Fall, wenn die Zahlen über zwölf hinausgingen, denn über so viele Finger verfügte die Mehrheit der Mutanten. Man hatte zwar stets angenommen, die She-Kargo seien den D'Troit zahlenmäßig überlegen, doch vor dem schicksalsträchtigen Treffen der rivalisierenden Gruppen hatte man ihre Anhänger nie gezählt. Was wiederum bedeutete, daß die She-Kargo keine klare Vorstellung hatten, wie viele Krieger ihre Gegenspieler aufbringen konnten. Doch diesmal hatten die D'Troit große Hilfe von anderswo bekommen.

Seit die Yama-Shitas mit den Mutanten handelten, hatten sie eine riesige Menge an Informationen über die verschiedenen Ursippen und die sich in ihnen gruppierende Clan-Vielfalt gesammelt. Und mit ihrer Leidenschaft für Bürokratie hatten sie all dies von einer Batterie von Schreibern ordnungsgemäß und in großem Detailreichtum auflisten lassen.

In vielerlei Hinsicht — etwa, das Größe und Aufschlüsselung der Clans betraf —, wußten die Eisenmeister wahrscheinlich mehr über die Mutanten als diese selbst, und wie jede militärisch strukturierte Organisation, die Informationen über potentielle Gegner oder Kunden sammelt, hatten sie sogar den Kopfschmuck und die Grenzpfosten identifiziert, die die einzelnen

Clans von ihren Nachbarn unterschied und sie einer bestimmten Ursippe zuteilten.

Im großen und ganzen kannten die Raddampfer-Kapitäne die relative Größe der einzelnen Ursippen und die Zahl jener, mit denen man an einem Handelsposten rechnen konnte. Die She-Kargo-Ursippe bestand aus 242 Clans, die M'Waukees aus 103, und die San'Paul aus 38. Jeder Clan schickte durchschnittlich 150 Abgesandte. So kamen die She-Kargo auf eine Gesamtzahl von etwa 57 500 erwachsene Männer und Frauen im Alter von 15 bis 55. Alle waren körperlich gesund und in der Lage zu kämpfen.

Unter normalen Umständen hätten die D'Troit, C'Natti und San'Louis zusammen etwa 52 000 Abgesandte zum Handelsposten geschickt, was die She-Kargo-Gruppe zahlenmäßig überlegen machte. Doch mit der Schließung des Handelspostens Bei-Sita hatte die D'Troit-Gruppe um die 92 Abordnungen jener Clans zugenommen, deren Jagdgründe im Osten des Michigansees lagen. Die Gesamtzahl der C'Natti- und San'Louis-Abordnungen hatte sich aus dem gleichen Grund erhöht.

Zusammen hätte dies eine Gesamtzahl von etwa 76 000 Kriegern erbracht — genug, um einen bequemen Spielraum an Überlegenheit zu erringen. Doch zudem hatten alle Clans eine überdurchschnittlich hohe Anzahl von Abgesandten geschickt: Verstärkt durch eine unvorhergesehen große Sklavenmenge hatten die D'Troit, C'Natti und San'Louis überwältigende 163 000 Krieger mitgebracht — was ihnen die fast dreifache Überlegenheit gab. Mit einer solchen Zahl von Menschen, die um den Lagerplatz herumwimmelten, war es kaum überraschend, daß die She-Kargos ihre Unterlegenheit noch viel größer einschätzten.

Da sie keine eigenen Mittel hatten, um die gegenwärtige Lage am Handelsposten Bei-Sita zu überprüfen, waren sie gezwungen, die Erklärung hinzunehmen, die man ihnen anbot. Zwar kam sie ihnen plausibel vor, doch rechtfertigte sie nicht die aufgeblähte Menge der von den D'Troit und C'Natti mitgebrachten Sklaven, die sie gegen Waren und Waffen eintauschen wollten. Ein verstohlen durchgeführtes Kopfzählen der gleichen unerschrockenen Vermittler brachte ans Licht, daß manche D'Troit-Clans, von denen man wußte, daß sie nur halb so groß waren wie die M'Calls, so taten, als wollten sie über hundert Männer und Frauen verkaufen, obwohl selbst die M'Calls nie mehr als fünfzig pro Jahr erwischten.

Die Situation war einzigartig und unterschwellig explosiv. Ein hastig einberufenes Treffen der She-Kargo-Ältesten fand nur zwei mögliche Erklärungen: Entweder wollten die D'Troit und C'Natti, indem sie dermaßen viele ›Gastarbeiter‹ anboten, ihre Rivalen ausstechen und sich den Löwenanteil an den Eisenmeisterwaren sichern, oder das mit gelben Stirnbändern markierte Sklavenheer war *nicht* dazu bestimmt, über den Großen Fluß zu reisen. Dann war es *aus einem anderen Grund* hier. Auf alle Fälle mußte man mit Ärger rechnen.

Die M'Call-Abordnung war etwa elfhundert Kilometer von ihrer Heimatsiedlung entfernt; zu weit, um Verstärkung zu holen. Doch einige andere She-Kargo- und M'Waukee-Abordnungen, deren Siedlungen nur eine Tagesreise entfernt waren, setzten auf der Stelle Läufer in Marsch, um genau dies zu tun.

Alles geschah in großer Heimlichkeit. Mr. Snow und die anderen Wortschmiede legten fest, daß es nicht zu Provokationen und äußeren Anzeichen von Argwohn kommen durfte. Die von den D'Troit-Wortschmieden gelieferte Erklärung sollte nach außen hin akzeptiert werden. Wortschmiede logen sich aufgrund ihrer eigenen heiligen Tradition niemals an, nicht einmal dann, wenn sie Clans angehörten, die sich bekämpften. Wenn die D'Troit-Wortschmiede ihren Eid nicht verraten hatten, mußten die Eisenmeister Bei-Sita tatsächlich geschlossen haben. Doch die Frage, die sich jeder im She-Kargo-Lager stellte, war: Warum?

Eine Anspielung auf die mögliche Antwort wurde mit der Ankunft Carnegie-Halls laut, dem Wortschmied des Kojak-Clans aus dem Volk der M'Waukee. Als er die Arena betrat, in der sich die Wortschmiede regelmäßig versammelten, um Neuigkeiten und Tratsch auszutauschen, suchte er Mr. Snow unter dem Vorwand auf, ihn offiziell zu begrüßen und flüsterte ihm zu, er solle sich nach Einbruch der Dunkelheit mit ihm treffen.

Einige Stunden später, als tausend Lagerfeuer die Finsternis wie auf schwarzem Samt verstreute Orangen färbten, wurde Carnegie-Hall in der Begleitung von fünf Kojak-Kriegern von einem M'Call-Führer in das westlich vom Lagerplatz liegende Wäldchen gebracht, wo Mr. Snow ihn mit seiner persönlichen Leibgarde erwartete.

Die beiden Wortschmiede nahmen auf ihren Gesprächsmatten Platz. Die einsame Flamme des zwischen ihnen liegenden Feuersteins erhellte ihre Gesichter. Sein Glühen, das man mit scharfen Augen vom Lagerplatz aus sehen konnte, wurde von Mr. Snows Umhang getarnt, den er hinter sich über einen nahen Busch und das dichte Unterholz geworfen hatte. Als Mensch hätte Mr. Snow Carnegie-Hall zwar nicht einmal gegrüßt, aber als Wortschmied-Kollege mußte er ihn mit der gleichen Höflichkeit behandeln, die man traditionell allen Praktikern der uralten Kunst gewährte.

»Was hast du mir zu sagen, Bruder? Bringst du gute oder schlechte Nachrichten?«

»Ich bringe Nachrichten von großartigen Dingen. Ob sie gut oder schlecht sind, mußt du selbst deuten. Doch laß uns zuerst über die Auserwählten reden. Sind deine Leute sicher und gesund zurückgekehrt?«

Mr. Snow war zwar mit dem Begriff ›die Auserwählten‹ vertraut, aber aus irgendeinem Grund verstand er nicht sofort.

»Meine Leute ...?«

»Cadillac, Clearwater und der Wolkenkrieger.«

Mr. Snows momentane Ängste verschwanden unter einer großen Woge der Erleichterung. »Sie sind aus den Ostländern entkommen?!«

»Nicht nur das! Sie sind Auserwählte — die ersten Verlorenen, deren Rückkehr Talismans Ankunft verkündet!«

»Es stimmt, die drei sind in Talismans Schatten geboren. Welche Zeichen sagen dir, daß sie die Auserwählten sind?«

»Die Worte wurden auf meinen Lippen geboren!« rief Carnegie-Hall aus. »Der Dreifachbegabte hat mich ausersehen, der erste zu sein, der sie erkennt und benennt! Und wenn man in zukünftigen Zeitaltern die Geschichte des Prärievolkes erzählt, wird man sich an die Kojaks als an den Clan erinnern, dessen tapfere Krieger ihnen als erste Obdach gewährten ... dessen tapfere Krieger eine entscheidende Rolle bei den Siegen spielten, die durch ihre gewaltige Macht errungen wurden!«

»Siege ...?«

»Über die Donnerkeile, Eisenschlangen und Raddampfer!«

»Hört sich an, als hätten sie allerhand zu tun gehabt«, knurrte Mr. Snow. »Erzähl mir mehr!«

Carnegie-Hall erzählte ihm die ganze Geschichte, angefangen von seinem verräterischen Handel mit Izo Watanabe, bis zu dem Punkt, als der Verlauf der Ereignisse seinen Glauben gestärkt hatte, daß Talisman seine Schritte leitete. Und wie man es erwarten konnte, legte er großen Nachdruck auf den Anteil, den die Kojaks an der Versenkung des Raddampfers gehabt hatten.

Als Mr. Snow Carnegies bildhafter Beschreibung vom Massaker an den berittenen Samurai, ihrer Rotgestreiften-Infanterie und den sich ans Ufer kämpfenden Matrosen lauschte, wurde das Gefühl einer bösen Vorahnung stärker. All dies war vor Wochen passiert. Und seither waren Cadillac, Clearwater und Brickman mit einem Haufen Beute und hundert Pferden unterwegs. Sie hatten sogar gelernt, die Vierbeiner der Totgesichter, die er bis zu diesem Augenblick noch nicht gesehen hatte, zu zähmen und zu reiten.

Zuletzt hatte man das Trio nach Westen reiten sehen — nach Nebraska. Die südliche Route! Mr. Snow verwünschte stumm die Himmelsstimmen, die ihn in die falsche Richtung geschickt hatten. Kein Zweifel, wenn es zu keiner Panne gekommen war, mußten seine Schützlinge die Siedlung ein oder zwei Tage nach seiner Abreise erreicht haben!

Na schön. Carnegie-Halls Erzählung hatte Mr. Snows Annahme ausreichend bestätigt, daß seine beiden Schützlinge und der Wolkenkrieger dazu bestimmt waren, Größe zu erlangen. Sie waren tatsächlich Auserwählte. Nicht nur die Kojaks hatten sie anerkannt und bejubelt, sondern bestimmt auch die Clans, denen sie während der Durchquerung der Zentralprärie begegnet waren. Was sich ihnen auch an Hindernissen entgegenstellte, sie würden sie überwinden und an ihnen wachsen, denn die Macht des Dreifachbegabten war bei ihnen: Eine unsichtbare Kraft, die, wenn sie kein undurchlässiger Schild war, ihre irdische Hülle und den darin enthaltenen Geist erhalten und heilen würde.

Mr. Snow bedauerte es erneut, daß er den Tag nicht mehr erleben konnte, an dem sich der Erlöser des Prärievolkes zu erkennen gab. Doch nun verstand er, warum die Himmelsstimmen ihn zum Handelsposten geführt hatten. Hier war die unmittelbare Gefahr, und hier würde man sein Kraftgeschick und seinen Mut schlimm prüfen.

Vielleicht bis an die Grenze — und darüber hinaus ...

»Was du gesagt hast, erklärt sehr viel.« Mr. Snow hob eine mit Regenbogengras gefüllte Pfeife hoch, steckte sie an, nahm einen besänftigenden Zug und reichte sie seinem Gast. »Die alte Goldnase wird einen so katastrophalen Rückschlag sicher nicht so ohne weiteres hinnehmen.«

›Alte Goldnase‹ war ein Spitzname, der sich auf die sorgfältig gearbeitete schwarzgoldene Maske bezog, die Landesfürst Yama-Shita stets trug, wenn er am Handelsposten auftauchte. Alle Eisenmeister trugen, je nach Rang, irgendwelche Masken, wenn sie mit den Mutanten handelten. Dieser Brauch hatte auch dazu geführt, daß man sie ›Totgesichter‹ nannte.

»Fürst Yama-Shita lebt nicht mehr«, gab Carnegie-Hall bekannt.

Die Neuigkeit ließ Mr. Snow nach Luft schnappen. »Woher weißt du das?«

»Cadillac hat es mir erzählt. Bevor deine Leute aus den Ostländern geflohen sind, haben sie mit den Totgesichtern eine gewaltige Schlacht geschlagen.«

Mr. Snow hörte in einer Mischung aus Stolz und Bestürzung zu, als der Kojak-Wortschmied Cadillacs packende Geschichte vom Tod und der Zerstörung am Reiherteich wiederholte — einschließlich aller blutrünstigen Einzelheiten und des Moments, in dem Clearwater den Landesfürsten dazu gebracht hatte, sich mehrmals mit seinem Schwert zu durchbohren.

Der Verlust des Raddampfers und der gesamten Besatzung, die dem von Carnegie-Hall geschilderten Mega-Debakel kurz darauf gefolgt war, fügte der Kränkung noch die Beleidigung hinzu. Fürst Yama-Shita mochte zwar tot sein, was ihnen einen fürchterlichen Gegner vom Halse schaffte, aber seine Nachfolger waren nun von der Ehre gezwungen, einen verheerenden Gegenschlag zu führen.

Die erste Gelegenheit dazu bot sich, wenn die Raddampfer am Handelsposten anlegten. Es mußte ein seltsames Gefühl sein, die Schiffe am morgendlichen Horizont auftauchen und immer größer werden zu sehen, während das unheimliche Geräusch ihrer Motoren an das Gehör der Wartenden drang und man wußte, daß es keine schmeichlerische Begrüßungszeremonie mit vorgetäuschtem Lächeln und aufgesetzter Kollegialität geben würde. Diesmal würde die aufgehende Sonne den Beginn eines in einer explosiven Konfrontation endenden Countdowns markieren, einer Blutorgie mit unvorhersehbaren Grenzen und unberechenbaren Konsequenzen.

Nach einem langen Augenblick des Nachdenkens sagte Mr. Snow: »Ich glaube, ich weiß, wie es sich abspielen wird. Die Yama-Shitas greifen uns nicht direkt an. Wenn sie es täten, brächten sie ihr gesamtes Handelsunternehmen in Gefahr. — Also *deswegen* sind die D'Troit und C'Natti in so großer Zahl hier erschienen. Die Familie will sie benutzen, um uns abzuschlachten.«

Mr. Snow nahm lächelnd die Pfeife zurück und inhalierte noch etwas Rauch. »Ihr steht wahrscheinlich auch auf der Schwarzen Liste. Es überrascht mich, daß ihr überhaupt gekommen seid.«

Carnegie-Hall fuhr hoch. »Nach allem, was wir vollbracht haben, wagst du es, die Kojaks Feiglinge zu nennen?«

»Beruhige dich, Carney. Niemand nennt euch irgendwas. Die M'Calls haben sich zwar noch nie vor einem Kampf gedrückt, aber wenn ich gewußt hätte, worauf wir uns einlassen, wäre ich durchaus verlockt gewesen, zu Hause zu bleiben.«

»Wir sind gekommen, weil wir dachten, die Auserwählten seien hier!« rief Carnegie-Hall. »Wir haben ihre Macht gesehen! Wenn sie bei uns sind, brauchen wir nichts zu fürchten. Die Totgesichter sind machtlos gegen sie!« Dann fügte er mit einnehmender Offenheit hinzu: »Hätte ich gewußt, daß sie nicht hier aufkreuzen, hätten wir vielleicht *auch* darüber nachgedacht. Aber wo könnten wir schon hingehen?«

»Wir leben zwar in einem großen Land«, erwiderte Mr. Snow, »aber wenn euch jemand finden will, gibt es keinen Ort, an dem ihr euch verstecken könnt. Wenn ihr euch schon stellen müßt, könnt ihr es ebenso gut hier tun — bei euren Verwandten.« Er legte eine Pause ein und musterte seinen Gast. »Die M'Calls können auf ihre Blutsbrüder zählen. Können die She-Kargo sich auch auf die M'Waukee verlassen?«

Carnegie-Hall rutschte unbehaglich hin und her. »Das kann ich jetzt noch nicht sagen.«

»Soll das heißen, ihr habt eine Möglichkeit gefunden, den Kopf aus der Schlinge zu ziehen?«

»Nein! Es ist nur so, daß ...«

»... man die eigene Haut retten kann, wenn man sich aus der Sache raushält.«

»Niemals!« schrie Carnegie-Hall. »Die M'Calls mögen ja der oberste Clan der She-Kargo sein, aber es waren die Kojaks, die ihren Wert im Kampf gegen die Totgesichter bewiesen haben!«

»Mit geringfügiger Hilfe ...«

»Wie großzügig von dir!« höhnte Carnegie-Hall. »Es erfordert doch keinen großen Mut, sich dem Gegner zu stellen, wenn man weiß, daß Talismans Hülle einen schützt! Dein Clan ist unversehrt daraus hervorgegangen. Der meine hat für seinen Triumph mit dem eigenen Blut bezahlt! Wie kannst du es wagen, die Ehre der Kojaks anzugreifen! — Das Gespräch ist beendet!«

Mr. Snow legte die Hand besänftigend auf das Knie seines Gastes, der Anstalten zum Aufstehen machte. »Ein guter Abgang, Carney. Du warst immer gut, wenn es darum ging, deiner Verärgerung Ausdruck zu verleihen. Aber verschone mich mit dem Quatsch von der Ehre. Jeder weiß, daß du ein Mensch bist, der seinen Vorteil nicht aus dem Blick verliert. Du hast es doch selbst zugegeben. Du wolltest meine Leute für eine Kiste Schnickschnack verraten!«

Carnegie-Hall vergaß seinen selbstgerechten Zorn und nahm die Aura eines Ehrenmannes an, dem man tiefes Unrecht zugefügt hat. »Das war doch *bevor* Talisman mir sein Ziel enthüllt hat! Ja, es stimmt, mein Herz war voller Verrat, bevor er mir seine Worte auf die Zunge legte, aber all das hat sich geändert, als sein Geist mich mit seiner Anwesenheit erfüllte! Euch fällt es leicht, aus eurem sicheren Nest in den fernen Bergen auf uns herabzusehen. Aber wir leben direkt an der Front! Die Totgesichter stehen jetzt mit Männern und Schiffen auf der anderen Seite der Gewässer, die einst uns gehört haben! Jetzt wollt ihr unsere Hilfe, doch welche Hilfe können wir von euch erwarten, wenn ihr wieder in den Black Hills seid?!«

»Offen gesagt, nicht viel. Deswegen müssen wir jetzt auch zusammenhalten. *Wenn* es einen Kampf gibt, müssen wir ihn gewinnen. Oder möchtest du lieber unter der Herrschaft der D'Troit leben?«

»Es ist ein Schicksal, das viele M'Waukee schon erleiden.«

»Dann habt ihr jetzt die Chance, euch von ihnen zu befreien. Wir können auf die San'Paul zählen. Und ihr seid das einzige Volk, das mit den San'Louis reden kann.«

Es war offensichtlich, daß Carnegie-Hall die Aussicht nicht schätzte, in eine potentiell verhängnisvolle Auseinandersetzung mit den D'Troit hineingezogen zu werden. »Es wird nicht leicht sein«, murmelte er. »Besteht denn keine Hoffnung, daß die Auserwählten zur rechten Zeit hier eintreffen?«

Mr. Snow saugte erneut an seiner Pfeife. »Carney, um eure Zusage zu bekommen, könnte ich dir jetzt das Blaue vom Himmel versprechen, aber ich tue es nicht. Die Antwort ist: Ich weiß es nicht. Aber mein Bauch sagt mir, daß die Chancen praktisch bei Null stehen. Wir müssen unsere eigenen Wunder wirken. Der einzige Trost, den ich dir anbieten kann, ist die Nachricht, daß Clearwater, die junge Dame, die euch so stark beeindruckt hat, meine Schülerin ist. — Sie ist zwar gut, aber ich bin besser.«

»Auch die D'Troit haben Rufer.«

»Die D'Troit? Daß ich nicht lache! Ihr bester Mann kann nicht mal einen Haufen Büffelscheiße ohne Schaufel bewegen!« Mr. Snow winkte geringschätzig ab. »Geh zu eurem Lager zurück und rede mit deinen Blutsbrüdern. Geh zum Führer aller Abordnungen und überrede sie, mit den wichtigsten Kriegern und allen anwesenden Wortschmieden und Rufern zu einem Treffen zu kommen. Ich möchte, daß sie innerhalb von zwei Kerben zu einer Zusammenkunft mit ihren Kollegen von den She-Kargo hier eintreffen.«

Eine Kerbe war ein auf Kerzen aus tierischem Fett markiertes Standardzeitmaß und bedeutete eine Stunde. Das System stammte von den Eisenmeistern. Nachdem die Mutanten am Handelsposten einige Kerzen erworben hatten, hatten sie sie selbst produziert. Im normalen täglichen Leben achteten sie nicht auf die Zeit; Kerzen verwendete man nur in Situationen, in denen Zeit eine kritische Rolle spielte — wie die momentane Zusammenkunft am Handelsposten.

»Zwei Kerben! Gütige Mutter, das läßt uns nicht viel Zeit.«

»Wir haben so wenig Zeit wie Leute. Deswegen müssen wir etwas tun, und zwar schnell!«

Als die beiden aufstanden, fragte Carnegie: »Was ist mit den San'Louis?«

»Horcht sie aus. Kriegt raus, was sie denken, aber sagt ihnen nichts von der Zusammenkunft.«

Carnegie-Hall nickte, doch sein Blick war voller Zweifel. »Ich hoffe, wir tun das Richtige.«

»Vertrau mir«, sagte Mr. Snow. Er drückte beruhigend Carnegies Arm. »Auch ich werde von Talisman geleitet. Deswegen hat er mich hergeschickt. Um für die Freiheit des Prärievolkes zu sorgen.«

Die letzten Handelsabordnungen trafen am nächsten Tag zwischen Morgengrauen und neun Uhr ein und schlugen ihr Lager an den ihnen zugeteilten Plätzen auf. Die meisten bestanden aus neuen Gesichtern und gehörten zu den D'Troit. Ihre Ankunft führte dazu, daß sich die stark in der Minderheit befindlichen She-Kargo und M'Waukee belagert fühlten und aggressiver wurden, und als sich die Wortschmiede in den frühen Morgenstunden zur Eröffnungsrunde der jährlichen Redeveranstaltung in der Arena versammelten, war die Atmosphäre elektrisch geladen. Alle waren vom bedrükkenden Gefühl einer dunklen Vorahnung erfüllt, als stünde ein gewaltiger Sturm kurz vor dem Ausbruch.

Um das Folgende würdigen zu können, muß man wissen, daß zwar alle Clans Wortschmiede in ihren Reihen hatten, doch nur wenige dieser talentierten Individuen waren Rufer. Mutanten, die wie Mr. Snow — der Wortschmied und Rufer in einem war — mit zwei Gaben auf die Welt kamen, waren äußerst selten. Und Rufer von seiner Stärke waren noch seltener.

Auch für die Wortschmiede galt dieser Grad an professioneller Kompetenz. Die M'Calls erfreuten sich seit tausend Generationen, die bis zum Krieg der Tausend Sonnen zurückreichten, des Vorteils einer lückenlosen Wortschmiedkette. Dieser Unterschied, den nur eine Handvoll weiterer Clans teilte, erhöhte zwar Mr. Snows Ansehen, rief aber auch viel Neid hervor.

Wortschmiede ähnelten in vielerlei Hinsicht einer beliebigen Gruppierung von Prä-Holocaust-Profis: Es gab sie, wie Anwälte, in allen Größen und Formen, doch obwohl jeder über die Gabe verfügte, die man früher als ›Redegewandtheit‹ bezeichnet hatte, wiesen auch ihre Fähigkeiten unterschiedliche Bandbreiten auf und reichten, wie die Klienten der Anwälte des 20. Jahrhunderts meist auf eigene Kosten entdeckt hatten, von überragender Exzellenz bis in die Niederungen des Unvermögens.

So taugten die ›Erinnerungen‹ mancher Wortschmiede mehr als die anderer. Verglichen mit einem gewöhnlichen Mutanten, war der durchschnittliche Wortschmied ein Geistesriese und eine wandelnde Bibliothek zum Nachschlagen. Es gab jedoch, wie bei allen auf Menschen basierenden Systemen, einen Nachteil: Erinnerungen sind kein Produkt und keine Funktion des Charakters. Auch die fähigsten Hirne müssen nicht unbedingt im Kopf charismatischer oder auch nur netter Menschen residieren. Die größte Datenbank der Welt ist einen Scheißdreck wert, wenn ein Trottel an der Tastatur sitzt. Doch wenn, wie in Mr. Snows Fall, ein überzeugendes Erinnerungsvermögen an einen übermäßig scharfsinnigen Geist angeschlossen war, war das Resultat eine herausragende Persönlichkeit, deren Einfluß weit über die engen Grenzen des eigenen Clans und Volkes hinausging.

Doch selbst wenn Mr. Snow vielleicht der Star der She-Kargo war, es gab auch in den Reihen der D'Troit und C'Natti einige bemerkenswerte Wettkämpfer, die sich nicht scheuten, ihre Intelligenz mit der seinen zu messen. Und an diesem schicksalsträchtigen Morgen waren sie anwesend.

Im vergangenen Jahr hatte man Mr. Snow aufgrund seines Alters und seiner Erfahrung zum Verhandlungsvorsitzenden gewählt; in diesem Jahr übertrug man seinen Platz einem alten Wortschmied aus der rivalisierenden Gruppe: Prime-Cut, dem Anführer des R'Nato-Clans aus dem Volk der D'Troit.

Aufgrund von Cadillacs triumphalem Vormarsch durch Illinois, Iowa und Ost-Nebraska, wo sich seine Spur verlor, war das heißeste Thema unter den Wortschmieden dieser Zonen das Erscheinen der Auserwählten, des Trios aus dem M'Call-Clan. Die Nachrichten über ihre Heldentaten und ihre Flucht aus den Ostländern war nicht auf die Arena begrenzt. Übertriebene Meldungen über ihren Mut, weitererzählt von den Zeugen ihres Wanderzirkus, verbreiteten sich momentan wie ein Steppenbrand im ganzen Lager.

Für die Wortschmiede der verschiedenen Abordnungen waren sie eine Quelle der Zufriedenheit und Alarmiertheit. Außer Carnegie-Hall und Mr. Snow war sich nämlich kein Anwesender einer Prophezeiung bewußt, die auf diese Personen Bezug nahm, und kein Seher hatte ihr Bild in den Steinen entdeckt. Die Prophezeiung, die dem Trio am nächsten kam, war die von der Rückkehr der Verlorenen — der Mutantengenerationen, die mit den Totgesichtern zu den Feuergruben von Beth-Lem gezogen und deren Nachfahren, die sogenannten Eisenfüße, in den Ostländern als Sklaven zur Welt gekommen waren.

Als man Carnegie-Hall einlud, in die Runde zu treten, ließ er die farbenprächtige Erklärung los, wie er Cadillac, Clearwater und den Wolkenkrieger kennengelernt hatte. Natürlich ließ er die Einzelheiten seines verräterischen Handels mit Izo Watanabe geschickt aus. Er hatte, von Talisman angeleitet, angeblich im winterlichen Schnee eine Gruppe von Kojak-Kriegern in Marsch gesetzt, um sich mit den Auserwählten — den Herolden der Ankunft des Dreifachbegabten — zu treffen.

Ein ausführlicher Bericht über die von Clearwater eingesetzten Kräfte, um mit einer Handbewegung vier Donnerkeile zu vernichten, die man später verwendet hatte, um den Bauch einer Eisenschlange aufzureißen, machte großen Eindruck auf sein aufmerksames Publikum. Als er fertig war, schaute er Mr. Snow hilfesuchend an. Hatten ihm die Himmelsstimmen nicht erzählt, Clearwater, Cadillac und Wolkenkrieger seien in Talismans Schatten geboren?

Mr. Snow erhob sich und bestätigte es.

Die Bestätigung von Carnegies Behauptung führte zu einer hitzigen Auseinandersetzung. Einzelne Wortschmiede aus dem Lager der D'Troit und C'Natti sprangen auf und protestierten. Warum sollten von allen Prärievölkern ausgerechnet drei M'Call-Krieger auserwählt worden sein, Talismans Ankunft zu verkünden? All das sei doch nur wieder eine Masche der She-Kargo und ihrer M'Waukee-Lakaien, um ihre ohnehin übertriebene Arroganz noch weiter aufzublähen.

Kein Wortschmied, behaupteten die Protestierer, hätte je vor der Prägung dieses Begriffs durch Carnegie-Hall in der Arena von Auserwählten gesprochen. All dies könne nur ein schräger Zug sein; ein Gebräu, das auf der fadenscheinigen Zeugenaussage der Kojaks und der M'Calls basiere. Im besten Fall handelte es sich um eine möglicherweise vorsätzliche Falschdeutung fraglicher Ereignisse; im schlimmsten Fall war es eine hundertprozentige Lüge.

Carnegie-Hall verteidigte sich zwar auf das heftigste, doch der sorgfältig choreographierte Ausbruch hatte sein Ziel erreicht und spaltete die Versammlung in drei Lager: die Pro-She-Kargo-Gruppe, die seine Behauptung verteidigte; die Pro-D'Troit-Gruppe, die sie ablehnte; und die Unentschiedenen, die abwarteten, wessen Argumente sich durchsetzen würden.

Mean-Machine, ein C'Natti-Wortschmied, überschrie den Tumult und formulierte eine Herausforderung. Wenn Carnegie-Hall und seine Vasallen die Wahrheit sprachen, *wo* war dann das geheimnisvolle Trio? Warum hatten die M'Calls sie nicht mit zum Handelsposten gebracht, um ihre Kräfte vorzuführen und ihre Botschaft vor den versammelten Vertretern des Prärievolkes zu verbreiten?

Gut gesagt, dachte Mr. Snow und verwünschte sich, da er keine Antwort darauf wußte.

Carnegie-Hall sprang wütend hoch und baute sich vor Mean-Machine auf, dessen drohender Wanst turmhoch über ihm aufragte.

»Du wagst es, mich einen Lügner zu nennen?«

Prime-Cut, eine nicht weniger imposante Gestalt, stand auf und kam von dem niedrigen Erdhügel herunter, den der Vorsitzende traditionsgemäß besetzt hielt. »Nein!« schrie er. Er trennte Mean-Machine von Carnegie-Hall, schob einen Arm zwischen sie und deutete mit einem anklagenden Finger auf Mr. Snow. »Dort sitzt der Mann, der uns alle belogen hat!«

Seine Worte entlockten den Unentschiedenen ein entsetztes Keuchen und den She-Kargo-Wortschmieden ein wütendes Brüllen. Die Hälfte von ihnen sprang auf und tauschte mit ihren aggressiveren Gegenspielern auf der anderen Arenaseite Beschuldigungen und Beschimpfungen aus.

Prime-Cut breitete mit einer herrischen Geste die Arme aus. »Seid still!« donnerte er. »Setzt euch hin und sprecht auf würdige Weise, oder verlaßt diesen Platz!«

Zwar legte sich der Aufruhr, als die lautstärksten Protestierer und Gegenprotestierer ihre Sitzplätze wieder einnahmen, doch das Gemurmel setzte sich fort und wurde zu einem mürrischen Hintergrundgeräusch.

Als Mean-Machine und Carnegie-Hall wieder Platz genommen hatten, stand Mr. Snow auf und appellierte an seine Anhänger.

»Laßt Frieden herrschen! Bleibt gelassen! Ich werde hier beschuldigt. Mein Gewissen ist rein! Ich möchte die Anklage hören!«

Das Gemurmel flaute unter dem wilden Blicken der beiden angesehensten Wortschmiede des Prärievolkes allmählich ab. Als wieder Ruhe eingetreten war, wandte sich Mr. Snow Prime-Cut zu, der in der Mitte der Arena stand. Aufgrund der Heftigkeit des Streits war der offene Platz zwischen dem Innen- und Außenring nun von Clan-Ältesten und anderen Angehörigen verschiedenster Abordnungen umlagert.

Als der R'Nato-Wortschmied ihn mit einem wölfischen Grinsen umkreiste, murmelte Mr. Snow: »Hoffentlich weißt du, was du tust.«

»Oh, natürlich weiß ich es, mein Freund.« Prime-Cut blieb neben ihm stehen und schob den Mund nahe an das Ohr des Meisters heran. »Du steckst in der Scheiße«, flüsterte er. »Ich werde dich beerdigen.«

»Du bist nicht der erste, der es versucht.« Mr. Snows Stimme hatte zwar einen zuversichtlichen Klang, aber innerlich fühlte er sich kalt und übel. Die der Menge schon jetzt zahlenmäßig unterlegenen She-Kargo schwebten in der Gefahr, den Kampf um die Herzen und Geister zu verlieren, und er wußte nicht, wie er die Situation umkehren konnte.

Prime-Cut trat zurück, deutete mit dem Finger auf sein Opfer und sprach mit so lauter Stimme auf den Kreis der Wortschmiede ein, daß sie auch die erwartungsvolle Menge der restlichen Zuhörer erreichte.

»Ihr habt unseren Bruder reden hören! Sein Name ist berühmt, sein Gedächtnis eine Legende! Doch auch er ist, wie wir, an den Eid der Wortschmiede gebunden, aller Falschheit zu entsagen, die Taten des Prärievolkes ehrlich aufzuzeichnen und die Offenbarungen der Himmelsstimmen in voller Würde zu enthüllen!

Er muß die Wahrheit sprechen — ausgeschmückt und beschönigt durch die Kunst, aber auch so fest wie ein Fels und so klar und rein wie einen Gebirgsbach.« Seine Stimme wurde härter. »Er darf sie nicht unter Sandschichten begraben oder durch Täuschung verschlammen! Ihr wart Zeugen seiner Behauptung, daß die Himmelsstimmen ihm verkündet haben, Cadillac, Clearwater und der Wolkenkrieger seien im Schatten Talismans geboren. Ist es so oder nicht?!«

»Ja!!« riefen die Wortschmiede im Chor.

»Waren das deine Worte?« fragte Prime-Cut.

Mr. Snow witterte zwar die Falle, sah aber keinen Ausweg.

»Das waren sie.«

Prime-Cut konnte sich kaum noch beherrschen. »Hört ihr es?!« donnerte er. »Er bleibt dabei! Der junge Krieger, den die Kojaks unter dem Namen Wolkenkrieger kennen, und den unser verehrter Bruder ...« — er deutete mit einer sorgfältig ausgearbeiteten Geste auf Mr. Snow. — »als einen der drei M'Calls bezeichnet, die auserwählt sind, aus dem Prärievolk eine Nation zu machen, ist überhaupt keiner unseres Volkes!«

Diese Beschuldigung rief ein wütendes Brüllen und ungläubige Ausrufe hervor.

»Wolkenkrieger ist ein Name, der ebenso falsch ist wie die Farbe seiner Haut! Er ist ein Sandgräber aus den finsteren Städten — und seine Herren kennen ihn unter dem Namen Brickman!«

Noch mehr Geschrei. Prime-Cut verlangte nach Ruhe und schaute Mr. Snow an. »Was sagst du dazu?!«

Mr. Snow musterte seinen Ankläger gelassen.

»War das alles?«

»Nein, es kommt noch mehr!«

»Dann warte ich, bis du fertig bist.«

Prime-Cut appellierte an sein Publikum. »Ausflüchte! Seht ihr, wie seine gespaltene Zunge sich windet, um der Wahrheit auszuweichen? Nun, ich werde sie enthüllen! Alle, die hier sitzen und den Auserwählten Gastfreundschaft gewährt haben, sind grausam hintergangen worden! Cadillac, Clearwater und der Wolkenkrieger sind Spione der Föderation! Aber sie sind es nicht allein! Mr. Snow, der so tut, als wäre er unser Bruder, und sein ganzer Clan haben ihre Seelen an die Sandgräber verkauft!«

Erneut brach die Versammlung in Protestgeschrei und Flüche aus. Beschuldigungen und Gegenbeschuldigungen flogen zwischen den verfeindeten Lagern hin und her, und die Wortschmiede der D'Troit und C'Natti brachen in einen schrillen Gesang aus: »RAUS — RAUS — RAUS — RAUS!« Verwirrung und Verbitterung verbreitete sich unter den außerhalb der Arena stehenden Zuschauern; es kam zu wütenden Wortwechseln und körperlicher Gewalt. Glücklicherweise waren genug Ordner zur Stelle, um die D'Troit-Hitzköpfe, die deutlich auf Krach aus waren, zu bremsen. Mr. Snow hatte dies vorausgesehen. Nach der mitternächtlichen Zusammenkunft mit den Anführern der She-Kargo- und

M'Waukee-Abordnungen hatte man die Angehörigen ihrer Clans strikt angewiesen, sich auf keinerlei Provokationen einzulassen.

Inmitten des Aufruhrs blieb Mr. Snow fest. Die rempelnde Masse der ihn umdrängenden Leiber scheinbar nicht beachtend, strahlte er wie das Zentrum eines Wirbelsturms trügerische Ruhe aus.

Prime-Cuts Anschuldigungen waren zwar höchst schädlich, aber Mr. Snow konnte es sich nicht leisten, daß man ihn zwang, auf bestimmte Fragen zu antworten. Indem er schwieg und es dem Schwall der Anschuldigungen erlaubte, über ihn hinwegzuschwappen, erhoffte er sich, Prime-Cut dazu zu reizen, sämtliche Karten auszuspielen. Dann kam es mit etwas Glück vielleicht so weit, daß sie die Rollen tauschen konnten und der R'Nato-Wortschmied den Angeklagten spielen mußte.

Aber es fiel ihm schwer, den »Antworte! Antworte!«-Rufen aus dem eigenen Lager zu widerstehen, und angesichts der qualvoll verzogenen Gesichter auf allen Seiten war klar, daß viele seiner Freunde daran verzweifelten, daß er sich nicht verteidigen konnte.

Prime-Cut spulte eine verheerende Liste von Fragen ab, die Mr. Snow nicht beantworten konnte. War der Sandgräber etwa nicht vom Himmel herabgestiegen? Hatte der Clan ihn etwa nicht bei sich aufgenommen? Behandelte man ihn etwa nicht wie einen der ihren? Hatte man ihm nicht sogar eine Bettgefährtin gegeben? Hatte man ihn nicht auch freigelassen? War er etwa nicht ein Jahr später mit einem neuen Auftrag seiner Herren zurückgekehrt? Hatte Mr. Snow ihn etwa nicht zum Handelsposten mitgenommen, wo er sich an Bord eines Raddampfers geschlichen hatte, um seine beiden Komplizen in Ne-Issan aufzusuchen?

Und als er dort angekommen war, hatte er etwa nicht an einem Ort namens Reiherteich ein blutiges Gemetzel inszeniert und die wahren Freunde des Prärievolkes abgeschlachtet? Die Eisenmeister, die sie mit Waffen und den Notwendigkeiten der Existenz versorgten? Aber auch das war noch nicht alles! Diese Undankbaren hatten den Landesfürsten Yama-Shita ermordet, den Kapitän sämtlicher Raddampfer, den Herrn des Großen Flusses! Den Hellseher, der in den vergangenen Jahren danach getrachtet hatte, die Verbindung und die Freundschaft zwischen Prärievölkern und Eisenmeistern zu vertiefen.

Es war zwar lange her, seit Mr. Snow einen so unterwürfigen Quatsch gehört hatte, aber ihm war klar, daß Prime-Cuts Vasallen im Publikum die ganze Sache schluckten. Und sie jubelten ihm zu!

Die Verleumdung erreichte ihren Höhepunkt. Die M'Calls hätten ihre Brüder verraten, aber das hätte man erwartet. Verrat dieser Art lag den She-Kargo im Blut. Da sie ihre Überlegenheit nicht mehr mit Waffengewalt aufrechterhalten konnten, versuchten sie ihre Stellung nun zu stärken, indem sie heimlich Geschäfte mit den Sandgräbern machten!

Wieder brandete ein Tumult auf, und jede Seite bemühte sich, die andere niederzubrüllen. Es war eine ernsthafte Beschuldigung, die bestätigte, daß Mr. Snow die Lage richtig eingeschätzt hatte. Sein Wissen über das in Ne-Issan Geschehene war auf das begrenzt, was Carnegie-Hall von Cadillac erfahren hatte. Doch auf Mr. Snows Bitte hin hatte Carnegie-Hall bei seiner Rede vor den Wortschmieden in der Arena weder den Kampf am Reiherteich noch den Tod des Fürsten Yama-Shita erwähnt.

Prime-Cut konnte diese Informationen nur von den Eisenmeistern selbst haben. Die D'Troit und die mit ihnen verbündeten C'Natti agierten als Sprachrohr der Yama-Shitas, aber wie tief waren sie in die Sache verwickelt — und seit wann arbeiteten sie in dieser Angelegenheit zusammen? Lange genug, um die She-Kargo in die Enge zu treiben. Der Grad an Übereinstimmung zwischen den D'Troit und C'Natti und das aufgeblähte Ausmaß ihrer Abordnungen waren der Beweis. Die Eisenmeister wollten sich am Handelsposten rächen. Und zwar morgen. Und sie benutzten Prime-Cut, damit er mit seinen Beschuldigungen den Schauplatz vorbereitete.

Es wurde Zeit zur Gegenwehr. Er mußte sich, den Clan und den guten Namen der She-Kargo verteidigen. Er mußte es öffentlich und wirkungsvoll tun, aber ohne eine spontane Gewaltreaktion zu provozieren. Wenn es zum Kampf kam, mußte er nach Kriterien stattfinden, die er bestimmte.

Da Prime-Cut ihn in die Enge trieb und sich bemühte, aus den M'Calls Sündenböcke zu machen, schien es sein Plan zu sein, sie vom Rest des Prärievolkes zu isolieren. Wenn er dieses Ziel erreichte, war es angesichts der schweren Verbrechen nicht mehr allzu schwierig, die Versammlung zu überreden, den Eisenmeistern die M'Call-Abordnung als Opfer anzubieten, um sie milde zu stimmen. Aber es klappte nicht. Die lautstarke Unterstützung, die Mr. Snow von den anderen She-Kargo-Wortschmieden erhielt, bewies, daß man die M'Calls nicht fallengelassen hatte. Und genau das, erkannte Mr. Snow, hatte in Prime-Cuts Absicht gelegen. Wenn der Schlag kam, würde er auf die gesamte She-Kargo-Gruppe zielen. Die Hand der D'Troit lag zwar auf dem Messer, aber sie arbeiteten für die Totgesichter. Und mit diesem noch nie dagewesenen Verrat hofften sie, ihren seit langem brennenden Ehrgeiz zu stillen, die Stellung der obersten Ursippe einzunehmen. Wie ironisch. Die D'Troit waren zu den Bluthunden der Eisenmeister geworden, und doch beschuldigten sie die M'Call, das Prärievolk verraten zu haben.

Aber noch ist es nicht vorbei ...

Als der Lärm verebbte, konzentrierte Mr. Snow seinen Geist auf die Außenstehenden. Prime-Cut stand bebend vor ihm; er hatte sich in die nötige Ebene der Entrüstung aufgeschaukelt. »Was sagst du dazu?!«

Mr. Snow lachte leise in sich hinein, dann hob er die Stimme und sprach die versammelten Wortschmiede an. »Was soll ich dazu sagen?« Er beschrieb mit ausgestreckten Armen einen Kreis. »Meine Brüder unter der Sonne, ihr habt gehört, welch angebliche Wahrheit über die Lippen der D'Troit gekommen ist. Habt ihr gesehen, daß ihr Sprecher mich umkreist hat wie ein hungriger Schakal einen in die Jahre gekommenen Stier? Warum wohl? Diese Frage müßt ihr euch stellen; ich werde versuchen, sie zu beantworten!

Warum hat er diesen Augenblick gewählt, um mich des Verrats zu bezichtigen? Warum greift er die Ehre der She-Kargo in einer Zeit an, in der sich das Prärievolk in Frieden und Kameradschaft zusammenfindet? Sind seine Worte so klar und rein wie ein Gebirgsbach oder verschleiern sie irgendeinen trüben Ehrgeiz, den die D'Troit erst noch enthüllen müssen?«

»Hejj-jaaahh ...« Die She-Kargo- und M'Waukee-Wortschmiede und ihre Anhänger sammelten sich hinter der Arena und äußerten einen düsteren Chor der Zustimmung.

»Und außerdem müßt ihr euch fragen, *woher* er von diesen Dingen weiß. Wer weiß sonst noch von den Dingen, über die er gesprochen hat?«

Die Frage, die auf die Umstehenden abzielte, ergab keinerlei Reaktion.

»Denkt nach über das, was er gesagt hat. Er spricht von Mutanten, die keine sind; von heimlichen Reisen durch die Wolken und über die Meere der Ostländer! Von Kämpfen zwischen Mutanten und Eisenmeistern, bei denen Ne-Issans edle Fürsten zu Hunderten umkamen! Und von Raddampfern, die rotäugige Nachtvögel versenkt haben!

Sind es Erfindungen eines fiebernden Geistes? Träume, die der Neid auf andere hervorgebracht hat? Wenn sie es nicht sind, woher weiß er also — und zwar in allen Einzelheiten —, was an einem Ort geschehen ist, der weit hinter dem Großen Fluß und hinter den Running Red Buffalo Hills liegt?! — Er spricht nicht wie ich und ihr, die wir gerade erst unserem Bruder Carnegie gelauscht haben, sondern wie jemand, der schon vorher von diesen Ereignissen wußte! Er ist den Auserwählten nie *begegnet,* und doch spricht er von ihrem großartigen Kampf am Reiherteich und dem Tod des Landesfürsten Yama-Shita, als sei er *selbst* dabei gewesen!

Wie kann er von solchen Dingen wissen? Es kann nur eine Antwort geben! Die Worte, mit denen er versucht, mich und die She-Kargo zu entehren, wurden ihm von den Totgesichtern in den Mund gelegt — von einem fremden Volk, das uns alle versklaven möchte!«

»Hejj-JAHHH!« Diesmal kam der Ruf aus vollen Kehlen. Und zwar von allen Seiten der Arena.

Mr. Snow wurde noch lauter. »Dieses Volk wird dennoch keine Sklaven aus den She-Kargo machen! Die Waffen, die es uns bringt, werden uns nicht *geschenkt.* Sie werden gegen Waren eingetauscht, die wir mit Schweiß, Blut und unseren teuersten Besitztümern erringen: unseren Clan-Brüder und —Schwestern! Ruft euch ins Gedächtnis, wie alles angefangen hat. Habt ihr vergessen, daß die Totgesichter jene getötet haben, die ihre Angebote nicht annehmen wollten?! Und doch steht dieser Mann vor uns und sagt, wir sollen Dankbarkeit zeigen? Wofür denn?! Wir handeln nicht mit den Totgesichtern, weil wir es uns selbst ausgesucht haben, sondern weil wir es *müssen!* Aber es gibt eins, das wir niemals eintauschen werden — unsere Freiheit!«

Seine laute Erklärung wurde mit tumultartigem Jubel begrüßt.

Mr. Snow deutete auf Prime-Cut. »Er bezichtigt mich des Verrats! Er will euch weismachen, die Auserwählten seien Spione der Föderation, weil sie aus der Sippe der She-Kargo kommen! Was werden sein Haß und sein Neid als nächstes ausbrüten?! Wird er die Macht Talismans bestreiten?

Die Auserwählten gehören weder den M'Calls, noch den She-Kargo oder D'Troit! Sie gehören dem Prärievolk! Die ersten Verlorenen kehren, wie die Prophezeiung es besagt, aus den Ostländern zurück, um die Ankunft des Dreifachbegabten zu verkünden! Unter seinem Banner werden wir eine starke Nation. Wir werden die finsteren Städte zermalmen und die Totgesichter ins Meer zurücktreiben!

Dies sollte eine Zeit des Frohlockens sein, nicht des Zorns! Sind wir nicht alle Brüder unter der Sonne?«

Als zehntausend Stimme die Antwort brüllten, bebte die Erde.

»Hejj-JAHHH! Hejj-YAHHH! Hejj-JAAHHH!«

Mr. Snow deutete auf Prime-Cut. »Dann hütet euch vor denen, die uns spalten wollen, denn sie sind *wirklich* der Feind!«

Um nicht von der sich erregt um sie scharenden Menge zu Boden getrampelt zu werden, sprangen die Wortschmiede auf. Die aus dem Lager der D'Troit schauten mürrisch und frustriert drein, doch alle anderen, auch viele C'Natti, jubelten und hoben in einer Geste der Solidarität die Faust.

Prime-Cut machte einen letzten Versuch. »Du sagst, wir sollen an die Auserwählten glauben, aber sie sind nicht hier! Haben sie Angst, vor uns hinzutreten, weil ihre sogenannten Heldentaten für die Sache des Prärievolkes als das enthüllt werden könnten, was sie *wirklich* sind: verbrecherische, von den Sandgräbern gebilligte Taten, die unsere Freundschaft mit denen, die uns Hilfe und Unterstützung geben, zerstören wollen?«

Seine dröhnende Stimme durchschnitt den Lärm und brachte die Menge schlagartig zum Verstummen.

Mr. Snow schloß die Augen, hob das Gesicht kurz zum Himmel und sagte das erste, was ihm einfiel. »Die Auserwählten fürchten die Wahrheit nicht! Sie sind deswegen nicht hier, weil sie vor einem Gegner stehen, dem die D'Troit erst noch begegnen werden! Jetzt, während ich spreche, bekämpfen sie die Eisenschlangen der Föderation!«

In der Arena brach tosender Jubel aus. Prime-Cut wirkte, als werde ihm gleich eine Ader platzen, aber es war aus für ihn, und er wußte es. Er trat zähnefletschend vor und schob sein Gesicht dicht an Mr. Snows Nase heran. »Du verlogener Schweinehund!«

»Quassle nur, soviel du willst«, kicherte Mr. Snow. »Aber kannst du auch das Gegenteil beweisen?«

Bevor Prime-Cut etwas entgegnen konnte, hoben mehrere She-Kargo-Wortschmiede ihr Idol auf die Schultern und trugen Mr. Snow triumphierend aus der Arena.

Am Nachmittag kreuzte mit Hilfe der M'Waukee, die sie mit passender Verkleidung versorgt hatte, eine Gruppe bei Mr. Snow auf, die behauptete, eine große Anzahl von C'Natti-Abordnungen zu vertreten. Man wollte mit ihm konferieren. Die Angehörigen der Gruppe hatten in der Hauptsache folgendes zu sagen: Man mache sich große Sorgen, daß die Taten bestimmter She-Kargo-Angehöriger (man ließ Mr. Snow nicht im Zweifel, wer damit gemeint war) die geltenden Handelsabkommen in Gefahr bringen könnten, aber — und dies war ein wichtiger Vorbehalt — man sei nicht bereit, jene Elemente zu unterstützen, die aktiv ein gemeinsames Vorgehen mit den Eisenmeistern gegen gewisse andere Angehörige des Prärievolkes planten.

Nachdem sie ihren Standpunkt verdeutlicht hatten, fuhren die verkleideten Sprecher damit fort, indem sie Fragen stellten. Ob die She-Kargo irgendwelche Pläne hätten, um sich dem Angriff durch eine rivalisierende Gruppe zu widersetzen? Wenn ja, sei man bereit, ihnen auf jede erdenkliche Weise zu helfen.

Auch diesmal fielen zwar keine Namen, doch es gab noch weniger Zweifel, wen die C'Natti-Sprecher meinten. Ihre verklausulierten Solidaritätsbekundungen konnten zwar durchaus echt sein, aber Mr. Snow war sich dessen nicht sicher. Vielleicht hatten die D'Troit sie in der Hoffnung geschickt, irgend etwas herauszukriegen, was die She-Kargo eventuell noch im Ärmel hatten.

Um zu vermeiden, daß man ein echtes Angebot verächtlich zurückwies, formulierte Mr. Snow seine Antwort so geschickt wie möglich. »Es gibt keinen solchen Plan«, sagte er. »Wir vertrauen auf Talisman. Sollen jene, die an ihn glauben, uns zur Seite stehen. Die She-Kargo werden nie die ersten sein, die spitzes Eisen gegen ihre Brüder ziehen.

Eine Spaltung des Prärievolkes ist das Letzte, was wir uns wünschen, besonders jetzt, da die Auserwählten bei uns sind. Wir müssen unsere uralten Blutfehden beenden. Wir müssen unsere Herzen und unseren Geist säubern, unsere kleinen Rivalitäten vergessen und uns unter Talismans strahlendem Banner vereinigen. Wenn ihr glaubt, daß er unser Erlöser ist, schlagt die nieder, die seinen Namen beleidigen, indem sie unseren Feinden helfen.«

»Ja, aber wann und wo soll all dies deiner Meinung nach geschehen?« fragte ein C'Natti-Wortschmied.

Mr. Snow warf die Hände in die Luft. »Wer kann ergründen, wie vergiftete Herzen arbeiten? Wenn Verräter ihre Karten aufdecken würden, könnte der Verrat nie so üppig wuchern wie heutzutage! Es ist der Meuchelmörder, der den Ort und die Stunde aussucht — nicht das Opfer! Schaut euch um! Wir sind von Gefahren umgeben! Geht und bereitet euch vor! Und seid wachsam!«

Schwachköpfe …

Die verbleibenden Tageslichtstunden verbrachte Mr. Snow im Gespräch mit den Anführern der freundlich gesonnenen Abordnungen. Er sicherte sich Beistandsgelöbnisse und das ernste Versprechen, an einer mitternächtlichen Versammlung in den Tiefen des Waldes teilzunehmen, der nun von She-Kargo-Posten umringt war. All dies hätte die M'Call-Abordnung eigentlich in eine gute Stimmung versetzen sollen, doch eine noch nie dagewesene Anzahl von Zusammenstößen zwischen Gruppen von Hitzköpfen aus rivalisierenden Völkern hatte den vorherigen Überschwang gedämpft.

Daß bei diesen Begegnungen Waffen zum Einsatz kamen — was eigentlich streng verboten war —, war ein Anzeichen dafür, daß der zerbrechliche Waffenstillstand, der die Zusammenkunft regierte, bedroht war. Trotz der Anstrengungen der Ordner setzten sich die häßlichen Raufereien über den ganzen Tag hinweg fort und führte auf beiden Seiten zu Verletzten.

Angesichts der sich ständig verschlechternden Lage brachte ein von den M'Waukee und C'Natti organisiertes Treffen die Vertreter der D'Troit und She-Kargo zusammen in die Arena. Doch auch dies entspannte die Lage nicht. Zwar hatte man sich vorab geeinigt, daß weder Mr. Snow noch Prime-Cut daran teilnehmen sollten, doch es wurde deutlich, daß die D'Troit noch immer wütend waren, weil man ihren Sprecher wie ein Arschloch der Güteklasse 1 hingestellt hatte. Trotz beiderseitiger Respektsbeteuerungen und der Bereitschaft, die Differenzen in einer freundschaftlichen und vernünftigen Debatte beizulegen, brachen beide Seiten die Versammlung in einem Schwall wütender Gegenbeschuldigungen ab.

Die D'Troit, und zu einem geringeren Grad auch die C'Natti, waren eindeutig auf Streit aus. Und sie hatten die Muskelkraft mitgebracht, um sicherzugehen, daß sie ihn auch gewannen.

Der letzte größere Konflikt in der Geschichte des Prärievolkes war die Schlacht in den Black Hills gewesen, als die M'Calls und die B'Nardinos aus dem Volk der D'Troit sich in einem pausenlosen Gefecht von Sonnenaufgang bis Sonnenuntergang bis aufs Messer bekämpft hatten.

Thunderbird, Clearwaters Vater, war in der Schlacht gefallen, aus der die M'Calls zwar blutig, aber unbesiegt hervorgegangen waren. Der Sieg hatte ihre Position als obersten She-Kargo-Clan bestätigt.

Doch das war fünfzehn Jahre her. Vorher und nachher hatte es keinerlei Waffengänge dieser Größenordnung gegeben. Und was noch wichtiger war: Man hatte nie *irgendeine* Veranlassung gehabt, daß Clans gleicher oder konkurrierender Völker ihre traditionelle Rivalität unterdrückten, um Seite an Seite gegen einen gemeinsamen Feind zu kämpfen. Bis heute. Und da man weniger als 48 Stunden Zeit gehabt hatte, um eine zeitweilige Allianz zu schmieden und einen gemeinsamen Handlungsplan zustandezubringen, wußte niemand aus der She-Kargo-Gruppe, wie lange sie hielt.

Das Kriegerethos der Mutanten war zwar in mancherlei Hinsicht dem der in Ne-Issan herrschenden militärischen Samurai-Kaste ähnlich, doch gab es einen wichtigen Unterschied: Mutanten waren Einzelkämpfer, keine Schlachtfeldsoldaten. Ihr Geschick im Umgang mit dem Messer war ein Erbe ihrer Ahnen aus der Prä-Holocaust-Ära.

Ihre Vorfahren waren Slumbewohner gewesen, die — zwar fürs Leben gezeichnet, aber lebendig — die atomaren Druckwellen, die Amerikas Großstädte planiert und eingeschmolzen hatten, wie durch ein Wunder überlebten. Verzweifelte, ausgelaugte Individuen, die immer nur versucht hatten, im Großstadtdschungel zu überleben; Unterprivilegierte, deren Gefühl für Recht und Unrecht aufgrund von Entbehrungen und Ungerechtigkeiten durcheinandergeraten und deren Moral von gewissenloser Ausbeutung, Einzelkämpfermentalität und Gleichgültigkeit abgestumpft waren.

Sie hatten damals aufgrund ihrer geistigen Beweglichkeit und der Schnelligkeit ihrer Beine und Fäuste überlebt — einer Mischung aus animalischer Schläue und leicht reizbarer Aggression. Sie waren aufgrund ihrer Verzweiflung stets bereit gewesen, sich zu nehmen, was sie haben wollten. Und genau diese Eigenschaften waren nötig, wollte man in der Zeit nach dem globalen Atomkrieg bestehen.

Abstraktes Philosophieren, die bei den gebildeten Ständen verbreitete Fähigkeit der Diskussion intellektueller Nichtigkeiten, die durch riesigen Landbesitz und Schweizer Bankkonten abgesicherten Privilegien der Superreichen, die wohlmeinenden Advokaten von Nächstenliebe, Mitleid und menschlicher Kameradschaft — all dies war unter schwelender Asche begraben. Die Kunst des Lesens war in Rauch aufgegangen, als die Ungebildeten die noch vorhandenen Bücher verbrannt hatten, um nicht zu frieren.

Nicht die Sanftmütigen hatten die Erde geerbt, sondern die traumatisch verwundeten Überreste der vor den Armenküchen um einen Napf Suppe anstehenden Habenichtse, Straßenräuber, Drogenhändler, Kanalratten und Schläger — und mit ihnen die rambohaften Glücksritter und schießwütigen Waffenfetischisten, die sich im amerikanischen Hinterland auf die Götterdämmerung vorbereitet hatten.

Dieses Treibgut des 20. Jahrhunderts hatte zu Pseudo-Stämmen zusammengefunden. In einer Zeit, in der jeder ein potentieller Räuber war, gab es nur Sicherheit in einer Gruppe, die die gleiche Sprache sprach und von gleicher Herkunft war.

Während der nächsten neun Jahrhunderte und in zahllosen Generationen hatten sie Kräfte gesammelt und sich vermehrt. Und rund um die vielen Lagerfeuer hatte man die Vergangenheit neu erschaffen. Die verblassende Erinnerung an zurückliegende Ereignisse hatten eine neue Mythologie und eine neue Identität geschaffen. Mutierte Gene hatten eine neue, mißgebildete, doch seltsam begabte Menschheit hervorgebracht. Und als die graue Wolkendecke zurückwich, die ihnen die große, eisige Finsternis gebracht hatte, war das erste

Kriegerclanvolk entstanden: die Südmutanten und ihre im Norden lebenden Brüder, die man später die Prärievölker nannte.

Später, nachdem sich die Abgeordneten des mitternächtlichen Kriegsrates auf einen gemeinsamen Plan geeinigt hatten und zu ihren Leuten zurückgekehrt waren, wanderte Mr. Snow durch das M'Call-Lager und gab seinen Leuten Hoffnung und Ermutigung, wie weiland Shakespeares Heinrich V. am Vorabend von Agincourt. Zuletzt suchte er Blue-Thunder, Rolling-Stone und Boston-Bruin auf, die mit den anderen führenden Kriegern der Handelsabordnung an einem der zahlreichen Feuer saßen.

Als Mr. Snow sich hinhockte und seine Hände wärmte, warf Rolling-Stone noch etwas Holz in die rote Glut und blickte niedergeschlagen in die tanzenden Flammen.

»Dann ist morgen also der große Tag ...«

»Ja, wenn die Raddampfer kommen.« Mr. Snows Stimme klang vom stundenlangen Reden und Argumentieren erschöpft und heiser.

Blue-Thunder prüfte die Schneide des Messers, das er gerade schliff. »Das verstehe ich nicht. Die D'Troit müssen doch ahnen, daß *wir* wissen, was sie planen. Worauf warten sie denn noch? Warum greifen sie uns nicht schon heute an?«

»Psychologie.«

Blue-Thunder runzelte die Stirn, denn er kannte das Wort nicht.

»Sie wollen uns nervös machen, indem sie langsam die Spannung steigern. Damit wir nicht zur Ruhe kommen. Da sie in der Übermacht sind, wissen sie, daß *wir* sie nicht angreifen können. Theoretisch können sie angreifen, wann und wo sie wollen. Aber sie werden es morgen früh am Ufer tun. Ich wette darauf.«

»Aber was macht dich so sicher?« beharrte Blue-Thunder.

»Weil es die Totgesichter der Familie Yama-Shita sind, die sich rächen wollen. Die D'Troit, und vielleicht auch die C'Natti, sind nur ihre Handlanger. Sie sollen das Spiel eröffnen, aber wenn es ums Töten geht, sind die Yama-Shits dabei. Ihr habt sie bei der Arbeit beobachtet. Das größte Talent der Eisenmeister besteht offenbar darin, Menschen in Stücke zu hacken. Sie kommen bestimmt nicht nur her, um sich die Sache anzuschauen.«

Doctor-Hook, ein M'Call-Krieger, der oft als Mr. Snows Leibwächter fungierte, trat ans Feuer. »Wir müssen gehen, Meister.«

»Gut.« Mr. Snow stand auf. Die anderen taten es ihm gleich. Nachdem er sich per Handschlag von jedem einzelnen verabschiedet hatte, sagte er: »Wenn noch einer irgendwelche Fragen hat, was er tun soll, wenn es dämmert, ist jetzt Zeit dazu. Vielleicht sehen wir uns nicht wieder.«

Sein Blick schweifte über den Kreis der vom Feuer erhellten deformierten Gesichter. Niemand sagte etwas.

»Gut.« Er wandte sich zum Gehen.

»Moment noch«, sagte Blue-Thunder. »Es geht um die Sache in der Arena. Stimmt es wirklich, daß Cadillac, Clearwater und der Wolkenkrieger Hunderte von Totgesichtern umgebracht haben, wie Prime-Cut es gesagt hat?«

»Es könnte so gewesen sein. Laut Carnegie-Hall hat Cadillac gesagt, sie seien in einen Kampf verwickelt gewesen, bei dem viele umkamen. Wenn es stimmt, sollten wir stolz darauf sein.«

»Ja. Aber haben die Sandgräber ihnen dabei geholfen?«

Mr. Snow zuckte die Achseln. »Wer weiß? Talismans Wege sind unerforschlich.« Mit der Gebärde eines Bühnenkünstlers zog er den dunklen Umhang um seine Schultern. »Ich schlage vor, daß sich jene von euch, die an der Organisation des Strandfestes beteiligt sind, hinlegen und schlafen. Wenn ihr aufwacht, werdet ihr feststellen, daß das Wetter auf unserer Seite ist. Macht das Beste daraus, denn wir werden den Platz nicht allzu lange halten können.« Er trat zurück und hob die Hand zu einem letzten Gruß. »Und verflucht noch mal ... Schaut endlich fröhlicher drein! Wir werden nämlich gewinnen!«

Die M'Call-Ältesten und sonstigen Angehörigen des She-Kargo-Kriegsrats, die die Befürchtungen der Krieger im Verlauf der Nachtstunden teilten, hätten sich gewiß besser gefühlt, wenn sie gewußt hätten, daß auch die Anführer der D'Troit-Gruppe von Zweifeln und Problemen geplagt wurden.

Jeder D'Troit-Clan war aufgrund der beibehaltenen Traditionen seiner Abstammung eine heimtückische Lumpenbande — was zwangsläufig besagt, daß sie verächtlich und argwöhnisch jeden Versuch beäugten, ihr schlechtes Benehmen einzudämmen. Die D'Troit kannten nur eine Disziplin: Gewalttätigkeit. Sie waren Nehmer, keine Macher. Sie zogen Plünderungen der Landwirtschaft vor. Das Jagen war zwar ein netter Zeitvertreib, und warum sollte man Bohnenstengel und Grünzeug anpflanzen, wenn man bei Zusammenkünften wie diesen den schwächeren Clans die Wintervorräte wegnehmen konnte?

In einer gewalttätigen Welt, in der man von jedem Mann und jeder Frau erwartete, spitzes Eisen bei sich zu tragen, waren die D'Troit die größten Räuber. Alle fürchteten, haßten und verachteten sie. In dem kurzen Zeitraum, in der bei Du-aruta Friede herrschen sollte, zeigten sie sich als Hauptursache allen Übels, und es gab eine Menge Ärger, wenn man sie bei dem Versuch erwischte, das eigene Warenangebot dadurch aufzubessern, indem sie die Vorräte anderer Clans plünderten. Die D'Troit kamen stets als Ruhestörer zum Handelsposten, den Rest des Jahres verbrachten sie damit, wie Haie einen roten Grasozean zu durchstreifen.

Angesichts ihres Rufes konnte man sich mit Recht fragen, wieso nicht sie die wichtigste Ursippe waren. Vielleicht kannte nur Talisman die Antwort. Aufgrund irgendeiner Laune des Schicksals waren die D'Troit-Clans jedoch weniger fruchtbar als die She-Kargo. Insgesamt gesehen waren sie ihnen zahlenmäßig noch immer unterlegen. Auch das Verhältnis der talentierten Mutanten zum Rest der Bevölkerung war bei den D'Troit-Clans geringer. Zwar hatten sie einige hervorragende Wortschmiede, aber nur sehr wenige Rufer, und die meisten geboten nur über die beiden ersten Kreise der Macht.

Das Wissen, daß ihre Rivalen in dieser Hinsicht begünstigter waren, war die fortwährende Ursache für Neid und Groll. Talismans offensichtlicher Mangel an Gerechtigkeitssinn hatte die D'Troit zunehmend motiviert, die Erlösergestalt zu verachten. Das Präriegvolk erwartete Talisman nun seit über neunhundert Jahren — wie lange sollten sie denn noch warten? Die D'Troit hielten die endlose Warterei für sinnlos. Es wurde Zeit, daß jene, die sich selbst helfen konnten, sich endlich selbst halfen.

Die schwärenden Mißstände, die angeborene Gewaltbereitschaft und die grundlegende Disziplinlosigkeit, die viele D'Troit dazu gebracht hatte, den Glauben an Talisman aufzugeben, peinigte auch ihre Anführer bei ihrer Planung.

Nachdem Häuptlinge und Älteste die Krieger auf einen gemeinsamen Angriff eingeschworen hatten, war auch unter ihnen beinahe ein Kampf ausgebrochen, da sie einander beschuldigten, in der Kontrolle über die Hitzköpfe aus den eigenen Reihen versagt zu haben. Warum, so fragten sie, konnten die tollwütigen Hunde, die sie angeführt hatten, nicht verstehen, daß man die She-Kargo erst *dann* angreifen sollte, wenn die Eisenmeister zur Stelle waren?

Da alle die gleichen Fragen aufwarfen und — wie zu

erwarten — im gleichen Atemzug bestritten, daß sich ihre Abordnungen dieser Taten schuldig gemacht hatten, wurde die Diskussion allmählich immer hitziger.

Der D'Troit-Kriegsrat, zu dem auch Vertreter der C'Natti und San'Louis gehörten, hatte von Anfang an geplant, die Initiative zu ergreifen und zu behalten, doch Mr. Snows starke Verteidigung in der Arena hatte das Gleichgewicht verlagert. Sein vollmundiger Aufruf an das Prärievolk, sich zu vereinen, und sein Appell an Talisman hatten viele C'Natti schwanken lassen.

Doch trotz der Gerüchte einer Massenlossagung wollten sie die Seite nicht wechseln. Dazu fehlte ihnen das Rückgrat. Es konnte aber sein, daß sie sich zurückhielten, wenn es zum Kampf kam. Na schön. Wenn die D'Troit gewannen und als oberstes Volk das alleinige Handelsrecht mit den Eisenmeistern hatten, würden die C'Natti wie geprügelte Hunde herankriechen und ihnen die Füße lecken.

Doch dann würde man sie, wie alle anderen, zertreten.

6. Kapitel

Mr. Snows Wettervorhersage erwies sich als fröstelnd korrekt. Kurz nach seinem Aufbruch wurde die Luft kalt und klamm. Allmählich bildete sich Nebel. Zuerst lag er nur knöcheltief über dem Boden, doch zwei Stunden später stieg er an und verdeckte den nächtlichen Himmel. Eine Stunde später, als die Clans der D'Troit, C'Natti und San'Louis aufstanden, um die letzten heimlichen Vorbereitungen zu treffen, waren das gewaltige Feldlager, der Handelsposten und ein acht Kilometer breiter Streifen des nahen Seeufers in eine feuchtkalte, blaßgraue Decke gehüllt.

Jedes Jahr bahnten sich die Clan-Abordnungen im Zwielicht vor der Morgendämmerung den Weg ans Ufer, um den Moment abzuwarten, in dem die Silhouetten der Raddampfer vor der glühenden Scheibe der aufgehenden Sonne am Horizont auftauchten. Für den leicht beeindruckbaren und naturwissenschaftlich ungeschulten Geist des Durchschnittsmutanten wirkte dies, als stieße die Sonne höchstpersönlich die Raddampfer aus. Und diesen Eindruck bemühten sich die Eisenmeister nach Kräften zu bestärken. In diesem Jahr jedoch war die normalerweise geordnete Wanderung von den Lagerplätzen zum Handelsposten von Szenen noch nie dagewesener Verwirrung gezeichnet. Der Dunst war so dicht, daß die D'Troit und ihre Verbündeten gezwungen waren, eine auf Armeslänge voneinander entfernt stehende Kriegerreihe einzusetzen, um den Weg zum Handelsposten und dem dahinterliegenden Ufer überhaupt zu finden.

Als man dort ankam, um seine Position einzunehmen, stellte man überrascht fest, daß die She-Kargo, M'Waukee und San'Paul ihre Claims schon am Nordwestenende der Uferlinie abgesteckt hatten und sich über die gesamte Breite der unteren Sandbank vom See bis zur Lagune ausbreiteten. Da die Sichtweite auf drei, vier Meter beschränkt war, konnte man die Anordnung der gesamten She-Kargo-Gruppe nur erahnen. Jede weitere Erkundung wurde von mehreren dichtgepackten Kriegerreihen unmöglich gemacht.

Dieser vorbeugende Schritt von seiten der She-Kargo stürzte die Anführer des D'Troit-C'Natti-San'Louis-Kriegsrates in einige Verwirrung. Indem man ihnen den Zutritt zu jenem Teil der unteren Sandbank verwehrte, den die She-Kargo nun besetzt hielten, hatte ihre Gruppe jedes Flankenmanöver ihrer Gegenspieler sauber blockiert. Jeder Versuch, einen Durchgang zu erzwingen, hätte auf der Stelle zu einer offenen Feldschlacht geführt — in wirbelndem Nebel, der da und dort so dicht war, daß man kaum über den eigenen Messerarm hinaussehen konnte. Die momentan herrschende schlechte Sicht war nicht der einzige begrenzende Faktor: Durch die vorher getroffene Übereinkunft sollte der Angriff auf die She-Kargo erst stattfinden, wenn die Eisenmeister den Ort des Geschehens erreichten. Unter diesen Umständen hatten die D'Troit und ihre Verbündeten keine andere Wahl, als sich am noch freien Uferabschnitt aufzustellen — zwischen ihren Rivalen und dem hohen, mit Zierschnitzereien versehenen Handelsposten. Und abzuwarten.

Der ursprüngliche Plan hatte die She-Kargo-Gruppe zwischen die C'Natti und D'Troit plaziert. Eine aufgrund der zahlenmäßigen Überlegenheit leicht durchsetzbare und gleichzeitig erfolgende Zangenbewegung an der Landseite hätte die She-Kargo und M'Waukee mit dem Rücken zum See umzingelt und ihnen keine Fluchtmöglichkeit gelassen. Zugleich hätten die San'Louis den zweiten Angriff gegen den Lagerplatz der She-Kargo, M'Waukee und San'Paul geführt. Wenn die Mehrheit der Abordnungen sich am Ufer versammelte, um die Ankunft der Eisenmeister abzuwarten, waren die Lagerplätze nur leicht bewacht.

Doch auch dieser Plan erwies sich als Rohrkrepierer. Als der D'Troit-Rat seinen allgemeinen Angriffsplan hastig umwarf, tauchte in ihrem Lager ein keuchender San'Louis-Läufer auf. In dem vom Nebel in ein Leichentuch gehüllten Zwielicht der brennenden She-Kargo-Kochfeuer hatte man schemenhafte Gestalten sitzen und liegen sehen. An der Grenze zwischen den M'Waukee, San'Louis, C'Natti und San'Paul-Camps schien alles völlig normal abzulaufen. Erst als sich auch der letzte Krieger davonschlich, um sich zu seinen Gefährten an die Sandbank zu gesellen, deckte man die List auf.

Die den She-Kargo zugeteilten Lagerplätze waren leer. Die sitzenden Gestalten waren über Holzgerippe gehängte Umhänge mit Kapuzen, und die angeblichen Schläfer zusammengerollte, mit Gras gefüllte Strohmatten. Alles von Wert, sämtliche Handelswaren und beweglichen Besitztümer, die die She-Kargo-, M'Waukee- und San'Paul-Abordnungen mitgebracht hatten, waren in der Nacht still und heimlich fortgetragen worden. Aber sie waren nicht spurlos verschwunden. Man fand Fußabdrücke, die von den Lagerplätzen zum Westufer der Lagune führten.

Obwohl sie zum Untergang verurteilt waren, zeigten sich die Bemühungen der She-Kargo, der Niederlage zu entgehen, als sehr beeindruckend. Prime-Cut entrollte die Landkarte, die er von einem Eisenmeister-Agenten am Mi-shiga-See erhalten hatte, und nach einem mehrminütigen Studium wurden ihm die Absichten des Gegners deutlich. Zwang man die Hauptstreitmacht der She-Kargo, Boden preiszugeben, würde sie sich durch die seichte Fahrrinne auf die obere Sandbank zurückziehen und versuchen, Zuflucht auf dem dahinterliegenden höheren Gelände zu finden. Das Steilufer gab zwar eine gute Verteidigungslinie gegen einen Frontalangriff ab, aber den konnte man auch schnell von Westen her lenken. Prime-Cut erkannte auch die Taktik, die dem mitternächtlichen Rückzug der Gepäckkolonnen zur Westseite der Lagune zugrundelag. Die She-Kargos waren allem Anschein nach nicht bereit, ihre kostbaren Güter aufzugeben, doch noch wichtiger war, daß sie vorhatten, eine beträchtliche Anzahl an Männern über die erste Furt der Flußmündung zu bringen und das Nordufer einzunehmen — um jede sie verfolgende Streitmacht daran zu hindern, sie zu überqueren und den Ausgang von der oberen Sandbank her zu blockieren.

Weiteres Landkartenstudium zeigte eine zweite Furt durch die Flußmündung. Sie lag etwa fünf Kilometer weiter westlich und bildete einen alternativen Weg, falls man ihnen den ersten abschnitt. Zudem gab es noch eine Stelle, an dem man einen Angriff starten konnte: Ein Landvorsprung am Westufer der Lagune reichte vierhundert Schritte an den Kanal heran, der die obere und untere Sandbank trennte. Wenn man Schützen auf die Spitze des Vorsprungs postierte, konnten sie die linke Flanke einer sich zurückziehenden Kolonne unter Beschuß nehmen, während die vorrückenden D'Troit sich von hinten einen Weg bahnten.

Auf Prime-Cuts und Judas-Priests Drängen hin einigte sich der Kriegsrat schnell, die Streitmacht aufzuteilen. Die D'Troit-Abordnungen sollten am Ufer bleiben und sich darauf vorbereiten, die Sandbank zu stürmen, auf der sich die Hauptstreitmacht der She-Kargo- und M'Waukee-Krieger befand. Die C'Natti sollten einen starken Schützentrupp zum Vorsprung entsenden. Der Rest ihrer Krieger sollte der Route folgen, den die fliehende Gepäckkolonne und ihre Begleiter einschlugen — wahrscheinlich die schwächlichen San'Paul, verstärkt durch Elemente der beiden stärkeren Völker. Die C'Natti-Krieger sollten alles vernichten, was sich ihnen in den Weg stellte, die erste Furt besetzen, sich auf die obere

Sandbank stürzen und alles einkesseln, was von den She-Kargo und M'Waukee noch übrig war.

Das Ergebnis: Totale Ausrottung.

Als die Läufer mit den Einsatzbefehlen davonrannten, rieb Prime-Cut sich triumphierend die Hände. Die Befehle waren sofort auszuführen.

Doch leichter gesagt als getan. Wie die She-Kargo-Gruppe inzwischen längst wußte, war die Marschorganisation vieler tausend Kombattanten und ihr Sammeln in zusammenhängender Formation äußerst schwierig, wenn man keine passende Kommandostruktur hatte und man Befehle mündlich weitergeben mußte. Das Problem war noch viel größer für die D'Troit, da sie dreimal so viele Krieger hatten, mit denen es fertigzuwerden galt.

All dies bedeutete, daß der Befehl an die C'Natti, das Ufer zu räumen und sich in den Westen der Lagune zu begeben, eine Weile brauchte, um bei den verschiedenen Abordnungen anzukommen. Der unangenehme Nebel verlangsamte den Prozeß noch mehr, und das geplante Manöver ging beinahe in die Hose, als mehrere Gruppen von Kriegern, die begierig darauf waren, endlich in den Kampf zu ziehen, in die falsche Richtung zogen, ohne abzuwarten, was man genau von ihnen verlangte.

Prime-Cut fluchte. Er ärgerte sich über die Verzögerung und schalt sich insgeheim für die Planung dessen, was sich nun als ernsthafter taktischer Schnitzer erwies. Die Verstärkungen der D'Troit und C'Natti-Abordnungen waren zu früh am Handelsposten aufgetaucht. Statt im Lauf der beiden vergangenen Tage hier zu erscheinen, hätte man die Ankunft der überzähligen Abgeordneten und ›Sklaven‹ aufschieben sollen. Es wäre besser gewesen, sie hätten sich erst in den Stunden vor dem Morgengrauen mit ihren Clans vereinigt.

Hätten sie dies getan, wäre die She-Kargo-Gruppe den D'Troit, wie zuvor, zahlenmäßig überlegen gewesen. Seine sprachliche Attacke auf Mr. Snow hätte dann zwar vielleicht etwas Unruhe erzeugt, aber die She-Kargos hätten sich nicht bedroht gefühlt. Aufgrund ihrer Stärke beruhigt, hätten sie sich schlafen gelegt — um beim Aufwachen festzustellen, daß sie zahlenmäßig weit unterlegen waren und es keine Zeit mehr gab, gemeinsam einen Verteidigungsplan auszuarbeiten.

Doch nun ...

Prime-Cut vertrieb das plötzlich auftauchende Bedauern aus seinem Sinn. Was geschehen war, war geschehen. Nun fiel der Kampf zwar härter aus, aber es machte den Sieg nur noch wertvoller. Falls der Tod überhaupt einen Sinn hatte, dann sah man ihn am besten als ein denkwürdiges Ereigniss.

Als der Morgen dämmerte, veränderte sich schnell die Lage. Die wärmenden Strahlen der aufgehenden Sonne verbrannten die Nebeldecke und enthüllten die Anordnung der opponierenden Kräfte am Ufer. Und als die Sonne über den östlichen Horizont stieg, kamen die Raddampfer der Eisenmeister in Sicht. Doch diesmal bestand die Flottille aus fünf Schiffen statt der üblichen drei.

Mr. Snow und die anderen Wortschmiede, die die She-Kargo-Gruppe anführten, wußten nicht, daß die Familien Ko-Nikka und Se-Iko die beiden überzähligen Raddampfer gemietet hatten. Für sie bedeuteten die sich nähernden Schiffe nur eins: daß die Yama-Shitas wieder bei Kräften waren. Und das war gleichbedeutend mit Ärger.

Sie dampften in V-Formation heran. Die Zwillingsschornsteine spuckten Rauch aus, als die fünf Raddampfer sich dem Handelsposten näherten. Ihre Heckschaufelräder wühlten das sonnenblaue Wasser auf und erzeugten breite, wirbelnde Bänder aus grünem und weißem Schaum. Das unermüdliche *Tschugg-Tschugg-Tschugg* der Motoren, das Wummern der sich drehenden

Blätter, die ins Wasser griffen und es dann laut und tonnenweise in die Tiefe stürzen ließen, vermischte sich zu einem nicht endenden Klangteppich und einem fortwährenden Donnergrollen, das sich über der riesigen Fläche des Sees ausbreitete und alle erschreckte, die am Ufer standen und zuschauten.

Himmels- und Erdendonner waren Geräusche, die in der Seele der Mutanten Urängste auslösten. Als Teil der gemeinsamen Erinnerung ihres Volkes, die man wie ihren manipulierten genetischen Code über Generationen weitergegeben hatte, erinnerte sie der Lärm an das von der unerträglichen Helligkeit im Krieg der Tausend Sonnen hervorgerufene Entsetzen, als das Feuer die Erde zerrissen hatte.

Oshio Shinoda, der Oberkommandierende der von der Familie Yama-Shita in Marsch gesetzten Strafexpedition, stand neben Kapitän Kato Yukinagi auf der Brükke des Flaggschiffes. Die beiden Männer richteten polierte Messingfernrohre auf das näherkommende Ufer.

Hinter ihnen, an der Steuerbordseite, befand sich das von den Ko-Nikkas bemannte Schiff. Der Sei-Iko-Dampfer fuhr backbords. Die beiden wurden von zwei weiteren Yama-Shita-Schiffen flankiert. Auch ihre Kommandeure richteten Fernrohre auf das Gewimmel am Ufer, und vor den Ruderhäusern der Schiffe standen die Flaggenoffiziere und ihre Männer; sie waren bereit, die Botschaften des Expeditionsleiters entgegenzunehmen und zu beantworten.

Beim letzten Besuch am Handelsposten hatte das Schiff Yukinagis, dessen schwarze Aufbauten rotgolden geschmückt waren, den Landesfürsten Hirohito und Clearwater zu einem Geheimtreffen mit Mr. Snow gebracht. Diesmal war die elegant möblierte Einzelkabine des betrauerten Fürsten leer – ein mit Blumen und verschiedenen anderen Opfergaben überladener Schrein zu seinem Gedenken. Die Gaben lagen vor dem Podium, auf dem er bei Audienzen gesessen hatte. Und so würde es auch bleiben, bis man seinen Tod gründlich gerächt hatte.

Mit Hilfe des starken Fernrohrs konnte Samurai-General Shinoda gerade die verschiedenen Stämme identifizieren. Die She-Kargo und M'Waukee befanden sich zusammen auf der rechten Uferseite. Die D'Troit und San'Louis waren in der Mitte und links von ihnen. Normalerweise versammelten sich die Mutanten in einer langen Schlange vor dem Handelsposten, doch nun hatte sich das Zentrum der Schwerkraft deutlich nach rechts verlagert, wo sich die She-Kargo und M'Waukee recht dünn an der unteren Sandbank entlang verteilt hatten.

Damit hatte Shinoda nicht gerechnet. Laut Plan sollten die She-Kargo von den M'Waukee getrennt und zwischen den C'Natti und D'Troit stehen. Aber er sah keine C'Natti, und ebensowenig sah er die San'Paul. Irgend etwas war passiert und hatte den ursprünglichen Plan außer Kraft gesetzt. Etwas Drastisches. Vermutlich hatten die She-Kargo herausbekommen, was sie erwartete. Wenn es so war, konnte man nicht mehr auf das hochwichtige Element der Überraschung bauen.

Samurai-General Shinoda befragte die auf dem Navigatortisch liegende Landkarte und beriet sich mit Kato Yukinago, dem Kapitän des Schiffes. Der die obere und untere Sandbank trennende Kanal war eine seichte Furt. Zwar konnte sie jede Streitmacht verlangsamen, die sich in Richtung Nordufer zurückzog, aber sie würde sie nicht aufhalten. Indem er das starke Fernglas einsetzte, das vor dem Ruderhaus auf einer schimmernden Messingsäule montiert war, suchte er aufmerksam die lange, nach Steuerbord verlaufende obere Sandbank ab. Sie war völlig leer, doch als er sich auf den das Nordufer beherrschenden Steilabbruch konzentrierte, erblickte er auf seiner Spitze sich bewegende Gestalten. Gestalten, die den Eindruck erweckten, als wollten sie nicht gesehen werden.

Nachdem auch Kapitän Yukinagi einen Blick durchs Fernglas geworfen und den Verdacht bestätigt hatte, nahm Shinoda eine sorgfältige Untersuchung des Steilabbruchs vor und entdeckte mehrere Kriegerreihen, die über den Steilhang im Westen der Sandbank Gepäck nach oben schleppten. Ihre Entfernung vom Schiff ließ ihn zwar nicht erkennen, welcher Gruppe sie angehörten, aber sie hatten keinen Grund, sich dort aufzuhalten. Wenn sie zum Handeln gekommen waren, hätten sie ans Ufer kommen müssen. Doch wollten sie sich zu denen gesellen, die bereits dort oben waren und den Rückzug der She-Kargo deckten, bewegten sie sich in die richtige Richtung.

Shinoda konnte über ihre Absichten nur spekulieren. Die fernen Gestalten konnten die verschwundenen C'Natti sein, die unterwegs waren, um den She-Kargo den Weg abzuschneiden. Doch wenn es so war: Warum schleppten sie das ganze Zeug mit sich herum? Er konnte es sich nicht leisten, irgendwelche Risiken einzugehen. Nach der Versenkung des Raddampfers auf dem Mi-shiga-See wußte jedes Expeditionsmitglied, daß man ein nochmaliges Versagen nicht mehr tolerieren würde. Als Vorsichtsmaßnahme nahm er sich vor, einige seiner Männer auf der oberen Sandbank abzusetzen, um den möglichen Fluchtweg zu schließen. Er beriet sich kurz mit Kapitän Yukinagi, dann rief er den Flaggenoffizier und ließ das entsprechende Signal an das Steuerbord-Flankenschiff weitergeben.

Am Ufer sahen Rolling-Stone, Mack-Truck und Blue-Thunder, wie der Raddampfer sich von der Flottille trennte und ihre linke Seite ansteuerte. Man brauchte kein Meistertaktiker zu sein, um den Grund für diesen Schritt zu verstehen. Er war so offensichtlich wie unerwartet.

Der von Mr. Snow und dem Kriegsrat ausgebrütete Plan sah vor, daß die She-Kargo, sobald die D'Troit die momentane Atmosphäre soweit anheizten, daß beide Seiten aufeinanderprallten, sich zurückzögen. Doch obwohl die Fronttruppen der D'Troit die üblichen großkotzigen Sticheleien mit den Kriegern an der rechten Flanke der She-Kargos austauschten, hielten sie die Situation unter dem Siedepunkt. Die She-Kargo *mußten* ihren Rückzug in Angriff nehmen, bevor der Raddampfer in Stellung ging, doch man verweigerte ihnen das Motiv!

Die D'Troit, die in Sachen Eisenmeister-Strategie zu einem ähnlichen Schluß gelangt waren, hatten ihre Krieger schnell angewiesen, ruhig zu bleiben und die She-Kargo zum ersten Schritt zu zwingen.

Die leitenden Abgeordneten der She-Kargo-Gruppe, die das Oberkommando der eilig gebildeten Kommandokette auf der Sandbank darstellten, steckten die Köpfe zusammen.

»Verräterische Kröten!« rief Rolling-Stone. »Gestern wollten sie uns noch für alles verantwortlich machen, und jetzt wollen sie uns in eine Lage manövrieren, in der wir sie angreifen müssen!«

»Wir brauchen doch nicht zu kämpfen«, sagte Wind-Walker, ein M'Waukee-Wortschmied aus dem T'Maso-Clan. »Wir könnten uns doch auch zurückziehen.«

Black-Sabbath, der oberste Krieger eines der größten She-Kargo-Clans, reagierte wütend. »Der K'Rella-Clan hat noch nie vor einem D'Troit-Schakal-Clan den Schwanz eingezogen. Er wird es auch jetzt nicht tun!«

Einige andere Mitglieder des Kriegsrates drückten mit ebensolcher Entschiedenheit den gleichen Standpunkt aus.

»Wir drücken uns doch nicht vor einem Kampf!« rief Wind-Walker aus. »Wir laufen in einen hinein! Glaubt ihr denn, die D'Troit bleiben einfach stehen und schauen zu, wie wir uns verdrücken? Sie werden das Messer zücken und sich sofort an unsere Fersen heften!«

Mack-Truck sagte: »Wenn wir anfangen müssen, dann lieber gleich.« Er deutete auf eine große, umherstreifende Meute von C'Natti-Kriegern, die um die Westseite der Lagune eilte. »Wir müssen das Nordufer erreichen, bevor sie den Fluß durchqueren. Sonst sind wir erledigt.«

»Wir sind auch erledigt, wenn wir nicht über den Kanal zur oberen Sandbank kommen, bevor das Schiff uns erreicht«, grunzte Rolling-Stone.

Alle schauten das Schiff an. Dark-Star, ein M'Waukee-Rufer, dem man die Aufgabe übertragen hatte, den ›strategischen Rückzug‹ zu beraten, stellte die Frage, die jeden im Kopf herumging: »Können wir nicht schneller laufen als das Schiff?«

»Nicht, wenn wir hier herumstehen und uns streiten«, sagte Rolling-Stone. »Ich schlage vor, wir ziehen ab. In Massen. Jetzt. Wer ist dafür?«

Das Ergebnis war elf zu vier.

Rolling-Stone wandte sich an Dark-Star. »Wie viele Rufer haben wir außer dir, die Steine heben können?«

»Ich kenne wenigstens dreißig. Es könnten aber mehr sein.«

»Gut. Nimm dir die neun besten. Verteilt euch so, daß wir die ganze Breite der Sandbank abdecken. Stellt euch zweihundert Schritte hinter der ersten Reihe auf. Das Zeichen zum Rückzug sind drei Stöße aus dem Büffelhorn — es wird zweimal wiederholt. Wenn ihr es hört, zieht sich die erste Reihe in eure Richtung zurück, und wenn sie bei euch ist ...«

»... greifen wir das Ufer an.«

»Mit allem, was ihr habt. Richtet eine Mauer aus Scheiße auf, die sie aufhält, und gebt uns einen Vorsprung.« Rolling-Stone klopfte Dark-Star auf die Schulter. »Nimm eine Gruppe deiner Leute, die dich beschützen soll, und sobald du Bescheid hast, zieht ihr euch zurück. Aber laßt die Magie strömen, solange ihr könnt. Unsere zweite Linie wird euch decken.«

Dark-Star schaute den alten Mutanten skeptisch an. »Womit denn?«

Rolling-Stone schlug ihm kameradschaftlich auf den Rücken. »Hab Vertrauen, Bruder. Talisman kümmert sich schon um die seinen ...«

Yeahhh. Aber wie gern würde ich mal was Neues hören ...

Als Rolling-Stone den Befehl gab, die Büffelhörner erschallen zu lassen, war der umgeleitete Raddampfer etwa sechseinhalb Kilometer von der Kanalmündung zwischen den Sandbänken entfernt.

Das gespenstische Geräusch trieb über den See hinweg und drang an die Ohren von Samurai-Major Akido Mitsunari und Kapitän Umigami. Mitsunari war der Kommandeur der militärischen Streitkräfte, die sich gerade unter ihnen auf dem Zwischendeck versammelten — eine gemischte Truppe aus Reitern und Infanterie, die bereit war, über die Gangways zu sprengen, sobald das Schiff am Ufer anlegte. Umigami war zwar Herr des Schiffes, doch wenn er Truppen transportierte, verpflichtete ihn die Tradition, den Befehlen ihres Kommandeurs zu gehorchen. Wie im alten Japan hatte das Heer über die Marine zu bestimmen. Umigami, ein Offizier der *Handels*marine, stand in der Hackordnung noch viel tiefer.

Mitsunari ließ das starke Fernrohr über die vielen tausend Mutanten schweifen, die sich scheinbar ziellos an der unteren Sandbank hin- und herbewegten. Obwohl seine winzige Truppe ihnen zahlenmäßig weit unterlegen war, würde sie Hackfleisch aus ihnen machen. Keine Disziplin! klagte er innerlich. Keine Organisation!

Als dieses Urteil durch seinen Geist huschte, lösten sich die Reihen der She-Kargo-Krieger, die den D'Troits am nächsten waren, auf. Sie fielen schnell zurück und öffneten eine breite Lücke zwischen den sich gegenüberstehenden Gruppen. Der offene Uferrand brach in explosive Gewalt aus, und kurz darauf vernahm Mitsunari einen hohen, schneidenden Ton.

Durch das Fernrohr sah er, daß sich bewegende Lufttrichter Sand, Steine, Gras und Kies aufsaugten und sich dann mit hoher Geschwindigkeit wie Schlangen auf die ersten Reihen der She-Kargo warfen. Staubteufel! Ein Strom von Miniaturtornados, die wie Sensen durch die vorrückenden Truppen fegten, riß die Männer mit einem bösartigen Stein- und Felshagel von den Beinen und blendete andere augenblicklich mit wirbelnden Sandwolken.

Es war verblüffend. Mitsunari hatte so etwas noch nie gesehen. Und in den zwei oder drei Minuten, die das Sperrfeuer andauerte, machte sich das gesamte She-Kargo-Heer auf und rannte auf den Kanal zu, der die beiden Sandbänke trennte.

Das nächste Geräusch, das Mitsunari hörte, war ein wütendes Brüllen aus siebzigtausend Kehlen, als die sich sammelnden Abordnungen der D'Troit an die Verfolgung machten.

Wie Kommandeur Oshio Shinoda hätte auch Mitsunari liebend gern den Schlachtplan der D'Troit gekannt.

Die in den Außenländern stationierte Agentenkette, die im Dienst der Familie Yama-Shita tätig gewesen war, um die ›Vereinbarung‹ unter Dach und Fach zu bringen, hatten den Versuch gemacht, die D'Troit zu bewegen, die Hilfe einer kleinen Beratergruppe sowie einer Flaggensignaleinheit anzunehmen, um den Kontakt mit der sich nähernden Flottille aufrechtzuerhalten. Doch die schwachsinnigen affengesichtigen D'Troit-Häuptlinge hatten das Angebot verächtlich zurückgewiesen und argumentiert, es sei zu schwierig, Eisenmeister in ihre Reihen einzuschmuggeln. Die Entdeckung solcher Personen durch ihre Rivalen würde ihnen, so hatten sie behauptetet, sofort die Beschuldigung einhandeln, mit dem Feind zusammenzuarbeiten — und diesen Vorwurf gedachten sie gegen die She-Kargo zu erheben.

Nun sah das Ergebnis so aus, daß Oshio Shinoda, die ihm untergebenen Kommandeure und Schiffskapitäne nicht in Erfahrung bringen konnten, wie die Lage an Land über das hinaus, was sie mit Hilfe der Fernrohre sahen, aussah. Und unter dem strengen Kriegsführungsverbot, das ihnen das Toh-Yota-Shogunat aufzwang und an die man sich wegen der unwillkommenen Anwesenheit der von den Ko-Nikkas und Se-Ikos bemannten Schiffe halten mußte, durfte man sich auf keiner gesetzlichen Grundlage einmischen, ehe man angelegt und eine offizielle Bitte um Hilfe entgegengenommen hatte!

Als Mitsunari um mehr Tempo bat, gab der Raddampferkapitän den schwitzenden Heizern im Maschinenraum das traditionelle Zeichen. Als man auf das entsprechende Signal Oshio Shinodas reagierte, quoll dichter Rauch aus den Schornsteinen des Rests der Flottille.

An Land hatten sich die versammelten D'Troit-Clan-Abordnungen inzwischen von ihrer Überraschung erholt und nahmen wie ein heulender Lynchmob die Verfolgung der She-Kargo auf. Unter ihnen befanden sich zwar auch Rufer, aber sie konnten nicht auf angemessene Weise reagieren. Um dies zu tun, hätten sie sich wie ihre Krieger zeigen und wohlgezielten Armbrustbolzen aussetzen müssen. Rufer konnten Kräfte der Erde und des Himmels nur dann heraufbeschwören, wenn sie *stillstanden.* Ihre Tätigkeit nagelte sie an Ort und Stelle fest, bis die Kraft ihren Körper durchfuhr. Dies war der zweite Nachteil, mit dem man als Rufer fertig werden mußte.

Der tödliche, von Dark-Stars Gruppe heraufbeschworene Steinhagel hatte Hunderte von Kriegern gefällt, und die D'Troit wollten nicht noch eine dieser Wolken abwarten, bevor sie sich auf die fliehenden She-Kargo stürzten. Zwar waren manche Uferkiesel größer als Männerfäuste, aber direkte Treffer waren nicht sehr wahrscheinlich. Messer hingegen fanden stets ihr Ziel.

Die She-Kargo-Gruppe war angewiesen, die knapp fünf Kilometer bis zum Kanal im schnellstmöglichen

Tempo zurückzulegen. Wer stolperte und fiel, nachhinkte oder aus anderen Gründen zurückblieb, mußte seinem Schicksal überlassen werden. Man konnte sich entweder bemühen, die anderen einzuholen, oder man mußte die wenigen Sekunden ertragen, die einem noch blieben, bis die rennende und kreischende Meute einen umringte. Doch auch dieser tapferen, furchtlosen Geste gelang es nicht, das Tempo der Verfolger herabzusetzen. Die ersten D'Troit-Reihen liefen einfach an den Gestrauchelten vorbei und überließen es den zehntausend Kriegern in der Mitte und am Ende der Kolonne, sie in Stükke zu reißen.

Die Zeit, die man für die ersten fünf Kilometer brauchte, lag knapp unter achtzehn Minuten — das war auf einer solchen Strecke zwar kaum Weltrekord, doch das Rennen verlief auch nicht über eine Olympia-Aschenbahn, sondern über unebenen Sandboden und groben Uferkies. Dennoch liefen die ersten Krieger mit über 16 km/h pro Stunde, was der Geschwindigkeit von Mitsunaris Raddampfer entsprach.

Zum Glück mußte der Raddampfer noch weiter, deswegen war er auch noch außer Reichweite, als die Kolonnenspitze den dreihundert Meter breiten Kanal erreichte und ihn in einer Gischtwolke durchquerte.

Mitsunari erkannte, daß er keine Chance hatte, sein Schiff in den Kanal zu bugsieren, um den She-Kargos den Rückzug abzuschneiden. Nachdem er Zeuge des gewaltigen Sandsturms gewesen war, der sich gegen die D'Troit erhoben hatte, zögerte er. Er hatte Angst, das Schiff zu verlieren, wenn er zu nahe heranging. Er hatte schon Geschichten über die Mutantenmagie gehört, doch nun sah er den Beweis ihrer Existenz mit eigenen Augen! Ein berühmter Kommandeur war schon mit einem Raddampfer und der ganzen Mannschaft im Mishiga-See gesunken. Er hatte keine Lust, der zweite zu sein.

Zwar fürchtete Mitsunari als Samurai keineswegs

den Tod, aber sein Leben war nun einmal ganz auf das Ende ausgerichtet: Er wollte in der Hitze einer Schlacht für die Sache seines Landesfürsten sterben. Wenn man ertrank — auch im Dienst —, war es eine ziemlich schofle Methode, sich vom Leben zu verabschieden. Er bat Kapitän Umigami, den Kurs des Schiffes um fünfzehn Grad nach Steuerbord zu verändern. Der Raddampferbug zielte nun zwar auf die lange obere Sandbank, doch der Annäherungswinkel war flacher und erlaubte es, die Kanonen auf den Backbordseitengalerien auf die fliehende Kolonne zu richten.

Der M'Call-Älteste Rolling-Stone hatte die Raddampfer-Kanonen zwar schon einmal zeremoniellen Salut schießen, aber noch nie im Zorn feuern sehen. Andere hatten jedoch in den alten Zeiten, vor der Einwilligung der Clans, mit den Eisenmeistern zu handeln, praktische Demonstrationen erlebt. Hielt man sich im Zielgebiet einer Schiffsgeschütz-Breitseite auf, machte man eine unvergeßliche Erfahrung. Natürlich hatte man diese Nachricht weitergegeben.

Doch die Kanonen waren nicht die einzige neue Bedrohung. Für die Letzten der She-Kargo-Truppen war die tödliche Verfolgung nicht erlahmt, und nun, als sich die mittleren und hinteren Sektionen ihrer verstreuten Formation dem Kanal näherten, wurden sie von den ersten D'Troit-Bogenschützen unter Beschuß genommen, die den aus der Lagunenwestseite ragenden Landvorsprung erreicht hatten. Eine Bolzensalve nach der anderen flog über die etwa vierhundert Meter breite Wasserfläche und mähte die Krieger rechts, links und in der Mitte nieder.

Rolling-Stone und Mack-Truck drängten die letzten ihrer Leute in den Kanal, drehten sich um und begrüßten Dark-Star D'Mingo. Seine Begleiter, zwei riesige M'Waukee-Krieger, hoben ihn an den Schultern hoch, so daß seine wirbelnden Füße den Boden kaum noch berührten.

Sie stellten ihn vor Rolling-Stone ab. Dark-Star sank wie ein leerer Sack zusammen und richtete sich wieder auf. »Ich weiß, ich weiß, ich weiß. Sie hätten mich nicht tragen sollen. Aber sei nicht wütend auf sie — es sind meine Söhne.«

Er umarmte die beiden schnell und richtete den Blick zum Himmel. »Gesegnet seist du, gütige Himmelsmutter, daß du mir ihre starken Arme geschickt hast!« Er wandte sich an seine Söhne. »Und jetzt haut ab! Auf euch wartet Arbeit!«

Die beiden jungen Krieger blieben unsicher stehen. Dark-Star schob sie ans Wasser. »Auf geht's! Bewegt euch!«

Seine Söhne hoben zum Abschied die Hände, dann liefen sie los und verloren sich in den von den flüchtenden Krieger erzeugten Gischtwolken.

Als Hunderte von Kriegern an ihnen vorbeifegten, duckte sich Dark-Star zwischen Mack-Truck und Rolling-Stone an den Rand des Gewässers. Die sich hebenden muskulösen Oberschenkel trieben die Beine der Fliehenden an, und als sie auf die andere Seite wechselten, zerstampfen sie das Wasser zu Schaum. Der Schaum war schon mit dem Blut derjenigen befleckt, die die Schützen auf dem nahen Vorsprung getroffen hatten.

»Bist du noch bei Trost?« schrie Rolling-Stone. »Los, hinter ihnen her!«

»Pah! Für heute bin ich genug gelaufen!«

»Ich auch«, sagte Mack-Truck. »Bis zur Spitze des Steilufers schaffe ich es nie.«

Rolling-Stone beäugte die ferne Felsenanhöhe, die auf die zehn Kilometer lange Sandbank hinabschaute. Die Krieger mußten die Bank hinter sich bringen, bevor sie in Sicherheit waren. »Ich auch nicht ...«

»Dann machen wir uns lieber nützlich«, sagte Dark-Star. Er lief auf der krummen Sandbankspitze hin und her und rekrutierte zwei alte Kollegen, die gerade an den Rand des Gewässers wankten. Dann wies er Rolling-Stone und Mack-Truck an, ihre Armbrüste zu spannen und bei den unter dem Beschuß vom nahen Vorsprung gefallenen Kriegern so viele Bolzen wie möglich einzusammeln.

Sie arbeiteten sich auf der Lagunenseite durch das Dünengras der Sandbank und kamen an die Stelle, die der gegenüberlag, an der sich die D'Troit-Schützen aufhielten. Dark-Star schaute seine beiden Kollegen an. »Ich weiß, daß ich viel von euch verlange, aber ich möchte, daß ihr ein paar Wirbel mehr steigen laßt, wenn unsere letzten Männer kommen. Ich werde mich bemühen, den Kröten da drüben ihr Ziel zu verderben.« Er ergriff ihre Hände in der traditionellen Abschiedsgeste. »Gebt alles, was ihr könnt. Weiter kommen wir nicht mehr.«

Die beiden Rufer nahmen ihren bevorstehenden Tod mit der stillen Resignation hin, die zu erringen alle Mutantenkrieger bestrebt waren, dann versteckten sie sich in windgeschützten Vertiefungen zwischen den spitzen Grasbüscheln.

»Und was tun wir?« fragte Mack-Truck.

»Ihr tut alles, um uns zu decken. Je länger wir weitermachen können, desto größer ist die Chance, daß unsere Brüder lebend hier herauskommen.« Dark-Star warf einen Blick über die Schulter auf den Raddampfer. Er kreuzte nun an der Kanalmündung und stand fast mit der Breitseite zu ihnen. »Seht ihr, daß die gelben Wichte uns den Weg abschneiden wollen? Sie arbeiten Hand in Hand mit den D'Troit zusammen!« Er knirschte mit den Zähnen. »O Talisman! Wenn über die Schuldigen geurteilt wird, laß sie mit Blut bezahlen!«

Dark-Star trennte sich von Rolling-Stone und Mack-Truck und watete, ohne auf die heranzischenden Bolzensalven zu achten, ins Wasser. Er konzentrierte sich einen Moment lang, als wolle er innere Kräfte sammeln, dann warf er den Kopf zurück, breitete die Arme nach den Seiten aus und ließ die Handflächen nach unten weisen. Ein schriller, durchdringender Schrei kam über seine Lippen, und im gleichen Augenblick bildeten sich genau vor seinen ausgestreckten Händen zwei kleine Strudel.

Dark-Star bog die Arme und schob die Strudel außer Reichweite; dann, als sie an Höhe gewannen und das Tempo ihrer Rotation erhöhten, riß er die Arme hoch. Die Strudel reagierten auf sein wortloses Kommando, indem sie zu zwei hohen, sich drehenden Wassersäulen wurden und in die Luft stiegen. Sie wurden größer, bis sie über dreißig Meter hoch waren. Ihr Lärm war ohrenbetäubend, wie das Brüllen der Winde, die durch Baumwipfel fegen.

Nun befanden sich Dark-Stars Hände hoch über seinem Kopf. Er riß sie nach vorn, und seine Zeigefinger zielten über die Lagune hinweg auf die Krieger, die sich am anderen Ufer versammelten. Die hohen, schlangenartigen Wassersäulen rasten wie von der Kette gelassene Jagdhunde vorwärts. Hinter ihnen ließ Dark-Star zwei neue entstehen, und dann noch einmal zwei.

Bevor die C'Natti-Armbrustschützen auf dem Vorsprung Zeit hatten, um zu erkennen, was hier geschah, wurde ihnen die Aussicht auf die Sandbank von zwölf riesigen, wogenden Wassersäulen versperrt. Sie halten zwischen sieben und zehn Meter Durchmesser und rasten mit der Geschwindigkeit und Bedrohlichkeit eines herankommenden Schnellzugs auf sie zu.

Als die ersten Wasserhosen das Ufer erreichten und mit Donnergrollen gewaltige Wassermassen über sie auskippten, peitschte der die einzelnen Säulen umwirbelnde Wind ihre Gesichter und zerrte an ihren Kleidern.

Wer direkt unter dem Wasser stand, fiel besinnungslos zu Boden, andere, an der Uferlinie, wurden in die Lagune gerissen. Weitere Wasserhosen folgten den beiden ersten auf dem Fuße und stürzten sich von allen Seiten über den Vorsprung. Viele entsetzte Mutanten glaubten, der Himmel habe sich geöffnet, als reagierten die Himmelsstimmen ihre Wut an den C'Natti ab, weil sie Talismans Willen herausgefordert hatten. Hunderte wandten sich ab und flohen Richtung Inland. Die kühneren Krieger hielten zwar die Stellung, doch die sintflutartig vom Himmel herabstürzenden Massen und das fortwährende Anrücken neu gebildeter Wasserhosen versperrten ihnen die Sicht auf die abrückenden She-Kargo.

Die 45 000 Krieger der She-Kargo-Gruppe — beziehungsweise jene, die noch auf den Beinen waren und rannten — eilten im Verbund weiter, verteilten sich über die ganze Breite der Sandbank und brauchten zehn Minuten, um die Stelle zu erreichen, an der Rolling-Stone, Mack-Truck, Dark-Star und die beiden anderen Rufer ihre letzte Stellung bezogen hatten. Da die D'Troit wild ins Ende der Kolonne schlugen, beschlossen viele am Ende der Kolonne trotz des Rückzugsbefehls stehenzubleiben und zu kämpfen, denn sie wollten sich nicht schändlich von hinten niedermachen lassen.

Als Folge dieser verzweifelten Kämpfe hatten sich zwischen den She-Kargo und ihren Verfolgern kleine Lücken aufgetan, die jedoch nirgendwo mehr als dreißig Meter maßen. Diese näherkommende Lücke wollten sich Dark-Stars Kollegen Silent-Running und Condition-Red zunutze machen, indem sie zwei Kraftwirbel erzeugten, die Gestein und Sand in die Luft saugten, um sie dann mit mörderischer Geschwindigkeit auf die anrückenden D'Troit zu schleudern.

Erneut lösten sich die ersten Reihen auf und fielen unter der Attacke zurück, doch wie zuvor erbrachte auch sie eine nur zeitweilige Verzögerung. Die von hinten kommenden Angreifer sprangen fortwährend, selbst wenn sie dabei stürzten, über die hingestreckten Körper ihrer Kameraden hinweg, andere umrundeten in der Deckung des Mittelkamms die Seeseite der Sandbank.

Die den Rufern verliehene Macht floß jedoch nicht endlos, wie Wasser aus einer Quelle. Sie kam in bestimmten Schüben, und wie eine Batterie, die man nach einer Benutzung wieder aufladen muß, nahm sie schnell ab, wenn man sie ständig einsetzte. Das war das dritte Minus eines Rufers.

Die heulenden Sandstürme stockten und erstarben. Sand und Steine regneten senkrecht vom Himmel, und Sekunden später wurde das Wasser rings um Dark-Star unheimlich still. Völlig erschöpft wankte er im hüfttiefen Naß, dann fiel er um, mit dem Gesicht nach vorn. Als er im Wasser versank, ragten zwei Armbrustbolzen aus seinem Rücken. Silent-Running und Condition-Red gingen unter einem Ansturm von Messern widerstandslos zu Boden. Rolling-Stone und Mack-Truck warfen die nun nutzlosen Armbrüste weg und traten dem Tod mit dem Messer in der Hand und einem Schrei auf den Lippen entgegen.

»Trink, gütige Mutter!«

Sie waren zwar von Anfang an zum Untergang verurteilt gewesen, doch ihr trotziger Widerstand hatte einige lebenswichtige Minuten Aufschub erzielt, was es den Letzten in der sich zurückziehenden Kolonne erlaubte, ohne weitere Verluste durch den Kanal auf die obere Sandbank zu gelangen.

Doch damit war die Jagd noch längst nicht zu Ende. Die She-Kargo und ihre Verbündeten mußten noch zehn Kilometer zurücklegen, bis sie die Sicherheit des Nordufers erreichten; dann kam der steile, zweihundert Meter lange Aufstieg über das Steilufer, auf dem Mr. Snow stand — bewacht von einer Phalanx aus M'Call-Bären und zehn der stärksten She-Kargo-Rufer.

Er fürchtete nicht um sein Leben. Mr. Snow wußte, daß er die Schlacht möglicherweise nicht überleben würde. Die Krieger und Rufer waren bei ihm, um seine *Magie* zu beschützen.

Nur *er* war stark genug, das Gleichgewicht herzustellen und sich der vereinten Stärke der Mutanten und Eisenmeister, die gegen sie ins Feld geschickt wurde, entgegenzustellen. Er hatte zwar einen sensationellen Angriff gegen die *Louisiana Lady* geführt, doch seine damaligen ungeheuren Anstrengungen waren nichts gegen die Größe der Aufgabe, die ihm nun bevorstand. Mr. Snow wußte nicht einmal genau, ob er leisten konnte, was er den Teilnehmern des mitternächtlichen Kriegsrates versprochen hatte.

Zwar bargen Erde und Himmel riesige Kräfte, doch die Gabe, die ihn befähigte, sie zu rufen, hatte Talisman ihm verliehen. Er übte sie mit *seinem* Segen aus, *um seinem Willen Genüge zu tun.* Ob Talisman zuließ, daß man die Kraft dazu verwendete, das Prärievolk auseinanderzureißen? Mr. Snow, der seit seiner Ankunft an diesem Ort praktisch jeden Augenblick damit verbracht hatte, einen Plan für alle Gelegenheiten auszuarbeiten, gab es schließlich auf, sich Gedanken zu machen und richtete seine rot umrandeten Augen zum Himmel.

Wir bieten unseren Geist deiner Obhut an, gütige Mutter. Dein Wille soll geschehen …

An seinem momentanen Aussichtspunkt überblickte Mr. Snow den sich entwickelnden Kampf zwar aus der Vogelperspektive, doch konnte er sich mittels des gedrungenen, starken Sehgeräts, das er nach Brickmans Abschuß bei der Schlacht am Dann-und-Wann-Fluß gefunden hatte, auf bestimmte Handlungszonen konzentrieren.

Links von sich sah er die lange Sandbank mit der Masse der She-Kargo und M'Waukee-Mutanten, die sich von der anderen Seite her heranschob. Ebenso sah er, daß sich an ihrer rechten Flanke der Raddampfer näherte. Hinter dem Kanal erreichten die ersten D'Troit-Wellen das Gewässer.

Direkt unter ihm, wo das Nordende der Sandbank und der steile Hang verteidigt wurde, mußten die letzten Gepäckträger und erschöpften Läufer noch dorthin klettern, wo einige tausend herbeigerufene Entsatztruppen aus nahen She-Kargo und M'Waukee-Clan-Siedlungen auf sie warteten. Sie waren während der ganzen Nacht in Trupps angekommen, und manche waren auf Mutantenart zwölf Stunden ohne Pause gelaufen. Die atemlosen Neuankömmlinge hatten nicht um eine Pause gebeten. Sie hatten die lauten Grüße und Richtungsangaben der Unterführer winkend bestätigt und waren sofort in die ihnen zugewiesenen Stellungen geeilt.

Als Mr. Snow das Fernglas nach rechts und auf die Westseite der Lagune schwenkte, sah er das C'Natti-Heer über die Route herankommen, die auch die weltlichen Güter der She-Kargo genommen hatten. Die Gepäckträger hatten sich zwei Stunden nach Mitternacht davongestohlen und waren inzwischen mit ihrer San'Paul-Krieger-Eskorte sicher über die schmale Stelle der Flußmündung hinweg. Die Hälfte der Träger hatten den Gipfel des Steilufers erreicht, doch eine lange, drängelnde Reihe reichte noch über den Pfad bis an das darunter befindliche Ufer.

Macht! Macht! Macht! Bewegt euch! Bewegt euch! Bewegt euch!

Es war ein Augenblick höchster Erregung. Die C'Natti schlossen mit alarmierender Geschwindigkeit die Lücke, doch aufgrund der anfänglichen Verwirrung, der ihren Abzug umgeben hatte und des Umwegs, dem sie folgen mußten, befanden sich die führenden Gruppen noch immer ein Stück hinter der She-Kargo-Kolonne auf der oberen Sandbank. Mr. Snow betete darum, daß sie sie nicht einholten. Wenn sein Plan Erfolg haben sollte, mußte die She-Kargo-Gruppe das Ufer erreichen und das Steilufer erklettern, *bevor* die C'Natti die Flußmündung überquerten und anfingen, den She-Kargo den Rückzug abzuschneiden. Diese Gefahr hatte auch Mack-Truck vorhergesehen.

O Talisman, unser Erlöser im Himmel, verleih den Füßen

unserer Krieger Schwingen und gib uns die Kraft, unsere Feinde zu schlagen!

Inzwischen hatten die vier restlichen Schiffe der Flottille den Bug auf den leicht abfallenden Strand des Handelspostens gefahren. Der gemeinsame Kriegsrat der D'Troit und C'Natti — angeführt von Prime-Cut, Judas-Priest, Screaming-Tree, Flesh-Eater, Corpse-Grinder und War-Machine — hatte etwa zehntausend Mann zurückbehalten, um für ein beeindruckendes Empfangskomitee zu sorgen. Auf den Wink Prime-Cuts hin schrien alle jubelnd auf, als die schick gekleideten maskierten Samurai, kaum daß die Gangways unten waren, eilig auf ihre merkwürdig krummbeinige Art an Land kamen.

Samurai-General Shinoda kürzte die üblichen Formalitäten ab. Er verzichtete auf den Dienst eines Dolmetschers und verlangte eine sofortige Erklärung dessen, was hier vor sich ging.

Kato Yukinagi, der Schiffskapitän, stand, von den besorgten Kommandanten der Ko-Nikka- und Se-Iko-Schiffe umgeben, in seiner Nähe. Keiner hatte damit gerechnet, sich mitten in einem Kriegsgebiet wiederzufinden.

Prime-Cut hatte die entscheidenden Einzelheiten seiner Antwort schon mit einem Vorausagenten der Yama-Shitas festgelegt. Nachdem er einen kurzen, äußerst bunten und völlig einseitigen Bericht über das Vortagsgeschehen abgegeben hatte, erbat er offiziell die Hilfe der Eisenmeister, um die verräterischen She-Kargo zu bestrafen. Wären die D'Troit nicht so wachsam gewesen, ließ er verlauten, hätten die Sandgräber-Lakaien einen Versuch gemacht, sich der Raddampfer zu bemächtigen und ihre Besatzung zu töten!

Booaahhh! Die Samurai-Führer der Familie Yama-Shita versammelten sich hinter Shinoda. Die Dampferkapitäne zeigten ein überzeugendes Maß an Entsetzen und

Grauen. Sie gingen auf und ab und posierten auf kriegerische Weise, um dadurch ihren Zorn zu verdeutlichen.

Falls die edlen Eisenmeister bereit seien, ihren treuen Freunden zu Hilfe zu kommen, rief Judas-Priest aus, dann sollten sie es schnell tun!

Oshio Shinoda nahm sich zwar die Zeit, die Kapitäne der Familien Se-Iko und Ko-Nikka zu konsultieren, aber während diese eine Antwort formulierten, kamen die ersten Yama-Shita-Samurai klappernd über die Gangways der beiden angelandeten Schiffe.

Als Fremde in einem fremden Land konnten die Se-Ikos und Ko-Nikkas kaum etwas anderes tun, als zuzustimmen. Zwar waren sie nicht auf Scherereien aus, aber da sie nun schon mal unter hohen Kosten angereist waren, wollten sie auch nicht mit leeren Händen zurückkehren.

Als sie ihr Gespräch beendeten und der vorgeschlagenen militärischen Aktion zögernd zustimmten, waren die beiden ersten Samurai-Kavallerieschwadronen schon im Galopp abgezogen. Die erste fegte an der Sandbank entlang, die zweite jagte rund um die Westseite der Lagune. Sekunden später, als die Se-Ikos und Ko-Nikkas ihre Zustimmung ans untere Ende eines von Shinoda für Notfälle vorbereiteten Dokuments gesetzt hatten, rauschte eine Salve grüner Raketen vom Dach des Flaggschiffes himmelwärts.

Es war das Zeichen, auf das Samurai-Major Mitsunari und Kapitän Umigami auf der Brücke des Flankenschiffes gewartet hatten.

KRA-KA-KA-KA-KA-KA-WUUUMMMM!! Die Backbordseite von Mitsunaris Schiff brüllte in Rauch und Flammen auf. Dreißig Kanonen wurden gleichzeitig abgefeuert und schleuderten den sich zurückziehenden Mutanten eine Salve aus Zwanzigpfündern hinterher. Samurai-Major Mitsunari und Kapitän Umigami kicherten fröhlich, als sie mit ihren Fernrohren sahen, daß das Bombardement blutige Lücken in die Kolonne riß und Leichen sowie gewaltige Sand- und Rauchschwaden in die Luft warf.

KRA-KA-KA-KA-KA-WUUUMMMM!! Nun waren die Kanonen auf der ersten oberen Empore an der Reihe. Noch mehr Treffer. Umigami befahl dem Steuermann, das Schiff näher ans Ufer zu bringen, damit die Kanoniere Hagelgeschosse laden und noch mehr Schaden anrichten konnten. Verwundete Soldaten liefen langsamer und waren leichter umzubringen.

Der Lärm der ersten beiden Salven prallte von dem felsigen Wall ab und hallte über den See zum Handelsposten hinüber. Als Shinoda die zunehmende Verwirrung der Se-Ikos und Ko-Nikkas gewahrte, erklärte er mit einstudierter Liebenswürdigkeit, die Eröffnungsschüsse seien das Signal für die Kavallerie gewesen, den Säbel zu zücken, um die freundlich gesinnten Grasaffenstämme zu unterstützen. Ein Signal, das man natürlich ohne ihre Zustimmung gar nicht hätte geben dürfen.

Shinoda lud die beiden Kapitäne und ihre Offiziere ein, ihn zu begleiten, dann stieg er in das rotgoldene Schiff, das einst seinen Landesfürsten transportiert hatte, und wies den Kapitän an, vor der Sandbank zu kreuzen, damit er und seine Gäste sich das Gemetzel ansehen konnten. Der den Eisenmeistern angeborene Anflug von Grausamkeit machte es ihnen unmöglich, die Einladung abzulehnen.

Der dritte Yama-Shita-Raddampfer folgte ihnen. Nur die Schiffe der Se-Ikos und Ko-Nikkas lagen unter dem Kommando niedriger Offiziere am Handelsposten vor Anker.

Auf dem Gipfel des Steilufers beobachtete Mr. Snow hilflos, wie die wiederholten Ober- und Unterdeck-Breitseiten riesige Lücken in die Kolonne seiner laufenden Krieger rissen. Auf dem Flankenschiff schütteten schwitzende, rauchgeschwärzte Kanoniere eimerweise Wasser über die Vorderlader-Kanonen, damit die erhitzten Rohre abkühlten.

Um die zurückweichenden She-Kargo- und M'Waukee-Linien zu unterstützen, gingen auf der Sandbank vier Reihen von Armbrustschützen in unregelmäßigen Abständen in Stellung. Als der letzte Mann die erste Reihe passiert hatte, feuerten die Schützen auf die anrückenden D'Troit und zogen sich zurück. Als sie und die sich zurückziehenden Truppen die zweite Reihe passiert hatten, wurde das Unternehmen wiederholt.

Als die vierte Reihe eine tödliche Salve abgefeuert hatte, war die erste schon wieder als fünfte in Stellung gegangen, und so ging es weiter, Kilometer für Kilometer, über die ganze Sandbank hinweg. Doch der Plan hatte die fortwährenden Kanonensalven des Raddampfers nicht berücksichtigt, und nun sah Mr. Snow, daß zusätzlich zwei weitere Schiffe in ihre Richtung dampften!

Zum Glück hatte der Beschuß von der Westseite der Lagune aufgehört. Durch das Fernglas sah er, daß der Plan der C'Natti-Jägermeuten, die She-Kargo einzuholen, scheiterte.

Doch hinter ihnen, schnell aufholend, kamen die ersten Pferde der zweiten Samurai-Schwadron. Die Reiter trugen große, silberschwarze Banner des Hauses Yama-Shita, die auf dünnen Stangen an der Rückseite ihrer gepanzerten Uniformen befestigt waren. Mit den gehörnten, breitkrempigen Helmen, den zähnefletschenden Eisenkampfmasken und ihrer restlichen Kriegsausrüstung boten sie einen fürchterlichen Anblick.

KRA-KA-KA-KA-KA-KA-WUUUMMMM! Der Lärm einer weiteren Breitseite donnerte über den See, als dreißig mit Hagelgeschossen gefüllte Kanonen mehrere Reihen laufender Mutanten niedermähten. Zwei She-Kargo-Rufer, die über den dritten Kreis der Macht geboten, konnten den Anblick nicht mehr ertragen; sie eilten in das seichte Wasser und beschworen hohe Wasserhosen, wie zuvor Dark-Star.

Es war zuvor nicht praktisch gewesen, dies zu tun. Die Kraft, die den dritten Kreis durchströmte, war begrenzt. Die hohen Wassersäulen, die ein Rufer beschwören und in eine bestimmte Richtung schicken konnte, ließen sich nicht weit bewegen. Sie legten höchstens achthundert Meter zurück — und noch weniger, wenn der Rufer gleich mehrere erzeugte. An einer bestimmten Stelle ließ der starke Schub, der die sich drehende Säule in der Luft hielt und voranbewegte, einfach nach, und das ganze Ding brach in einer Gischtwolke unter dem eigenen Gewicht zusammen.

Doch nun dampfte das Schiff näher ans Ufer heran, und Sekunden nach ihrem Entstehen schlängelten sich vier Wasserhosen über den See hinweg auf Kapitän Umigamis Schiff zu. Hinter ihnen bildeten sich schon die nächsten.

Als die Krieger sahen, was passierte, löste sich eine große Anzahl von ihnen aus der rennenden Kolonne und bildete augenblicklich einen menschlichen Wall, um die Rufer so lange wie möglich zu schützen.

Samurai-Major Mitsunari und Kapitän Umigami sahen von Grauen geschüttelt, wie sich die Wasserhosen über den See auf ihr Schiff zubewegten. Das auf der Empore im dritten Stock befindliche Ruderhaus lag etwa siebzehn Meter über dem Wasserspiegel — und doch wurde es von den brüllenden weißen Schlangen fast um die Hälfte, wenn nicht gar um mehr, überragt!

Ein rasender Wind fegte durch die Backbordemporen und schlug gegen das Ruderhaus. Als die ersten vier Wassersäulen gegen das Ruderhaus krachten, erbebte das Schiff. Wasser stürzte vom Himmel herab, brach in die Seitenkabinen ein, flutete durch die Quergänge und entleerte sich an der Steuerbordseite. Wieder und wieder wurde das Schiff getroffen. Innere Scheidewände wurden fortgespült, als sich Wassersturzbäche durch die Treppenlabyrinthe ergossen, über das Zwischendeck und von dort aus in die darunter befindlichen Laderäume strömten.

Zwar war das Schiff so konstruiert, daß es den schlimmsten Stürmen widerstand, aber niemand hatte sich jemals bewegliche Wasserwände dieser Größenordnung vorgestellt! Zwei weitere kopflastige Wasserhosen trafen ein Stück vor mittschiffs die Backbordseite des Raddampfers, rissen die Schornsteine ab und warfen sie in die See. Die nächsten schienen direkt auf das Ruderhaus zuzueilen.

Bevor im Schiffsinneren jemand reagieren konnte, krachte die dreißig Meter hohe Wassersäule gegen die Ecke der vorderen Empore. Mehrere Tonnen Wasser fielen vom Himmel herab und spülten das Ruderhaus samt seiner Besatzung hinweg.

Samurai-General Shinoda schaute auf der Brücke des folgenden Schiffes sprachlos zu, als die herabstürzenden Wassermassen das Dach von Mitsunaris Schiff trafen. Sie ließen die zersplitterten Trümmer des Ruderhauses explodieren und spülten die zerfetzten Leiber seiner Kameraden in den See. Als er endlich die Sprache wiederfand, erflehte er die Gunst der obersten Gottheit Omikami-Amaterasu. Wie all seine Landsleute hatte er die durch nichts bewiesenen Geschichten über Mutantenmagie mit Vorsicht genossen — doch sie stimmten! Er hatte es jetzt mit eigenen Augen gesehen. Diese Grasaffen hatten eine Horde bösartiger *Kami* zu Hilfe gerufen!

Als wollten sie die schreckliche Wahrheit seiner Erkenntnis noch unterstreichen, explodierte mit einem gedämpften Brüllen der große Kessel des heimgesuchten Schiffes. Eine kurze Zeitlang hielt sich der Schaden in Grenzen, doch dann brachen mit einem donnernden Krachen wogende Rauch- und Dampfwolken durch die Decks, und die seitlichen Emporen barsten.

Die Kanonen verstummten. Die letzten Wasserhosen

wankten und erstarben, bevor sie das Schiff erreichten, denn die beiden Rufer brachen unter Dutzenden von blitzenden Messern zusammen. Die Leichen ihrer Verteidiger schwammen am Uferrand und färbten das Wasser mit ihrem Blut.

Die Flucht nahm ihren Verlauf, die Verluste stiegen. Doch nun, da nur noch fünf lungenzerreißende Kilometer zwischen der sich zurückziehenden Kolonne und der Steiluferwand lagen, kamen die Krieger in die letzte Verteidigungszone, wo man zwischen Mitternacht und Morgengrauen fieberhaft Vorbereitungen getroffen hatte, um die Verfolger aufzuhalten.

Man hatte auf der Sandbank zahlreiche etwa zwei Meter hohe, zusammengebundene viereckige Pfostengitter mit nach vorn ragenden angespitzten Pflöcken verteilt. Als die Kolonne daran vorbeieilte, zogen die letzten Läufer diese Gestelle hoch, so daß sie ihre tödlichen Spitzen enthüllten, und warfen sie in den Weg der sich nähernden D'Troit.

Die Höhe der Gitter machte ein Überspringen zu riskant. Die schnellsten Verfolger wichen ihnen aus, während andere, weniger helle Geister, den Versuch machten, das Risiko zu veringern, indem sie sie wieder umwarfen. Doch der immense Druck, den die mittleren und hinteren Verfolgerreihen auf sie ausübten, führte dazu, daß die Kolonne jeden plattwalzte, der an der Front stehenblieb.

Wer strauchelte und stürzte, riß in der Regel eine Anzahl auf ihn fallender weiterer Krieger mit sich. Wer hinter ihnen war und Glück hatte, lief an den Gefallenen vorbei oder sprang über sie hinweg, aber es gab zu viele Engpässe, und so wurden viele einfach zu Boden getrampelt.

Ein Stück hinter den angespitzten Gittern befand sich eine Reihe sieben Meter langer Barrieren aus einfachen Pfahlrahmen, an denen man ebenfalls schräg zugespitzte Pfähle befestigt hatte. Sie wirkten auf den Feind wie die stählernen Tragbalken früherer Panzersperren. Auch diese wurden von den letzten Männern, die an ihnen vorbeikamen, quer über die Sandbank gerissen.

Verglichen mit der Zahl der von den Raddampferkanonen Getöteten und Verwundeten, blieben die Verluste, die die D'Troit durch die in aller Eile vorbereiteten Barrieren erlitten, jedoch jämmerlich gering. Man hatte einfach nicht die Zeit gehabt, genug von ihnen zu bauen und aufzustellen, doch die Reihen der Armbrustschützen, die noch feuerten und erst später zurückwichen, reichte aus, um die Triebkraft zu brechen.

Die Sandbank war etwa fünfhundert Meter breit. Sie war zwar riesig, wenn man sie verteidigen mußte, doch außerordentlich schmal, wenn 60 000 brüllende Krieger aus Gruppen, die einander nicht besonders grün waren, alle hinter der gleichen Beute herjagten und jeder unbedingt in die erste Reihe gelangen wollte. Dazu kamen noch Dutzende von Totgesichtern, die auf seltsamen vierbeinigen Bestien ritten und verlangten, an die Front durchgelassen zu werden!

Als Aishi Sakimoto, der amtierende Regent der Yama-Shitas, den Plan des verstorbenen Landesfürsten mit neuem Leben erfüllt hatte, hatte er die Möglichkeit nie in Betracht gezogen, die D'Troit könnten die Unterstützung durch seine Truppen für eine Behinderung halten. Doch die wütenden Reaktionen der sie umgebenden Grasaffen machten dem diensthabenden Offizier der ersten Kavallerie-Schwadron klar, daß sie stinkwütend darüber waren, daß man sie auf die Seite drängte. Schließlich waren ihre Brüder gefallen! Welches Recht hatten die Totgesichter, sich an die Front zu drängen und den ganzen Ruhm allein einzustecken?

Das daraus resultierende Chaos, das damit endete, daß Mutanten und Eisenmeister die Waffen schließlich gegeneinander erhoben, brachte das hintere Drittel der Kolonne zum Stillstand. Was als spontane Reaktion begonnen hatte, wurde zu dem willentlichen Plan, die Eisenmeister daran zu hindern, die Arbeit zu beenden, die die Angehörigen ihres eigenen Clans angefangen hatten. Dies verlieh den She-Kargo und ihren Verbündeten eine unerwartete Atempause.

Carnegie-Hall hatte die Möglichkeit vorausgesehen, daß sie von berittenen Eisenmeistern verfolgt wurden. Die letzte Verteidigungslinie bestand aus fünf gestaffelten Reihen nach vorn weisender Pfähle, die vom See über die Sandbank zur Lagune verliefen. Sie standen weit genug auseinander, damit die Krieger hindurchschlüpfen konnten, doch Reiter, die sie zu Pferd passieren wollten, mußten auf der Stelle in Schwierigkeiten geraten. Die angespitzten Pfähle standen zu dicht zusammen und waren zu hoch, um übersprungen zu werden.

Schon bei Einbruch der Nacht hatte man angefangen, Pfähle zu sammeln und angespitzt in den Boden zu rammen. Nach Sonnenaufgang hatte man weitergemacht — bis jetzt, als sich die ersten She-Kargos zwischen ihnen hindurchquetschten.

Die Reihen der Armbrustschützen — eine an jedem Ufer, um den Rücken der Kolonne zu schützen — bildeten nun zwei Gruppen, doch ihr Vorrat an den kostbaren Bolzen hatte gefährlich abgenommen. Sobald ein Schütze seinen Köcher geleert hatte, schloß er sich den Zurückziehenden an.

Die sie verfolgenden D'Troit hielten es irrtümlich für einen Marschbefehl, doch es war ein strategischer Rückzug, kein Spiel mit Worten, um eine bittere Wahrheit zu verschleiern. Alle Männer und Frauen der She-Kargo-Gruppe wären am liebsten stehengeblieben, um weiterzukämpfen, auch wenn man ihnen überlegen war. Wenn man sich einem Gegner in dem Wissen stellte, daß man sterben würde, da er einem dreifach überlegen war, verlangte es die besondere Art von Tapferkeit, für die man die She-Kargo rühmte. Doch man hatte Mr. Snows ernste Botschaft an alle Führer der bedrohten Abordnungen weitergegeben. Talisman hatte durch ihn gesprochen. Die D'Troit, C'Natti und San'Louis mußten für die Ablehnung des Dreifachbegabten und den Verrat am Prärievolk bestraft werden. Und die Totgesichter, die für ihren Verrat verantwortlich waren, mußten eine Lektion erhalten, die sie nie vergaßen.

Deswegen mußte die She-Kargo-Gruppe den verlustreichen und schändlichen Rückzug erdulden — *um den Feind ins Grab zu locken.*

Und die Zeit dazu war nahe ...

Mr. Snow beobachtete erneut die Szenerie unter sich. Die ersten Reihen der sich zurückziehenden Kolonne platschte durch das verschlammte Bett eines nahen Prils, der die Sandbank am Nordufer teilte. Bald mußten sie am unteren Ende des Steilufers die Reihen der Verteidiger passieren.

Rechts von ihm keuchten die letzten Gepäckträger unter dem Gewicht ihrer Last den Abhang herauf. Ihre Verfolger — Zehntausende von C'Natti — befanden sich auf der anderen Seite der Flußmündung und waren im Begriff, die Meerenge zu durchqueren. Noch weiter zurück holten berittene Samurai, die sich zwischen den Linien der Mutanten bewegten, die ersten Krieger ein.

Mr. Snow richtete das Fernglas wieder auf den See.

Das Flaggschiff der Eisenmeister-Flottille stand nun neben dem kaputten Flankenschiff. Das dritte Schiff lag reglos ein Stück hinter ihnen im Wasser. Dünne Rauchfahnen stiegen träge aus den Schornsteinen in die Höhe. In der Ferne lagen die beiden restlichen Schiffe am Handelsposten fest.

Mr. Snow gab seinem alten Freund, dem Clan-Ältesten Awesome-Wells, das Fernglas. Dann schloß er die Augen, holte tief Luft und sammelte Kraft für das Kommende. Über eine Stunde hatte er zugesehen, wie die Helden der She-Kargo und M'Waukee unter den Messern der D'Troit gefallen waren, und er war Zeuge des Todesmutes von Dark-Star und anderen Rufern geworden. Jetzt war es an der Zeit, daß er das eigene Leben riskierte — und es möglicherweise bei dem Versuch verlor, das Prärievolk zu retten.

Ihm fiel kein besserer Grund ein, bis zu diesem Augenblick gelebt zu haben.

Er empfahl seinen Geist Mo-Town an, hob die Arme und betete stumm zu Talisman, daß er ihm Macht über Himmel und Erde verlieh.

Laß mich dein finsterer Racheengel sein!

Unter seinen Füßen bebte die Erde. Hoch über seinem Kopf bildete sich am klaren Himmel eine dunkle Wolke und breitete sich in alle Richtungen aus. Ein Schrei kam aus seiner Kehle, ein Schrei, so schrecklich, daß jene, die ihn umgaben, zu Boden fielen und den sinnlosen Versuch machten, sich die Ohren zuzuhalten. Einige, die es wagten, in sein Gesicht zu sehen, sagten hinterher aus, seine Augen wären zu zwei Punkten aus weißglühendem Licht geworden.

Mr. Snow zog die unsichtbare Kraft mit kreisenden Handbewegungen vom Himmel herab und aus der Erde nach oben, dann schleuderte sie auf den See, und seine Finger zielten auf eine Stelle, die etwa fünf Kilometer hinter der Sandbank zwischen dem Nord- und Südufer lag.

Samurai-General Oshio Shinoda sah auf der Brücke des Flaggschiffes ungläubig, wie sich aus dem Nichts eine dunkle Wolke bildete. Ein fernes Donnergrollen schien aus den Eingeweiden der Erde zu kommen, dann antwortete ihm ein Dröhnen aus dem immer finster werdenden Himmel.

Der See wurde unheimlich still; nicht das kleinste Kräuseln bewegte seine Oberfläche. Die Luft bewegte sich nicht mehr. Es war, als hielte die Welt den Atem an.

Als Soldat kannte Shinoda zwar keine Angst, aber die unerklärlichen Launen jener *Kami,* die die natürliche Welt bewohnten, erfüllten ihn mit einem blindem Entsetzen, das er als Oberkommandierender der Expedition nur mühsam verbergen konnte.

Die größer werdende Wolke verdeckte nun die Sonne und warf einen Schatten über das Wasser. Der Boden zitterte und rief plötzliche Stille hervor. Die kämpfenden Mutanten hielten unsicher inne, und Verfolger und Verfolgte waren sich in ihrer Angst vor dem Erdendonner einig.

Die Mutanten an der Front vor dem Steilufer waren zwar ebenso beunruhigt, aber zumindest hatte man sie über das nun Kommende informiert. Sie eilten an die Hänge zurück und forderten die panischen She-Kargo-Krieger auf, ihnen so schnell wie möglich zu folgen. Jene, die auf dem Gipfel standen, riefen den Gefährten am Boden zu, sie sollten sich nicht umdrehen. Was auch geschah, sie sollten weiterklettern.

Die Ermahnungen wurden von einem noch längeren und lauteren Rumpeln des unterirdischen Donners überlagert, der lose Erde und Gestein die schartigen Hänge hinabrutschen ließ. Einige erschöpfte Krieger verloren den Halt, der Rest hielt sich erbittert fest, bis die Kleinlawine erstarb, dann zogen sie sich mit einem neuen Gefühl von Dringlichkeit weiter hinauf.

Dort, wo sich Mr. Snows Kräfte im See konzentrierten, entstand eine kreisförmige Vertiefung. Einen Moment lang schien das Wasser in einem gewaltigen Abflußloch zu verschwinden, dann wurde die Vertiefung größer und breitete sich schnell in beide Uferrichtungen aus. Nun schien es, als hätte sich ein riesiger, bodenloser Graben geöffnet, in den sich der ganze See entleerte.

Die drei Yama-Shita-Schiffe trieben langsam und hilflos wie leere Streichholzschachteln in einer regenvollen Gosse auf einen Abflußkanal auf den Graben zu. Dann kam ein neuer Donnerschlag. Doch er war nicht nur ohren-, sondern auch geistesbetäubend. Mit ihm kam ein noch gewaltigeres Beben, das jeden, der noch auf den Beinen stand, zu Boden warf.

Nur Mr. Snow blieb aufrecht stehen. Er war von einem gespenstischen senkrechten Lichtstrahl aus wechselnden Ebenen umgeben, deren Farben sich veränderten, wo sie ineinandergriffen. Für die, die es wagten, den Kopf vom Boden zu heben, wirkte er, als stünde er auf der Schwelle zur Jenseitswelt und sei den geistigen Kräften, die seinen starren Körper durchströmten, völlig ergeben.

Noch ein Donnergrollen. Die grabenartige, die Seeoberfläche teilende Vertiefung füllte sich schlagartig auf, stieg hoch und wurde zu einer gewaltigen Wassermauer, als das tiefliegende Bett von einem bebenden unterirdischen Ausbruch hinaufgeschoben wurde. Die Mauer ragte fünfundsechzig Meter in die Luft, dann kippte sie und stürzte nach vorn auf das Ufer zu. Sie erzeugte eine gigantische Flutwelle, neben deren schäumendem Rand die in ihrem Weg liegenden Raddampfer zwergenhaft wirkten.

Weder die aufgeregten Befehle des Samurai-Generals Shinoda, noch das seemännische Können Kapitän Yukinagis konnten die Schiffe und ihre Besatzungen retten. Hochgerissen und in einem unmöglichen Winkel gegen die schräge Wellenfront geworfen, wurden die Raddampfer in einem Übelkeit erzeugendem Tempo über die Sandbank und das Lagunen-Westufer getragen, dann krachten sie in der brechenden Brandung, die sich mehrere Kilometer über das dahinter befindliche Land ausbreitete, am Boden in Stücke.

Die vor Anker liegenden Raddampfer der Ko-Nikkas und Se-Ikos erlitten das gleiche Schicksal. Jeder, der sich an Land befand — Prime-Cut, Judas-Priest und die anderen Kriegsrat-Kollaborateure, die vorgerückten D'Troit-, C'Natti- und San'Louis-Horden und die Samurai-Kavallerie — wurde weggeschwemmt, ertrank oder wurde von der gigantischen Wasserwand erschlagen.

Nur jene wurden verschont, die den Gipfel des Steilufers erklommen hatten, oder denen es gelungen war, sich über dreißig Meter an der Uferlinie hinaufzuziehen. Die Flutwelle, die über die Sandbank gefegt war, hatte beim Anbranden gegen die Steilküste eine besondere Höhe erreicht und die Nachzügler auf dem Rückzug mit sich gerissen.

Die Hauptstreitmacht der She-Kargo-Gruppe, der es gelungen war, das Nordufer zu erreichen, kam zwar mit dem Leben davon, aber niemand jubelte oder frohlockte. Die Umstände ihrer Rettung waren so furchteinflößend und die Waagschale des Todes so überwältigend, daß die Überlebenden, von Kummer und reiner körperlicher Erschöpfung besiegt, wortlos zu Boden sanken.

Mr. Snow erging es nicht anders. Awesome-Wells und Boston-Bruin liefen zu ihm hin. Einige quälende Minuten lang hielten sie ihn für tot. Die hellen Stellen seiner Haut waren gräulich-weiß, und sein fast gewichtsloser Körper fühlte sich auf ihren Armen an wie ein Sack loser Knochen. Schließlich flatterten seine Lider, und er öffnete die Augen. Aber auch sie wirkten völlig leblos.

Awesome-Wells nahm Mr. Snows Hände und drückte seine kraftlosen Finger. »Meister! Meister! Erkennst du mich?«

Mr. Snows Augen suchten langsam nach dem Sprecher, doch er schien unfähig, das Gesicht des vor ihm knienden Mannes zu erkennen. Seine Lippen bewegten sich lautlos.

Awesome-Wells neigte sein Ohr und vernahm das, was er für die letzten Worte des Meisters hielt.

»Ist ... es ... vorbei?«

»Ja. Die meisten She-Kargo und ihre Blutsbrüder haben überlebt, aber alle anderen sind nicht mehr. Die D'Troit, C'Natti und San'Louis, die Raddampfer, der Handelsposten ... Alles ist fortgeschwemmt.«

Er hielt inne, aber es kam keine Antwort. Awesome schaute die ihn umgebenden Leute an, dann versuchte er, eine letzte Frage zu formulieren. »Sag uns, Meister ... War dies das Große Sterben, von dem die Himmelsstimmen gesprochen haben?«

»Ja, es war ... ein Teil davon. Talisman hat ... die vergifteten Zweige ... des Baums ... abgeschnitten, der ... das Prärievolk ist. Wir ... die wir auserwählt wurden ... müssen dafür sorgen ... daß sie ... nie wieder nachwachsen.«

»Er hat nicht nur die vergifteten Zweige abgeschnitten!« rief Boston-Bruin. Seine Stimme war schroff vor Zorn und Kummer. »Die She-Kargo, M'Waukee und San'Paul werden ihre Toten nie zählen können! Allein wir haben fast die Hälfte unserer Angehörigen verloren! Wenn wir, wie du sagst, Talismans auserwähltes Volk sein sollen, warum hat er uns dann nicht alle verschont?«

Mr. Snow schloß die Augen. »Ahhh, Boston ... Boston«, flüsterte er. »Warum mußt du ... immer ... Fragen stellen, für die es ... keine Antwort gibt?«

7. Kapitel

Als Steve, Night-Fever und die Gruppe der M'Call-Bären zwei Tage später in Sichtweite des Superiorsees kamen, war das Wasser, das die Flutwelle an Land getragen hatte, noch nicht aus den Senken und Geländevertiefungen zurückgeflossen.

Die Lachen, die von der Größe einer Pfütze bis zu kleinen Teichen reichten, befanden sich bis zu zehn Kilometer von dem schicksalsträchtigen Ufer entfernt. Leichen, Pferdekadaver und Trümmer übersäten das gesamte Dreieck der vom St.-Louis-River umsäumten Flußmündung, doch der Blick wurde von den verstreuten Überresten der fünf Raddampfer angezogen, die wie ausgeschlachtete Kadaver an Land geschwemmter Wale aus dem vom Wasser niedergedrückten Gras ragten.

Abgerissene Gruppen bewegten sich apathisch durch die öde Landschaft: die abgestumpften Überlebenden der She-Kargo, M'Waukee und San'Paul. Es war deutlich, daß es zu einer großen Katastrophe gekommen war, in der viele ihr Leben gelassen hatten. Wenn man nach dem urteilte, was von den Raddampfern übriggeblieben war, mußte die Expedition der Eisenmeister buchstäblich aufgerieben worden sein.

Steve stieg vom Pferd und band einen Hinter- und einen Vorderlauf des Reittiers mit einem Stück Seil zusammen. So konnte das Pferd zwar gehen und frei grasen, aber sich nicht allzu weit entfernen. Ehe sie nicht erfuhren, was geschehen war und wer gesiegt hatte, war es bestimmt unklug, auf einem Pferderücken näher heranzugehen. Vielleicht stellte man ihm Fragen, die er nur schwer beantworten konnte — speziell dann, wenn ihn eine Bande kriegslüsterner Japse verhörte, die einen langen Heimweg vor sich hatten.

Steve und seine Begleiter ließen Night-Fever zurück,

um das angebundene Pferd zu bewachen, dann gingen sie den Abhang hinab und stießen auf eine kleine Gruppe von She-Kargo-Mutanten. Sie waren vom M'Kormik-Clan und enge Nachbarn der M'Calls. Alle sahen bleich und irgendwie erschöpft aus. Cat-Ballou, der Anführer von Steves Eskorte, tauschte formelle Grüße mit ihnen aus, dann fragte er mit leiser Stimme nach dem Grund dieser Verwüstung.

Zuerst antwortete keiner der M'Kormik-Krieger, doch als ein Bär namens First-Blood den Anfang gemacht hatte, berichteten sie nacheinander irgendwie benommen und müde, was geschehen war. Keiner strahlte die Erleichterung aus, die man von einem Sieger erwartete. Den Mutanten waren Schmerzen und ein plötzlicher Tod zwar nicht unbekannt, aber die Flutwelle hatte nahezu 200 000 Tote gefordert. Niemand hatte seit dem legendären Krieg der Tausend Sonnen je von einer solchen Zerstörung gehört.

Rough-Cut, der als letzter sprach, beendete die quälende Geschichte mit einer schwungvollen Bewegung, die die gesamte Uferlinie umfaßte. Sie hatte, wie Steve plötzlich auffiel, ihre vertrauten Markierungen eingebüßt.

»Sogar der Handelsposten ist weg! Aus dem Boden gerissen und vom Talismans Zorn entzweigebrochen.«

»Ohh-jehhh!« ächzten die M'Call-Bären.

»Und die Eisenmeister?« fragte Steve.

Rough-Cuts Gesicht wurde finster. »Wir haben alle getötet, in denen noch Leben war.«

»Und die verräterischen D'Troit-Hunde haben das gleiche Schicksal erlitten«, fügte First-Blood hinzu. »Aber alle C'Natti und San'Louis, die noch gehen konnten, haben wir fortgeschickt, ohne ihnen etwas zu tun.«

Steve runzelte die Stirn. »Ich dachte, sie hätten in der Sache zusammengearbeitet.«

»Das haben sie«, erwiderte First-Blood. »Aber unsere Ältesten sagten, sie sollen gehen und erzählen, was jene erwartet, die Talisman verleugnen und das Prärievolk spalten wollen.«

»Und was ist mit Mr. Snow, unserem Wortschmied?« fragte Cat-Ballou. »Mit dem Sturmbringer, dessen Leib der Hammer war, den Talisman eingesetzt hat, um die D'Troit zu zerschmettern? Wo können wir ihn finden?«

Rough-Cut tauschte einen Blick mit seinen Gefährten, dann deutete er auf den höher liegenden Platz im Norden der Lagune. »Er liegt über dem Großen Fluß. Da, wo ihr den Rauch aufsteigen seht.«

Steves Magen stülpte sich um. »Er *liegt?!* Ist er tot?«

»Es ist schwer zu sagen«, antwortete First-Blood. »Die Ältesten sagen, daß er von uns geht und wieder zurückkehrt. Bei so vielen Toten muß Mo-Towns Schale überfließen. Vielleicht ist auf der anderen Seite noch kein Platz für ihn.«

Großartig! Damit können wir unseren Meisterplan vergessen. Steve bemühte sich, kühl und gelassen zu klingen. »Wie kommen wir dorthin?«

First-Blood geleitete ihn an den Flußübergang, dann gingen er und seine Gefährten weiter, um einen weiteren unberührten Trümmerhaufen zu untersuchen.

Steve eilte zu seinem Pferd zurück, stieg in den Sattel, sagte Night-Fever, wohin er ginge, und galoppierte zu Cat-Ballou zurück. »Wir sehen uns da oben, Jungs — okay?«

Die M'Call-Bären schauten zu, als er fortritt, dann sahen sie sich schweigend an. Nachdem sie elfhundert Kilometer gegangen und gelaufen waren, kam ihnen der Gedanke, sich einfach auf ein Pferd zu setzen und sich tragen zu lassen, allmählich wie eine interessante Idee vor.

Nachdem Steve das Pferd den Hang hinaufgeleitet hatte, gehörte Carnegie-Hall zu den ersten, die ihm über den Weg liefen. Bevor er den Mund aufmachen konnte, nahm er den Wortschmied beiseite und erklärte ihm, er sei inkognito unterwegs. Talisman wünsche nicht, daß man ihn gerade jetzt als einen der Auserwählten identifiziere.

Geschmeichelt, einziger Mitwisser eines so erdbewegenden Geheimnisses zu sein, erklärte Carnegie-Hall sich bereit, den Mund zu halten. Er führte Steve zu Mr. Snows Behelfslager, wo ihn Awesome Wells und Boston-Bruin, die überlebenden Clan-Ältesten der M'Calls begrüßten. Blue-Thunder, der stärkste Krieger, war ebenfalls anwesend. Er war zwar verletzt, aber noch immer mobil — und das galt auch für einige andere Bären, die Steve wiedersah.

Er nahm mit gekreuzten Beinen über eine Stunde lang an Mr. Snows Seite Platz und wünschte sich, er möge die Augen öffnen. Schließlich tat er es. Zwar war alle Farbe und jedes Funkeln aus seinem Blick gewichen, aber als sie Steve schließlich ansahen, bemerkte er ein mattes Flackern des Erkennens.

»Was hat euch so lang aufgehalten?« Das Gesicht des Meisters war schmal und eingefallen und wirkte so alt, daß es fast unkenntlich war. Auch seine Stimme war kaum hörbar.

»Ach, verschiedenes.«

Mr. Snows Blick wanderte an ihm vorbei, dann gab er die Suche auf. »Wo sind ...?«

»Sie konnten nicht kommen.« Steve zwang seine Stimme zu einem heiteren Tonfall. »Du willst doch nicht immer hier liegen bleiben? Deine Freunde möchten dich zu einem riesigen Fest einladen.«

Mr. Snows Lippen zuckten in der blassen Imitation seines schiefen Grinsens. »Vielleicht ... müßt ihr ... ohne mich ... anfangen.« Die Anstrengung, mehr als zwei Wörter aneinanderzureihen, schien ihn völlig auszulaugen. Er legte eine kurze Pause ein und versuchte es erneut. »Sind sie ... in Sicherheit?«

»Cadillac ja.« Steve berichtete, was sie nach der Trennung von den Kojaks erlebt hatten. Da sie mit Carnegie-

Hall gesprochen hatten, wußte er, daß es unnötig war, die ganze Geschichte zu wiederholen. Steve konnte nur schwer erkennen, wieviel Mr. Snow ihm davon abnahm. Er nahm seine ausgetrocknete Hand. Sie fühlte sich so zerbrechlich an, daß er sie aus Angst, seine Knochen könnten brechen, nicht zu drücken wagte. »Deswegen mußt du unbedingt wieder auf die Beine kommen. Du bist als einziger stark genug, Clearwater wieder aus dem Zug zu holen.«

Mr. Snow schloß seufzend die Augen. Der Zeigefinger der auf seinem Brustkorb liegenden Hand zuckte und bedeutete Steve, er solle näherkommen.

Steve beugte sich vor, um zu hören, was er sagen wollte.

»Was hast du vor? — Willst du mich ... umbringen?«

In den Tagen nach der Schlacht am Handelsposten berieten die Clan-Ältesten und Krieger der siegreichen Abordnungen, was nun zu tun sei. Nichts war mehr so wie früher. Wenn die D'Troit-, C'Natti- und San'Louis-Clans von ihrer Niederlage erfuhren, würde große Verbitterung einkehren. Die Feindschaft zwischen den streitenden Völkern würde sich vertiefen, und der Charakter ihrer Kämpfe würde sich verändern. Nun war es mit dem traditionellen Widerstreit der rivalisierenden Krieger aus. Von jetzt an konnte man Konflikte nur noch im großen Stil austragen. Vielleicht kam es sogar zu einem ständigen Kriegszustand.

Die Aussichten waren düster. Die She-Kargo, M'Waukee und San'Paul hatten zwar einen gemeinsamen Klagegrund gegen die D'Troit-Gruppe, doch das bedeutete nicht, daß die sich traditionelle Feindschaft gegeneinander in Luft aufgelöst hatte. In gewissem Sinn war die diesjährige Reise zum Handelsposten für das Präriervolk eine Straße nach Damaskus geworden, auch wenn es nicht zu einer wunderbaren Konversion gekommen war. Die Atmosphäre war keineswegs von

Harmonie und Leichtigkeit erfüllt. Obwohl alle Clans das Band der gleichen Herkunft teilten, beschützte sie noch immer heftig die eigene Identität und die eigenen Jagdgründe.

Was die She-Kargo, M'Waukee und San'Paul an dem schicksalsträchtigen Tag und den ihm vorausgehenden Stunden der Verzweiflung zusammengebracht hatte, war der unerschütterliche Glaube an Talisman und die Bereitschaft, an das Erscheinen der Auserwählten zu glauben. Die D'Troit und ihre Sympathisanten hingegen waren anscheinend bereit gewesen, den Glauben im Tausch für ein Geschäft mit den Totgesichtern aufzugeben.

Alle Clans wollten mit den Eisenmeistern handeln, wenn auch nur aus dem simplen Grund, daß sie keine Lust hatten, Nachbar eines anderen zu sein, der besser bewaffnet und somit stärker war. Doch die Mutanten machten sich auch keine Illusionen über die Frage, welche Auswirkungen die Handelsversammlungen auf das traditionelle Leben und den Glauben des Prärievolkes hatte. Sie hatten von Anfang an gewußt, daß sie von den Geschäften nicht profitierten, und die Tatsache, daß man sie mit der Drohung einer bewaffneten Invasion durch bestens organisierte Räuber zum Handeln gezwungen hatte, hatte ihr Ehrgefühl beleidigt.

Doch es war das beste und einzige Angebot gewesen, das sie gehabt hatten. Indem man es angenommen hatte, waren die Mutanten dazu in der Lage gewesen, das Vorrücken ihrer sonstigen Gegner — der Sandgräber — zu verzögern. Jeder wußte, daß die Totgesichter sie ausraubten, aber Tatsache war, daß *sämtliche* Clans der sechs bedeutenden Ursippen die vorgeschriebenen Bedingungen der Eisenmeister angenommen hatten. Sie wurden kollektiv beschissen, und das machte es auf irgendeine komische Weise erträglich. Es war der Fehler der D'Troit gewesen, in den Glauben zu verfallen, ein exklusives Abkommen mit den Totgesichtern treffen zu können, das ihnen zusätzliche Macht und Vorteile über die anderen gab.

Sie waren zwar dem Erfolg nahe gewesen, doch Mr. Snows erzürnte Gegenrede hatte ihren Versuch vereitelt, die Herzen und den Verstand der anderen zu gewinnen, indem sie die M'Calls und die She-Kargo-Gruppe isolierten. Indem Aishi Sakimoto den Plan des Fürsten Hirohito ausgeführt hatte, hatte er den entscheidenden Fehler in der Strategie seines Vorgängers übersehen: Die ständigen Feindseligkeiten zwischen einzelnen Clans und Ursippen gefährdeten zwar die langfristige Zukunft des Prärievolkes, aber ihre Furcht und ihr Haß auf die D'Troit hatten die She-Kargo, M'Waukee, San'Paul und San'Louis — und zu einem gewissen Grad auch die C'Natti — geeint.

Die Mehrheit der C'Natti-Abgeordneten hatte dieses Gefühl in der Hoffnung unterdrückt, Vorteile zu erringen, wenn man auf der Seite der Sieger stand. Als Ergebnis hatten sie schreckliche Verluste erlitten. Ob sie jetzt die Seite wechselten, mußte sich erst noch zeigen. Die wenigen C'Natti, die die Flutwelle überlebt hatten, waren zwar beim anschließenden Großreinemachen verschont geblieben, aber noch zu verschreckt, um vernünftig über die Zukunft nachzudenken.

Es war eine Zukunft, die niemand, der an der ersten Ratsversammlung teilnahm, mit besonders großer Freude erwartete. Es war jedoch unwahrscheinlich, daß die Eisenmeister irgendwann bescheiden zurückkehrten, um sich für den Angriff auf die She-Kargo zu entschuldigen. Allem Anschein nach hatten sie vorgehabt, die M'Calls und ihr ganzes Volk für das zu bestrafen, was die Auserwählten in den Ostländern angerichtet hatten. Und das konnte nicht zugelassen werden. Niemand, der an die Talisman-Prophezeiung glaubte, durfte jenen die Verteidigung entsagen, die man geschickt hatte, um das Kommen des Dreifachbegabten zu verkünden.

Zwar würden die Totgesichter zurückkehren, nicht

aber der Handel. Von nun an war das Prärievolk auf seine eigenen Quellen angewiesen. Noch gelähmt von dem heftigen und gnadenlosen Hieb, den Talisman für ihre Sache geführt hatte, fanden nur wenige Geschmack an der Aussicht, sich marodierender Totgesichter-Banden zu erwehren, da sie über endlose Vorräte an langem, spitzem Eisen verfügten.

Anfangs schien es ein unmögliches Ziel zu sein. Mr. Snow, erschöpft und mit einem Bein im Grab, war nicht in der Lage, der Debatte seine vernünftige Beredsamkeit oder Weisheit zu verleihen, doch am Ende fünf streitbarer und manchmal auch beißender Tage fand man zu einer schwachen Übereinstimmung. Alle waren der Meinung, daß die Schlacht am Handelsposten das Ende einer Ära markierte. Von nun an mußten die Interessen der einzelnen Clans im Schutz des Prärievolkes den zweiten Platz einnehmen. Krieger, die im Lauf der Jahrhunderte zum Mann geworden waren, indem sie Krieger aus Nachbarclans herausgefordert und getötet hatten, mußten ihr Ansehen nun im Kampf mit den *wirklichen* Feinden des Prärievolkes erringen: den Totgesichtern und Sandgräbern.

Die Streitfrage um das Blutvergießen zwischen den Clans rief die größte Kontroverse hervor. Jemandem das Recht abzusprechen, einen anderen herauszufordern, war ein Schlag gegen die Ehre des Kriegers. Der Mut, sich im Zweikampf als tapfer zu erweisen, war die Säule ihrer Existenz; das Mittel, an dem ein Krieger und sein Clan seinen Wert maß.

Die Geschichte des Prärievolkes war die Geschichte von Helden. Wer ›Knochen nagte‹, war tapfer, denn sein spitzes Eisen füllte seinen Kopfpfahl. Vor der Schlacht am Handelsposten hätte kein seines Namens würdiger Krieger in einem Zweikampf gegen einen anderen eine Armbrust eingesetzt. Langes, spitzes Eisen setzte man nur bei der Jagd auf Wild ein; die Gewehre und anderen Waffen, mit denen die Sandgräber arbeiteten, bewiesen ihre Feigheit und ihren Mangel an Ehre. Sie waren Tiere, deren Blutdurst keine Grenzen kannte. Deswegen war es auch erlaubt, im Kampf gegen sie Armbrüste einzusetzen.

Die Eisenmeister verwendeten hölzerne Bogen und Pfeile. Sie hatten zwar eine kürzere Reichweite als Armbrüste, schossen aber schneller. Zudem besaßen sie noch ein anderes, furchterregend spitzes Eisen — lange Krummsäbel, die Fleisch und Knochen zerteilten, und die schweren schwarzen Rohre auf den Schiffen, die mit der Stimme des Donners sprachen und deren feuriger Atem einen Menschen auf fünfhundert Schritt Entfernung in Fetzen reißen konnten.

Ihre Bereitschaft, solche Waffen einzusetzen, und die Tatsache, daß sie ein fremdes Volk waren, reihte sie in die gleiche Kategorie ein wie die Sandgräber. In eine Kategorie, in die auch die D'Troit und ihre Mitverschwörer gehörten, da sie Talismans Existenz bestritten.

Der Einsatz von langem spitzen Eisen hatte stets große Gemütsbewegung hervogerufen. Nach der Schlacht gegen die *Louisiana Lady* hatte Mr. Snow das Bedürfnis betont, nicht nur neue Taktiken zu entwikkeln, sondern die gesamte Kriegsführung zu verändern. Seine radikalen Vorschläge waren jedoch bei den Traditionalisten seines Clans nicht gut angekommen. Nach dem Geschenk, das Fürst Yama-Shita ihnen mit den hundert Gewehren gemacht hatte, hatte man weitere Einwände erhoben. Nun, da man vom Munitionsnachschub abgeschnitten war, waren die Gewehre nutzlos — wie Mr. Snows Gegenspieler es vorausgesagt hatten.

Solche tief verwurzelten Meinungsunterschiede über so viele Themen konnte man nicht in einem Zeitraum von fünf Tagen lösen, deswegen kam man allgemein überein, die Diskussion fortzusetzen. Die Zahl der Themen, über die man Einigung erzielte, war jedoch größer als die Summe jener, über die man geteilter Meinung blieb.

Die Abordnungen gelobten feierlich, jedem anderen Clan zu Hilfe zu eilen, der von den D'Troits oder den Totgesichtern angegriffen wurde, doch bevor es dazu kommen konnte, mußte der gegenwärtige Buschtelegraf durch ein wirkungsvolles landesweites Kommunikationssystem ersetzt werden. Die Diskussion über die Frage, wie dies zu bewerkstelligen sei, sollte in allen Clans weitergeführt werden. Man stimmte überein, daß Abordnungen der gegenwärtig anwesenden Clans alle Vorschläge in Erwägung ziehen und zur Sprache bringen sollten, wenn in drei Monaten am Big Running White River (Sioux Falls, South Dakota) die erste Ratsversammlung des Prärievolkes stattfand.

Bis dahin sollte der fünfwöchige Waffenstillstand, der in der Handelsperiode begann, durch den Sommer hinweg fortgesetzt werden und auch für jene D'Troit und C'Natti gelten, die bereit waren, die Auserwählten als Talismans Herolde anzuerkennen und dem Prärievolk die Treue gelobten.

In seiner Verkleidung als einfacher M'Call-Krieger nahm Steve an den Diskussionen nicht teil. Zudem war sein Interesse an der sich abzeichnenden Allianz im besten Fall akademischer Natur. Am meisten sorgte er sich um die Gesundheit Mr. Snows.

Die M'Call-Abordnung sorgte sich zwar ebenso, aber nicht im gleichen Ausmaß, denn sie wurde von dem Fatalismus beherrscht, die die Sicht der Mutanten angesichts des Todes beeinflußte. Nach den an der Oberwelt gemachten Erfahrungen hatte Steve zwar die Vorstellung eines fortdauernden Lebenszyklus verlockt, doch in seiner gegenwärtigen Zwangslage bot ihm die Aussicht, Mr. Snow könne irgendwann in der Zukunft in einem neuen Körper wieder zur Welt zurückkehren, nur wenig Trost. Er brauchte den gesunden Mr. Snow, der fähig war, auf der Stelle einen Riesenhaufen Scheiße vom Himmel fallen zu lassen.

Als Wortschmied konnte Cadillac ihn ersetzen. Er hatte zwar nicht das Ansehen des Meisters, aber schließlich war auch Mr. Snow einst ein junger Mann gewesen. Die Ernennung würde Cadillac beim Clan zu Ansehen verhelfen, und im Laufe der Zeit wuchs er gewiß in seine Aufgabe hinein. Nur war er kein Rufer. Es gab nur einen Menschen, der den Sturmbringer ersetzen konnte — Clearwater.

Steve drängte die Clan-Ältesten, ihr Äußerstes zu tun, um Mr. Snow am Leben zu erhalten, und beschrieb dann die Kräfte, die Clearwater während der Flucht aus Ne-Issan enthüllt hatte — Kräfte, die vielleicht eines Tages sogar die des Meisters übertreffen konnten. Von seinen tollkühnen Erzählungen aufgerüttelt, versprachen die Ältesten, alles zu tun, was sie konnten, um sie aus dem *Red River* zu befreien — auch dann, wenn Mr. Snow sterben sollte. Wenn es Talismans Wille war, würde der ganze Clan sein Leben für sie hergeben.

Eine nette Geste, fürwahr, doch eine solche, die Clearwaters Befreiung zu einem völlig witzlosen Unternehmen machte. In ihrem Bemühen, hilfreich zu klingen, blendeten sich die Ältesten selbst vor der Tatsache, daß man Clearwater ohne Mr. Snow und den Einsatz seiner Kräfte nicht befreien konnte. Zwar hatte Steve bei seinen vielen Streitgesprächen mit Cadillac ständig gesagt, man könne sich nicht auf die Erdmagie verlassen, doch diesmal hing das Leben aller von ihr ab. Nur ein Rufer von der Stärke und Geistesgegenwart Mr. Snows konnte ihnen den nötigen Vorteil geben.

Es ging dabei nicht nur um praktische Erwägungen; die Sache hatte auch eine moralische Dimension. Trotz des Versprechens der Clan-Ältesten, wußte Steve, daß die M'Calls den Wagenzug ohne Mr. Snow nicht angreifen würden. Wenn Cadillac einen Versuch machte, sie dazu zu überreden, würde er das Äußerste tun, um es zu verhindern. Er hatte die unbekümmerte Tapferkeit der Bären am Dann-und-Wann-Fluß miterlebt, als

Mr. Snows Erdmagie ihnen beigestanden hatte. Seine Kräfte waren zwar schrecklich gewesen, doch am Ende hatte das unvernünftige Verlangen der M'Calls, sich ungeachtet des Preises kopfüber auf den Feind zu stürzen, zu einem sinnlosen Gemetzel und schließlich zu einem Rückzug geführt. Nach den erlittenen Verlusten am Handelsposten war er nicht bereit, irgendein schlecht vorbereitetes Abenteuer zu unterstützen, das zu einem noch größeren Opfer führte.

Nicht mal für dich, Schwesterlein ...

In den nächsten paar Tagen, als die Gespräche zwischen den Abordnungen weitergingen, erholte sich Mr. Snow allmählich und erlangte einen Teil seiner Kraft zurück. Er konnte zwar nicht ohne Hilfe sitzen und war zum Gehen viel zu schwach, aber sein Geist war aus der Zwielichtzone zwischen dieser und der nächsten Welt zurückgekehrt und wieder fest in seinem Körper verankert. Sein Gesicht war zwar noch blaß und verhärmt, aber es waren Farbe und ein Glitzern in seine Augen zurückgekehrt, und sein berühmtes Lächeln, selbst wenn es müde war, zeigte hin und wieder einen Anflug seines Übermuts.

Seine Stimme wirkte nun wie ein heiseres Flüstern. Er redete nur, wenn es unbedingt nötig war, und verwendete dabei so wenige Worte wie möglich. Doch im Lauf der Zeit nahm die Kraft seiner Konzentration zu, und aus dem wenigen, das er sagte, wurde klar, daß das Hirn des weißhaarigen alten Knaben so scharf war wie eine Rasierklinge.

Während seiner längeren Wachperioden erzählte Steve in allen Einzelheiten von seinen Abenteuern bei den *Ronin* in Ne-Issan, der höchst risikoreichen und heiklen Verwicklungen mit dem Herold Hase-Gawa, von der Verschwörung gegen den Shogun und der letzten Schlacht und der Flucht vom Reiherteich.

»Es überrascht mich nicht, daß die Yama-Shitas ... uns ... ausradieren wollten«, krächzte Mr. Snow.

»Yeah, aber es ist nicht allein meine Schuld«, protestierte Steve. »Der Reiherteich ist in die Luft geflogen, weil der Shogun die gegen ihn gerichtete Verschwörung zerschlagen wollte. Und der Grund, weswegen wir in die Sache verwickelt wurden, war *dein* Geschäft mit Fürst Yama-Shita. Hättest du Cadillac und Clearwater nicht zu ihm geschickt, wäre all das nicht passiert!«

»Hab nur getan, was man mir aufgetragen hat ...«

»Meinst du die Himmelsstimmen? Talisman?«

»Der Weg liegt fest, Brickman. Irgend jemand hat mal gesagt: ›Das ganze Leben ist ein Quiz, und wir sind nur die Kandidaten.‹«

»Yeah ...« Da Steve keine Ahnung vom immensen Erbe der dramatischen Kunst und Literatur hatte, die mit dem Holocaust ins Grab gefahren war, sagte ihm das Zitat nicht viel.

»Jedenfalls«, fuhr er fort, »ist Cadillac auf die Füße gefallen, aber Clearwater hat es zeitweilig wirklich mies getroffen. Als wir den Reiherteich dann in die Luft jagten, hat sie die Gelegenheit genutzt, um Rache zu nehmen — und dabei hat sie unseren Hals gerettet. Kann man es ihr verübeln?«

»Nein.« Mr. Snow lachte kehlig. »Das Leben ist halt nicht gerecht. Der arme, alte Prime-Cut ...«

»Die D'Troit-Großschnauze?«

»Ja. Abgesehen von dem angeblichen Geschäft mit der Föderation haben alle Vorwürfe gestimmt, die er gegen uns vorgebracht hat.«

»Und trotzdem hast du ihn reingelegt.«

»So sagt man jedenfalls. Aber ich habe nicht gelogen.«

»Tja, abgesehen von der Sache mit den Auserwählten.«

»Es war keine Lüge. Du *gehörst* zu den Auserwählten.«

Steve runzelte die Stirn. »Aber ich bin doch kein Mutant.«

»Nein.« Mr. Snow schloß die Augen und ließ seinen Kopf auf die Felle sinken, die über seiner Rückenstütze lagen.

Noch nicht, Brickman. Noch nicht …

Nachdem die Abordnungen ein gewisses Maß an Übereinkunft erzielt hatten, verbrachten sie den sechsten und siebenten Tag damit, indem sie mit sich selbst handelten. Neben der Bergung der Waren, die man mitgebracht hatte, um sie bei den Eisenmeistern einzutauschen, hatten sich alle, die nicht damit beschäftigt waren, über die Zukunft des Prärievolkes zu entscheiden, ausgiebig auf dem Schlachtfeld umgesehen und es abgesucht. Sie hatten eine Menge gefunden: Armbrüste, Bolzen, Messer, Kleidungsstücke, Eisenmeisterschwerter, Helme, Rüstungen und Schiffskanonen. Die Liste war endlos. Da schon die eigenen Toten zu zahlreich waren, um mit ihnen fertig zu werden, und da man nicht in der Lage war, ihnen die üblichen Bestattungsriten zuteil werden zu lassen oder sie zum Verbrennen auf einen Haufen zu schichten, zog man sie aus und überließ sie den kreisenden Aasvögeln.

Wer der Meinung war, zu viele Armbrüste und zu wenige Pfeile zu haben oder lieber beides gegen ein langes Samuraischwert eintauschen wollte, rief spontan einen Basar ins Leben. Dieser Initiative folgten auch rasch die Rivalen, und so dauerte es nicht lange, bis die Abordnungen auch die übrigen Waren heranschleppten: Nahrungsmittel, Trockenfisch, Büffelfleisch, Traumkappe und Regenbogengras.

Es erwies sich als neue, lohnende Erfahrung, und jedermann versprach, zum anberaumten Treffen des Prärievolk-Rates bei Sioux Falls ähnliche Waren mitzubringen. Warum, fragte man sich, war man eigentlich nicht schon früher auf diese Idee gekommen? Niemand machte den Vorschlag, die überlebenden Sklaven zu tauschen. Die Vorstellung, Männer und Frauen eines

Clans könnten sich Partner in einem anderen suchen, war so rigoros, daß sie noch nie jemandem gekommen war.

Mit ihrer Beute beladen wünschten sich die Clan-Abordnungen eine gute Reise und nahmen ihre unterschiedlichen Wege. Am glücklichsten waren die Sklaven und Sklavinnen, die man ausgewählt hatte, damit sie die Reise über den Großen Fluß machten und nun statt dessen nach Hause gingen. Doch die Freude über die Rückkehr zu ihren Familien war wegen des Verlusts ihrer Clan-Brüder und —Schwestern gedämpft. Die allgemeine Stimmung war die eines trüben Optimismus. Es gab kein Zurück mehr, deswegen schaute auch niemand nach hinten, als sich ein weiterer heranfegender Schwarm von Aasvögeln, die aus allen Himmelsrichtungen kamen, in die Tiefe stürzte, um sich zu jenen zu gesellen, die sich schon über die Gefallenen hermachten.

Als Mr. Snow aufwachte und sich umsah, erblickte er die überlebenden Angehörigen der M'Call-Abordnung. Sie waren bereit, sich dem allgemeinen Aufbruch anzuschließen. Steve, der im Schneidersitz neben ihm hockte, schien sich um keinen Zoll bewegt zu haben.

Ihre Blicke trafen sich. »Du bist noch hier?«

»Ich habe ein Problem, über das ich mit dir reden muß.«

Mr. Snow seufzte. »Wer hat das nicht? Okay... Spuck's aus!«

Steve erklärte den Hinterhalt auf dem *Red River,* und daß Cadillac und Malone an dem Plan arbeiteten, Clearwater zu befreien.

»Es geht darum: Malone ist Geheimagent, ein Mexikaner, wie ich. Wir sollen zusammenarbeiten, um dich und Cadillac in eine Falle zu locken.«

»Mit Hilfe deiner Blutsschwester...«

»Yeah. Es ist Roz gelungen, der Föderation einzureden, sie sei eine Geheimwaffe. Eine Art Anti-Rufer-Anlage. Es ist ihr zwar gelungen, ins Freie zu kommen, aber solange sie und Clearwater nicht frei sind, muß ich so tun, als wäre ich hundertprozentig auf der Seite der Föderation: ein verläßlicher Bürger und Soldat. Wenn nicht ...«

»Ja, ja, ich verstehe schon.«

»Gut. Die Leute auf dem *Red River* glauben zwar, sie hätten uns in der Hand, aber natürlich können wir sie mit deiner Hilfe austricksen. Ich muß zwar noch ausarbeiten, wie wir die Sache schaukeln, aber wenn wir alle zusammenhalten, sollte uns schon etwas einfallen.«

»Verstehe ... Und wo ist das Problem?«

»Wie bringe ich Cadillac bei, daß Malone ein Bluffer ist, ohne daß er an die Decke geht? Wenn er herauskriegt, daß er an meinen Fäden getanzt hat, dreht er durch. Wir haben schon wegen Roz die Messer gezückt, und ich möchte sowas nicht noch mal erleben.

Aber wichtiger ist mir, daß er nicht eine Horde Bären in Marsch setzt, damit sie Malone massakrieren. Wir brauchen ihn lebend, damit er mit uns zusammenarbeitet, weil *er* der Schlüssel zu der Chance ist, in den Wagenzug zu kommen.«

Steve hielt inne, dann sagte er: »Es würde die Dinge sehr erleichtern, wenn du es ihm sagst. Schließlich bist du sein *Lehrer.*«

»Ja ...«

»Verzeihung. Was genau meinst du? Sagst du ›Ja, ich bin sein Lehrer‹, oder ›Ja, ich sag's ihm‹?«

Mr. Snows linke Hand bebte schwach. »Du halst mir zuviel auf, Brickman. Gib mir ... etwas Zeit ... um darüber nachzudenken.«

Als der Wortschmied die Augen schloß, fluchte Steve stumm. *Zeit! Das ist genau das, was wir nicht haben!*

Mr. Snows Hand glitt von der Trage. Steve nahm sie und legte sie über die Brust des alten Mannes.

Das erschlaffte Fleisch fühlte sich kalt an. Zu kalt ...

Etwa elfhundert Kilometer südwestlich des verwüsteten Handelspostens trat ein weiterer Bauer in diesem Spiel auf die Bühne, als die *Louisiana Lady* in die Ladezone der Zwischenstation über der fast fertigen Divisionsbasis Monroe/Wichita rollte. Die Treibstoffbehälter, die die Antriebswagen speisten, waren aufgerüstet worden, und man hatte die nach einer dringenden Funkbotschaft in den Norden gebrachten lebenswichtigen elektronischen Bauteile in dem Bemühen, das anfällige Kommunikationssystem wieder zum Laufen zu bringen, installiert und getestet.

Die *Lady* hatte auch einige ungewöhnliche Frachtgegenstände an Bord genommen: einen großen, versiegelten Frachtcontainer, dessen Inhalt nicht auf dem außen angebrachten Ladeverzeichnisschein stand, und sechzig vermummte Gesetzesbrecher in Hand- und Beinfesseln. Sie trugen die üblichen schwarzen Uniformen mit den gelben, diagonalen Kreuzen auf Brust und Rücken.

Doch damit waren die Überraschungen noch nicht zu Ende. Ein Major des Weißen Hauses in einem roten Kampfanzug kam mit einer als PERSÖNLICH klassifizierten Diskette an Bord, die Hartmanns Namen trug.

In der Regel schickte CINC-TRAIN hochgeheime Anweisungen in codierten Funkeinzelmeldungen, die von der Nachrichteneinheit der *Lady* in ein Bildschirmsignal umgewandelt und zum Bildschirm in Hartmanns Privatquartier gesendet wurden. Nur Hartmann persönlich konnte solche Nachrichten mit seiner ID-Karte und einer besonderen Tastensequenz sichtbar machen und wieder in den Originaltext zurückverwandeln.

Versiegelte Disketten, die hochrangige Kuriere des Weißen Hauses überbrachten, enthielten meist *ultra*-geheimes Material; Anweisungen, die so heikel waren, daß man sie nicht einmal durch normale Kanäle absenden wollte. Hartmann setzte seine ID-Karte ein, um die Diskette zu signieren. Er betrachtete das kleine, schlanke Silberpäckchen, das er mit den Fingerspitzen festhielt und von hier nach da drehte, ziemlich lange. Es mußte eine ganz heiße Sache sein ...

Und das war sie auch.

Nachdem er die Tür geschlossen hatte, erbrach er das Siegel, schob die Diskette in das Laufwerk seines PC, schloß das System mit der ID-Karte auf und tippte auf die Sensorfelder, um die Nachricht aus dem Weißen Haus zu dechiffrieren. Das Zahlen- und Buchstabenchaos ordnete sich neu und wurde zu Klartext. Hartmann blätterte die Geheimnachricht sorgfältig durch und verstand, warum man die sechzig Gesetzesbrecher seinem Gewahrsam übergeben hatte. Jedem einzelnen drohte der Tod. Er erfuhr auch, was sich in dem Frachtbehälter befand und wann er geöffnet werden sollte, und den Grund, weshalb eine schweigsame Ingenieursgruppe gerade dabei war, an seinem Wagenzug bestimmte Modifizierungen vorzunehmen.

Die Diskette enthielt genaue Instruktionen darüber, wann er seinen Stab und die Mannschaft über die Natur ihrer Mission in Kenntnis setzen sollte und endete mit der Information, man werde die Flugabteilung der *Lady* mit Himmelsfalken der zweiten Generation ausstatten.

Damit sich seine Flieger mit den neuen Maschinen im Feld vertraut machen konnten, wurde Hartmann befohlen, fünf seiner zehn alten Himmelsfalken zum *Red River* zu fliegen, wo sie gegen fünf neue und dazugehörige Piloten ausgetauscht werden sollten. Die Hälfte der Flugdeck-Mannschaft sollte in Kumpelschleppern mitreisen: Sie wurde ebenfalls ausgetauscht, damit das Bodenpersonal Gelegenheit hatte, auf beiden Wagenzügen simultan die notwendige Ausbildung zu erwerben.

Für Hartmann war die Aussicht, daß man die *Lady* in ein Geheimprojekt einbezog und ihr einen neuen Schwung an Maschinen gab, ein sicheres Zeichen dafür, daß er und die noch lebenden Angehörigen seiner alten Mannschaft auf dem besten Weg waren, völlig rehabilitiert zu werden. Wenigstens wurde das Ergebnis diesmal nicht vom unheilvollen Einfluß eines Mutanten-Rufers manipuliert. Diesmal würde man die Besatzungsmitglieder rächen, die bei den beiden katastrophalen früheren Begegnungen ihr Leben verloren hatten. Die *Lady* würde mit erhobenem Haupt aus der Sache hervorgehen.

Man hat immer drei Versuche. Heißt es nicht so?

Etwa zur gleichen Zeit als Hartmann über sein Glück nachsinnierte, sah sich Jake Olsen, ein Bürger-Soldat der Föderation, in seiner Umgebung um und fragte sich, ob er träumte. Oder hatte sich sein Pech auf irgendeine mysteriöse Weise zum Besseren gewendet?

Schlimmer konnte es eigentlich nicht mehr werden. Man hatte Olsen festgenommen, eines Code-Eins-Vergehens angeklagt und wegen der illegalen Aufzeichnung und des Vertriebs von Blackjack-Bändern zum Tode verurteilt. Die Härte der Strafe reflektierte die Ausmaße und den Erfolg seines Unternehmens. Olsen und seine Partner hatten ein landesweites Handelsnetz aufgezogen und waren der Entdeckung sieben Jahre lang entgangen, weil sie Angehörige der MP mit Säcken voller Hochqualitäts-Regenbogengras bestochen hatten. Oberwelt-Bekannte in der Bergbau & Verarbeitungs-Division hatten es ihnen besorgt.

Die gleichen schrägen Züge hatte man angewandt, um sich die Mitarbeit der AmExecs im Schwarzen Turm und niedrigrangiger Mitglieder der Ersten Familie zu sichern. Sie hatten geholfen, Ermittlungen abzuwürgen und falsche Spuren zu legen, und für die Rädelsführer schicke Quartiere in neuen Luxuswohneinheiten bereitgestellt.

Es war alles gut gegangen. Zu gut. Als Elektronikexperte hatte Olsens Aufgabe darin bestanden, die notwendige Ausrüstung zu montieren und die Aufzeichnung und Überspielung illegaler Musikbänder zu überwachen. Es hatte ihm eine Menge Arbeit gemacht, die

Tonqualität zu verbessern, denn seine Vorlagen waren x-te Kopien der originalen Prä-Holocaust Masterbänder gewesen. Er hatte sogar ganze Sequenzen neu aufgezeichnet und sich so ehrlich wie möglich an die Qualität der Originale herangetastet — mit Hilfe eines Synthesizers, zusammengebaut aus geklauten Einzelteilen aus der privaten Musikwerkstatt der Ersten Familie.

Yeah, es war so schön gewesen. Doch sie hatten den Fehler gemacht, sich auch in der Herstellung von Alkohol zu versuchen. In einer Gesellschaft, in der Computer fast alles kontrollieren, kann man illegale elektronische Geräte leicht tarnen. Man klinkt sich in irgendeinen offiziellen Stromkreis ein, dann sind sie von echten nur schwer zu unterscheiden. Die Kunststoffbehälter voller strohfarbener Flüssigkeit mit dem bezeichnenden Aroma hatten sich als völlig neuartiges Geschäft erwiesen, doch das Problem war nicht gerade leichter durch diesen Klotzkopf geworden, der eine für den unteren medizinischen Stab gekennzeichnete Warensendung für das Lebensinstitut als ›Urinprobe‹ etikettiert hatte.

Im nachhinein war Olsen zwar klar geworden, daß Agenten der Regierung das Unternehmen seit einiger Zeit unterwandert hatten, doch erst nach der erwähnten abgefangenen Warensendung hatte sich die Sache allmählich mit Lichtgeschwindigkeit entwirrt. Man hatte landesweit über dreihundert Personen festgenommen und angeklagt. Doch nach sechs im Fernsehen übertragenen Exekutionen hatte man das Gerichtsverfahren plötzlich unterbrochen.

Olsen hatte die letzten Wochen in der Todeszelle verbracht und sich gefragt, was die Verzögerung sollte. Trotz seines plötzlichen Sturzes war er zwar nicht vergnügter, als man unter diesen Umständen erwarten konnte, aber er war auch Realist. Eine Begnadigung stand außer Frage. Das Unternehmen, in dem er tätig gewesen war, hatte den hohen Tieren zu viele Peinlichkeiten beschert. Doch in den sieben Jahren vor der Festnahme hatte Olsen herausgefunden, daß auch die Erste Familie illegale Unternehmen betrieb — zum Schein, um potentielle Staatsfeinde und Gesetzesbrecher in die Falle zu locken. Die Möglichkeit, daß die Familie beschlossen hatte, ihn in ihre private ›Schlägerbrigade‹ zu holen, war die einzige plausible Erklärung für das unerwartete Ausbleiben seiner Exekution.

Wenn dies so war, standen mehrere Fragen an, die einer Antwort bedurften. Zwar war sein Gehirn irgendwie duselig und schien nur mit halber Geschwindigkeit zu laufen, aber das letzte, woran er sich erinnerte, war dies: Er war in seiner kleinen, überheizten 2 x 2 Meter-Zelle in einem schwarzen T-Shirt und Unterhose schlafen gegangen. Er hatte auf einer schmalen Pritsche mit einer dünnen Decke gelegen, das Licht hinter dem Dekkengitter auf ein Drittel gedimmt. Die Nachtbeleuchtung hieß bei den Wagnern ›Zwielicht‹.

Doch nun strahlte das größte und hellste Licht, das er je gesehen hatte, von einer blauen Decke auf ihn herab, deren Höhe nicht einmal berechenbar war. Und ein weitreichender, scheinbar endloser Horizont ersetzte die Beengtheit seiner Zelle. Die John Wayne-Plaza war zwar groß und hell erleuchtet, doch das, worauf seine Blicke nun trafen, wenn er sich umsah, war ... etwas völlig anderes.

Yes, Sir ...

Olsen wußte eins: Wenn er noch schlief, war es ein Traum. War er jedoch wach (und obwohl es ihm völlig unmöglich erschien, sich an diesem Ort aufzuhalten, wurde er das beunruhigende Gefühl nicht los, *hellwach* zu sein), dann war er in einen Alptraum gestürzt, dem er, und dies wußte er mit geistlähmender Gewißheit, nie mehr entkommen würde.

Trotz seiner Intelligenz, seines technischen Geschicks und seiner feinen Organisationsnase war Jake Olsen nie an der Oberwelt gewesen. Statt dessen hatte er eben diese Intelligenz darauf verwandt, bei den ihm Kontakte verschaffenden Einheiten im Erdschild, die er gebraucht hatte, um Zugriff auf interessantes Equipment zu erhalten, für ›weiche Stellen‹ und sich auszahlende ›Karrierechancen‹ zu sorgen.

Jetzt, an einem Tag, dessen Datum unmöglich festzustellen war, saß er, auf die Hände gestützt und die Beine lang ausgestreckt, vor einer sich nach Osten, Süden und Westen erstreckenden Lichtung auf einem bewaldeten Hügel. Olsen wußte dies, da er Fernsehbilder von der Oberwelt gesehen hatte und den Unterschied zwischen der auf- und untergehenden Sonne kannte.

Hinter ihm befand sich ein Abhang mit weiteren Kiefern, und aus dem verwickelten Unterholz ragte Felsgestein. Er war auf einem Hügel oder auf einer Art Berg. Die Luft hatte zwar einen seltsamen Geruch und war ziemlich kalt, aber sie war nicht unangenehm. Sie schnitt, wenn er sie in seine Lungen saugte.

Wo, zum Teufel, war er? Und was, zum Geier, ging hier vor?

Olsen schaute auf seine Füße hinab und sah, daß die untere Hälfte seines Körpers in einem gefleckten Schlafsack steckte. Eine weitere Inspektion enthüllte, daß er einen jener rot-pink-braun-orangenen Standard-Kampfanzüge trug, die man an Oberwelt-Einheiten ausgab. Auf seiner rechten Schulter war ein Aufnäher.

FERN-AUF ... Was, zum Henker, machte er hier in der Uniform eines Angehörigen der 5. Fernmelde-Aufklärungs-Schwadron?!

Olsen zerrte an der Jacke und warf einen Blick auf das Namensschild über der rechten Brusttasche. 693 OLSEN J.E.

Scheiße ... Die Uniform gehörte keinem anderen; sie trug seinen Namen! Neben dem Schlafsack lagen ein Karabiner und ein Helm mit Visier. Auch auf ihm stand sein Name. Er rieb sich über die Stirn, schluckte und bemühte sich, eine plötzliche Woge von Übelkeit zurückzudrängen.

Als Olsens Aufmerksamkeit sich auf die unmittelbare Umgebung richtete, beruhigte ihn die Tatsache, nicht allein zu sein. Rund um die Lichtung verstreut und unter den dahinter wachsenden Bäumen bemerkte er eine beträchtliche Anzahl liegender Gestalten in Kapuzenschlafsäcken. Zu viele, um sie zu zählen. Er sah auch kleine Ausrüstungsstapel, Proviantpäckchen und abgebrannte Überreste mehrerer Lagerfeuer. Unterhalb seines Standortes ragte eine Art Turm aus schlanken, rot gestrichenen Aluminiumträgern auf. Er stand auf einem kleinen Betonfundament. Weitere halbfertige Bauteile lagen in der Nähe.

Der Turm sah aus wie ein UKW-Funkfeuer. Das erklärte unter Umständen den FERN-AUF-Schulteraufnäher. Aber wieso hatte er keine Erinnerung daran, daß man ihn von der Todeszelle in eine Einheit der Oberwelt-Nachrichtentruppe versetzt hatte? Olsen prüfte die Digitaluhr an seinem rechten Handgelenk. Jemand hatte sie dort befestigt. Es war fast 11:00 Uhr. Warum hatte man ihn und die anderen Schläfer nicht längst geweckt? Warum war niemand wach und stand auf Posten? Von zunehmender Panik ergriffen wollte Olsen aufstehen. Es war schwieriger als erwartet. Seine Beine fühlten sich bleiern an. Als er sich zur Seite lehnte, um nach dem Karabiner und dem Helm zu greifen, wurde ihm schwindlig im Kopf. Er sank aufs Knie, um das Gleichgewicht zu erringen, und mußte eine Weile warten, bis der Schwindel abflaute. Dann versuchte er es erneut; er verwendete den Karabiner als Stütze, um auf die Beine zu kommen.

Vor der Abzugsicherung der kurzläufigen Waffe sah er ein Magazin. Olsen zog es heraus und wog es in der Hand. Es fühlte sich halbvoll an. Der Luftdruckanzeiger stand über dem roten Strich. Na prima. Er schob das Magazin wieder in die Waffe, legte den Sicherungshebel um und ballerte eine Salve in die Luft.

Tschiwittt! Tschiwittt! Tschiwittt!

»Wenigstens etwas, das funktioniert«, brummte er.

Neben dem Schlafsack lagen eine Flakjacke mit ineinander verflochtenem Gurtbandgeschirr, Magazintaschen und Luftflaschen. Olsen wußte zwar, daß man diese Gegenstände an der Oberwelt zu jeder Tages- und Nachtzeit bei sich haben mußte, aber er hatte keine Lust, sich zu belasten. Schon seit er den Helm aufgesetzt hatte, schmerzte sein Hals. Ihm war, als drücke ein Zehntonnengewicht auf seine Wirbelsäule.

Sein momentan elender Zustand war jenem Kater nicht unähnlich, den man sich einhandelte, wenn man Sauergras rauchte und Freudensaft dazu trank. Olsen wußte, daß er beides nicht getan hatte. Man hatte letzte Mahlzeit, die man ihm in die Zelle gebracht hatte, manipuliert. Und als er für eine unbestimmte Zeitspanne besinnungslos gewesen war, hatte ihm jemand einen Drogencocktail injiziert, um ihn körperlich und geistig plattzumachen.

Die schlaffen Beine gespreizt, um das Gleichgewicht zu halten, watschelte Olsen zur nächsten schlafenden Gestalt hinüber und rammte ihr den Karabinerkolben in die Rippen. Es überraschte ihn nicht im geringsten, den Mann im Schlafsack zu kennen. Das trübe, aus der Kapuze lugende Gesicht gehörte Marv Dandridge, einem engen Kollegen. Marv gehörte zu den Anführern des Blackjack-Ringes und war ein Todeszellen-Nachbar.

Dandridge zog sich auf einen Ellbogen hoch und bemühte sich, sein aufgeweichtes Hirn wieder in Gang zu kriegen. Er schaute sich mit zunehmender Verblüffung um, dann schüttelte er den Kopf.

»Ich glaube es nicht. Wie, zum Teufel, bist du überhaupt angezogen, und was ...« Als er erkannte, daß er eine ähnliche Uniform trug, brach er ab. »Heiliger Bimbam ...« Er wandte Olsen sein gequältes Gesicht zu. »Jake ... Ist das alles echt?«

»Ich kann dir nur raten, es zu glauben.«

Dandridge setzte sich hin. »Wo sind wir?«

»Woher, zum Geier, soll ich das wissen?! Ich bin noch nie an der Oberwelt gewesen. Ich weiß nur, daß wir bis zum Hals in der Scheiße stecken.«

Dandridges bedröhntes Hirn kam langsam in Gang.

»Warum das alles? Was hat das zu bedeuten?«

»Verdammt noch mal, Marv!« schrie Olsen. »Glaubst du etwa, die haben uns die Uniformen *zum Spaß* angezogen? Man hat die Exekution nur *deswegen* verschoben! Man hat uns reingelegt! Sie haben uns wahrhaftig zur Minna gemacht!«

»Christoph!« Dandridge rappelte sich auf und streckte die Arme aus, um sich an Olsen festzuhalten. »He! Meine Arme und Beine fühlen sich so komisch an!«

»Meine auch. Das kommt daher, weil sie uns bis zum Kragen mit Drogen vollgepumpt haben, bevor sie uns hier abluden.«

Dandridge brauchte eine Weile, um seine Worte zu registrieren.

»Du meinst ... damit wir hier draufgehen?«

»Was glaubst du denn, was die mit uns vorhaben? Daß sie uns 'n Scheiß-Orden verleihen? Den Hinterhalt hat uns die Erste Familie gelegt! Für die sind wir nur Fleisch am Haken! *Totes* Fleisch, wenn wir nicht schnell handeln!«

»Christoph ...« Die Bedrohung restaurierte in Dandridges Hirn ein Maß an Klarheit und brachte etwas Leben in seine bleiernen Gliedmaßen. »Wie kommen wir aus dieser Scheiße raus?«

»Zuerst müssen wir rauskriegen, wo wir sind.« Olsen klopfte Dandridge auf die Schulter. »Hier liegt ein Haufen Zeug rum. Schau nach, ob du eine Landkarte findest. Ich seh mal nach, wer sonst noch hier ist.«

Dandridge musterte die schlafenden Gestalten; einige rührten sich allmählich. »Sind das ... unsere Leute?«

»Es würde mich nicht überraschen.«

»Verdammte Schweinehunde ...«

»Yeah«, sagte Olsen lachend. »Das muß man ihnen lassen: Sie haben uns überrascht, was?«

Zwar kannte er nicht jeden im Blackjackgeschäft Tätigen, doch unter denen, die er im Wachzustand vorfand oder wecken konnte, befanden sich fünfzehn, mit denen er entweder zusammengearbeitet oder die er als Zellenkumpane kennengelernt hatte. Wenn man zuschaute, wie jemand aus der Zelle geholt wurde und er ein paar Stunden später zusammengeschlagen und blutend zurückkehrte, trug es noch immer dazu bei, die Moral derer zu untergraben, die noch an die Reihe kommen sollten.

Als die fünfzehn Männer wieder auf den Beinen stehen konnten, fanden sie weitere Leute, die sie kannten — alle waren in einem gewissen Grad durch in sie hineingepumpte Drogen behindert. Olsens schlimmste Befürchtungen bestätigten sich. Die Erste Familie hatte die Todeszellen im Hauptzentrum geleert. Doch neben den wegen Blackjack-Aktivitäten zum Tode Verurteilten hielten sich hier auch Code-Eins-Verletzer aus anderen Divisionsbasen auf. Es waren sogar ein paar Code-Zwei-Verurteilte dabei, die zu zehn Jahren Schwerstarbeit verurteilt waren. Man hatte sie dazugetan, um ein bestimmtes Soll zu erfüllen.

Brutal ...

Olsen kehrte zu Dandridge und einigen anderen Kumpanen zurück, die sich um eine Landkarte versammelt hatten. »Wir sind genau hundert Mann. Hat irgend jemand 'ne Ahnung, wo wir hier sind?«

»Yeah«, sagte Dandridge. »Jerry ist vom Fach. Wenn die Karte hier koscher ist, sind wir laut dem, was wir von der Umgebung sehen, irgendwo in dieser Gegend.«

Olsen schaute sich die Stelle an, auf die Dandridges Finger zeigte. »In den Iron Mountains ...«

»Nördlich vom Bezugspunkt Cheyenne«, erklärte Jerry. »Wir sind in Süd-Wyoming. Nördlich von Colorado.«

Olsen schüttelte einen weiteren Schwindelanfall ab. »Soll das heißen, wir sind nicht mal in der Scheiß-Föderation?«

»Nein«, sagte Jerry. »Das hier ist Prärievolk-Land.«

Olsen schloß die Augen. »Pest und Verdammnis! Ich hab's doch gewußt! Ich hab's doch gewußt!«

»Die nächste Zwischenstation ist Pueblo. Ich weiß aber nicht, wie weit sie weg ist. Auf der Landkarte hier ist Colorado zwar nicht drauf, aber es müssen ein paar hundert Kilometer sein.«

»Was sollen wir jetzt machen?« fragte Dandridge.

»Nun, nach Pueblo können wir jedenfalls nicht gehen!« rief Olsen. »Wir haben die Todesstrafe gekriegt, habt ihr das vergessen? Da können wir uns ebensogut gleich hier verschanzen.«

»Gegen wen?« fragte jemand aus der Gruppe, die sich rings um sie versammelt hatte.

»Woher, zum Henker, soll ich das wissen?« schrie Olsen.

Dann wandte er sich an die ganze Gruppe und sagte: »Wir wissen nur eins genau: Die Familie hat uns Knastologen nicht hierhergebracht, weil sie meint, wir brauchen frische Luft! Ich weiß zwar nicht, wie ihr die Sache seht, aber ich schlage vor, wir greifen uns soviel von der Ausrüstung, wie wir tragen können, und gehen in Deckung. Wir suchen uns 'ne Höhle oder sowas.«

Er wandte sich wieder Dandridge und dem Kartenleser Jerry zu. »Macht es euch nichts aus?«

Dandridge runzelte die Stirn. »Was?«

»Der Raum! Hier ist zuviel von diesem Scheiß-Himmel! Ich kann es nicht vertragen! Als ich wach wurde, war es in Ordnung, aber jetzt krieg ich Muffensausen!«

»Das liegt an dem Dope, das sie uns reingetan haben.«

»Daran liegt es nicht. Ich habe davon gehört. Vielen Typen geht der Arsch auf Grundeis, wenn sie hier sind

— irgendwann trauen sie sich nicht mehr, sich zu bewegen.«

»Wenn wir zusammenbleiben, passiert uns nichts«, sagte Jerry. »Man kann die Oberwelt-Krankheit überlisten. Man muß nur die richtige geistige Einstellung haben. Schaut nach unten. Schaut euch nicht zuviel auf einmal an.«

»Warste schon mal hier oben?«

»Yeah. Zwei Jahre. Bergbau und Verarbeitung.«

»Und dir war nie schlecht?«

»Man paßt sich an. Die Neulinge arbeiten die ersten drei Monate im Innendienst — in den Verarbeitungshallen. Man gewöhnt sich dran, indem man aus dem Fenster schaut, und wenn man sich dran gewöhnt hat, geht man raus und arbeitet im Freien. Die Burschen, die es hinkriegen, werden immer wieder eingesetzt.«

»Schön, aber ich hab keine drei Monate gehabt, um mich dran zu gewöhnen! Ich bin in meiner Zelle eingeschlafen und hier wieder wach geworden! Und allmählich krieg ich 'ne Scheißangst!« Olsen schaute angestrengt vor sich auf den Boden, bahnte sich einen Weg durch die Gruppe und watschelte über den Hang zu seinem leeren Schlafsack.

Als er ihn erreicht hatte, strömten Tränen über sein Gesicht. Sogar eine Gefängniszelle war, solange man sie bewohnte, ein Raum, der einem allein gehörte. Hier draußen gab es keine Wände, kein Dach; nichts, um die bedrückende Leere fernzuhalten. Der Schlafsack und das Stück Erde, auf dem er lag, war das einzige Ding, auf das er sich beziehen konnte; der einzige Berührungspunkt zu dem Betonkokon, in dem er die Wochen nach der Verhandlung verbracht hatte.

Er fiel neben dem Schlafsack auf die Knie. Er war zurückgekommen, um die Flakjacke zu holen. Angesichts der mißlichen Lage, in der sie sich befanden, hatte es Sinn, sie anzulegen. An den Netzgurten hingen Munitionstaschen für den Karabiner, eine Handgranate, eine

Machete und Batterien, um die Funk- und Zieltabellen des Visiers zu speisen. Wenn die Helmschnur in den Kolben des Karabiners gestöpselt war, traf er alles, worauf er zielte.

Etwa eine Horde kreischender Mutanten. Hier draußen war es sehr wahrscheinlich, daß sie einer solchen begegneten. Olsen wäre das Exekutionskommando lieber gewesen. Es arbeitete sauberer. Hier draußen spießten sie Menschenköpfe auf angespitzte Pfähle und hämmerten auf den Schädeln herum, bis die Knochen brachen. Den Rest der Menschen zerschnitten sie und machten Räucherwürstchen daraus.

Es hatte keinen Sinn, das Lager zu verlegen. Es war am besten, wenn sie versuchten, sich unter den Bäumen einzugraben. Wenn man hinter einem Erdhügel war und ein paar Äste über das Loch legte, konnte man im Dunkeln vielleicht sogar schlafen. Es war wohl eine sehr gute Idee, wenn er ein paar Rationspakete nahm und ...

Olsen hörte jemanden schreien. Dann riefen sich auch andere Leute etwas zu. Er schaute sich um und sah einen GeBe im Tarnanzug weiter oben auf einem felsigen Vorsprung am Abhang stehen. Er hielt ein Fernglas in der Hand.

Dandridge kam zu ihm. »Wir haben wahrscheinlich 'ne Bande von Abtrünnigen gesehen, die unter uns über 'n flachen Sims zieht. Und weißt du was? Sie haben Pferde! Man kann sie von da hinten aus sehen. Kommste mal mit und riskierst 'n Blick?«

»Warum denn?«

»Menschenskind, Jake! Sie sind doch wie wir! Wenn wir uns mit ihnen zusammentun könnten ...« Dandridge sah ein, daß er nicht weiterkam. »'n paar Jungs wollen 'ne Leuchtpistole abfeuern.« Er zuckte die Achseln. »Na ja, warum auch nicht! Versuchen können wir es doch. Schlimmer kann es doch nicht werden, stimmt's?«

»Stimmt ...«

Olsen schaute zu, wie sein Ex-Kompagnon davoneilte. Der gute alte Marv. Er gab sich alle Mühe, aber auch er war noch nie an der Oberwelt gewesen. Er würde das Flattern schon noch kriegen.

Eine grüne Signalrakete zischte in die Luft hinauf; ihr folgten gleich darauf noch weitere. Etwa ein Dutzend GeBes hatten sich auf dem Vorsprung versammelt, und eine ganze Reihe anderer eilte zu ihnen hinauf.

Jemand rief: »Sie haben uns gesehen! Seht mal! Sie haben auch eine Grüne abgeschossen!«

Die Neuigkeit ließ auch die anderen jubeln, die weder den Willen noch die Energie gefunden hatten, aufzustehen oder auf den Beinen zu bleiben. Aber es gab viele wie Olsen; sie waren, von den starken Drogen ermattet, wieder zu Boden gesunken. Andere waren von der Umgebung desorientiert oder von ihrer mißlichen Lage einfach überwältigt.

Tschahhhwikkk! Tschahhhwokkk!

Olsen, der auf die Knie gesunken war, nachdem er seinen Schlafsack erreicht hatte, und sich seitdem nicht mehr bewegte, drehte sich gerade um, als zwei GeBes von den Beinen gerissen wurden. Keiner von ihnen trug eine Flakjacke. Und als sie auf den Boden knallten, sah er, daß aus ihrem Brustkorb mehrere zentimeterlange Eisenbolzen ragten.

Die Luft war von Schreien erfüllt, die einem das Blut gefrieren ließen, und aus den Büschen, weiter oben am Abhang, kamen noch mehr Silberpfeile angeflogen. Dann brach eine mit Messern und Macheten bewaffnete Mutantenhorde zwischen den Bäumen hervor.

Ohhh, SCHEISSE!!! Olsens bebende Finger tasteten nach der Sicherung seines Karabiners. *Volles Rohr! Dalli, dalli!* Er wollte sich hinstellen und den Karabiner an die Schulter heben. Etwas schlug gegen seine Brust und nahm ihm die Luft. Ein schneidender Schmerz füllte seine Lungen. Die Wucht des Hiebes schob Olsens Kopf nach vorn, und als er umkippte, sah er das Ende eines

Armbrustbolzens, der schräg in seinen Brustkorb eingedrungen war.

O Mann … Sieht so aus, als wäre es aus, Jake. Fast …

Geschrei und Gebrüll erfüllten die Luft. Die Männer rannten in alle Richtungen auseinander. Irgend jemand ballerte. Versuchte es zumindest …

Olsens Helm schlug am Boden auf. Über ihm war das riesige, bewölkte Gewölbe des späten Frühlingshimmels. Ein Mutantenkrieger sprang über ihn hinweg. Er würde später zurückkehren. Oder einer seiner Freunde. Wenn sie alle anderen umgebracht hatten. Wenn sie anfingen, die Köpfe einzusammeln. Mit Glück war er tot, wenn sie zu ihm kamen. Olsen hatte den Eindruck, unter ihm bewege sich die Erde. In dem verzweifelten Versuch, zu verhindern, daß er auf die Wolken zufiel, krallte er die Finger in den Boden.

Wenn das die Blauhimmelwelt ist, dann könnt ihr sie … behalten.

Als die M'Call-Bären die gräßliche Aufgabe in Angriff nahmen, die Köpfe der toten Wagner einzusammeln, musterte Cadillac die Szenerie. Man hatte den Toten die Uniformen ausgezogen. Sie, die Waffen und die Ausrüstung wurden nun zusammengetragen und in der Mitte der Lichtung auf einen Haufen geworfen.

Der Angriff war erfolgreicher gewesen, als er zu hoffen gewagt hatte. Zwar hatten Malones Abtrünnige die Aufmerksamkeit der Sandgräber abgelenkt, aber das war kaum nötig gewesen. Sie hatten ihre Verteidigung geradezu grotesk leicht durchdrungen, und viele Soldaten hatten nur halbherzig Widerstand geleistet.

Drei Bären waren gefallen, aber ihre Clan-Brüder hatten sie gerächt. Bis jetzt waren über achtzig Sandgräber umgekommen. Um die anderen, die in den tiefer liegenden Wald geflohen waren, würden sich später Malones Männer kümmern, wenn sie zum Lagerplatz hinaufkamen.

Ja. Es war leicht, dachte Cadillac. Zu leicht ... Oder war das Gefühl auf seine ewige Unzufriedenheit zurückzuführen? Seit er Steve Brickman begegnet war, war er, was die Motive aller Menschen betraf, zunehmend argwöhnischer geworden.

Zwei Bären, Rain-Dancer und Diamond-Head, schleppten eine eiserne Kiste zu Cadillac heran und stellten sie vor seinen Füßen ab.

Rain-Dancer öffnete den Deckel. »Hier sind Dinge mit den Zeichen der stummen Sprache. Sollen wir sie mitnehmen?«

Auf der Außenseite der Kiste stand VORSICHT! SPRENGSTOFF 12 x AP108. Cadillac hockte sich hin, um den Inhalt zu untersuchen — zwölf flache, runde Eisenbehälter, die etwa fünfzehn Zentimeter durchmaßen und zehn Zentimeter tief waren. Auf den dunkelgrauen Behältern stand in gelber Schrift AP108 ANTI-KÖRPER-MINE, dann folgten Instruktionen über das Scharfmachen des Druckzünders und wie man die Waffe im Boden versteckte.

Cadillac öffnete einen der Behälter und schaute hinein. Die Mine, deren Zünder von einer transparenten Kunststoffkappe geschützt wurde, lag darin wie in einem Nest. Er hatte ein solches Gerät zwar noch nie gesehen, aber er kannte die Zerstörungen des Sprengstoffs, den Steve von der Föderation erhalten hatte, um die Eisenmeister zu vernichten. Es war sicher eine gute Idee, wenn er dafür sorgte, daß diese Dinge nicht in falsche Hände fielen.

Cadillac schloß den Deckel und händigte Rain-Dancer einen der Behälter aus. »Das habt ihr gut gemacht. Steck das in deinen Tragebeutel.« Er gab auch Diamond-Head einen. »Und jetzt sucht ihr so schnell wie möglich zehn eurer vertrauenswürdigsten Clan-Brüder und gebt jedem eine davon. Sie sollen sie ebenfalls in ihren Beuteln verstecken und dürfen außer zu mir mit niemandem darüber reden. Ihr dürft sie auch niemandem zeigen! Versteht ihr? Es ist ein geheimer Schatz, der uns große Macht verleiht! Niemand darf wissen, daß wir ihn gefunden haben — besonders nicht die Rothäute!«

Die beiden Bären verstanden. »Und die Kiste?« fragte Rain-Dancer.

»Die Sandgräber haben Spaten. Vergrabt sie! Beeilt euch!«

Es ging um Minuten. Die ersten Abtrünnigen — jene, die zu Fuß waren — kamen schon durch die Bäume nach oben, als die beiden Krieger auf dem Felsvorsprung auftauchten und die Vollendung ihres Auftrags signalisierten.

Cadillac ging hinunter, um sich zu Malone und den anderen Reitern zu gesellen. Einige führten ihre Pferde am Zügel. Auf den Rücken der Tiere lagen tote Wagner; manche schleppten sogar zwei oder drei.

Malone reagierte mit einem flüchtigen Nicken auf Cadillacs Begrüßung, dann warf er einen Blick auf die Szenerie.

»Wie ist es gegangen?«

»Viel besser als erwartet. Es war beinahe ein Kinderspiel.«

»Yeah, die Disziplin der Fernmelder ist halt auch nicht mehr das, was sie mal war. Viele dieser Oberwelt-Leute haben sich den Grips aus dem Schädel gequalmt.« Malone stieß ein trockenes Lachen aus. »Sie machen halt das Beste draus. Beim *Red River* wird's allerdings nicht so einfach sein, an Bord zu kommen.«

»Ich kann es kaum erwarten«, sagte Cadillac.

»Wie viele habt ihr erwischt?«

»Dreiundachtzig ...«

»Gut. Mit denen, die wir haben, macht es achtundneunzig. Ein paar scheinen uns entwischt zu sein. Macht aber nichts. Sie kommen nicht weit.« Malone schlug sich auf den Schenkel. »Und was haben wir alles erbeutet? Uniformen? Helme? Gewehre?«

»Ja. Und Rauchbomben, Leuchtkugeln, Funkgeräte, Landkarten, Proviant ...«

»Irgendwas von besonderem Interesse?«

»Eine Menge Lagerausrüstung. Ich könnte mir vorstellen, daß ihr dafür Verwendung habt.«

»Kein Plastik?«

»Was?«

»Plastiksprengstoff. Sprengkapseln.«

Cadillac schüttelte den Kopf. »Schau dich lieber selbst mal um. Von meinen Leuten weiß keiner, wie sowas aussieht.«

Malone wandte sich an seine Stellvertreter. »Seht euch mal um ...«

Während sie den Lagerplatz und die Ausrüstungsstapel filzten, befahlen Cadillac und Malone einem M'Call-Krieger, einen Tarnanzug anzuziehen. Dann sollte er sich in die Flakjacke kleiden und die dazugehörige Ausrüstung anlegen. Der Krieger beschwerte sich über die Stiefel, und seine Stirnbeulen erschwerten den richtigen Helmsitz, doch als das Visier geschlossen war, sah er absolut echt aus.

Malone befahl ihm, auf- und abzugehen, doch sobald er sich in Marsch setzte, erkannte jeder, wo das Problem lag. Der Krieger hielt den Karabiner nicht richtig und bewegte sich nicht wie ein Sandgräber.

»Wir müssen die Burschen irgendwie in Form bringen«, grunzte Malone. »Der geht ja wie eine Ente.«

»Mach dir deshalb keine Sorgen, das bügeln wir schon aus.«

Malones Männer kehrten zurück und meldeten, daß sie keinen Sprengstoff gefunden hatten.

»So ein Mist. Es hätte uns nützlich sein können.« Malone zuckte die Achseln. »Na, macht nichts. Wir haben genug gefunden, um eine kleine Armee auszurüsten.« Er klopfte Cadillac auf den Rücken. »Hab ich nicht gesagt, der gute alte Matt schafft das nötige Zeug schon ran?!«

»Aber ja«, sagte Cadillac. *Und das hast du auch, mein Freund. Das hast du auch …*

Die Plastiksprengstoffpäckchen, nach denen Malones Männer erfolglos gesucht hatten, und eine dicke Brieftasche, die die Detonatoren und Miniaturzeitzünder enthielt, lagen sicher verborgen in seinem persönlichen Tragebeutel.

8. Kapitel

Fünf Tage nachdem die M'Call-Bären mit ihrem auf Tragen liegenden Beuteanteil aus den Iron Mountains zurückgewankt waren, sichteten ihre den Norden der Siedlung bewachenden Posten die heimkehrende Handelsabordnung. Bei ihnen war ein Reiter, doch die Gruppe selbst hatte kaum noch die Hälfte ihrer einstigen Größe.

Auch Cadillac gehörte zu der großen und ziemlich erschreckten Gruppe, die ihnen entgegeneilte, doch die gedämpften Erwiderungen der Heimkehrer auf ihre lauten Grüße verdeutlichten, daß etwas Schreckliches passiert war.

Als die beiden Gruppen aufeinandertrafen und sich vermischten, tauschte Cadillac einen oberflächlichen Gruß mit Steve aus und hielt dann erfolglos nach dem vertrauten und geliebten Gesicht Ausschau. Von plötzlicher Furcht erfüllt, schob er sich durch die wogende Menge und packte Awesome-Wells' Schulter. »Wo ist der Meister?!«

Sein Ausruf führte dazu, daß alle anderen in Schweigen verfielen.

Der Ältesten tauschte einen kurzen Blick mit Boston-Bruin, der nach einigem Zögern sagte: »Er ist von uns gegangen.«

Cadillac schaute ihn entsetzt an: »Tot?!«

Der Rest der zur Begrüßung Gekommenen wehklagte und schlug sich auf Kopf und Brustkorb. »Ohhjehhh ...!«

Cadillac schüttelte ungläubig den Kopf und wandte sich an den neben ihm auftauchenden Steve. »Wie ist ...? Wann ...? W-wo ist er?«

Steve verzog das Gesicht, gab aber keine Antwort. Die beiden Ältesten und die sie Umgebenden wandten den Blick ab und traten zurück. Sie machten Platz für eine verdeckte Sänfte, auf der Mr. Snows reglose Gestalt mit unverhülltem Haupt unter einer Schicht von Fellen lag.

Als der von der unerträglichen Wahrheit hervorgerufene Schreck Cadillac durchdrang, wurden seine Knie weich. Er keuchte, als hätte ihn eine Serie von Hieben getroffen. Awesome-Wells und Boston-Bruin legten eine tröstende Hand auf seine Schulter.

Cadillac, der sich wie ein Schlafwandler bewegte, erlaubte es den beiden Clan-Ältesten, ihn zur Sänfte zu führen und sank neben ihr auf die Knie. Er hob das Fell und nahm Mr. Snows rechte Hand. Sie war kalt und steif; der über seinen Brustkorb liegende Arm war am Ellbogen geknickt und berührte seine Schulter.

Nun hielt der Tod ihn in seinem unnachgiebigen Griff.

Cadillac legte vorsichtig eine Hand auf die entstellte Stirn. Er war der Grund vieler Sorgenfalten gewesen, die sich im Laufe der Jahre darin eingegraben hatten, doch nun hatte der Tod die Falten geglättet. Er beugte sich vor und küßte die ruhige Stirn. Das leblose Fleisch kühlte seine Lippen. Angesichts des letzten Beweises, daß sein geliebter Lehrer für immer von ihm gegangen war, heulte Cadillac vor Kummer auf und brach über dem Toten zusammen. Als er einen Versuch machte, den alten Wortschmied in die Arme zu nehmen, löste Boston-Bruin seine Hände und zog ihn beiseite.

»Laß ihn ruhen, Junge. Er ist gestorben, um das Prärievolk zu retten.«

Cadillac blieb lange auf den Fersen hocken, dann schlug er die Hände vors Gesicht und stand langsam auf. In seinen Augen schimmerten Tränen. »Spar dir deine Geschichte für das Lagerfeuer auf, wenn wir alle beisammen sind.« Seine Stimme wurde von Rührung erstickt. »Wenn ich meinen Schmerz mit unserem Volk teile, wird er leichter zu ertragen sein.«

Tom McFadden, der stellvertretende AMEXICO-Direktor, überbrachte Ben Karlstrom die Nachricht, als sie sich zur Besprechung der Tagesordnung trafen, bevor sie zur täglichen Planungskonferenz der Organisations-Abteilungsleiter gingen.

»Tot?! Wann ist das passiert?«

»Auf dem Rückweg vom Handelsposten«, sagte McFadden. »Das genaue Datum kennen wir nicht. Malone hat uns angerufen, sobald er davon erfuhr.«

Karlstrom biß die Zähne zusammen und fluchte. »Hat er die Leiche gesehen?«

»Ja; das, was von ihr noch übrig ist. Zu Hause legen die Mutanten ihre Toten auf ein Bett aus geflochtenen Ästen und stellen es auf vier hohe Pfosten. Als Brickman Malone zum Himmlischen Grund brachte, waren die Vögel schon an der Arbeit.« McFadden wiederholte Malones Kurzfassung von der Schlacht am Handelsposten. »Soweit wir diesbezüglich ermitteln können, wurde Mr. Snow von seiner eigenen Schöpfung umgebracht.«

»Von der Flutwelle?«

»Nein. Verzeihung, ich habe mich wohl nicht deutlich genug ausgedrückt. Die Macht, die er gerufen hat, hat seinen Körper ausgelaugt. Es ist eigentlich keine Überraschung, wenn man bedenkt, welche Kräfte dabei freiwerden. Cadillac hat Malone angewiesen, verschiedene Heimkehrer zu verhören. Ihren Aussagen zufolge hat die Flutwelle an die zweihunderttausend Menschen umgebracht ...«

Karlstrom lehnte sich in seinen Sessel zurück. »Zwei hun ...? — *Mannnn!*«

»Zudem hat sie fünf große Raddampfer vernichtet. Sie sind mit Mann und Maus abgesoffen ...«

»Herrjeh! Das werden uns unsere Freunde von der anderen Feldpostnummer aber mächtig übelnehmen!« Karlstrom schloß die Augen und massierte kurz seine Nase, dann rutschte er wieder nach vorn und widmete seinen Stellvertreter seine Aufmerksamkeit. »Und wie nehmen die M'Calls es auf?«

»Der Clan befindet sich in tiefster Trauer. Alle rennen in Sack und Asche rum. Cadillac ist offiziell zu Mr. Snows Nachfolger bestellt worden.«

»Und Brickman? Sie haben doch gesagt, er sei zum Handelsposten gegangen ...«

»Kam erst an, als schon alles vorbei war. Er ist offenbar hingegangen, um Mr. Snow davor zu warnen, daß die Yama-Shitas versuchen werden, sich zu rächen.«

»In der Hoffnung, seine Investition zu beschützen.« Karlstrom lachte trocken. »Tja, muß man jedenfalls anerkennen, daß er es wenigstens versucht hat.«

»Die Reise war nicht völlig umsonst«, sagte McFadden. »Er konnte nämlich eine Bewertung der Lage aus erster Hand vornehmen. Er wird uns später sämtliche Einzelheiten mitteilen. Allerdings haben sich die Abordnungen der She-Kargo, M'Waukee und San'Paul abgesprochen, eine Art lose Allianz zu bilden, und es könnte sein, daß die C'Natti-Clans sich ihnen anschließen. Es ist zwar noch ein bißchen früh, um sowas zu sagen, aber Brickman nimmt an, dies könne zu den Grundlagen eines gegenseitigen Verteidigungspakts führen.«

»Der die D'Troit außen vorläßt ...« bei dieser Vorstellung zupfte Karlstrom sich an der Unterlippe.

»... oder zum Kanonenfutter für die Japse macht. Ich muß sagen, diese Allianz klingt nicht nach einer guten Nachricht.«

»Nein, ist sie auch nicht«, stimmte Karlstrom ihm zu. »Aber jetzt, wo die Mutanten von ihrer Waffenhändlern abgeschnitten sind, sind sie eine geringere Gefahr. Das Problem ist: die Eisenmeister werden ihre Stärke zurückgewinnen. Sie werden diese Niederlage nicht einfach wegstecken — und das könnte zu einer durchaus heiklen Situation führen.

Wenn das gegenseitige Handelsabkommen tot ist,

müssen sie, wenn sie die natürlichen Reichtümer weiterhin ausbeuten wollen, ständigen Einfluß auf die Großen Seen und die Nordprärie nehmen. Das heißt, sie müssen Territorien besetzen, die uns gehören. Sie haben es in dem Geheimprotokoll anerkannt.«

»Können wir sie aufhalten?« fragte McFadden.

»Indem wir uns über die Privatleitung unterhalten? Es ist möglich — aber erst dann, wenn wir ihnen die Köpfe der überlebenden M'Calls gebracht haben. Und die des Kojak-Clans. Unser Freund, der Großkämmerer, würde es zwar auch gern sehen, daß wir ihm Brickman schenken, aber es ist mir gelungen, ihm diese Idee auszureden. Der Chef hat Pläne mit unserem jungen Helden.«

»Ach so. Aber jetzt, da Mr. Snow weg vom Fenster ist ... Steht da der Plan, die M'Calls mit dem *Red River* reinzulegen, noch immer ...?«

»Ja. Das Gelände in Wyoming ist für unsere Wagenzüge ungünstig, und der dichte Baumbestand verbietet uns, das Problem zu lösen, indem wir ein Luftangriff-Unterstützungsprogramm fahren. Deswegen müssen wir den Clan aus den Bergen nach Nebraska locken.«

»Okay. Aber da Cadillac nicht den gleichen Grad an Bedrohung darstellt wie Mr. Snow, brauchen wir Roz Brickman auch nicht ins Spiel zu bringen. Soll ich dafür sorgen, daß sie in die Föderation zurückgeflogen wird?«

»Nein, sie bleibt draußen. Clearwater auch.«

McFadden gab eine Notiz in seinen Memo-Typer ein. »Wir haben ein kleines Problem mit Malone.«

»Reden Sie weiter ...«

»Als er Cadillac die Idee verkaufte, den Zug zu überfallen, ist man übereingekommen, Mr. Snow solle dabei die tragende Rolle spielen. Als Brickman und Malone erfuhren, daß er zum Handelsposten unterwegs war, hat er einen Rückzieher gemacht, damit Brickman Zeit hatte, den alten Zausel herbeizuschaffen.

Er hat sowas gesagt wie ›Wenn der Rufer nicht mitmacht, machen wir auch nicht mit‹. Und jetzt steht er wegen Mr. Snows Tod im Regen. Wenn der Angriff tatsächlich stattfinden soll, braucht er einen guten Grund, um seine Meinung zu ändern. Warum lassen wir Cadillac von Malone und Brickman nicht einfach in einen Hinterhalt locken? Dann könnte eine Greiferbrigade ihn schnappen. Wenn wir Grünes Licht kriegen, können wir die ganze Sache in achtundvierzig Stunden schaukeln.«

Karlstrom schüttelte den Kopf. »Ich bin nicht nur hinter Cadillac her, Tom. Es geht um die M'Calls. Um jeden Mann, jede Frau und jedes Kind. Nicht nur, um unsere schlitzäugigen Kollegen zu erfreuen, sondern deswegen, weil sie der *Lady* so zugesetzt haben und sie der Hauptgrund all unserer vergangenen Schwierigkeiten sind. Nur ihretwegen spielen sich die She-Kargo jetzt so auf. Wenn wir ihren stärksten Clan vernichten können, ist es für sie eine blutige Niederlage. Normalerweise könnte die Bahnbrecher-Division dafür sorgen. CINCTRAIN würde nichts lieber tun. Aber wegen der Brickmans hat der G-P uns die Aufgabe übertragen.«

»Ich verstehe.«

»Gut. Machen Sie weiter. Und nehmen Sie keine unserer Verteidigungsmaßnahmen zurück. Ich möchte, daß das Empfangskomitee auf alle Eventualitäten vorbereitet ist. Und schicken Sie Malone die gleiche Botschaft.«

McFadden musterte Karlstrom nachdenklich. »Es könnte aber den Eindruck erwecken, daß Sie eventuell glauben, Mr. Snow sei gar nicht tot.«

»Sagen wir's mal so: Ich traue diesen Ärschen einfach nicht.«

»Schließt das auch Mr. Brickman ein?«

»Im Moment ist es keine Frage, ob *ich* Brickman traue, sondern ob die Mutanten es tun. Aus Malones Funksprüchen ist ersichtlich, daß Cadillac den Verdacht geäußert hat, Brickman sei ein Geheimagent.« Karlstrom lächelte. »Zum Glück ist ihm offenbar noch nicht der

Verdacht gekommen, daß Malone nicht das ist, was er zu sein vorgibt.«

»Aber ...«

Karlstrom unterbrach ihn. »Ich weiß, was Sie sagen wollen. Wenn Mr. Snow die Siedlung vor Cadillacs und Brickmans Rückkehr verlassen hat, hat es zwischen Schüler und Lehrer keine vorherige Absprache gegeben. Falls sein Tod nur *vorgetäuscht ist*, müßte Brickman davon erfahren haben.«

»Es sei denn, natürlich, er ist *wirklich* tot.«

»Genau. Ich bin zuversichtlich, daß Brickman und seine Schwester sich für uns stark machen werden. Doch bei einem Unternehmen dieser Wichtigkeit darf man nichts dem Zufall überlassen. Deswegen geben die beiden reichlich Gelegenheit, ihre Treue an diesem Tag zu beweisen.«

Karlstrom ging davon aus, daß die Besprechung damit zu Ende war, doch sein Stellvertreter gab nicht auf. »Wollen Sie mir noch irgend etwas sagen?«

»Ja.« McFadden fletschte die Zähne wie ein Schimpanse, der sich bemüht, einen Aggressor zu beschwichtigen. »Das war die gute Nachricht ...«

»Und die schlechte ...?«

»Sie betrifft die nach Wyoming gebrachte FERNAUF-Einheit. Die mit ...«

»Ja, ja, unnötig, es zu erklären. Ich habe die verdammte Sache ausgetüftelt. Malone hat die M'Calls zu ihnen geführt, und alles ist planmäßig verlaufen. Die Mutanten haben die Gesetzesbrecher niedergemacht und sind freudestrahlend und zufrieden mit der Beute abgezogen, die sie brauchen, um den Wagenzug zu überfallen.« Karlstrom legte eine Pause ein und musterte McFadden mit einem argwöhnischen Blick. »Oder wollen Sie etwa sagen, daß es nicht so war?«

»Nein — bis hierhin ist alles bestens gelaufen. Es ist nur so, daß ...«

»Jemand hat etwas verpatzt? — Okay, wer?«

»Nein. Es war irgendein Sesselfurzer, der im Hauptdepot des Generalnachschubmeisters an einem Computer sitzt.«

»Das ändert die Sache ...«

»Als die Materialanforderung für die Uniformen und die Ausrüstung der FERN-AUF-Einheit im HQ des GNM eintraf, wußten die Leute nicht, daß es sich um eine Ködereinheit aus lauter Code-Eins-Verbrechern handelte. Sie haben die Materialliste, die zu einer FERN-AUF mit Außenauftrag gehört, bloß abgehakt und alles ausgeliefert, was auf dem Ausdruck stand.«

»Haben unsere Leute die Luftflaschen etwa nicht manipuliert und ihnen nicht den größten Teil der Munition weggenommen, als sie den Lagerplatz aufgebaut haben?«

»O doch, das haben sie gemacht! Sie haben alles hergerichtet, damit es echt aussah. Aber sie sind nicht auf die Idee gekommen, *sämtliche* angelieferten Standardmaterialien könnten voll ... einsatzfähig sein.«

Karlstrom sank in den Sessel zurück und zwickte sich mit Daumen und Zeigefinger in die Nase. »Zum Beispiel ...?«

»Sechs Ladungen Plastiksprengstoff mit Detonatoren und Zeitzündern, und zwölf AP108. Anti-Körper-Minen mit Druckzünder.«

Karlstrom runzelte die Stirn. »Was, zum Henker, fangen FERN-AUF-Schwadronen denn mit solchem Zeug an?!«

»Tja, solche Einheiten werden beauftragt, Funkfeuer aufzustellen. Man stattet sie mit PX aus, falls sie Löcher für die Mastenfundamente in felsiges Gelände sprengen müssen. Wenn der Mast aufgerichtet und befestigt ist, legen sie AP-Minen um ihn herum aus, um eventuell herumstromernde Mutanten daran zu hindern, ihn wieder abzureißen.

Die meisten Beulenköpfe in den Territorien haben zwar gelernt, daß es besser ist, die Masten zu meiden, aber für die, die es nicht wissen ... Diese Tölpel brauchen nur einen Fuß auf die falsche Stelle zu setzen, dann — *Wumm!* — fliegen sie in die Luft. Hinterher neigen seine Freunde, falls welche übriggeblieben sind, meist dazu, den Dingern fernzubleiben.«

Karlstrom hatte zwar das Gefühl, daß er die Antwort kannte, aber er stellte die Frage trotzdem. »Was ist also mit dem Zeug passiert?«

»Es ist offenbar auf Abwege geraten. Wir wissen aber, daß es ausgegeben wurde. Wir haben sogar eine Frachtquittung von der Air-Mexico-Basis in Dallas.« McFadden warf die Arme in die Luft. »Sie wissen doch, wie diese Typen arbeiten. Sie sind zwar toll, wenn es um verdeckte Ermittlungen geht, aber wenn das Ausfüllen von Papieren ansteht, versauen sie es fast immer.«

»Sie wissen also nicht mit absoluter Sicherheit, ob die Minen und das PX in Wyoming angekommen sind.«

»Wir sind zu neunundneunzig Prozent sicher. Deswegen habe ich, bevor ich zu Ihnen kam, zuerst mit Malone geredet. *Wenn* es dort war, war es verschwunden, als er den Ort des Geschehens erreichte. Seine Leute haben den Lagerplatz auf den Kopf gestellt, aber nur noch ein paar Gewehre und Ausrüstungsgegenstände gefunden — Zeug von der Art, das die M'Calls schon vorher eingesammelt hatten.«

»Hat er Cadillac befragt?«

»Sicher. Cadillac hat gesagt, alles, was sie gefunden hätten, läge auf dem Boden und warte darauf, in zwei Hälften geteilt zu werden. Als Malone konkret nachgefragt hat, schien er nicht zu wissen, was PX ist. Malone konnte die Sache jedoch nicht zu hartnäckig verfolgen, weil seine Befehle lauten, den Mutanten günstig zu stimmen, bis ...«

»Ja.«

»Außerdem können Mutanten nicht lesen. Selbst *wenn* die M'Calls das Zeug auf die Seite gebracht haben, sie wissen nicht, was es ist!«

»Cadillac kann lesen«, sagte Karlstrom. »Und er weiß ebensoviel über Sprengstoff wie Brickman. Als die Bombe ein Riesenloch in Hartmanns Wagenzug gerissen hat, war Cadillac bei den Drahtziehern!«

»Christoph! Yeah, das hatte ich völlig vergessen! Welch ein verlogener Scheißhaufen! Was sollen wir Ihrer Meinung nach jetzt tun?«

Karlstroms Gesicht wurde finster. »Als erstes sagen Sie Malone, er soll rauskriegen, was Brickman von der Sache weiß. Lautet seine Antwort *nichts,* soll er den Lagerplatz noch einmal absuchen, und zwar quadratzentimerweise. Inzwischen setzen Sie ein paar Dutzend Tastendrücker in ein Shuttle nach Dallas. Sie sollen ein Verzeichnis jedes einzelnen Gegenstandes in der Luftbasis anlegen, und zwar bis zum allerletzten Regenbogengrashalm.«

Er deutete auf den Bildschirm auf seinem Schreibtisch. »Und ich möchte das Ergebnis bis morgen um diese Zeit auf meinem Schirm haben. Comprende?«

»Yes, Sir!« McFadden sprang auf.

»Und kriegen Sie raus, wer von unseren Leuten die Anforderung bearbeitet hat. Ich rechne damit, daß Köpfe rollen, Tom. Ich werde solche Schlampereien innerhalb der AMEXICO nicht dulden; egal auf welcher Ebene, und ich akzeptiere auch keine Entschuldigungen.

Das Unternehmen SQUARE-DANCE darf unter *keinen* Umständen danebengehen. Es geht hier um die größte und wahrscheinlich komplizierteste Aufgabe, die wir je in Angriff genommen haben. Jahrelange Arbeit, Jahrzehnte der Planung, Hunderte von Leben — das Ihre und das meine eingeschlossen — sind in Gefahr, und das bleibt auch so, bis wir genau wissen, wo der Sprengstoff geblieben ist.«

»Keine Sorge. Wir werden ihn finden.«

»Wehe nicht. Wer weiß sonst noch davon?«

»Außer meiner Assistentin niemand. Sie hat die Aufzeichnungen über den FERN-AUF-Köder in die Hauptdatei geloggt und aus purem Zufall die Ausrüstungsliste gelesen, die das HQ des GNM geliefert hat. Die Liste kam ihr angesichts der Lebenserwartung, die man der Einheit eingeräumt hat, etwas überzogen vor, deswegen hat sie sie mir vorgelegt.«

»Kluges Mädchen ...«

»Jo-Anne? Das kann man wohl sagen.«

»Sie soll die Liste aufdröseln, die beiden Gegenstände rausnehmen und den ganzen Vorgang bis zum GNM-Hauptlager zurück löschen. Das heißt, auch die Zugriffsmöglichkeit auf die dortigen Unterlagen. Der Sprengstoff ist nie bei der AMEXICO angekommen. Haben Sie das verstanden?«

»Yes, Sir.« Es war nicht das erste Mal.

»Okay. Sonst noch was?«

»Nur das, was die heutige Tagesordnung betrifft.«

»Gut ...« Karlstrom seufzte müde, legte die Hände auf den Tisch und erhob sich aus dem Sessel. »Gut gemacht, Tom. Danke, daß Sie mir den Tag versaut haben ...«

Im fernen Wyoming hatte Steve den Beschluß gefaßt, sich nützlich zu machen. Er übernahm die Aufgabe, jene fünfzig ausgewählten Mutantenkrieger auszubilden, die am Anfangsangriff auf den Wagenzug teilnehmen sollten. Da viele Bären, die nicht zu ihnen gehörten, etwas neidisch auf die anderen waren, hielt Steve es im Interesse allgemeiner Harmonie für das beste, die Ausbildung auch auf jene auszudehnen, die gern daran teilnehmen wollten.

Dies gab allen eine Chance, Uniformen anzuziehen und sich mit dem dazugehörigen Tand zu schmücken — etwas, das die Mutanten gern taten, wenn sie sich zu verschwenderischen Aufführungen feinmachten, wie etwa dann, wenn man Feuerlieder sang. Außerdem führte dies zu einem gewissen Maß an Wettbewerb, denn Steve hatte klargestellt, daß nur die fünfzig besten Rekruten ins Endteam aufgenommen würden.

Obwohl es hoffnungslos war, ihnen beizubringen, wie man die elektronische Sichtanzeige auf das Visier projizierte, waren alle schon mit Eisenmeister-Gewehren umgegangen und auch ans Zielen gewöhnt: Auch Armbrüste lehnte man an die Schulter. Da die meisten Mutanten ungewöhnlich zielgenau waren, verlief der Wechsel von der Armbrust zum Karabiner beim Anlegen relativ glatt.

Cadillac, der Mr. Snows Tod sehr schlecht aufgenommen hatte, stand nach der offiziellen Ernennung als Wortschmied nicht mehr zur Verfügung und ließ durch einen seine Tür bewachenden Krieger allen klarmachen, daß er nicht dazu aufgelegt war, mit jemandem — Steve eingeschlossen — zu reden.

Drei Tage später tauchte er im Schatten von vier Kriegern namens Blue-Thunder, Funky-Deelix, Storm-Trooper und Twilight-Zone in Steves Ausbildungslager auf. Als Steve ihn am Rand stehen und zuschauen sah, wies er die beiden als Einheitsführer eingeteilten Bären an, mit Übungsschießen und Ausbildung fortzufahren und ging zu ihm, um ihn zu begrüßen.

Steve begrüßte die Bären und schüttelte Cadillacs Hand. »Willkommen bei den Lebenden.« Er hatte eigentlich ›bei der menschlichen Rasse‹ sagen wollen, aber das konnte er auch falsch verstehen.

»Wie geht's?«

»Welchen Eindruck hast du denn?«

»Da fragst du lieber meine Clan-Brüder«, sagte Cadillac. »Ich habe echte Bahnbrecher noch nie in Aktion gesehen. Habt ihr alles, was ihr braucht?«

»Ja. Ihr habt gute Arbeit geleistet. Ich hätte nicht gedacht, daß es euch gelingt, das ganze Zeug so schnell aufzutreiben. Weißt du was? Allmählich glaube ich, wir haben eine ganz gute Chance, die Sache durchzuziehen.«

»Dann solltest du mal lieber mit Freund Malone reden.«

»Hat er kalte Füße gekriegt?«

»Nun ... Sagen wir mal, ich habe ihn nicht davon überzeugen können, daß wir den *Red River* auch ohne Mr. Snow übernehmen können. Er sagt, Luftgewehre reichen nicht. Wir brauchen Sprengstoff, Minen — sowas in dieser Art.«

»Und die haben wir nicht ...«

»Nein. Er hat die Idee eines gemeinsamen Angriffs aber noch nicht völlig abgelehnt. Wir sind übereingekommen, uns noch mal zu treffen. Aber er könnte recht haben. Vielleicht wird es Zeit, daß wir beide uns den Realitäten stellen.«

Cadillac musterte die auf und ab gehenden uniformierten Krieger, dann sagte er: »Jedenfalls ist das eins der Themen, die wir besprechen müssen.«

»Klar. Kann es warten, oder willst du's jetzt tun?«

Steve sah einen Ausdruck in Cadillacs Augen. Er drehte sich um und rief seinen schwitzenden Ausbildern zu: »Okay! Hört auf, Jungs! Macht Feierabend. Wir machen morgen weiter.«

Cadillac führte Steve aus der Siedlung. Blue-Thunder und die drei anderen Bären folgten ihnen. Niemand sagte etwas, und Steve empfand ein leichtes Prickeln der Besorgnis. Wenn Cadillac auf ein ruhiges Schwätzchen aus war, wozu brauchte er dann die harten Burschen?

Die Hütten der M'Calls standen auf dem gleichen Stück Land wie im Jahr 2989, als sie Steve abgeschossen und gefangengenommen hatten. Cadillac führte Steve zum Gipfel des hinter der Siedlung aufragenden Abhangs und blieb auf der steilen Klippe stehen, auf der er seinen letzten Kampf mit Motor-Head, Black-Top und Steel-Eye geschlagen hatte. Die drei Mutanten hatten ihn erwischt, als er im Begriff gewesen war, mit dem Drachen zu entfliehen, den Cadillac und er gebaut hatte. Clearwater hatte ihre Kräfte eingesetzt, um ihm bei der Flucht zu helfen. Hätte sie es nicht getan, wäre er umgekommen.

Steve war geflohen, weil er das Versprechen gebrochen hatte, sich von Clearwater fernzuhalten. Damit hatte er Cadillac betrogen. Und nun war er wieder hier, an der gleichen Stelle, an der er sich in die Lüfte geschwungen und das Land der M'Calls verlassen hatte. Sollte er aus der Wahl des Tagungsortes etwa irgendeine schwerwiegende Bedeutung herauslesen?

Der junge Wortschmied lud ihn ein, auf einem Stein Platz zu nehmen. Zwei Bären, Storm-Trooper und Twilight-Zone, bauten sich zu beiden Seiten am Rand seines Gesichtsfeldes auf; Blue-Thunder und Funky-Deelix blieben mit gespreizten Beinen etwa drei Meter vor ihm stehen und verschränkten die Arme vor der Brust.

Da Steve der Meinung war, nichts anderes tun zu können als den nächsten Schritt abzuwarten, legte er die Hände auf seine gespreizten Oberschenkel und trommelte einen ungeduldigen Rhythmus. Cadillac ging vor ihm auf und ab. Steve wußte zwar, daß dies zu seiner Rolle gehörte, aber irgendwann entwickelte er das Gefühl, daß es nun reichte. »Willst du mir irgendwas sagen? Oder sind wir nur hier raufgekommen, um die Aussicht zu bewundern?«

Cadillac blieb vor Steve stehen. »Es geht um den Meister. Abgesehen von dem Schlag, den sein Tod mir versetzt hat, hat er uns in eine sehr schwierige Lage gebracht.«

»Du meinst bei Malone?«

»Nein. In einem bin ich mir sicher: Wenn du es wirklich willst, könntest du ihn davon überzeugen, daß er uns helfen muß. Aber er könnte auch recht haben. Vielleicht sollten wir die Idee vergessen ...«

»... den Versuch zu machen, Clearwater zu retten?«

»Ja. Was sollen wir *deiner* Meinung nach tun?«

Steve zuckte die Achseln. »Kann ich auch nicht sagen.

Ich habe zwar ein einleuchtend begründetes Interesse daran, aber die Sache geht nur den Clan an. Du hast Mr. Snows Stellung übernommen. Von nun an triffst du die Entscheidungen.«

»Ja, ich weiß, aber ...« Cadillac ging wieder auf und ab. Er grübelte über Steves Worte nach, dann sagte er: »Konntest du noch mit dem Meister reden, bevor er ...?«

»Du meinst darüber, daß Clearwater im Wagenzug ist? Ja, ich habe ihm erzählt, was passiert ist — und daß du beschlossen hast, ihr zu helfen.«

»Hast du ihm auch gesagt, daß du es für einen verrückten Einfall hältst?«

»Nein. Ich habe nur ein paar Schwierigkeiten erläutert.«

»Und?«

»Er hat gesagt, wir sollten es tun.«

»Ja, aber als er es gesagt hat, wußte er da, daß er sterben würde?«

»Sterben?« Steve verzog das Gesicht. »Kann ich nicht sagen. Es war nicht sein letzter Wunsch, wenn du das meinst. Er hat nur gesagt, der Weg ist vorgeschrieben. Und er hat dir seinen Segen gegeben.«

»Auch wenn es bedeutet, daß wir in eine Falle gehen?«

Steve runzelte die Stirn. »Ich weiß nicht genau, auf was du hinauswillst.«

Cadillac musterte ihn erwartungsvoll, dann sagte er: »Ach so. Du hast ihm nichts von Malones kleinem Geheimnis erzählt.«

Es gab nur eine Möglichkeit, der verschleierten Anspielung zu begegnen. Volldampf voraus. Steve warf den beiden neben ihm stehenden Kriegern einen Blick zu und sagte: »Ach ... daß er ein Geheimagent ist? — Yeah, das hab ich ihm erzählt.«

»Aber nicht mir.«

»Ich wollte es dir erzählen. Ich dachte, ich gebe dir

'ne Chance, es selbst rauszukriegen. Hast du ja auch. Was ich toll finde. Erspart mir eine ganze Menge Ärger.«

Cadillac fauchte: »Was, zum Henker, spielst du für ein Spiel, Brickman?!«

»Das Spiel heißt ›Überleben‹! Man bestimmt die Regeln während des Spiels und zieht alle Register seines Könnens. Aber bevor es jetzt so weitergeht, solltest du dich bemühen, eine einfache Tatsache zu schnallen: daß wir beide auf der gleichen Seite stehen.«

»Erwartest du ernsthaft, daß ich das glaube?« Cadillac explodierte förmlich. »Du hast mich beschissen! Du und Malone — ihr wolltet meinen Clan in eine Falle lokken!«

»Nein, nein, Caddy, daran ist kein Wort wahr. Ich gebe ja zu, daß es so aussieht, aber so ist es nicht. Es ist *wirklich* ein Hinterhalt im Spiel, aber er wird nach hinten losgehen! Malones Bande und die *Red River*-Mannschaft werden eins auf die Schnauze kriegen, nicht wir!«

Cadillac sah nicht überzeugt aus. »Du kannst mir viel erzählen — jetzt, wo deine Lügen ans Licht gekommen sind! Und du hast auch keinen Beweis, daß du dem Meister alles gestanden und seinen Segen bekommen hast!«

Steve schluckte die Antwort hinunter. Ihm war schlagartig klar geworden, wohin die Diskussion zielte. Er beschloß, sie weiterlaufen zu lassen. Wenn er recht hatte, konnte er seinen Kopf schon noch aus der Schlinge ziehen. Es wurde Zeit, daß er offensiv wurde. »Hör zu! Ich habe mir nichts vorzuwerfen — *dir* aber sehr wohl! All dies wäre nicht notwendig, wenn du mir vertraut hättest. Aber was hast du getan? Du hast in Malones Gegenwart die Klappe aufgerissen! Du hast gesagt, ich sei wahrscheinlich ein Geheimagent! Du hast Glück gehabt, daß er ein Mex ist! Wenn er ein *echter* Abtrünniger wäre, hätte er mich durchlöchert. Und wo, zum Henker, wärst du dann wohl jetzt?!«

»Genau da, wo ich jetzt auch bin!« schrie Cadillac, der noch immer von dem Wissen verschreckt war, daß er sich nie wieder an seinen Lehrer um Hilfe wenden konnte.

»Von mir kannst du jedenfalls kein Mitgefühl erwarten! Wärst du nicht so halsstarrig gewesen, hätte ich dich gar nicht erst zu belügen brauchen! Was ist denn passiert, als ich vorgeschlagen habe, Roz aus dem Wagenzug zu holen? Du hast das Thema abgewürgt! Du hast mich beschuldigt, euch zu hintergehen, und am Ende haben wir die Messer gezückt! Dank deiner Paranoia wäre Clearwater beinahe gestorben. Ich habe sie nicht in den Wagenzug gebracht — *du* hast es getan!«

»Nun, so sieht *deine* Geschichte aus ...«

Steve ignorierte die Anspielung. »Und was ist dann passiert? Malone hat plötzlich die gleiche Idee. Er schmiert dir Honig um den Bart. Er nutzt dein Mißtrauen gegen mich aus. Und du fällst voll darauf rein!«

»Du hast mich bewußt dazu getrieben!« schrie Cadillac. »Du hast ihn auf mich angesetzt! Du hast gewußt, daß ich alles tun würde, um das Gegenteil zu beweisen, wenn du gesagt hättest, daß es *nicht* geht!«

»Ja«, schrie Steve. »Weil du immer die Nummer eins sein mußt! Es muß immer alles nach deinem Kopf gehen, und alle paar Minuten muß man dir sagen, was für ein toller Hecht du bist! Nun ja, hin und wieder bist du es ja auch. Aber meist führst du dich auf wie ein absoluter Blödmann!

Deswegen mußte ich die Sache so drehen! Weil du mir nicht vertraut hast! Haben wir uns nicht den Bluteid geleistet? War Clearwater nicht unser Zeuge?«

»Ja, aber ...«

»Es gibt kein *Aber!* Jetzt, wo Mr. Snow im Himmlischen Grund ist, müssen wir sie aus dem Zug holen. Nach allem, was am Handelsposten geschehen ist, brauchen der Clan und die She-Kargo sie mehr als je zuvor. Und deswegen müssen wir auch Roz befreien.

Nicht weil sie meine Blutsschwester, sondern weil sie Ärztin ist.

Es wird drei bis vier Monate dauern, bis Clearwater wieder auf den Beinen ist, und bis dahin benötigt sie intensive medizinische Pflege. Kriegt sie sie nicht, ist die ganze Übung ohnehin für die Katz.«

»Ja, das sehe ich ein. Du hast es wirklich sehr gerissen und logisch durchdacht. Aber du warst ja immer gut darin, dich aus Klemmen herausreden. Du bist ein wertvoller Aktivposten, Brickman. Deswegen sind deine Herren auch bereit, so viel zu tun, um dich am Leben zu erhalten.«

»Da hast du recht«, sagte Steve. »Das haben sie getan. Weil ich es geschafft habe, ihnen einzureden, daß ich noch immer für sie arbeite.«

»So wie du uns eingeredet hast ...«

Allmählich riß Steve der Geduldsfaden. »Daß du jetzt Scheiße redest, ist dir doch wohl selber klar! Hast du dich schon mal gefragt, weshalb *ich* so viel getan habe, um *dich* am Leben zu erhalten? Nee! Und warum nicht? Weil *du* die Wahrheit nicht vertragen kannst! Ich hätte dich doch an jeder Ecke, an der wir waren, umlegen können!«

»Das hätte Clearwater nicht zugelassen!«

»Am Reiherteich? Sie hätte mich nicht aufhalten können! Sie war völlig kraftlos und konnte kaum noch gehen! Bei Long Point, als du bis zu den Kiemen abgefüllt warst, hätte ich dich ohne weiters aus dem Laderaum werfen und abfliegen können. Mir fällt noch was Besseres ein: Ich hätte vergessen können, die Luke zu schließen, dann wärst du nach dem Start ...«

»Danke, daß ich jetzt weiß, wie dein Verstand arbeitet. Es ist sehr aufschlußreich.«

»Du weißt genau, was ich damit sagen will!«

»Ja, klar. Und auf dem Raddampfer hättest du mich ersaufen lassen können. Hast du aber nicht.« Cadillacs Stimme verlor ihren schrillen Unterton und wurde zum zuversichtlichen Schnurren einer Katze. Ein Zeichen dafür, daß er nun die Oberhand hatte. »Warum? Warum nimmst du all diese Schwierigkeiten auf dich?«

Er beantwortete seine Frage mit einem spöttischen Lachen. »Es war alles Teil des Plans. Als du zum Handelsposten unterwegs warst und Malone sich auf ziemlich dumme Art verraten hat, paßte plötzlich alles zusammen. Man hat dich geschickt, um uns drei zu schnappen. Als Clearwater verwundet und ich ohnmächtig war, hattest du eine Bombenchance, uns zum *Red River* zu bringen. Aber du hast sie nicht genutzt, weil du wolltest, daß ich Mr. Snow für dich in die Falle locke!

Wenn du mich zur Siedlung gebracht hättest, wärst du ein Held gewesen! Ein treuer Freund der M'Calls! Ein Ehrenbär, der bis ans Ende der Welt geht, um einen Clan-Bruder zu retten! Wer könnte schon unter all dieser Tünche eine verlogene und verräterische Kröte vermuten?!«

Jetzt, da Blue-Thunder und die drei anderen bewaffneten Bären ihrer Auseinandersetzung aus nächster Nähe zuschauten, wäre es unklug gewesen, irgendeine rasche Bewegung zu machen. Aber Gewalt war ohnehin keine Antwort. Die einzige Möglichkeit, Cadillac vor seinen Getreuen zu blamieren, bestand darin, ihn mit irgendeinem schneidenden Satz unterhalb der Gürtellinie zu treffen.

»Dafür sollte man dir den Schädel einschlagen, aber ich gönne mir diese Freude nicht. Ich habe der Großen Himmelsmutter gelobt, nie wieder mit dir zu kämpfen, wenn sie Clearwater verschont.«

»Wie *edel* von dir«, sagte Cadillac. »Kannst du in Mo-Towns Namen schwören, daß dir ein solcher Plan, wie ich ihn gerade beschrieben habe, nie eingefallen ist?«

»Nein. Er ist mir wirklich eingefallen. Es ist genau das, was ich den Leuten auf dem *Red River* vorgebetet habe.«

Cadillac schnappte nach Luft. »Du warst ...?!«

»Yeah, ich weiß, was ich gesagt habe.« Steve wartete ab, bis Cadillac richtig wütend schäumte.

»Du ... du warst *wirklich* an Bord des Wagenzugs?!«

»Aber klar! Ich mußte doch! Ich mußte Roz treffen, um in Erfahrung zu bringen, wie schwer Clearwater verletzt ist und wie die Chancen stehen, die beiden zu befreien! Hättest du es etwa nicht getan?« Steve wartete keine Antwort ab. »Die einzige Möglichkeit für mich, wieder aus dem Zug *rauszukommen,* bestand darin, ihnen den Plan zu verkaufen, dich und Mr. Snow dazu zu verleiten, den *Red River* zu überfallen.

Natürlich war die Sache als Hinterhalt angelegt. Man will euch beide hinter Schloß und Riegel bringen und dann so zu tun, als sei der Überfall erfolgreich gewesen, damit der Rest des Clans ...« Steve beendete den Satz mit einem Achselzucken. »Ich habe Malone mit in den Plan einbezogen, um sie zufriedenzustellen. Ich dachte, wenn er an meiner Seite steht, sind sie davon überzeugt, daß ... nun, daß nichts schiefgehen kann.«

»Du meinst, *sie* trauen dir auch nicht.«

»Der Chef der AMEXICO läßt eben nicht gern etwas außer acht.«

Cadillac dachte über das nach, was er gerade gehört hatte. »Wieso bilden sie sich ein, sie könnten den Meister fangen? Wissen sie nicht, daß er der Sturmbringer ist?«

»Natürlich wissen sie es. Deswegen sind sie ja so scharf auf ihn. Aber Roz hat sie überzeugen können, daß sie die Macht hat, seine Erdmagie zu lähmen. Vielleicht nur für kurze Zeit, aber lange genug, um ihn festzusetzen und mit Drogen vollzupumpen, die seinen Verstand verwirren.« Steve beschrieb die Demonstration, die sie der Sondereinheit gegeben hatte.

»War das klug?«

»Sie wissen zu lassen, was Roz kann? Ja. Ich mußte sie davon überzeugen, daß es eine Möglichkeit gibt,

Mr. Snow auszuschalten. Sonst lassen sie uns niemals an Bord. Verstehst du denn nicht? Ich *mußte* einen hinterhältigen Plan schmieden. Es war die einzige Möglichkeit, sie davon zu überzeugen, eine Mutantenbande in den *Red River* reinzulassen. Sie haben dem Plan übrigens nur deswegen zugestimmt, weil Malone dich bearbeiten soll ...«

»Dann wären er und seine Abtrünnigen ein Teil der Angriffswelle gewesen ... und hätten uns in die Falle gelockt.«

»Genau so. Nur eins darfst du nicht vergessen: Kein Überfall, keine Befreiung. Wollt ihr Clearwater zurückhaben oder nicht?«

»Ja, aber ...«

»Dann müssen wir weitermachen.«

»Ach so. Wir lassen uns von Malone und seinen Leuten in einen Hinterhalt locken. Viele She-Kargo-Clans verwenden ein ähnliches Verfahren bei der Büffeljagd an. Sie umzingeln die Herde und treiben sie in einen Abgrund.«

»Wir folgen aber nicht Malones Plan, sondern unserem *eigenen.* Und Roz setzt ihre Kräfte ein, um uns zu helfen.«

»Das hoffst du ...«

»Ich hoffe es nicht, Caddy, ich *weiß* es. Hast du vergessen, daß unsere Geister miteinander verbunden sind?«

Als Cadillac merkte, daß ihm die Initiative entglitt, reagierte er gereizt. »Ja, ja, ich glaube, ihr könnt eure Gedanken lesen. Sonst wären wir nicht hier. Die Frage ist: Wie kann man deine *wahren* Motive erkennen?«

Steve platzte der Kragen. Er sprang auf. »Harrr! Verflucht noch mal, Caddy! Warum mußt du ständig alles von hinten aufzäumen? Ich habe dir den ganzen Plan verraten und war absolut ehrlich! Siehst du denn blind?«

»Es spielt eigentlich doch keine Rolle, oder? Der Meister ist nicht mehr bei uns.« Cadillac unterdrückte den Kummer, der ihn jedesmal überkam, wenn er von ihm sprach. »Ob du nun die Wahrheit sagst oder nicht — deine ganzen Intrigen haben zu nichts geführt.«

»O doch! Schließlich haben wir noch Roz. Wenn wir genug von unseren Leuten in den Wagenzug reinkriegen, können wir die Situation leicht umkehren.«

Cadillac wirkte nicht sehr überzeugt. »Ja, das sagst du jetzt! Aber du hast die Wahrheit so lange hinter Lügen und Verdrehungen verborgen, daß ich nicht mehr weiß, ob deine Zunge ihren Geschmack überhaupt noch erkennen würde, falls es ihr je gelänge, durch deine verlogene Kehle zu rutschen.«

Steve erkannte, daß Cadillac sein Äußerstes tat, um eine gewalttätige Reaktion zu provozieren. *Nein, mein Freund, darauf falle ich nicht herein. Jetzt ist mir klar, welches Spiel du spielst* ... Er hörte ihm weiter zu.

»... aber selbst wenn dein neuestes Geständnis die Wahrheit *ist* — sie kommt zu spät. Wir können keinen Befreiungsversuch aufziehen, ehe wir nicht wissen, was die andere Seite *wirklich* plant. Malone wird es mir bestimmt nicht auf die Nase binden — und angesichts deiner Akte wird er es auch dir verschweigen.

Außerdem bezweifle ich, daß deine Blutsschwester uns eine große Hilfe ist. Wahrscheinlich mißtraut man ihr ebenso wie dir.« Cadillac seufzte schwer. »Nein. Wie viele deiner Intrigen ist auch diese viel zu kompliziert. Ich fürchte, wir müssen die ganze Idee vergessen.«

»Dann willst du also keinen Versuch machen, Clearwater zu befreien ...«

»Sagen wir es so, Brickman: Ich werde den Clan nicht opfern, um deinen privaten, ziemlich dubiosen Ehrgeiz zu fördern.«

Steve setzte ein mitleidiges Lächeln auf. »Weißte was? Ich hab gerade geschnallt, um was es dir wirklich geht. Es ist völlig unerheblich, ob ich die Wahrheit sage oder nicht. Du willst mich unglaubwürdig machen, weil du Angst hast! Jetzt, wo Mr. Snow nicht da ist, um uns zu leiten, *möchtest* du einfach keinen Versuch mehr machen, stimmt's?

Wovor hast du Angst? Vor der Verantwortung? Daß eine Menge deiner Clan-Brüder und -Schwestern aufgrund *deiner* Entscheidung sterben könnten und du dann die Schande hast? Oder hast du bloß Angst, die Sache anzuleiern, weil die anderen dir ihre Hilfe versagen könnten?« Steve lachte kurz und höhnisch. »Tja, dann will ich dir mal was sagen. — Jetzt, wo ich sehe, wie du dich aus der Klemme ziehst, kann ich es ihnen nicht mal verübeln! Der Clan *braucht* Clearwater, damit sie ihm durch die bösen Zeiten hilft, die auf ihn zukommen. Ich habe dafür gesorgt, daß sie am Leben und in der Nähe bleibt. Ich habe etwas aufgezogen, das uns helfen kann, sie zu befreien. Es ist dein Job, für professionelle Leitung zu sorgen! Denk positiv — und tu etwas, verdammt noch mal! Bisher haben wir von dir nur negative Reaktionen und billiges Geblöke über meine Zuverlässigkeit gekriegt.«

»Ja!« schrie Cadillac. »Und unter den gegebenen Umständen ist dies auch absolut gerechtfertigt!«

Steve setzte zum Todesstoß an. »Schöne Worte! Aber Worte sind ja auch dein Beruf, oder nicht? Ich rede vielleicht viel, aber ich *sage* wenigstens was! Und du? Du bist bemitleidenswert!«

Cadillacs Rechte flog an den Griff seines Messers. Blue-Thunder und Funky-Deelix packten seine Arme, preßten sie an seinen Körper und hinderten ihn daran, die Klinge zu ziehen.

Als Storm-Trooper und Twilight-Zone Steve packen wollten, hob er die Hände und trat beiseite. »Ist nicht, Jungs! Regt euch ab. Ich bin nicht auf Ärger aus.«

»Das wissen wir«, sagte Funky.

»Gut.« Steve vermied den Blickkontakt mit Cadillac und sagte zu Blue-Thunder: »Ihr könnt euch meine Geschichte von Awesome-Wells und Boston-Bruin bestätigen lassen. Sie waren bei Mr. Snow, als ich ihm von Malone und dem ganzen Trallala erzählt habe. Falls *das* nicht die Luft reinigt, wißt ihr, wo ihr mich finden könnt.«

Blue-Thunders Blick war zwar nicht unfreundlich, aber nun transportierte er die Mitteilung, daß — jedenfalls für den Moment — genug gesagt war.

9. Kapitel

Night-Fever kroch durch die Türklappe von Steves Hütte und kniete sich vor ihn hin. Das flackernde Licht des Feuersteins bestrahlte von unten ihr Gesicht und ließ es wie einen der geschnitzten und bemalten Zähnefletsch-Dämonen erscheinen, wie sie die Tempel der Eisenmeister zierten.

Während seines letzten Aufenthalts bei den M'Calls hatte die gräßlich anzusehende Wölfin einen Narren an Steve gefressen, und nun, da Clearwater abwesend war, hatte sie sich zu seiner Köchin, seinem Laufmädchen und seiner Bettwärmerin ernannt. In den Monaten, die er in Ne-Issan verbracht hatte, war es ihr allem Anschein nach nicht gelungen, einen festen Partner zu finden, und so hatte sie, nachdem er mit Cadillac zurückgekehrt und mit ihr zum Handelsposten gereist war, mit liebevoller Sorgfalt eine Hütte für ihn gebaut.

Steve, in einer Gesellschaft aufgewachsen, in der Männer und Frauen — abgesehen von der Rolle der Wächtermutter — völlige Gleichberechtigung genossen (die Föderation machte beispielsweise keine geschlechtsspezifischen Unterschiede beim Bau öffentlicher Toiletten und Bäder), war nicht daran gewöhnt, daß Frauen die unterwürfige Rolle von Domestiken einnahmen.

Anfangs war ihm alles ziemlich peinlich gewesen, doch das einfache Leben der Mutanten brachte eine Menge Hausarbeit mit sich, auf die er nach seiner Bahnbrecherausbildung gut verzichten konnte. In der hundertprozentig durchorganisierten Föderation kam Wärme durch Rohre, war warmes Essen ständig verfügbar, kam Wasser aus dem Hahn und hatten alle Lebensformen, die sich unter einer Bettdecke bewegten, nur zwei Beine.

Doch hier draußen an der Oberwelt mußte man sich *täglich* über grundlegende Notwendigkeiten Gedanken machen. Dies schloß auch die Auswahl des Ortes ein, an dem man seinen Darm entleerte. Abgesehen von letzterem kümmerte Night-Fever sich um alles. Steve konnte es sich zwar nicht erklären, aber er bewunderte ihre Hingabe und zeigte ihr seine Anerkennung auf jede erdenkliche Weise — nur nicht auf dem Gebiet, das Night-Fever möglicherweise wirklich befriedigt hätte.

»Cadillac fragt, ob du mit ihm sprechen willst.«

»Ist er allein?«

»Ja.«

»Sag ihm, ich komme gleich.«

Da Night-Fever wußte, daß sie bei ihrem letzten wütenden Wortwechsel beinahe das Messer gezogen hätten, bezog sie vor der Türklappe Stellung. Wer eine dieser niedrigen Hütten verließ, mußte sich entweder bükken oder auf allen vieren kriechen — und das erschwerte es einen kurzen Augenblick, sich gegen einen wütenden Besucher zu verteidigen. Angriffe dieser Art waren zwar selten, aber nicht unbekannt.

Doch diesmal benötigte Steve nicht den Schutz, den Night-Fevers muskulöser Messerarm ihm bot. Cadillac, dem die Körpersprache der Mutanten natürlich nicht fremd war, hatte schon ein paar diplomatische Schritte zurück getan, und als Steve ins Freie trat, hob er die Arme, legte die Handflächen aneinander und zeigte sie seinem Rivalen. Der Gruß mit offenen Händen war ein Friedenszeichen.

Steve trat auf ihn zu, und sie tauschten die rituellen Griffe und Handschläge von Kriegern aus.

»Ich habe dich möglicherweise falsch eingeschätzt«, sagte Cadillac mit offenbar echtem Bedauern.

Steve reagierte mit einem verständnisvollen Lächeln. »Ich habe das Gefühl, wir haben beide Dinge gesagt, die wir nicht ernst meinen.«

»Können wir reden?«

Zwischendurch: [redacted] Selbst wenn wir Leser vielleicht keine Bahnbrecherausbildung wie Steve genossen haben – uns würde es schwerfallen, uns in das einfache Leben der Mutanten zu fügen . . . [redacted] Und auch bei uns haben wir die Hausarbeit reduziert – so ist warmes Essen auch zwischendurch kein Problem. Denn sie ist im Handumdrehen zubereitet, die . . . [redacted]

»Klar. Komm rein!«

Night-Fever hielt ihnen die Türklappe auf. »Soll ich Essen machen?«

Steve sah Cadillac fragend an, dann sagte er: »Nein. Geh zu deinen Schwestern ans Feuer und warte, bis ich dich rufe.«

Night-Fever nickte gehorsam. Als ihre Blicke sich trafen, leuchtete ihr Gesicht angesichts des kurzen Lächelns auf, das er ihr schenkte. Es ist erstaunlich, dachte Steve, wie manche Leute schon auf den kleinsten Anflug von Liebenswürdigkeit und Zuneigung reagieren. Wenn Night-Fever einen Schwanz gehabt hätte, hätte sie mit ihm gewedelt — wie Baz. Die Erinnerung an den plötzlichen Tod des Wölfchens durch die Hände Malones blitzte in seiner Erinnerung auf und ließ eine Spur von Verbitterung zurück.

Als sie in der Hütte auf den Gesprächsmatten saßen, sah Steve Cadillac an, der in die Flammen des Feuersteins schaute, und wartete ab. Mit noch immer abgewandtem Blick sagte Cadillac: »Du hast recht. Ich habe wirklich *Angst,* daß sie nicht tun, was ich sage.«

»Brauchst du aber nicht. Du hast gehört, was Awesome-Wells der Clan-Versammlung gemeldet hat. Der Meister hat dich zu seinem Nachfolger bestimmt und dem Clan auferlegt, dir zu gehorchen. Auch wenn es schwer verständlich ist, wir sollten tun, was er gesagt hat, und die Sache durchziehen.«

Cadillac schaute zu Steve auf. »Ich weiß! Aber so einfach ist es nicht!«

»Wer hat denn gesagt, daß es einfach ist?«

»Brickman, nur einmal: Sei still und hör zu. Vergiß nicht, ich weiß alles, was du über Wagenzüge weißt. Wir wissen beide nicht, was sich Malone und die Killerbande in diesem Wagenzug ausgedacht haben. Und nach allem, was du bis jetzt gesagt hast, hat auch deine Blutsschwester keine Ahnung.

Vielleicht kann sie ihr neues Talent einsetzen, um uns

zu helfen, aber praktisch ist es doch nie getestet worden. Die Sache mit der Halluzination zum Beispiel … Kann Roz sie selektiv anwenden? Es nützt uns nämlich nichts, wenn die Guten und die Bösen plötzlich den gleichen Alptraum haben.«

Steve zuckte die Achseln. »Ich nehme an, sie weiß selbst nicht ganz genau, wozu sie fähig ist.«

»Was das Unternehmen mit einem weiteren Fragezeichen versieht. Aber wir brauchen Antworten.« Cadillac hob die Hände, um Steves Erwiderung abzuwehren. »Schön, schön! Vielleicht *kann* sie uns ja wirklich helfen. Aber die schiere Größe des Problems hast du dir noch nicht ausgemalt! Ich meine die echten physikalischen Dimensionen des Wagenzugs, die Zahl der an Bord befindlichen Menschen und Waffen. Und besonders die Verteidigungsanlagen.«

»Du meinst die Dampfdüsen …«

»Und alles andere. Malone geht davon aus, er hat es mit einem Idioten zu tun. Der Plan, den er mir verkaufen will, sieht so aus: Hundert unserer Leute, je fünfzig Abtrünnige und Mutanten, du, ich und Mr. Snow eingeschlossen, treten in erbeuteten Bahnbrecher-Uniformen auf und geben sich als Fernmeldeeinheit aus, die von einer riesigen Horde Mutanten verfolgt wird …«

»Will er sich dabei um den Funkverkehr kümmern?«

»Yeah … Folgendermaßen: Wenn es dunkel wird, sendet er Mayday, und wir nähern uns dem *Red River* …«

»… der eine Rampe runterläßt …«

Cadillacs Lippen spannten sich. »Brickman, erzähle ich die Geschichte, oder du?«

»Tschuldigung; mach weiter …«

»Der Wagenzug gibt uns Feuerschutz. Die uns verfolgenden Mutanten bleiben zurück und verteilen sich zwischen den Büschen. Wir jagen die Rampe hinauf. Wir tragen alle farbige Armbinden, damit wir uns erkennen. Wenn wir oben sind, teilen wir uns in drei

Gruppen. Die erste verteidigt die Rampe und das sie unmittelbar umgebende Unterdeckgebiet, die beiden anderen stoßen ins Mittel-und Oberdeck vor und schießen sich den Weg zum vorderen und hinteren Antriebswagen frei.

Malone besetzt die Rampenschaltung. Er sorgt dafür, daß die Rampe unten bleibt und schaltet das Steuersystem aus, das den Dampf in die Düsen unter den einzelnen Wagen leitet ...«

»Und was sollte Mr. Snow dabei tun?«

»Das haben wir offen gelassen. Ich habe Malone erzählt, Mr. Snow könnte alles übernehmen, was unter den gegebenen Umständen richtig ist. Aber auf keinen Fall sollte er im Innern des Wagenzugs einen Sturm erzeugen ...«

»Es wäre aber keine schlechte Idee gewesen ...«

»Kann schon sein. Aber da er tot ist, kann er uns nicht helfen. Darf ich nun weitermachen oder was?«

»Ich bin ganz Ohr.«

»Es muß unser erstes Ziel sein, zwei Waggons zu erobern, damit wir noch eine Rampe runterlassen und durch die Türen in die dahinterliegenden eindringen können.

Sobald wir dies erreicht haben, geht eine Gruppe durch die Dachluken nach oben und schießt grüne Leuchtraketen ab. Dieses Signal holt den Rest des Clans aus dem Versteck, der dann über den Zug herfällt. Wenn die Dampfdüsen desaktiviert sind, rennen sie mit Gebrüll die Rampen hinauf und ...«

»Dann Gute Nacht, *Red River* ...«

»So sollen wir es uns laut Malone vorstellen«, sagte Cadillac. »Und jetzt such mal nach den eingebauten Haken.«

»Hmmm, nun ... Abgesehen von dem grundsätzlichen Problem, wie ein hundertköpfiger Trupp, dessen Hälfte sich in einer völlig fremden Umgebung bewegt, ein ganzes Bataillon schlagen soll ...«

»Nein, *das* ist zu offensichtlich! Das Problem hätte der Meister gelöst.«

»Jetzt unterbrichst *du* mich!« schrie Steve.

Cadillac gab ihm einen Wink, er solle weiterreden.

»Der Plan hat zwei Hauptschwächen. Malone *kann* die Steuerung umdrehen, damit die Rampe unten bleibt. Das ist eine Kleinigkeit. Das gleiche gilt für die Dampfdüsen. Sie schalten automatisch. Zwar können die Düsen unter den verschlossenen Waggons im Notfall noch immer dazu verwendet werden, Dampf abzulassen, aber sobald eine Rampe unten ist, werden sie unter dem betreffenden Waggon desaktiviert. Sonst könnte es übel ausgehen.

Auf beiden Seiten der Rampe befinden sich oben Abstellknöpfe auf einer Schalttafel. Sie dienen hauptsächlich zur Beruhigung der gemeinen Soldaten, die vor dem Einsatz stehen. Wenn der Rampenmeister Grünes Licht kriegt, drückt er den DAMPF AUS-Knopf, der aufleuchtet und bestätigt, daß die Düsen unter dem betreffenden Wagen ausgeschaltet sind.

So weit, so gut. Aber auf dem Dach gibt's ein Problem. Zwar kann man hinauf, wenn man mit den Notluken klarkommt, aber man kann sich nicht lange oben aufhalten. Die beiden Antriebswagen sind mit schwenkbaren Geschütztürmen und sechsläufigen 20-mm-Vulkan-Geschützen ausgerüstet und können das Dach von beiden Seiten unter Feuer nehmen. Die kann man nicht ausschalten, es sei denn, man kann in beide Kommandowagen eindringen. Aber das gelingt nicht, wenn man hundert Mann in drei Gruppen aufteilt. Die Mannschaft ist uns ohnehin schon zehn zu eins überlegen. Wir haben nicht genug Leute, um alle drei Decks *und* sämtliche Treppenaufgänge zu halten. Die anderen werden sich einfach zurückziehen und uns von hinten angreifen.«

»Stimmt genau. Und der andere deutlich erkennbare Fehler?«

Steve lachte. »Was soll das sein? Eine Art Prüfung?«

»Beantworte nur meine Frage, Brickman.«

»Selbst wenn wir in den Zug reinkommen, die beiden Waggons erobern, eine zweite Rampe runterlassen *und* Mr. Snow uns helfen würde, wir könnten den *Red River* nicht erobern.«

»Warum nicht?«

»Weil beide Wagenzugenden unabhängig voneinander operieren können! Der Wagenmeister braucht nur die Türschleusen der beiden Waggons zu schließen, in denen wir sitzen. Dann koppelt er die Bug- und Hecksektion des Zuges ab und fährt weg. Dann sitzen wir in der Falle wie ein Fisch in einer Reuse!«

»Das heißt, selbst wenn wir nur eine Außenseiterchance haben wollen, müssen wir zuerst die Kommandowagen ausschalten ...«

»Yeah. Aber mit Armbrustbolzen oder Gewehrkugeln kriegt man *die* Reifen nicht platt.«

»Das weiß ich.«

»Es gibt noch ein Problem. Selbst wenn man den Zug festsetzen, die schwenkbaren Geschütztürme kaltstellen und die beiden Wagen lange genug halten könnte, um aufs Dach zu kommen und das Signal zu geben — wie soll der Rest des Clans an Bord kommen? Denn auch dann arbeiten noch alle Seitengeschütze — und möglicherweise auch die Dampfdüsen. Sie werden die M'Calls schon beim Anmarsch in Scheibchen schneiden oder dünsten!«

»Aber es wird auch dunkel.«

»Die Kanoniere haben Nachtsichtgeräte! Deine Leute müssen wie durch einen Trichter über die beiden Rampen laufen.«

»Die Kanonen ... Sind es alles luftbetriebene Waffen?«

»Nein. Die 20- und 40-mm-Vulkans verwenden sogenannte hüllenlose Geschosse. Eine Sprengladung in einem geschlossenen Verschluß treibt das Geschoß durch den Lauf. Wie eine Rakete, nur etwas anders.«

»Aber es sind strombetriebene Geschütztürme ...«

»Yeah, man verwendet Elektromotoren, um sie zu steuern ...«

»Und die drehbaren Sechsläufigen ...«

»... werden von Elektromotoren angetrieben.«

»Wenn sie keinen Strom haben, können sie also auch nicht feuern ...«

»Stimmt.«

»Hm. Wenn wir die Kommandowagen ausschalten, um zu verhindern, daß der Zug sich teilt, und die Dampfrohre kappen und den Strom abdrehen, wenn wir die erste Rampe rauf sind, haben wir eine Chance.«

»Eine geringe«, räumte Steve ein. Er lachte. »Ich dachte, du sucht nach Gründen, um den Wagenzug *nicht* anzugreifen.«

Cadillac machte eine müde Handbewegung. »Ich habe gewußt, daß es nicht so einfach ist, wie Malone es schildert. Ich wollte nur hören, daß du es bestätigst.«

»Dann war es also *doch* eine Prüfung! Verdammt noch mal, Caddy! Was muß ich denn noch alles tun, um zu beweisen, daß ich auf eurer Seite bin?!«

»Weiß ich nicht. Trotz allem, was du getan hast, ist irgend etwas an dir ... das nicht richtig paßt.«

»Was ist es, verflucht noch mal?!«

»Nun, mir ist zwar bewußt, daß ich Wortschmied bin, aber es ist trotzdem schwer zu beschreiben. Manchmal kommst du mir fast so vor, als bestündest du aus zwei Menschen. Der eine will uns helfen, und der andere arbeitet für die Föderation.«

»Der andere *tut so,* als arbeite er für die Föderation.«

»Das bezeichne ich als seine gute Seite. Von seiner anderen nehme ich an, daß sie es wirklich möchte. Es könnte aber auch sein, daß persönliche Gefühle mein Urteilsvermögen einnebeln.« Cadillac zuckte die Achseln. »Die Zeit wird es erweisen.«

»Wenn wir unsere Nummer durchziehen wollen«, fauchte Steve, »dann lieber früher als später. Mir geht der ganze Charakteranalyse-Scheiß nämlich allmählich gewaltig auf den Sack! Wenn du den *Red River* nicht überfallen willst, dann sag's mir jetzt. Dann legen wir das ganze Gelaber zu den Akten, und Malone kann Mutter erzählen, daß wir es nicht auf die Reihe kriegen. Dann tue ich das, was ich schon vorgeschlagen habe: Ich kehre mit Roz und Clearwater in die Föderation zurück und versuche, sie auf eine andere Weise rauszuholen.«

»Ich habe nicht gesagt, daß ich den *Red River* nicht überfallen will ...«

»Was, zum Henker, redest du denn?«

Cadillac zeigte sich nun ebenso gereizt. »Quatsch mich nicht von der Seite an, Brickman! Du lebst in *unseren* Jagdgründen! Ein Wort von mir, und du fliegst raus — aber nicht am Ohrläppchen, sondern *ohne* Ohren, und mit den Eiern im Maul! Selbst wenn der Meister hier wäre, um uns zu helfen, wäre es ein großes Risiko, Clearwater aus dem Zug zu holen. Aber ohne ihn ist es fast ein Selbstmordunternehmen!

Bevor ich mein Volk bitte, dieses Opfer zu bringen — und ich habe noch keine Garantie, daß es mir folgt —, muß ich wissen, was uns erwartet. Du hast zwar alle Haken bestätigt, die mir in Malones Plan aufgefallen sind, aber schließlich ist das ganze Unternehmen darauf angelegt, *uns* einzulullen — eine Horde dummer Beulenköpfe. Und das reicht mir nicht. Wir müssen rauskriegen, wie der *wirkliche* Plan aussieht. Wir wissen doch beide, daß keiner von denen, die auf dem Wagenzugdach grüne Leuchtraketen abschießen sollen, zum M'Call-Clan gehören werden!«

»Sicher. Darauf bin selbst ich gekommen.«

»Die sechs Wochen, die du dir erbeten hast, sind vor vierzehn Tagen abgelaufen. Also hat das Empfangskomitee auf dem *Red River* genug Zeit gehabt, alles zu proben.«

»Yeah, aber ...« Steve holte tief Luft, um seinen Frust

zu verdeutlichen. »Sie haben alles ausgetüftelt, nachdem ich gegangen war, um dich und Malone zu treffen. Ich weiß zwar, daß das Ziel der Übung darin besteht, Mr. Snow und dich zu schnappen, aber darüber hinaus tappe ich ebenso im dunkeln wie du.«

»Nicht ganz ...«

»Was meinst du damit?«

»Deine Blutsschwester gehört zu der Sondereinheit, die sich um Clearwater kümmert. Sie *muß* etwas wissen. Meinst du nicht, du solltest mal Verbindung mit ihr aufnehmen?«

»Ich könnte es versuchen. Aber ich glaube nicht, daß es viel bringt.«

»Und warum nicht?«

»Weil Karlstrom, der Leiter des Unternehmens, der Mann, für den ich tätig bin, nicht von gestern ist. Solange ich dich und Mr. Snow nicht abgeliefert habe, schwebt ein großes Fragezeichen über mir. Obwohl Roz viel besser ist als ich, wissen sie, daß wir uns miteinander verständigen können. Und das bedeutet: Was man ihr erzählt, könnte sie an mich weitergeben. Wenn man irgendeinen Zweifel an meiner Treue hat, wird man Roz mit Falschinformationen füttern — mit Dingen, von denen man *will*, daß du sie erfährst.«

Cadillac schaute bestürzt drein. »Aber wenn du bei unserer Gefangennahme eine Rolle spielen sollst, müßtest du dann nicht wissen, was sie vorhaben?!«

»Yeah. Man hat mir gesagt, Malone würde mich kurz vor dem Überfall ins Bild setzen.«

»Dann muß er also Bescheid wissen.«

»Das ist möglich. Als ich ihn aushorchen wollte, hat er gesagt, sein Befehl lautet, dich, Mr. Snow und den Rest der Angriffstruppe die Rampe raufzubringen. Dann soll sich die *Red River*-Mannschaft um alle nötigen Schritte kümmern, die den Angriff betreffen.«

»Aber er hat nicht angedeutet, in welcher Form dies geschehen könnte?«

»Nee …«

»Und wenn wir ihn zum Reden zwingen?«

»Ihn foltern?« Steve zuckte die Achseln. »Wir könnten es versuchen, aber ich glaube nicht, daß viel dabei rauskäme. Agenten wie Malone, die sehr riskante Missionen durchführen, wissen nur das, was sie unbedingt wissen müssen. Damit sie, wenn ihre Tarnung auffliegt, das Unternehmen nicht gefährden können.«

Nun war Cadillac frustriert. »Gütige Himmelsmutter! Es *muß* doch eine Möglichkeit geben herauszukriegen, was sie planen!«

»Ich kann versuchen, Roz zu erreichen. Vielleicht hat sie eine Möglichkeit gefunden, auch in andere Köpfe einzudringen. Aber vielleicht sollten wir die Sache auch allmählich aus einem anderen Blickwinkel sehen.«

»Aus welchem zum Beispiel?« fragte Cadillac argwöhnisch.

»Nun, statt uns zu fragen, was die *andere* Seite wohl macht, sollten *wir* den Verlauf bestimmen. Die Initiative ergreifen. *Sie* aus dem Tritt bringen.«

»So, so. Und wie machen wir das?«

»Wir haben schon damit angefangen. *Sie* waren darauf eingestellt, sich dem stärksten Rufer des Prärievolkes zu widersetzen. Jetzt hat Malone ihnen bestimmt erzählt, daß Mr. Snow nicht mitmacht.« Steve breitete die Arme aus. »Wenn jetzt nur noch du allein da bist, um den Clan anzuführen, müssen sie unweigerlich davon ausgehen, daß die Sache ein Kinderspiel ist.«

»Danke. — Und?«

»Nun ja, es ist zwar nur ein Vorschlag, aber wir könnten damit anfangen, daß wir Malone und seine Bande ausschalten. Wenn wir die Rampe stürmen, können wir auch hundert Mann mitnehmen, denen wir vertrauen. Welchen Sinn soll es haben, die Sache mit fünfzig Typen durchzuziehen, denen man nicht den Rücken zudrehen kann?«

Cadillac runzelte die Stirn. »Aber du hast doch gesagt, Malones Teilnahme sei lebenswichtig, wenn der Befreiungsplan funktionieren soll!«

»Ist sie auch — aber nur solange, bis alles festliegt. Wenn wir uns einen Plan zusammenbasteln können, der uns eine Chance gibt, sollten wir ihn kurz vor dem Angriff auf den *Red River* ausschalten. Das wäre die beste Zeit, um Veränderungen durchzuführen. Dann gelangen wir an Bord, ohne daß sie wissen, was passiert ist.« Steve bemerkte Cadillacs fragenden Blick. »Das geht schon in Ordnung. Ich bin Malone zu nichts verpflichtet.«

»Aber die anderen Abtrünnigen ...«

»Darum geht es ja. Es sind keine echten Abtrünnigen.«

»Soll das heißen, *alle* sind Geheimagenten?«

»Nein, nur ein paar. Aber was macht das für einen Unterschied? Christoph! Wir reden über siebzig oder achtzig Gesetzlose, deren Lebenserwartung bei Null liegt. Was sind sie im Vergleich mit den vielen aus deinem Volk, die gestorben sind, weil sie die She-Kargo retten wollten? Wenn wir sie nicht umlegen, hetzt sie ein anderer Clan oder eine Bahnbrechereinheit zu Tode. Jetzt, wo der Handelsposten geschlossen ist, braucht sie sowieso keiner mehr!«

»Ja, aber ... Sie gehören doch zu deinem Volk!«

»Würde ein General so denken, könnte er seine Truppen nie in die Schlacht schicken. Du willst Clearwater doch zurückhaben, oder?«

»Ja!«

»Dann tue ich, wenn die Zeit kommt, das, was getan werden muß«, sagte Steve. »Aber bevor es dazu kommen kann, mußt du den Clan auf deine Seite bringen. Alle müssen fest hinter dir stehen!«

»Erinnere mich bloß nicht daran.« Cadillac seufzte schwermütig. »Wäre der Meister doch bloß nicht auf der Heimreise vom Handelsposten gestorben.«

»Yeah«, sagte Steve. »Es war echt gemein von ihm.«

»So habe ich es nicht gemeint! Wenn er *hier* gestorben wäre, hätte er dem Clan vielleicht sagen können, er soll mich als Führer akzeptieren und das gleiche Vertrauen in mich investieren wie in ihn!«

Steve dachte darüber nach, dann sagte er: »Das kann er doch noch immer tun.«

Cadillac sah ihn verblüfft an.

»Abgesehen davon, daß du Seher bist, hast du noch ein anderes Talent, das manchen Menschen magisch vorkommt. Ein Talent, das uns auf dem Raddampfer das Leben gerettet hat.« Steve hielt inne, aber Cadillacs Groschen fiel nicht. »Du kannst Stimmen imitieren. Laß den Geist von Mr. Snow aus dir sprechen. Wenn du es richtig anstellst, fressen sie dir garantiert aus der Hand.«

Cadillac überdachte die Idee. Seine Miene hellte sich auf. »Ein brillanter Gedanke ...«

»Ja, das kann man wohl sagen.« *Du kommst noch mal ganz groß raus, Brickman ...*

Zwar hatten die Clan-Ältesten Cadillac längst offiziell als Wortschmied eingesetzt, doch das Entsetzen über Mr. Snows Tod hatte die Zeremonie ebenso überschattet, wie der Lehrling des Meisters seit seiner Kindheit von der gebieterischen Existenz seines Ausbilders überschattet gewesen war. Cadillac spürte, daß der Clan glaubte, man habe etwas Gutes gegen etwas Minderwertiges eingetauscht. Er mußte diese auf ihn zielende Einstellung verändern — und dies war möglicherweise die einzige Chance, die er je bekommen würde.

Er schaute in den Halbkreis der erwartungsvollen Gesichter, die von den tanzenden Flammen des großen Lagerfeuers erhellt wurden. Der süße Duft von Kieferharz hing in der Abendluft. Hinter ihm schwebten orangerote Funkenschauer wie Miniaturkonstellationen in der steigenden Luft himmelwärts.

Steve, der ungefähr in der Mitte der dritten Reihe

saß, hörte mit angehaltenem Atem zu, als der junge Mutant seine Ansprache begann. Er wußte, falls es Caddy nicht gelang, konnte er einpacken und wieder nach Hause gehen.

Cadillac stellte überrascht fest, daß seine anfängliche Nervosität sich auflöste. Er ging langsam vor der ersten Reihe her und ließ seinen Blick mit der unbestimmten Mißbilligung eines Generalinspekteurs umherschweifen, den man gebeten hatte, ein Bataillon zu überprüfen, das nicht ganz seine Kragenweite war. Er bedauerte nur, daß Clearwater nicht anwesend war, um Zeugin seines Debüts als Großkünstler zu sein.

Er kehrte in die Mitte zurück und fing an. »Wenn ich mich umsehe und feststelle, daß eure Augen wie die meinen voller bitterer Tränen sind, weiß ich, daß euer Herz von dem gleichen Kummer ergriffen ist. In unseren Geist ist das Bild eines großen Mannes eingraviert, dessen Name uns allen auf der Zunge liegt ...«

»Ohh-jehhh ...«, stöhnte der Clan.

»Mr. Snow! Der Sturmbringer! Rufer und Wortschmied der M'Calls, des obersten Clans der She-Kargo! Dessen große Kraft die Messerarme unserer Krieger stärkte und dessen weiser Rat unsere Ältesten durch die finsteren Jahre führte, als die Größe, die unsere Bestimmung ist, uns zu entgleiten schien!«

»Ohh-jehhh ...«

»Sein Tod hinterläßt eine große Leere in der Landschaft unseres Geistes. Denn er ragte über uns auf wie ein Riesenbaum auf den unfruchtbaren Ebenen des Daseins. Ein tief verwurzelter Baum, der uns Obdach gab und aus dem wir Nahrung gewannen. Über seine Lippen strömten die Feuerlieder, die den Mut unserer alten und jungen Krieger besangen, und die Geschichte des Prärievolkes, das sich bis in die Zeit des Krieges der Tausend Sonnen erstreckt, und die Geschichten der Alten Zeit.«

»Ohh-jehhh ...«

»All dies war sein Geschenk an mich! Seine erstaunlichen Geschichten, seine Weisheit, sein Wissen über die Welt des Jenseits — alles ist nun in mir! Sein Wille wird meine Entschlußkraft stärken! Sein Geist, von der Enge des Körpers befreit, umgibt mich! Er tritt mit jedem Atemzug in mich ein! Besitzt mich!«

Mit diesen Worten hob Cadillac den Kopf, schloß die Augen, streckte die Arme seitwärts aus und sank auf die Knie. Sein Kopf sackte nach vorn auf den Brustkorb, seine Arme fielen seitlich herab, und dann, einen kurzen Moment später, als seine Zuschauer gebannt gafften, öffnete er langsam die Augen und stand wieder auf. Und obwohl sie sich im Leben sehr voneinander unterschieden hatten, gelang es ihm irgendwie, alle körperlichen Charakteristika Mr. Snows anzunehmen — das aggressiv vorgereckte Kinn, die auf den Hüften ruhenden Hände, die vom Alter leicht gebeugten Knie. Er ging auf und ab und zeigte Mr. Snows flinken, fragenden Blick.

Und er hatte seine Stimme. Ihre Tonhöhe, den Tonfall ... beides war perfekt.

»Welch ein erbärmlicher Haufen! Gütige Himmelsmutter! Habe ich *das* meinem Nachfolger hinterlassen?! Habt ihr euer Rückgrat in dem Moment verloren, als ich die Welt verließ? Eine schöne Belohnung für meine Arbeit! Waren alle Worte, die ich gesprochen habe, pure Zeitverschwendung? Wenn es so ist, dann trocknet eure Tränen! Denn dann weine *ich* um euch, da ihr da sitzt und zittert wie kleine Kinder, die sich im Wald verlaufen haben und darauf warten, daß die Wölfe sie verschlingen!«

Steve klatschte vor Begeisterung in die Hände. Cadillac war vielleicht ein Schussel erster Güte, aber wenn er sich Mühe gab, brachte er wirklich was auf die Beine.

»Gibt es keine Feuerlieder mehr, weil ich nicht da bin, um eure Heldentaten in Worte zu kleiden? Ist der Mut, für den die M'Calls gerühmt werden, am Weinstock verdorrt, weil meine Kraft mit mir gestorben ist? Wart ihr nur Schatten, denen ich Leben einhauchte, wenn Gefahr im Anzug war? Seid ihr nur so tapfer wie die Fladen, die am Hintern eines Büffels kleben? Versinkt ihr jetzt in feige Betäubung, wo der Bedarf an Helden nie zuvor größer war?!«

»NEIN!« brüllte der Clan im Chor.

»Nein?« Cadillac ging auf und ab und zupfte seinen nicht vorhandenen Bart. »Wie dreist und leichtfertig eure Antwort kommt! Ja — ihr seid tapfer, wenn ihr euch im Dunkeln versteckt und gemeinsam brüllt — damit niemand weiß, wer die Wahrheit spricht! Nun trägt Cadillac meine Hülle! Mein gesamtes Wissen ist auf ihn übergegangen! Ihr habt ihm zwar meinen Platz zugeteilt, doch ihr weigert euch, mit ihm gegen die Eisenschlange zu ziehen!«

»Er ist zu jung!« schrie eine Stimme aus der Dunkelheit. »Er hat kein Ansehen!«

Mr. Snows Stimme dröhnte aus Cadillacs Kehle. »Kein Ansehen?! Er hat *mein* Ansehen geerbt! Er ist nun alles, was ich einst war! Sprecht — jene von euch, die sich erinnern! Habt ihr nicht auf mich gehört, als *ich* jung war?«

»Ja, aber er hat nicht die Kraft!« protestierte eine andere Stimme.

»Clearwater hat die Kraft! Deswegen will er sie aus dem Bauch der Eisenschlange holen! Hat Cadillac nicht die Gabe des Sehers? Kennt er nicht die Tricks der Sandgräber und Totgesichter? Ja, er spricht sogar in ihrer furchtbaren Zunge! Er ist ebenso mutig wie ich, und weiß viel mehr, als ich je erfahren werde!

Cadillac, Clearwater und der Wolkenkrieger gehören zu den Auserwählten! Sie sind eine Zierde der M'Calls, weil wir als einzige She-Kargo in Talismans Augen Gnade gefunden haben! Alle Männer, Frauen und Kinder sollen hier und jetzt neu geloben! Sie sollen einer nach dem anderen vortreten und sagen, ob sie mit Cadillac gegen die Sandgräber ziehen und die ersten sein wollen, die für die Sache des Prärievolkes kämpfen!

Tut es nicht in Gedenken an mich, sondern zu seinem Lob! Er, den ich geliebt und aufgezogen habe wie mein eigenes Kind! Clan-Brüder! Clan-Schwestern! Legt euer Leben in seine Hände, und ich schwöre, daß jeder von euch mich in der Stunde, in der es nötig ist, an seiner Seite findet! Die Macht, die Talisman mir verliehen hat, wird durch den Schleier zu euch hinausreichen!«

Cadillac riß in typischem Mr. Snow-Stil die Arme in die Luft, wirbelte auf dem Absatz herum und wurde wieder zu sich selbst.

»Was sagt ihr? Wollt ihr zu mir stehen?!«

Der ganze Clan sprang in einer lärmenden Explosion der Freude auf die Beine. »Hee-jahh! Hee-JAHH! HEEE-JAHHH!«

Etwas später, nachdem es Cadillac gelungen war, sich aus den Umarmungen seiner Verehrer zu befreien, kam er zu Steves Hütte. Sein Erzrivale saß im Freien vor einem kleinen Feuer und starrte in die Flammen.

Durch die halb hoch hängende Türklappe erhaschte er einen Blick auf das obere Drittel Night-Fevers. Der Rest ihres nackten Körpers lag zwischen Fellen versteckt. Angesichts der allgemeinen Feststimmung rechnete sie offenbar damit, daß heute ihre Glücksnacht war.

Steve hob den Blick. Cadillacs Gesicht glühte noch immer vor Freude.

Der Mutant setzte sich vor ihn hin und nahm ebenfalls den Schneidersitz ein. »Na, wie war ich?«

»Prima ...«

»Mehr hast du nicht zu sagen?«

»Verflixt noch mal, Caddy! Was kann ich dir erzählen, das man dir nicht schon eine Million Mal gesagt hat?«

»Ja, ich kenn das alles schon. Mir liegt eben nur viel

an deiner Meinung. Schließlich bist du nicht leicht zu beeindrucken.«

Steve warf seufzend die Hände in die Luft. »Was soll ich dazu sagen? Es war phantastisch und verblüffend. Wie du dich verändert hast ...«

»Ja, sogar ich glaube, es ist mir ganz gut gelungen ...«

»Und die Stimme — jede Nuance, jede Betonung ...« Steve küßte seine Fingerspitzen. »Muy perfecto!«

»Und völlig ohne Probe!«

»Ah, ja, aber auf der Grundlage jahrelanger sorgfältiger Beobachtung. Und wenn man hinzunimmt, was du gesagt hast ... Es war wirklich packend!«

»Ohh, glaubst du wirklich?«

Wenn ich jetzt nicht aufhöre, dachte Steve, muß ich gleich kotzen. »Ob ich es wirklich glaube?! Ich *weiß* es! Ich habe die Leute in meiner Umgebung beobachtet. Sie waren völlig hingerissen!«

Cadillac unternahm einen Versuch, bescheiden zu lächeln, aber es gelang ihm nur, noch ein paar Liter mehr an Selbstzufriedenheit abzusondern. »Ja, wenn ich danach urteile, was sie gesagt haben, habe ich die Botschaft, glaube ich, gut rübergebracht. Danke.« Als Steve überrascht zusammenzuckte, sagte er: »Es war doch *deine* Idee!«

Steve zuckte die Achseln. »An Ideen ranzukommen, ist kein Problem. Das Schwierige ist, sie *umzusetzen.* Und weißt du was?«

»Ich höre ...«

»Als ich dir heute abend zuschaute, ist mir noch eine Idee gekommen. Du könntest auch Malone spielen.«

Cadillac lächelte. »Stimmt. Ich habe mich schon gefragt, wie lange du brauchst, um darauf zu kommen.«

Steve neigte in spöttischem Respekt den Kopf. »Wie schön, zu wissen, daß einem jemand voraus ist.«

In diesem einen Fall ...

»Ja«, sagte Cadillac. »Ich habe noch einen anderen

Vorschlag. Jetzt, wo du gesehen hast, wie genial ich den Meister nachgeahmt habe ...«

Steve stöhnte innerlich. *Christoph, wieviel Honig muß man dem Burschen denn noch ums Maul schmieren?*

»... warum nimmst du mich nicht einfach mit und zeigst mir, wo er steckt?«

Die unerwartete Frage traf Steve völlig unvorbereitet.

»Äh ... Wen denn?«

»Den Meister«, sagte Cadillac geduldig. »Mr. Snow. Versuch doch nicht, mich zu verarschen, Brickman. Er ist gesund und munter, nicht wahr?«

»Wie kommst du auf sowas?«

»Durch intensives Nachdenken. Zuerst hat mich der Schock davon abgehalten. Da lag er, tot, vor meinen Augen. Aber ich konnte es einfach nicht glauben. Ich habe den Ort, an dem er stirbt, doch in einem *Stein* gesehen!«

»Yeah. Deiner Ansicht nach hätte er *letztes* Jahr sterben müssen.«

»Hast du schon mal versucht, in einem Stein zu lesen?« rief Cadillac zornig. »Wenn du die Gabe hättest, dann wüßtest du auch, daß die Zeit, in der etwas stattfindet, am schwierigsten zu entschlüsseln ist.« Er hielt inne, dann sagte er: »Wie hat er es gemacht?«

»Da solltest du ihn lieber selbst fragen.«

»Nachdem wir ihn zum Himmlischen Grund gebracht hatten, wurden die Leichen vertauscht. Wen hat man an seiner Stelle für die Aasvögel zurückgelassen?«

»Irgendeinen weißhaarigen alten Knaben, der am Handelsposten umgekommen ist. Man hat ihn in das Kleiderbündel gepackt, das über meinem Pferd lag.«

»Ja, sowas habe ich mir schon gedacht. Sehr gerissen. Glaubst du, Malone ist drauf reingefallen?«

»Klar. Er hat Mr. Snow doch noch nie gesehen.«

»Nein.« Cadillac musterte Steves Gesicht, dann lächelte er. »Es stinkt dir, daß ich recht habe, was? Du wirst sauer, wenn man dir auf die Schliche kommt.«

»Überhaupt nicht«, sagte Steve. »Es ist viel besser, als

mit einem Döskopf zu arbeiten, der ständig mit der Nase in die Kacke fällt.«

Cadillac ignorierte die Anspielung auf seine sakeseligen Nächte in Ne-Issan. »Ich habe den Ort, an dem Mr. Snow stirbt, nicht nur *gesehen* — ich war auch dort! Zweimal! Die Bilder, die ich dem Stein entnommen habe, waren sehr deutlich! Erst als ich noch mal über alles nachdachte, ist mir die Wahrheit schrittweise gedämmert. Ja. Du hast mir einen grausamen Streich gespielt ...«

»Es war nicht meine ...«

Cadillac unterbrach ihn. »Keine Sorge, ich mache dir keine Vorwürfe. Ich sehe ein, daß es nötig war, mich zu täuschen. Ich mußte mich selbst beweisen. Auf eigenen Füßen stehen. Das hat der Meister doch gewollt, oder?«

»Ja.« Steve nickte.

»Dann bring mich zu ihm.«

»Das kann ich nicht. Du mußt Awesome-Wells und Boston-Bruin fragen. Sie sind die einzigen, die wissen, wo er ist.«

Cadillac rappelte sich wieder auf. »Gut. Suchen wir sie. Wir müssen wichtige Dinge besprechen.«

»He — immer langsam! Sie werden ihm schon sagen, wie es ausgegangen ist. Wenn er dich sehen will, läßt er es dich wissen.«

»Aber ...«

Steve stand auf. »Hör zu, Caddy. Falls wir ihn zu sehen kriegen, erwarte nicht zuviel. Es heißt, er hat nicht mehr lange zu leben.«

»So lange, um an der letzten großen Schlacht teilzunehmen.«

»Die, die du in dem Stein gesehen hast?«

Cadillac antwortete mit einem zögernden Nicken.

»Weißt du, wer gewinnt?«

Der Mutant schüttelte den Kopf, seine Augen waren voller Tränen.

Wie ironisch, dachte Steve. Der einzige, der uns retten kann, liegt im Sterben, und sein Nachfolger hat den Clan überredet, ihm in einem selbstmörderischen Angriff gegen den Wagenzug zu folgen, um eine Frau zu holen, die vielleicht stirbt, wenn man sie befreit.

Als Cadillac ihn ins Feuer hatte starren sehen, hatte Steve gerade versucht, sein Leben geistig wieder in die Reihe zu kriegen. Kurz davor hatte sich Roz über ihre Privatleitung gemeldet und mitgeteilt, daß es Clearwater noch nicht gut genug ging, um sie aus dem Zug zu holen.

Ihr gebrochener rechter Oberschenkel war zwar sorgsam wieder zusammengeflickt und vernagelt worden, aber er lag in einer hochkomplizierten Schiene und brauchte noch sechs Wochen, um wieder zu heilen. Erhielt sie nicht fortwährend das Niveau der medizinischen Pflege, mit der die Föderation sie versorgte, blieb sie vielleicht für immer verkrüppelt. Falls es zu Komplikationen kam, verlor sie vielleicht das Bein oder gar das Leben.

Seine gesamten bisherigen Bemühungen, all das, worauf er hingearbeitet hatte, war ein Schuß in den Ofen gewesen …

10. Kapitel

Man hatte Mr. Snow in einer Höhle versteckt, die man durch einen Spalt in der steilen, zerklüfteten Felswand betrat. Sie lag im dichtesten Teil des Waldes. Die gekrümmte Öffnung sorgte dafür, daß niemand, der zufällig vorbeikam, das Feuerlicht sah, das das Höhleninnere beleuchtete und erwärmte.

Der Zugang zur Höhle war auch dann noch schwierig, wenn man ihre Lage kannte. Der Eingang war mit Gestrüpp getarnt, das man draußen auf einen schmalen Sims gestapelt hatte. Wenn man die Höhle betreten wollte, mußte man zuerst einen steilen, dreißig Meter hohen Abhang hinaufsteigen.

Selbst die Kiefern, die so dicht standen wie die Stacheln von Riesenstachelschweinen, hatten es schwer, aufrecht zu stehen. Viele hatten den Halt verloren und waren umgekippt. Andere, deren verkümmerte Äste den verlorenen Kampf um Luftraum anzeigten, waren stumm in den Armen ihrer stärkeren Nachbarn gestorben. Doch nicht alle umgestürzten Bäume waren mit sich und der Welt fertig; hie und da hatten die Kiefernstämme eine unglaublich schräge Wendung zum Himmel gemacht.

Sobald Cadillac den Ort kannte, sauste er den Abhang hinauf und verschwand eine gute Minute vor den anderen in der Höhle.

»Wie habt ihr ihn nur hier heraufgekriegt?« fragte Steve, als er den Sims erreichte und Awesome-Wells die Hand reichte.

»Unter großen Schwierigkeiten«, keuchte der Älteste.

»Mr. Snow hat die Höhle entdeckt, als er noch ein Junge war«, ächzte Boston-Bruin. »Und als junger Mann hat er immer Frauen mit hierhergenommen.«

Als Awesome-Wells Steves verblüffte Reaktion sah, fügte er hinzu: »Zu unerlaubten Zwecken.«

Steve lachte. »Mr. Snow ...?«

»Hat nie damit aufgehört«, sagte Boston und schnappte nach Luft. »Mack-Truck, Rolling-Stone und wir haben ihn immer gedeckt.«

Awesome lachte leise. »Falls du die Höhle nicht gerade selbst benutzt hast.«

»Stimmt. Aber schließlich schmecken geklaute Äpfel immer am besten.« Boston ließ einen sehnsüchtigen Seufzer erklingen, dann geleitete er sie in die Höhle hinein.

Um sie auf geradem Weg zu erreichen, mußte man sich im Zickzack zwischen schräg verlaufenden Felsstützen dahinbewegen, die den zur Verfügung stehenden Raum mancherorts zu V-förmigen Spalten verengten. Einige Meter weiter machten die Wände einer trokkenen, fast ovalen Kammer mit einem schrägen, auf zwei Ebenen verteilten Boden Platz. Die Seiten vereinigten sich zu einer schmalen S-Kurve und formten eine Decke, doch da die Felsplatten nicht dicht abschlossen, gab es mehrere Luftlöcher, durch den ein Aufwind den Rauch des Holzfeuers absaugte.

Mr. Snow lag auf dem oberen Sims und ruhte auf einem Bett aus Fellen. Ein passender Hang an der gegenüberliegenden Wand, auf dem ein Bärenfell lag, diente ihm als Rückenlehne. Cadillac hockte mit gekreuzten Beinen rechts von ihm und hielt die Hand seines alten Lehrers — wie ein Kind, das sich verlaufen und gerade zu den Eltern zurückgefunden hat.

Die beiden M'Call-Ältesten heizten die Feuerglut an und postierten sich dann am Eingang.

»Ich grüße dich, Mr. Snow«, sagte Steve.

Mr. Snow deutete auf die leere Matte zur Linken seines Lagers. Die Bewegung seines Arms unterstrich seinen schwächlichen Zustand. Zwar war seine Stimme wieder kräftiger, aber das Sprechen kostete ihn dennoch sichtliche Anstrengung. »Setz dich dorthin. Dann kann ich euch, wenn ihr euch nicht benehmt, beide ohrfeigen.«

Cadillac wirkte verlegen. »Es war alles ein Mißverständnis, Meister.«

»Das sagst du doch immer. Ihr müßt beide noch viel lernen. Ihr seid zu halsstarrig, zu ungeduldig, zu ichbezogen, zu *jung!* — Hmmpff! Statt euch pausenlos an die Gurgel zu fahren, solltet ihr zusammenarbeiten und nach Harmonie streben!«

Steve lächelte. »Neuigkeiten verbreiten sich sehr schnell …«

»Besonders schlechte«, grunzte Mr. Snow.

»Ich glaube, Cadillac und ich haben erkannt, daß wir Fehler gemacht haben«, sagte Steve und nahm großzügig einen Teil der Schuld auf sich, obwohl er sich für unschuldig hielt.

»Ja, nun, man sagt, Wunder geschehen immer wieder. Hoffen wir wenigstens, daß ihr euch in neuem Licht seht und etwas klüger seid, wenn ihr wieder geht.« Mr. Snow schloß die Augen und atmete tief durch. Er wirkte, als wolle er Kraft herbeirufen, bevor er weiterredete.

»Kannst du stehen, Meister?« fragte Cadillac.

»Ja, ich kann stehen, aber ich spare meine Kräfte für den großen Tag auf. Und jetzt kommen wir zur Sache!«

Cadillac strahlte. »Greifen wir die Eisenschlange an?«

»Ja, das ist eins der Themen, dir wir besprechen müssen.«

»Dann kannst du dir deinen Atem sparen«, sagte Steve. »Meine Blutsschwester Roz hat sich gestern gemeldet.« Er sah Cadillac an. »Kurz bevor du kamst. Wir können Clearwater nicht retten. Sie ist nicht gesund genug. Sie muß an Bord des Zuges bleiben und …« Es gelang ihm nicht, den Satz zu beenden.

Cadillac tat es für ihn. »… in die Föderation gebracht werden?«

Steve nickte.

Der junge Mutant schaute Steve mit offenem Unglauben an, dann explodierte er. »Das ist doch unerhört! Nach allem Gerede, nach all der Planung, nach all den Auseinandersetzungen! Nach den ganzen Anstrengungen, die ich gestern abend unternommen habe, um den Clan zu überreden, sagst du jetzt, es war alles bloße Zeitverschwendung?!«

»Was soll das?!« schrie Steve. »Willst du es als *meinen* Fehler hinstellen?!«

»Na, du hast doch diese blöde Idee gehabt!«

»Ach so ... Jetzt, wo es nicht hinhaut, ist es plötzlich eine blöde Idee, und ich bin an allem schuld! Toll! Aber wenn die Sache geklappt hätte, hättest du alle übertönt, um das Lob allein einzustreichen!«

Mr. Snows Augen flammten auf. Er schlug vor sich in die Luft und warf den rechten Unterarm über den linken.

Im gleichen Augenblick spürten Steve und Cadillac stechende Hiebe auf ihren Wangen, und ihre Köpfe flogen in die Richtung von Mr. Snows Füßen. Dann streckte Mr. Snow erneut die Arme aus, und die beiden jungen Männer wurden von einem unsichtbaren Hammerschlag in den Solarplexus getroffen, der sie rückwärts gegen die Seitenwände der Höhle warf.

Die Wucht lähmte sie und nahm ihnen den Atem — und sie waren nicht schlecht erschreckt. Clearwater hatte ihre Kräfte auf ähnliche Weise eingesetzt, um sie daran zu hindern, mit dem Messer aufeinander loszugehen. Die beiden hockten sich auf die Fersen. Sie blieben dort, wo sie hingefallen waren und bebten vor Schreck.

»Beim nächstenmal gehe ich nicht so sanft mit euch um«, grollte Mr. Snow. »Die Pest soll euch holen! Ich habe euch gerufen, damit ich mit den Auserwählten reden kann — nicht, um mir das Fauchen kleiner Schakale anzuhören! Bevor ihr das Prärievolk zu wahrer Größe bringt, müßt ihr euch erst mal so führen, wie es die Ehre verlangt, die Talisman euch verliehen hat!

Was war, ist gewesen! Jetzt interessiert nur noch das, was geschieht. Ich habe keine Lust, mir meine letzten Tage auf Erden von einer Neuauflage eurer kleinkarierten Eifersüchteleien vermiesen zu lassen! Also reißt euch zusammen!«

Mr. Snow deutete auf die Gesprächsmatten. Steve und Cadillac rutschten gehorsam auf allen vieren an ihre Plätze zurück — wie junge Löwen, die auf das Klatschen der Peitsche eines Dompteurs reagieren.

»Lassen wir die Fragen, die Clearwater und Roz betreffen, erst einmal beiseite und konzentrieren wir uns auf den Wagenzug. Habt ihr einen Plan, der es möglich macht, ihn zu erobern und für einige Stunden zu halten?«

»Daran arbeiten wir noch«, erwiderte Steve. »Aber ich sehe allmählich eine Chance. Eine Menge hängt davon ab, ob Cadillac die Leute auf dem *Red River* davon überzeugen kann, daß er ein anderer ist.«

Er ließ Cadillac die Grundzüge der Strategie erläutern, dann meinte er: »Der *Red River* ist eine schwer zu knackende Nuß. Wir haben nur eine Chance, wenn wir die Initiative an uns reißen und die andere Seite aus dem Gleichgewicht bringen. Dein gemeldeter Tod ist ein Schritt in die richtige Richtung.«

»Falls man ihn glaubt.«

»Welchen Beweis brauchen sie denn noch? Roz hat ihnen bestimmt erzählt, daß *ich* an deinen Tod glaube. Und falls man mir nicht ganz vertraut: Malone hat die Leiche gesehen und sicher gemeldet, daß der Clan todtraurig ist.« Steve lächelte. »Der Clan wird ganz schön sauer sein, wenn er erfährt, daß du noch lebst.«

»*Das* Ei essen wir, wenn es gelegt ist. Rede weiter!«

»Wir haben beschlossen, auf die Dienste von Malone und seinen Leute zu verzichten«, gab Cadillac bekannt. »Ich werde seine Stimme nachahmen und falsche Meldungen weitergeben.«

»Ich verstehe, hmmm ... Ich war immer der Meinung,

deine Gabe könnte sich eines Tages als wertvoll erweisen. Ich hoffe, es funktioniert.«

»Es hat schon funktioniert!« rief Cadillac. »Als wir ...«

Steve unterbrach ihn. »Er ist brillant, glaub mir! Aber bleiben wir noch bei Malone. Über deine Imitationskünste können wir ein anderes Mal reden.«

Cadillac gab klein bei und zog eine Schnute.

Steve ignorierte seinen verletzten Blick. »Wir haben beschlossen, seinen ganzen Plan auf den Misthaufen zu werfen. Anfangs wollten wir die ganze Abtrünnigenbande ausschalten und hundert Bären an Bord bringen, aber auch das hätte noch bedeutet, daß wir an der Rampe in einen Hinterhalt geraten könnten. Die einzige Überraschung hätte aus unseren vereinten Kräften bestanden — statt einer solchen, bei der eine Hälfte der Soldaten gegen die andere steht.«

»Außerdem hätten wir dabei nicht die Kraft des Meisters gehabt.«

»Stimmt«, gab Steve zu. »Und die Mannschaft des *Red River* wäre trotzdem darauf eingerichtet gewesen, das Enterkommando abzuwehren. Deine Aufgabe als ›Malone‹ wird sie zu dem Glauben verleiten, daß alles genau wie geplant abläuft.« Er sah Mr. Snow an. »Bloß wird etwas ganz anderes geschehen! Wir müssen sowohl den Zeitplan als auch die Natur des Angriffs verändern.«

Mr. Snow nickte. »Du meinst, früher zuschlagen ...«

»Ja. Und in anderer Verkleidung. Die Rampe muß auch jetzt noch runter, da sie die einzige Möglichkeit ist, vom Boden aus in den Zug zu kommen. Aber davon abgesehen ist uns noch ein ganz neuer Blickwinkel eingefallen.« Um Mr. Snow zu helfen, die vor ihnen liegenden Schwierigkeiten zu verstehen, erklärte Steve ihm den Aufbau eines Wagenzugs und die Vielzahl der Verteidigungsanlagen, die ein Kommandant gegen einen Angriff von außen einsetzen konnte.

»Zudem steht ihm ein ganzes Bahnbrecher-Bataillon zur Verfügung. Tausend Soldaten. Zwar sind nicht alle für Bodenkämpfe vorgesehen, aber alle haben eine Kampfausbildung. Und sie sind alle im Zug. Wenn wir an Bord sind und Ellbogenfreiheit haben, haben wir zweifellos eine Chance, uns zu halten. Aber wenn du anfängst, mit Erdmagie um dich zu werfen ...«

»... muß ich darauf achten, daß ich Roz und Clearwater nicht verletze«, sagte Mr. Snow. »Das ist mir klar.«

»Gut. Um das grundlegende Überraschungselement zu erhöhen, bei dem dein Erscheinen ein wichtiger Teil ist, haben wir noch etwas anderes vor.«

»Und was soll das sein?«

»Neben ihrer Rolle als Nachschubverteiler sind die Wagenzüge auch für militärische Operationen gegen Mutanten konstruiert. Also — wie man annimmt — gegen mit Messern, Steinäxten und Armbrüsten bewaffnete Wilde.«

»Und gegen Abtrünnige mit Gewehren«, sagte Cadillac.

»Yeah, aber außer Malones Bande, die man in diese Situation hineinmanövriert hat, würde kein Abtrünniger gegen einen Wagenzug ziehen. Das ist das Wichtige an der Sache! Die Züge sind nicht so konstruiert, daß sie einem Angriff durch *Bahnbrecher* standhalten! Wie Cadillac letztes Jahr bewiesen hat, sind sie verwundbar. Ich habe den Gesamtplan zwar noch nicht ausgearbeitet, aber ich weiß genau, wie wir den Zug knacken können. Das Problem ist, wir haben keinen Sprengstoff ...«

Cadillac schenkte Steve und Mr. Snow einen nachdenklichen Blick, dann sagte er: »Wir haben eine Kiste mit AP108; dazu sechs PX-Ladungen, Detonatoren und Zeitzünder. Ob das reicht?«

Willst du mich verarschen?

Steve tarnte seine erfreute Überraschung hinter einem lässigen Achselzucken. »Yeah. Damit kann man schon was ausrichten.« Er grinste. »Malone hat sich schon gefragt, wo das Zeug geblieben ist. Gut gemacht. Du entwickelst dich allmählich zu einem recht gerissenen Burschen.«

Cadillac nahm das Lob mit einem höflichen Nicken an. »Ich hatte ja auch einen gerissenen Lehrer.«

»Ich hatte darum gebeten, daß ihr zusammenarbeitet«, fauchte Mr. Snow. »Dazu braucht ihr keinen gegenseitigen Lobhudelverein zu gründen. Sind wir nun wieder sachlich, oder was?«

»Wir haben die Mittel«, sagte Steve. »Wir müssen nur noch ein paar Berechnungen anstellen.«

»Gut.«

»Und die *wirklich* große Frage beantworten: Warum?«

»Warum *was?*«

»Warum überfallen wir den *Red River?* Daß Clearwater nicht transportfähig ist, habe ich schon gesagt. Warum also setzen wir das Leben des Clans aufs Spiel? Es könnte sein, daß wir umsonst sterben.«

»Nicht ganz. Selbst wenn wir den Teil der Eisenschlange ausnehmen, in dem sich Clearwater und deine Blutsschwester aufhalten — wir können den Rest noch immer vernichten und die Köpfe von tausend Sandgräbern erbeuten!«

»Hehh-jaahhh ...«, grollten die beiden Ältesten.

Steve hatte ganz vergessen, daß sie da waren. Er warf einen Blick auf den Höhleneingang. Die beiden drahtigen alten Mutanten sahen dem Ereignis mit Freude entgegen.

»Aber zu welchem Preis?« fragte er.

Mr. Snow ging an die Decke. »Zu welchem Preis? Die Ehre der M'Calls ist keine verkäufliche Ware, die man wie Grasbrotsamen berechnen kann! Habe ich dir nicht schon vor langer Zeit erzählt, daß die M'Calls den Mut haben, sich ihrem Schicksal zu stellen? Die Zeit ist nahe! Es reicht nicht, die Eisenschlangen zu provozieren. Sie müssen geschlagen werden! Sie müssen völlig vernichtet werden! Die Herren der finsteren Städte müssen einsehen, daß sie das Prärievolk niemals versklaven können!«

»Hejj-jaahhh!« Diesmal fiel Cadillac mit ein, als die Ältesten die traditionelle und aufrichtende Antwort gaben. Steve stellte zu seinem Erstaunen fest, daß sich seine Lippen mit den ihren im Chor bewegten.

Mr. Snow schloß die Augen und sank erschöpft zurück.

Cadillac artikulierte eine Sorge, die auch Steve teilte. »Sollen wir morgen zurückkehren, wenn du dich ausgeruht hast?«

»Nein ... nein ... Ich muß euch noch etwas sagen ... Es muß gesagt werden, bevor der Kampf beginnt.« Mr. Snow streckte die Hand wie ein Blinder aus und tastete nach Steves Unterarm. Er nahm seine Hand und tat das gleiche mit der Cadillacs. Sein Griff war für einen Sterbenden überraschend fest.

»Hör genau zu, Brickman. Ich weiß seit langer Zeit, daß man Clearwater aus dem Land des Prärievolkes fortholt. Deswegen bist du uns geschickt worden. Die Himmelsstimmen haben dein Erscheinen angekündigt. Cadillac hat deine Rückkehr in den Steinen gesehen ... und das Blut und die Tränen, die sie nach sich zieht.«

»Dann hatte Motor-Head also recht. Ich bin *wirklich* der Todbringer ...«

»Ja, aber du bist nicht der Feind. Der Feind sind jene, die deine Herren sein wollen. Sie sind die gemeinen Diener von Lord Pent-Agon, dem Bösartigen Zerstörer, dem Sämann des Hasses, dem Verstandesverderber. Du bist, wie wir, ein Bauer in einem Spiel, dessen geistigen Horizont und dessen Verwicklungen wir nicht einmal ansatzweise verstehen; ein herumziehender Spieler auf einer gewaltigen Bühne, auf der Platz für jedes Lebewesen der Erde ist. Ihr Hintergrund ist Mo-Towns sternenbesäter Umhang — der Himmel und die dahinter liegenden Welten!

Wir alle gehen einen Weg, der uns vorgezeichnet ist.

Manchmal berühren sich diese Wege kurz; sie laufen zusammen und werden zu einem, doch dann trennen sie sich wieder. Wir beide sind zusammen unterwegs gewesen, doch nun … ist die Zeit der Trennung nah …«

Cadillacs Augen füllten sich mit Tränen.

Mr. Snows Griff um die Hand seines Schülers wurde fester. Er schüttelte sie grob. »Heul nicht hier rum! Es gibt nichts, über das man traurig sein müßte! Das Schicksal des Prärievolkes liegt in *deinen* Händen! Ich werde von da oben aus ein Auge auf dich richten, und wenn ich sehe, daß du es vermurkst, kehre ich als altkluge Rotznase zurück und hänge mich pausenlos mit hilfreichen Vorschlägen an dein Bein. Erinnert dich das an jemanden, den du kennst, he?«

Cadillac blinzelte die Tränen fort. »Das habe ich doch schon seit Jahren nicht mehr getan.«

»Na schön, aber noch lebe ich. Also hör auf zu schniefen und paß auf.« Mr. Snow sah Steve an. »Wir überfallen die Eisenschlange, um deine Blutsschwester zu befreien.«

»Roz …?«

»Du siehst überrascht aus. War sie nicht der Anlaß, aus dem ihr euch umbringen wolltet? Habt ihr euch nicht gestritten, weil du sie befreien wolltest?«

»Ja … aber es war bevor der Himmelsfalke Clearwater niederschoß. Roz gehört nun zu dem Team, das sich um sie kümmert. Falls Clearwater mit in die Föderation zurückfahren muß …«

»Es ist *deine* Aufgabe, dich um sie zu kümmern. Ihr werdet beide zahlreichen Gefahren begegnen, bevor ihr zur Blauhimmelwelt zurückkehrt. Deine Schwester hat die Reise schon begonnen. Auch sie wurde in Talismans Schatten geboren. Es ist an der Zeit, daß sie den ihr bestimmten Platz bei ihrem Volk einnimmt.«

Steve brauchte eine Weile, bis die volle Wucht seiner Worte zu ihm durchdrang. »Soll das heißen, Roz ist …?«

»Ein Mutant? Ja. — Ebenso wie du.«

Steve schaute Cadillac an und sah, daß er von der Neuigkeit nicht weniger erschreckt war. »Aber das ist doch ...«

»Unmöglich? Du enttäuschst mich, Brickman. Ein junger Mann von deiner Intelligenz! Hast du dich nie gefragt, warum die Oberwelt dich so anzieht? Warum du keine Angst vor dem freien Raum hast? Wieso du nie krank geworden bist? Du trägst die Antwort seit deiner Geburt mit dir herum — seit man deine *wahre* Identität unterdrückt.

Diese Wahrheit ist der Fremde, der in den tiefsten Nischen deines Verstandes hockt, und dessen Geflüster dich so lange in Angst versetzt hat! Rufe sie! Laß sie aus der Finsternis hervortreten, in den deine Herren sie geworfen haben! Schau deinem wahren Ich in die Augen! Laß deiner Seele Schwingen wachsen!«

Eine Woge von Panik ergriff Steve, als in seinem inneren Ohr ein Gewirr von Stimmen laut wurde. Es schwoll an und wurde leiser, es hallte durch seinen Geist. Die Stimmen wurden zu einer Flut von Klängen. Ihm war, als würde jedes Wort, das er je gehört oder geäußert hatte, im Innern einer riesigen Höhle, deren Wände mit hohen Stapeln von Bandgeräten versehen waren, simultan wiederholt.

Einer Ohnmacht nahe griff er sich an den Kopf, schloß fest die Augen und öffnete den Mund zu einem lautlosen Aufschrei. Dann kam ein Augenblick, in dem der wüste Redeschwall eine unerträgliche Intensität erreichte. Das atonale Durcheinander verschmolz zu einer Folge erkennbarer Stränge, die sich wie von selbst zu einer nie gehörten Musik arrangierten, die ebenso ein Bestandteil seines Ichs war, wie sein heftig schlagendes Herz.

Die Musik erinnerte ihn zwar an die Gesänge der Mutanten, doch selbst sie waren in all ihrer Pracht nur eine blasse Imitation des Meisterwerks, das nun seinen

Geist erfüllte. Die Stimmen erlangten eine unirdische Reinheit und Schönheit, sie schwollen an, wurden zu einem triumphierenden Chorgesang, zu einer sich in große Höhen aufschwingenden Symphonie, die seine Seele hob und ins Freie strömen ließ. Sie trugen ihn auf einer melodiösen Klangwoge, die auf die Sterne zuschwappte.

Einen herrlichen, zeitlosen Augenblick lang tauchte er in die kristallklaren Harmonien ein, die, wie er mit unfehlbarer Deutlichkeit wußte, aus dem Herzen der Schöpfung stammten. Sie traten in jede Faser seiner Existenz ein. Er löste sich in dem Klang auf und wurde eins mit dem Universum. Und er spürte, daß auch Roz bei ihm war. Dann verstummte die Musik auf grausame Weise, und mit ihr verschwand das Gefühl überwältigender Freude und Verwunderung. Wie ein Drogenabhängiger, der sich bemüht, auf dem Trip zu bleiben, bemühte er sich, die Melodien und das Gefühl der Begeisterung in Erinnerung zu behalten, doch sie entglitten ihm und wurden von einem monotonen, trommelnden Schlagen ersetzt.

Steve bemerkte, daß es sein Herz war, das heftig gegen seine Rippen schlug. Er hob den Kopf, öffnete die Augen und stellte fest, daß die anderen ihn konzentriert anblickten.

Awesome-Wells und Boston-Bruin hoben die Hände zu einem freundschaftlichen Gruß.

Steve bemühte sich, einen Teil seiner Verwirrung abzuschütteln. Er fing Mr. Snows Blick auf. »Tut mir leid. War ich … äh … lange weg?«

»Es ist schon in Ordnung.« Mr. Snow lächelte wohlwollend. »Die Föderation hat sich große Mühe mit dir gegeben. Es wird eine Menge Arbeit erfordern, alles wieder rückgängig zu machen.«

Steve nickte. »Roz … Sie war da. Sie weiß …«

»Natürlich weiß sie davon. Deswegen ist sie auch auf dem Wagenzug.«

»Aber wie hast *du* ...?«

»Trau mir nicht mehr zu als das, was ich kann, Brickman. Ich habe *nicht* gewußt, wie sie es hinkriegt. Ich wußte nur, daß ihr zu uns kommt. Das Prärievolk hat sehr lange auf euch gewartet.«

»Wer hat es dir erzählt — die Himmelsstimmen?«

Mr. Snow nickte.

»Ich glaube, ich habe sie auch gehört.« Steve sah die anderen nacheinander an. »Seit wann hast du es vermutet?«

»Es hat mit Vermutungen nichts zu tun. Wir hatten den Himmel schon seit geraumer Zeit beobachtet. Cadillac wußte, daß du in einer Eisenschlange bist. Er hat dich in einem Sehstein gesehen.«

»Aber nicht dein Gesicht«, warf Cadillac ein, der begierig schien, wieder etwas beizutragen. »Erst als du im Kornfeld lagst, wurde mir klar, daß *du* der von Talisman geschickte Wolkenkrieger bist.«

»Sobald ich den ersten Blick auf dich warf, wußte ich, daß du ein Mutant bist«, sagte Mr. Snow. »Und ebenso klar war mir, daß du *nichts* davon wußtest.«

»Oder nichts davon wissen wolltest«, fügte Cadillac hinzu.

»Das stimmt nicht«, protestierte Steve. »Okay, ich wollte die geistige Brücke zwischen Roz und mir unterdrücken. Wenn man in der Föderation lebt, ist man nicht stolz auf solche Dinge. Aber wir wußten beide, daß wir anders sind. Und von dem Tag an, als ich an der Oberwelt meinen ersten Alleinflug machte, wußte ich, daß ich hierher gehöre — in die Blauhimmelwelt. Ich wußte bloß nicht, warum.

Wenn man so lange überleben kann, ohne bodenkrank zu werden; wenn man sich so schnell anpaßt; wenn man erkennt, daß man — mit nur wenig Übung — mit den Bären Schritt halten kann ... Nur ein Trottel hätte sich nicht gefragt, wie so etwas möglich ist.«

»Du hast eben nur versucht, eine andere Erklärung

dafür zu finden.« Cadillac, verärgert darüber, daß Steve zum Mittelpunkt der Aufmerksamkeit geworden war, beschloß, die Rolle des öffentlichen Anklägers zu übernehmen.

»Ja. Aber nicht, weil ich mich geschämt hätte, zu entdecken, daß ich ein Mutant bin. Wie hätte ich mich schämen können, wo ich doch in Clearwater verliebt war?«

»Du hast dich nur deswegen in sie verliebt, weil du gesehen hast, daß sie die Haut eines Sandgräbers hat!« schrie Cadillac.

»Nein! Das ist nicht wahr! Frag Mr. Snow! Schon als ich sie zum ersten Mal sah, war ich hingerissen! Der Meister hat gesagt, ich soll mich von ihr fernhalten.«

»Das stimmt«, seufzte Mr. Snow. Er fing Cadillacs Blick auf. »Nun, wo wir ein gewisses Maß an Erleuchtung gewonnen haben, wollen wir unsere Leistung doch nicht mit weiteren närrischen Rivalitäten vernebeln.«

Cadillac senkte kurz den Kopf. Als er ihn wieder hob, wirkte sein Gesicht deutlich verkniffen.

Steve rasselte weiter. »Ich habe deswegen nach einer anderen Erklärung gesucht, weil ich eine brauchte, die Sinn ergab! Schließlich kenne ich doch meine *Mutter!* Und mein Vater war der Erzeuger meiner ganzen Generation: George Washington Jefferson der Einunddreißigste, der General-Präsident der Amtrak-Föderation. Willst du mir erzählen, daß auch alle anderen, die er gezeugt hat, Mutanten sind?!«

Mr. Snow legte eine Hand auf die Steves. »Die Antwort auf diese Frage liegt mitten im Herzen deiner Welt.«

Steve wußte, das er meinte: Das Geheimnis lag im innersten Kreis der Ersten Familie oder in den von COLUMBUS kontrollierten Datenbänken. Wie eine Motte, die vom Feuer angezogen wird, wußte Steve, daß er erst ruhen würde, wenn er wußte, wie dieses Geheimnis aussah.

»Du siehst besorgt aus, Brickman.«

»Weil er es nicht akzeptieren kann«, sagte Cadillac. Er wußte nicht mal, ob er es selbst akzeptieren konnte. Schließlich war er äußerst sauer, weil Mr. Snow ihnen die Wahrheit gleichzeitig enthüllt hatte, statt sie zuerst ihm zu sagen.

»Du irrst dich«, sagte Steve. »Ich suche keinen Ausweg. Du und Clearwater, ihr seid der lebende Beweis, daß es Mutanten gibt, die wie Wagner aussehen ...«

»Müßte es nicht heißen ›Wagner, die wie Mutanten aussehen‹?«

»Das ist doch scheißegal!«

Herrjeh! Was für ein elender Beckmesser!

Steve nahm den Faden wieder auf. »Ich bestreite nicht, daß mich das Gefühl, das ich empfand, als ich an die Oberwelt kam, an eine Heimkehr erinnerte. Aber *Gefühle* reichen nicht. Jedenfalls reichen sie mir nicht. Ich habe mein ganzes Leben damit verbracht, meine Gefühle zu beherrschen. Wenn man es zu etwas bringen will, muß man Tatsachen studieren und Dinge durchdenken.

Nur kalte Logik zählt. Gefühle benebeln das Urteilsvermögen. Man kann sie zwar nicht ignorieren, aber wenn man sich von ihnen lenken läßt, weiß man bald nicht mehr, wo oben und unten ist. Ich vertraue dir, Meister. Wenn du sagst, Roz und ich sind Mutanten, dann akzeptiere ich, daß du es ernsthaft glaubst. — Aber kannst du es beweisen?«

»Nein, das kann ich nicht. Und ich brauche es auch nicht.« Mr. Snow griff sich ans Herz. »Für einen Mutanten reicht es, wenn er es *hier* weiß! Man braucht die Gründe nicht zu kennen! Öffne dich, Brickman! Schüttle den ganzen seelenschrumpfenden Schrott ab, den die Föderation in dich hineingepumpt hat! Vor einer Weile ist dir doch etwas widerfahren, nicht wahr? Etwas Gutes.«

»Ja, es ...«

Mr. Snow unterbrach ihn. »Du brauchst mir nicht davon zu erzählen. Ich war dabei. Du hast die Sterne berührt. Die Musik, die du gehört hast, die Melodienstränge, sind ein Teil der Struktur des Universums. *Auf sie* mußt du dich einstimmen! Die sogenannten wissenschaftlichen Erkenntnisse, die der elektronische Müllhaufen verbreitet, den du COLUMBUS nennst, sind völlig belanglos. Darum geht es in dieser Welt nicht. Sie erdrücken dich und hindern dich daran, dein volles Potential zu erkennen!«

»Okay, okay! Ich laufe ja nicht davor weg. Ich ... ich brauche nur Zeit, um es zu durchdenken!«

»Tu's nicht!« schrie Mr. Snow. »Weißt du noch, daß wir uns vor langer Zeit darüber unterhalten haben, jemand könne die Wahrheit über das Leben erkennen? Und daß ich die Suche nach ihr mit dem Erklimmen eines Berges verglichen habe? Das, was du da draußen erlebt hast, war ein seltener und kostbarer Augenblick. Du warst auf dem Gipfel. Und jemand hat vom Himmel aus in die Tiefe gegriffen und dir die Hand hingehalten. Analysiere es nicht. Ergreife sie einfach! Vertraue auf sie — so wie das Prärievolk auf die Große Himmelsmutter vertraut. Tu das, was man in der Alten Zeit *glauben* genannt hat.«

»Es wird nicht klappen, Meister. Bevor ich glauben kann, muß ich das Wie und Warum kennen.«

»Er spricht wie ein echter Sandgräber«, sagte Cadillac.

»Ja«, stimmte Mr. Snow ihm zu. »Er ist eine harte Nuß.«

Steve reagierte mit einem reumütigen Grinsen. »Keine Sorge. Ich krieg es schon auf die Reihe. Auf meine Art und nach meinem Zeitplan. Aber danke, daß ich es weiß. Wenn wir uns auf den Zug stürzen, wird es die Sache sehr erleichtern.«

»Eben. Aber wenn wir unseren Plan schmieden, dürfen wir nicht aus den Augen verlieren, warum du in die

Föderation zurückkehren mußt. Clearwater und du, ihr habt die Aufgabe, die finsteren Städte von innen heraus zu zerstören.«

»Waaa ...! Wir beide allein?«

Mr. Snow packte Steves Hand. »Sie hat die Macht dazu, und du hast sie auch, Brickman! Falls du zuläßt, daß dein Geist einen Sprung macht. Aber ich bin noch nicht fertig: Um diese Vernichtung zu bewerkstelligen, mußt du das absolute Vertrauen jener erringen, die die Welt unter der Wüste beherrschen. Man muß *sehen*, daß du Hand in Hand mit Malone gegen uns vorgehst. Und deine Blutsschwester muß in dieser Täuschung ihre Rolle ebenso spielen. Wir müssen *unsere* Ziele nach Möglichkeit so erreichen, daß die Föderation ihre Niederlage nicht registriert. Doch was auch passiert, wir müssen dafür sorgen, daß Roz und du aus dem Gefecht ohne jede Schuld hervorgeht.«

Steve schluckte seinen Einwand hinunter. »Nun ja, es ist eine schöne Idee, aber ... Herrjeh!« Er warf die Hände in die Luft. »So wie wir es vorhatten, war es schon schwierig genug. Aber du machst es fast unmöglich!«

»Ach was, übertreib nicht so! Du bist der Meister der Täuschung, und der kleine Welpe hier ist der Mann mit den tausend Stimmen. Ich bin sicher, wenn ihr euren Grips zusammentut, fällt euch schon etwas ein.«

Da die menschliche Natur nun einmal vertrackt ist, kehrten weder Steve noch Cadillac hundertprozentig zufrieden von dem Treffen mit Mr. Snow zurück. Die Enthüllung, daß Steve dem Präerievolk angehörte, verbitterte Cadillac noch *mehr*. Bei ihrem Kampf um die Stellung des Leithundes hatte das Wissen, daß Steve ein Sandgräber war, Cadillac in den finsteren Momenten der Verzweiflung und Unsicherheit — die ihn stets dann umspülten, wenn sein Rivale den Anschein erweckte, die Oberhand zu gewinnen — Kraft verliehen.

Selbst dann, wenn Brickman triumphiert hatte. Selbst

als er Clearwaters Herz und Seele gewonnen hatte, hatte Cadillac noch immer den beruhigenden Gedanken gehabt, er werde ihm ewig unterliegen, da er ein Geschöpf der finsteren Städte war. Doch nun wurde ihm auch noch dieser kleine Trost genommen! Er hatte mit jemandem den Eid der Blutsbrüderschaft geschworen, der neben allen sonstigen Vorzügen, die er aufwies, auch noch ein Mutant war! Das Leben war geradezu abscheulich ungerecht!

Für Steve kam die kalte Wirklichkeit in den Nachwehen des kurzen Verzückungsmoments, als die durch Jahre der Konditionierung erzeugte Geistesblockade zusammenbrach und ihm zeigte, daß ihm seine wahre Natur ebenso wenig gefiel. In einem gewissen Sinn war die Erkenntnis, ein Mutant zu sein, eine große Erleichterung für ihn. Sie beantwortete viele Fragen, die ihn seit frühester Kindheit gequält hatten, und besonders die des zauberhaften Augenblicks, als er aus der unterirdischen Betonwelt der Föderation gekommen war und den ersten Blick auf die Oberwelt geworfen hatte.

Zusätzliche Befriedigung verlieh ihm das Wissen, daß Cadillac stinkwütend auf die Enthüllung reagiert hatte, daß sein ›Blutsbruder‹ ein echter Sohn des Prärievolkes war. Doch da Steve nun einmal Steve war, konnte er Mr. Snows Ratschlag nicht annehmen. Er wollte wissen, *warum* man ihn und Roz als Wagner aufgezogen hatte. Vor Jahren hatte er gelobt, die Geheimnisse der Föderation zu entwirren, und nun gab es schon wieder eins — möglicherweise das allergrößte Geheimnis überhaupt!

Soweit der gute Teil. Der Schlechte hatte in der Erkenntnis bestanden, daß seine Blutsschwester dazu bestimmt war, Cadillacs Gefährtin zu werden und möglicherweise in seinen Armen zu landen. Da Cadillac Clearwater verloren hatte, hätte jeder vernünftige Mensch dies wahrscheinlich für einen fairen Tausch gehalten. Aber Steve war kein vernünftiger Mensch.

Roz war nicht nur seine Blutsschwester. Ihre geistige

Beziehung machte sie zu psychischen siamesischen Zwillingen, und obwohl Steve es zu unterdrücken versuchte, seit er Clearwater kannte, hatte ihre Beziehung noch immer eine sexuelle Komponente, selbst wenn er nicht bereit gewesen wäre, es mit solchen Worten auszudrücken.

Trotz der beängstigenden Aspekte ihrer neuen Kräfte sehnte Steve sich nach ihr *und* nach Clearwater. Zwar sollte er sie nicht in seinem Bett haben, aber unter Kontrolle. Und falls dies in Roz' Fall nicht mehr praktikabel war, so sehnte er sich doch nach ihrer Liebe und Treue — und sei es auch nur, damit Cadillac sie nicht bekam. Die Vorstellung, daß die beiden es miteinander trieben, war ihm widerlich, und seine Qual stand in einem direkten Verhältnis zu der Freude, die diese Neuigkeit seinem Rivalen geschenkt hatte.

Als Resultat ihrer Unfähigkeit, wahre Brüder unter der Sonne zu sein, hatten beide gleichermaßen gewonnen und verloren.

In den miteinander verbrachten Wochen hatten Clearwater und Roz von den normalen Arzt-Patient-Gesprächen abgesehen, die sich um die medizinische Versorgung drehten, die die eine erhielt, während sie unter Aufsicht der anderen stand, nicht miteinander geredet. Sie hatten nur besprochen, wie es Clearwater ging, was ihr wehtat, und was nicht.

Roz' Einstellung zu Clearwater hatte sich zwar einem dramatischen Wandel unterzogen, doch um des äußeren Anscheins willen mußte sie eine gewisse Kälte an den Tag legen. Falls Karlstrom oder seine Vasallen sich die Bandaufnahmen ansahen, mußten sie glauben, daß sie Clearwater noch immer für eine unwillkommene Rivalin um Steves Zuneigung hielt.

Ihre wortlose Verständigung war allerdings ein regelmäßiges Merkmal ihres Lebens geworden. Und über die Gedankenbrücke konnte Roz Clearwater Bescheid geben, daß verborgene Kameras ihre Gespräche möglicherweise aufnahmen.

Nun, Anfang Juni, sechs Wochen nach der fast tödlichen Begegnung mit dem Himmelsfalken, saß Clearwater aufrecht da und musterte die sterile, hochtechnische Einrichtung, die ihr als Gefängniszelle diente. Mutanten kannten keine Zellen. Gefängnisse existierten nicht einmal in ihrer Vorstellung. Man war entweder lebendig, frei und durchstreifte die Oberwelt, oder man war tot.

Das Innere der M'Call-Hütten war zwar weniger groß als die blaßgraue, rechteckige Höhle, in die sie eingesperrt war, aber dort hatte es wenigstens immer eine Gelegenheit gegeben, ins Freie zu treten. In einem Raum, der etwa drei mal vier Schritte maß und dessen Flachdach die ausgestreckten Fingerspitzen eines Menschen kaum überragte, schien keine Sonne und fiel kein Regen, und die hereinfallende Helligkeit war kein Licht des Himmels.

Die kühle Luft, die Clearwater ins Gesicht wehte, kam aus einem summenden Gerät mit wirbelnden Armen, aber sie war auch nicht echt. Sie kam nicht vom schneebedeckten Gipfel eines mit Kiefern bewachsenen Berges herab oder über eine Prärie voller süß duftendem Büffelgras und Salbei. Die Luft war schwer von den seltsamen, unnatürlichen Düften, die man in den finsteren Städten herstellte.

Clearwaters Herz fröstelte bei der Vorstellung dessen, was vor ihr lag. Seit dem schicksalsträchtigen Augenblick, in dem sie mit Cadillac und Mr. Snow am Rand des Steilfelsens gestanden und zugeschaut hatte, wie sich der Wolkenkrieger in den Abendhimmel schraubte, hatte sie gewußt, daß man sie eines Tages rufen würde, um die Reise zu machen, die sie nun begonnen hatte.

Roz hatte ihr versichert, alles würde gut ausgehen. Der Wolkenkrieger würde zu ihr zurückkehren. Doch was geschah, wenn sie den Bau der Sandgräber erreichten? Trennte man sie dann, oder erlaubte man ihnen, zusammenzubleiben? Würde er wieder in seine alten Lebensgewohnheiten verfallen? Und wenn ja, würden seine Gefühle dann noch die gleichen sein? Und das Wichtigste: Wenn der Heilungsprozeß beendet war, konnte sie dann wieder über ihre Kräfte verfügen?

Zwar hatte Mr. Snow gesagt, sie würde leben und die Sonne wiedersehen — doch wann? Sie hatte schon jetzt Entzugserscheinungen, und die durch ihre Umgebung hervorgerufene Platzangst steigerte sich, seit sie von einer Halbbewußtlosen zu einer hellwachen Patientin geworden war, die eifrig darum kämpfte, ihre alte Mobilität zurückzugewinnen.

Nur zwei Dinge halfen ihr, mit dem Gefühl des langsamen Erstickens fertig zu werden: die beruhigende Anwesenheit Roz' und die Enthüllung, daß sie und ihr Blutsbruder reinblütige, nicht deformierte Mutanten waren — wie Cadillac und sie. Das Wissen um ihre gemeinsamen Vorfahren hatte den letzten noch vorhandenen Schandfleck in ihrer Beziehung zu Steve beseitigt. Ihr Bund war kein Verrat gewesen. Cadillac hatte zwar gelitten, doch alles Geschehene war dem Willen Talismans unterworfen. Zudem beruhigte sie das Wissen, daß der Dreifachbegabte auch die Schritte ihrer Seelenschwester lenkte.

Die Erkenntnis, daß auch sie bestimmt war, eine zentrale Rolle in der Talisman-Prophezeiung zu spielen, war Roz während des Nachtfluges zum *Red River*-Wagenzug an der Oberwelt gekommen. Sie hatte, wie Steve, Stimmen gehört, doch statt in Panik zu verfallen und sie zu verdrängen, hatte sie ihnen gelauscht.

Das Geständnis ihrer Wächtermutter, daß sie und Steve nicht ihre leiblichen Kinder waren, hatte Roz geholfen, sich auf den Moment vorzubereiten, in dem sie ihre wahre Identität erkannte. Dies war zwar früher als erwartet geschehen, doch obwohl der Augenblick der Erkenntnis sie mit Verwunderung und einem freudigen

Gefühl der Befreiung erfüllt hatte, hatte er sie auf eigenartige Weise nicht gänzlich überrascht.

Da sie die Bilder und Emotionen kannte, die Steves Verstand bei seinem ersten Alleinflug hatten schwindeln lassen, hatte sie sich danach gesehnt, die Oberwelt mit eigenen Augen zu erblicken. Sie wollte nicht nur dort sein, sondern *dort, wo sie hingehörte.* Ihr eigener Flug und der erste unvergeßliche Blick auf den sternenübersäten Himmel hatte lediglich bestätigt, was ihr Herz schon wußte: Sie war ein Bestandteil der Blauhimmelwelt, und ihre Seele gehörte dem Prärievolk.

Im Gegensatz zu Steve suchte sie nicht nach den Gründen, denn Sonnenauf- und -untergänge werden im Auge des Betrachters auch nicht durch das Wissen schöner, daß das Licht, das die Hülle der Erdatmosphäre übergießt, von einem Zwergstern der Kategorie G1 abgegeben wird, der in einer Entfernung von etwa 1,5 Milliarden Kilometern im Weltraum hängt.

Roz reichte es, zu wissen, wer sie war, daß dieses Wissen die Intensität des Gefühls erzeugte, ein Ganzes geworden zu sein und wirklich zu leben. Roz war zufrieden damit, *dazusein.* Da sie in der Föderation aufgewachsen war, konnte sie die Lebensumstände im *Red River* natürlich leichter ertragen, aber wie Clearwater scheuerte auch sie sich an der Beengtheit wund.

Der Rettungsflug zum verlassenen Lagerplatz der Abtrünnigen hatte ihr nur einen sehr kurzen Bodenaufenthalt gestattet. Als sie das Helmvisier gehoben hatte, war der Wind über ihr Gesicht geweht und sie hatte einen eigenartig üppigen, fast überwältigenden Wohlgeruch wahrgenommen. Nachdem man Clearwater Erste Hilfe geleistet und sie auf einer Trage zu der wartenden Maschine gebracht hatte, war Roz zurückgeblieben. Sie hatte die Handschuhe ausgezogen und mit bloßen Händen die Erde, die Steine und das Gras der Umgebung gestreichelt. Sie hatte sich nur zwei oder drei Minuten gegönnt, dann war ihre Abwesenheit bemerkt worden.

Aber die kurze Zeit hatte ausgereicht, um sie süchtig zu machen.

In den vergangenen zwei Monaten war es ihr in der Pausen und in der Freizeit jeden Tag gelungen, ein paar Minuten aufs Flugdeck hinaufzugehen. Als Steves Blutsschwester und Wächtertochter eines bekannten Fliegers konnte sie behaupten, ein legitimes Interesse an Fliegerangelegenheiten zu haben. Doch es war nur ein Alibi, um sich an der Schönheit und Vielfalt der Landschaft zu ergötzen, die wie ein exotisches Korallenriff unter einem gewaltigen, wolkenbedeckten Ozean sich ständig verändernder Farbtöne lag.

Wallis, der Leiter der AMEXICO-Sondereinheit, hatte ihr zwar gestattet, ohne Eskorte an Deck zu gehen, doch Roz wußte, sie mußte die Zeit, die sie dort oben verbrachte, rationieren und sich der Oberwelt gegenüber interesselos verhalten. Niemand — schon gar nicht Karlstrom — durfte wissen, daß sie Geschmack an der Blauhimmelwelt entwickelt hatte. Deswegen tarnte sie ihre Spuren, indem sie nur über die Aktivitäten redete, die sie auf dem *Flugdeck* gesehen hatte — nicht über das, was sie draußen umgab.

In den gleichen zwei Monaten hatte man den Plan, mit dem von Steve und Malone angeführten Enterkommando fertig zu werden und die an Bord gekommenen M'Calls anschließend zu massakrieren, fortwährend verfeinert. Die *Red River*-Mannschaft hatte den Kampfdrill wieder aufgenommen.

Obwohl auch Roz zur Sondereinheit gehörte, hatte man sie weder in die Planung noch in die Vollstreckung einbezogen. Wallis war zwar ganz und gar für ihr Schicksal verantwortlich, doch tagsüber war sie dem medizinischen Team zugeteilt und nahm ihre Befehle von der Chefärztin entgegen. Es war Roz' Aufgabe, Clearwaters Genesung zu überwachen; sie sollte so etwas wie ihr Schatten werden. Nun, wo Clearwater die Intensivstation verlassen hatte, schlief Roz auf der gleichen Station wie sie, um jederzeit bereit zu sein, eine Bedrohung durch ihre Erdmagie abzuwehren.

Die Gefahr bestand zwar nicht, doch davon hatte Roz ihren Vorgesetzten nichts erzählt. Hätte sie es getan, wäre sie vielleicht überflüssig geworden, und dann hätte man sie mit einem Flugzeug ins HZ zurückgeschickt. Diesen Schritt galt es um jeden Preis zu verhindern. Zwar verfügte sie über die dazu nötigen Mittel, doch sie mußte die Kraft, den Verstand der sie umgebenden Menschen zu manipulieren, sparsam und mit größtmöglicher Diskretion anwenden, damit keine Zweifel über ihre Verläßlichkeit aufkamen.

Als der Große Tag sich näherte, rief man sie unerwartet in eine Besprechung mit dem Wagenmeister des *Red River,* dem Stab und allen Offizieren, die die verschiedenen Kampfgruppen leiteten. Wallis und die restlichen Angehörigen der Sondereinheit waren ebenfalls anwesend, und auch Spieß Marvin MacEvoy, dessen rauflustige Art in Sachen Menschenführung ihm den Spitznamen ›Tollwütiger Hund‹ eingetragen hatte.

Man hielt die Besprechung in einem der vorderen Kasinos ab, das man zu diesem Zweck gewienert und umgeräumt hatte. Die Tische und Stühle standen nun vor einem Ausbildungsdiagramm, das die Seitenansicht des Wagenzugs zeigte. Die zwanzig Wagenzüge, die der Bahnbrecher-Division momentan unterstanden, waren im Grunde alle nach dem gleichen Bauplan entstanden. Expertenaugen hätten vielleicht einige Modifikationen in der Luftkampfausrüstung sowie andere Ausstattungsunterschiede erkannt, doch abgesehen von den Insignien und Codebuchstaben waren die Züge innen und außen praktisch nicht voneinander unterscheidbar.

Als alle ins Kasino strömten, geleitete Wallis Roz in die erste Reihe an den Mitteltisch, dann stellte er sich vor Fargo neben die Wagenzeichnung. Als alle saßen, nahm der Wagenmeister einen langen Zeigestock, begrüßte die Anwesenden mit einem kurzen Nicken und kam ohne Umschweife zur Sache.

»Meine Damen und Herren ... die letzten Meldungen unserer Außenagenten deuten an, daß der Angriff — das Hauptstück der Operation Riesenfisch — nächste Woche stattfindet; eventuell sogar schon in den nächsten zweiundsiebzig Stunden. Wir haben zwar mit zwei Hauptzielpersonen gerechnet, doch es scheint, als würde die gefährlichere der beiden nicht auftreten. Sie ist allem Anschein nach verstorben, aber da wir wissen, daß die Mutanten an Reinkarnation glauben, müssen wir auch auf Überraschungen gefaßt sein, die in letzter Minute eintreffen.«

Die Mannschaft der *Red River,* die dies für einen typischen Fargo-Witz hielt, lachte pflichtschuldigst.

Fargo fuhr fort. »Yankee-Zulu und High-Sierra, zwei Agenten des Weißen Hauses, werden in der Anfangsphase des Angriffs eine gemeinsame Streitmacht aus schätzungsweise hundert Mutanten und Abtrünnigen gegen den Wagenzug führen. Die Gruppe ist als Personal der 5. FERN-AUF-Schwadron verkleidet und trägt Standard-Oberwelt-Kampfanzüge und Helme. Mit anderen Worten, sie sehen fast genau so aus wie unsere eigenen Soldaten.

Man kann die Gruppe aber anhand weißer Klebestreifen am Oberarm, am Helmriemen und an der hinteren Visierraste erkennen. Die beiden Hauptzielpersonen — oder, je nach Umstand, die einzige — sind ebenso gekleidet. Um jede Verwechslung auszuschließen, tragen Yankee-Zulu, High-Sierra und sechs Mitarbeiter ihres Teams keine — ich wiederhole *keine* — Helmmarkierungen und betreten den Zug mit hochgeschobenem Visier. Die Mutanten behalten die Visiere natürlich unten, um sich nicht zu verraten. Jeder Hellhäutige, den sie mit weißem Kinnriemen oder hinterer Helmmarkierung sehen, ist ein Abtrünniger und auf der Stelle zu erschießen.« Fargo musterte seine Zuhörer. »Verstanden?«

Das Publikum reagierte mit zustimmendem Gemurmel.

Der Wagenmeister deutete auf die beiden Waggons genau vor dem Flugwagen. Sie zeigten die Buchstaben ›A‹ und ›B‹. Fargo deutete mit dem Zeigestock auf ›A‹.

»Als Antwort auf das Mayday-Signal High-Sierras lassen wir diese Rampe herunter, damit die Angreifer an Bord kommen können. Unter- und Mitteldeck werden vom Rest des Zuges abgeriegelt.

Das ›A‹-Oberdeck, und speziell die Treppen, werden von zehn Gruppen unter Leitung von Lieutenant Commander Torrance verteidigt und *gehalten.* Eine zweite Gruppe, die Captain Lloyd anführt, hält das Oberdeck von Waggon ›B‹.

Nun besteht der Plan, wie Sie wissen, darin, eine Situation herbeizuführen, die alle Angreifer die Rampe hinauf und in den Zug lockt. Wir wollen nicht, daß sich irgend jemand zurückzieht und Alarm schlägt. Deswegen bringt uns in Kürze ein anderer Wagenzug achtzig Code-Eins-Verletzter. Sie stoßen in Kampfanzügen zu uns, die unsere Rangabzeichen und Insignien tragen, und wir setzen diese Herrschaften, die natürlich Freiwillige sind, ein um ...«

Auch dies war natürlich einer von Fargos Scherzen, aber nun war das Gelächter echt.

»... um die Unter- und Mitteldecks der Waggons ›A‹ und ›B‹ zu bemannen. Zwölf Stunden vor dem Angriff erhalten sie eine sorgfältig abgemessene Beruhigungsmitteldosis. Keine Sorge, man hat alles geprüft und zeitlich abgestimmt. Die Verbrecher werden an funktionierenden Arbeitsstationen sitzen und normale Waffen bekommen, die entweder in Ständern stehen oder am Körper getragen werden.

Zwar enthalten die Waffen gefüllte Magazine, aber die Luftflaschen sind leer. Unsere strammen Freiwilligen werden sich also zwei Überraschungen gegenübersehen: Wenn sie wach werden, entdecken sie, daß eine

Horde heulender Mutanten und gesetzloser Renegaten auf sie losgeht, und wenn sie sich verteidigen wollen, stellen sie fest, daß ihre Waffen unbrauchbar sind.«

Dieser Nachricht begegnete man mit grimmigem Schweigen. Als Code-Eins-Verletzern stand den Kerlen natürlich der Tod zu, aber alle Anwesenden waren froh, nicht in ihrer Haut zu stecken.

Fargo deutete auf eine Planübersicht des Unterdecks von Waggon ›A‹. Zwei Abteile auf jeder Seite des Rampenzugangs waren rot markiert.

»Die beiden Sonder-Feuerstellen werden von je acht Mann besetzt. Es handelt sich um Frachträume; sie sind verstärkt und haben Schießscharten. Beide Gruppen werden dort eingeschlossen und unternehmen nichts, um die erste Angriffsphase zu hintertreiben. Es ist ihre Aufgabe, dafür zu sorgen, daß niemand wieder lebend über die Rampe ins Freie kommt. Wie Sie aus der Zeichnung ersehen, kann man die Rampe auch mit Flankenfeuer unter Beschuß nehmen.

Okay. Der Angriff geht folgendermaßen vor sich: High-Sierra, Yankee-Zulu und die beiden Mutanten, die unsere Hauptzielpersonen sind, kommen mit dem ersten Drittel der Kolonne und stürmen die Rampe. Sie leiten ihren Haupttrupp ins Unter- und Mitteldeck, während sie selbst — zehn Mann, zu denen High-Sierra und sechs seiner Kollegen sowie Yankee-Zulu und die beiden Zielpersonen gehören — sich ins ›A‹-Oberdeck begeben, wo Don Wallis mit seinem Team auf der Lauer liegt.

Wenn die Gruppe im Oberdeck auftaucht, werden die beiden Zielpersonen — oder, je nach Lage, die einzige — ergriffen. Handelt es sich nur um eine — um den unter dem Namen Cadillac bekannten Wortschmied —, dürfte es keine Probleme geben. Doch falls Mr. Snow, die zweite und weitaus gefährlichere Zielperson, sich zu einem Auftritt entschließen sollte, dann, meine junge Dame ...« — Fargo deutete mit dem Zeigestock auf

Roz —, »müssen Sie die Situation ohne Umschweife entschärfen.«

»Ich will mein Bestes tun, Sir.«

»Hoffen wir, daß Ihr Bestes reicht, denn die Befehle, die ich habe, sind recht eindeutig. Falls dieses Individuum außer Kontrolle gerät, muß ich alles in meiner Macht Stehende tun, um den Wagenzug zu schützen. Die Gruppen auf den beiden Oberdecks sind meine erste Verteidigungslinie. Es liegt an Ihnen, wie Sie aus der Schußlinie kommen. Verstehen Sie, was ich sage? Das Leben Ihrer Kollegen von der Sondereinheit und der beiden Außenagenten liegt in Ihrer Hand.«

»Yes, Sir ...«

»Gut. Nehmen wir kurz an, die Zielpersonen sind gefaßt und ausgeschaltet.« Fargo ließ erneut den Zeigestock kreisen. »Die Sondereinheit und die High-Sierra-Gruppe stoßen bis zum Oberdeck von Wagen ›B‹ vor und gehen durch den Flugwagen ins Lazarett, wo man den Zielpersonen jedes nötige Mittel verabreicht, damit sie keine Gefahr mehr für den Zug oder die Mannschaft darstellen.

Die Gruppen auf den Oberdecks von ›A‹ und ›B‹ halten weiterhin das obere Treppenende und begeben sich dann über die Nebentreppen nach unten ins Zentrum, wo die Waggons zusammengekuppelt sind. Dort säubern sie das Mittel- und Unterdeck. Sie arbeiten Rücken an Rücken und bewegen sich auf die Enden zu, damit niemand ins Kreuzfeuer gerät.«

Fargos Zeigestock kehrte wieder zum Plan des ›A‹-Waggons zurück.

»Die Männer in diesen Abteilen lassen hinter der Rampe rote Leuchtraketen und Rauchbomben los, damit die Zuschauer den Eindruck gewinnen, daß im Zug ordentlich was los ist. Die Geschütze in den angrenzenden Wagen werden gedreht und zeigen nach unten, damit es so aussieht, als seien sie überrannt worden; dann lassen wir noch etwas Rauch durch die Dachluken ab.

Währenddessen tauchen siebzig Stürmer mit den gleichen weißen Markierungen und Abzeichen wie die angreifenden Mutanten an mehreren Stellen auf dem Dach verteilt auf, springen wie diese Affen in der Luft herum und verschießen grüne Leuchtraketen. Zu ihnen gesellen sich so schnell wie möglich weitere und schwenken die abgetrennten Köpfe einiger Code-Eins-Verbrecher.«

Fargo sah die Reaktion seines Publikums. »Ja, ich weiß. Eine ziemlich grausige Sache, aber wir gehen davon aus, daß sie das Salz in der Suppe ist. Dies ist natürlich das Zeichen, auf das die Hauptstreitmacht der M'Calls wartet. Wenn alles nach Plan gegangen ist, stecken wir bald darauf bis zum Hals in Mutanten.

Wenn sie den Zug stürmen, treten ein paar, aber nicht alle, unserer Geschütze in Aktion, und wir lassen etwas Dampf ab. Die Rampe bleibt zwar unten, aber Lieutenant Commander Laird wird dafür sorgen, daß der Schalter umgangen wird. Er wird die rund um die Rampe verteilten Düsen in eine andere Richtung drehen, damit die Eindringlinge wärmstens empfangen werden.

Wir setzen nur einen Teil der Feuerkraft ein, weil unsere Verteidigung nicht zu stark ausfallen darf. Wir müssen das Bild eines schwer angeschlagenen Gegners bieten, der darum kämpft, auf den Beinen zu bleiben. Wir müssen die ganze M'Call-Streitmacht zum Kampf verleiten und aufs Schlachtfeld bringen, bis unsere Verstärkung zuschlägt und alle Rückzugslinien abschneidet.«

Fargo legte den Stock parallel zum vorderen Rand auf Roz' Tisch, doch er suchte nicht ihren Blick. »Das Ergebnis, meine Damen und Herren, steht zwar von vornherein fest, aber es dürfte dennoch ein spannender Tag werden. Nachdem wir die Hauptstreitmacht der Mutanten erledigt haben, kommt die übliche Verfolgungsattacke.«

Sein Blick richtete sich auf die beiden Feldkommandeure, Lieutenant Commander Jim Torrance und Captain Griff Lloyd. »Die Organisation dazu überlasse ich Ihnen, Jim. CINC-TRAIN hat um ein gründliches Aufräumen gebeten. Das bedeutet: Jede Frau und jedes Kind, ungeachtet des Alters. Und man will die Köpfe.«

Torrance tauschte einen Blick mit seinem Stellvertreter, dann nickte er. »Verstanden.«

»Okay... Die Code-Einser müßten morgen abend bei uns sein.« Fargo sah seinen Spieß an. »Mr. MacEvoy, wir müssen wohl noch ein Wort über ihre Unterbringung und Beköstigung reden.«

»Yes, Sir!«

»Tja, dann, danke allerseits. Ich schätze, das ist im Moment alles.«

Alle sprangen auf, standen stramm und salutierten. Fargo erwiderte den Gruß, dann machte er seinen Abgang. Bill Gates, sein Stellvertreter, übernahm das Kommando.

»Alle Mann ... raustreten! Sie können auf Ihre Posten zurückkehren.«

Als Roz sich unter jene mischte, die zum Heck eilten, sprach Wallis sie an. »Wenn es hart auf hart geht, glauben Sie, Sie werden mit ihm fertig?«

»Sie meinen Mr. Snow?« Roz lächelte. »Keine Sorge. Der ist kein Problem.«

»Schön ... Dann stimmt die Meldung also?«

Roz erkannte, daß Wallis ihr etwas entlocken wollte. »Die von seinem Tod? Steve scheint es anzunehmen.«

»Bedeutet dies, daß es Ihnen nun leichter fällt, ihn zu erreichen?«

»Leichter als früher ...«

»Gut. Wie schätzt er die Lage ein?«

»Don, ich empfange Bilder und Empfindungen, keine schriftlichen Meldungen.«

»Ich meine ganz allgemein.«

»Er ist sehr optimistisch. Er und Malone haben ...« Roz hielt inne, dann schloß sie die Augen und streichelte mit den Fingerspitzen ihre Schläfen. »Sie sind aufgebrochen«, murmelte sie. »Malones Bande und der M'Call-Clan sind auf dem Weg nach Nebraska!«

Wallis packte ihre Schultern. »Heiliger Bimbam! Halten Sie mich auf dem laufenden. Mensch! Die Beulenköpfe werden eine Überraschung erleben! Was halten Sie von dem Plan, den wir mit Fargo ausgetüftelt haben? Ist er nicht toll?«

»Er kann nicht schiefgehen«, sagte Roz. Ihr Verstand beschäftigte sich schon mit einer anderen Frage. Wie sollte sie Steve die Einzelheiten von Fargos Plan übermitteln? Er und die M'Calls mußten über die Falle, die man ihnen stellen wollte, informiert werden! Aber wie sie Wallis gerade erklärt hatte, war die Denkbrücke nicht dazu geeignet, Informationen zu verschicken, die man von Videogrammen erwarten konnte.

Übermittelt wurden nur mit Bildern verbundene Eindrücke, aber keine detaillierten Aufnahmen, wie eine TV-Kamera sie machte. Die meisten hatten den Charakter surrealer Traumlandschaften, und ihr Aufbau und ihre Elemente waren nicht unbedingt logisch. Und nicht jeder Gegenstand war scharf.

Als Roz während seines ersten Alleinflugs Steves Erfahrungen miterlebt hatte, hatte sie zwar das ›gesehen‹, was er gesehen hatte, doch sein Verstand hatte die Bilder gefiltert und mit seiner Wahrnehmung verändert. Sie hatte zwar auf einer weltlichen Ebene miterlebt, daß er hoch über der Erde durch die Luft geflogen war — doch ohne das Bewußtsein, im Cockpit eines Himmelsfalken zu sitzen. Ihr inneres Auge hatte weder die Höhenmesserskala noch die Kompaßanzeige gesehen.

Und ebensowenig hatte sie bei Karlstroms Hilfeersuchen, bei Steves Reise zum Reiherteich seinen Aufenthaltsort zu ermitteln, die Namen der Orte gekannt, durch die er gekommen war. Sie hatte tatsächlich nicht einmal die Landkarte gesehen. In ihrem Bemühen, Steves Geist zu erreichen, war sie in tiefer Trance versunken. Ihre Finger hatten blind auf der Karte gesucht und seine Gegenwart ›ertastet‹.

Steves und Cadillacs Rettung vom Raddampfer war mit Hilfe der gleichen ›Spielplatz‹-Metaphorik zustandegekommen. Steves geistiger Mayday-Ruf hatte sie aufgeschreckt — das Empfinden einer tödlichen, kurz bevorstehenden Gefahr. Es war mit dem Bild eines Schaufelraddampfers verbunden gewesen, der sich auf einem Binnenmeer der sinkenden Sonne näherte. Und einem weiteren: Steve und Cadillac, gefangen in einem engen, finsteren Raum unter der Wasserlinie.

Rund um diese Bilder war die dringende Bitte geflochten, sie zu retten. Und dann hatte sie Bilder fliegender Schemen gesehen, die aus der Dunkelheit hervorbrachen. Und Feuer! Eine hoch aufragende Flammenwand, die sich auf dem Wasser und an der Peripherie ihrer mentalen Leinwand spiegelte. Das Bild Clearwaters, inmitten einer Meute bewaffneter und erwartungsvoller Mutanten.

Erst als Karlstrom die Landkarte vor ihr ausgebreitet hatte, hatte sie alles verbinden können, was sie in einem bestimmten Gebiet sah. Die haarscharfe Navigation und das Bugradar der Leitmaschine hatte den Rest erledigt.

Doch wie immer hatte Steves Gefühlszustand die Verbindung bewirkt. Sein Geist öffnete sich immer nur dann, wenn er Extremen wie Gefahr oder Freude ausgesetzt war. Ein emotionales Hoch oder eine Stresssituation waren nötig, um sein Hirn zu aktivieren — wie damals, bei seiner Verwundung.

Vom zwölften Lebensjahr an hatte er versucht, sich von ihr abzukapseln, und es war ihm zu einem Großteil gelungen — bis er an die Oberwelt gekommen war. Die emotionelle Wucht dieser Erfahrung hatte die Barriere gesprengt, die die Gedankenbrücke verrammelte. Aber nicht ganz. Meist funktionierte die Verständigung eingleisig. Er konnte sie erreichen, aber sie nicht ihn. Das Tor zu ihrem Geist stand stets weit offen, während das

Tor zu seinem Geist geschlossen oder nur einen kleinen Spalt geöffnet war. Er öffnete es nur, wenn es ihm paßte.

Roz hatte den Eindruck, als hätte man sie eingesetzt, seine Beschützerin zu spielen, doch obwohl er zwei Jahre älter war und stets die Rolle des dominierenden großen Bruders gespielt hatte, spürte sie, daß er auf vielerlei Art stärker und klüger war.

Seit er die Flugakadamie verlassen hatte, um auf der *Louisiana Lady* zu fahren, war es ihr nur zweimal gelungen, ihn zu erreichen: Einmal, um ihm zu sagen, daß man sie beobachtete, als man ihn nach der Flucht aus dem Gebiet der M'Calls zum Verhör ins Hauptzentrum gefahren hatte; und ein Jahr später, als er nach Long Point unterwegs gewesen war und sich gefragt hatte, ob er in die Föderation zurückkehren oder bei den Mutanten bleiben sollte.

Sie hatte ihm zum Bleiben geraten, da sie erkannt hatte, daß man im Begriff war, sie geistig und körperlich zu verwandeln. Wie ein Magnet eine Stecknadel anzog, war eine unsichtbare Kraft im Begriff, sie an die Oberwelt zu zerren. Und wer diese Kraft auch steuerte, er hatte ihr die Macht verliehen, den Geist der Menschen in ihrem Umfeld zu manipulieren und sie in die Lage versetzt, sich von der Föderation zu lösen.

Es war bloß nicht so einfach, wie sie zuerst angenommen hatte. Im dem unvergeßlichen Augenblick, in dem Steve und sie zugleich erkannt hatten, wer sie waren, hatte er sie gewarnt, zu offen zu agieren. Sie verstand den Grund. Sie mußte das Äußerste tun, um sicherzustellen, daß der Überfall der M'Calls auf den *Red River* erfolgreich war, ohne daß man etwas von ihrer Mitarbeit ahnte.

Doch das war noch nicht alles. Auch wenn es ihr gelang, aus dem Wagenzug zu entkommen — sie war noch nicht frei, denn Steve blieb in der Hand der Föderation. Karlstrom, der Chef der AMEXICO, hatte ihn mit Drohungen gegen ihr Leben dazu gepreßt, die Wünsche der Ersten Familie auszuführen. Doch auch das Gegenteil konnte eintreffen: Die Familie konnte sie in die Knie zwingen, indem sie drohte, ihn zu töten ...

Ein erstickter Schrei und das erschreckte Wiehern eines Pferdes riß Malone aus dem Schlaf. Sein erster Gedanke galt dem Schießeisen unter dem Kissen, doch bevor er sich bewegen konnte, packten ihn mehrere Hände. Eine Sekunde später lag er mit ausgestreckten Armen und Beinen da. Mehrere Leute hockten auf seinen Hand- und Fußgelenken, und ein grinsender Mutantenkrieger saß breitbeinig auf seinem Brustkorb.

Als sein Blick an den fünf Häschern vorbeifiel, sah er, daß die Mutanten den Lagerplatz überrannt hatten. Sie hatten die Posten wohl völlig lautlos umgebracht.

Scheiße. Wie kann das sein? Mutanten schlafen doch nachts!

Im Licht der Fackeln, die man nun in die Höhe hielt, sah Malone, daß die Pferde weggebracht wurden. Weitere Fackeln wurden an den glühenden Überresten des Lagerfeuers entzündet und erhellten den Boden mit flackerndem, orangerotem Licht. Mehrere seiner Männer lagen dort, wo sie sich zur Ruhe gebettet hatten, unter den Decken. Sie hatten nicht die geringste Chance gehabt, sich zu wehren. Ein Überraschungsangriff der Güteklasse A. Das Licht einer Fackel fiel auf einige Männer in seiner Nähe. Phil Robson, einer der sechs Mexikaner, der zu seinen Unterführern gehörte. Sein Kopf schien aus seinem blutüberströmten Brustkorb zu wachsen.

Das sieht aber nicht gut aus. Das sieht aber gar nicht gut aus ...

Malone musterte den auf seiner Brust sitzenden Mutanten. Seine häßliche Fresse kam ihm irgendwie vertraut vor. Aber leider sahen diese Affen alle gleich aus. Die sechs goldenen Federn an seinem kieselgeschmückten Lederhelm waren leichter zu identifizieren. Unglaublich. Sie hatten ihre Komplizen überfallen — es waren die M'Calls. Die Schwachköpfe, aus denen er Hackfleisch hatte machen wollen.

Malone stieß einen stummen Fluch aus. Was, zum Teufel, war schiefgegangen? Er hatte seinen Anteil an dem Unternehmen doch auf übliche Weise durchgeführt und sein nicht unbeträchtliches Geschick und seine Erfahrung dazu verwandt, jeden erdenklichen Winkel abzudecken. Es hatte doch alles so einfach ausgesehen! Was hatte den Plan versaut? Da er spürte, daß er nicht mehr lange zu leben hatte, zerbrach er sich den Kopf, um eine Antwort zu finden. Hatte er irgend etwas falsch gemacht? Hatte er die Arglist seiner Gegenspieler unterschätzt? Oder hatte der angemalte Beulenficker Brickman die Föderation hintergangen?

Zwar lautete die Antwort auf alle drei Fragen ›Ja‹, aber Malone mußte trotzdem seine eigenen Schlüsse ziehen. Niemand hielt sich damit auf, ihm eine hämische Deutung des Meisterplans und der Fehler zu liefern, die er gemacht hatte. Seine Häscher drehten ihn auf den Bauch und banden flink seine Hände zusammen. Er rechnete damit, daß sie das gleiche auch mit seinen Füßen taten, doch statt dessen lag er kurz darauf mit dem Gesicht auf dem Kissen und bemühte sich, dem brennenden Schmerz zu begegnen, als der Mutant mit dem Messer die Sehnen seiner Kniekehlen durchschnitt.

Tja, Alter... Sieht nicht so aus, als würdest du heute nacht noch weit laufen müssen ...

Eine Hand fuhr an ihm vorbei und zog die lange, dreiläufige Luftpistole unter dem Kissen hervor. Dann zog man ihn auf die Beine, und er schaute in Steve Brickmans Gesicht. Malone sah, wie er das Magazin überprüfte und den Sicherungshebel zurückzog. Sein linkes Knie knickte ein. Der Mutant zu seiner Linken hievte ihn wieder hoch.

Malone spürte, daß das Blut der Messerschnitte an seinen Unterschenkeln hinablief. Er verbiß den Schmerz und sagte: »Sieht so aus, als hätte ich 'n kleines Problem mit den Beinen.«

»Na, wenn schon«, sagte Steve. »Ich hab gesehen, zu was deine Stiefel alles in der Lage sind.« Er drückte die dreiläufige Pistole an die Kehle des Mexikaners und schaltete den Verschluß auf Vollautomatik.

Malone schaute ihn ohne die geringste Spur von Furcht an. Der Blick sagte ihm alles. »Ich hoff, 's ist es nichts Persönliches.«

»Nein«, sagte Steve. »Das hier ist für Baz.«

Er schob die Pistole unter Malones Kinn, schob seinen Kopf nach hinten und drückte ab.

11. Kapitel

Von dem periodisch erklingenden Ton alarmiert drückte General-Commander Karlstrom den ANRUF-ANNEHMEN-Knopf. Das Amtrak-Signum wurde durch das Gesicht seines Stellvertreters ersetzt.

»Was ist denn, Tom?«

»Sir, ich fürchte, da läuft einiges außerplanmäßig. Es sind zwar noch nicht alle Meldungen da, aber ich war der Meinung, Sie sollten es so schnell wie möglich erfahren.«

Karlstrom sank in den Sessel zurück, stützte das Kinn auf einem Daumen ab und drückte die Finger an seine Nase. »Okay, dann mal los ...«

»Malone hat sich über den offenen Kanal mit einem Mayday-Ruf bei Wallis gemeldet. Brickman hat den Sprengstoff gefunden, den der Schweinehund Cadillac beim FERN-AUF-Projekt unterschlagen hat. Malone hatte es schon vermutet.«

»Weiter ...«

»Brickman hat das Zeug auf ein M'Call-Pferd geladen und war gerade unterwegs zu Malone, als er auf eine Jagdgruppe stieß. Er konnte sie zwar abhängen, aber sie haben Krach geschlagen, und jetzt ist der ganze Clan mit gezückten Messern hinter ihnen her.«

»Verfluchter Mist!«

»Yeah, es ist schlimm. Bleiben Sie dran — ich brauche noch einen Augenblick, um das, was gerade auf dem Schirm ist, zu decodieren.« McFadden verschwand kurz von der Kamera und kehrte zurück. »Nun, es ist keine absolute Katastrophe. Laut der Meldung hier ist es Malones Leuten und Brickman gelungen, sich den Weg freizuschießen. Im Moment ist ihnen zwar niemand auf den Fersen, aber das muß nicht so bleiben. Sie wollen sich zum *Red River* durchschlagen. Malone möchte wissen, ob er mit Feuerschutz aus der Luft rechnen kann, wenn die Lage kritisch wird.«

»Kein Problem«, sagte Karlstrom. »Sonst noch was?«

»Ja. Malone schätzt, daß eine gute Chance besteht, daß die Beulenköpfe hinter ihnen herjagen, um ihnen den Weg zum Zug abzuschneiden. Also könnten wir den Clan vielleicht doch noch zusammenschießen.«

»Ja ... Aber damit haben wir Cadillac noch nicht.«

»Ich weiß. Aber vielleicht das Zweitbeste — seinen Kopf auf einem Silbertablett.«

Ich bin von Idioten umgeben, dachte Karlstrom. »Wir wollten ihn eigentlich lebend fangen, Tom. Na, macht nichts. Halten Sie mich auf dem laufenden. Und geben Sie alles auf meinen Schirm, was reinkommt.«

»Ja, Sir ...«

Karlstrom fiel der vielsagende Moment seines Zögerns auf. »Haben Sie die schlechte Nachricht bis zuletzt aufgehoben?«

»Kommt darauf an, wie man es beurteilt«, sagte McFadden. »Brickman hat nicht nur den Sprengstoff entdeckt. Diese gerissen Beulensäcke hatten noch was anderes versteckt.«

Es war nicht schwer, es zu erraten. Karlstrom starb innerlich auf Raten. »Mr. Snow?«

»Yeah! Er lebt!«

»Und kann nicht kontrolliert werden! Wie der Rest dieses Unternehmens!« Diesmal war Karlstroms Verärgerung echt. »Warum, zum Henker, konnte Brickman seinc verdammte Nase nicht aus der Sache heraushalten?!«

McFadden schaute bestürzt drein. »A-aber Sie ... haben Malone doch gebeten, das Zeug zu suchen. Und er ...«

»Und er hat es vermasselt, nicht wahr?! Dieser dienstgeile Idiot! Wir reißen uns den Arsch auf, um alle Requisiten zu besorgen, und jetzt geht er hin und versaut alles, indem er über eine offene Leitung mit Wallis plappert! Was ist mit ihm los? Hat den Verstand verloren?«

McFadden sagte nichts. Abgesehen von dem untypischen Strom der Schimpfwörter, hatte er nur selten gesehen, daß sich sein Chef so zornig oder unvernünftig verhielt. Karlstrom hatte befohlen, bei der Suche nach dem verschwundenen Sprengstoff in jede Ritze zu schauen. Und jetzt saßen Malone und Brickman bis zum Hals in der Scheiße, weil sie in die falsche Ritze geschaut hatten.

McFadden wartete ab.

Als Karlstroms übliche eisige Gemütsruhe wieder die Oberhand gewann, sagte er: »Säubern Sie die Meldungen von Wallis. Und sorgen Sie dafür, daß er es kapiert. Er darf die Existenz der Sprengsätze keinem an Bord des Wagenzuges enthüllen. Und er soll auch keine weiteren Bezüge auf sie machen, wenn er sich wieder bei uns meldet. Die Sache ist STRENG GEHEIM. — Kapiert?«

»Ich kümmere mich sofort darum.«

»Und, Tom …«

»Ja, Sir?«

»Sorgen Sie für eine Selbstvernichtung.«

»Natürlich.« Das Gesicht seines Stellvertreters wurde vom Bildschirm gewischt.

Karlstrom, der Chef der AMEXICO, war zwar ein Mensch, der es gewohnt war, mit kniffligen Operationen fertig zu werden, aber er konnte sich nicht daran erinnern, wann er je so viele Rückschläge hatte einstecken müssen.

Die leise Revolte der Wagenmeister und ihrer Stäbe hatte die Glaubwürdigkeit seiner Organisation in den Augen des General-Präsidenten ernstlich geschädigt. Und das galt auch für die andere Sicherheitsorganisation, die Militärpolizei.

Nach dem letzten Erscheinen seines Stellvertreters auf dem Bildschirm kam Karlstrom sich wie jemand vor, der am Ende eines sich langsam auflösenden Seils an einem Steilfelsen hing. Jetzt brauchten nur noch ein paar Stränge zu reißen, dann …

Karlstrom, normalerweise ein scharfsinniger und nicht leicht zu erschütternder Mensch, spürte, daß er allmählich die Beherrschung verlor und seine Leute angiftete. Es war nur einer übermäßigen Willensanstrengung zu verdanken, daß es ihm gelang, seine geistige Unordnung bei den täglichen Besprechungen mit dem 31. Jefferson im Oval Office zu verbergen.

Wegen Brickmans katastrophalem, doch wohlmeinendem Eingriff war nun das Leben Malones und seines Mexikaner-Teams in Gefahr. Zwar setzten sämtliche Oberwelt-Agenten täglich ihr Leben aufs Spiel, doch Karlstrom war nicht bereit, dem untätig zuzusehen. Das kollektive Fachwissen und der reine Oberweltgrips von Malones Team machte die Männer selbst in einer Ausbilderrolle unbezahlbar. Man mußte jede Anstrengung unternehmen, um sie zu retten. Und das galt, trotz seiner gemischten Gefühle, ebenso für Brickman.

Da Karlstrom der ›Erdmagie‹ und der ›Psionik‹ — ihrem Föderationsäquivalent — mißtraute, hätte er sich zwar lieber Steves *und* seiner Blutsschwester entledigt, doch Jeffersons Interesse an dem lästigen Paar machte es ihm unmöglich. Obwohl das Pech von Malones Truppe den Plan zunichte gemacht hatte, die Mutanten in den Zug zu locken, konnte man es sich nicht leisten, das Hauptziel aufzugeben — die totale Vernichtung des M'Call-Clans.

Wenn eine Mutantenhorde Malone und seinen Gefährten auf den Fersen war, war eine Ballonsonde — die wenigstens zwei Flugzeuge am Boden nebst erstklassigem Feuerschutz erforderte — eine Operation von großem Risiko. Karlstrom war zwar bereit, ein Spiel zu wagen, aber am liebsten spielte er mit gezinkten Karten. Zudem bestand die Chance, die Mexikaner zu retten *und* den Tag mit einem positiven Ergebnis abzuschließen. Wie McFadden bemerkt hatte, schlugen Malone und Brickman vor, ihre Verfolger zum Wagenzug zu lokken, weil sie hofften, die Mutanten zu einem unbesonnenen Angriff zu provozieren.

Falls Cadillac und der wie Lazarus seinem Grab entstiegene Mr. Snow Clearwater noch immer befreien wollten, dann war er, Karlstrom, bereit, ja, dazu genötigt, ihnen einen Köder zu bieten. Diesmal gab es wenigstens nicht die Gefahr einer Wasserflutwelle. Brickman hatte durch Malone gemeldet, Mr. Snow sei nach der Episode am Handelsposten nur noch ein Schatten seiner selbst gewesen. Obwohl sich die Meldung über seinen Tod als verfrüht erwiesen hatte, war Brickman dem Glauben verfallen, er läge im Sterben, da er alle Symptome eines Sterbenden gezeigt hatte.

Vielleicht ließ der letzte Versuch, Erdmagie gegen den Wagenzug einzusetzen, den alten Hundesohn krepieren. Es war ein verlockendes Szenarium, aber ›vielleicht‹ war kein Wort, das Karlstrom mochte. Deswegen schlug er auch nicht vor, die mit CINC-TRAIN abgesprochenen Vorsichtsmaßnahmen zu ändern.

Das Problem war nun, wie er die Einwilligung des General-Präsidenten für einen Rückzugsplan bekam, ohne den Eindruck zu erwecken, daß die AMEXICO die Lage nicht mehr unter Kontrolle hatte …

Viele von denen, die direkt damit befaßt waren, die vereinten Angriffstruppen der Mutanten und Abtrünnigen abzuwehren, nahmen die Nachricht von der abgeblasenen Truthahnjagd mit kaum verhohlener Erleichterung auf. Obwohl der Plan sorgfältig ausgearbeitet war, um jede Möglichkeit auszuschließen, daß der Zug überrannt wurde, war schon die *Vorstellung,* man könne es den Mutanten gestatten, einen Fuß in den *Red River* zu setzen, ein Greuel, das jedem Angst machte.

Doch Befehl war Befehl. Zum Glück hatte man den Befehl nun annulliert. Jetzt ging es darum, den Hals einiger Burschen zu retten, deren Oberwelt-Unternehmen saumäßig schiefgegangen war.

Als Karlstrom sich in den Aufzug schwang, der ihn zum Oval Office hinaufbrachte, konnte er nicht ahnen, daß die Lage, über die er gerade einen Beschluß herbeiführen wollte, nur in seiner Einbildung existierte.

Malone, seine sechs Unterführer und die bunte Meute der Abtrünnigen, die man verführt hatte, an seinem Vorhaben teilzunehmen, waren inzwischen in Wyoming einer Freßorgie rasch größer werdender Aasvögelscharen zum Opfer gefallen.

Die Hauptstreitmacht des M'Call-Clans hatte sich in einer noch nie dagewesenen Abfolge von Nachtmärschen zur Großen Gabelung begeben — dem Knotenpunkt der North- und South Platte-Flüsse — und sie zwei volle Tage vor dem Wagenzug erreicht. Und aufgrund einer Vereinbarung, die vor der Schlacht am Handelsposten völlig unvorstellbar gewesen war, waren die zwei She-Kargo- und drei kleinen M'Waukee-Clans, die in diesem Gebiet lebten, nach Westen gezogen, um das Vakuum zu füllen, das sie hinterlassen hatten.

Die ›Hauptkampfgruppe‹ an der Großen Gabelung wurde von Cadillac und Blue-Thunder angeführt. Ihr folgte eine viel kleinere, aus Awesome-Wells, Boston-Bruin und vier Bären bestehende Gruppe, die man aufgrund ihrer Stärke und Diskretion ausgewählt hatte. Außer Blue-Thunder waren sie die einzigen Clan-Angehörigen, die wußten, daß Mr. Snow noch lebte.

Die permanente Irreführung war nötig, da die Gesundheit des alten Wortschmiedes trotz gelegentlich starker Erholungsphasen noch immer bedenklich war. Da Cadillac das Vertrauen des Clans gewonnen hatte, wollte er seine Position nicht untergraben, indem er Mr. Snows Anwesenheit bekanntgab. Wenn er es tat und Mr. Snow trotzdem vor dem Angriff starb, mußte sich dies auf die Kampfmoral des Clans katastrophal auswirken.

Der Plan, den Cadillac und Steve ausgearbeitet hatten, war gut. Wenn alles glatt verlief, war die Chance, *ohne* den Einsatz von Erdmagie Kontrolle über den Wagenzug zu erringen, größer als je zuvor. Wenn der Meister ihnen mit Erdmagie helfen konnte, war es zwar noch besser, aber Cadillac wußte, daß man ihn nur ein einziges Mal dazu bringen konnte.

Mr. Snow und er wußten, daß die Beschwörung einer Macht, die größer war als jene, die ihm der zweite Kreis verlieh, tödlich ausgehen mußte. Doch Mr. Snow begegnete dieser Aussicht mit einem vergnügten Mangel an Interesse. Jetzt, da er den Taktstock an seinen Schüler abgegeben hatte, schien er bereit zum Sterben zu sein. Doch da er nur noch einen Schuß abgeben konnte, mußte er seine Kräfte bis zum kritischen Moment schonen.

Deswegen hatte er auch die unwürdige Behandlung hingenommen, zur Schlacht getragen zu werden. Auch dies war ein Grund seiner heimlichen Reise. Abgesehen von Kleinkindern und im Kampf verletzten Kameraden gab es in den Reihen des Prärievolkes keine Trittbrettfahrer. Wer ›beinlos‹ war, hatte das Ende seines Lebens erreicht. Alte und Gebrechliche, die nicht mehr gehen oder laufen konnten, fielen dem Clan nicht zur Last. Sie schluckten eine starke Dosis mit einem giftigen Krautextrakt versetzte Traumkappe oder starben an einem sich selbst zugefügten Messerstich ins Herz.

Cadillac wußte, daß Mr. Snow, sein geliebter Lehrer, die Wahl getroffen hatte, seinen Abgang auf andere Weise herbeizuführen. Vor seinem inneren Auge waren die unvergeßlichen Bilder, die er damals in dem Sehstein entdeckt hatte: die Bilder von Mr. Snows Todesort. Und er erinnerte sich an das betrübte Gelächter, mit dem sein Lehrer die Nachricht abgetan hatte, denn es war ihm lieber gewesen, in der Schönheit ihrer Umgebung zu frohlocken. Cadillac erinnerte sich sogar an die genaue Stelle, an der er den Stein gefunden hatte — auf der flachen Landzunge südlich des Ortes, wo die beiden

Flüsse nebeneinander herliefen, bevor sie schließlich miteinander verschmolzen, um sich dann langsam ostwärts durch Nebraska zu wälzen und zum Missouri zu stoßen.

Der Stein hatte direkt auf dem Weg der Eisenschlange gelegen, auf einem Pfad, den jene verfolgt hatten, die das Schicksal des Prärievolkes kontrollierten. Das Ungeheuer selbst war diesem Pfad nicht gefolgt; seine Ankunft auf dem Schlachtfeld stand noch bevor.

Das Entsetzen, das der Anblick des monströsen Leibes der über ihm auftauchenden Eisenschlange hervorgerufen hatte, ließ ihn noch heute frösteln, und in den zwei Jahren, die seit der ersten Reise an Mr. Snows Seite an diesen schrecklichen Ort vergangen waren, hatte ihn das Gefühl des Erstickens und sich Wiederfindens unter dem Leib des Wagenzuges oft mit hämmerndem Herzen und einem Angstschrei auf den Lippen aufwachen lassen.

Doch jetzt war keine Zeit für Sinnieren. Der Tod stand fest. Brickman und er hatten einen dreisten Plan entwickelt, und er hatte den Segen des Meisters erhalten. Einen Plan, in dem er, Cadillac, die wichtigste Rolle spielen und den Löwenanteil der Arbeit bewältigen mußte. In diesem Zeitplan hing alles vom Bruchteil einer Sekunde ab. Nun mußte er die gleiche Kaltblütigkeit und Entschlossenheit an den Tag legen, um die er seinen Rivalen viel zu lange beneidet hatte.

Steve und seine Begleiter — Night-Fever, Cat-Ballou und eine kleine Mutantengruppe, die als Malones Mexikaner-Team agierte — waren noch in Wyoming und folgten dem Verlauf des South Platte River, der langsam nach Osten hin zur Staatsgrenze hinab verlief und sich schließlich mit seinem nördlichen Gegenstück verband.

Steve verwendete ein erbeutetes Funkgerät und speiste Wallis an Bord des *Red River* mit knappen, doch anschaulichen Meldungen. Wer ihm zuhörte, mußte glauben, daß die Flüchtlinge ihren Verfolgern erfolgreich mit Hilfe einiger Pferde entkommen waren, die Cadillac den Abtrünnigen überlassen hatte.

Leider waren Steve und der tote Mexikaner ›Kyle‹ bei dem Bemühen, eine falsche Spur zu legen, vorübergehend von Malone und den fünf anderen getrennt worden. Doch man hatte ihre Bestätigung, daß sie noch fest im Sattel saßen und ihr Bestes gaben.

Obwohl Steve behauptet hatte, die Batterien gingen allmählich zu Neige, hielt er den Sendeknopf entgegenkommend lange für den *Red River* gedrückt, damit man seine gegenwärtige Position anpeilen konnte. Wallis bestätigte zudem, er habe ein paar Funksprüche von Malone empfangen. Zwar waren sie zu kurz gewesen, um ihn anzupeilen, doch die von Störgeräuschen verstümmelten Meldungen hatten ihn vermuten lassen, daß die beiden Gruppen nicht weit voneinander entfernt waren und sich in die richtige Richtung bewegten.

In Wirklichkeit hatte Cadillac seine Malone-Imitation von einem völlig anderen Ort gesendet. Es war Steves Aufgabe, die Existenz der fiktiven Gruppe aufrechtzuerhalten und den Eindruck zu erwecken, der ganze M'Call-Clan sei direkt hinter ihnen. Doch in Wahrheit war es genau umgekehrt.

Steve hatte sich Night-Fever, Cat-Ballou und die fünf anderen Mutanten ausgesucht, die ihn zum Handelsposten begleitet hatten, weil jeder von ihnen während des Rückmarschs auf dem Pferd geritten war. Sie trugen nun, wie er, die Tarnuniformen, die man den unglückseligen FERN-AUF-Lockvögeln abgenommen hatte. Die Helme waren mit vier weißen Markierungsstreifen beklebt. Zwar waren die Mutanten keine Musterreitschüler gewesen, aber sie konnten sich im Sattel halten, und mehr war nicht erforderlich, um eine Illusion hervorzurufen, falls ein patrouillierender Himmelsfalke im Tiefflug über sie hinwegzog und mit den roten Schwingenspitzen wippte.

Den Tag verbrachten die M'Calls versteckt zwischen den Bäumen in den Abzugskanälen und Rinnen am Nordufer der Großen Gabelung; dann, als der letzte Lichtschimmer am Himmel verblaßt war, führte Cadillac sie über die beiden seichten Flüsse zum Schlachtfeld.

Die Masse der Bären und Wölfinnen hatte sich in Gruppen von je fünf Händen aufgeteilt, die dem Kommando von Gruppenführern unterstanden. Mit den Neuernannten im Schlepptau schritt Cadillac das ungefähre Gebiet ab, das der Wagenzug einnehmen würde. Als es in etwa feststand, teilte man es in Abschnitte ein, für die die Gruppenführer verantwortlich waren. Kurz darauf waren die Gruppen eifrig mit primitiven Steingrabgeräten und einer unbezahlbaren Sammlung von Eisenmeister-Picken und -Schaufeln beschäftigt.

Cadillac ließ Blue-Thunder zurück, um die Arbeit zu überwachen, dann schwang er sich auf sein Pferd und ritt am Fluß entlang nach Westen, wo Mr. Snow und seine Begleiter in ihrem Versteck hockten.

»Wie geht es, Meister?«

Mr. Snow schenkte ihm ein müdes Lächeln. »Ganz gut ...«

Da der düstere Schein des Mondes seine eingesunkenen Züge und sein weißes Haar überschwemmte, wirkte er wie ein Besucher aus der Geistwelt, die er bald bewohnen würde.

»Hilf mir auf.«

Cadillac reichte ihm die Hand. Mr. Snow schob sie wieder fort und wankte zu einem Baum, der etwa zehn Meter von ihnen entfernt stand. Cadillac eilte hinter ihm her, wurde jedoch weggescheucht. Mr. Snow umkreiste zweimal den Baum, dann lehnte er sich an ihn. »Na, bitte!« keuchte er. »Und da sagen diese Idioten pausenlos, ich wäre zu schwach, um zu stehen!«

»Ich helfe dir zurück.« Awesome-Wells kam mißbilligend und aufgeregt grunzend näher, als wolle er ein entlaufenes Küken einfangen. Cadillac bot Mr. Snow eine Hand an.

Mr. Snow entzog seine Ellbogen ihren zupackenden Händen und scheuchte sie fort. »Haut ab! Ich will jetzt schwimmen gehen!«

»Um diese Zeit?« sagte Awesome-Wells. »Mitten in der Nacht? Bist du verrückt? — Was soll das bloß?!«

»Damit meine Muskeln sich lockern. Und ich muß mir die Tannennadeln vom Leib spülen. Ich habe zu lange gelegen. Ich brauche etwas Bewegung!«

»Klar«, sagte Boston-Bruin. »Aber du bist doch kein Fisch!«

»Hör zu! Ich weiß darüber Bescheid. In der Alten Zeit sind die Menschen zum Spaß schwimmen gegangen — bloß um zu zeigen, daß sie es konnten. Man hat es medizinisch empfohlen, und es soll eine ausgezeichnete Methode sein, um die Körpermuskulatur zu trainieren.«

»Es klingt aber auch nach einer guten Möglichkeit, sie zu zerreißen«, sagte Awesome verärgert. »Besonders wenn man so alt ist wie du.«

»Und außerdem stirbst du dann an Erkältung.«

Mr. Snow wandte sich zu Cadillac um. »Ach, komm schon! Wir wissen doch beide, daß ich sterben muß — aber nicht, indem ich in einem Fluß ertrinke.« Er klopfte seinem Nachfolger auf den Arm. »Mach dich nützlich. Zünde ein Feuer für mich an!«

Dem rationalen Geist erscheint es unglaublich, daß Cadillac die Gabe hatte, ›Sehsteinen‹ Bilder aus der Vergangenheit und Zukunft zu entnehmen, und ebenso unglaublich mag es ihm erscheinen, daß solche Steine überhaupt existieren. Doch für das Prärievolk, das daran glaubte, daß alle Wege vorgezeichnet sind, waren Vergangenheit und Zukunft nur verschiedene Strecken des großen Zeitstroms, der die Welt zum Meer der Ewigkeit trägt.

Vergangenheit und Zukunft bestanden nebeneinander — wie der Anfang und das Ende aller Flüsse, ob es sie nun wirklich gab oder ob sie nur in der Phantasie existierten.

Und da die unendlich vielfältige Welt in ihrer Kosmologie ein altersloses, empfindungsfähiges Wesen war, an dem nichts — nicht einmal der dickste Stein — völlig unbelebt war, konnten sie auch leicht akzeptieren, daß Erde und Himmel das Wissen der Vergangenheit und der Zukunft enthielten.

Berge, Steine, Erde, Bäume und Gras waren stumme Zeugen; nichts entging dem grellen goldenen Sonnenlicht, dem blaßweißen Mond und den zahllosen Sternenaugen in Mo-Towns Umhang. Die Erde enthüllte diese Geheimnisse jenen, die über die Gabe der Fernsicht verfügten, und jenen, deren inneres Ohr auf die Himmelsstimmen abgestimmt war, die auf dem Wind ritten.

Auch wenn der rationale Geist solche Vorstellungen vielleicht für unterhaltsam hielt, wenn er sie hörte, winkte er ab. Und doch, und doch ... der Landkarten-Bezugspunkt, an den der Wagenzug nun geleitet wurde — ein Ort, dessen verschiedene Zufahrten man sorgfältig aus der Luft erkundet hatte —, lag genau an der Stelle, an der Cadillac den Sehstein mit den blutgetränkten Bildern gefunden hatte. *Zwei Jahre bevor CINC-TRAIN ihn zum Schlachtfeld auserkor ...*

Auf irgendeine Weise, die sich der rationalen Erklärung entzog, hatte die Erde die Bilder des Zuges und des durch seine Ankunft hervorgerufenen Gemetzels gespeichert, und ihre Geheimnisse durch das Medium Stein rückwärts durch die Zeit in Cadillacs Geist getragen.

Solcherart war die Magie und die Kraft der Prophezeiung.

Im ersten Licht beendeten die M'Calls ihre Ausschachtungen und zogen sich in die Verstecke zurück, die sie unter den Bäumen in den Abzugkanälen und Rinnen auf der anderen Seite der Großen Gabelung vorbereitet hatten. Einigen Kriegern war es gestattet gewesen, in der Nacht zu schlafen. Diese wurden nun in Dreiergruppen in die nahen Hügel in Marsch gesetzt, um nach dem Wagenzug Ausschau zu halten. Zwei Patrouillen, zu denen die besten Jäger des Clans gehörten, schickte man nach Norden, um nach der nächsten großen Büffelherde zu suchen.

Cadillac sah beunruhigt hinter ihnen her, als sie losrannten, um ihren Teil des Plans auszuführen. Es war zwar, versicherte er sich, ein guter Plan, aber er war nicht idiotensicher. Es war ein Plan von der Art, der von der erfolgreichen Ausführung jeder einzelnen Phase abhing. Alles mußte perfekt ineinandergreifen, es gab absolut keinen Raum für einen Fehler.

Und er war absolut nervenzerfetzend. Cadillac schaute auf und sah, wie das Morgenlicht schnell über den Himmel strömte. Seine Wärme löste die rosagesprenkelten Nachtwolken auf. Noch einen Tag, noch eine Nacht der Vorbereitungen, und dann — vielleicht — das fatale Morgengrauen. Er ließ sich nieder, um abzuwarten, und als er an der Reihe war, versuchte er zu schlafen.

Roz war sich an Bord des *Red River* des zusammenbrauenden Sturms bewußt. Die Wandmonitore, die im ganzen Wagenzug Bekanntmachungen und Instruktionen übermittelten, wiesen die Mannschaft darauf hin, daß der Zug sich nun durch das Kampfgebiet bewegte. Man konnte jederzeit mit dem Angriff einer großen Mutantenstreitmacht rechnen. Um 9:00 Uhr wollte man auf Rotalarm schalten — das war der höchste Stand der Kampfbereitschaft.

Bei Rotalarm mußten während der Tagesstunden sämtliche Geschützstellungen ständig von wechselnden Kanonieren bemannt sein. Die an die Außenbeobachtung angeschlossenen Monitore wurden einzeln überwacht, und eine aus drei Maschinen bestehende Luftpatrouille kreiste über dem sich voranbewegenden Zug.

Die ganze Mannschaft mußte auf Posten oder in ständiger Bereitschaft sein. Was bedeutete, daß Roz nicht einmal in ihren Freistunden an Deck gehen durfte. Sie wußte nur, daß sie in Nebraska waren; sie hatte keinen Zugang zu den Landkarten, und folglich auch keine Vorstellung, wo genau sie waren. Da der Zug darüber hinaus eine in sich abgeschlossene Welt war und man keine Bilder der Oberwelt in den Lazarettwagen übertrug, hatte sie keine Möglichkeit herauszufinden, woher sie kamen und wohin sie fuhren. Die Sehschlitze, die ihr erlaubt hätten, einen Blick auf das sie umgebende Gelände zu werfen, waren verschlossen. Sie konnten nur in bestimmten Notfällen geöffnet werden — etwa bei Stromausfällen, wenn man die automatisch entriegelten äußeren Schutzplatten von innen per Hand wieder zurückdrehen mußte.

Als dem medizinischen Stab zugeteilte Ärztin erwartete man von Roz, daß sie an den normalen Vorbereitungen teilnahm, die mobile Feldlazaretts vor einer Schlacht durchführten. Die Bordmannschaft war zwar in geringer Gefahr, aber die Ärzte mußten auf Verwundungen vorbereitet sein, sobald die Stürmer hinausgingen, um im Freien zu kämpfen.

Wie die Chefärztin beim üblichen Standardeinsatzgespräch hatte verlautbaren lassen, waren die Verwundungen, mit denen man rechnen mußte, relativ einfache Einstiche durch Messer und Armbrustbolzen, dazu Schädel- und Knochenbrüche, die Steinäxte und Morgensterne hervorriefen. Es war ein Plus, wenn man primitive Gegner bekämpfte. Die Chirurgen wurden nur dann in die Lage versetzt, sich mit Schußwunden zu befassen, wenn bei einem Feuergefecht ein Stürmer versehentlich getroffen wurde oder sich durch fehlerhafte Bedienung von Waffen oder Geschützen verletzte.

Clearwaters Rettung war eine echte Prüfung ihres medizinischen Geschicks gewesen, denn unter normalen Umständen hatten die Ärzte nur mit Betriebsunfällen und Verletzungen zu tun, zu denen es kam, wenn Schwachköpfe mit zwei linken Händen den Versuch machten, komplizierte Teile militärischer Ausrüstung zu reparieren.

Nachdem Roz über Clearwaters Zustand berichtet hatte, sprach die Stationsschwester über die paar Kranken, die die Revierbetten belegten. Die Beschlüsse, wer entlassen werden konnte, kamen schnell zustande. Da es ihr Ziel war, so viele Betten wie möglich zu leeren, war auch die Sondereinheit des Weißen Hauses gezwungen, die Station zu räumen, die sie als Basis verwendete. Für sie und die mysteriösen Kästen, mit denen sie ihre sichere Verbindung zur AMEXICO aufrechthielten, mußten anderswo Kojen gefunden werden. Man verlegte sie schließlich in einen mannshohen Frachtcontainer auf dem Hangardeck des hinteren Flugwagens.

Als die Stabsbesprechung zu Ende war, winkte Michelle French, die Chefärztin, Roz zu sich. »Ihr Freund Wallis möchte Sie sprechen ...«

Jake Nevill räumte in dem graugrünen Metallabteil seinen Stuhl und gab Roz mit einem Wink zu verstehen, sie solle sich setzen. Wallis, der ihr gegenüber saß, entfaltete eine Landkarte und breitete sie zwischen ihnen aus.

»Wir brauchen Ihre Hilfe«, erklärte er. »Der Direktor braucht dringend eine Bestätigung der gegenwärtigen Position Ihres Blutsbruders. — Kriegen Sie das hin?«

Roz zögerte und ließ einen stummen Hilfeschrei los. »Ich kann es versuchen.«

»Gut. Sie müssen nämlich wissen, daß wir Schwierigkeiten haben, Malone richtig anzupeilen, und ...«

»Also, *ihn* kann ich nicht lokalisieren. Es funktioniert nur bei Steve.«

»Das weiß ich«, sagte Wallis besänftigend. »Aber aus

dem, was wir wissen, können wir annehmen, daß sie nicht sehr weit voneinander entfernt sind. Versuchen Sie das Beste! Der Direktor sagt, Sie hätten unheimlich was auf dem Kasten. Wenn es Ihnen gelingt, Ihren Blutsbruder aufzuspüren, kommt eventuell auch Malone ins Bild.«

Roz nickte und schloß die Augen. Sie überlegte, ob sie sich in Trance versetzen oder es nur vortäuschen sollte. Sie wußte zwar, daß Malone tot war, aber sie hatte keine Ahnung, wo Steve sich *angeblich* im Moment aufhielt. Und im Gegensatz zu Karlstroms Ängsten schlossen ihre psionischen Gaben nicht die Fähigkeiten ein, die Gedanken anderer Menschen zu lesen, als stünden sie auf einem TV-Schirm.

Vielleicht war es eine Prüfung. Vielleicht wußten Wallis und Karlstrom schon, wo Steve war. Wenn sie seinem Plan mißtrauten und sie so tat, als könne sie ihn nicht aufspüren, mußte es so wirken, als arbeiteten sie zusammen, um die Föderation zu hintergehen. Sie saß in der Falle. Sie mußte sich echt bemühen, ihn zu finden — und darauf hoffen, daß er diese Möglichkeit vorausgesehen hatte.

Steve hatte sie vorausgesehen. Das Wissen, daß man ihre geistigen Kartenleserkräfte als Prüfung ins Spiel bringen würde, war der Grund gewesen, weshalb er lieber zurückgeblieben war und periodische Lageberichte über seine Bemühungen absandte, die M'Calls geschickt zu umgehen. Seit Long Point waren seine telepathischen Kräfte gewachsen. Oder, um genauer zu sein, sie hatten etwas von ihrer ursprünglichen Empfindlichkeit zurückgewonnen.

Wenn Roz' Geist in die Ferne schweifte und nach ihm Ausschau hielt, ertönte zwar keine innere Glocke oder ein Summer, aber er war sich ihrer Existenz bewußt. Wenn die Verbindung zustande kam, war ihm, als wehe eine kühle Brise durch sein Hirn. Sie schien die Endlosigkeit des Weltraums zu enthalten und wurde, obwohl sich alles nur im Geiste abspielte, zu einem köstlichen körperlichen Empfinden, sobald ihr gesamtes Ich mit dem seinen verschmolz.

Und genau dies spürte er, als er in der Nähe der Staatsgrenze zwischen Wyoming und Nebraska einen bewaldeten Hang hinaufsprengte. Steve hieß Roz willkommen und reichte durch sie zu Clearwater hinüber. Nun waren keine Barrieren mehr zwischen ihnen.

Wallis und Nevill beobachteten mit wachsender Verwirrung, wie Roz' Finger blind über die Plasfilm-Landkarte tasteten und sich dann schrittweise Steves Position näherten. Sie saß eine Weile zusammengesackt mit geschlossenen Augen auf dem Stuhl, das Kinn auf der Brust. Dann hob sie den Kopf. Nevill erhaschte durch die leicht geöffneten Lider einen kurzen Blick auf das Weiß ihrer nach oben gerollten Augen, dann sank ihr Kopf auf ihre linke Schulter zu. Ihre Lippen bewegten sich wortlos, dann sagte sie mit lallender Stimme: »Hier ... Irgendwo hier ...«

Wallis nahm einen schwarzen Markierstift und malte einen Kreis um ihren Zeigefinger.

»Ein Hügel, mit Bäumen ... Tiere ... laufen herum. Er ist ...«

»Reitet er?« fragte Wallis.

»Ja — und zwar sehr schnell. Ich spüre den Wind auf meinem Gesicht. Er sieht ... Malone. Mehrere Reiter ...«

»Wo?«

»Auf ...« Roz vollführte eine umfassende Bewegung mit der rechten Hand. »Ein Tal. Auf der anderen Seite des Tals ... Reiter ...«

Sie öffnete die Augen. Wallis und Nevill sahen, daß sie sich in dem Versuch umschaute, sich zu orientieren. Als ihr Blick die Männer traf, wirkte sie, als sähe sie die beiden zum ersten Mal. Dann, einen Augenblick später, kehrten ihre Sinne voll zurück. »Habe ich ...?«

Wallis nickte. »Yeah, es sieht sehr ermutigend aus.

Sie haben sogar Malone erwischt. So schwer war es doch wohl nicht, oder?«

Daryl Oates schob den Kopf durch die Tür des Frachtbehälters. »Wir haben gerade einen LagBer von Brickman aufgefangen. Er hat Sichtkontakt zu Malone und fünf anderen. Sieht aus, als hätten wir einen verloren. Hoffentlich niemand, den ich kenne.«

»Habt ihr eine Peilung?« fragte Wallis.

»Yeah, ich zeig sie dir.« Coates kam auf die Landkarte zu. »Er ist genau westlich vom Bezugspunkt Lagrange, an einem Knick am Bear River. Dicht an der Staatsgrenze.«

»In dem Kreis da irgendwo?«

Coates prüfte es nach. »Yeah — genau mitten drin. Na, sowas! Lagrange. Ist etwa zweihundertfünfzig, zweihundertsechzig Kilometer vom Treffpunkt entfernt.«

»Danke, Dee ...«

Als Coates seinen Abgang machte, schaute Nevill über Wallis Schulter auf das Gebiet, das er umkreist hatte. »Na, das ist aber wirklich verdammt verblüffend ...«

»Yeah ...« Wallis warf Roz einen Seitenblick zu. »Ich hoffe bloß, wir haben es uns nicht nur eingebildet.«

Roz schaute verwirrt drein. »Was eingebildet?«

»Schon gut. Gut gemacht.« Wallis klemmte sich zwischen Nevill und den Tisch. »Ich geb's sofort an Mutter weiter.« Er klopfte Roz nervös auf die Schulter und ging hinaus.

Gegen Sonnenuntergang kam ein von den Spähern auf dem Südosthügel in Marsch gesetzter Läufer mit der Nachricht zurück, man habe eine Eisenschlange gesichtet. Sie bewege sich in Richtung Große Gabelung. Die Späher hatten sich, wie instruiert, vor ihr zurückgezogen und wollten weitere Meldungen über ihr Vorankommen schicken.

Nicht viel später trafen noch ermutigendere Nachrichten ein. Die Jagdgruppen hatten eine große Büffelherde umzingelt und trieb sie auf die Zwillingsflüsse zu.

Als sich der Himmel abkühlte und die Spannung der Mutanten die Fieberkurve erreichte, sichtete man drei hoch fliegende Wolkenkrieger. Silberhell glänzend wie Fische in einem blauen Bergsee, wenn die Strahlen der untergehenden Sonne sie trafen, fegten sie unermüdlich über den Himmel, bis der erste graublaue Schleier, der Mo-Towns Samtumhang säumte, ihre glitzernden Leiber in dunkle, fledermausartige Silhouetten verwandelte, deren rote Augen im Rhythmus ihrer schlagenden Herzen blinkten.

Wie fliegende Wildgänse eng beieinander, flogen sie in einer absteigenden Kurve nach Südosten, und dann, als sich der zweite, dunklere Schleier über den Himmel zog, tauchte in der Ferne die Eisenschlange auf — ihr Kopf mit funkelnden Augen und ihre Flanken mit Lichterreihen übersät, wie eine riesige Feuerraupe.

Die schreckliche Spannung, die eher erbittert als fieberhaft gewesen war, wurde noch schlimmer, als der gewaltige, auf Rädern hockende Leib den Boden unter sich erzittern ließ. Und nun kam zu der geisteslähmenden Vision ihrer eventuellen Nemesis noch die fröstelnde Dimension der Töne hinzu: das Brüllen der Motoren und der donnernde Sturm der Abgase, der aus den Dachventilen der Triebwagen fuhr.

Das hungrige, donnergrollende, jagende Röhren der Eisenschlange, die sich auf ihre entsetzte Beute zuschlängelte.

Zwar kannten die M'Calls diese Geräusche, aber sie hatten sie bisher nur aus der Ferne gehört. Als sie die *Louisiana Lady* angegriffen hatten, hatte sie hilflos und still in der Trümmerflut des Dann-und-Wann-Flusses festgesessen. Doch so hilflos war sie, wie sich gezeigt hatte, nicht gewesen, denn als ihre Maschinen wieder funktionierten, hatte der Clan sich zurückziehen müssen, um seine Wunden zu lecken.

Das furchtbar schrille Kreischen, das laut geworden war, als die Eisenschlange die Angreifer mit ihrem feurigen weißen Atem gesotten und in Stücke gerissen hatte, war in die Erinnerung der M'Calls eingebrannt. Nun, im verblassenden Licht des Juniabends, fast zwei Jahre nach dem blutigen Zusammenstoß, kam eine weitere Eisenschlange auf sie zu, erfüllte den Himmel mit ihrem Grollen und ließ die Erde erbeben.

Cadillac, der bisher nur aus der Ferne und in nachtschwarzer Finsternis einen Wagenzug gesehen hatte, schaute verschreckt auf die Markierungen. Obwohl er die Länge des Zuges auf den Boden gemalt hatte, machte ihn die bloße Masse sprachlos. Der Zug war noch größer als die finsteren Bild-Ungeheuer aus dem Stein! Neben ihm wirkte alles zwergenhaft! Ein paar verstreut stehende Bäume, die er bisher für ziemlich groß gehalten hatte, schrumpften neben ihm zur Bedeutungslosigkeit. Sie wurden beiseitegeschoben, plattgewalzt und unter den Riesenreifen zermalmt.

Wie hatten sie nur so närrisch sein können! Wie hatten sie nur annehmen können, sie könnten diesen gepanzerten Giganten mit Hilfe eines im Sterben liegenden Rufers stürmen?! Sie mußten wahnsinnig gewesen sein!

Cadillac zwang sein heftig pochendes Herz dazu, langsamer zu schlagen und bemühte sich, vor den Kriegern, die sich an beiden Seiten versteckt hielten, zuversichtlich auszusehen.

»Habt Mut! Die Sandgräber verstecken sich im Bauch der Eisenschlange, weil sie das Prärievolk fürchten! Sie können nicht gegen Talismans Willen triumphieren! Wenn die Zeit kommt, soll jeder von euch den Mut zeigen, für den die M'Calls bekannt sind. Und vergeßt nicht — der Geist des Meisters wird uns schützen und leiten!«

Das ist leicht gesagt, dachte Cadillac. Wenigstens gehörte er zu den wenigen Auserwählten, die wußten, daß Mr. Snow noch lebte und seine Kräfte sammelte, um einen letzten, großen Ausbruch an Erdmagie zu bewerkstelligen. Der Rest des Clans, der von dieser beruhigenden Tatsache keine Ahnung hatte, wünschte sich wahrscheinlich, der alte Zauberer hätte die Sieben Kreise der Macht an seinen Lehrling weitergegeben, statt ihm die Gabe der Wortgewandtheit zu verleihen.

Cadillac schob die vor ihm am Ufer wachsenden gefiederten Schilfrohre beiseite und beobachtete, wie der Wagenzug, dessen Bug auf den Fluß deutete, anhielt. Er parkte in einer geraden Linie, mehr oder weniger im rechten Winkel zum Ufer auf der Nordsüdachse. Der vordere Kommandowagen war etwa hundert Schritte von ihm entfernt. Die nächsten Gebüsche an seinen Flanken wuchsen etwa zweihundert Schritte entfernt. Die lange Reihe weißstämmiger Lärchen hinter seinem Schwanz, die das gezackte Ende des Waldes bildeten, waren noch weiter weg.

Der Wagenzug hatte mit seinen hoch über dem Boden aufragenden Geschütztürmen ein völlig freies Schußfeld, und die auf dem Dach montierten Kameras konnten unbehindert über beide Flüsse und westlich auf den ansteigenden Hang und die Hügel sehen, auf denen Brickman auftauchen sollte.

Doch bis dahin gab es noch viel zu tun. Trotz des unerschütterlichen Glaubens an seine Seherfähigkeit erstaunte es Cadillac, daß der Wagenzug genau dort stehengeblieben war, wo er ihn hatte stehen haben wollen — mitten auf der willkürlichen Anordnung niedriger, unterschiedlich langer Gräben, die nirgendwo mehr als sechzig Zentimeter tief waren. Die Ziellosigkeit, mit der man sie angelegt hatte, lieferte keinen Hinweis darauf, wozu sie dienten, und ihre geringe Tiefe bildete für die Räder des Wagenzugs kein Hindernis, denn die waren vier Meter dick und ebenso hoch.

Cadillac hatte von seinem Versteck aus gute Sicht auf die rechte Zugseite. Man hatte aus dem Bauch eines Waggons hinter dem Flugwagen eine Rampe herabgelassen. Er richtete das Fernrohr auf sie und stellte es schärfer ein. Einige Dutzend bewaffnete Bahnbrecher tauchten auf; sie hatten die Helmvisiere geschlossen und schwärmten aus, um den Boden an beiden Wagenzugseiten zu inspizieren.

Wie Cadillac es erwartet hatte, verbrachten sie einige Zeit damit, die große Zahl der niedrigen Gräben zu untersuchen, doch nach ihren Gesten zu urteilen schienen sie keine Vorstellung zu haben, welchem Zweck sie dienten. Die M'Calls hatten bewußt noch andere Gegenstände für sie zurückgelassen: Pfahllöcher; verkohlte Überreste von Kochfeuern, wie umherziehende Mutanten sie hinterließen; tierische Knochen, einige zerbrochen, andere intakt; verweste Büffeleingeweide und mehrere Gruben mit menschlichen Exkrementen.

Als Cadillac den Zoom des Fernrohrs betätigte, bekam er die obere Hälfte eines Bahnbrechers ins Bild. Als der Mann sich umdrehte, fiel Cadillacs Blick auf seinen Schulteraufnäher — einen grinsender Mutantenschädel, den ein schräg verlaufender Pfahl durchbohrte. Das Zeichen des *Red River,* den man allgemein auch unter den Namen ›Kampfmaschine‹ kannte. Brickman hatte ihm gesagt, wonach er Ausschau halten mußte. Cadillac verstellte die Schärfe, musterte den Wagenzug und suchte die ganze Seite ab, bis er die drei großen weißen Buchstaben fand, die dort leuchteten: RVR, das Codekürzel und Rufzeichen des *Red River.*

Auf dem steilen Bug befand sich eine größere Version des Aufnähers. Richtig. Er zählte die Waggons ... sechzehn. In einem von ihnen wurden Clearwater und Brickmans Blutsschwester festgehalten. Wenn Brickman recht hatte, lag er direkt hinter dem Flugwagen. Davor befand sich die herabgelassene Rampe.

In der Hoffnung, daß sie seine Gedanken auffing und

die Anwesenheit des Prärievolkes sie beruhigte, sandte Cadillac seiner einstigen Seelengefährtin eine stumme Nachricht. Zwar rechnete er nicht mit einer Antwort, doch als keine kam, hielt ihn dies nicht davon ab, Enttäuschung zu empfinden. Erneut bedauerte er es, daß Clearwater nicht an seiner Seite war, um den neuen Cadillac zu sehen — den tapferen, einfallsreichen Anführer seines Volkes.

Nur einmal hätte er statt eines verärgerten lieber einen Schrei der Bewunderung heraufbeschworen — aber ihre Kräfte wären ihm auch ganz dienlich gewesen ...

Commander James Fargo und Don Wallis besprachen die Erkundungen, die das Stürmerkommando am Ort des Geschehens gemacht hatte.

»Man geht allgemein davon aus, daß die Gräben Schlaflöcher sind. Wenn ich mich recht an den Vorgeschichtsunterricht erinnere, haben die gemeinen Soldaten früher ähnliche Gräben angelegt.« Fargo suchte nach dem passenden Wort. »Schützengräben — sie waren bloß tiefer. Aber es war das gleiche Prinzip. Wenn man sich eingräbt, ist man besser vor dem Wind geschützt; dann kann man die innere Wärme der Erde nutzen, um nicht zu frieren.«

Dem Wagenmeister, der — abgesehen von der Tatsache, daß er für das Weiße Haus tätig war — nichts über Wallis wußte, fiel nicht einmal auf, daß er mit jemandem sprach, der sich seit mehreren Jahren bei Oberwelt-Einsätzen schmutzige Hände und einen kalten Arsch geholt hatte.

Und Wallis hatte auch keine Lust, es ihm zu erzählen. »Yeah ... Bloß hat noch in keiner Außendienst-Meldung, die *ich* gelesen habe, etwas über solche Ansammlungen gestanden.«

»In denen, die ich gelesen habe, auch nicht. Aber es ist doch einwandfrei ein alter Lagerplatz.«

»Yeah, hundertprozentig. Die Frage lautet: Ist es besser, von ihm runterzufahren?«

Fargo grinste. Er war ein großer Mann, aber seine Zähne waren klein und schmal, und er sah so aus, als hätte er zu viele. Wallis mochte es nicht, daß man ihm auf diese Weise die Zähne zeigte.

»Ich bin der Meinung, der Zug sollte bleiben, wo er ist. Sie kennen doch die Beulenköpfe. Sie haben sogenannte ›heilige Stätten‹, an denen sie ihre Toten abladen. Möglicherweise ist es so eine. Vielleicht hat der Ort eine besondere Bewandtnis.« Der Wagenmeister lachte kehlig. »Wenn unsere Jungs einfach auf ihm hockenbleiben, besteht vielleicht die Möglichkeit, daß wir eine ganze Mutantenhorde so wütend machen, daß sie durchdreht. Und wenn die Beulenköpfe durchdrehen, dann greifen sie auch an.«

Fargo bedachte Wallis mit einem erneuten Raubtiergrinsen. »Ich sage Ihnen, mein Guter, wenn Sie hinter einer Sechsläufigen stehen, den Gurt stramm geschnallt haben und bereit sind, auf den Stecher zu drücken, gibt es in der ganzen beschissenen Blauhimmelwelt keinen schöneren Anblick!«

»Na schön«, sagte Wallis. »Dann lassen wir es so laufen. Aber sagen Sie den Leuten, sie sollen die Augen offenhalten. Wenn Malone und die anderen die Nacht überleben, müßten sie kurz nach Morgengrauen aufkreuzen.«

12. Kapitel

Gegen 2:00 Uhr, als die Aufmerksamkeit der Wagenzug-Nachtwache den Tiefpunkt erreicht hatte, riß ein schriller Pfeifton die beiden diensthabenden VidComm-Techs aus ihrer Apathie. Jeff Simons, der Chef-Tech, schaltete den Alarm aus und überprüfte zusammen mit Ben Mason, einem Tech-4, der in dieser Nacht sein Kollege war, die Bildschirmreihen.

Der Alarm besagte, daß eine Master-Aufnahme versaut worden war. Wie die Zwischenstationen setzten auch Wagenzüge zum Erfassen von Bewegungen ein spezielles Computerscanningsystem ein. Die den Wagenzug umgebende Landschaft wurde von mehreren Beobachtungskameras erfaßt und von einem Computer festgehalten und analysiert. Das ›Master-Aufnahme‹ genannte Bild wurde anschließend im Computerspeicher abgelegt, und alle nachfolgenden Bilder, die die Kameras aufnahmen, wurden Sekunde für Sekunde mit der Master-Aufnahme verglichen. Bewegte sich ein Bildelement oder kam ein neues hinzu, was die ›Master-Aufnahme‹ versaute, wurde Alarm gegeben, damit die Operateure die Aufmerksamkeit auf das richteten, was unter Umständen Feindbewegungen sein konnten — Mutanten.

In diesem Fall jedoch handelte es sich um eine große, sich langsam aus NNO nähernde Büffelherde. Sie kam über die beiden Flüsse in Richtung Wagenzug. Zwar war die Herde noch eine geraume Strecke entfernt, aber die Viecher waren zahlreich, und als sie ins Blickfeld mehrerer Kameras kamen, wurden weitere Piepser laut.

Simons befahl Mason, den Alarm an der Schalttafel sofort abzustellen, dann ließ er die Ingenieurin Betty-Jo Aarons wecken, den Nachtoffizier vom Dienst.

Nicht ganz drei Minuten später fegte Captain Aarons,

eine breitschultrige Blondine mit flachem Arsch und millimeterkurz geschorenem Haar über die Treppe zum Sattel hinauf. Sie hatte ein Handtuch um den Kopf gewickelt und sah aus wie ein Preisboxer auf dem Weg in den Ring. Der Reißverschluß an der Brust ihres OvD-Overalls stand bis zum Nabel offen, darunter trug sie nichts als feuchte, goldbraune Haut, die ihren Kampfanzug hier und da schon mit dunklen Flecken sprenkelte. Ihre nackten Füße steckten in Turnschuhen.

»Kann man nicht mal um zwei Uhr nachts ungestört 'ne Dusche nehmen? Was ist los, verflucht noch mal? Ist die Mayday-Einheit an der Strippe?«

»Nein, Sir, es sind Büffel.« Mason tippte auf den Bildschirm.

»Ihr wollt mich wohl veräppeln«, sagte Aarons keuchend. Sie beugte sich über die Schultern der beiden Männer und musterte die verstreute Menge der von den Bildverstärkern aufgefangenen pelzigen grünen Umrisse. »Was machen die da?«

»Sie grasen«, sagte Simons. »Aber sie kommen auf uns zu. Wenn sie so weitermachen, gehen sie noch unter dem Zug durch.«

»Na und?«

»Tja, was sollen wir machen? Glauben Sie nicht, wir sollten sie mit ein paar heißen Salven vom Kurs abbringen?«

»Oder mit den Dampfdüsen?«

Aarons musterte die beiden, dann schüttelte sie den Kopf. »Die Dampfdüsen bedeuten Arbeit für die Jungs, die jetzt pennen. Und die freuen sich bestimmt nicht, wenn man sie aus der Falle holt, um ein paar Büffelärsche zu dünsten.«

Mason bemühte sich, hilfreich zu sein. »Wir könnten aber die Scheinwerfer einschalten. Das schreckt sie vielleicht ab.«

»Könnte sein. Aber vergeßt nicht, daß wir unser Hiersein nicht lauter ankündigen sollen, als sein muß.«

»Es könnte Ihnen aber keiner verwehren, einen der vorderen Sechsläufer einzusetzen«, beharrte Simons.

»Das ist zwar richtig, aber ich mach es trotzdem nicht. Christoph!« Aarons deutete auf den Schirm. »Das ist doch nur eine Ansammlung dämlicher Viecher! Wenn es eine Mutantenhorde wäre ...«

Simons nickte. »Yeah, sicher! Ich wollte es auch bloß mit Ihnen abgeklärt haben.« Er richtete sich auf dem Stuhl auf. »Okay, Captain, wenn Sie sich bitte einkarten ...«

Aarons fluchte leise. Sie holte ihre ID-Karte aus der Tasche, steckte sie in den Leseschlitz an der Seite des Bildschirms, der die grasende Büffelherde zeigte, und drückte den ANNEHMEN-Knopf.

Das Verfahren sollte dafür sorgen, daß jene, die bestimmte übermittelte Daten — ob nun Text oder Bild — sehen mußten, eine elektronische Bestätigung ihrer Kenntnisnahme hinterließen. Das Hauptziel bestand darin, spätere lästige Ahnungslosigkeitsproteste zu verhindern, falls die Kacke doch zu dampfen anfing.

»Vielleicht rufen Sie lieber die Jungs im hinteren Kommandowagen an und sagen Ihnen, was auf uns zukommt ...«

Aarons tat es. Als sie die ID-Karte wieder einsteckte, musterte sie Simons mit zusammengekniffenen Augen. »Seit wann arbeiten Sie eigentlich nach Vorschrift?«

Simons zuckte die Achseln. »Heutzutage muß man sich den Rücken echt freihalten.« Er fing an, Knöpfe zu drücken. »Wenn die Dumbos an uns vorbei sind, löschen wir die Master und erstellen eine neue.«

»Gut mitgedacht«, sagte Aarons. Sie tätschelte ihre Schultern. »Dann machen Sie mal weiter ...«

»Yes, Sir — Ma'am ...« Mason nahm Habachtstellung ein, dann drückte er ein paar Knöpfe. Simons, der ihr den Rücken zudrehte, hatte die Augen schon wieder geschlossen.

Als Aarons die unterste Treppenstufe erreichte, ertönte ein kurzer, schriller Warnton. Simons und Mason hatten, um sich das Leben zu erleichtern, mit stillschweigendem Einverständnis der anderen VidComm-Techs kleine Druckpolster in die ersten drei zum Sattel hinaufführenden Stufen eingebaut, die sie alarmierten, sobald ein OvD kam.

Jeder, der schon einmal hier oben Dienst geschoben hatte, wußte, daß nachts nie etwas passierte. Aber manche Offiziere waren halt wirklich dienstgeil: meist frisch versetzte Neulinge, die noch etwas werden wollten, und die nicht auszurottenden Arschkriecher, die nichts unversucht ließen, um nach Oben zu kommen. Diese Trottel verbrachten die ganze Wache damit, durch den Wagenzug zu patrouillieren und nachzuprüfen, ob die Wachwillis auch aufpaßten. Im allgemeinen gelang es ihnen, die Augenpflege jedes einzelnen zu stören und die Kiffer davon abzuhalten, sich auf der Toilette vollzudröhnen.

Das inoffizielle Alarmsystem, das tagsüber abgeschaltet war, gab den dösenden VidComm-Techs genug Zeit, sich wachsam in Positur zu werfen und den Blick auf die Monitore zu richten.

Aarons gehörte jedoch nicht zu den dienstgeilen Offizieren. Daß sie keine Zeit damit verschwenden wollte, auf Büffel zu ballern, lag daran, daß sie gerade im Begriff gewesen war, in Gesellschaft eines knackigen Jungen unter der Dusche Dampf abzulassen. Und sie wollte zu ihm zurück, bevor er wieder schrumpelte.

In bezug auf Simons hatte Aarons recht. Er war zwar, wie die meisten VidComm-Techs, von Natur aus kein Paragraphenreiter, doch nach dem Bombenattentat auf die *Louisiana Lady* im Jahr 2990, hatte CINC-TRAIN eine allgemeine Divisionsordnung über die Anwendung korrekter Sicherheitsmaßnehmen erlassen. Simons hatte zwar in den letzten vier Jahren eine Menge Büffel aus der Nähe gesehen, aber wenn er das nicht hier gesehen hätte, hätte er nie erfahren, daß sie auch auf Wagenzüge zumarschierten und geradewegs unter ihnen durchgingen.

Deswegen hatte er Aarons alarmiert. Es dauerte nicht mehr lange, dann schwammen sie in einem Ozean aus Büffeln. Vielleicht lag es daran, daß der Zug sich nicht bewegte und die Turbo-Generatoren in den Triebwagen sich nicht den Hals heiser brüllten. Oder vielleicht lag es daran, daß der Zug mitten auf dem Weg stand, den die Herde einmal im Jahr während ihrer Wanderung benutzte. Vielleicht stand er auf einem Weg, dem die Viecher — laut Archiv — vielleicht schon seit Jahrhunderten folgten.

Ach, scheiß der Hund drauf, dachte Simons. Wen interessiert das schon? Jetzt hatte Aarons die Sache zu verantworten. Die Aarons liebte dumme Tiere. Simons hatte schon an ihren hellroten Wangen und am Zittern der ID-Karte in ihrer Hand erkannt, daß sie im Begriff gewesen war, mit irgendeiner dämlichen Dauerlatte zu vögeln, als der Anruf gekommen war. Jeder wußte doch, daß Betty-Jo Aarons es gern eingeseift unter der heißen Dusche trieb. Deswegen nannten die Jungs sie auch Flutschi.

Simons öffnete die Augen und überprüfte ein paar mit der mit den Seiten- und Bodenkameras verbundenen Bildschirme. Wo man hinsah, waren Büffel. Ein sich langsam bewegender Teppich. Sie grasten kurz, dann latschten sie unter dem Zug nach SSW. Er gähnte und rutschte auf seinem Sitz in eine bequemere Lage. »Sag mir Bescheid, wenn sie anfangen, die Räder zu fressen …«

»Klar, mach ich«, sagte Mason. Er schaltete eine Kamera aus, damit er einen leeren Bildschirm bekam, und rief sein Lieblingsvideospiel auf.

In dem festen Glauben, die M'Calls seien noch mehrere Dutzend Kilometer westlich vom Zug entfernt, und von dem Wissen, daß Mutanten während der Stunden der

Dunkelheit ebenso wie die Bahnbrecher keine kriegsähnlichen Unternehmen in Angriff nahmen, in ein trügerisches Gefühl von Sicherheit gelullt, bemerkten weder Simons und Mason noch die beiden diensthabenden VidComm-Techs im hinteren Kommandowagen die in Büffelfelle gehüllten Kriegerduos, die verstohlen mit der sich langsam bewegenden Herde näher kamen.

Und da die Seitenkameras nicht am Zug entlang aufnahmen, sondern nach außen gerichtet waren, sahen sie auch nicht, daß Cadillac eine primitive Leiter bestieg, um die Nabelschnüre zu erreichen, mit denen die Antriebswagen mit dem Rest des Zuges verbunden waren. Er bestieg sie nicht nur einmal, sondern achtmal. Als seine Aufgabe erfüllt war, sah man ihn auch nicht unter die Krümmung des ersten Räderpaars der Kommandowagen kriechen und dort, wo die gigantischen Räder den Boden berührten, sorgfältig etwas in die Vertiefungen im Boden zu schieben.

Als das alles entscheidende Ziel erreicht war, schlich Cadillac durch die Herde zum Fluß zurück und wandte sich am Ufer entlang nach Norden, wo Mr. Snow und seine Eskorte mit den Pferden, die sie reiten sollten, wartend in der Dunkelheit standen.

»Bist du fertig, Meister?« Cadillac befestigte den Zügel des zweiten Pferdes an dem, das er sich ausgesucht hatte.

Mr. Snow antwortete mit einem zögernden Nicken. »Muß *ich* auf dieses Ding steigen?«

»Nein, es dient zur Reserve, falls etwas schiefgeht. Du sitzt zusammen mit mir auf diesem hier.«

»Ich würde es lieber nicht tun ...«

»Es ist im Grunde ganz einfach. Du brauchst dich nur festzuhalten. Um alle andere kümmere ich mich.«

Cadillac stieg in den Sattel, dann hievten zwei Krieger Mr. Snow hoch und halfen ihm, sich in Position zu schlängeln. Cadillac wußte, daß es keinen Sinn hatte, ihn zu fragen, ob er auch bequem saß. Er beugte sich vor und drückte die Hände von Awesome-Wells und Boston-Bruin.

»Wir kommen zurück, wenn die Sonne das Osttor verlassen hat. Ihr wißt, was zu tun ist. Wenn jeder von uns seine Rolle genau spielt, gehört der Tag uns! Möge die Große Himmelsmutter über uns wachen!« Er hob die geballte Faust, um ihren Abschiedsgruß zu erwidern, dann drängte er das Pferd zu einem leichten Galopp.

Die Finsternis hüllte sie ein. Die beiden Ältesten schauten, bis die Hufschläge verstummten, dorthin, wo sie in der Nacht verschwunden waren, dann blickten sie einander an.

»Nun, mein Freund, das ist er ...«

»Ja«, stimmte Boston zu. »Der Große Tag.«

Als die Büffelherde das Gelände um den Wagenzug endlich verließ, hatte sich die alles einhüllende Schwärze in ein bleiernes Grau verwandelt. Mason, der jüngere der beiden VidComm-Techs, brach sein Videospiel ab und boxte seinem Kollegen in die Rippen. »Sy! He! Es ist Zeit für ...«

Simons kam gähnend zu sich. »Waaa?«

»Die Büffel ... Sie sind weg.«

»Oh! Yeah ... Okay.« Simons reckte sich und rieb sich die Augen, dann fing er mit flüssigen Bewegungen an, die Knöpfe zu seiner Rechten zu drücken, während er die Linke einsetzte, um sich zu den Kollegen im hinteren Kommandowagen durchzutasten. Ein Bild des Senior-Techs erschien auf einem Monitor.

»Tony? Wir erstellen jetzt die neuen Master-Aufnahmen ...«

»Okay.«

Der Computer im Herzen des Überwachungssystems zeichnete ordnungsgemäß eine neue Master-Aufnahme der Zugumgebung auf. Doch das Verfahren lief verhängnisvoll fehlerhaft ab: Das System war nicht programmiert, die *neuen* Master-Aufnahmen mit denen vom vergangenen Abend zu vergleichen. Die früheren Aufnahmen waren vielmehr aus dem Computerspeicher gelöscht worden, und da die VidComm-Techs sich auf das System verließen, erinnerten sie sich nicht mehr in allen Einzelheiten an das, was die Bildschirme vorher gezeigt hatten. Obwohl sie nun sahen, daß der Boden mit Hufabdrücken und Dungfladen gepflastert war, fiel keinem auf, daß sich die Anordnung der Gräben beträchtlich verändert hatte.

Eine ganze Reihe Gräben waren aufgefüllt worden ...

Durch eine Senke im ansteigenden Gelände vor dem Wagenzug verborgen, zügelte Cadillac sein Pferd und setzte eine Wagner-Taschenlampe ein, um das Signal zu geben. Aus der Dunkelheit, hoch oben auf dem nächsten Hang, kam das Antwortzeichen.

»Wir sind gleich da, Meister.«

»Wird auch Zeit«, schnauzte Mr. Snow.

»Freu dich nicht zu früh. Sobald wir da sind, müssen wir den ganzen Weg wieder zurückreiten.«

»Genial. Wer hat sich das ausgedacht?«

»Ich tue mein Bestes, Meister.« Cadillac grub die Fersen in die Flanken seines Reittiers und sprengte den Weg zu dem blitzenden Licht hinauf.

Als sie den Lagerplatz erreichten, kamen Steve und Night-Fever in Sicht. Über ihnen breitete sich, schwarz vor dem erhellten Himmel, wie ein fadenscheiniges Stück Zeltstoff ein Kieferbaldachin aus.

Als Night-Fever Mr. Snow wegführte, um ihn mit Tarnanzug, Stiefeln und Helm auszustatten, führte Steve Cadillac in eine andere Richtung durch den Wald, bis sie an ein Lagerfeuer kamen. Mehrere in Beuteuniformen gekleidete Bären standen herum und prüften ihre Waffen.

Steve hatte sich die Farbe von den Händen und aus dem Gesicht gewaschen. Er trug Uniform und war seit mehreren Tagen hier. Cadillac nahm das Blätterbündel an, das er ihm anbot, und wusch sich das Gesicht, den Hals bis zum Schlüsselbein, und beide Arme bis zu den Ellbogen. Nachdem Steve das Ergebnis im Schein der Lampe untersucht hatte und seine Zufriedenheit ausdrückte, entrollte Cadillac das für ihn bereitliegende Kleiderbündel und zog sich um.

Steve schaute ihm zu, als er die kurzen roten Unterhosen und das Hemd anzog. »Wie hat es geklappt?«

»Bestens. Die Idee des Meisters, die Büffelherde zum Zug zu treiben, hat hingehauen wie ein Zauber. Alle konnten in Stellung gehen. Der Zug hat nicht im geringsten reagiert.«

»Überrascht mich nicht. Wenn man Nachtschicht hat, kann die Zeit zwischen zwei und drei Uhr einen echt fertig machen. Ist es dir gelungen, die ...?«

»Die Sprengladungen? Alle an Ort und Stelle.«

Cadillac warf einen Blick auf die Armbanduhr, die er einer FERN-AUF-Leiche abgenommen hatte. »Sie sind so eingestellt, daß sie — von jetzt an gerechnet — in einer Stunde und fünfundvierzig Minuten explodieren.«

Steve klopfte seinem Partner auf die Schulter. »Gut gemacht. Brauchst du Hilfe bei der Flakjacke — oder weißt du, wie man sie anlegt?«

Cadillac schloß den vorderen Reißverschluß. »Ich glaube, ich kann damit umgehen.«

»Okay. Ich gehe jetzt und treibe ein paar Verfolger für die Endbesprechung zusammen. Aufgeregt?«

Cadillac ignorierte den kalten Klumpen der Besorgnis, der ihm im Magen lag, seit er den *Red River* hatte anhalten sehen. »Kann's kaum erwarten ...«

Zehn Minuten später hatten sich die Hauptdarsteller um das Feuer versammelt. Die erste Angriffswelle — Steve, Cadillac, Mr. Snow, Cat-Ballou, Purple-Rain, Diamond-Head und Lethal-Weapon — trug Bahnbrecherkleidung. Das einzige, was ihnen fehlte, waren die Schildchen mit den Namen und Nummern ihrer früheren Besitzer.

Hinter ihnen hatte sich die erste Verfolgergruppe versammelt — die etwa hundert M'Call-Bären und -Wölfinnen, die, wie man in der Föderation glaubte, ihr Äußerstes gegeben hatten, um die Flüchtlinge zu fangen. Ihre Anzahl hatte aufgrund der Attacken patrouillierender Himmelsfalken abgenommen, denn man hatte einigen Piloten die Aufgabe übertragen, die Malone-Gruppe in die Sicherheit des Wagenzuges zu eskortieren.

Die letzte und kleinste Gruppe bestand aus Ältesten und Kriegern — Vertretern der beiden She-Kargo und drei M'Waukee-Clans, die das Gebiet an der Großen Gabelung verlassen hatten und nun als M'Call-Hauptstreitmacht posierten. Sie sollten sich dem Wagenzug im Kielwasser der ersten Verfolgergruppe nähern.

Steve erläuterte mit Cadillacs Zustimmung den Hinterhalt und die geplante Abfolge der Ereignisse, dann bat er die Anführer, dafür zu sorgen, daß jeder wußte, was seine Gruppe zu tun hatte — und wann.

Es kam auf Pünktlichkeit an. »Ich rede jetzt nur noch über die Schlüsselaktionen. Die Reiter nähern sich dem Zug in zwei Gruppen. Cadillac und ich reiten vornweg — und zwar die ganze Strecke. Die zweite Gruppe, die aus vier Mann besteht — Purple-Rain, Diamond-Head, Lethal-Weapon und Cat-Ballou —, bleibt ein Stückchen hinter uns und legt die letzte Hälfte des Weges zu Fuß zurück.

Wenn *drei letzten Reiter* auf ebene Erde kommen, gehen sie zu Boden.« Er hielt inne und befragte seine Zuhörer. »Wo sind die Schützen?«

Zwölf Bären standen auf.

»Gut. Wenn ihr in Stellung seid, seht ihr zwei Markierungen — gewöhnliche Äste —, die zwischen dem Fuß des Hangs und dem Wagenzug in der Erde stecken. Wir möchten, daß ihr die Pferde irgendwie zwischen die Markierungen bringt. Nicht davor und nicht dahinter. Habt ihr das verstanden?«

Sie hatten es verstanden.

»Nehmt sorgfältig Ziel. Es ist lebenswichtig, die Pferde zu treffen, nicht die Reiter.«

Die Schützen nickten.

»Gut. Ihr solltet jetzt lieber gehen. Ich möchte, daß ihr in Stellung seid, wenn wir kommen. Zielt auf Kopf, Hals und Hinterhand, und sorgt dafür, daß es gut aussieht.«

Die zwölf Armbrustschützen verschmolzen mit dem Dunkel des Waldes und arbeiteten sich zum Kamm des letzten Hanges hoch, der sich nun vor dem graublauen Teppich des östlichen Morgenhimmels abzeichnete. Die Vertreter der sie unterstützenden She-Kargo- und M'Waukee-Clans gingen als nächste. Als sie abzogen, um sich zu ihrem Volk zu gesellen, zog sich die Verfolgergruppe zurück, um die Position für die nachfolgende Jagd einzunehmen.

Als nur noch die Reiter da waren, schickte Steve Night-Fever, um ihren Gast zu holen, den bis zu diesem Augenblick noch kein anderer gesehen hatte. Cat-Ballou und die anderen Bären reagierten vorsichtig, als Night-Fever wieder auftauchte und eine maskierte Gestalt mitbrachte.

»Ich habe eine Nachricht, die eure Herzen mit Freude erfüllt«, sagte Cadillac. »Seht! Der Meister ist aus dem Tal des Todes zurückgekehrt, um heute bei uns zu sein!« Er zog das getönte Helmvisier zurück und enthüllte Mr. Snows Gesicht.

Die fünf Krieger starrten den alten Wortschmied mit offenem Mund an. Schreck, Überraschung, Entsetzen, Unglaube — ihre Gesichter spiegelten die gesamte Bandbreite der Gefühle wider, die sie aufgrund der unerwarteten Rückkehr eines geliebten Menschen empfanden, dann stürzten sie mit einem Chor freudiger Schreie auf ihn los, um ihn zu umarmen.

Steve stand mit Cadillac dabei und empfand einen Anflug von Eifersucht. Man mußte wirklich schon ein sehr außergewöhnlicher Mensch sein, um diese Art von

Zuneigung und Respekt hervorzurufen. Und es mußte toll sein, von dieser Zuneigung überschüttet zu werden. Er sah, daß sein Partner sich die Tränen aus dem Gesicht wischte. »Kopf hoch! Es ist sicher noch nicht zu Ende.«

»Für uns vielleicht nicht — aber heute ist sein Todestag.«

»Glaubst du, ich hätte nicht daran gedacht?« Steves Stimme war vor Rührung heiser. »Ich möchte ihn zwar ebenso wenig verlieren wie du, aber ich spare mir die Trauer auf, bis es soweit ist. Du hast dich schon einmal im Datum geirrt. Vielleicht auch diesmal.«

»Nein. Ich habe die Eisenschlange ebenso deutlich vor mir auftauchen sehen wie das Bild im Sehstein. Dies ist der Ort! Und heute ist der Tag!«

Steve verbarg seine Gefühle unter einem kalten Außenanstrich. »Yeah, nun, es ist auch dein Todestag.« Als er sah, daß Cadillac die Stirn runzelte, erklärte er: »Es ist Zeit, daß du deine letzte Meldung als Malone abschickst.«

Wallis setzte die Hilfsmonitorschaltung ein, um die Frachtcontainerbasis der Sondereinheit mit dem Kommandowagen zu verbinden, und schaltete zu Commander Fargo durch. »Malone hat sich gerade gemeldet. Seine Gruppe ist noch beisammen. Sie haben den Wagenzug gesichtet und sind gleich da. Können wir eine Kamera auf sie richten?«

»Sobald sie auf freiem Gelände sind.«

»Sie haben zudem um Feuerschutz aus der Luft gebeten.«

»Kein Problem.«

»Gut. Die Leute draußen sind ziemlich wertvoll für uns. Ich würde sie nicht gern verlieren.« Wallis rieb seine rot umrandeten Augen. »Irgend etwas müssen wir einfach aus diesem Fiasko retten.« Er hörte im ganzen Zug die Sirenen heulen, die die Mannschaft auf die

›Kampfstationen‹ riefen. »Gibt es irgendwas, das mein Team machen könnte?«

Fargo grinste ihn schon wieder wie ein Totenschädel an. »Nein, entspannen Sie sich nur. Heute könnte Ihr Glückstag sein.«

Yeah, könnte es wirklich, dachte Wallis. Aber man brauchte leider mehr als Glück, wenn man für die AMEXICO tätig war. Zudem hatte Fargo etwas gesagt, das ihm ziemlich komisch vorkam. »Entspannen Sie sich nur.« In solchen Zeiten? Der Mann war ein Schwachkopf ...

Natürlich war Commander Fargo keineswegs ein Schwachkopf. Aber er war seit einer Stunde in eine Sache eingeweiht, von der Wallis aus taktischen Gründen *nichts* wußte.

Steve ließ die Pferde in Cat-Ballous Obhut zurück, robbte mit Cadillac zum Hügelkamm und richtete das Fernglas auf den Wagenzug. Obwohl manche Züge mit unterschiedlichen Außenkameras und Antennen ausgerüstet waren, waren alle nach dem Konstruktionsplan gebaut und mit den gleichen Tarnfarben — Rot, Orange, Ocker und Braun — gestrichen. Solange man die Insignien am Bug und die Codebuchstaben — RVR — sah, konnte man konnte keine Fehler machen.

Steve spürte eine Woge der Erregung, die mit dem beißenden Aroma tödlicher Gefahr gewürzt war. Es war wirklich die ›Kampfmaschine‹! Die Vorstellung, daß sie drauf und dran waren, das Flaggschiff der Föderation zu knacken, ließ sein Adrenalin nur so strömen.

Cadillac erläuterte, wo die M'Calls sich für den Hauptangriff momentan versteckt hielten, dann sagte er: »Ich habe die Zugänge zu den drei mittleren Wagen auf dieser Seite freigelassen, damit wir reinfegen können, ohne jemandem auf die Zehen zu treten. Ist das so in Ordnung?«

»Na, klar doch ...« Steve suchte noch einmal die

Längsseite des Zuges ab, dann drückte er das Fernrohr zusammen und schob es wieder in die linke Ärmeltasche. »Ich habe alles gesehen, was ich sehen wollte.«

»Dann laß uns abhauen«, sagte Cadillac. »Schau! Sie haben einen Himmelsfalken aufsteigen lassen!«

Sie robbten in Deckung, dann standen sie auf und liefen dorthin zurück, wo die Mutanten mit den Pferden warteten. Mr. Snow hatte schon hinter Cat-Ballou Platz genommen. Steves Pferd stand hinter dem Cadillacs, und als sie sich in den Sattel schwangen, trafen sich ihre Blicke.

»Die Sache verlangt dir einiges ab«, sagte Cadillac. »Wirst du es schaffen?«

Steve zuckte die Achseln. »Am Reiherteich hatte ich jedenfalls keine Probleme.«

»Ja, aber da ging es um Totgesichter. Die hier ...«

»... sind Sandgräber«, sagte Steve. »Und wir sind Mutanten. Also los!«

Die auf den Dächern der beiden Kommandowagen stehenden Hauptkameras richteten sich auf die beiden ersten Reiter, die den Hügel überquerten und in wildem Galopp den Abhang herabsprengten. Kurz darauf tauchten vier weitere Reiter auf. Einer hatte jemanden hinter sich im Sattel, dessen Beine auf- und niederflogen.

Sieben Reiter. Malone hatte seine Flucht mit acht begonnen. Wer war auf dem letzten Teilstück gefallen?

Ein Himmelsfalke mit Zwillingsausleger kam über dem Hang in Sicht gesegelt. Er flog über die Reiter hinweg, zog schräg nach rechts und machte einen flachen Sturzflug nach Westen.

Im Sattel des Wagenzuges ertönte die Stimme des Piloten aus der Hauptkonsole. »Blue-Neun an Red-Eins. Sieht so aus, als ginge es gleich los. Auf den Fersen unserer Leute sind ungefähr hundert Mutanten, und ein

Stück hinter ihnen kommen mindestens fünf nebeneinander laufende Kolonnen. Sie kommen alle in unsere Richtung. Sie rennen nicht im Verband. Sie haben sich über drei oder vier Kilometer ausgebreitet. Wenn wir sie zerlegen sollen, brauchen wir noch einige Maschinen.«

Captain Jack Cullimore, der neue Flugeinsatzleiter, gab die Antwort. »Red-Eins an Blue-Neun. Verstanden. Wir schicken euch noch drei Maschinen. Bringt sie hin und zeigt ihnen die Gegend. Aber laßt noch ein paar für uns übrig, ja? Hier sind 'n paar Jungs, die es gar nicht erwarten können, in den Ring zu steigen.«

Seine Worte ließen die Stabsoffiziere breit grinsen. Cullimore schaltete zum Flugwagen durch und sprach mit Sam Petrie, dem Sektionschef. »Sam! Westlich von hier geht es rund. Schicken Sie Knox, Harding und Eiger raus. Sie sollen sich bei Ebbets in Blue-Neun melden. Er wird sie einweisen.«

»Ja, SIR!«

»Reiter Eins und Zwei kommen schnell näher!« schrie ein VidComm-Tech. »Entfernung jetzt dreihundert Meter!«

Der Wagenmeister wandte sich an den Ersten Systemingenieur. »Lassen Sie die Rampe von Nummer Vier runter, Mr. Wyatt.«

Steve und Cadillac sahen, daß die Rampe nach unten ging und den Boden berührte. Sie konnten ihr Glück kaum fassen. Sie befand sich fast genau dem Zugangsweg gegenüber, den Cadillac freigelassen hatte.

Sie warfen einen Blick zurück. Der Rest der von Cat-Ballou und Mr. Snow angeführte Gruppe, war etwa zweihundert Meter hinter ihnen. Plötzlich strauchelten die drei letzten Pferde, gingen zu Boden und warfen ihre Reiter ab. Cat-Ballou zügelte auf der Stelle seinen Gaul, stieg ab, zog seinen Mitreiter herunter, warf ihn zu Boden und lief zu den Gestürzten zurück, wobei er über die Köpfe einiger Mutanten feuerte, die hinter ihnen in Sicht kamen.

Es wirkte alles sehr überzeugend.

Steve und Cadillac sprengten weiter. Als der *Red River* ihnen Feuerschutz gab, knisterte und knackte über ihnen die Luft. Eine acht Mann starke, mit Flakjacken bekleidete Bahnbrechertruppe kam über die Rampe nach unten und winkte sie ein. Steve und Cadillac sprangen ab, klatschten den Gäulen aufs Hinterteil, damit sie wegliefen, und rannten auf die Rampe zu, wobei sie auf den letzten Schritten die Visiere hoben.

Sie schauten auf die gestürzten Reiter zurück. Zwei von ihnen eilten im Laufschritt weiter und trugen dabei eine schlaffe Gestalt zwischen sich; einer gab Feuerschutz; der vierte humpelte wegen eines verletzten Beins.

Der Gruppenleiter scheuchte Steve und Cadillac mit dem Gewehr die Rampe hinauf. »Laßt gehen, Jungs! Schafft eure Ärsche hier weg! Wir holen eure Kumpels schon rein!«

Cadillac prüfte seine Uhr und tauschte einen Blick mit Steve. Das hatten sie nicht eingeplant. Und oben auf der Rampe, in vollem Kampfanzug, stand jemand, den Steve erkannte.

»Commander Moore!«

»Brickman! Was, zum Henker, haben Sie gemacht? Ich habe gehört, daß Sie kommen. Konnte es gar nicht glauben!« Er brachte sie eilig zur Treppe. »Hier lang! Sie sollen sofort in den Sattel kommen.« Moore deutete mit einem Finger auf Cadillac. »Ist das Mr. Malone?«

Steve fühlte sich zwar verlockt, ›ja‹ zu sagen, aber er tat es nicht. Jemand an Bord konnte Malone kennen. Vielleicht hatte man sogar Fotos von seinem *ganzen* Team. Doch das Risiko hatten sie eingehen müssen. Sie mußten sich die allgemeine Hektik und die angespannte Lage zunutze machen. Hier war schließlich überall die Hölle los.

Wir bleiben am besten beim Drehbuch ... »Nein. Das ist Barney Kyle, einer seiner Mitarbeiter.«

»Okay. Mir nach.« Moore nahm jeweils zwei Stufen auf einmal. »Wir nehmen ein Karren!«

Als sie aufs Oberdeck kamen, sahen sie einen Trupp Soldaten, der nach unten unterwegs war. Die Treppen, die die drei Wagenzugdecks verbanden, bestanden aus kurzen Abgängen und Absätzen und umliefen eine Feuerwehrrutsche. Um ein Verkehrschaos zu vermeiden, konnte man, wenn man es eilig hatte, nach oben steigen und nach unten rutschen.

Und dort erlebte Steve die zweite Überraschung. Als er vor Cadillac das Oberdeck erreichte, stand er urplötzlich vor der uniformierten Jodi Kazan, die gerade ins Freie trat und nach der Rutschstange griff.

»Steve?!«

»Jodi?!«

Ihre Namen prallten in der Luft aufeinander. Im dem gleichen kurzen Augenblick sah Steve, daß Jodis Blick auf Cadillac fiel. Er bemerkte ihre kurze, nanosekundenlange Verwirrung, und dann, als sie nach unten rutschte und der nächste Mann ihr folgte, ein Flackern des Wiedererkennens.

Steve lehnte sich mit weit offenem Mund über das Geländer und schaute hinter ihr her. Es war eine absolute Katastrophe! Jetzt, nach Kelsos Tod, war Jodi die einzige von vieren, die Cadillac erkennen konnte — und die einzige *Wagnerin* in der gesamten Föderation, die Mr. Snow je gesehen hatte!

Was, zum Henker, MACHT sie hier?!!

Ein Ausruf von Commander Moore riß ihn aus seinem Bann.

»BRICKMAN! — Weitergehen!«

»Ja, SIR!« Steve sprang in das Wägelchen und zog Cadillac hinter sich her. Der Mutant schaute verblüfft drein.

»Hast du gesehen, wer da ...«

»Ich weiß!« zischte Steve in der Hoffnung, das allgemeine Chaos und das Heulen des Fahrzeugs werde seine Stimme dämpfen. »Weißt du, was sie jetzt tut? Sie geht raus und hilft mit ...«

»Ohh, nein..!!«

Moore warf einen Blick über die Schulter und lächelte froh. »Schätze, ihr habt ziemlich tief in der Scheiße gesteckt, was, Jungs?«

»Ja, Sir!« schrie Steve. *Und die Scheiße steigt mit jeder Sekunde an.* Steves Kopf flog nach hinten und fiel beinahe von seinen Schultern, als er ein weiteres bekanntes Gesicht sah, das in einer Seitennische verschwand, um das Wägelchen vorbeizulassen. Big D. Buck McDonnell. Der Spieß der ...

Hat man ihn zusammen mit Commander Moore auf den Red River *versetzt?*

Cadillac warf wieder einen Blick auf die Uhr. Noch knapp fünfzehn Sekunden. Das Fahrzeug fegte auf dem Oberdeck des Antriebswagens an einem Labyrinth von Rohren und trommelnden Abgasventilen vorbei. Dann hielt es im Innern des Kommandowagens an, wo ein stellvertretender Stürmer-Kompaniechef, dessen Brustschild seinen Namen als Drysdale angab, sie erwartete.

»Brickman und Kyle!« rief Moore. »Raufbringen! Ich gehe wieder an die Rampe. Es könnte problematisch werden, die anderen unverletzt an Bord zu kriegen!« Moore wirbelte den Wagen herum und fegte davon.

Drysdale führte Steve und Cadillac durch die letzten paar Korridormeter und über die Treppe in den Sattel hinauf. Oben blieb er stehen und salutierte. »Mit Ihrer Erlaubnis, Sir — Brickman und Kyle.«

»Bringen Sie sie rein, Mr. Drysdale ...«

Diese Stimme ...

Drysdale winkte Steve und Cadillac hinein.

Steve trat mit bleiernen Gliedern in den Sattel. Der Mann, der sich aus dem mit der hohen Rückenlehne ausgestatteten Sitz des Wagenmeisters erhob, um ihn zu begrüßen, war ›Buffalo Bill‹ Hartmann — der Kommandant der *Louisiana Lady.* Über die Hälfte der Leute, die an den Bildschirmen und Kontrollen saßen, kannte er. Er hatte vor dem Abschuß mit ihnen Dienst geschoben.

Wir greifen den falschen Zug an!

Steves Hacken knallten zusammen. Er schob den Karabiner in die linke Hand und salutierte wie auf dem Kasernenhof. Cadillac tat das gleiche.

Hartmann grüßte weniger zackig. »Wir sparen uns das Willkommen für später auf, meine Herren. Was können Sie uns über die Mutanten sagen?«

Als das letzte schicksalsträchtige Wort über seine Lippen kam, wurden mehrere gedämpfte Explosionen laut, und dann zwei lautere — direkt unter ihnen. Der Kommandowagen erbebte, dann kippte er nach vorn. Die Vorderreifen platzten und warfen die noch Stehenden aus dem Gleichgewicht.

Steve und Cadillac hatten sich auf den Schlag vorbereitet. Zwölf Sprengladungen waren nacheinander in einem Abstand von Millisekunden explodiert. Vier davon — jede verstärkt durch eine AK-Mine — hatten die Vorderreifen des vorderen und hinteren Kommandowagens zum Platzen gebracht; die anderen acht hatten die lebensspendenden Nabelschnüre an den Seiten und Enden der beiden Antriebswagen gekappt. Acht Explosionen, die den Strom zu den Kommandowagen und anderen Waggons unterbrochen hatten, desaktivierten die Geschützstellungen und ließen den gesamten Zug in die Finsternis stürzen.

Doch nur eine Sekunde lang. Die Notbatterien der einzelnen Wagen übernahmen und brachten die Beleuchtung und den Strom für die Außenkameras, die Bildschirme und die Funkausrüstung wieder in Gang.

Doch diese Sekunde war entscheidend. Als Hartmann und seine Leute sich von der Überraschung erholt hatten, sahen sie sich zwei Gestalten in Tarnanzügen und geschlossenen Helmen gegenüber, die aus der Hüfte schossen, während Gasgranaten über den Boden rollten und explodierten.

Steve warf noch eine ins Treppenhaus. Ihr folgte eine Splittergranate, und dann, während Cadillac den Sattel weiterhin mit Feuer eindeckte, trat er über die vor ihm liegenden Toten und warf sich in Hartmanns Sitz. Er hielt den Karabiner schußbereit und fand den Notfeuermelder. Er hob die Abdeckhaube, aktivierte den Alarmschalter und drückte den Knopf.

Die Abdeckhaube und der Schalter sollten einen Fehlalarm verhindern. War der Knopf gedrückt, löste er einen schrillen Alarm aus und zeigte einen unkontrollierbaren Großbrand an. Dann flammten Schilder auf, wiesen die Mannschaft an, den Zug zu evakuieren und sämtliche Fluchtrampen gingen automatisch nach unten.

Steve hatte in Fort Worth zweimal solche Übungen mitgemacht. Man konnte die Rampen zwar mit Hilfe von Notbatterien nach unten fahren, aber wenn sie sich einmal gesenkt hatten, konnte man sie ohne den Hauptstrom nicht mehr schließen. Der Bauch des Wagenzugs war nun von einem Ende bis zum anderen offen, und da sämtliche Systemleitungen gekappt waren, konnte man auch keinen Dampf mehr durch die Düsen ablassen, um ihn zu verteidigen …

In den entscheidenden Sekunden vor der Explosion der Sprengladungen war vor dem Wagenzug ein weiterer Teil des Meisterplans nach hinten losgegangen. Die Sache mit der Pünktlichkeit war von Anfang an ein Risiko gewesen, da keiner der im Einsatz befindlichen Mutanten in der Lage war, eine Vorstellung für die Zeit zu entwickeln, die die erbeuteten Digitaluhren vorschrieben.

Man hatte in dem Augenblick, in dem die Sprengladungen hochgingen, am oberen Ende der Rampe sein wollen. Dort sollte der von seiner Eskorte beschützte Mr. Snow seine Kräfte einsetzen, um in den Sekunden vor dem Hauptangriff ein maximales Durcheinander im

Zuginnern hervorzurufen. Und er sollte damit anfangen, sobald alle Rampen unten waren.

Um die Illusion zu erzeugen, das Leben der ›Abtrünnigen‹ sei in Gefahr, hatte Steve dafür gesorgt, daß die Armbrustschützen drei ihrer Pferde niederschossen. Dies sollte eine überzeugende Verzögerung bewirken und ihm und Cadillac erlauben, in den Sattel zu gelangen, das Kommando zu übernehmen und die Rampen zu senken. Als echte Mutanten konnten Cat-Ballou, Mr. Snow und die anderen den Zug nicht vor dem Augenblick der Verwirrung betreten, denn ihre wahre Identität wäre enthüllt worden, sobald sie die Helmvisiere hoben — und genau das erwartete man von ihnen. Der Plan sah vor, daß Cat-Ballou und Mr. Snow vom Pferd steigen und die Gestürzten sammeln sollten, die den Wortschmied dann zwischen sich nehmen und nicht zu langsam mit ihm zur offenen Rampe hinken sollten, um dort zur Zeit des großen Knalls anzukommen.

Leider denken mitten im Galopp stürzende, tödlich verwundete Pferde nur selten daran, ihre Reiter zu verschonen. Meist zucken sie und schlagen aus, oder sie sinken einfach zu Boden und drehen sich — in der Regel auf etwas Zerbrechlichem wie den Beinen oder dem Rücken ihres Reiters.

Da die Mutanten keine Erfahrung hatten, wie man sich aus dem Sattel wirft, wußten sie auch nicht, wie man richtig stürzt, und als sie sich wieder aufrappelten, brauchten sie nicht mehr *so zu tun,* als seien sie verletzt. Die Schäden, die sie davongetragen hatten, waren echt, und es lag nur an ihrer angeborenen Hartnäckigkeit, daß der Schmerz sie überhaupt weiterlaufen ließ.

Zudem hatte niemand erwartet, daß die Zurschaustellung ihrer Tapferkeit unter Beschuß zwei Bahnbrechergruppen dazu verleitete, die Rampe zu verlassen. Die eine Gruppe übernahm die Bewachung der Rampe, während die anderen acht Mann mit Tragen losliefen, um die ›Verletzten‹ an Bord zu holen!

Bevor die Mutanten Zeit hatten, sich darüber klar zu werden, wie sie auf die unvorhergesehene Drehbuchänderung reagieren sollten, lag Mr. Snow schon auf einer Trage und wurde fortgeschleppt. Cat-Ballou, Purple-Rain, Diamond-Head und Lethal-Weapon, die neben ihm herhetzten, lud man ein, sich der gleichen Transportmöglichkeit zu bedienen, und sie nahmen nach kurzem Zögern an.

Da ihre Visiere geschlossen und ihre Hände von Handschuhen verhüllt waren, erkannte zwar niemand, daß sie keine Wagner waren, doch ihre wahre Identität konnte nicht lange geheim bleiben. In dem Bewußtsein, daß sie das Element der Überraschung nicht ruinieren durften, bevor sie die Rampe erreicht hatten, blieben die drei Mutanten liegen, drückten die Gewehre an ihre Brust und nahmen es hin, mit den Füßen nach vorn vom Schlachtfeld getragen zu werden.

Für Mr. Snow entwirrten sich die Dinge noch schneller. Jodi Kazan gehörte der dritten Kampfeinheit an, die sich nun zu den Bahnbrechern ans Rampenende gesellte, und als seine Trage sich ihr näherte, kam Buck McDonnell, der Spieß der *Lady*, nach unten gelaufen, um die Lage zu peilen.

Mr. Snow ignorierte die keuchend hervorgestoßene Bitte, er solle liegenbleiben, hievte sich auf der schwankenden Trage in eine sitzende Stellung hoch und begutachtete die Lage. Sekunden später, als es die Rampe hinaufging, machte der vordere Träger eine scharfe Wendung. Der Soldat, der hinter Mr. Snow die Griffe hielt, stolperte über die Rampe. Als er nach links schwenkte, um das Gleichgewicht zurückzuerlangen, stolperte er über seine eigenen Riesenstiefel und ging zu Boden. *Ka-bumm!* Er hockte auf dem Boden und hielt sich an den Tragegriffen fest, doch die dabei gewonnene Triebkraft warf Mr. Snow auf die Seite, und er landete wie ein Sack vor Jodis Füßen.

Jodi legte ihr Gewehr nieder und näherte sich ihm mit

den Trägern, um ihn aufzuheben. Cat-Ballou, der Gefahr witterte, zuckte zurück und befingerte nervös sein Schießeisen. Mr. Snow, der gegen ein starkes Erstikkungsgefühl ankämpfte, seit man ihn gezwungen hatte, das Visier zu schließen, zerrte den schlechtsitzenden Helm von seinem Kopf, als man ihn unter die Achseln nahm und hochhob.

»Genug der Farce!« Mr. Snow trat die Hände weg, die seine Beine packen wollten, richtete sich zwischen den überraschten Trägern mühsam auf und schüttelte ihre Arme ab. »Ungeschickte Tölpel!«

Jodi stand auf und schaute in das wütende, deformierte Gesicht eines weißhaarigen Mutanten. »Christoph! Buck!« Sie deutete mit einem anklagenden Finger auf ihn. »Das ist Mr. Snow!«

McDonnell, der sich schneller als je zuvor in seinem Leben bewegte, schritt sofort zur Tat. Er hatte Cat-Ballou argwöhnisch zurückweichen sehen, und nun war die behelmte Gestalt im Begriff, ihr Schießeisen in Feuerposition zu bringen.

McDonnell hob sein Gewehr quer vor die Brust und pumpte aus nächster Entfernung vier Schuß in Cat-Ballou hinein. Mit der gleichen raschen Bewegung rammte er den Hartgummikolben nach vorn und traf Mr. Snow zwischen die Augen, die sich sofort weiteten und glasig wurden.

Krrr-rrack! Der Kopf des Wortschmieds flog nach hinten. Eine Sekunde später explodierten in schneller Reihenfolge die von Cadillac in der Nacht angebrachten Ladungen. *W-W-W-W-WUM-BUUUMMM!!*

McDonnell sah, daß über ihm die Lichter aus- und kurz darauf wieder angingen.

Ein vor dem Zug stehender Bahnbrecher deutete auf den Rauch und den Dampf, der vorn am Zug ausströmte. »Der Antriebswagen ist explodiert!«

»Alle beide!« schrie ein anderer.

Verwirrte Schreie kamen von den Leuten am oberen

Ende der Rampe, dann geschahen viele Dinge gleichzeitig …

Die drei ›Abtrünnigen‹ auf den herannahenden Tragen rollten sich auf den Boden, hockten sich mit erhobenen Gewehren aufs Knie und beschossen die überraschten Träger, während sie selbst von den Bahnbrechern niedergemäht wurden, die den unteren Teil der Rampe bewachten.

»Gib mir Deckung!« McDonnell warf Jodi seine Flinte zu, packte Mr. Snows ausgebeulte Uniform an zwei Ekken und fegte mit ihm wie mit einem halbvollen Kartoffelsack die Rampe hinauf.

Jodi, unfähig, einem Feuergefecht zu widerstehen, gab einige Salven ab, doch als ihre Kugeln einschlugen, waren die drei Angreifer längst tot. Sie eilte die Rampe hinauf, und als sie McDonnell sah, wurde ihr Gehör von einem schrillen Alarmgeheul angegriffen. Warnschilder blinkten auf und fingen an zu blitzen …

NOTFALL! FEUER- UND EXPLOSIONSGEFAHR! ZUG EVAKUIEREN!

Ein Donnergrollen ertönte, dann das Knarren des Getriebes, als sich die Rampen des gesamten Zuges dem Boden entgegensenkten. Als die mit Gumminoppen versehenen Unterseiten den Boden berührten, brach zu beiden Seiten des Zuges die Erde auf und enthüllte eine Horde schreiender Mutanten, die mit Gewehren, Messern und Armbrüsten bewaffnet waren.

Jeder einzelne der niedrigen Gräben, die man während des Marsches der Büffel unter dem Zug her und um ihn herum heimlich gefüllt hatte, hatte einen Mutantenkrieger verborgen. Mit der Lautlosigkeit, die nur primitiven Jägern eigen ist, hatten sie seit über drei Stunden schweigend und unbeweglich unter einer Erd- und Gestrüppschicht gelegen und auf diesen Augenblick gewartet. Erst jetzt, als sie sich zu Fuß auf die unbewachten Rampen stürzten, reagierte die Mannschaft der *Lady* auf den Evakuierungsalarm und setzte sich nach unten hin in Bewegung — dem Problem direkt entgegen.

Jodi schaute fassungslos zu, wie die vor ihr stehenden Stürmer mutig eine Mutantenhorde abwehrten. Sie klammerte sich an McDonnells Ärmel und deutete auf den besinnungslosen Mr. Snow.

»Buck! Er ist nicht allein! Brickman hat noch einen intelligenten Mutanten bei sich. — Den hellhäutigen Burschen, von dem ich dir erzählt habe!«

»WAAASS?! Und du hast ihn in den Kommandowagen raufgehen lassen? Der Typ war von oben bis unten mit Granaten behängt! Zum Henker, Jodi! Warum, verflucht noch mal, hast du keinen Alarm geschlagen?!«

»Ich habe ihn nur ganz flüchtig gesehen! Ich konnte es nicht glauben! Erst als ich Mr. Snow sah, wurde mir alles klar!«

McDonnell, der den schlaffen Körper Mr. Snows noch immer festhielt, warf sich gegen ein mit dem Lautsprechersystem verbundenes Wandmikro und aktivierte es mit einem Druck.

»Achtung, Achtung! Der Feueralarm ist ein Fehlalarm! Ich wiederhole: FEHLALARM! Die *Lady* wird angegriffen! An Bord bleiben und die Rampen verteidigen!«

Das gespenstische Alarmgeheul setzte sich fort, und auch die Warntafeln leuchteten weiterhin auf. Die widersprüchliche Durchsage an die Besatzung schien zur allgemeinen Verwirrung noch beizutragen.

»Kann man die Feuersirene nicht abschalten?!« schrie Jodi.

»Nur vom Sattel aus! Das ganze Scheißsystem ist am Arsch! Los, bringen wir den Witzbold hier weg!«

McDonnell warf sich Mr. Snow über die Schulter, wandte sich nach achtern dem nächsten Wagen zu und lief die Treppenstufen zum Mitteldeck hinauf. Er zückte eine schmale Schlüsselkarte aus rotem Kunststoff und öffnete die Tür einer kleinen, engen Kabine.

Es war eine Strafzelle, eine kahle Metallkoje, die nur einen Tisch, einen Stuhl, ein Waschbecken und eine Toilette enthielt. Alles war in den Wänden verstaut. Hier schlief man entweder, oder man saß, wusch sich oder schiß. Es gab nicht genug Platz, um mehr als eins zur gleichen Zeit zu tun.

McDonnell warf Mr. Snow auf die Koje, kam wieder heraus und schob Jodi in die Zelle. »Bleib bei ihm. Ich schließe euch ein, okay?« Er zückte seine Handfeuerwaffe. »Keine Sorge, ich vergesse schon nicht, wo du bist.« Er fand noch Zeit für ein beruhigendes Grinsen. »Ach, übrigens — gut gemacht. Du hast möglicherweise unseren Hals gerettet.«

Die Tür ging zu.

»Buck! Warte! Was soll ich ...«

»Du hast doch die Kanone. Zögere nicht, sie einzusetzen.« McDonnell schloß die Tür. Der Mechanismus schnappte zu, schob die eingeführte Schlüsselkarte an den Mund des Schlitzes zurück und ließ sie ein kurzes Stück hervorschauen. Der Schlitz hatte zwei fingerbreite Mulden, so daß man die Karte packen und herausziehen konnte. Genau das wollte McDonnell gerade mit der linken Hand tun, denn er hielt die Pistole in der rechten.

In dem kurzen Augenblick, den er brauchte, um die linke Hand zu heben, bewertete sein Verstand die Situation und berechnete, was als nächstes anstand. Eine innere Stimme sagte ihm, daß Hartmann wahrscheinlich nicht mehr im Einsatz war. Die Explosionen, die den Strom und die Dampfleitungen gekappt hatten, waren das Werk eines Menschen, der sich mit Wagenzügen auskannte. Die cleveren Mutanten, die die *Lady* im letzten Jahr angegriffen hatten, hatten wieder zugeschlagen. Diesmal hatte Brickman bestimmt damit zu tun. *Verfluchter Beulenficker ...*

Rufe und tierische Schreie, das Rumsen im Kampf aufeinanderprallender Körper, das Klirren von Stahl und das charakteristische Geräusch komprimierter Luft, die aus den Gewehrläufen kam, erfüllte die Atmosphäre, als die unten befindlichen Bahnbrecher versuchten, die herandrängenden Mutanten zurückzuschlagen.

McDonnell sah sich drei Möglichkeiten gegenüber: Er konnte (a) bleiben, wo er war und die örtliche Verteidigung organisieren, (b) den Versuch machen herauszukriegen, was Commander Hartmann die Luft abgedreht hatte, und, wenn möglich, den vorderen Kommandowagen zurückerobern, oder (c) sich über das Oberdeck zum hinteren Kommandowagen durchschlagen, wo Lieutenant Commander Jim Cooper, der stellvertretende Wagenmeister, ohne Zweifel bemüht war, das Fort zu verteidigen.

Der Feueralarm verstummte, die Warntafeln schalteten sich aus, und nun befahl Coopers Stimme der Mannschaft über das Lautsprechersystem, an Bord zu bleiben, die unteren Wagenzugangstüren zu schließen und die Mitteldecks zu halten.

Das ergab Sinn. Wenn man die Mutanten auf dem Unterdeck einkapseln konnte, war der Zug zu halten, bis Hilfe eintraf. Zum Glück gab es keine Rampen unter den Flugwagen. Aber es gab eine unter dem mobilen Feldlazarett. So ein Mist!

Der Spieß beschloß, Kontakt mit dem stellvertretenden Wagenmeister aufzunehmen. Dieser mußte erfahren, daß Brickman zu den Wilden übergelaufen war und im vorderen Kommandowagen zusammen mit einem hellhäutigen Mutanten die Sau rausließ. Die Nachricht mußte dem Hauptzentrum so schnell wie möglich übermittelt werden …

Er führte den Beschluß jedoch nie aus — und nahm auch die Schlüsselkarte nicht aus dem Schlitz.

Links von ihm knallte es plötzlich. Drei unbewaffnete Bahnbrecher-Techniker taumelten im Durchgang des Nachbarwagens rückwärts durch den Korridor. McDonnell wirbelte an der Zellentür herum und fegte um die

Ecke auf die nach unten führende Treppe zu, um aus der Schußlinie zu kommen. Als die Techs sterbend zu Boden sanken, brach mit erhobenem Schießeisen ein heulender Mutant durch die Türöffnung.

McDonnell legte ihn mit einem dreifachen Kopfschuß um. Als ihm der Gedanke kam, daß er zusätzliche Feuerkraft gebrauchen konnte, griff er nach seinem zu Boden gefallenen Gewehr, doch bevor er den Lauf unter dem Körper des Kriegers hervorziehen konnte, erhaschte er aus den Augenwinkeln unter sich auf der Treppe eine Bewegung. Ohne das Gewehr loszulassen, zielte er blind mit der Pistole und feuerte eine Salve nach der anderen ab.

Tschu-witt! Tschu-witt! Tschu-witt! Tschu-witt!

Die nadelspitzen Geschosse durchschlugen den Körper eines weiteren Kriegers und schleuderten ihn gegen die Wand. Doch sie töteten ihn erst, als er seine Armbrust schon abgezogen hatte. Als McDonnell das Gewehr mit einer Hand packte und es auf die nun durch den Türgang strömenden Krieger richtete, zischte ein Bolzen durch das Treppengeländer nach oben, traf die ungeschützte rechte Seite seiner Kehle und nagelte seine Zunge auf dem Weg zum Gehirn an seinem Gaumen fest.

Unter der Wucht des Aufpralls drückten seine Finger auf beide Abzüge, und er tötete einen zweiten Mutanten unter sich auf der Treppe und einen Mann, der oben durch die Tür kam.

In den Sekunden vor McDonnells Tod war auch Lieutenant Commander Cooper, der stellvertretende Wagenmeister, ums Leben gekommen. Der hintere Kommandowagen hatte unter heftigem Beschuß gelegen, und als die Rampe sich senkte, stürmte eine handverlesene Gruppe von Mutanten mit Wagner-Gewehren aus ihren Erdverstecken ins Unterdeck.

Die Besatzung, die sich noch nicht von dem Schlag

der Explosionen erholt hatte und vom Chaos des Evakuierungsbefehls verwirrt war, erwies sich als leichte Beute. Vor ihrem Anführer Spandau-Barry schossen sich sechs Bären den Weg zum Mittel- und dann zum Oberdeck frei. Während Spandau-Barry mit zwei AP108-Minen in den Händen nach oben stürmte, schossen sie ihm den Weg zum Sattel frei.

Cooper und der Stab des hinteren Kommandowagens — darunter auch Betty-Jo Aarons — griffen schon nach ihren Waffen, als die schreienden, wildäugigen Mutanten in ihr Blickfeld kamen.

Doch es war zu spät. Als die erste Salve aus mehreren Handfeuerwaffen ihr Ziel traf, krachten Spandau-Barrys ausgestreckte Hände schon zusammen.

Die Zeit blieb stehen, und in dem Augenblick, bevor der Tod sich ihrer annahm, sahen die Bahnbrecher mit entsetzlicher Deutlichkeit, wie die druckempfindlichen Zünder der von ihm gehaltenen AP108s aneinanderschlugen. Einige wollten in Deckung gehen, andere blieben wie angewachsen stehen. Die obere Hälfte des Mutantenkörpers verschwand in einem blendenden Flammenmeer, und dann ...

Unter den im Süden des hinteren Kommandowagens aufragenden Bäumen und an den Ufern der Zwillingsflüsse stürmten nun auf beiden Seiten die restlichen M'Calls vor und jagten über das freie Gelände auf den schwer getroffenen Wagenzug zu. Die Seitengeschütze, die die Bären beschossen hatten, die angeblich hinter Steve, Cadillac und den anderen verkleideten Reitern her gewesen waren, schwiegen. Eine nicht unbeträchtliche Gefahr jedoch drohte ihnen von den sechs nach Westen entschwebten Donnerkeilen, die nun zurückkamen.

In dem kurzen Intervall zwischen den ersten Explosionen und Spandau-Barrys Kamikaze-Unternehmen war es dem Wagenmeister gelungen, eine Meldung an die Luftpatrouille abzusetzen, so daß die Flieger wußten, daß der Wagenzug angegriffen wurde.

Auch der Kommandostab des *Red River* hörte diesen Kanal ab. Während Wallis dem Weißen Haus Bericht erstattete, hatte Fargo mehrere Versuche gemacht, Hartmann zu erreichen, der jedoch nicht antwortete. Und nun hatte auch Cooper die Sendung eingestellt.

Im gleichen kurzen Zeitraum, in dem McDonnell und der Stab im hinteren Kommandowagen den Tod fanden, setzte sich der Kampf im ganzen Zug fort, und am vorderen Ende stand eine Gruppe von Mutanten bereit, jeden Gegenangriff auf den Kommandowagen zu unterbinden.

Oben im Sattel saß Steve zwischen den herumliegenden Leichen zusammengesackt auf Hartmanns Platz und hielt den Kopf in den Händen. Cadillac durchwühlte unterdessen die Schubladen unter der Tischsektion des Hauptmonitors. Er fand schließlich, wonach er suchte: einen Kassettenstapel, deren Etiketten den Namen des toten Wagenmeisters trugen. Es waren die Aufzeichnungen seiner täglichen Funksprüche mit dem *Red River* und CINC-TRAIN.

»Diese Schweinehunde«, murmelte Steve. Er hob die Fäuste und fletschte die Zähne. »Diese SCHWEINEHUNDE! Ach, Roz! Wie konntest du DAS zulassen?«

Cadillac, der mit Hilfe eines Leichtgewicht-Kopfhörers einer Aufzeichnung von Hartmanns Stimme lauschte, machte sich ein Ohr frei. »Was zulassen?«

Steve fluchte wütend. »Ist dir eigentlich klar, was hier passiert ist? Es ist nicht der *Red River!* Wir sind in der *Louisiana Lady!*«

Sein Partner glitt herum, um ihn anzusehen. »Aber die Buchstaben … die Insignien … die Flugzeuge …«

»Alles gefälscht!« schrie Steve. »So wie wir vorgetäuscht haben, Malone sei noch am Leben! Roz und Clearwater sind NICHT in diesem Zug!«

»Reg dich ab!«

Vor dem Verlassen der Großen Gabelung hatte Cadillac Blue-Thunder die heikle Aufgabe anvertraut, das Lazarett zu stürmen. Seine Befehle lauteten, jedermann zu ergreifen und festzuhalten, auf den man stieß, bis er und Steve auftauchten. Es sollten nur jene getötet werden, die sich nicht ergaben. Der Angriff steckte noch in den Anfängen. Seit sie an Bord gekommen waren, waren kaum zehn Minuten vergangen, und schon verlor der Superheld Brickman die Nerven.

Hahh! Wenn Clearwater ihren Goldenen jetzt sehen könnte ...

»Es hat keinen Zweck, jetzt zu heulen. Wir haben doch noch nicht mal nach ihr gesucht!«

»Ich *brauche* nicht nach ihr zu suchen!« schrie Steve. Er deutete mit ausgestreckter Hand über die am Boden liegenden Toten. »Ich *kenne* diese Leute!«

»Und es besteht keine Möglichkeit, daß man sie versetzt hat?«

»Vielleicht einen oder zwei, aber doch nicht die *ganze* Besatzung! Was is' los, Mann? Bist du dämlich oder was? Sie haben uns *reingelegt!* Die M'Calls haben ein sinnloses Opfer gebracht! Deine Leute sterben ganz *umsonst!*«

Um seinen Zorn zu ventilieren schlug Steve mit dem Kolben des Karabiners auf die Monitoren und Kontrollschalter vor Hartmanns Sitz ein. »Was sollen wir nur tun, verflucht noch mal?!« Er schaute Cadillac finster an.

Der Mutant hatte sich wieder der Hauptkonsole zugewandt und konzentrierte sich auf die Stimme im Kopfhörer. Steve sprang aus Hartmanns Sitz, eilte zur Hauptkonsole und schoß einige Bildschirme aus. »HÖRST DU MIR GEFÄLLIGST ZU?!«

Cadillac sah ihn gelassen an, dann nahm er den Kopfhörer ab und stoppte das Band. »Nein. Ich höre Hartmann zu. Ich nehme an, er *ist* der Kommandant dieses Wagenzugs.«

»Yeah.« Steve errang ein gewisses Maß an Selbstkontrolle zurück. »Der Chef der *Louisiana Lady*...«

»Und dieser Fargo, den du erwähnt hast... Ist er der Chef des *Red River?*«

»Yeah. Und Wallis ist der Leiter des AMEXICO-Teams, auch wenn sie sich als Sondereinheit des Weißen Hauses bezeichnen. Wallis hat die Verständigung mit uns gesteuert und Fargo auf dem laufenden gehalten. Fargo und Hartmann müssen zusammengearbeitet und auf den gleichen Funkkanälen gesendet haben. Wir haben zwar gedacht, wir hätten es mit dem *Red River* zu tun, aber alle Bewegungen hat die getarnte *Lady* gemacht!«

»Und *wo* ist der *Red River?*«

»Wie, zum Henker, soll ich das wissen?« schrie Steve. »Hinter der ganzen Sache steckt Karlstrom! Der schleimige Drecksack!« Er drosch den Gewehrkolben auf den Tisch. »Warum, verflucht noch mal, hat Roz uns nicht gesagt, was hier vor sich geht?«

»Vielleicht wußte sie es nicht. Wenn Karlstrom sich so viele Unannehmlichkeiten auf den Hals geladen hat, hat er die Leute auf dem *Red River* vielleicht auch glauben lassen, daß sie überfallen werden. — Um Roz zu narren und sie daran zu hindern, dich zu *warnen.*«

»Yeah, könnte sein...« Steve rieb sich müde das Gesicht. »Na ja, was soll's... Es spielt im Grunde keine Rolle. Ich hab's eben vermasselt. Nicht nur für uns, sondern auch für Roz und Clearwater... Restlos!«

»Nicht unbedingt«, sagte Cadillac. »Vielleicht können wir noch etwas aus diesem Wrack bergen. Ich nehme an, es wird Zeit, daß deine Herren mal hören, welch gute Arbeit du bei der Verteidigung des Wagenzuges leistest.«

»Du meinst...?«

»Ja. Ich tue so, als wäre ich Hartmann *und* Malone. Wenn sie dich sprechen wollen, verplappere dich nicht. Sag ihnen einfach, hier läuft alles bestens.«

Steve sah ihn an. »Du hast vielleicht Nerven ...«

»Tja, im Moment sind sie bestimmt besser in Schuß als deine.« Cadillac stand auf.

»Ich frage mich, was wohl mit Mr. Snow passiert ist ...«

»Laß das jetzt! Der Meister kann für sich selbst sorgen! Zeig mir, wie das Funkgerät arbeitet. Können wir die Tonqualität verändern? Du weißt schon ... mit diesen knisternden Geräuschen? Ich möchte nicht zu deutlich klingen.«

»Mannnn! Sonst noch was? Ich bin doch kein CommTech! Sei froh, daß ich weiß, wie man das Ding einschaltet!« Steve schaute sich im Sattel um und orientierte sich. »Komm her, da drüben ist es. Hoffen wir, daß es noch geht ...«

Roz meldete sich. Es war wie eine kühle, beruhigende Hand auf seiner Stirn. *Zu spät, Schwesterchen. ZU SPÄT ...!*

13. Kapitel

Um 5:30 Uhr Standardzeit, eine Viertelstunde, nachdem die ersten Explosionen die *Lady* gelähmt hatten, trat Karlstrom durch die Drehtür ins Oval Office ein. Der General-Präsident, den die ersten Nachrichten über den Anschlag aus dem Bett geholt hatten, war wie immer einwandfrei gekleidet und strahlte die geschäftsmäßige Aura eines Menschen aus, der schon seit Stunden an der Arbeit ist.

Er begrüßte Karlstrom an der Drehtür. »Ich kann kaum glauben, was geschehen ist, Ben. Hartmann scheint der größte Pechvogel auf Erden zu sein.«

»Entweder das — oder der dümmste. Nun ja ... Vielleicht kapiert die Bahnbrecher-Division jetzt, daß es keinen Sinn hat, einem Verlierer den Rücken zu stärken. Haben Sie die Kartenprojektionen gesehen, die unsere Einheiten und den Ort des Geschehens zeigen?«

Der G-P nickte. »Beim Anziehen.« Er geleitete Karlstrom zu dem Sessel, der vor seinem Schreibtisch stand, und nahm dann selbst Platz.

»Wir haben zwei Nachrichten von Hartmann aufgefangen, und Wallis, der Leiter meiner Sondereinheit, hat mit Malone geredet. Er und Brickman haben den Zug zwar erreicht, aber nicht der Rest des Teams. Der *Red River* hat eine Meldung des stellvertretenden Wagenmeisters aufgefangen, laut der es an der Rampe zu einer Schießerei gekommen ist. Außerdem sagt er, er hätte keine Verbindung mehr mit Hartmann. Seitdem hört man nichts mehr von *ihm*. Hartmann hat sich gemeldet. Auch er sagt, er hätte keinen Kontakt mehr zum hinteren Kommandowagen.«

»Das klingt alles sehr verwirrend ...«

»Ist es auch. Die Lage ist folgende: Kurz nachdem Malone und Brickman ankamen, gab es mehrere Explosionen. Sie haben den Zug bewegungslos gemacht, die Geschütze vom Strom abgeschnitten und ein Systemversagen hervorgerufen, so daß sämtliche Rampen runtergegangen sind. Sie können sich vorstellen, wie es jetzt dort aussieht.«

»Christoph! Ich hätte nicht gedacht, daß ein Wagenzug so leicht zu knacken ist!«

»Ich glaube nicht, daß es schon soweit ist.«

»Kann Hartmann die Rampen nicht wieder hochziehen?«

»Nicht mit Notstrom. Es handelt sich um einen größeren Schaden im Steuersystem. Kein Konstrukteur hat sich je einen gleichzeitigen Zusammenbruch beider Antriebswagen vorgestellt.«

»Nein ...«, sinnierte der G-P. »Und die Nabelschnüre liegen natürlich *außen.*«

»Stimmt. Sie befinden sich zwar in Schutzrüsseln, die bisher unverletzlich waren, aber ...«

»... nicht gegen Sprengladungen.«

»Tja. Das muß CINC-TRAIN so schnell wie möglich beheben. Jedenfalls ... haben die Mutanten in dem Augenblick angegriffen.«

»Was sind es für Mutanten? Laut der letzten Luftmeldungen halten sich die M'Calls doch mehrere Kilometer westlich von der Malone-Gruppe auf.«

»Das stimmt«, sagte Karlstrom. »CINC-TRAIN bemüht sich noch immer, das zu klären. Es könnte das Werk eines anderen Clans sein — vielleicht sogar mehrerer. Brickman hat uns gemeldet, daß die She-Kargo sich nach der Niederlage der Eisenmeister am Handelsposten abgesprochen haben, einander zu unterstützen.«

»Haben sie den Sprengstoff am Handelsposten erbeutet?«

Karlstrom hatte mit der Frage gerechnet. »Mit höchster Wahrscheinlichkeit. Die großen Raddampfer führen bis zu sechzig Kanonen mit sich.«

»Dennoch würde es einen Fachmann erfordern, einen

Wagenzug kampfunfähig zu machen. Wer also war es? Cadillac?«

Karlstrom nickte. »Er hat auch die Bomben scharfgemacht, die voriges Jahr die *Lady* beschädigt haben. Wir müssen annehmen, daß er die dazu nötigen Informationen Brickmans Kopf entnommen hat. Der Mutant hat einige außergewöhnliche Fähigkeiten. Jodi Kazan hat uns beispielsweise erzählt, als er Ne-Issan verließ, konnte er fließend Japanisch lesen und sprechen — ohne eine einzige Stunde Unterricht!«

»Und ich frage mich, was noch ...?«

Karlstrom redete weiter. »Die Frage nach dem Wie und Warum können wir erst mal aufschieben. Das Wichtigste ist jetzt, Hartmann zu helfen, damit er die Situation umkehren kann.«

»Einverstanden ...«

»Die Lage sieht zwar nicht allzu gut aus, sie ist aber nicht völlig verloren. Hartmann hat eine unbestätigte Meldung über eine interne Explosion des hinteren Komandowagens bekommen; man hat ihn daraufhin versiegelt. Die Mutanten beherrschen den Boden unter dem Zug und halten den größten Teil der unteren und einige mittlere Decks.

Hartmanns Bataillon hält den Flugwagen, das Lazarett, die Antriebswagen, die meisten Mitteldecks und das gesamte Oberdeck — das Zugende ausgenommen. Das schließt das Flugdeck und das Zugdach mit ein. Es ist zwar riskant, aber noch immer möglich, eine Maschine in die Luft zu kriegen und wieder landen zu lassen.«

»Wie sieht die Luftlage aus?«

»Als die Mutanten den Zug überfielen, waren sechs Maschinen in der Luft. Drei davon waren nach einem Bombardierungsflug auf die von Westen kommende Mutantenkolonne auf dem Rückflug. Sie haben den Job an die zweite Gruppe weitergegeben — mit dem Ergebnis, daß sie, als die Mutanten den Zug überfielen, zwar in der Luft waren, aber keine Munition mehr hatten!

Die *Lady* hat ihnen befohlen, zum *Red River* zu fliegen und dann das zweite Geschwader zurückgerufen, doch als es ankam, waren die meisten Mutanten entweder im oder unter dem Zug. Die Stromknappheit hat die Verständigung für eine Weile unterbrochen. Jetzt sind die meisten Comm-Techs und der Kommandostab damit beschäftigt, den Kommandowagen zu verteidigen, so daß — abgesehen von Hartmann — niemand den Funkverkehr leiten kann.

Das zweite Geschwader kreist über dem Zug, zögert allerdings, ihn anzugreifen. Die Bordwaffen nützen nichts gegen die Mutanten, die schon drin sind, und Napalm wollen sie nicht einsetzen, solange sich noch das ganze Bahnbrecher-Bataillon an Bord aufhält.«

»Das ist verständlich. Was ist mit den anderen Einheiten?«

»Sie gehen in Stellung.«

»Hat Hartmann irgendeine bestimmte Art von Hilfe angefordert?«

»Ja, hat er.« Karlstrom rutschte unbehaglich auf dem Stuhl herum, denn nun kam der schwierige Teil der Angelegenheit. »Die Mutanten haben einen Rufer an Bord gebracht.«

»Mr. Snow?«

Karlstrom warf die Arme in die Luft. »Ich kann's nicht sagen — aber wer es auch ist, er erschwert die Lage sehr. Unsere Jungs kämpfen gegen Stürme, die durch die Gänge fegen, und werden mit Sitzen, Helmen, Luftflaschen, Lukendeckeln und allem Möglichen bombardiert. Der Schweinehund läßt alles durch die Luft fliegen, was nicht angeschraubt ist und verwendet es als Granaten und Raketen!«

»Was schlägt er also vor?«

»Er hat darum gebeten, daß Roz Brickman vom *Red River* zu ihm geflogen wird, damit sie … nun … ihre

Kräfte gegen den einsetzt, der all das macht. Er sagt, wenn sie den Burschen nicht ausschalten, könnten sie unmöglich den ganzen Wagenzug verlieren.«

»Hmmm ...« Der General-Präsident richtete die Aufmerksamkeit auf seine rechte Hand und trommelte einen kurzen Rhythmus auf die makellose Platte seines Schreibtisches. Dann musterte er Karlstrom mit einem durchdringenden Blick. »Und was haben Sie für Gefühle bei dieser Sache?«

»Wir haben sie schließlich aus *diesem* Grund auf den *Red River* gebracht. — Clearwater macht keine Probleme.«

»Sicher. Aber das kann auch an ihren Verletzungen liegen. Glauben Sie wirklich, sie könnte mit jemandem wie Mr. Snow fertig werden?«

Karlstrom zuckte die Achseln. »Wir kriegen es erst raus, wenn wir es versuchen ...«

»Und dabei eventuell sie *und* den Zug verlieren ...«

»*Das* Risiko besteht, ja.«

»Und außerdem müssen wir bedenken, was Clearwater eventuell anrichtet, wenn Roz nicht in ihrer Nähe ist. Der Gedanke, dem *Red River* könnte etwas passieren, behagt mir ganz und gar nicht.«

»Ich glaube, ich weiß, wie man das verhindern kann. Ich glaube, wir sollten Roz zur Lady schicken — aber erst, wenn Brickman und Malone zum *Red River* geflogen sind. Damit haben wir ein Pfand, das uns Gewalt über Clearwater gibt. Sie wird nichts unternehmen, was ihren Freund in Gefahr bringt.«

Der G-P nickte. »Das ist gut. Gut gemacht, Ben.«

Karlstrom lächelte. »Yeah, ich halte es auch für eine saubere Sache. Aber wir müssen schnell handeln, wenn wir die Lage zu unseren Gunsten verändern wollen. Kann ich davon ausgehen, daß ich Ihre Zustimmung habe, den Transfer vorzunehmen?«

Jefferson schaute ihn einen Moment lang an, denn breitete er die Arme aus. »Sie sind der Kopf der AMEXI-

CO, Ben. Roz gehört zu dem Team, das Sie zum *Red River* geschickt haben. Deswegen ... nehme ich an, daß die Entscheidung bei Ihnen liegt.«

Als der G-P sich aus seinem Sessel erhob, sprang Karlstrom auf. »Ja.«

Und es ist auch dein Arsch, um den es geht, Ben, alter Knabe ...

Mehr gab es nicht zu sagen.

»Halten Sie mich auf dem laufenden, falls was passiert.« Jefferson brach den Blickkontakt ab, beugte sich über die Monitortastatur und drückte den Knopf, der das Gesicht seiner ersten Privatsekretärin auf einen Schirm holte. »Nancy — könnten Sie einen Moment hereinkommen?«

»Ja, Sir!«

Jefferson wandte sich ab, um das computererzeugte Meer und die Wolkenlandschaft zu bewundern, die vor den gewölbten Scheiben des Oval Office sichtbar waren. Es handelte sich um eins der Lieblingsbilder des G-P: Cape Cod.

Als Nancy eintrat, ging Karlstrom, der wußte, was die Stunde geschlagen hatte, durch die Drehtür hinaus.

Nachdem Steve Cadillac zurückgelassen hatte, um den Funkverkehr zu manipulieren, rutschte er an einem Pfahl ins Unterdeck des Kommandowagens. Damit man ihn nicht versehentlich umbrachte, holte er sich ein Mutantenkriegerquartett und ging über die Rampe nach achtern unter den Bauch des Wagenzuges, um nach Mr. Snow und Jodi zu suchen.

In der Umgebung der ersten offenen Einstiegsrampe fand er die Leichen von Cat-Ballou, Purple-Rain, Diamond-Head und Lethal-Weapon. Keine der anderen uniformierten Toten war Mr. Snow. Jodi war auch nicht dabei.

Steve schritt, von seiner Eskorte umgeben, die Rampe hinauf und betrat den Zug. Verstreute Bahnbrecher-

Grüppchen hielten auf allen Decks im ganzen Zug die Stellung, aber im Gegensatz zu dem, was man Karlstrom erzählt hatte, waren der Flugwagen und das Lazarett längst in den Besitz der M'Calls übergegangen.

Verglichen mit der Grabesstille, die sich über den vorderen Kommandowagen gelegt hatte, war die Lage im Zuginnern einem bösartigen, chaotischen Rassenkrawall ähnlich, der sich in den Abwasserkanälen einer Stadt des Weltraumzeitalters abspielte.

Die Luft war voller Schlachtenlärm: wütendes Geschrei, Rufe, Keuchen, übermütiges Gebrüll, splitterndes Krachen, Donnern, Klopfen, das Trampeln rennender Füße und das gedämpfte Poltern von Splittergranaten. Und überall war Blut. Die Gänge waren voller Bahnbrecher- und Mutantenleichen, sie führten wie Trittsteine dorthin, wo der Kampf am heftigsten tobte.

Man konnte nur wenige zum Einhalten überreden. Wer nur die Zeit hatte, mit einem gerufenen ›Nein‹ die Frage ›Hast du den Meister gesehen?‹ zu beantworten, war schon wieder unterwegs, bevor Steve nachfragen konnte, ob er eine Sandgräberin mit einer rosafarbenen Narbe auf der linken Gesichtshälfte gesehen hätte. Er bat einen seiner Begleiter, zur Rampe zurückzugehen und nachzuschauen, ob man einen der Gesuchten im Heckabschnitt gefunden hatte.

Sekunden nach dem Abmarsch des Kriegers kam Blue-Thunder in Sicht, der oberste Krieger der M'Calls. Er kam aus der Gegend der Flugwagen und schwenkte einen Bahnbrecher-Karabiner mit einen blutigen, aufgepflanzten Bajonett. Er schwitzte und war blutverschmiert.

»Wir können unsere Clan-Schwester Clearwater nicht finden!«

»Ich weiß«, sagte Steve. »Aber mach dir keine Sorgen. Cadillac erklärt es euch später. Hast du Mr. Snow gesehen?«

Blue-Thunder schüttelte den Kopf. »Ich dachte, er wäre bei euch!«

»Nein. Er ist verschwunden!« Steve zog Blue-Thunder mit sich, trat an den Messingrutschpfahl in der Mitte des Treppenhauses zurück und gestattete es einer großen Kriegerhorde, durch den Korridor zu ziehen. Viele trugen abgetrennte Köpfe auf Bajonetten.

Ein Blutstropfen fiel auf Steves Handrücken. Als er nach oben schaute, sah er eine behelmte Leiche. Sie hing über dem Geländer, das zum Mitteldeck hinaufführte. Ihr Arm hing parallel zum Messingpfahl nach unten. Das Blut lief aus einer Halswunde über die Schulter des Toten und an dem steifen Arm entlang.

Noch bevor er das breite rote, schwarz eingefaßte Rangabzeichen sah, erkannte Steve die kräftige Hand und die dicken Finger. Der Arm gehörte Buck McDonnell. Nachdem er Jodi getroffen hatte, hatte er Big D kurz gesehen. Waren die beiden in Sichtweite voneinander gestorben?

Steve gab Blue-Thunder mit einer Geste zu verstehen, er solle warten, dann stieg er über die auf der Treppe liegenden toten Mutanten und erreichte den Spieß. Der mit Widerhaken versehene Armbrustbolzen, der aus dem Oberteil seines Helms ragte, sagte ihm genug. Im Gang hinter ihm lagen einige tote Mutanten. Noch weiter oben, auf dem Oberdeck, wurde immer noch geschossen.

Steve signalisierte seinen Begleitern, die Treppe und den Durchgang zum nächsten Wagen zu decken, dann trat er über McDonnell hinweg und ging in den Korridor.

Mehrere Seitenabteiltüren standen offen, und auf den Schwellen lagen Tote. Überall waren Trümmer verstreut. Die Tür zum ersten linken Abteil war verschlossen. Steve ging gedankenlos an ihr vorbei, dann fiel ihm das unterbrochene Gespräch mit Blue-Thunder wieder ein. Als er sich umdrehte, um nachzusehen, ob der

Krieger ihm die Treppe herauf gefolgt war, wurde sein Blick von einem Stück roten Kunststoffs angezogen, das aus dem Öffnerschlitz der verschlossenen Tür ragte.

Steve zog die Karte heraus. Es war eine Hochsicherheits-Schlüsselkarte jener Art, die nur Spieße und andere höhere Offiziere bei sich trugen. Und sie hatte im Schloß einer Strafzelle gesteckt. Steve prüfte die Tür mit den Fingerspitzen. Sie war fest verschlossen. Der Kartenbesitzer hatte entweder nicht die Zeit gefunden, sie zu öffnen, oder er hatte vergessen, sie nach dem Schließen abzuziehen. Was bedeutete, daß sich womöglich jemand in diesem Raum aufhielt.

Steve brachte Blue-Thunder und seine Eskorte mit einem warnenden Finger zum Schweigen, dann schob er die Schlüsselkarte wieder in den Schlitz und drückte einen sich in Schulterhöhe im Türrahmen befindlichen Knopf.

Ein schwarzweißer Mini-Monitor flammte auf. Er war mit einer Fischaugen-Kamera in der Zellendecke verbunden und zeigte den bewußtlos auf der Koje ausgebreiteten Mr. Snow. Sein Kopf zeigte zur Tür. Jodi Kazan kniete mit einem Gewehr in der anderen Ecke am Boden; bereit, auf jeden zu schießen, der den Raum betrat.

Steve lud Blue-Thunder ein, sich die Szene anzusehen, doch sie verwirrte den Mutanten nur. Er hatte, wie seine Gefährten, noch nie zuvor einen Bildschirm gesehen, und da er das von einem Weitwinkelobjektiv aufgenommene Bild zudem von oben zeigte, wußte er nicht, was er damit anfangen sollte.

»Der Meister ist hier drin«, flüsterte Steve. »Siehst du ihn nicht? Er liegt auf dem Bett da.«

Blue-Thunder musterte das Bild erneut und runzelte verwirrt die Stirn. »Aber … Er ist so klein wie ein Käfer!« Der Mutant tippte auf den winzigen Bildschirm. »Hält ihn ein böser Zauber in diesem Stein gefangen?«

»Ach, laß nur. Überlaß die Sache mir.« Steve schob

ihn zur Seite und schob seinen Mund an das Mikrofeld. »Jodi ...?«

Da man Jodi im vergangenen Winter in einer Zelle dieser Art in die Föderation zurückgebracht hatte, kannte sie ihren Aufbau. Sie zielte mit dem Gewehr auf Mr. Snow und auf die Tür, dann richtete sie sich auf und sprach in die Kameralinse hinter der kleinen, klaren Fläche an der Decke.

»Bist du's, Brickman?«

»Yeah. Jetzt hör mal zu ... Wir müssen miteinander reden.«

»Dann rede.«

»Nein. Persönlich. Ich muß dir einiges erklären. Aber zuerst mußt du einsehen, daß du nicht in Gefahr bist. Schieb die Flinte einfach unter die Koje und falte die Hände im Nacken. Ich verspreche dir, daß dir nichts passiert. Du hast mein Wort darauf.«

»Ach, wirklich?« Jodi packte die Waffe noch fester und drückte den Lauf an Mr. Snows Zwerchfell. »Dein Wort ist einen Scheißdreck wert, Brickman. Ich habe gesehen, mit wem du an Bord gekommen bist — mit Cadillac. Der Drecksack hat Dave umgebracht und die halbe *Lady* in die Luft gejagt. Wenn Buck McDonnell nicht gewesen wäre, wäre ich mit den anderen schon zwischen den Wolken!

Weißt du was? Man hat mich dafür verantwortlich gemacht! Ich habe es ausbaden müssen, und ...« — sie lachte kehlig — »das ist der allerbeste Witz: Ich habe mich für dich eingesetzt und geschworen, du hättest nichts damit zu tun! Und dabei hast du die ganze Zeit mit diesen Arschlöchern unter einer Decke gesteckt! Jetzt weiß ich, warum man mir ein Code-Eins-Verfahren angehängt hat!«

»Und was machst du dann hier?«

»Man hat mir eine Chance gegeben, mich zu bewähren, indem ich deine Mutantenfreunde mal befühle. Als ich an Bord kam, sollte ich eigentlich unter Hausarrest stehen, aber McDonnell hat Hartmann überredet, mich für die Zeit, die ich hier verbringe, wieder ins Team aufzunehmen. Wegen der alten Zeiten. Natürlich nicht zum Fliegen, aber für den ganz normalen Dienst. Eine nette Geste, was? Ich hatte keine Ahnung, daß ich in einem Duell mit dir enden würde.«

Steve sagte drängend: »Dazu braucht es nicht zu kommen, Jodi. Wir können uns schon irgendwie einigen.«

»Yeah? Über die Länge des Pfahls, auf den du meinen Schädel spießt?«

»Nein! Du bist bei mir sicher. Leg die Knarre hin und hör zu! Ich gehe in die Föderation zurück. Wenn du willst, nehme ich dich mit. Wir können für einander aussagen. Ich kann dir helfen, die Ärsche reinzulegen!«

Jodi antwortete mit einem höhnischen Lachen. »Wo lebst du eigentlich, Brickman? Im Märchenland? Du hast zuviel Regenbogengras geraucht! Weißt du, wo ich war, bevor sie mich in den Zug gelassen haben? In der Todeszelle! Wenn man mit dir zusammen ist, wird man nicht alt, mein süßer Fratz!«

Steve versuchte eine sanftere Tour. »Das bringt uns doch nicht weiter, Jodi. Du kannst doch nicht für immer da drin bleiben.«

»Ich bleibe hier drin, bis Buck McDonnell durch die Tür kommt. Kommt irgendein anderer, blase ich dem alten Beulenkopf das Hirn aus dem Schädel! Und das gleiche gilt für dich. Kapiert?«

Es sah nicht so aus, als würde es ihn weiterbringen, wenn er ihr sagte, daß der Spieß mit auslaufendem Hirn auf der Treppe lag. Und da ihr Gewehrlauf aus nächster Nähe auf Mr. Snow zielte, war es zu riskant, die Zelle zu stürmen. Sie konnte ihn umlegen, ehe die Tür weit genug offen war, um sie niederzuschießen.

In dieser Situation beschloß Mr. Snow, die Augen zu öffnen und seine Umgebung zu mustern. Er griff an seine verschrammte Stirn und ächzte. »Gütige Himmelsmutter ...« Er blickte in die Läufe des Gewehrs, dann musterte er Jodi mit seinen blaßblauen Augen und lachte leise und heiser. »Herrjemineh — das sieht aber wirklich gefährlich aus!«

Jodi zog sich in die Ecke zurück und zielte auf seinen Kopf. »Liegenbleiben! Wenn du aufstehst, schieße ich dich über den Haufen!«

Mr. Snow hob den Kopf ein weiteres Stück, dann sank er mit einem schmerzhaften Keuchen nieder und bedeckte sein Gesicht mit beiden Händen. »Ich versichere dir, es ist das letzte, wozu ich jetzt Lust hätte.« Er hustete und würgte, als hätte sein letztes Stündlein geschlagen.

Steve sah, daß Jodis Waffe schwankte, dann zuckte Mr. Snows Linke mit einer Bewegung, die zu schnell war, um sie zu sehen, vor, packte den Lauf und schob ihn von sich weg. Seine offenen Augen blitzten auf. Der ausgestreckte Arm, der ihn mit der Waffe verband, war wie ein stählerner Knüppel; seine Nerven und Muskeln waren angespannt und unnachgiebig. Ein Blitzableiter.

Jodis beidhändiger Griff um das Gewehr wurde fester, und alle Muskeln ihres Körpers spannten sich, als der Strom sie durchzuckte. Ihre Lippen entblößten zusammengebissene Zähne, und ihre Augen öffneten sich weit, als eine Reihe von Schlägen sie traf. Fünf harte Schocks, die sie vom Kopf bis zu den Zehen durchzuckten, dann ein sechster, der ihren leblosen Körper gegen die Zellenrückwand schleuderte.

Steve öffnete die Zellentür und eilte hinein. Mr. Snow machte Anstalten, sich hinzusetzen. »Bist du in Ordnung?«

»Nein, bin ich nicht!« fauchte Mr. Snow. »Als ob alles andere noch nicht genug gewesen wäre, hat irgendso ein Hornochse versucht, mir den Schädel abzuschlagen! Wenn die da nicht gewesen wäre, hätte er mir das Hirn zermanscht ...« Er befingerte seine aufgeplatzte, wulstige Stirnhaut und sagte: »Wie geht's voran?«

»Frag mich bloß nicht«, sagte Steve. Er musterte Jodis

zusammengesackten Körper und stieß einen Seufzer des Bedauerns aus. So hatte er es sich nicht vorgestellt. »Komm mit — ich bringe dich zu Cadillac.«

Im Sattel umarmten sich der alte und der junge Meister innig.

»Immer langsam«, grunzte Mr. Snow. »Ich bin sehr zerbrechlich.« Er sank in Hartmanns Sitz und musterte in einer Mischung aus Neugier und Abscheu die Umgebung. »Was für eine seltsame Welt. Wie kann ein Mensch, der all seine Sinne beisammen hat, in einer solchen Umgebung wohnen wollen?«

»Wir sparen uns die philosophischen Fragen lieber für später auf«, sagte Cadillac. Er schaute Steve an. »Es gibt gute und schlechte Neuigkeiten. Deine Freunde auf dem *Red River* haben zugestimmt, deine Blutsschwester herzufliegen, damit sie sich des Rufers annimmt, der uns angeblich Schwierigkeiten macht.« Er warf Mr. Snows halb liegender Gestalt einen Blick zu.

»Die schlechte Nachricht ist die, daß man sie gegen Malone und dich austauschen will. Ihr sollt zuerst rüberkommen. Was Malone angeht, so lasse ich ihn im Zuge einer tapferen Nachhut-Aktion auf dem Weg zum Flugdeck sterben. Aber wir haben keinen Dampf. Können wir eine Maschine starten lassen?«

»Ja. Die Katapulte werden von einem Reservetank gespeist, und der ist systemunabhängig. Auch wenn die Kabel unten sind, kann man ein paar Starts durchführen, bevor der Druck nachläßt.«

»Gut. Okay, dann zeig mir mal, wie das geht.«

Steve sah ihn überrascht an. »Ich soll jetzt schon gehen?«

»Yeah! Du wirst erwartet!«

Mr. Snow stand auf, trat auf Steve zu und verabschiedete sich von ihm. Als ihre Hände das Gelenk des anderen umspannten, erwies sich der Griff des alten Wortschmieds als überraschend kräftig.

»Leb wohl, Meister. Würdest du mir glauben, wenn ich sage, es tut mir leid, dich zu verlassen — besonders in solchen Zeiten?«

»So ist es geplant, Brickman. Du bist einen weiten Weg gegangen, um dein wahres Ich zu finden. Du bist dem Gipfel ziemlich nahe. Stürz nicht ab!«

»Ich tue mein Bestes …«

Cadillac und Steve kletterten durch ein Duckloch aufs Flugdeck hinauf. Mit Gewehren bewaffnete, in Beuteuniformen gekleidete M'Call-Krieger bemannten die Löcher, um die kreisenden Flieger zu der Annahme zu verleiten, Hartmanns Bataillon beherrsche das Zugdach noch immer.

An Deck stand ein Himmelsfalke Mark II mit offener Haube und gefalteten Schwanzfinnen bereit. Er hatte zwar mehrere Armbrusttreffer erhalten, doch keiner hatte etwas Lebenswichtiges beschädigt.

Cadillac musterte die bloßliegenden Fugen der Schwingen und Schwanzfinnen. »Wie entfaltet man sie?«

Steve war vorübergehend sprachlos. »Was? Warte mal 'n Moment. Mal sehen …« Er betrachtete die Schwingenfugen und schlug sich gegen die Stirn. »Idiot! Natürlich! Es geht hydraulisch! Man macht es vom Cockpit aus, wenn der Motor läuft.« Er beugte sich ins Cockpit und zeigte auf die Steuerungshebel. »Man schiebt den da nach vorn, bis er einrastet — so. Und der andere richtet die Schwanzfinnen auf.«

»Okay. Wir haken dich jetzt ein.«

»Moment, ich muß dir noch ein paar Dinge zeigen.« Steve führte Cadillac zum Heckduckloch an der Backbordseite und zeigte ihm die Steuermechanik zum Heben der Fangleinen, die sich mit dem Landehaken der einfliegenden Maschinen verbanden.

»Brickman, das weiß ich schon alles. Ich habe alles gelernt, was du gelernt hast.«

»Ja, nur nicht, wie man die Schwingen eines Mark II auseinanderfaltet.«

»Darüber hattest du doch auch nur unklare Vorstellungen.«

»Ja, aber es kostet nichts, wenn man die Dinge genau nachprüft. Die Klügsten machen immer die blödesten Fehler. Etwa, indem sie den falschen Wagenzug angreifen.«

Cadillac wandte das Gesicht zum Himmel. »Gütige Himmelsmutter! Hört das denn nie auf?!« Er drehte sich zu Steve um. »Verstehst du nicht?! Talisman hat uns geleitet! Deine Herren wollten uns hereinlegen, aber sie haben sich verrechnet!

Hätten wir den *Red River* angegriffen, hätte jeder an Bord sterben müssen — außer dir und Clearwater, denn ihr hättet erzählen müssen, man hätte deine Blutsschwester in die Berge verschleppt. Denk mal kurz darüber nach. Sind deine Herren so blöd? Dein Betrug wäre bald herausgekommen!«

»Da hast du recht«, gab Steve zu.

»Natürlich habe ich recht! So aber wird deine Blutsschwester freigelassen, wie der Meister es wollte, und du kehrst als blutbefleckter Held zurück! Als treuer Soldat und Bürger der Föderation, der sein Äußerstes gegeben hat, um seine Waffenbrüder zu beschützen.«

»Yeah ... Dann mal los!« Steve schob Cadillac ganz schnell zum vorderen Steuerbord-Duckloch und erläuterte ihm das Abschußkontrollband des Dampfkatapults.

»Ja, ja«, sagte Cadillac. »Komm, es geht schneller, wenn *ich* es dir erkläre ... Das da ist die Dampfdruck-Anzeige. Der oberste Knopf hebt das Katapult, der zweite schießt es ab, und der dritte drückt es wieder an Deck. Ich muß meine Meinung über die Sandgräber revidieren. Wie alle Systeme dieses Zuges hat man es für Idioten konstruiert — und die meisten von euch sind bestimmt auch welche!«

»Du hast etwas vergessen«, sagte Steve. »*Ich* bin ein Mutant.«

Er stieg an Deck zurück und kletterte ins Cockpit des Himmelsfalken. Sobald der Motor lief, entfaltete er die äußeren Schwingenplatten und Finnen. Die vor und unter den Schwingen gefalteten Zwillingsausleger sanken auf parallelen Schwungverbindungen nach unten und wurden durch hydraulische Druckkolben zum hinteren Schwingenrand ausgerichtet. Ein kleines, beleuchtetes Armaturendiagramm bestätigte, daß beide Schwingen und die Finnen eingerastet hatten.

Als Steve auf das Katapult zufuhr, traten Cadillac und ein Krieger vor, um den Himmelsfalken an die Abschußrampe zu haken.

»Braucht ihr irgendwelche Hilfe?« schrie Steve.

Cadillac schoß neben dem offenen Cockpit in die Höhe. »Jetzt aber wirklich, Brickman — ZISCH AB!« Er hielt ihm lächelnd die Hand hin. »Und paß auf unsere Schwester auf!«

»Mach ich«, sagte Steve. »Sorg du dafür, daß meiner nichts passiert!«

Cadillac verschloß die Cockpithaube und versetzte ihr zum Abschied einen Schlag. Der unmittelbar über dem Wagenzug kreisende Flieger betätigte den Sendeknopf. »Blue-Three an *Red River,* der Vogel ist unterwegs.«

»*Red River* an Blue-Three. Verstanden. Gibt's Neuigkeiten zu Ihrem letzten Lager?«

»Nein. Die Bahnbrecher halten noch immer das Dach, und die Mutanten sind unter dem Zug. Ende.«

»Verstanden, Blue-Three. Ballern Sie alles weg, was sich zeigt, damit keiner vergißt, daß Sie da sind. Aber achten Sie darauf, daß Sie den Zug nicht beschädigen. Wir möchten die *Lady* irgendwann wieder auf die Reise schicken.«

»Blue-Three hat verstanden. Ende.«

Roz, Don Wallis, Jake Nevill und der Rest der Sondereinheit versammelten sich nach Steves Landung auf dem Flugdeck. Die Bodenmannschaft des *Red River* kümmerte sich auf der hinteren Backbordseite gerade um seinen kampfzerbeulten Himmelsfalken, als auch schon die ersten beiden startbereiten Maschinen aus den Vorderaufzügen kamen und an den Katapulten einsatzbereit gemacht wurden.

Wallis' Blick wanderte über die herausragenden Armbrustbolzen und fiel dann auf Steve, der aus dem Cockpit kletterte. »Das sieht aber gar nicht gut aus ...«

»Keine Sorge«, sagte Steve. »Wir halten die Stellung. Sonst wäre ich nie da rausgekommen.« Er hielt inne und sagte dann: »Haben Sie schon gehört, daß ...«

»Die Sache mit Malone?« Wallis' Züge verhärteten sich. »Yeah. Hartmann ...« Er schluckte den Rest des Satzes hinunter.

»Es war ein schwerer Schlag, ihn zu verlieren«, sagte Steve. »Er war ein toller Bursche.«

»Der Beste ...« Wallis begrub seine Gefühle und wurde wieder zum lebhaften Teamchef. »Okay, Jungs — ab mit euch!«

George Hannah und Cal Parsons eilten zu der nun eingehakten und startklaren Maschine.

»Jake! Laß die nächste fertigmachen!« Wallis packte Roz' Arm. »Ihr habt eine Minute!« Er ging mit Nevill weg.

Daryl Coates und Tom Watkins gingen an Deck auf den dritten Himmelsfalken zu. Er fuhr mit einem angebrachten Kumpelschlepper gerade aus dem hinteren Steuerbordlift.

Roz und Steve zögerten einen Moment lang, dann fielen sie einander in die Arme. Als sie sich voneinander lösten, hielten sie sich an den Unterarmen fest. Der Luftschraubenstrahl der Propeller glättete ihre Kleidung und riß ihnen die Worte von den Lippen.

»Warum ist das passiert, Roz? Wohin willst du? Was hast du vor?«

»Ich kann es nicht sagen!« rief sie. »Ich freue mich nur, ein Teil davon zu sein. Du nicht?«

Steves Griff wurde fester. »Ich habe Angst. Verheimlichst du mir auch bestimmt nichts?«

»Nein. Warte — hast du meine Nachricht über Annie bekommen?«

»Annie?«

»Ja, es ist lange her. Offenbar hat sie dich nicht erreicht. Sie war gar nicht unsere Mutter, Steve.«

»Ja ... Nun, zusammen mit dem, was wir jetzt wissen, ergibt es einen Sinn ...«

»Aber verstehst du nicht, was ich meine? Du bist nicht mein Bruder! Und ich bin nicht deine Schwester!«

»Es gibt keinen Grund, sich darüber zu freuen.«

»Ich freue mich, weil wir nun *frei* sind! Frei vom schlechten Gewissen und dem Druck unserer Beziehung. Frei, um der Liebe Ausdruck zu verleihen, die wir empfunden haben oder anderen schenken können. Um dem *Weg* zu folgen, Steve!«

»Ach, verdammt! Ich möchte dich nicht verlieren, Roz!«

»Du verlierst mich nicht, Steve. Unser Leben ist durch eine Macht miteinander verbunden, die einem Ziel dient, das viel größer ist als unser Bedürfnis füreinander.«

Steve nickte. »Wieso habe ich plötzlich den Eindruck, daß du viel klüger bist als ich?«

»War ich das nicht immer, Brüderchen?«

Steve zerzauste spielerisch ihr Haar, dann drückte er sie noch einmal an sich. »Paß auf dich auf. Die Welt da draußen ist hart.«

»Du auch ...«

Sie warfen einen Blick über das Flugdeck. Die fünf Mexikaner hatten sich um Wallis versammelt. Er sah sich zu Roz um und winkte ihr. Roz signalisierte ihm, daß sie käme.

»Wissen die Burschen eigentlich, was sie tun?«

»Sie glauben es.« Roz küßte ihn schnell auf den Mund, dann trat sie zurück. »Paß auf Clearwater auf!«

»Mach ich.« *Falls man mich läßt* ... Steve folgte ihr über das Flugdeck. »Hör zu! Ich weiß zwar, daß es eine dumme Frage ist, aber ... Sehen wir uns wieder?«

Roz schenkte ihm noch ein geheimnisvolles Lächeln. Allmählich wurde es zur Angewohnheit. »Das hängt von dir ab.«

Steve trat mit Wallis beiseite, als Roz sich im Inneren des Kumpelschleppers in eine mit dem Gesicht nach unten liegende Stellung schlängelte und der Reißverschluß um sie herum zugezogen wurde. Der Kumpelschlepper sah wie ein winddichter Schlafsack mit transparenter kunststoffventilierter Kapuze aus, die Kopf und Schultern bedeckte.

Hannah und Coates starteten als erste, dann wurde Nevills Himmelsfalke eingehakt. Der Motor brüllte auf, dann kam das gewohnte *Schuuuummm!* laut. Roz war weg, kleine Dampfwölkchen kräuselten vor den Ventilen des Katapultgestells. Sie war weg, ohne Abschiedswinken ...

Steve ließ die Hand sinken und schluckte den Klumpen in seiner Kehle hinunter. Der dritte Himmelsfalke mit Cal Parsons im Kumpelschlepper und Tom Watkins an den Kontrollen wurde nach vorn gebracht und kam an die Reihe.

Als die drei Himmelsfalken mit Roz und den fünf Mexikanern über der *Louisiana Lady* auftauchten, erblickten sie auf dem Dach eine beeindruckende Menge behelmter und Tarnkleidung tragender Bahnbrecher. Hannah, er steuerte die erste Maschine, flog niedrig an dem Zug vorbei, bevor er mit Parsons landete, um den Zustand des Flugdecks zu prüfen. Wallis hatte ihm befohlen, zuerst runterzugehen und festzustellen, ob alles in Ordnung sei. Nach Erhalt seines Signals sollte Nevill dann Roz hinunterbringen, dann kamen Watkins und Coates.

Mr. Snow, den man mit sanftem Zwang wieder dazu gebracht hatte, einen Wagnerhelm aufzusetzen, hockte neben Cadillac in einem Duckloch, der den Himmelsfalken hereinlotste. An den Flugdeckseiten standen uniformierte M'Call-Krieger, sie waren bereit, sich auf die Beute zu stürzen.

Mr. Snow sah seinen Schützling bewundernd an. »Du erstaunst mich. Woher hast du all dieses Wissen?«

»Von vielen Leuten, aber hauptsächlich von Brickman. Wir haben Glück, daß er neugierig ist. Und jetzt — zum letzten Mal! — machst du das Visier zu!«

Die drei Himmelsfalken aus dem Bestand der *Lady*, die den Zug umkreisten und hin und wieder Salven abfeuerten, flogen in V-Formation vor Hannah her, als er zum Landeanflug ansetzte. Die beiden Flankenmaschinen beschossen den Boden an beiden Seiten des Zuges, um die Mutanten daran zu hindern, auf Hannah und seinen Passagier zu schießen. Der Himmelsfalke — seine Klappen und der Fanghaken waren unten — kam über dem hinteren Kommandowagen heran.

Cadillac sprang an Deck und rannte los, während zwei Krieger Mr. Snow aus dem Duckloch zogen. Um sich nicht den wirbelnden Propellern auszusetzen, löste er das Hakenkabel und spielte die Rolle des Deckmeisters. Er signalisierte dem Piloten, er solle die Schwingen einfalten und auf den vorderen Backbordlift zurollen.

Mr. Snow und eine Handvoll verkleideter Krieger holten ihn ein, als Hannah auf der Liftplattform stand und das Triebwerk abschaltete. Die Bahnbrecher auf dem Flugdeck wirkten auf den Mexikaner eigenartig unorganisiert, doch im Moment hatte er noch keinen Grund anzunehmen, daß irgend etwas nicht stimmte. Schließlich ging es hier nicht um eine läppische Schießerei.

Cadillac öffnete den Kumpelschlepper und erhaschte einen Blick auf eine eindeutig männliche Gestalt. Parsons. Nun war Hannah, sein Partner, aus dem Cockpit.

»Wo ist das Brickman-Mädchen?« fragte Cadillac.

»Da oben.« Hannah deutete mit dem Daumen himmelwärts und half Parsons, sich aus dem Kumpelschlepper zu befreien. Er warf einen Blick auf die maskierten Gestalten, die sich um die Maschine versammelten und fragte sich, warum sie nicht nach außen schauten, um die Mutanten umzunieten, die es wagten, die Nase unter dem Zug hervorzuschieben. »Wer hat hier das Kommando?«

»Ich«, sagte Cadillac.

Parsons, der nun neben seinem Partner stand, hustete. Er hielt sich eine Hand vor den Mund und wandte sich an Hannah. »Schau dir mal das Abzeichen an ...«, sagte er leise.

Hannahs Blick heftete sich auf Cadillacs Uniform, und er sah einen Aufnäher der 5. Fernmelde-Aufklärungs-Schwadron. Das war die Ködereinheit, die Malones Abtrünnige und die M'Calls aufgerieben hatten. »Was ist mit dem Chef der Landemannschaft passiert?«

»Ist verwundet. Liegt im Lazarett.«

»Und wo steckt der Flugeinsatzleiter?« verlangte Hannah zu wissen.

»Er ist tot.«

»Ach, Scheiße! Pete Carmichael?«

»Yeah ...«

Hannah machte einen Schritt zurück. Parsons wurde ergriffen, doch bevor man Hannah erwischte, hatte er die Pistole aus dem Holster und zielte auf Cadillacs Gesicht.

»Reingefallen, mein Bester! Es war ein falscher Name. Und du trägst die falsche Uniform! Was, zum Henker, geht hier vor?«

Mr. Snow schob das Visier hoch und drückte die ihn abschirmenden Krieger beiseite. »Hier findet ein Kampf statt, mein Freund! Den IHR verliert!«

Hannah versuchte das ihm völlig unverständliche Verlangen zu beherrschen, die Pistole wegzuwerfen. Sie schwankte in seiner Hand. Sein Verstand sagte ihm, daß es gar keine Pistole war. Es war eine Schlange, und sie ringelte sich um seine Faust!

Er öffnete mit einem entsetzten Aufschrei die Hand und schleuderte das abscheuliche Biest von sich. Und als die Pistole auf das Flugdeck schepperte, erfüllte eine Stimme seinen Geist und drängte alle anderen Gedanken und Empfindungen fort.

Tu alles Erforderliche, um das Mädchen zu uns zu holen ...

Hannah bewegte sich wie ein Schlafwandler, er langte ins Cockpit und schaltete sich in den Funkverkehr ein.

Jake Nevill, der mit der neben dem Cockpit liegenden Roz über dem Zug kreiste, hörte ein statisches Rauschen im Kopfhörer, und Hannah meldete sich.

»Weißer Ritter Eins an Glucke. Die Sitzstange ist grün und sauber. Bring den Vogel zum Grill.«

»Glucke hat verstanden.« Nevill blickte über seine Schulter auf den von Coates gelenkten Himmelsfalken, der rechts unter ihm war. »Weißer Ritter Zwei, verstanden? Ende.«

»Weißer Ritter Zwei, verstanden. Wir kommen hinterher.«

Von einem wunderbaren Glücksgefühl erfüllt nahm Hannah seinen Helm ab, warf ihn auf den Pilotensitz und blieb aufrecht stehen, um sich anzusehen, was nun passierte. Auch Parsons Widerstand war erlahmt. Sie verhielten sich wie Geflügel, das — an den Beinen gepackt und mit dem Kopf nach unten — das Unausweichliche hinnimmt und widerstandslos den Tod erwartet.

»Bringt sie runter!« Als die Mexikaner abgeführt wurden, wandte Cadillac sich an Mr. Snow. »Warte hier!«

Er lief über das Flugdeck, sprang in das Duckloch des Deckmeisters und nahm Funkverbindung mit den über ihnen schwebenden Maschinen auf. »Lady-Lady an Glucke. Bodenwind zwei-sieben-fünf, Geschwindigkeit eins-null. Auf zur letzten Runde. Ende.«

»Glucke hat verstanden. Zwei-sieben-fünf, Geschwindigkeit eins-null.«

Cadillac schaute zu, wie der Himmelsfalke nach links abschwenkte — auf die kurze Querwindstrecke über dem Lärchenwald hinter dem End-Kommandowagen. Die dritte Maschine, von Coates geflogen, kam mit dem Wind aus westlicher Richtung und führte die gleiche Wendung durch.

»Glucke, letztes Wendemanöver, Ende.«

Cadillac wurde von einem zunehmenden Gefühl der Erregung gepackt. Wie wunderbar glatt doch alles ging. Und nur *ihm* hatte es gelingen können! Jetzt, wo Brickman nicht mehr da war, gab es auch keinen mehr, der ihm die Schau stahl.

Wieder flogen die Patrouillenmaschinen voraus und ebneten Nevills Landemanöver den Weg. Dann, als Weißer Ritter Zwei mit Watkins und Coates an Bord über dem Lärchenwald wendete, zog das Himmelsfalken-Trio über die Zwillingsflüsse hinweg und schwebte dem Zug und der sich nähernden Maschine entgegen.

Auf dem Flugdeck hakten behelmte und Kampfanzüge tragende Bahnbrecher Nevills Himmelsfalken los und winkten ihn nach vorn. Zwei Soldaten nestelten bereits an dem Kumpelschlepper, den Roz eilig von innen öffnete.

Nevill schaltete das Triebwerk ab, klappte die Cockpithaube auf und wollte aussteigen. »Lassen Sie das jetzt! Die Kiste muß zuerst aus dem Weg! Es sind noch zwei Burschen unterwegs ...«

Ein heftiger Dolchstoß ins Herz, den ihm eine maskierte und uniformierte Gestalt versetzte, ließ Nevill, während die drei Patrouillenflieger über ihm hinwegdüsten, auf der Stelle erstarren.

Mr. Snow setzte die gleiche Kraft ein, die er beim ersten Kampf gegen die *Lady* angewandt hatte. Sein Geist griff in die Ferne und erfüllte den Staffelführer mit dem überwältigenden und unerklärlichen Verlangen, die Maschine in seinem Blickfeld zu vernichten. Sie wurden zum Angelpunkt all dessen, was er haßte.

Coates, der an den Kontrollen des anfliegenden Himmelsfalken saß, rechnete damit, daß die auf ihn zukommenden Maschinen seitlich ausscherten. Doch statt dessen ballerte ein Geschoßhagel aus dem sechsläufigen Geschütz unter dem Bug der Leitmaschine, zerschlug seine Windschutzscheibe und riß ein klaffendes Loch in seinen Brustkorb.

Der im Kumpelschlepper steckende Watkins konnte sich nur hilflos festhalten und auf den Aufprall vorbereiten, den er wahrscheinlich nicht überlebte. Die steuerlose Maschine rutschte seitlich am Wagenzugdach ab, verlor beim Aufschlag ihre Steuerbordschwinge und segelte dem Boden entgegen.

Petrie, der verhexte Staffelführer, zog in eine enge Schleife nach oben, vollführte eine Rechtswendung nach unten, die ihn an die Backbordseite seiner überraschten Kollegen brachte, und drückte wieder den Geschützknopf. Nichts passierte. Die vielen erfolgten Bodensalven und der Frontalangriff auf Coates hatten das Magazin restlos geleert.

Obwohl der Abschuß die beiden anderen Piloten lähmte, wußten sie, daß irgend etwas schrecklich schiefgegangen war. Petrie war ausgerastet. Und auch sie hatten keine Munition mehr. Nun, da seine Maschine in dem Bemühen, sie zu rammen, über den Himmel raste, konnten sie nur noch eins tun — sich trennen, und zwar schnell. Sie stoben auseinander, beschleunigten, fegten auf Baumhöhe hinab, wo sie schwieriger auszumachen waren, und schickten dem *Red River* einen Notruf.

Petrie verfolgte sie. Mit jedem zurückgelegten Kilometer nahm sein Verlangen ab, die blauen Maschinen zu vernichten, und als er den Fluß erreichte, war es völlig verschwunden. Doch der Schaden war längst eingetreten: Mr. Snow hatte sein Ziel erreicht — er hatte den Himmel über dem Wagenzug gesäubert.

Als Roz aufs Flugdeck trat, wußte sie, wer Mr. Snow war, und zwar bevor er den ihn erstickenden Helm abgenommen hatte. Sie nahm seine ausgestreckten Hände, und ihre Geister stellten sich sofort aufeinander ein. Er sah unglaublich alt aus, sein Gesicht war verhärmt und eingefallen, aber in seinen Augen war noch jede Menge Leben.

»Ich dachte, du kämst niemals da raus.«

Von seinem schelmischen Lächeln entzückt, drückte Roz fest seine dünnen, knochigen Finger. »Wir haben lange gewartet, Meister.«

»Zu lange, mein Kind. Die Zunge, die dich begrüßt, muß sich im gleichen Atemzug von dir verabschieden.«

Roz nahm den Helm ab und fuhr sich mit den Fingern durch das kurze, kastanienbraune Haar. Sie warf den Kopf zurück, holte tief Luft und genoß die kühle Berührung des Windes auf ihrem Gesicht. Dann, als sie die Augen öffnete, sah sie Cadillac.

Auch er war barhäuptig — und schien sprachlos zu sein. Kurz trafen sich ihre Blicke, dann wandte Roz sich wieder an Mr. Snow.

»Ist er der Krieger, der als Schwert Talismans bekannt werden wird?«

Mr. Snow, erheitert, daß Cadillac zeitweilig die Kontrolle über die Situation verloren hatte, lächelte breit. »Er hat die Eigenschaften eines Kriegers. Mit dir an seiner Seite könnte er sogar ein großartiger Krieger werden. Aber im Moment kennt man ihn nur als Cadillac.«

Der alte Wortschmied winkte ihnen, näherzutreten. Ohne daß sie jemand gebeten hatte, nahmen sie sich an der Hand und knieten vor ihm nieder. Während die versammelten Krieger schweigend zusahen, legte Mr. Snow die Hände auf ihren Kopf, hob das Gesicht zum Himmel und bat stumm um göttliche Leitung.

Als sie kam, schloß er die Augen und senkte den Kopf. Roz und Cadillac spürten, daß ihre Kopfhaut unter seinen Händen kitzelte.

»Es ist Talismans Wille, daß ihr euch vereint — in Blut und Atem und in Körper und Seele, denn ihr seid die Auserwählten und dazu bestimmt, sein Banner hochzuhalten und in seinem Namen große Dinge zu vollbringen! Möge sein Segen von diesem Tag an auf euch sein. Hiermit vermache ich euch alles, was mein war und flehe euch an, euren Geist zu öffnen für die Kraft, die nur er verleihen kann.«

Mr. Snow öffnete die Augen und bedeutete ihnen, aufzustehen. »Genug!« Er schob sie zu dem Himmelsfalken, mit dem Roz gerade gekommen war. »Geht! Bevor es zu spät ist!«

»Gehen?! Wohin denn?!« schrie Cadillac.

»Nach Westen, junger Mann! In die Berge! Einem neuen Anfang entgegen!«

»Aber ...« Cadillac ging alles viel zu schnell. Er gab sich ja schon Mühe, die Enthüllung zu verkraften, daß Talisman diese wunderschöne junge Frau auserwählt hatte, seine Lebensgefährtin zu sein — vorausgesetzt, er interpretierte die Worte des Meisters richtig! Zugegeben, schon beim allerersten Blick hatte sie in die Tiefe seines Wesens hineingelangt, aber trotzdem ... In eine Verpflichtung wie diese durfte man nicht hineingestürzt werden. Zwar war sie schlagartig in sein Leben getreten und hatte sein Herz wie einen Bolzen aus dem Nichts durchdrungen, aber sie war ... Brickmans Schwester! Und zu allem Übel hatte der Meister seinem Schluß nun noch eine unerwartete Wendung verliehen ...

»Aber ... meine Blutsbrüder und meine Schwestern! Du wirst wahrscheinlich hier sterben, Meister, aber was wird aus ihnen?«

»Schau dich um!« Mr. Snow breitete die Arme aus und deutete auf den Horizont.

Als Cadillac sich umschaute, spürte er, daß das Blut

in seinen Adern gefror. So nahe, daß scharfäugige Mutantenaugen sie leicht sehen konnten, näherten sich vier weitere Wagenzüge — sie kamen aus Norden, Süden, Osten und Westen. Der Clan konnte sich nicht zurückziehen. Er konnte nur bleiben und kämpfen.

»Es betrübt mich, dir widersprechen zu müssen, Meister, aber wenn ich deinem Wunsch folge, bin ich ohne den kleinsten Fetzen Ehre. Ich habe unsere Bären und Wölfinnen an diesen Ort gebracht. Ich kann nicht von hier fliehen und meinen Clan dem Tod aussetzen.«

»Ich, ich, ich!« schrie Mr. Snow. »Mußt du eigentlich immer nur an dich denken? — Talisman hat dieses Sternenkind deiner Obhut anvertraut! Euer Weg ist vorgezeichnet. Folge ihm, und schau nicht zurück!«

»Aber ...«

Mr. Snow schlug fest gegen Cadillacs Brust und zwang ihn so, sich rückwärts dem Himmelsfalken zu nähern. »Der M'Call-Clan *wird* nicht sterben! Er ist unsterblich! Wenn die Geschichte unserer Nation geschrieben wird, und das wird sie eines Tages, wird man sich an unser heutiges Opfer als einen der ersten ruhmreichen Schritte auf dem Weg zum Endsieg erinnern!«

»HEEEJJJ-JAHH!« brüllten die zuhörenden Krieger.

»Aber du hast mir noch immer nicht gesagt, was ich tun soll!«

»Eben! Ich gebe dir keine Ratschläge mehr! Hör auf, nur an dich zu denken! Lausche den Himmelsstimmen!«

Cadillac und Roz fanden ein Dutzend Hände, die bereit waren, ihnen dabei zu helfen, in dem Himmelsfalken auf dem unbenutzten Katapult Platz zu finden. Hannahs Maschine, die auf dem Nebenlift stand, war im Weg und wurde kurzerhand über Bord gekippt. Cadillac prüfte die Dampfdruckanzeige und erklärte Mr. Snow das Steuergerät.

»Weißt du auch genau, welchen Knopf du drücken mußt?«

»Ich bin nur *alt*, nicht schwachsinnig, du frecher Schlingel! Deine Beförderung ist dir wohl zu Kopf gestiegen?« Er begleitete Cadillac zum Himmelsfalken zurück. Roz war schon im Kumpelschlepper an Ort und Stelle, aber sie hatte die Kapuze des Flugsacks noch nicht geschlossen.

»Weiß er, wie man das Ding fliegt?«

»O ja. Das ist ein Problem. Er weiß zwar viel, aber nicht über Dinge, die wirklich zählen.« Mr. Snow tätschelte liebevoll ihre Schulter. »Ich verlasse mich darauf, daß du ihm etwas Vernunft einbleust.« Er trat an den Bug der Maschine und winkte Cadillac ein Lebewohl zu.

»Du wirst mir fehlen, Meister ...«

»Unsinn! Wenn das wahr wäre, hieße es, daß du noch nicht reif bist. Soll das etwa heißen, daß die ganzen Jahre meiner Ausbildung umsonst waren?«

»Nein, aber ...«

»Dann ab mit dir!« schrie Mr. Snow. Er verbarg seine heimliche Liebe für das launische, talentierte Kind, dessen Geist er von seinem ersten Lebensjahr an genährt hatte. »Los! Wir haben hier zu tun!«

Der Kommandostab des *True Grit*-Wagenzugs, der am Ufer des North Platte entlang nach Westen fuhr, sah, daß der Himmelsfalke vom Deck abhob. Man beobachtete ihn durch eine Teleoptik und stellte fest, daß er an Höhe gewann und sich Wyoming zuwandte.

Der Flugeinsatzleiter machte zwar einen Versuch, sich auf der Standardfrequenz mit der Maschine in Verbindung zu setzen, aber sie antwortete nicht. Bevor einer seiner eigenen Himmelsfalken aufsteigen und sie abfangen konnte, verschwand sie in einer dichten Wolkenbank. Die vier näherkommenden Wagenzüge hatten den Befehl, alle Maschinen an Bord zu behalten, um die M'Calls nicht zu warnen. CINC-TRAIN wollte jeden einzelnen tot sehen — und nicht, daß sie in den Bergen untertauchten.

Auf dem *Red River*, der sich momentan hundertsechzig Kilometer östlich der Staatsgrenze von Nebraska/Kansas aufhielt, machte Wallis sich unterdessen zunehmend Sorgen. Fargos Stab hatte sich auf Hartmanns Funkbotschaften verlassen, die besagten, seine Leute würden mit den Angreifern fertig, doch nun meldete auch er sich nicht mehr.

Hartmanns Verschwinden fiel mit der Ankunft Roz Brickmans und des Weißen Haus-Teams zusammen. Nevill war nach der Freigabe durch Hannah und Parsons gelandet; seither war die Lage völlig chaotisch. Es war zu einem unglaublichen Zwischenfall gekommen, in dem der *Red River*-Pilot Petrie die entscheidende Rolle gespielt hatte. Petrie war an die *Lady* ausgeliehen worden, um ihre Piloten an Mark II-Maschinen zu schulen. Der Zwischenfall hatte zwei von Wallis' Kollegen das Leben gekostet und beinahe noch zwei weitere verlangt.

Der völlig verschreckte Petrie konnte trotz der Aussagen seiner Fliegerkollegen keine Erklärung seines Verhaltens geben. Er wußte nichts davon. Sein Gedächtnis war völlig leer. Er wußte nur eins: daß er hinter einem der anderen Piloten zum *Red River* zurückgeflogen war und den Landebefehl entgegengenommen hatte. Bis es in dieser Angelegenheit zu weiteren Ermittlungen kam, hatte man ihn offiziell von seinen Pflichten entbunden und in eine Zelle gesteckt.

James Fargo, der *Red River*-Wagenmeister, wurde aus der ganzen Sache nicht schlau. Wallis hingegen hatte Zugang zu den Akten von Jodi Kazans Verhör gehabt. Petries Verhalten und der Zwischenfall, der Roz' Ankunft auf der *Lady* begleitet hatte, waren einander zu ähnlich, um sie zu ignorieren. Hier war Erdmagie im Spiel. Das Werk eines Rufers. Wahrscheinlich Mr. Snow. Hatte er auch Roz überwältigt? Man würde die Antwort erst erfahren, wenn die *Lady* sich wieder über Funk meldete. Oder wenn — was ihm wahrscheinlicher erschien

— die vier Bahnbrecher-Bataillone, die nun in Gestalt des *True Grit*, des *King of Pecos*, des *Sands of Iwo Jima* und des *Overland Raider* an Ort und Stelle waren, den übel zugerichteten Wagenzug zurückeroberten.

Bis dahin würde der *Red River* noch weiter von der Szenerie entfernt sein. CINC-TRAIN hatte bereits den Befehl erteilt, nach Süden zu fahren und Brickman und die verwundete Mutantin zur weiteren Beförderung zum Hauptzentrum in Monroe/Wichita abzuladen. Fargo und seiner Mannschaft hatte die Nachricht beträchtlichen Streß verursacht. Man befahl ihnen zum ersten Mal, einem Kampf aus dem Weg zu gehen. Noch schlimmer machte es die Tatsache, daß sie seit über acht Wochen geradezu wild entschlossen waren, es der Mutantenbande zu zeigen. Diesmal hatten sie vierundzwanzig Stunden vor dem vermuteten Angriff erfahren müssen, daß die *Louisiana Lady* — ein echter Nullenzug auf dem Weg ins Nichts — den Lockvogel spielen sollte!

Nachdem Steve im Sattel des *Red River* Bericht über die allgemeine Lage der *Lady* zum Zeitpunkt seines Abflugs erstattet hatte, wurde er Wallis übergeben, der ihn nach den heikleren Aspekten des Unternehmens befragte.

Steve blieb bei der Geschichte, die er und Cadillac sich ausgedacht hatten. Nach zwei Stunden eines geduldig ertragenen Verhörs, das bei der Schlacht am Handelsposten begann und bei ›Malones Tod‹ endete, der ihn bei dem Versuch ereilt hatte, auf den Flugwagen zu kommen, ließ Wallis durchblicken, er habe genug Material für einen vorläufigen Bericht. Er gab Steve allerdings bekannt, daß man ihn eingehender zu diesen Themen verhören würde, sobald sie im Hauptzentrum waren.

Bis dahin war es erforderlich, daß er in Clearwaters Nähe blieb und sein ›Bestes‹ gab, um sie daran zu hindern, zu einer Bedrohung der Sicherheit des Wagenzuges und seiner Mannschaft zu werden.

Etwas barscher als üblich sagte Wallis: »Es heißt, sie hätten eine Beziehung zu dieser Möse aufgebaut. Ich weiß zwar nicht, wieviel Einfluß Ihnen das verleiht, aber Sie sollten ihr klarmachen, daß *Sie* dafür verantwortlich gemacht werden, wenn sie aus der Reihe tanzt.«

»Ich glaube nicht, daß es Probleme geben wird, Sir.«

Wallis' Gesicht war von Beklemmungen zerknittert. »Ich verstehe einfach nicht, warum Jake sich nicht meldet. Ich hoffe, es geht ihm und den anderen gut.«

Steve zuckte die Achseln. »Sie sind in eine schwierige Lage reingeflogen. Hartmanns Jungs haben zwar gute Arbeit geleistet, als ich starten wollte, aber sie waren auch ganz schön mit sich selbst beschäftigt. Deswegen habe ich auch vorgeschlagen, Roz zu holen. Hätte ich es doch nicht getan! Wenn ich gewußt hätte, daß Sie mich von der *Lady* runterholen, um auf Clearwater aufzupassen, hätte ich lieber die Klappe gehalten.«

»In diesem Spiel tut man immer, was der Vorgesetzte sagt. Auch ich muß Befehle befolgen.« Wallis musterte ihn kurz, dann sagte er: »Haben Sie ... ähm ... etwas von Roz gehört?«

»Nein, Sir.«

»Finden Sie das unter diesen Umständen nicht komisch? Nach allem, was ich weiß, sind Ihre geistigen Kontakte doch streßgebunden.«

»Ja, aber nur von ihrer Seite aus. Es funktioniert nicht immer andersrum. Es ist nicht komisch, nichts von ihr zu hören, es macht mir *Sorgen.*«

Wallis schien mit dieser Erklärung zufrieden zu sein. »Aber *wenn* sie sich meldet ...«

Die Lüge kam ihm leicht über die Lippen. »Sie sind der erste, der es erfährt.«

Wallis schlug auf die Tischplatte. »Okay, hören Sie, ich teile Sie dem Lazarettwagen zu. Melden Sie sich bei der Chefärztin — Michelle French. Sie werden bei ihrem Stab einquartiert, bis wir in Monroe/Wichita sind. Die

Nachtwache wird die Patientin beobachten, aber sonst untersteht sie Ihnen.«

»Vielen Dank, Sir.«

»Lassen Sie sie nicht aus den Augen.« Trotz seiner Besorgnis brachte Wallis ein Grinsen zustande. »Nachdem ich sie selbst gesehen habe, gehe ich davon aus, daß es Ihnen nicht allzuviel Arbeit macht.«

»Nein, Sir.«

»Okay, dann mal los!«

Clearwater öffnete die Augen und sah Steve neben dem Bett sitzen. Er war frisch geduscht und trug eine neue Uniform. »Endlich ... Wie geht es dir?«

»Jetzt, da ich dich sehe ... besser.«

»Die Ärztin hat gesagt, daß man den Verband vom Arm entfernen kann. In ein, zwei Monaten bist du wieder auf den Beinen.« Er berührte ihren Handrücken. »Wenn ich daran denke, wie du aussahst, als ...« Er verdrängte den Gedanken. »Aber das ist jetzt alles vorbei.«

»Vielleicht für dich. Sag mir, Wolkenkrieger — warum haben deine Herren mein Leben gerettet, wo sie doch in diesem Moment mein Volk töten?«

»Weil du wichtig bist. Sie hoffen, das Geheimnis deiner Kräfte zu ergründen.«

»Ich bin doch nur ein Kanal. Die Macht gehört Talisman.«

»Tja, nun, sie sehen es wohl anders.« Er nahm ihre Hand fest in die seine und bedachte sie mit einem innigen Blick. »Wir sollten uns um andere Dinge Sorgen machen.«

»Wo ist deine Blutsschwester?«

»Sie ist weg.«

Steves inneres Auge blickte auf die Siedlung der M'Calls hinab; er umkreiste sie wie ein Vogel. Aus den brennenden Hütten stiegen Flammen und Rauch in die Luft. Viele waren nur noch Ringe aus grauer Asche. Um sie herum lagen die Leichen kleiner Kinder und ihrer

Mütter. Der Clan hatte zu ihrem Schutz eine Wölfinnengruppe zurückgelassen.

Die einzigen sich bewegenden Gestalten trugen Kampfanzüge; eine Bahnbrecher-Einheit war aus dem Hinterhalt über sie hergefallen, um die Ausrottung des Clans zu vollenden. Und als das fliegende Auge tiefer schwebte, blickten einige von ihnen herauf und winkten triumphierend, während sie den Rest der Frauen und Kinder massakrierten.

Steve teilte mit Roz ein Gefühl äußerster Verlassenheit. Er neigte den Kopf und drückte einen Daumen und einen Finger gegen seine geschlossenen Augen, um die entsetzlichen Bilder zu vertreiben, doch sie waren in seine Seele eingebrannt.

Es ist alles mein Werk. Deswegen nennt man mich den Todbringer. O gütige Himmelsmutter! Wann hört das endlich alles auf?!

Clearwater sah den Schmerz in seinen Augen. »Ich sehe es auch, Wolkenkrieger. Ich teile dein Leid. Aber dies sind Dinge, über die man nicht sprechen kann.«

Steve verstand, was sie meinte. »Nein. Also ... Von jetzt an gibt es nur noch dich und mich.«

Gegen die geballte Macht der Föderation ...

Nicht *nur* dich und mich, dachte Clearwater. Doch die Nachricht konnte warten. Sie drückte seine Hand und nickte. »Die Reise fängt an.«

»Ja ...« *Doch wo wird sie enden?*

Trotz Brickmans kooperativen Verhaltens reichte das Verhör nicht aus, um Wallis eine Antwort auf die große Frage zu geben. Wie das momentane Gefecht auch letztendlich ausging, der Angriff der Mutanten auf die *Lady* war offensichtlich sorgfältig vorbereitet worden. Doch wieso hatten sie so weit im voraus gewußt, wo der Wagenzug hinfuhr?

Brickman, äußerlich ein Ausbund an Gelassenheit, hatte dem, was Wallis aus den von Malone während der

Flucht übermittelten Funkbotschaften wußte, nichts Wichtiges hinzufügen können. Er hatte behauptet, alles getan zu haben, um sie vor dem anstehenden Angriff zu warnen, und obwohl er wiederholt geäußert hatte, es hätte ihm auch besser gelingen können, konnte auch er keine Erklärung liefern, wieso die Mutanten die *Lady* erwartet hatten.

Der junge Mann hatte ein doppeltes Trauma erlitten — den Angriff auf den Wagenzug, zu dessen Besatzung viele seiner alten Kameraden und Offiziere gehörten, und den Tod Malones und der anderen Mexikaner. Von dem schlechten Gewissen, das alle Überlebenden heimsucht, am Boden zerstört, fühlte er sich für beides persönlich verantwortlich, und in seinem Bemühen, sich zu entlasten, hatte er gestanden, nicht gemeldet zu haben, daß die M'Calls glaubten, Cadillac könne zukünftige Ereignisse vorhersagen.

Wallis löschte die vagen und irgendwie peinlichen Hinweise auf die Seher und die Sehsteine aus den Unterlagen. Obwohl er Zugang zu den COLUMBUS bekannten Informationen über Rufermutanten hatte, teilte er die Skepsis seines Chefs. Die Themen ›Begabte Mutanten‹ und ›Psionik‹ waren spekulativer Treibsand, in den man sich als vernünftiger Mensch nur auf eigene Gefahr hineinbegab.

Irgendwann würden Brickmans geistige Narben heilen. Ihm mußte klar werden, daß man die Verantwortung für derlei Katastrophen — falls überhaupt — nur selten Einzelpersonen zuschieben konnte. Auch wenn das System einen Sündenbock brauchte, die Ermittlungen zeigten immer, daß scheinbar zusammenhanglose Handlungen und Entscheidungen vieler Menschen für ganze Reihen von Umständen sorgten, unter denen solche Dinge passierten.

Wallis schätzte sich doppelt glücklich — erstens, weil man ihm befohlen hatte, das Fort zu verteidigen statt mit dem Rest des Teams zu dem kampfbereiten Wagenzug zu fliegen, und zweitens, da die Anweisung, Roz Brickman zu verlegen, direkt von Karlstroms persönlichen Schreibtisch gekommen war. Nevill hatte zugesehen, als er die kodierte Buchstabenreihe auf dem Bildschirm übersetzt und sich in den Comms-Systemspeicher eingeloggt hatte, um eine vollständige Projektdatei anzulegen. Wenn man so heikle Fälle bearbeitete, war es immer ratsam, sich eine Rückendeckung zu verschaffen.

Ein pedantischer, durch das andauernde Schweigen seiner Männer auf der *Lady* ausgelöster Gedanke ließ Wallis das Log noch einmal überprüfen. Nun zeigte sich, daß es unmöglich war, die Aufzeichnung von Karlstroms Befehl, Roz Brickman zur *Lady* zu bringen, auf den Schirm zu holen. Wallis verbrachte mit wachsender Verzweiflung mehrere Stunden damit, dem Systemspeicher den schicksalsträchtigen Befehl zu entlocken, aber er war nicht mehr da.

Es gab nur zwei Erklärungen für sein Verschwinden, und beide warfen finstere Schatten auf seine Karrierechancen. Er war entweder einer neuerlichen phantastischen Illusion Roz Brickmans zum Opfer gefallen, oder sein Vorgesetzter hatte ihn gelinkt. Vielleicht hatte die Botschaft, die Nevill und er gesehen hatten, nur in ihrer Einbildung existiert — und zwar genau so lange, wie sie zum Handeln gebraucht hatten. Die Alternative war noch niederschmetternder.

Ray Ramsay, der Flugeinsatzleiter des *Red River*, klopfte an die Außenwand des Frachtcontainers und schob den Kopf durch den Eingang. »Eine Nachricht vom Wagenmeister. Sieht so aus, als wäre Hartmanns Bataillon verloren. Die *Lady* steht in hellen Flammen.«

»Verflucht!« Wallis bedeckte sein Gesicht mit der Hand.

»Den kompletten Schaden kennen wir noch nicht. Die Hilfseinheiten, die bei der *Lady* sind, räumen noch auf. Commander Fargo läßt fragen, ob Sie in sein Quartier kommen wollen, um die eingehenden Meldungen mitzuhören.«

»Danke. Ich komme gleich. Ich muß nur noch eine Kleinigkeit erledigen.«

Als Ramsay gegangen war, überlegte Wallis sich sämtliche Schritte, dann schloß er die Tür des Frachtcontainers, setzte sich vor den leeren Bildschirm, schaltete seine Pistole auf Dauerfeuer, drückte den Lauf an seine Brust und zog ab.

14. Kapitel

»Es ist vorbei. Ich habe es gerade von CINC-TRAIN gehört.« Der General-Präsident lud Karlstrom ein, am knisternden Kamin Platz zu nehmen. Die Holzscheite waren zwar aus Gußeisen modelliert, die glühende Asche bestand aus Katzensilberflocken, und die Flammen kamen aus einer Gasleitung, aber der Effekt wirkte durchaus echt.

Karlstrom fragte sich, warum ihn die Nachricht nicht durch seine eigenen Spitzel erreicht hatte. Er konnte Überraschungen nicht ausstehen. »Und die *Lady?*«

Jefferson streckte die Hände nach den Flammen aus. »Ich fürchte, ein Totalverlust. Die Köpfe des Großteils der Besatzung stecken nun auf irgendwelchen Pfählen. Die Mutanten — inzwischen ist bestätigt worden, daß es *wirklich* die M'Calls waren — sind rund um den Zug in Stellung gegangen und haben die Bahnbrecher beschossen, als sie rangingen, um sie auszulöschen.

Mit der unterstützenden Feuerkraft der Züge war die Sache zwar in zehn Minuten vorbei, aber als sie zu Boden gingen, flog der Wagenzug in die Luft. Wie, weiß niemand genau. Es heißt, es war eine Mischung aus Napalm, Treibstoff und Sprengstoff aus den Bordmagazinen. Sie müssen es im ganzen Zug verteilt haben ...

Jedenfalls hat es einen Feuersturm ausgelöst und die *Lady* völlig unbrauchbar gemacht. Und dann ... ist sie einfach in die Luft geflogen.«

»Und Mr. Snow?«

»Keine Spur von ihm. Aber von den Hunderten, die an Bord umgekommen sind, ist praktisch nichts übriggeblieben. Trotzdem ist es eigenartig ...«

»Wieso?«

»Mit der letzten Explosion kam ein schweres Beben. Die Erde ist an vier Stellen aufgerissen, und tiefe Spalten liefen auf den *True Grit* und die anderen Züge zu ...«

»Oh, Schei ...«

Der G-P hob besänftigend die Hand. »Schon in Ordnung, sie haben sie nicht erreicht. Aber es war genug, um die Männer umzuwerfen ... Und es hat einige Strukturschäden gegeben.«

»Aber nichts Ernsthaftes ...«

»Wir kriegen die Schadensmeldungen, nachdem sie in Fort Worth geprüft wurden. Natürlich halten wir alles geheim. Aber ich möchte Ihnen noch etwas sagen: Als die *Lady* explodierte und die Erde sich auftat, schoß ein weißer, an den Rändern regenbogenbunter Lichtstrahl aus ihrer Mitte. Die Zugkameras haben alles gefilmt. Man schätzt, er war ungefähr siebzig Meter hoch. Es schien in die Luft zu zucken und sich aufzulösen ...« Jefferson schnippte mit den Fingern. »Komisch, was?«

»Kann man wohl sagen. Hoffen wir, daß Mr. Snow ihn erzeugt hat. Was ist mit Cadillac und Roz Brickman?«

»Auch von ihnen keine Spur. Aber da unser junger Held keine sichtbaren Anzeichen von Qual zeigt, müssen wir davon ausgehen, daß wenigstens sie noch lebt. Kurz vor dem Gegenangriff hat man von der *Lady* aus einen Himmelsfalken aufsteigen sehen. Und wir wissen, daß Cadillac fliegen kann ...«

»Jaaa ...«

Der G-P hob erwartungsvoll die Brauen, aber Karlstrom reagierte nicht auf die Aufforderung. »Angenommen, eine Absprache hat nicht existiert. Dann müssen sie sich ... äh ... Wie soll man es ausdrücken? Dann müssen sie sich doch irgendwie verständigt haben. Nach dem, was Sie mir über die Fähigkeiten der jungen Dame erzählt haben, ist es unwahrscheinlich, daß man sie zu irgend etwas zwingen kann.«

»Nein. Aber ›Verständigung‹ ist vielleicht ein zu festgelegter Begriff. Angesichts ihrer Situation ... in die sie buchstäblich hineinkatapultiert wurde... könnte sie sich vielleicht entschieden haben, den Weg des geringsten Widerstandes zu gehen.«

Der G-P dachte darüber nach. »Sie glauben also, sie arbeitet noch immer für uns ...«

»Ich glaube, wir sollten davon ausgehen, bis ein gegenteiliger Beweis existiert. Brickman hat alles getan, um uns zu warnen, daß die Dinge schiefgelaufen sind, und sowohl Hartmann als auch Malone haben seine Bemühungen bei der versuchten Rettung des Wagenzuges hervorgehoben. Ich glaube, wir sollten im Zweifelsfall zu den Gunsten der beiden entscheiden.«

»Hmmm, ja, ich neige dazu, Ihnen zuzustimmen. Es gibt aber eins, das ich gern klären möchte. Wieso hat man Roz angesichts dieser Lage zur *Lady* gebracht?«

Karlstrom breitete die Arme aus. »Das kann ich nicht sagen, aber ich hoffe, ich kenne die Antwort bald. Wie Sie wissen, habe ich Sie in dieser dringenden Angelegenheit konsultiert. Wallis hat mich zu einer Entscheidung gedrängt. Meine Befehle waren ziemlich klar: Brickman und Malone sollten, *bevor irgend etwas anderes in Angriff genommen wird,* zum *Red River* fliegen und uns einen vollständigen LagBer liefern. Ich wollte dafür sorgen, daß das, was von Hartmanns Bataillon noch übrig war, weiterhin ordentlich geführt wird und widerstandsfähig bleibt.«

»Ein kluger Schritt. Aber Roz' Flug Sie haben kein Grünes Licht erteilt ...«

»Nein. Sie können sich vorstellen, wie mir zumute war, als ich eine Nachricht von Wallis erhielt, in der er bestätigte, sie sei auf der *Lady* gelandet.« Karlstrom gestikulierte frustriert. »Ich weiß einfach nicht, was in ihn gefahren ist. Ich habe auch noch keine angemessene Erklärung.«

Der G-P schaute einen Moment ins Feuer und sagte dann. »Sie kriegen wahrscheinlich auch keine. Wallis hat sich erschossen.«

Karlstrom verbarg seine Erleichterung perfekt hinter einem Ausdruck absoluter Bestürzung. »*Wa-a-as?!* — Wann?!«

»Vor ein paar Minuten ...«

»Das verstehe ich nicht.« Karlstrom wurde leicht wütend. »Warum hat man mir das nicht gemeldet?«

»Beruhigen Sie sich, Ben. Ist es denn nicht offensichtlich? Da Wallis tot und der Rest seines Teams vermißt war, hatte Fargo doch keine Direktleitung zu Ihnen. Niemand auf dem *Red River* kennt den Code für die Funkanlage.«

»Nein, natürlich nicht ...«

»Er mußte sich an CINC-TRAIN wenden. Ich habe Bescheid gegeben, daß ich die Meldung weiterreiche. Aber jetzt erfahren wir nie, was ihn dazu gebracht hat, diese Entscheidung zu treffen. Aber sowas kommt leider vor. Wir haben Clearwater; Brickman ist wieder im Team, und Roz ist hoffentlich an Ort und Stelle und kümmert sich um Cadillac. Mr. Snow hat den Löffel abgegeben, und wir haben die M'Calls ausradiert.«

»Sie haben recht. Das sind nicht *nur* schlechte Nachrichten.«

»Abgesehen davon, daß es uns einen Wagenzug gekostet hat.« Das Gesicht des G-P wurde undurchdringlich. »Nun, damit können wir leben — und dank Ihres gerissenen kleinen Manövers war es nicht der *Red River. Das* wäre wirklich eine Katastrophe gewesen!«

»Trotzdem, wir haben ein komplettes Bahnbrecher-Bataillon verloren.«

»Hartmanns Bataillon. Er hatte zwar ein paar gute Leute, aber so ist es nun mal. Seit er mit dem Prärievolk zusammengestoßen ist, hat er nur noch Pech gehabt. Hoffen wir, sein Ableben führt dazu, daß die anderen Wagenmeister erkennen, es bringt nichts, wenn man Versagern die Stange hält. Wenn Hartmanns Leute was draufgehabt hätten, hätte man den Zug niemals einnehmen können.« Jefferson preßte die Lippen aufeinander.

»Aber es sieht so aus, als würden wir nie erfahren, wie es dazu gekommen ist.«

»So sieht's aus ...«

»Macht nichts. Ich weigere mich, deprimiert zu sein.« Der G-P erhob sich aus dem Sessel. »Wir haben vielleicht einen Treffer einstecken müssen, aber wir sind noch nicht aus dem Spiel.«

Und ich gehöre noch zur Mannschaft, dachte Karlstrom. Er stand ebenfalls auf. Wie lange, fragte er sich, kann ich wohl die Geschichte meiner Verwicklung in dieses Beinahe-Fiasko vertuschen?

Die administrative Befehlskette zur Ausgabe des Sprengstoffes, das die M'Calls gegen die *Lady* eingesetzt hatten, war inzwischen ›bereinigt‹. Jetzt lag der Zug kaputt und ausgebrannt im Feindesland. Nun würde ihn niemand mehr nach verräterischen Hinweisen absuchen, die unter gewöhnlichen Umständen den Einsatz von Föderationssprengstoff bewiesen hätten. Jetzt ging man davon aus, daß die Mutanten Zugang zu Eisenmeister-Schwarzpulver gehabt hatten.

Leider waren auch andere AMEXICO-Mitarbeiter ins Vertuschen der Spuren verwickelt. Ob man sich auf sie verlassen konnte?

Karlstrom wußte: Den Befehl, Roz vom *Red River* zur *Lady* zu bringen, konnte ihm niemand nachweisen. Die direkt aus seinem Computer in das von Wallis bediente Kommunikationssystem überspielte Anweisung hatte ein codiertes Virus enthalten. Das Virus hatte die Anweisung, nachdem es in Wallis' Speicher gelangt war, die Nachricht zu vernichten. Als Wallis die Anweisung gegeben hatte, den Befehl zu speichern, war sie vom Schirm verschwunden und hatte sich trotz der visuellen Bestätigung, sicher auf die Festplatte gelangt zu sein, in Luft aufgelöst.

Trotz des Risikos war die Gelegenheit, Roz gegen Steve auszutauschen, zu gut gewesen, um sie zu verpassen. Karlstrom wollte nicht, daß Roz mit ihren sogenannten psionischen Kräften noch einmal in die Föderation zurückkam. Und besonders nicht in die Nähe der AMEXICO. Falls sie die Föderation hintergehen wollte, war es besser, wenn man aus der Ferne mit ihr fertig wurde. Falls sie jedoch so loyal war, wie sie zu sein vorgab, bestand trotzdem die Chance, daß ein anderer sich ihrer geistigen Fähigkeiten bediente, um ihn auszuspionieren.

Etwa jemand wie sein Vetter George Washington Jefferson der 31. Karlstrom, der unersättliche Leser und Kopf der geheimen Organisation, die den Schutz des General-Präsidenten betrieb, kannte nämlich ein uraltes Zitat, das direkt auf seine Situation anwendbar war: *Quis custodiet ipsos custodes?* Wer überwacht die Überwacher?

Nein. Steve Brickman war vielleicht unaufrichtig, aber er stellte keine Bedrohung dar. Der junge Mann war zwar mutig, scharfsinnig und begabt, aber er hatte auch eine bestimmte Schwäche, und Karlstrom nahm an, daß man sie nutzen konnte, damit er nicht aus der Reihe tanzte, bevor er sich, wie die meisten seiner Bauern, entbehrlich gemacht hatte.

Fünf Tage später hielt Karlstrom sich erneut im Oval Office auf, und bei ihm war der fragliche junge Mann. Diesmal sah er nicht wie der Mutant aus, dessen bemalte Gestalt den Wagenmeister des *Red River* so verwirrt hatte. Brickman, tadellos in eine blaue Fliegeruniform gekleidet, kläräugig und glatthäutig, das blonde Haar zur vorschriftsmäßigen Bürste geschnitten, wäre ein Musterstück jeder Militärparade gewesen. Es war ein erstaunliches Kunststück gewesen, diesen Bastard von Kopf bis Fuß in einen Wagner zu verwandeln …

Karlstrom schenkte seine Aufmerksamkeit wieder den Worten des G-P.

»… obwohl man vielleicht sagen kann, daß das Unternehmen nach hinten losgegangen ist, liegt die Schuld nicht bei Ihnen, Steve. Im großen und ganzen sind wir unter Berücksichtigung des Wissens, daß dies Ihr erster Auftrag war, der Meinung, daß Sie sich vorbildlich verhalten haben. Ihre Leistungen in Ne-Issan verdienen ein besonderes Lob, und es erfüllt mich mit großer Freude, derjenige zu sein, der Ihnen sagt, daß Sie von heute an den Rang eines Captains bekleiden.«

Brickman, der starr dagesessen und den G-P mit sauber auf den Knien ausgerichteter Parademütze angesehen hatte, sprang von seinem Stuhl auf. »Sir! Ich ... äh ... Vielen Dank, Sir!«

»Sie brauchen sich nicht zu bedanken. Sie haben es verdient. Stimmt's, Ben?«

»Ja, Sir ...« Als Jefferson um den Tisch herumkam und Brickmans Hand und Schulter ergriff, stand Karlstrom auf. Die väterliche Geste hatte noch immer gewirkt.

»Steve, ich möchte, daß es keine Geheimnisse zwischen uns gibt. Deswegen sage ich Ihnen, daß es manchmal Zeiten gab, in denen wir ernsthafte Zweifel an Ihnen hatten. Wir haben zwar nie angenommen, daß Sie die Föderation bewußt betrügen könnten, aber wir haben uns Sorgen gemacht, Ihr Verstand könnte durch einige ... ähm ... Erfahrungen vergiftet werden. Erfahrungen, die vielleicht Ihr Urteilsvermögen beeinflussen — die Ihre Wahrnehmung der Welt verändern, die wir aufbauen wollen.« Jeffersons Tonfall wurde etwas fröhlicher. »Aber das ist alles Vergangenheit, nicht wahr, Ben? Der junge Mann ist nun völlig rehabilitiert!«

»Absolut ...«

Jefferson verstärkte den Druck auf Steves Schulter und führte ihn zur Drehtür. »Wir verleihen Ihrem Leben eine neue Dimension, Steve. Sie werden erkennen, daß Loyalität, verbunden mit dem Mut und den Fähigkeiten, die Sie gezeigt haben, nett belohnt werden. Und es ist mein fester Glaube, daß Sie sich des Vertrauens würdig erweisen, das wir in Sie haben. Bleiben Sie dabei,

Steve! Wanken Sie nie in Ihrer Ergebenheit zur Ersten Familie!«

»Niemals, Sir!«

Als sie in die äußere Bürofluсht kamen, drehte sich Karlstrom zu Steve um und reichte ihm die Hand. »Herzlichen Glückwunsch! Wie fühlen Sie sich?«

»Über die Beförderung und so? Es ist unglaublich, Sir. Aber ich fühle mich noch immer schlecht wegen Roz. Wenn ich bei ihr geblieben wäre ...«

Karlstrom unterbrach ihn. »Sie haben nur Befehle ausgeführt. Es waren meine Leute, die sie vermasselt haben. Und das Schlimme ist, wir werden die Gründe nie erfahren. Aber trotz alledem gibt es nicht nur schlechte Nachrichten. Da Sie gesundheitlich unbeeinträchtigt sind, bedeutete es doch, daß Roz noch lebt, oder?«

Steve zögerte nicht. »Sie leben beide, Sir.«

»Hält Cadillac sie gefangen?«

»Das glaubt er.« Auch diesmal zuckte er mit keiner Wimper.

»Guter Mann ...« Karlstrom klopfte auf Steves Arm. »Bleiben Sie mit ihr in Verbindung.«

»Mach ich, Sir. Was wird aus Clearwater, Sir?«

»Besuchen Sie sie weiterhin. Solange Sie keine anderen Pflichten haben, haben Sie unbegrenzten Zugang, ob bei Tag oder bei Nacht. Sie sind ein grundlegender Bestandteil ihres Genesungsprogramms.«

»Vielen Dank, Sir.«

»Hat Clearwater Ihnen ... äh ... die gute Nachricht schon überbracht?«

»Sir ...?«

»Ach so, noch nicht. Warum wohl? Nun, es hat keinen Sinn, Sie auf die Folter zu spannen. Es ist den Chirurgen auf dem *Red River* gelungen, das Baby zu retten.«

»Baby ...?« Die Neuigkeit kam für Steve völlig unvorbereitet. »Ich ... ich verstehe nicht ...«

»Ohhh ... Ist es denn nicht von Ihnen?«

Steve war völlig durcheinander. Ein verwirrendes Geplapper ferner Stimmen füllte sein Hirn und wurde von einem brüllenden Geräusch überlagert. Er hörte das durch seine Adern rauschende Blut in den Ohren. »Nein, Sir! Ich ... ich meine ... Wie wäre das denn möglich?!«

Der General-Präsident ist doch der einzige Erzeuger der Menschheit ... Der Vater des Lebens im Innern der Föderation ...

Karlstrom lächelte. Es kam nicht oft vor, daß er es schaffte, diesen glatten Schweinehund aus der Fassung zu bringen. »Sie haben gerade erst angefangen zu entdecken, wozu Sie fähig sind. Deswegen stehen Sie auch auf der Sonderbehandlungsliste. Glauben Sie etwa, daß alles, was Ihnen bisher passiert ist, auf simplem Glück und Ihrem gewinnenden Lächeln basiert?«

»Äh ... nein, ich ... ich hatte ja keine Ahnung, Sir!«

»Nun, Sie haben es geschafft, so weit zu kommen, also springen Sie nicht übers Geländer. Vor Ihnen liegen spannende Zeiten.«

»Werde ich auch weiterhin für ... äh ... Ihre Abteilung tätig sein, Sir?«

»Ja, das werden Sie.« Karlstrom lachte. »Vor Ihnen und mir liegen noch viele, viele unerledigte Aufgaben ...« Er brach ab, denn sein Blick wurde von etwas abgelenkt, was sich hinter Steves Rücken tat.

Steve wandte sich um und sah eine sich ihnen nähernde dunkelhaarige Frau. Sie trug die silbergraublaue Uniform, die sie als Angehörige der Ersten Familie kennzeichnete.

Es war die junge Vorsitzende des Sachverständigenausschusses, der ihn wegen seiner angeblichen Desertion vernommen hatte. Die Frau, die ihm die Flügel gestutzt und ihn zu drei Jahren Dienst in den A-Ebenen verurteilt hatte. Er hatte während der Verhandlung vermutet, daß sie zur Familie gehörte, und es stimmte. Der Prozeß, die Verurteilung, seine vorzeitige Entlassung, die Chance, das Rangabzeichen zurückzubekommen ... Alles war geplant gewesen. Hier war nichts so, wie es schien.

Als die Frau mit den grauen Augen, dem ovalen Gesicht und dem breiten, festen Mund ihn erreichte, stand Steve stramm und salutierte wie auf dem Kasernenhof. Ihre Ärmel trugen die Streifen eines Commanders und umgekehrte Winkel — ein exklusives Zeichen der Ersten Familie, das einem automatisch ein höheres Dienstalter über Commander gewöhnlicher Föderationseinheiten verlieh.

Sie erwiderte seinen Gruß mit der üblichen Selbstsicherheit eines Menschen, der weiß, daß nicht die geringste Chance besteht, ihn wegen Undiszipliniertheit dranzukriegen, dann wandte sie sich an Karlstrom. »Ben, tut mir leid! Ich bin aufgehalten worden.«

»Ist schon in Ordnung. Soll ich Sie vorstellen?«

Die grauen Augen richteten sich auf Steve. »Wir kennen uns doch schon, nicht wahr, Captain?«

»Ja, Sir — Ma'am! Ich glaube, ja!« Neuigkeiten verbreiten sich schnell, dachte Steve. Die Extrastreifen, die man ihm ausgehändigt hatte, waren noch nicht mal an seiner Jacke.

»Ja, aber er weiß nicht, wer Sie sind.« Karlstrom stellte sie vor. »Dies ist Commander Franklynne Jefferson. Sie ist in den nächsten paar Tagen Ihre Gastgeberin.«

»Ja, SIR!«

»Schön. Damit wären die Formalitäten erledigt. Stehen Sie nun bequem. Sie sind unter Freunden.« Franklynne Jefferson bot ihm eine Hand an. »Sie heißen Steve, nicht wahr?«

»Ja, Sir — Ma'am.«

»O je ...« Sie suchte Karlstroms Hilfe. »Was muß man nur tun, damit dieser Mensch aus sich herausgeht?«

»Geben Sie ihm Zeit ...«

Sie versuchte es erneut. »Wir gehen an einen Ort namens Cloudlands, Steve. Und wenn wir dort sind, erwarte ich von Ihnen, daß Sie mich Fran nennen. Glauben Sie, Sie kriegen das hin?«

Nicht einmal seine wüstesten Träume hätten Steve auf das vorbereiten können, was nach der Begegnung vor dem Oval Office geschah. Nach einer Aufzugfahrt, die seinem Magen sagte, daß sie hoch nach oben ging, trat er in eine große Vorhalle mit mehreren Ausgängen. Die Wände und Türen waren mit Holzplatten bedeckt, die so aussahen wie die in Karlstroms Büro.

Die erste Überraschung bestand daraus, daß der Vorraum von zwei glatthäutigen Mutanten besetzt war. Sie trugen dunkle Kleidung von einem Schnitt, den Steve noch nie gesehen hatte. Die Haut der Mutanten war zwar gescheckt, aber sie waren geradknochig und hatten keine Stirnbeulen. Jährlinge. Ein Mann und eine Frau.

Der Mann, sein ergrauendes Haar war kurzgeschnitten und flach an den Kopf gekämmt, trug drei Kleidungsstücke: in kniehohen Stiefeln steckende Hosen und eine Art Langhemd mit V-Ausschnitt. Das vorn zugeknöpfte Gewand reichte knapp bis unter seine Taille und wies breite, in das Schwarz eingewebte diagonale Goldstreifen auf. Darunter trug er statt des überall gebräuchlichen T-Shirts ein Hemd aus weißem Stoff mit einem Stehkragen. Ein loses, gekräuseltes Stück aus dem gleichen Material verlief von seinem Hals zum V-Ausschnitt des goldgestreiften Langhemdes hinab und zu den Ärmeln und den aus dem langen, offenen Gewand hervorlugenden Manschetten.

Die Kleider der Frau waren ebenso seltsam. Sie trug eine weiße Leinenkappe, die den größten Teil ihres Haars bedeckte, und eine sorgfältig gearbeitete, rüschenverzierte, fleckenlose weiße Schürze — eine schicke Verwandte der eckigen Schürze des Kasino-Küchenpersonals —, die man am Rücken mit einer breiten Schleife schloß. Darunter trug sie ein schwarzes Gewand mit Ärmeln, das an den Schultern gepolstert war, doch am

Arm dicht anlag. Ihre Bluse zeigte einen ähnlich hohen Kragen, doch in Schwarz, und hatte ein gerüschtes weißes Futter. Ihre Taille war schlank, über den Hüften nahm das Gewand eine schlanke Glockenform an und reichte bis zum Boden.

Außergewöhnlich …

Fran sprach den Mann an. »Joshua, dies ist mein Gast, Captain Brickman. Hilf ihm, die Uniform anzulegen, die ich dir heute morgen gegeben habe, und zeige ihm dann die Umgebung.«

Der Mutant neigte respektvoll den Kopf. »Es ist mir eine Ehre, Ma'am.« Er deutete mit der weißbehandschuhten Hand auf die Tür am anderen Ende des Vorraums. »Hierher, Captain …«

Steve zögerte; er suchte Anleitung von Fran.

Sie lächelte. »Gehen Sie. Ab mit Ihnen. Wir sehen uns später.«

Der Umkleideraum hatte einen Marmorboden und Marmorwände und zeigte die gleiche luxuriöse Einrichtung, die Steve im Oval Office und den dazugehörenden Suiten und Korridoren im Weißen Haus gesehen hatte. Er duschte und trocknete sich mit großen weichen Handtüchern ab. Dann kam er heraus und fand eine frische Garnitur für ihn bereitliegender Wäsche. Die blaßgrauen Unterhosen waren ihm vertraut, doch das T-Shirt wurde durch ein ärmelloses Unterhemd mit rundem Halsausschnitt ersetzt. Mittelgraue Socken. Ein weißes Hemd, das zwar dem Joshuas ähnelte, aber mit einem hübschen Kragenband verziert war. So weit, so gut …

Dann kam eine mittelgraue Hose mit gelben Paspeln an den Außennähten. Dann ein langes, graues Hemd mit überlappender Rückenfalte und hohem Kragen. Es wurde bis zur Taille zugeknöpft. Die Ärmel waren mit den Streifen eines Captains verziert, in der gleichen gelben Paspelierung wie die Hosen. Dann kamen Stiefel aus weichem, schwarzem Leder.

Joshua hüstelte freundlich. »Die Hosen bitte andersrum, Captain.«

»Kapiert. Danke ...« Steve korrigierte den Irrtum, dann langte er nach dem grauen Stetson mit den gekreuzten gelben Degen-Paradeaufnähern der Bahnbrecher-Division und setzte ihn mit Hilfe eines Spiegels vorsichtig auf.

»Mit Ihrer Erlaubnis, Sir ...« Joshua korrigierte den Sitz des Hutes, dann ging er zum Tisch hinüber, nahm einen Degen und half Steve dabei, ihn an der Taille zu befestigen. Er ähnelte dem Degen auf dem Aufnäher, aber Steve hatte noch nie einen echten gesehen.

»Was ist das?«

»Ein Kavalleriesäbel, Captain.«

»Sieht ganz schön alt aus.«

»Ist er auch. Gehört der Familie seit Jahrhunderten.«

»Sie sehen auch ganz schön alt aus, Joshua. Seit wann sind Sie hier?«

»Ich, Captain? Ich bin in Cloudlands geboren.«

Steve prüfte sich im Spiegel. »Ich muß sagen, es fühlt sich sehr eigenartig an. Was ist das für ein Anzug, den ich trage?«

»Wir nennen es das Grau der Konföderierten, Captain. Die Uniform eines Südstaatenoffiziers und Gentlemans.«

Steve schüttelte den Kopf. »Kann nicht sagen, daß ich jetzt klüger bin.«

»Das mag wohl sein, Captain, aber auf mich wirken Sie einfach prächtig. Ich bin sicher, auch Miss Fran ist ganz schön stolz, an ihrem Arm spazierenzugehen.«

Joshua geleitete ihn in den Vorraum zurück und führte ihn zu einer Reihe von Doppeltüren, die auf eine breite Marmortreppenflucht gingen. Er lud Steve ein, ihm zu folgen und führte ihn an einer Reihe ähnlicher Türen vorbei bis in einen riesigen Raum. Er war von Licht erfüllt, das durch hohe, weißgerahmte Fenster fiel. An der hohen, mit Skulpturen verzierten Decke hing etwas, das ihn an Eiskristalle erinnerte. Steve sah Teppiche, die Teile des glänzenden Holzbodens bedeckten, und reich geschmückte, mit sattbunten Stoffen gepolsterte Sessel. Dann einen prächtigen Marmorkamin und gerahmte Porträts und Spiegel an gemusterten Wänden.

Steve machte eine volle Drehung, hob den Kopf und öffnete den Mund wie ein Tourist, der zum ersten Mal New York sieht. Er deutete auf die Bäume und blumenübersäten Gärten hinter den Fenstern. »Columbus! Ist das computererzeugt?«

»Ich verstehe nicht, Captain.«

Steve trat an die offene, aus Glasquadraten bestehende Tür und lugte hinaus. Es war keine Leinwand. Was sich dort draußen befand, war ein Teil der Oberwelt! Gepflegt, gehegt, ordentlich — aber trotz allem schön.

Joshua lächelte über Steves augenscheinliche Verwirrung.

»Fühlen Sie sich ganz wie zu Hause, Captain. Nehmen Sie Platz — oder möchten Sie vielleicht auf der Veranda spazierengehen?« Er deutete auf einen polierten Tisch. Er war voller Flaschen, Kannen mit Flüssigkeit und Bechern aus dem eiskristallähnlichen Material. »Darf ich Ihnen eine Erfrischung anbieten?«

»Nein — aber die Flaschen und Becher da … Sind sie aus durchsichtigem Kunststoff?«

Joshua lachte leise. »Nein, Captain. Die Becher, von denen Sie sprechen, bestehen aus einem Material, das wir Glas nennen. Sie sind aus dem gleichen Zeug wie die Fenster, sie sind bloß …« — er nahm das Glas in die Hand und drehte es, bis es das Licht einfing — »hübscher und feiner. Das Zeug heißt Kristall.«

»Yeah, danke, Joshua. Ich wirke wohl sehr dämlich.« Steve deutete mit der Hand auf den Raum. »Es ist alles so neu.«

»Neu?!« Joshua lachte erneut. »Aber es steht doch alles schon fast zweihundert Jahre hier!« Er deutete auf einen kreisrunden Druckknopf in der Wand. »Mit Ihrer

Erlaubnis, Captain, lasse ich Sie nun allein. Falls Sie irgend etwas wünschen, klingeln Sie einfach.«

»O ja, danke ...«

Der Mutant verbeugte sich. »Miß Fran wird bald bei Ihnen sein. Ich schätze, sie ist in Gelb.«

Joshua, der Frans Familie seit ihrer Kindheit diente, war mit der Routine vertraut, die die Beförderung jener hochgewachsenen, breitschultrigen jungen Männer aus der unterirdischen Welt in die Cloudlands-Eleganz begleitete. Fran bezeichnete sie als ihre ›Beaus‹.

Als sie auftauchte, war sie *tatsächlich* gelb gekleidet, doch ihre Verwandlung war so erschreckend, daß man sie auf den ersten Blick nicht erkannte. Sie hatte die silberblaue Uniform durch ein gerüschtes und vielschichtiges Kostüm ersetzt, das ihre Brüste hervortreten ließ, eng am Brustkorb anlag, ihre Taille einzwängte und sich dann mit drapierten, bis zum Boden reichenden Falten nach außen bauschte. Es war ein Aufzug, den man zuletzt anderthalb Jahrhunderte vor dem Holocaust gesehen hatte.

Sie hatte auch viel mehr Haare. Der sauber gekämmte Bubikopf war durch passende Zöpfe und Ringellocken vergrößert worden, und ein weicher Haarknoten reichte ihr bis in den Nacken. Ihr Gesicht sah weicher aus, ihre Augen waren größer, ihre Lippen roter.

Fran wirbelte vor Steve herum. »Gefalle ich Ihnen?«

Steve fand endlich seine Stimme wieder. »Erstaunlich ...«

»Und das gleiche gilt für Sie, Captain Brickman. Heben Sie den rechten Ellbogen.«

Steve reichte ihn ihr schwerfällig.

Fran klappte einen zu ihrem Kleid passenden Sonnenschirm auf, nahm seinen Arm und führte ihn auf die Veranda. »Kommen Sie ... Gehen Sie mit mir spazieren.«

»Ja, Sir — Ma'am ...«

Jeder, der Zutritt zum kinematographischen Archiv

aus dem 20. Jahrhundert hatte (dieses Vorrechts erfreuten sich jedoch nur die Angehörigen der Ersten Familie), hätte Steves Umgebung auf den ersten Blick wiedererkannt. Der Spaziergang in dem lichterfüllten Raum mit den kostspieligen Möbeln war wie ein Eintreten in eine Innenaufnahme des Films *Vom Winde verweht*.

Wie die streng bewachten und nur den höchsten Rängen zugänglichen Gebiete Vorkriegsrußlands, war Cloudlands ein ausgedehntes Gelände, das nur der Ersten Familie offenstand.

Doch es war kein durch eine Schutzhülle von der Oberwelt abgeschirmtes Refugium des Weltraumzeitalters. Hier hatte die Erste Familie liebevoll die herrliche Aura der Zuckerrohrplantagen des Alten Südens um die Mitte des 19. Jahrhunderts wiedererschaffen. Zwischen den Bäumen und Teichen standen unverfälschte weiße Herrenhäuser mit Säulengängen. Sie waren von sauberen Wiesen, gepflegten Beeten, Pavillons, Springbrunnen, Auffahrten und schattigen Alleen umgeben und geschmackvoll dem Stil angepaßt, der der kolonialistischen französischen Vergangenheit Louisianas und Mississippis entsprach. Und überall wimmelte es von Dienern, Stallburschen und Zofen: Livrierte Mutanten waren die Negersklaven des 29. Jahrhunderts.

Hier gab es keine Elektrowagen. Von Pferden gezogene Equipagen mit Mutantenkutschern trugen die privilegierten Bewohner dieses Landes überallhin. Man war besonders stolz auf die Eisenbahn — mit Stoßdämpfern ausgestattete, handgefertigte Imitationen alter Loks aus der glorreichen Zeit des Dampfbetriebs. Aber die Stoßdämpfer waren nicht der einzige Anachronismus: die Wagenbeleuchtung war strombetrieben; TV-Schirme und Computertastaturen waren kunstvoll in altertümliche Schränkchen und Schreibtische eingearbeitet, und Flieger der Ersten Familie schützten den offenen Himmel in silbernen Himmelsfalken.

Doch am Boden dominierte die Echtheit. Die Männer trugen die Uniform der Konföderierten Armee, die Frauen sahen wie ›Southern Belles‹ aus. Beide Geschlechter wechselten die Kleider, damit sie zu den jeweiligen Gelegenheiten des Tages paßten, und wenn die Sonne unterging, legten sie etwas an, das sie ›Abendkleidung‹ nannten.

Bei den Männern war dies eine noch dekorativere Uniform in nüchternen Farben oder dunkle ›Zivilkleidung‹. Die Frauen traten in dekolletierten schulterfreien Abendkleidern auf, die die obere Hälfte ihrer Brüste freiließen, und trugen lange Handschuhe. Die Unterteile der Abendkleider waren in ihren Einzelheiten und Abmessungen noch extravaganter: Sie trugen weite, schwingende Röcke mit Schleppen am Rücken, die mehrere bereifte Unterröcke bauschten.

Fran war zwar eine wunderbar angenehme und informative Führerin, aber selbst für Steve war all dies ein bißchen viel auf einmal.

Der Kontrast zur einheitlichen Monotonie der Untergrund-Föderation hätte nicht größer sein können. Steve mußte sich fortwährend daran erinnern, daß er nicht träumte. Die Welt war echt — und doch tönte eine Art Wahnsinn die Wirklichkeit.

Wie lange ging es hier schon so zu? Hatten die zahllosen Wagnergenerationen — Papa Jack eingeschlossen — *dafür* geschwitzt und geschuftet? Waren sie gestorben, damit eine überreich privilegierte Elite sich an einer üppigen Phantasie ergötzen konnte, während der Rest der Bevölkerung in neonbeleuchteten Betonbunkern lebte, in der das größte Jahresereignis eine Fahrt zur von Mauern umgebenen John Wayne-Plaza war? Verglichen mit Cloudlands war dieser legendäre Platz nicht mehr als ein mit einem Marmorboden verziertes Kasernenhofgelände.

Steve behielt diese Gedanken zwar für sich, doch nun, da er wußte, wer er war, identifizierte er sich instinktiv mit den normal gewachsenen Mutanten, den stets präsenten dienstbaren Geistern, die so leise und diskret auftraten, daß sie beinahe unsichtbar wirkten. Sie waren ein Teil des Mobiliars. Zwar hielten sich die Mutanten-Jährlinge im Vergleich mit ihren Prärievolk-Brüdern in Ne-Issan — den Eisenfüßigen — jetzt noch in goldenen Käfigen auf, doch eines Tages würden sie frei sein ...

O ja, Brüder ...

Doch jetzt galt es achtzugeben und zuzuhören. Es gab viel zu sehen und eine Menge zu lernen ...

An diesem ersten Abend zum Beispiel, als Steve Fran an einer mit einem großen Tischtuch bedeckten Tafel gegenübersaß. Die Tafel war mit Blumenvasen, silbernen Kerzenhaltern, funkelnden Gläsern, polierten Messern und Gabeln sowie Keramiktellern mit bunten Randmustern gedeckt. An den rings um den Tisch stehenden Stühlen saßen zwanzig Männer und Frauen, die sich in ungezwungener Vertrautheit mit Steve unterhielten. Das Essen war gut, der Wein — er schmeckte ganz anders als Sake — war angenehm befreiend. Die Gesellschaft war redselig, und als Fran enthüllte, er sei in einer ›Familienangelegenheit‹ in Ne-Issan gewesen, lauschte man mit offenem Interesse seiner Beschreibung des Lebens in den Ostländern.

Als der Abend zu Ende ging, hatten seine feindseligen Gefühle beträchtlich abgenommen. Dennoch hatte Steve das Ziel nicht aus den Augen verloren, in die innersten Geheimnisse der Ersten Familie vorzudringen. Die Wahrheit mußte ans Licht! Nach den Worten Mr. Snows war die Erste Familie nicht nur die herrschende Schicht eines grausamen Regimes — sie war auch der Feind. Die Erste Familie und alles, was sie repräsentierte, mußte hinweggefegt werden. Doch es war ein gewaltiges Unternehmen und nicht über Nacht zu bewerkstelligen. Bis es soweit war, wäre es allerdings dumm, die Vorteile des Angebotenen nicht auszunutzen

— so sehr er die offenkundige Ungerechtigkeit des Systems auch beklagte ...

Gegen 23:00 Uhr brachen die Gespräche, zu denen es nach dem Essen gekommen war, ab. Während die Gäste einander eine Gute Nacht entboten und sich auf ihre Zimmer oder in ihre Häuser zurückzogen, führte der Mutantenlakai Joshua Steve in ein großes Schlafzimmer hinauf, das man für ihn freigehalten hatte. Die mit Vorhängen versehenen Fenster gingen auf den Rasen vor dem Haus. Steve sah ein Paar in einer Kutsche mit hellgelben Lampen, die sich auf dem Kiesweg gerade ratternd in Bewegung setzte. Angeregte Stimmen schwebten von der Veranda herauf. Er erhaschte einen Blick auf jemanden in einem gelben Kleid und glaubte, Fran lachen zu hören ...

Ein Kaminfeuer wie im Büro des G-P flammte fröhlich vor sich hin. Das riesige Bett, das an den Ecken mit Pfosten und oben mit einem Leinenbaldachin ausgestattet war, wirkte weich und einladend. Hier gab es bestimmt keine Wanzen.

Nachdem Steve einen Bademantel angezogen hatte, holte Joshua seine Uniform, um sie zu reinigen und zu bügeln. An ihrer Stelle ließ er etwas zurück, das er Morgenmantel nannte. Ein Nachthemd lag ordentlich ausgebreitet am Fuß des Bettes. Kristallene Karaffen mit Wein, Pfirsichbrandy und mildem, bernsteinfarbenem Alkohol namens Southern Comfort standen mit Gläsern in einer Reihe auf einem Silbertablett.

Steve ging ins Bad und duschte. Als er unter den warmen Wasserstrahlen stand, empfand sein Körper ein Gefühl des Wohlbehagens, und er dachte an die Zeit, die er bei den Mutanten und Eisenmeistern verbracht hatte, und an die Freuden und Entbehrungen des Lebens an der Oberwelt und in der Föderation.

Es erschien ihm unglaublich, daß vier verschiedene Welten mit derart kontrastierender Lebensart in Abständen von nur wenigen hundert Kilometern nebeneinander existierten: Hochgezüchteter technischer Schnickschnack und steinzeitliche Wildheit; totale Freiheit und Sklaverei; Individualismus und einschränkende Gleichförmigkeit; gleiche Rechte und anmaßende unterschiedliche Behandlung im geschlechtlichen *und* rassischen Bereich; starre Hierarchie und lockere Anarchie. Warum mußten die Menschen zwischen dem einen und dem anderen Weg wählen? Warum gab es keinen Mittelweg?

Als er unter der Dusche hervorkam, sah er, daß Fran auf der linken Seite seines Bettes lag. Sie hatte den Kopf und die nackten Schultern auf zwei der vier übergroßen Kissen gelegt. In der einen Hand hielt sie ein Glas Brandy, in der anderen eine Zigarettenspitze. Das weiche, beharrliche Hämmern einer Blackjack-Aufnahme kam aus einem verborgenen Lautsprecher. Unter der Erde stellte man Menschen, die mit solchen Aufzeichnungen handelten, vor den TV-Kameras an die Wand.

»Überrascht …?«

»Eigentlich nicht.« Steve suchte nach einem geeigneten Nachsatz, um sich bei ihr einzuschleimen. »Ich kann mir nichts Schöneres vorstellen, um einen unvergeßlichen Tag abzuschließen.« *Ich könnte kotzen!*

»Es ist doch erst der Anfang, Stevie.« Fran tätschelte den leeren Platz an ihrer Seite.

Steve umrundete das Bett und griff nach dem Nachthemd.

»Das wirst du nicht brauchen.«

»Ich will nur Platz schaffen.« Er hob das lange, lose Hemd und den Morgenmantel auf und legte beides auf die Holztruhe am Fuß des Bettes.

Fran erwies sich als leidenschaftliche Bettgefährtin. Ihre Paarung erinnerte ihn an seine einsame Begegnung mit Donna Lundkwist. Donnas Leben hatte mit einem Kuß und einem Messer in der Kehle geendet. Und wie Donna dirigierte auch Fran das wilde Stellungsspiel. Nachdem Steve ihr gezeigt hatte, was er konnte, zeigte sie sich zärtlich und dankbar.

»Wie hat's dir gefallen, Stevie?«

»Nun, Ma'am, ich ...«

»Fran!«

»Verzeihung! Ich ...«

»Hast sicher noch nie mit jemandem aus der Ersten Familie gefickt.« Fran bedachte ihn mit einem verschwörerhaften Lächeln. »Brauchst nicht zu antworten. Ich weiß alles über dich, was es zu wissen gibt.«

Ich frage mich ...

Sie zog seinen Kopf zu sich heran und flüsterte ihm ins Ohr: »Wie war es mit ihr? — Mit Clearwater? Genau so? Besser?«

»Nein ... nur anders.«

»Wie denn anders? Was hat sie gemacht, was ich nicht auch gemacht habe?«

»Nichts. Es war ...«

»Erzähl's mir! Ohh, ich spüre, daß du schon wieder steif wirst!» Sie griff ihm zwischen die Beine und streichelte sein Glied. »Denkst du daran, wie du es mit ihr gemacht hast? Los, gib's mir! Fick mich, so hart du kannst! Ich will es wissen! — O ja! — Hat sie dich auch so fest eingeklemmt, Stevie?«

Fast ... Fast ... Christoph!

»Wieso war es mit ihr anders? Etwa deswegen, weil sie gesagt hat, sie liebt dich? Ist es das, Stevie? Möchtest du geliebt werden? Möchtest du gern hören, daß ich sage, ich liebe dich?«

Die Frage, das Wort — aus ihrem *Mund* ... Ein Frösteln überlief seinen Körper. Er richtete sich auf und zog sich langsam zurück.

Fran schlang die Beine um seinen Rücken, hängte sich fest an seinen Hals und drängte ihren Schoß an den seinen. »Nein! Hiergeblieben! Wenn du wüßtest, wie lange ich darauf gewartet habe! He, Baby! Auf geht's — los, zeig's mir! Fick mich! Mach mich fertig!«

Steve unterdrückte ein Gefühl von Selbstekel und Verrat.

Ja, Sir — Ma'am. Wenn ich auf diese Weise kriege, was ich haben will, dann KRIEGST du es eben!

Etwa eine Stunde später, als Fran sich ausgevögelt und jeden Zentimeter seines Körpers mit Lippen, Zunge und Fingern erforscht hatte, lag sie erschöpft in seinen Armen. Ihre Haut glänzte verschwitzt. Steve hatte Schwierigkeiten, wachzubleiben. Fran holte ihn mit einem spielerischen Biß in die Schulter wieder ins Leben zurück.

»Autsch!«

»Stell dich nicht so an. Es blutet doch nicht.« Sie küßte die Stelle. »Mmmm ... Du schmeckst und riechst wie ein richtiger Mann.« Sie hielt ihm ihren Hals hin. »Koste mal ...«

Steve tat es. Honig mit einer Spur Salz ...

»Gefällt es dir?«

»Yeah. Schmeckt gut.« Er drückte seine Wange an die ihre und gähnte heimlich ins Kissen.

Fran nahm seine Hand und schob sie zwischen ihre Schenkel. »Und das da hat dir auch geschmeckt?«

»Köstlich ...« *Hört das denn nie auf?!*

Sie drehte sich so herum, daß sie auf ihn hinabsah. »Hat es dich schockiert — daß ich über Liebe gesprochen habe? Es ist ein Wort, das die Mutanten verwenden, nicht wahr?«

»Ja. Aber es war weniger schockierend als ... nun, unerwartet.«

»Weil ich es bin?«

»Teilweise, ja.«

»Nenn mich Fran! Sprich meinen Namen aus! Laß die Hand da unten und flüstere ihn mir ins Ohr.« Als er ihn mehrere Male mit soviel Gefühl wiederholt hatte, wie er aufbringen konnte, sagte sie: »Deine Stimme gefällt mir. Weißt du es? Spürst du, was sie mit mir anrichtet?«

Steve antwortete nicht. Seine Hand war glitschnaß. Er wußte, daß er mit einer Angehörigen der Ersten Familie im Bett lag. Nicht mit *irgendeiner* Angehörigen der

Ersten Familie, sondern mit einer Jefferson. Das geile Biest war mit dem General-Präsidenten verwandt! Daß sie es mit ihm trieb, konnte nicht nur eine Belohnung für geleistete Dienste sein. Was, zum Henker, ging hier vor?

»Findest du mich schön?«

»Ähm ... nun ... yeah, weißt du ...«

»Auch die Mutanten sagen das, nicht wahr? Ich wette, du kennst eine Menge Mutantenwörter, oder?«

»Ich war ziemlich lange bei ihnen draußen ...«

»Du wirst feststellen, daß wir hier oben eine Menge Mutantenwörter verwenden, Stevie. Und auch eine ganze Reihe von Wörtern, die du nie gehört hast.«

»Ich bin immer bereit, zu lernen.«

»Gut. Ich bringe dir ein paar Dinge bei, von denen du nicht mal geträumt hast.« Fran preßte die Lippen auf seinen Mund und gab ihm einen letzten, verlockenden Kuß. »Hat es dir Spaß gemacht, es mit mir zu treiben?«

»Yeah, es war toll.« *Was, zum Henker, erwartet sie bloß von mir?*

»Möchtest du noch mal?«

Gütige ... »Du meinst — jetzt?«

»Nein. Aber bald. Und *öfter.*« Sie knetete spielerisch sein schmerzendes Glied, sprang aus dem Bett und ging ins Bad.

Steve vernahm das Rauschen der Dusche. Er zog die Decke über seinen nackten Leib und dachte über das nach, was hier passiert war und was vielleicht als nächstes kam. Obwohl das Zusammensein mit Fran erfreulich gewesen und nur auf rein körperlicher Ebene abgelaufen war (mehr hatte man als Wagner auch nicht zu erwarten), fühlte er sich aufgrund seines Opportunismus leer und irgendwie beschämt.

In der Föderation gehörte der Geschlechtsakt zu den wenigen Dingen, die einem kein schlechtes Gewissen bereiteten. Von keinem Beteiligten wurde außer der kurzen körperlichen Intimität, die nötig war, um den Akt zu vollziehen, ein weitergehendes Engagement erwartet. Dazu brauchte man nur beiderseitige Zustimmung: Das Verlangen und das Bedürfnis, den Sexualtrieb zu entspannen, waren die einzigen Gefühlselemente.

Mit Clearwater war es anders gewesen. Die Stärke seiner Gefühle, die sie in gleichem Maß erwidert hatte, hatte ihrer körperlichen Beziehung neue Dimensionen verliehen und das bereichert, was für ihn zuvor eine erleichternde, aber bedeutungslose gymnastische Übung gewesen war. Die Übung hatte bis dahin immer nur seinen Körper betroffen und sein Herz und seinen Geist nie einbezogen.

Die Rammelei mit Fran hatte bloß dazu gedient, ihn daran zu erinnern, daß ihm etwas fehlte. Clearwater hatte nie exklusive Rechte auf seinen Körper angemeldet. Für sie war der Besitz des Körpers von geringerer Wichtigkeit. Für sie zählte, wem man sein Herz und seine Seele schenkte. Und sie hatte recht — obwohl es Steve nicht daran gehindert hatte, bei der Vorstellung zu schäumen, daß sie es dem Generalkonsul Nakane Toshiba gestattet hatte, sie in sein Insel-Liebesnest zu bringen.

Vielleicht war es *wirklich* Talismans Wille gewesen. Ihre Liaison mit dem Japs hatte ihnen schließlich zur Flucht verholfen. Aber der gute alte Brickman, S.R. hatte den Generalkonsul vom Himmel geholt. Ein lieblicher Anblick, seine schwelende Leiche zu Boden stürzen zu sehen. Ja ...

Clearwater hätte diesen Rachedurst bestimmt nicht verspürt. Sie hatte die sexuelle Komponente seiner Beziehung zu Roz nie sondiert. Sie war zu klug. Sie hatte deutliches Vertrauen in Talismans Kräfte und glaubte an die vorherbestimmte, vorgeschriebene Natur der Existenz.

In ihrer Welt übersah man menschliche Schwächen oder vergab ihnen großzügig — es sei denn, sie verletzten offenkundig vor den Augen der Ältesten einen Bluteid. Was zählte, waren die Reinheit des Geistes und seelischer Edelmut. Zum Glück, denn so brauchte Steve sich keine Vorwürfe zu machen.

Die Wagner tauschten zwar wahllos ihre Partner, doch aufgrund des Charakters ihrer Gesellschaft hatte man das Wort ›Promiskuität‹ jeglicher moralischer Bedeutung entkleidet. In der Welt des Vorkriegs hatte man die Kopulation zwar möglicherweise zur Kunstform erhoben und aus kommerziellen und politischen Gründen dem Status eines unveräußerlichen Bürgerrechts angepaßt, doch in der Föderation war ihre Wichtigkeit mit grundlegenden Bedürfnissen wie dem Entleeren der Blase vergleichbar und wurde in der Regel mit einem ähnlichen Mangel an Zeremonien durchgeführt.

Indem sie den Sex degradiert, die ›freie Betätigung‹ propagiert und das Wort ›Liebe‹ aus dem Wagnervokabular getilgt hatte, hatte die Erste Familie wirkungsvoll die Grundlagen persönlicher Beziehungen zwischen einzelnen Männern und Frauen abgeschafft. Weit verbreitete und permanente Sterilität hatten die Atom-Familie bereits vernichtet; übrig blieb eine kollektive Identität, die auf der Schwadron, dem Block, dem Bataillon und der Division basierte. Staatstreue, Kameradschaftsgefühle und Untertanengeist wurden systematisch auf die Gestalt am Gipfel der Macht gerichtet: den General-Präsidenten.

Deswegen hatte Steve auch kein schlechtes Gewissen, sondern fühlte sich herabgesetzt. Man hatte ihm einen privilegierten Blick von ganz Oben auf das System gestattet — auf ein System, das unten am Boden nicht nur grob und ungerecht war und auf Lug und Trug basierte, sondern dessen Führer sich jetzt auch noch als verdorben und verrückt entlarvten.

Seit Jahrhunderten hatte diese Sippschaft über den Traum einer herrlichen Zukunft schwadroniert, und dabei lebte sie in einem Wolkenkuckucksheim der fernen Vergangenheit! Noch mehr schämte er sich, da er wußte, daß er Frans Ruf ohne zu zögern folgen würde, falls sie Lust hatte, seine Dienste wieder in Anspruch zu nehmen. Er würde sie wieder ficken und alles tun, was er tun mußte.

Die Vorstellung, es könne seinen Plänen förderlich sein, ein hochrangiges Mitglied der Ersten Familie zu besteigen, kam ihm zwar angesichts all dieser Tatsachen grotesk vor, aber wenn es nun mal zum Geschäft gehörte ... Warum eigentlich nicht?

Je höher er die Karriereleiter hinaufstieg, desto größer wurde seine Chance, mit denen abzurechnen, die dabei geholfen hatten, ihn reinzulegen. Dann konnte er dieser Liste auch jene hinzufügen, die sein Leben manipuliert und seinen Verstand verdreht hatten.

Ja ... Irgendwann würde er sie alle kriegen ...

Als der Pfleger sie nach der Reinigung des Zimmers allein ließ, fiel Clearwater auf, daß er den auf Rädern rollenden Tisch, auf dem der Computer stand, nicht wieder an Ort und Stelle geschoben hatte. Er stand nun in ihrer Reichweite. Sie beugte sich zur Seite, streckte den unversehrten Arm aus, erwischte den Tischrand mit den Fingerspitzen, zog ihn heran und manövrierte ihn herum, bis Tastatur und Schirm zu ihrem Bett hin ausgerichtet waren.

Dank Steves Winterschulung konnte sie nun lesen und schreiben. Auf dem Wagenzug, und hier, in ihrem neuen Heim, das, wie ihr ihre Sinne sagten, unter der Erde lag, hatte sie die Mediziner Eingaben machen sehen, um bestimmte Informationen abzulegen. Die Maschine dort war Bestandteil eines mächtigen Spinnennetzes, das der Föderation das Leben schenkte. Und im Zentrum dieses Netzes gab es etwas oder jemanden namens COLUMBUS. Davon wußte sie, weil der Wolkenkrieger Mr. Snow prahlerisch von diesen Dingen berichtet hatte.

Bevor ihm Augen und Herz aufgegangen waren ...

Clearwater musterte die Tastatur und betätigte die HILFE-Taste.

Auf dem Bildschirm tauchten Buchstaben auf. MÖCHTEN SIE (A) DATEN ÜBERMITTELN (B) DATEN EMPFANGEN (C) DIE RECHNERFUNKTION ANWENDEN (D) DAS ÖRTLICHE ARCHIV BEFRAGEN? — ZUTREFFENDEN BUCHSTABEN WÄHLEN UND EINGABE DRÜCKEN.

Clearwater wählte (A) — Daten übermitteln.

Der Bildschirm leerte sich. Eine neue Mitteilung wurde sichtbar: NAME DES EMPFÄNGERS, EINHEIT, ABTEILUNG ODER DIVISION UND ADRESSCODE DES EMPFANGSTERMINALS EINGEBEN.

Clearwater tippte sorgfältig die Buchstaben: C-O-L-U-M-B-U-S.

Eine Pause entstand. Dann: DAS ZENTRALGEHIRN KANN VON DIESER ARBEITSSTATION OHNE AUTORISIERUNGSCODE NICHT ANGEWÄHLT WERDEN. ID-KARTE EINSCHIEBEN ODER PASSWORT EINGEBEN.

T-A-L-I-S-M-A-N.

Das System erwiderte: PASSWORT UNBEKANNT. GEBEN SIE VOLLSTÄNDIGEN NAMEN UND NUMMER EIN.

T-A-L-I-S-M-A-N.

Eine neue Botschaft flimmerte über den Schirm: UNAUTORISIERTER SYSTEMZUGRIFF IST EIN AKTENKUNDIGES VERGEHEN. DER STANDORT DIESER ARBEITSSTATION WURDE GEMELDET. UM ERNSTHAFTE ANKLAGE ZU VERMEIDEN, SOLLTEN SIE DORT BLEIBEN UND DIE ANKUNFT DER INNEREN SICHERHEIT ABWARTEN.

Clearwater gab ein: L-E-C-K ... M-I-C-H ... I-M ... A-R-S-C-H.

Ein beharrliches Piepsen setzte ein. Es war zwar nicht sehr laut, aber laut genug, um draußen auf dem Gang gehört zu werden.

Clearwater schob das Wägelchen vom Bett fort und stellte sich schlafend. Eine Krankenschwester trat leise fluchend ein. »Dieser Idiot ... Warum kann er die Dinge nicht so zurücklassen, wie er sie vorfindet?«

Eine andere Pflegerin schob den Kopf durch den Türspalt. »Ist was?«

»Der Arsch von der Reinigungstruppe!« sagte die erste. »Schau mal, wie er das Zimmer hinterlassen hat! Er hat schon wieder vergessen, das Ding da abzuschalten.« Sie löschte den Bildschirm, schaltete den Computer aus, stellte den Tisch gerade hin und kehrte zu Clearwater zurück, die gerade die Augen öffnete.

»Was ist ...?«

»Nichts. Entspann dich. Laß mich das Kissen aufschütteln ... So. Alles in Ordnung mit dir?«

»Ja ...«

»Gut. Dann schlaf weiter.«

Trotz der ernsten Bildschirmwarnung war der Zwischenfall nicht gemeldet worden. Der Piepsalarm war so programmiert, daß er sich nach sechzig Sekunden selbsttätig abschaltete. Jahrhundertelange Erfahrung hatte nämlich ergeben, daß nur eine Minderheit jugendlicher Witzbolde von der Computer-Aufforderung zum ängstlichen Verharren bewegt wurde. Alle anderen verließen auf der Stelle den Tatort.

So wie man das Regenbogengras stillschweigend duldete, agierte auch das von COLUMBUS gesteuerte Datennetz als Sicherheitsventil. Zwar registrierte es für statistische Zwecke die Anzahl, Herkunft und Häufigkeit nicht ernstgemeinter Zugriffsversuche, doch das Menschenpotential und die darüber hinaus nötige Technik, das man brauchte, um die vielen tausend Vergehen dieser Art zu verfolgen, war einfach nicht vorhanden.

Die Bemühungen der Computer-Sicherheitseinheiten richteten sich nur gegen jene, die versuchten, in Datenbänke einzudringen, um Daten zu verändern, Schaltungen für kriminelle Zwecke zu besetzen oder gegen

›Maulwürfe‹: politische Verschwörer, die zwar in der Föderation, doch außerhalb des Wirtschaftssystems lebten, das COLUMBUS betrieb und regelte. Menschen, die versuchten, auf Dienstleistungen zuzugreifen, um am Leben zu bleiben, während sie gleichzeitig den Prüfungen und Kontrollen aus dem Weg gingen, die ihnen gleichsam die MP auf den Hals geschickt hätte.

Im Augenblick spielte es keine Rolle, daß Clearwaters erster Versuch, mit COLUMBUS Verbindung aufzunehmen, mißlungen war. Der Computer im Krankenzimmer hatte sie seine stets wache Anwesenheit, seinen Zweck, seine Macht und seine Intelligenz spüren lassen.

Dazu hatte man sie in die finstere Welt der Sandgräber geschickt. Zuerst mußte sie ihre Kräfte zurückerlangen. Dann mußte sie, auf eine Weise, die sich ihr noch enthüllen würde, Kontakt mit der seelenlosen Wesenheit aufnehmen und sie vernichten.

Karlstrom schaute dem General-Präsidenten zu, der hinter dem von einer blauen Lederauflage bedeckten Schreibtisch aufstand und an das hohe, gewölbte Fenster trat.

Vor dem mittleren Vorhang stand ein großer, aus leuchtendem Rosenholz geschnitzter Adler mit ausgebreiteten Schwingen auf einem hüfthohen Sockel. Zwischen ihm und dem blauen Vorhang ragten zwei Kreuzpfähle auf; sie waren mit der Flagge der Amtrak-Föderation und dem Südstaaten-Banner verziert.

Jefferson rieb mit der Hand über den Adlerschädel, als streichle er einen Glücksbringer, dann schaute er kurz aus dem Fenster, musterte den wunderbaren Anblick der Kentucky-Landschaft und winkte Karlstrom an den üblichen Platz.

Karlstrom zögerte. Er wartete darauf, daß der G-P seinen strammen Hintern auf den hochlehnigen Sessel sinken ließ. Im Oval Office setzte man sich nicht, solange der G-P noch stand.

»Nehmen Sie Platz, Ben. Vergessen Sie das Protokoll. Ich möchte noch ein bißchen herumgehen.«

Karlstrom gehorchte. Er schaute Jefferson zu, der sich die bewaldeten Hänge und sonnenbeschienenen Berge ansah. Die Klarheit des Bildes war erstaunlich. So hatte einst ganz Amerika ausgesehen. Grün und wunderschön.

»Ben, ich werde Ihnen nun etwas erzählen, das Sie sicher nachdenklich macht. Sie haben sich gewiß schon gefragt, warum wir soviel Zeit und Kosten in den jungen Brickman und seine Schwester investieren. — Übrigens ist sie gar nicht seine Schwester. — Da für die Föderation jeden Tag Menschen sterben, machen da zwei mehr oder weniger noch etwas aus? Nun, die beiden sind so etwas wie eine Ausnahme, und ich nehme an, es ist an der Zeit, daß auch Sie endlich Bescheid wissen.«

Der G-P ging nun langsam auf und ab; er umkreiste den Schreibtisch und Karlstroms Stuhl. Karlstroms Blikke folgten ihm.

»Wie Sie wissen, ziehen wir im Lebensinstitut seit fast hundertfünfzig Jahren aus experimentellen Gründen Mutanten auf. Ursprünglich war es unser Ziel, den genetischen Schlüssel ihrer Langlebigkeit und Strahlungsimmunität zu finden, da wir hofften, wir könnten ihn zum Nutzen unseres eigenen Volkes einsetzen. Wenn wir die durchschnittliche Lebenserwartung von vierzig auf sechzig Jahre erhöhen könnten, hätte dies eine fünfzigprozentige Zunahme unserer Fertigkeits- und Produktivitätsgrundlagen zur Folge, was mehr Menschen für Oberwelt-Projekte freisetzte.

Da Sie zur Familie gehören und intelligent genug sind, um Kopf der AMEXICO zu sein, überrascht es Sie vermutlich nicht, wenn ich Ihnen sage, daß wir im Laufe der Zeit eine große Zahl sogenannter Farmknechte in jene Einheiten eingeschmuggelt haben, die an der Oberwelt tätig sind: in Bahnbrecher-Divisionen, ins Nachschub-HQ, in die Außenauflärung, ins FERN-AUF und in die AMEXICO. Es handelt sich dabei nicht um Jährlinge, sondern um Übernormale, also um Geradknochige und Hellhäutige. Um Leute, wie Sie und ich.

Wenn ich ›eine große Zahl‹ sage, dürfen Sie mich nicht falsch verstehen. Der Prozentsatz an Farmknechten und -mägden hat in den Einheiten nie den Durchschnitt von zehn Prozent überstiegen. Die Besten von ihnen haben wir immer durch die Flugakademie geschleust. Der Rest der Besten ist auf Wagenzügen gelandet.

Deswegen funktionieren Menschen wie Brickman auch so gut. Die Oberwelt steckt ihnen im Blut. Sie werden mit dem riesigen offenen Raum und der Radioaktivität fertig. Aber manchmal versagt ihre Konditionierung, und dann drängt es sie, alles hinzuwerfen und abzuhauen. Sie sagen sich von uns los. Aber sie gehören zu den Glücklichen. Gewöhnliche GeBes, die desertieren, gehen irgendwann an der Strahlenkrankheit zugrunde.«

»Aber wir ...«

»Nein. Wir sind schließlich die Familie.«

Karlstrom nickte. »Stimmt. Also ist die Oberwelt noch immer radioaktiv.«

»Und ob. Der Verseuchungsgrad ist zwar niedriger als noch vor einem Jahrhundert, aber noch immer gefährlich hoch. Selbst wenn unsere gegenwärtige Bevölkerung die Angst vor dem offenen Raum überwinden könnte, würde sich das Leben im Freien für die Mehrheit als tödlich erweisen.« Der G-P lächelte. »Haben Sie es etwa auch für eine Lüge gehalten — wie die, daß die Mutanten an allem schuld sind?«

»Nein«, sagte Karlstrom. »Aber das ist ein nützlicher Kontrollmechanismus. Wenn die atmosphärische Strahlung morgen auf ein gefahrloses Niveau fiele, würde ich es bestimmt niemandem erzählen. Und Sie doch auch nicht, oder?«

Der G-P lächelte erneut. »Deswegen kommen wir

beide auch so gut miteinander aus, Ben.« Er nahm hinter dem Schreibtisch Platz, legte die Ellbogen auf die Platte und faltete die Hände.

»Was ich Ihnen erzählen muß, hat mit der Operation Square-Dance zu tun. Einige unserer hausgemachten Übernormalen sind ebenfalls ›begabt‹.«

»Wie Steve und Roz Brickman ...«

Jefferson nickte. »Sie gehören momentan zu den Besten, auch wenn das Forschungsprogramm seit mehreren Jahrzehnten läuft. Als Ergebnis intensiver Erforschung ihrer Physiologie bis in die Molekularstruktur hinein haben wir gewisse ›Markierungen‹ ihrer Gene entdeckt. Wir wissen zwar noch nicht, wie die Mutantenmagie hervorgerufen wird und funktioniert, aber wir können nun jene Individuen identifizieren, die das Potential haben, Rufer, Wortschmied oder Seher zu werden.«

»Oder alles zusammen ...«

Der G-P nickte anerkennend. »Sie sagen es, Ben. Und nun glauben wir, die genetischen Markierungen zu kennen, die Talisman aufweisen muß. Es bedeutet zwar nicht unbedingt, daß jemand, der diese Markierungen hat, Talisman *ist*, aber er müßte das *Potential* haben.«

»Ich glaube, ich verstehe, wohin uns dies führt ...«

»Wirklich? Ich frage es mich selbst. Wir wußten vom ersten Tag an über Steves und Roz' genetische Struktur Bescheid, und jetzt kennen wir auch die Clearwaters. Kurz nachdem die Mediziner vom *Red River* sie auf dem Operationstisch hatten, hat man Gewebeproben von ihr zum Lebensinstitut geflogen. Das unbekannte Element ist Cadillac. Aber vielleicht geht auch er uns ins Netz. Zwar weisen weder Steve und Roz noch Clearwater alle drei Markierungen auf, aber wir haben ihre Daten von COLUMBUS berechnen lassen und ein paar variable Kombinationen für Cadillac hinzugefügt.

Das Ergebnis waren zwei interessante Übereinstimmungen: Steve und Clearwater könnten ein Kind mit dem Potential Talismans zeugen. Roz und Cadillac könnten es ebenfalls. Beide Kinder *könnten* über alle drei ›Gaben‹ verfügen.«

»Und eins von ihnen steht unter unserer Kontrolle ...«

»Stimmt.«

»Halten Sie es für möglich, daß Cadillac sich mit Roz paart ...?«

»Es muß zwar nicht sein, aber es ist eine Möglichkeit, die wir berücksichtigen müssen. Wir kennen nicht die ganze Geschichte ihres unautorisierten Überwechselns auf die *Lady.* Vielleicht hat sie es selbst herbeigeführt. Zwar sagt mir die Vernunft, daß es keinen Sinn ergibt, aber wir können die Genauigkeit der Talisman-Prophezeiung nicht ignorieren. Und die ihrer Kraft, Ben. Vor uns baut sich etwas auf, das ... unser Vorstellungsvermögen übersteigt.«

Der G-P schob die metaphysischen Dimensionen des Problems beiseite und kehrte wieder zu den Grundlagen zurück. »Es ist gut möglich, daß Cadillac Roz schon deswegen vögeln wird, um sich an Brickman zu rächen.«

»Ja ... Eine interessante Situation.«

Jefferson schaute Karlstrom intensiv an. »Was hecken Sie gerade wieder aus?«

»Ich habe mich gefragt, ob wir Brickman dazu kriegen könnten, sich ebenso zu öffnen wie Roz.«

»Sie meinen, er könnte uns auf der Karte zeigen, wo die beiden sind und uns etwas über ihr Denken und Fühlen sagen?« Der G-P dachte über die Möglichkeit nach. »Vielleicht kennt er keine Grenzen mehr, wenn er die richtigen Anreize hat.«

»Ich meine, mit denen können wir ihn schon versorgen.«

Der G-P reagierte mit einem amüsierten Lächeln. »Fran hatte schon immer eine Schwäche für junge Hengste wie Brickman. Aber wenn er sich als mehr als nur vorübergehendes Spielzeug entpuppt, können wir auch sie mit in das Paket einbauen. Wie Sie wissen, ist die Familie stets bereit, Dinge zu unterstützen, die sich lohnen.«

»Wie wahr ...« Karlstrom baute seine ursprüngliche Idee noch weiter aus. »Falls Brickman *wirklich* Verbindung mit ihr aufnehmen kann, könnte er uns vielleicht auch mit einer Grobeinschätzung versorgen. Jetzt, wo wir den Clan ausradiert haben, sind die beiden auf sich allein angewiesen. Dann könnten wir sie jederzeit schnappen. Wenn es nicht klappt, könnte Brickman uns wenigstens sagen, ob Roz schwanger ist. Seine Reaktion auf diese Nachricht dürfte angesichts ihrer früheren Beziehung sehr interessant ausfallen.«

»Reden Sie weiter!«

»Das Kind, mit dem Clearwater schwanger ist ... Besteht eine Möglichkeit, es den Tests auszusetzen, von denen Sie gesprochen haben, solange es noch im Mutterleib ist?«

»Das muß ich erst nachprüfen. Aber gehen wir mal von einem ›Ja‹ aus.«

»Falls der Test beweist, daß Brickmans Kind *nicht* über alle drei Markierungen verfügt, könnte Roz eventuell Talisman zur Welt bringen. Vorausgesetzt, sie wird schwanger.«

»Möglich. Ich glaube zwar, daß ich weiß, worauf Sie hinauswollen, aber sagen Sie es trotzdem.«

»Ich denke an eine psychosomatische Verwundung. Und zwar über das unfreiwillige telepathische Band, das Roz das geistige Trauma der Verwundung Brickmans hat miterleben lassen. Ihr Körper hat alles widergespiegelt. Ihre Wunde war *echt* — auch wenn das Phänomen nur kurzfristig war. Wenn wir Roz und ihr ungeborenes Kind ausschalten wollen, brauchen wir Brickman bloß auf entsprechende Weise umzubringen.

Wenn er ... Spielen wir es doch mal durch ... Wenn er — zum Beispiel — in einen tiefen Ventilationsschacht fällt und sie es geistig und körperlich miterlebt, hat das Kind keine Chance zu überleben, selbst wenn Roz es durch irgendein Wunder überleben würde. Der Schock müßte eine Fehlgeburt einleiten.«

»Sie haben recht. Es ist die Sache wert, darüber nachzudenken. Aber ich glaube, ich habe noch nicht erläutert, warum wir das Konditionierungsverfahren entwikkelt haben und wie unsere Ziele aussehen. Die Farmknechte ... Die intelligenteren Mutanten, die wir aufgezogen haben ... Das Programm ist darauf zugeschnitten, ihren Geist und ihre Natur völlig zu verändern, damit *Wagner* aus ihnen werden. Wir müssen sie körperlich und seelisch *besitzen* — und zwar so, daß sie selbst dann, wenn sie irgendwie entdecken, daß sie Mutantenabkömmlinge sind, der Föderation und der Familie treu ergeben bleiben.«

Jefferson stand auf. »Trotz des eigenartigen Mißgeschicks sind wir diesem Ziel sehr nahe. Zwar entzieht sich uns die Erdmagie noch, aber vielleicht ist Clearwater uns dabei behilflich. Wir kennen das Geheimnis ihres langen Lebens und ihrer Schmerzunempfindlichkeit, und wir stehen kurz davor, die Brillanz ihrer Wortschmiede und die Fähigkeit zu reproduzieren, in Steinen zu lesen.

Wir können die Mutanten formen, wie es uns gefällt. Wir können sie in *Menschen* verwandeln. Deswegen suchen wir diesen Talisman, Ben! Nicht um ihn zu töten — sondern weil wir einen der unseren aus ihm machen wollen.«